Petra Bunte

Die Grenze zwischen Licht und Dunkelheit

CW Niemeyer

Sämtliche Handlungen und Charaktere sind frei erfunden und eventuelle Ähnlichkeiten mit lebenden Personen rein zufällig.

Im Gegensatz zu meinen vorherigen Büchern gibt es eine persönliche Begegnung, die mich zu diesem Roman inspiriert hat. Mehr über Ronny, Freya und den Zündfunken zu dieser Geschichte können Sie gerne auf meiner Homepage www.petra-bunte.de in der Rubrik „Hinter den Kulissen" nachlesen.

Zum Schauplatz: Je nach Standort hat jede Leserin und jeder Leser möglicherweise einen anderen Blickwinkel und unterschiedliche Erfahrungen mit dem Thema Obdachlosigkeit. Deshalb möchte ich darauf hinweisen, dass diese Geschichte in einer mittelgroßen Stadt angesiedelt ist, in der Menschen, die auf der Straße sitzen und betteln, nicht ganz so massiv zum Straßenbild gehören wie in den Großstädten.

Wie in Kapitel 5 erwähnt, gab es zum Zeitpunkt der Geschichte keine offizielle Statistik darüber, wie viele Menschen in Deutschland auf der Straße leben. Erst im Dezember 2022 legte das Bundesministerium für Wohnen, Stadtentwicklung und Bauwesen erstmalig einen Bericht vor, laut dem zum 31. Januar dieses Jahres 263.000 Menschen wohnungslos waren.

Die sechs Dinge, die du tun kannst, um Obdachlosen zu helfen, in Kapitel 9 wurden frei formuliert aus einem Artikel des Magazins „aware-online.de" entnommen, mit freundlicher Genehmigung des aware-Teams der Malteser.

Petra Bunte

„Denn die einen sind im Dunkeln,
und die andern sind im Licht,
und man siehet die im Lichte,
die im Dunkeln sieht man nicht."

(Bertolt Brecht)

Rieke

„Hier, Schatz, wie findest du die?“ Aufgeregt tippte ich mit dem Finger auf den Angebotsprospekt eines Einrichtungshauses, um meinen Freund auf die traumhaft schöne Tapete darin aufmerksam zu machen.

Basti hob den Blick von seinem Smartphone und seufzte: „Ach Rieke. Wir haben noch keine Zusage für die Wohnung, und du fängst schon an zu renovieren. Kannst du nicht erst mal abwarten?“

„Ich guck doch nur“, maulte ich enttäuscht.

Seit Monaten träumte ich davon, aus meiner alten Bleibe herauszukommen, bei der allein beim Gedanken ans Tapezieren der Putz von der Wand bröckelte. Und jetzt, wo endlich die Aussicht darauf bestand, konnte ich es kaum erwarten, das schönste Zuhause aller Zeiten für uns zu planen.

Mein Freund dagegen behielt wie immer einen kühlen Kopf, nahm mir den Prospekt ab und drückte liebevoll meine Hand. „Sobald wir den Mietvertrag unterschrieben haben, fahren wir sofort in den nächsten Baumarkt und suchen etwas Schönes aus, okay? Aber jetzt ist es definitiv zu früh dafür.“

„Hmmm.“ Ernüchtert presste ich die Lippen aufeinander. Ich hasste es, daran erinnert zu werden, dass es möglicherweise wieder nicht klappen könnte mit der Wohnung.

So wie beim letzten Mal, als sich der Vermieter kurzfristig für ein anderes Pärchen entschieden hatte.

„Hey." Basti strich mir zärtlich mit einem Finger über die Wange, beugte sich zu mir herüber und küsste mich. „Das wird schon. Und wenn es mit dieser Wohnung nicht klappt, dann mit einer anderen, die vielleicht noch besser ist."

Ich zwang mich zu einem Lächeln und wollte ihm so gerne glauben. Dabei wussten wir beide, dass schöne und gleichzeitig bezahlbare Wohnungen in dieser Stadt rar gesät waren. Aus diesem Grund hatten Basti und ich uns in den vergangenen zwei Jahren zunächst in meinen bescheidenen vier Wänden arrangiert. Allein mit dem, was ich im Verlag verdiente, und seinem 450-Euro-Job neben dem Studium waren keine großen Sprünge möglich gewesen. Doch mittlerweile hatte mein Freund eine feste und gut bezahlte Vollzeitstelle, mit der uns die Welt offenstand. Jedenfalls fühlte es sich so an.

Schnell wischte ich die Enttäuschung beiseite, drückte Basti einen Kuss auf den Mund und stand auf, um den Frühstückstisch abzuräumen. Als ich mir kurz darauf im Bad die Haare bürstete und ein leichtes Make-up auflegte, rief Basti quer über den Flur: „Kai fragt, ob wir heute Abend zum Essen kommen wollen. Svenja will ihr Curry kochen, aber alleine schaffen sie es nicht."

Ich grinste mein Spiegelbild an und verdrehte amüsiert die Augen. Jeder normale Mensch würde die Reste am nächsten Tag essen oder einfrieren. Bastis Kumpel hatte allerdings die merkwürdige Angewohnheit, dass er angeblich nichts Aufgewärmtes aß. Und Svenjas Curry war nicht nur unglaublich lecker, sondern auch so aufwendig, dass sie sich weigerte, es in kleinen Mengen zu kochen, für die sich die Mühe nicht lohnte. Manchmal tat sie mir wirklich leid.

„Sag Kai, dass ich mich gerne opfere", erwiderte ich schmunzelnd und fügte in Gedanken hinzu: Dann muss ich nachher wenigstens selbst nicht mehr kochen.

Gut gelaunt wickelte ich mir einen Schal um den Hals, schlüpfte in die Jacke und machte mich mit Basti zusammen auf den Weg zur Arbeit.

Draußen war es trotz des bisher relativ milden Winters ziemlich ungemütlich, und ich war wie so oft dankbar, dass Basti und ich ähnliche Arbeitszeiten hatten und ich bis zur Bushaltestelle mit ihm mitfahren konnte. Ich arbeitete im Vertrieb eines kleinen Verlages von Regionalliteratur im Zentrum, er bei einer IT-Firma am anderen Ende der Stadt, und zwei Autos waren finanziell leider nicht drin. Deshalb fügte ich mich wie an jedem Arbeitstag meinem Schicksal und nahm den Bus.

Es war Montagmorgen, und die Schüler gaben mal wieder lautstark ihre Wochenenderlebnisse zum Besten. Schnell steckte ich mir die Kopfhörer des Smartphones in die Ohren und ließ meine Playlist laufen, um das Geschrei damit zu übertönen. Während der Fahrt überlegte ich, was nachher im Verlag alles zu erledigen war. Die To-do-Liste war wie immer gut gefüllt, besonders jetzt, Ende Februar, wo unsere Neuheiten ausgeliefert wurden und die Leipziger Buchmesse kurz bevorstand. Zu allem Überfluss war in der vergangenen Woche der Illustrator für einen geplanten Kinderstadtführer kurzfristig abgesprungen. Wenn wir nicht schnellstmöglich Ersatz für ihn fanden, konnten wir den angesetzten Erscheinungstermin für das Projekt vergessen. Offiziell war ich im Verlag für den Vertrieb zuständig und hatte gar nichts damit zu tun. Aber mit acht Leuten war unser Team so klein, dass die Grenzen zwischen den Abteilungen oft fließend waren. Und genau diese Abwechslung liebte ich an meinem Job.

Seufzend wandte ich den Blick vom Fenster ab und schaute auf die Uhr. 8:12 Uhr. Das war sogar einigermaßen pünktlich.

Als der Bus auf den zentralen Busbahnhof abbog, warf ich einen prüfenden Blick zum Himmel und war froh, dass es nicht regnete oder schneite. Fröstelnd trat ich an der Haltestelle ins Freie, vergrub die Hände tief in den Jackentaschen und machte mich auf den Weg in die Innenstadt.

Bereits von Weitem sah ich, dass in der Unterführung zur Fußgängerzone wieder der Bettler herumlungerte, der vor etwa zwei Wochen zum ersten Mal hier aufgetaucht war. Seitdem gehörte er um diese Uhrzeit zum alltäglichen Erscheinungsbild. Er saß auf einem ausgebreiteten Schlafsack am Boden, hatte eine zerschlissene Decke über seine Beine gebreitet und kritzelte in einem Notizbuch herum, während er auf eine milde Gabe der Passanten hoffte. Neben ihm lehnte ein großer Rucksack an der Wand. Vor ihm stand ein kleiner Pappkarton mit ein paar wenigen Münzen darin. Zum Glück sprach er die Leute beim Betteln nicht auch noch direkt an.

In den ersten Tagen hatte es mich furchtbar genervt, dass er ausgerechnet diesen Ort zu seinem Stammplatz auserkoren hatte, wo ich zwangsläufig an ihm vorbeimusste. Konnte er nicht am Bahnhofsvorplatz oder in der Haupteinkaufsstraße betteln, wie alle anderen? Dort war es wesentlich leichter, diese Gestalten in der hektischen Betriebsamkeit zu ignorieren und ihnen aus dem Weg zu gehen. Und wären seine Chancen auf etwas Kleingeld nicht viel größer, wenn er sich dort hinsetzte, wo mehr Menschen vorbeikamen? Was wollte er dann hier?

Mittlerweile hatte ich die Hoffnung aufgegeben, dass er wieder dahin verschwinden würde, wo er hergekommen war. Stattdessen tat ich so, als gäbe es ihn gar nicht. Dabei wusste ich selbst nicht genau, warum mir die Anwesenheit dieses verwahrlosten Typen so unangenehm war. Einerseits hatte ich ja Mitleid mit ihm, vor allem, weil er relativ jung zu sein schien, soweit ich das nach einem flüchtigen Blick aus dem Augenwinkel beurteilen konnte. Aber wenn ich ihm erst einen Euro in seine Bettelkiste warf, würde er dann nicht automatisch jeden Tag einen von mir erwarten? Außerdem hörte man doch immer, dass diese Bettler sich bloß Alkohol und Drogen davon kauften. Und das würde ich bestimmt nicht unterstützen. Also ignorierte ich ihn und beschleunigte meine Schritte, um so schnell wie möglich an ihm vorbeizukommen. Nicht, dass er doch noch auf die Idee kam, mich anzusprechen. Wie von selbst machten meine Füße einen weiten Bogen um ihn herum, als ich an der Gabelung den Weg Richtung Fußgängerzone und Verlag einschlug.

Doch dort sollte ich an diesem Tag nicht mehr ankommen.

Tom

Füße. Um mich herum nichts als Füße – in dicken Winterstiefeln, abgelatschten Turnschuhen, schicken Pumps, eleganten Tretern aus Leder oder kunterbunten Kinderschuhen. Das war es, was ich mit gesenktem Kopf am Boden sitzend hauptsächlich von meiner Umgebung wahrnahm. Große, kleine, breite, schmale Füße, die in hastigen, zielstrebigen, schlendernden, trippelnden oder gebrechlichen Schritten an mir vorbeizogen. Manche blieben kurz stehen, um ein paar Münzen in die ramponierte Pappschachtel zu werfen. Andere wurden schneller und schlugen einen Haken, um mir und meinem Bettelkasten auszuweichen. Die meisten setzten ihren Weg fort, als existierte ich gar nicht. Als wäre ich unsichtbar.

Wer hätte gedacht, dass ich einmal so tief sinken würde? Es war eine Sache, seit drei Jahren kein Zuhause mehr zu haben. Aber auf der Straße zu sitzen und zu betteln? Nein! Bei allem Scheiß, den ich bisher erlebt hatte, hatte ich es immer geschafft, mit dem knappen Geld vom Amt, diversen Notunterkünften und Essensausgaben über die Runden zu kommen. Bis dieses beschissene Schicksal vor zwei Wochen beschlossen hatte, mir einen weiteren Arschtritt zu verpassen und mich ins nächste Level Richtung Abgrund zu befördern. So, wie ich es verdient hatte. Hier saß ich nun. Ohne Geld, ohne Papiere, ohne Hoffnung. Und mit jeder Stunde, die ich mir weiter auf diesem abgewetzten Schlafsack den Arsch abfror, ging es auch mit meiner Würde bergab.

Natürlich gab es Stellen, wo man mir helfen konnte. Aber ausgerechnet jetzt war mein Sozialarbeiter nicht erreichbar. Und allein beim Gedanken daran, mich aufzuraffen und darum zu kümmern, anderweitig Hilfe zu finden, erfasste mich eine bleierne Müdigkeit. Ich hatte keinen blassen Schimmer, wie es weitergehen sollte. Fürs Erste wären ein paar Euro gut, um mir etwas zu essen kaufen zu können. Der Rest verbarg sich in der Dunkelheit, die mich seit Wochen und Monaten gefangen hielt.

Ich hatte es längst aufgegeben, zu hinterfragen, wie zum Teufel ich hier gelandet war oder wer die Schuld daran trug. Die Antwort darauf war mir leider allzu bewusst. Doch ich schaffte es nicht, weiter darüber nachzudenken, ohne in dieses schwarze Loch zu fallen, auf dessen Abbruchkante ich seit jenem Tag vor drei Jahren balancierte. Dummerweise sollte ich das jedoch tun, um einen Weg aus dieser Misere herauszufinden. Und damit begann ein Teufelskreis, aus dem es kein Entrinnen zu geben schien. Höchstens den Weg nach unten, auf die kalten Pflastersteine eines Fußgängertunnels.

Hoffnungslos betrachtete ich die wenigen Münzen in der Pappschachtel und versuchte, meinen knurrenden Magen zu ignorieren. Nachdem ich mich in der Nacht vor lauter Sorgen stundenlang ruhelos hin und her gewälzt hatte, hatte ich am Morgen verschlafen und musste in aller Eile die Notschlafstelle ohne Frühstück verlassen. Und mit den paar Cent, die ich vom Vortag übrig hatte, konnte ich mir den Weg zum Backshop sparen. Was für ein Scheißtag! Aber alles war besser, als bei der Kälte im Freien zu übernachten.

Mit einem dumpfen Plopp fiel ein 50-Cent-Stück vor mir in den Karton. Ich blickte auf in das unschuldige Gesicht eines vielleicht zwölfjährigen Mädchens.

„Danke", sagte ich leise, lächelte sie an und war peinlich berührt, dass so ein junges Ding sein Taschengeld mit mir teilte. Ganz im Gegensatz zu den augenscheinlich gut verdienenden Bürohengsten, die hier vorbeikamen und mich lieber anranzten, dass ich mir gefälligst einen Job suchen sollte. Als ob ich das nicht versuchen würde. Aber leider gab es diverse Gründe dafür, warum diese Mission immer wieder scheiterte. Doch danach fragte niemand. Die Leute glaubten offenbar, dass ich es mir leicht machte, indem ich hier saß und versuchte, ihnen das Geld aus der Tasche zu ziehen. Dabei hasste ich es, auf Almosen angewiesen zu sein, und scheute davor zurück, die Passanten aktiv anzubetteln. Stattdessen hoffte ich darauf, dass meine erbärmliche Gestalt und die alte Pappschachtel für sich sprachen.

Sehnsüchtig schaute ich dem Mädchen hinterher, das mit einer Schultasche auf dem Rücken hinter seiner Freundin her auf den Ausgang des Tunnels zuhüpfte. Ich wünschte, nur noch einmal so unbeschwert durchs Leben springen zu können. Aber die Zeiten waren ein für alle Mal vorbei.

Ich seufzte und griff nach dem zerfledderten Notizbuch, in dem ich nebenbei Zeichnungen von einem schöneren Leben anfertigte – als Zeitvertreib und um nicht völlig in der Trostlosigkeit um mich herum zu versinken. Doch in dem Moment, in dem ich den Blick vom Tunnelausgang abwenden wollte, entdeckte ich dort die junge Frau, die jeden Morgen zur selben Zeit hier entlangkam und eilig an mir vorbeihastete. Alles an ihrer Körperhaltung schrie danach, dass ich sie bloß nicht ansprechen und mich am besten in Luft auflösen sollte. Dabei hatte ich ihr nichts getan. Sie hatte mich bisher nicht einmal richtig angeschaut. Und das war das Schlimmste überhaupt: dass sie und viele andere so taten, als gäbe es mich und meine Probleme nicht, wenn sie nur angestrengt genug wegguckten. Glaubten die denn ernsthaft, dass ich mir dieses Leben ausgesucht hatte? Dass es so schön war, nicht zu wissen, wo man etwas Warmes zu essen oder eine dauerhafte Schlafmöglichkeit herbekam, dass ich lieber hier herumsaß und mitleidige oder verächtliche Blicke erntete, statt alles dafür zu geben, diesem Sumpf zu entkommen? Aber so leicht war das leider nicht. Davon hatten diese Menschen allerdings keine Ahnung, und ihr Verhalten signalisierte deutlich, dass sie es auch nicht wissen wollten. Weil sie die Augen davor verschlossen, dass ihnen eines Tages durch einen blöden Schicksalsschlag etwas Ähnliches widerfahren könnte. Sie lebten lieber in ihrer heilen Welt und flohen an mir vorbei in die schützenden vier Wände ihrer Traumschlösser. Und wenn ich ehrlich zu mir war, musste ich mir eingestehen, dass ich bis vor wenigen Jahren nicht anders gewesen war.

An den meisten Tagen akzeptierte ich es und ignorierte diese Leute genauso wie sie mich. An anderen wollte ich sie schütteln und anschreien: „Ich bin hier, ein Mensch aus Fleisch und Blut und mit Gefühlen, genau wie du. Also behandel mich nicht wie den letzten Dreck oder wie

Luft und sieh mich wenigstens an!" Doch letztlich fehlte mir die Kraft dazu, physisch und vor allem psychisch.

Heute war einer dieser Tage, an denen es in mir brodelte. Deshalb wandte ich mich nicht meinen Zeichnungen zu, sondern starrte der jungen Frau herausfordernd entgegen. Ich hatte sie im Stillen „das Mäuschen" getauft, weil sie immer so flink an mir vorbeihuschte und wahrscheinlich vor Schreck tot umgefallen wäre, wenn ich sie angesprochen hätte. Dabei war sie optisch alles andere als eine graue Maus. Im Gegenteil. In einem früheren Leben hätte ich sie mit ihren schulterlangen, leuchtend rotblonden Haaren für einen echten Hingucker gehalten. Jetzt dagegen war es lediglich ein Merkmal, an dem ich sie schon aus der Ferne wiedererkannte, und ich wusste, dass ich nichts zu erwarten hatte. Sie würde mir sowieso keinen Blick geschweige denn einen Cent gönnen.

Frustriert beobachtete ich, wie das Mäuschen näher kam und um die Ecke huschte. Um einen möglichst weiten Haken um mich herum zu schlagen, lief sie wie immer ganz an der gegenüberliegenden Wand entlang. Doch ausgerechnet das, was sie vor mir gemeingefährlichem Penner schützen sollte, wurde ihr jetzt zum Verhängnis, denn im Gegensatz zu mir sah sie das Unheil, das auf sie zuraste, nicht kommen. Rücksichtslos preschten zwei Jugendliche mit ihren Fahrrädern in den Tunnel hinein, obwohl man hier absteigen und schieben sollte, und sausten Richtung Busbahnhof. Genau dorthin, wo die junge Frau herkam.

„Pass auf!", rief ich ihr zu, doch es war zu spät. Mit einem Sprung zur Seite brachte sie sich haarscharf in Sicherheit, um nicht von den Rädern erwischt zu werden.

Allerdings war der Boden von der Reinigung am Morgen noch nass, sie rutschte aus, knickte um und stürzte. Wie in Zeitlupe sah ich sie fallen, während die Jungs auf ihren Rädern nur kurz ins Schlingern gerieten und abhauten.

„Hey!", schrie ich ihnen hinterher, aber ohne sich überhaupt umzuschauen, bogen sie um die Ecke und waren verschwunden.

Fassungslos rappelte ich mich von meinem Platz auf. Die Verunglückte saß vier Schritte von mir entfernt am Boden und hielt sich mit schmerzverzerrtem Gesicht den rechten Knöchel. Sie war so auf ihren Fuß konzentriert, dass sie erschrocken zusammenzuckte, als ich mich zu ihr hinunterbeugte und fragte: „Ist alles okay? Kann ich dir helfen?"

Ihr vernichtender Blick sagte alles und bezog sich ausnahmsweise nicht ausschließlich auf meine abgewrackte Erscheinung. Natürlich war gar nichts okay und meine Frage selten dämlich.

„Zeig mal her!", forderte ich sie auf, und nach kurzem Zögern nahm sie ihre Hand ein Stück zurück, um mich gucken zu lassen. Wie erwartet bildete sich oberhalb der Schuhkante eine ordentliche Schwellung.

„Kannst du aufstehen?"

„Ich weiß nicht", antwortete sie mit zittriger Stimme. „Es tut so weh." Ihr ganzer Körper bebte, und ich war nicht sicher, ob es vom Schock war oder von der Kälte, die über die eisigen Pflastersteine in sie hineinkroch.

„Hier kannst du jedenfalls nicht sitzen bleiben", bemerkte ich. „Wenn ich dich stütze, schaffst du es dann zu meinem Platz rüber?"

Die junge Frau schaute erst zu meinem ärmlichen Lager am Boden und dann zu mir. Ihr widerwilliger Gesichtsausdruck sagte alles und zeigte ungefiltert ihre Ablehnung gegen mich, meinen alten Schlafsack und die ganze beschissene Situation, in die sie geraten war. Die Schmerzen und Hilflosigkeit waren jedoch stärker, und außer mir war momentan niemand hier, der ihr helfen konnte. Stumm kniff sie die Lippen zusammen und nickte.

Ich legte mir ihren Arm um den Nacken, umschlang ihre Taille und zog sie hoch. Keine Ahnung, woher ich die Kraft nahm, wo ich es manchmal kaum schaffte, mich selbst auf den Beinen zu halten. Und zum Glück war ich gestern erst im Franziskushaus gewesen und hatte geduscht.

Etwas wackelig kam sie zum Stehen und stützte sich mit der freien Hand an der Wand ab.

„Alles okay?"

Diesmal sendete sie keinen giftigen Blick auf mich ab, sondern nickte tapfer. Prüfend stellte sie den verletzten Fuß auf den Boden auf, versuchte aufzutreten und stieß einen unterdrückten Schmerzensschrei aus.

In einem anderen Leben hätte ich sie mir jetzt kurzerhand über die Schulter geworfen und die drei Meter zu meiner Decke getragen. Aber für solche Aktionen fehlte mir seit Monaten die Kraft. Und mein Quartier auf diese Seite des Tunnels umzulagern war eine schlechte Alternative, denn um die Ecke herum pfiff ein lausiger Wind. Die einzige Möglichkeit war, sie so gut es ging zu stützen. Dabei war ich so auf die Verletzte in meinem Arm konzentriert, dass ich erst zu spät den Mann bemerkte, der an uns vorbeilief und angewidert den Kopf schüttelte. Es war offensichtlich, was er dachte: Guck dir diese Penner an. Die Frau ist so voll, dass sie nicht mal mehr alleine stehen kann.

Ich hätte ihm hinterherrufen können, ob er uns bitte helfen würde. Aber ich war mir sicher, die Antwort zu kennen, und ersparte uns diese Schmach.

Behutsam setzte ich meinen Schützling auf der Decke ab und holte die Tasche, die sie beim Sturz verloren hatte. Anschließend angelte ich meinen großen Rucksack heran und schob ihn der jungen Frau unter den verletzten Fuß, um den Knöchel etwas höher zu lagern. Bei der kleinsten Bewegung zuckte sie zusammen, und ich rechnete damit, jeden Moment eine gescheuert zu kriegen. Doch nichts dergleichen passierte. Stattdessen lehnte sie sich mit dem Rücken an die Wand und schloss erschöpft die Augen.

„Warte!", sagte ich und zog vorsichtig meinen zweiten Pullover aus dem Rucksack hervor. „Hier. Den kannst du dir hinter den Rücken stecken, sonst wird es zu kalt da an der Wand."

Ich wusste aus eigener Erfahrung, wie groß die Verlockung war, sich daran anzulehnen. Aber spätestens nach fünf Minuten fühlte es sich an, als kuschelte man mit einem Eisblock.

„Danke." Sie brachte sich und den Pullover etwas umständlich in die richtige Position, legte den Kopf in den Nacken und starrte die defekte Neonröhre an der Decke an. „Scheiße", flüsterte sie verzweifelt, und ich sah eine Träne ihre Wange hinabrollen. Von dem überheblichen Mäuschen, das mit Scheuklappen an mir vorbeihastete, war nicht mehr viel übrig geblieben, und wir saßen im wahrsten Sinne des Wortes zusammen am Boden. Doch sie musste dringend hier weg und ärztlich untersucht werden.

„Gib mir mal dein Handy", forderte ich sie auf. „Du hast doch sicher eins dabei, oder?"

Sie zögerte mit der Antwort, und als ich sie anschaute, entdeckte ich eine nachdenkliche Furche auf ihrer Stirn. „Was willst du damit?", fragte sie misstrauisch.

„Es dir klauen und damit abhauen natürlich", presste ich zwischen zusammengebissenen Zähnen hervor. Wütend ballte ich die Hände zu Fäusten und unterdrückte den Drang, sie anzuschreien, dass sie sich ihre verdammten Vorurteile sonst wohin stecken sollte. Ich sah, wie sie unter meiner sarkastischen Spitze zusammenzuckte, und fühlte eine gewisse Genugtuung.

„Nein", stammelte sie beschämt. „Das wollte ich doch gar nicht ..."

„Vergiss es", unterbrach ich sie knapp. „Was ist nun? Soll ich dir Hilfe rufen, oder willst du lieber weiter mein gemütliches Plätzchen belagern und vor Schmerzen jaulen?"

„Nein. Ich meine ... das kann ich auch selbst", widersprach sie trotzig, zog ihr Smartphone aus der Jackentasche und tippte auf dem Display herum. Ihre Finger zitterten allerdings so stark, dass sie es nicht schaffte, die richtigen Zahlen zu treffen, um den Bildschirm zu entsperren.

Einen Moment lang beobachtete ich sie dabei, dann stieß ich genervt die Luft aus und knurrte: „Darf ich?"

Ohne mich anzuschauen, reichte sie mir das Gerät.

„Den Sperrcode musst du mir auch verraten, sonst wird das nichts."

„2605", sagte sie leise.

„Und wen willst du anrufen?" Herrgott, der musste man aber auch alles aus der Nase ziehen.

„Basti."

Wortlos gab ich die Zahlen ein, entdeckte in der Kontaktliste einen Bastian Sprenger, tippte das Telefonsymbol an und gab ihr das Handy zurück.

„Danke", nuschelte sie, presste sich das Telefon ans Ohr und nahm es kurz später unverrichteter Dinge wieder herunter.

„Mailbox", erklärte sie niedergeschlagen. Beim zweiten Versuch schaffte sie es selbst, den Kontakt von wem auch immer aufzurufen, doch das Ergebnis war dasselbe. Entmutigt unterbrach sie die Verbindung, starrte einen Augenblick ratlos auf das Handy und fragte dann zaghaft: „Wen wolltest du anrufen?"

„Den Rettungsdienst", gab ich sachlich zurück. „Anders kriegen wir dich eh nicht hier weg."

Ihre Augen weiteten sich erschrocken. „Nein, Quatsch. Das geht gleich wieder."

„Pfff", machte ich, fassungslos über so viel Naivität. „Wenn du mich fragst, ist da wahrscheinlich was gebrochen oder gerissen. Damit wirst du auf keinen Fall weiter rumlaufen."

Das Mäuschen presste die Lippen aufeinander und verkniff sich jegliche Bemerkung, dass sie mich garantiert nicht danach fragen würde. Die Schmerzen waren anscheinend so stark, dass sie mir resigniert das Smartphone reichte. Ich spürte ihren Blick auf mir, während ich den Notruf wählte und hoffte, dass sie nicht bemerkte, wie sehr meine eigenen Finger plötzlich bebten. Tief in meinem Unterbewusstsein erwachte eine Erinnerung an das letzte Mal, als ich die 112 gerufen hatte. Als ...

Stopp!!! Konzentrier dich, Tom! Andere Zeit, anderer Ort, andere Situation.

Ich schüttelte mich innerlich und fing mich gerade rechtzeitig wieder, um bei der Notrufzentrale die richtigen Angaben zu machen.

Wenn ich gedacht hatte, dass Madame sich nach diesem Vorfall dazu herablassen würde, mit mir zu reden, hatte ich mich getäuscht. Nachdem ich das Telefonat beendet hatte, murmelte sie ein leises Danke und nahm das Handy entgegen. Statt es wieder einzustecken, wählte sie erneut eine Nummer und rief bei ihrer Arbeitsstelle an, um Bescheid zu geben, dass sie einen Unfall gehabt hatte und heute nicht kommen würde. Anschließend herrschte Funkstille.

Aus dem Augenwinkel beobachtete ich, wie sie sich mit der linken Hand den rechten Arm hielt. Wie es aussah, hatte er bei dem Sturz ebenfalls etwas abbekommen, was mich ein wenig versöhnte. Möglicherweise war sie doch nicht so abweisend, wie ich dachte, sondern hatte bloß schreckliche Schmerzen. Ich hätte gerne irgendetwas für sie getan, wusste aber nicht was. Kaffee und Kuchen waren momentan leider nicht drin. Ich hatte ja nicht einmal gefrühstückt.

„Du solltest die Jungs wegen fahrlässiger Körperverletzung anzeigen“, bemerkte ich in das Schweigen hinein.

„Hier sind überall Schilder, dass man im Tunnel vom Fahrrad absteigen soll."

„Und was soll das bringen?", gab sie wenig begeistert zurück. „Die sind doch längst über alle Berge. Oder weißt du etwa, wer die sind?"

„Nein. Aber ich könnte sie zumindest beschreiben. Die kommen öfter hier vorbei."

Sie schaute mich an, doch als sich unsere Blicke trafen, wandte sie sich schnell ab und brütete ohne ein weiteres Wort still vor sich hin.

„War ja nur ein Vorschlag", knurrte ich mürrisch, weil sie mich offenbar nicht für voll nahm. Frustriert kratzte ich mich am Kinn, und plötzlich störte es mich, dass ich mich seit Tagen nicht rasiert hatte. Nicht, dass das viel geändert hätte, aber zumindest hätte ich mich besser gefühlt. Der Grat zwischen dem „sozial bedürftigen Menschen", der ich war, und dem heruntergekommenen Penner, den die Leute in mir sahen, war manchmal verdammt schmal.

Die folgenden Minuten, während wir auf den Rettungsdienst warteten, zogen sich wie Kaugummi in die Länge. Ab und zu kamen ein paar Passanten vorbei und warfen uns neugierige, mitleidige oder abweisende Blicke zu. Alle, bis auf eine. Eine ältere Dame, die einen Einkaufstrolley hinter sich herzog, blieb kurz stehen und drückte mir mit einem aufmunternden Nicken einen Zwanzigeuroschein in die Hand. Vor Verblüffung vergaß ich beinah, mich zu bedanken.

Nachdem die Frau weitergezogen war, drehte ich mich zu meinem Schützling um, hielt den Schein in die Höhe und sagte: „Du bringst mir anscheinend Glück." Und weil ich es mir nicht verkneifen konnte, sie zu provozieren, fügte ich hinzu: „Machen wir fifty-fifty?"

Wenn Blicke töten könnten, wäre mir mein armseliges Dasein anschließend erspart geblieben. In meinem Magen fing es an zu rumoren, und das lag nicht allein an der freudigen Aussicht auf ein Frühstück. Alles in mir drängte, sie weiter herauszufordern und ihr klarzumachen, dass ich ganz bestimmt nicht freiwillig hier saß. Doch im selben Augenblick hielt vor dem Tunnel ein Rettungswagen.

Beim Anblick des leuchtend roten Fahrzeugs schoss mein Puls in die Höhe, aber irgendwie schaffte ich es, die Schreie in meinem Kopf zum Verstummen zu bringen und mich auf das Hier und Jetzt zu konzentrieren. Einatmen, ausatmen und bloß nicht denken.

Ich machte den Sanitätern Platz und beobachtete, wie einer von ihnen vor der jungen Frau in die Hocke ging und sich mit ruhiger Stimme erkundigte, was passiert war. Sein Kollege rollte eine Trage heran. Während sich die beiden um die Verletzte kümmerten, schaute plötzlich jeder der Passanten hin, was auf meiner schäbigen Decke vor sich ging. Ich hätte zu gerne gewusst, was in ihren Köpfen ablief. Brachten sie das Mäuschen mit meinem Bettelplatz in Verbindung und hielten sie für eine Pennerin? Das würde ihr ganz und gar nicht gefallen. Aber die Wahrscheinlichkeit war größer, dass sie mich als Randgestalt auf einmal wahrnahmen und sich fragten, was ich der armen Frau getan hatte.

Ich schnaubte verächtlich, fuhr mir mit den Händen müde über das Gesicht und hoffte, dass der Spuk so schnell wie möglich vorbei sein würde. Im Stillen verfluchte ich die Fahrradrowdys, die für diese Bescherung verantwortlich waren. Hatte ich nicht genügend eigene Probleme? Da konnte ich es echt nicht brauchen, mich um so einen Scheiß zu kümmern.

Als die Sanitäter die junge Frau zu ihrem Rettungswagen mitnahmen und sie in ihr Fahrzeug schoben, fiel mein Blick auf die Tasche am Boden. Schnell griff ich danach und hastete ans Ende des Tunnels, wo einer der Retter gerade die hinteren Türen schließen wollte.

„Wartet!", rief ich, reichte ihm die Tasche und musste mich kurz am Fahrzeug abstützen, weil mir schwindelig wurde. Shit! Ich hätte mir heute Morgen wenigstens ein trockenes Brötchen besorgen sollen, statt mit leerem Magen herzukommen und später auf Größeres zu hoffen. Aber ich biss die Zähne zusammen und bemühte mich, mir die Schwäche nicht anmerken zu lassen.

Dem wachsamen Auge des Retters entging jedoch nichts. „Alles in Ordnung mit dir?", fragte er besorgt und duzte mich dabei ganz selbstverständlich – wie so viele. In seinem Fall fand ich das allerdings völlig okay.

„Ja, alles gut", antwortete ich schnell. „Ich habe nur länger nichts gegessen."

Der Sanitäter musterte mich einen Augenblick wortlos und forderte mich dann auf, mich vorne in den Rettungswagen zu setzen und den Arm frei zu machen.

„Aber ...", setzte ich an, doch er ließ mich gar nicht erst ausreden.

„Ich will nur deinen Blutdruck messen und sichergehen, dass du nicht umkippst, sobald wir weggefahren sind. Also setz dich."

Ergeben ließ ich mich auf dem Beifahrersitz nieder und befreite meinen Arm aus zwei Lagen dünner Jacken und einem Pullover. Prompt fing ich vor Kälte an zu zittern. Verdammter Schlafmangel und Hunger!

„Wie heißt du?“, wollte der Sanitäter wissen, während das Blutdruckgerät meine Werte ermittelte.

„Tom.“

„Okay, Tom. Wo hast du heute Nacht geschlafen?“

Ich schluckte trocken. Jetzt wollte er es aber genau wissen. „Schillerstraße“, antwortete ich verlegen, weil ich davon ausging, dass ihm die Adresse bekannt war.

„Notschlafstelle oder Notunterkunft?“, hakte er nach. Natürlich! Ich hatte nicht bedacht, dass es dort beides gab. Aber wie oft kam es schon vor, dass ein Normalsterblicher überhaupt den Unterschied kannte? Der wusste, dass Notschlafstellen kurzfristige Lösungen waren, wo man mit zig anderen auf engstem Raum zusammengepfercht wurde und die man spätestens nach ein paar Wochen wieder verlassen musste. Dagegen waren die Notunterkünfte angenehmer und für länger.

„Notschlafstelle“, nuschelte ich. „In meiner Unterkunft gab es neulich ein Problem, und meinen Sozialarbeiter kann ich zurzeit nicht erreichen.“

Keine Ahnung, warum ich ihm das erzählte. Vielleicht, weil er so etwas Vertrauenerweckendes an sich hatte.

Das Blutdruckgerät piepte. „Etwas niedrig, aber noch im Rahmen.“ Der Sanitäter nahm mir die Manschette ab und kontrollierte dabei nicht sehr unauffällig meine Armbeuge auf Einstichstellen, die er jedoch nicht finden würde.

„In welcher Unterkunft warst du vorher?", wollte er wissen, während ich mich wieder anzog und aus dem Wagen stieg.

„Bismarckstraße."

Er sah mich an, verschwand dann wortlos mit dem Oberkörper im Fahrzeug und tauchte mit einer Brötchentüte und einer Visitenkarte in der Hand wieder daraus auf.

„Das sind die Kontaktdaten eines Freundes, der als Streetworker arbeitet. Auf der Rückseite findest du seine Bürozeiten. Das sind allerdings nur ein paar Stunden in der Woche, denn die meiste Zeit ist er auf der Straße unterwegs. Geh dorthin und sag, Moritz schickt dich. Dann wird er dir weiterhelfen."

Verblüfft nahm ich das Pappkärtchen entgegen. „Danke", stammelte ich, völlig überfordert von dieser unverhofften Hilfe. Und der Sanitäter setzte sogar noch einen drauf, indem er mir seine Brötchentüte entgegenstreckte.

„Vorher solltest du unbedingt etwas essen. Nimm das fürs Erste. Meine Pause fällt eh grad aus, und ich besorge mir dann nachher was Neues."

Ich starrte erst die Tüte und dann ihn überrascht an und wäre am liebsten im Boden versunken. Ich sollte dem Retter sein Pausenbrot wegfuttern? Doch ich wusste, dass Protest zwecklos sein würde, besonders als sich mein knurrender Magen in die Unterhaltung einmischte. Beschämt griff ich zu und gab ein weiteres kleinlautes „Danke" von mir.

Der Sanitäter klopfte mir aufmunternd auf die Schulter und öffnete die Seitentür des Rettungswagens, um endlich den Job zu machen, wegen dem er eigentlich hier war. Für einen kurzen Moment hatte ich freie Sicht in das Innere. Dort wandte das Mäuschen gleichzeitig den Kopf, um zu schauen, was schräg hinter ihr passierte. Diesmal schreckte sie nicht sofort vor mir zurück, sondern sah mich zum ersten Mal wirklich an. Sie schien nicht überrascht zu sein, dass ich noch da war, und ich fragte mich, wie viel sie von dem mitbekommen hatte, worüber dieser Moritz mit mir gesprochen hatte. Nichts an ihrem Blick ließ erkennen, was sie dachte oder fühlte, aber zumindest die grundsätzliche Abneigung gegen mich war daraus verschwunden.

Hinter mir erklang ein aufforderndes Räuspern.

„Alles Gute für den Fuß", rief ich der jungen Frau zu, doch eine Antwort hörte ich nicht mehr, falls es eine gab.

Der Sanitäter stieg ein, redete kurz mit seinem Kollegen, kam wieder hervor und schloss die Tür. Bevor er um das Fahrzeug herumging, warf er mir einen prüfenden Blick zu und sagte mit ernster Miene: „Pass auf dich auf! Nicht, dass wir beim nächsten Mal dich aufsammeln müssen."

Ich nickte verlegen und beobachtete, wie er sich ans Steuer setzte und losfuhr. Nachdenklich schaute ich dem Rettungswagen hinterher, bis er aus meinem Blickfeld verschwunden war, und schüttelte verwundert den Kopf. Die ganze Szene kam mir so surreal vor. Aber die Brötchentüte und Visitenkarte in meiner Hand waren genauso echt wie die zerwühlte Decke und der Pullover auf dem Boden des Fußgängertunnels.

Gedankenverloren packte ich meine Sachen zusammen und machte mich auf den Weg, um mir einen heißen Kaffee zu besorgen und einen Platz zum Frühstücken zu suchen. Als ich schließlich mit einem erleichterten Seufzen in das Brötchen biss, spukte mir weiterhin dieser eindringliche Blick der jungen Frau im Kopf herum. Aber wahrscheinlich würde ich sie sowieso nie wiedersehen, denn bis sie wieder richtig laufen und zur Arbeit gehen konnte, hatte ich meinen Bettelposten hoffentlich längst nicht mehr nötig. Und trotzdem fragte ich mich, wie die nächste Begegnung mit ihr ablaufen würde. Ein unbestimmtes Gefühl sagte mir, dass sie in Zukunft nicht mehr an mir vorbeihuschen würde, als gäbe es mich nicht. Aber sicher war ich mir nicht.

Rieke

Ich konnte mich nicht daran erinnern, jemals solche Schmerzen gehabt zu haben. Wenn ich den Fuß still hielt, war es okay, aber bei der kleinsten Bewegung hätte ich an die Decke gehen können. Nur wegen dieser rücksichtslosen Jungs auf ihren Fahrrädern. Und dann musste das Ganze ausgerechnet vor der Nase dieses Bettlers passieren. Ich wäre vor Scham am liebsten im Boden versunken, als ich dort neben ihm auf dem schäbigen Schlafsack gesessen hatte, als gehörte ich dazu.

Erst später, in der Sicherheit und Wärme des Rettungswagens und geschützt vor den Blicken der Passanten, wurde mir bewusst, was er für mich getan hatte. Er hätte mich auch dort liegen lassen können, an der zugigen Ecke auf dem kalten, nassen Boden der Unterführung. Aber egal, wie zickig ich gewesen war, er hatte unbeirrt damit weitergemacht, sich um mich zu kümmern und mir Hilfe zu rufen. Wenn ich mich schämen musste, dann für mein eigenes peinliches Verhalten. Beinah hätte ich ihn sogar von mir gestoßen, weil ich vollkommen naiv gedacht hatte, dass er unglaublich stinken würde und wer weiß was für Krankheiten an sich hatte vom Leben auf der Straße. Dabei war das Gegenteil der Fall. Er roch vielleicht nicht gerade frisch geduscht, aber sonst ganz normal. Und seine Kleidung schien auch vor nicht allzu langer Zeit gewaschen worden zu sein. Einzig seine ungeschnittenen Haare, die ihm strähnig in die Stirn fielen, sowie seinen Fünf-bis-sechs-Tage-Bart konnte man ihm als Zeichen seiner Verwahrlosung vorwerfen. Und die Tatsache, dass er für seine Körpergröße zu mager war. Da war nicht viel gewesen, woran ich mich festhalten konnte, während er mich gestützt hatte, um zu seinem Platz rüberzuhumpeln. Der Sanitäter hatte ihm anscheinend sogar sein Brötchen geschenkt, weil er vor Hunger schwächelte.

Mir wurde immer elender zumute. Hatte ich wirklich so vorschnell geurteilt und ihn in eine Schublade gesteckt, in die er nicht passte? Bettelte er etwa gar nicht für Alkohol oder Ähnliches, sondern war so sehr in Not, dass er nicht einmal etwas zu essen hatte?

In meinem Kopf herrschte ein einziges Chaos, sodass ich es völlig verpasste, mich bei ihm zu bedanken. Und nachdem ich mir in den letzten Tagen gewünscht hatte, dass er verschwinden würde, hoffte ich jetzt darauf, dass er noch da wäre, wenn ich wieder zur Arbeit gehen konnte. Wann immer das sein würde, denn die Schmerzen im Fuß verhießen nichts Gutes.

Ich beantwortete dem Sanitäter ein paar Fragen zu meinen persönlichen Daten und kramte die Krankenversichertenkarte aus dem Portemonnaie hervor. Währenddessen ging mir der Bettler nicht aus dem Kopf. Bevor wir von der Tür des Rettungswagens getrennt wurden, hatte ich ihn zum ersten Mal richtig angesehen und festgestellt, dass er weit jünger sein musste, als ich gedacht hatte. Vielleicht Mitte oder Ende dreißig und demnach kaum älter als ich. Diese Erkenntnis traf mich wie ein Schock. Was hatte so ein junger Kerl auf der Straße zu suchen? Waren das nicht normalerweise alte Männer, die keine andere Perspektive mehr hatten?

Ein stechender Schmerz schoss mir durch den Knöchel, als der Rettungswagen durch ein Schlagloch fuhr. Ich zog zischend die Luft ein und biss mir auf die Unterlippe.

Ganz ruhig, Rieke! Denk an was anderes und atme tief ein und aus!

Das war leichter gesagt als getan, doch als der Schmerz etwas nachließ, wanderten meine Gedanken von alleine zurück zu dem Mann in der Unterführung. Und ehe ich wusste, was ich tat, hörte ich mich sagen: „Dieser Bettler vorhin ... haben Sie öfter mit dem zu tun? Sie scheinen sich ganz gut zu kennen."

Der Sanitäter schaute von seinem Tablet auf, in das er meine Daten eingegeben hatte, und antwortete: „Tom? Nein. Nicht persönlich jedenfalls. Ich weiß nur von meinen Kollegen, dass er seit ein paar Monaten in der Stadt ist und schon öfter unsere Hilfe gebraucht hat, weil er mit ein paar Problemen zu kämpfen hat."

„Nimmt er Drogen?", entschlüpfte es mir. Gleich darauf hätte ich mir am liebsten die Zunge abgebissen, als mir klar wurde, dass das wahrscheinlich ebenfalls ein typisches Vorurteil war.

Und wie erwartet erwiderte der Mann vom Rettungsdienst: „Nein, auf den ersten Blick nicht. Aber es ist leider die gängige Meinung der Leute, dass alle Obdach- bzw. Wohnungslosen Alkoholiker oder Junkies sind oder im schlimmsten Fall beides."

Ich senkte ertappt den Blick und wurde im selben Moment von einer erneuten Schmerzwelle abgelenkt.

„Aber so ist es nicht?", hakte ich mit etwas Verzögerung nach, weil es mich plötzlich wirklich interessierte.

„Nein. Für viele mag das vielleicht zutreffen, aber selbst dann hat es oft seine Gründe", erklärte er. „Diese Menschen verlieren meist nicht ihren Job und ihre Wohnung, weil sie abhängig sind, sondern es ist eher andersrum. Durch einen Schicksalsschlag verlieren sie alles und landen auf der Straße. Und das Leben dort ist hart, weshalb viele resignieren und es ohne Alkohol oder andere Betäubungsmittel irgendwann nicht mehr aushalten."

„Hmmm", murmelte ich und musste das Gehörte erst mal sacken lassen. Anschließend fragte ich zögernd: „Und dieser Tom? Er ist doch gar nicht so alt, oder? Warum sitzt er auf der Straße und bettelt, statt sich um seine Probleme zu kümmern?"

Der Sanitäter musterte mich etwas irritiert, sodass ich beschämt den Blick senkte und meine dumme Frage sofort bereute. Erstens unterstellte ich dem Bettler damit unterschwellig schon wieder etwas, wozu ich absolut kein Recht hatte, und zweitens ... woher sollte der Mann vom Rettungsdienst das wissen, wenn er Tom gar nicht kannte?

„Er wird seine Gründe dafür haben", sagte er ohne den geringsten Vorwurf in der Stimme. „Und wenn man erst einmal in diese Abwärtsspirale reingerät, ist es schwer, da wieder rauszukommen. Aber wir können diesen Menschen leider nur helfen, wenn sie dazu bereit sind, sich helfen zu lassen."

„Und das ist er nicht?", wollte ich nachhaken, aber natürlich konnte er die Antwort darauf ebenfalls nicht kennen.

Nachdenklich kaute ich auf meiner Unterlippe und fragte mich, was die Geschichte von diesem Tom war. Lebte er komplett auf der Straße? Oder bettelte er allein aus dem Grund, um sich ein wenig zu seiner Sozialhilfe, oder was immer er bekam, hinzuzuverdienen? Der Schlafsack und der große Rucksack deuteten allerdings auf Ersteres hin.

„Sprechen Sie mit ihm, wenn Sie ihn wiedersehen", unterbrach der Sanitäter meine Gedanken, als hätte er mir geradewegs in den Kopf geguckt. „Er wird Ihnen sicher ein bisschen aus seinem Leben erzählen, denn nichts ist für diese armen Seelen schlimmer, als ignoriert und wie Luft behandelt zu werden."

Wenn das ein Zaunpfahl sein sollte, traf er sein Ziel mit der Wucht einer ganzen Gartenumrandung. Ich erstarrte innerlich und spürte, wie mir die Schamesröte ins Gesicht schoss.

„Na, das wird ja wahrscheinlich nicht so bald sein", gab ich ausweichend zurück und deutete zur Erklärung auf meinen schmerzhaft pochenden Knöchel.

„Erst mal abwarten", beruhigte er mich. „Vielleicht ist es bloß eine Verstauchung. Aber das werden die Ärzte gleich schnell herausfinden."

Ich wollte ihm gerne glauben, doch die Realität war leider eine andere. Es fing damit an, dass „gleich" ein äußerst dehnbarer Begriff war. Da ich keine lebensbedrohliche Verletzung hatte, wurde ich zunächst in einem Rollstuhl in den Wartebereich geschoben, wo ich geschlagene drei

Stunden ausharren musste. In der Zwischenzeit versuchte ich erneut, Basti zu erreichen, und war erleichtert, dass er diesmal sofort an sein Handy ging und versprach, so bald wie möglich zu kommen.

Als ich endlich an der Reihe war, wurden Röntgenaufnahmen von meinem Knöchel gemacht. Gebrochen war zum Glück nichts, aber der Arzt in der Notaufnahme vermutete einen Bänderriss. Für ein MRT musste allerdings erst die Schwellung abklingen. Deshalb legte er den Fuß mit einer Orthese, die fast bis zum Knie reichte, still und beschwor mich, in den nächsten zwei Wochen nicht damit aufzutreten, sondern mich ausschließlich mit den verordneten Gehhilfen fortzubewegen.

Niedergeschlagen humpelte ich mit Basti zum Auto. Jeder Schritt schmerzte, weil die Krücken gegen die Prellung am Arm drückten. Ich wollte bloß nach Hause, mich auf meinem Sofa in eine Decke kuscheln und nicht mehr von der Stelle rühren. Dummerweise mussten wir vorher jedoch noch beim Hausarzt vorbei, um eine Krankmeldung zu holen, und die Treppen zu unserer Wohnung im ersten Stock bewältigen.

Wir brauchten drei Anläufe, bis wir den Dreh raushatten, wie Basti mich stützen musste, damit ich auf dem gesunden Fuß hüpfend die Stufen raufkam. Während ich mich an seiner sportlich-muskulösen Taille festklammerte, wanderten meine Gedanken für einen kurzen Augenblick zurück zu dem mageren Bettler. Dann forderte die Treppe meine volle Konzentration.

Oben angekommen liefen mir nicht nur Schweißperlen den Rücken runter, sondern auch die Tränen übers Gesicht. Von der Anstrengung und den Schmerzen, aber vor allem von der bitteren Erkenntnis, dass unsere Wohnung für die nächsten Wochen mein Gefängnis war.

Basti, der gerade seinen Schlüssel aus der Hosentasche gezogen hatte und die Tür aufschließen wollte, bremste mitten in der Bewegung ab, hob die Hand und wischte mir zärtlich die Wangen trocken. „Was ist los? Hast du solche Schmerzen?"

„Nein ... ja ... auch", stammelte ich. „Es ist nur ... Wie soll das hier funktionieren, wenn ich in nächster Zeit nichts machen kann und es höchstens vom Sofa bis zum Klo schaffe?" Hilflos deutete ich auf die Krücken und warf ihm einen verzweifelten Blick zu.

„Hey", sagte er liebevoll. „Wir kriegen das hin. Und ehe du dich versiehst, springst du wieder rum wie ein junges Reh."

Ich zog schniefend die Nase hoch und zwang mich zu einem Lächeln. „Schön wär's."

„Na komm. Lass uns reingehen, und dann ruhst du dich schön mit einer Tasse Tee und deinem Schmöker auf dem Sofa aus, bis ich nachher zurückkomme."

„Musst du noch mal los?", fragte ich erschrocken.

Basti machte ein zerknirschtes Gesicht. „Ja, tut mir leid. Ich habe heute Nachmittag einen wichtigen Termin mit einem Kunden, den ich nicht absagen konnte. Und es war leider auch nicht möglich, ihn an jemand anderen abzugeben."

„Okay", flüsterte ich geknickt. Mir war klar, dass mein Freund arbeiten musste und mich nicht schlagartig rund um die Uhr bemuttern konnte. Besser, ich gewöhnte mich gleich daran. Trotzdem hätte ich mir gewünscht, wenigstens heute nicht mehr alleine zu sein.

„Ruf doch Jasmin an", schlug Basti vor. „Hast du nicht erzählt, dass sie diese Woche Urlaub hat?"

„Hmhmm." Vom Sofa aus beobachtete ich, wie er in der Küche mit dem Wasserkocher hantierte und im Schrank nach dem Tee suchte. „In der Box neben dem Messerblock!", rief ich ihm zu und fragte mich, wie es sein konnte, dass er das nach zwei Jahren immer noch nicht wusste.

Weil die Küche bisher allein dein Revier war, gab ich mir selbst die Antwort. Gleichzeitig wurde mir bewusst, dass uns in den kommenden Wochen eine echte Herausforderung bevorstand, denn wenn Basti eins überhaupt nicht konnte, dann war es kochen.

Als hätte er meine Gedanken gelesen, bemerkte er auf dem Weg zurück ins Wohnzimmer: „Ich rufe nachher Svenja an und frage sie, ob sie mir das restliche Curry einpackt. Dann ist sie es los und du brauchst dich wenigstens nicht mehr ums Essen zu kümmern."

Ich lachte überrascht auf. „Nee, wie auch?", erwiderte ich mit leisem Spott. „Ich fürchte, da werden wir uns echt was überlegen müssen."

Basti verzog den Mund zu einem schiefen Lächeln und erklärte unbeschwert: „Wir werden schon nicht verhungern. Eine Tiefkühlpizza kriege ich auch hin."

„Oh, toll", murmelte ich wenig begeistert.

Er beugte sich lachend zu mir herunter und küsste mich. „Hast du alles, was du brauchst? Dann fahre ich jetzt zurück ins Büro. Umso früher kann ich nachher zurück sein."

Das glaubte auch nur er. Mein Freund war ein Workaholic, der sich oft schwer von seinen IT-Projekten in der Firma trennen konnte. Doch ich verkniff mir jeglichen Kommentar und nickte.

Basti strich mir zärtlich eine Haarsträhne von der Wange, gab mir einen letzten Kuss und ging. Plötzlich war die Wohnung viel zu leer. Normalerweise hatte ich kein Problem damit, alleine zu sein. Doch heute erdrückte mich diese Stille und ich griff zum Handy, um meine beste Freundin anzurufen und ihr zu erzählen, was passiert war. Gleichzeitig schweiften meine Gedanken wieder zu dem Bettler. Was er wohl gerade machte? Ob er immer noch dort in der kalten Unterführung saß oder sich mittlerweile ein wärmeres Plätzchen gesucht hatte?

Auf einmal wurde mir klar, was für Luxusprobleme ich doch hatte. Tiefkühlpizza statt frisch gekochtem Essen? Ans Haus gefesselt, statt draußen herumlaufen zu können? Eine neue Wohnung mit schicken Tapeten statt meiner in die Jahre gekommenen Behausung? Was war ich doch für eine verwöhnte Prinzessin! Andere wären froh, wenn sie überhaupt eine Pizza oder ein Dach über dem Kopf hätten.

Eine knappe Stunde später kam meine Freundin mit Einkaufstaschen beladen bei mir an und marschierte direkt durch in die Küche, während ich umständlich zurück ins Wohnzimmer humpelte. Ich hatte sie gebeten, mir ein paar Dinge zu besorgen, mit denen Basti garantiert heillos überfordert wäre. Ich wollte mir lieber gar nicht vorstellen, wie mein Freund vor dem Regal mit den Tampons verzweifelte, und bekam allein beim Gedanken daran einen Lachanfall.

Wie es aussah, hatte Jasmin sogar mehr gekauft, als ich ihr aufgetragen hatte. „Seelenfutter“, erklärte sie augenzwinkernd und stellte einen Teller mit portugiesischen Puddingtörtchen vor mir auf den Tisch.

„Oh, du bist ein Schatz“, seufzte ich glücklich. „Kommst du jetzt jeden Tag vorbei?“

Jasmin lachte. „Klar. Aber glaub bloß nicht, dass ich dir jedes Mal diese Dinger mitbringe. Ich will nicht schuld sein, wenn du nach ein paar Wochen ohne Bewegung kugelrund bist.“

Ich gab ein unwilliges Murren von mir. „Erinnere mich nicht daran.“

„So schlimm?“, fragte sie mitfühlend.

„Schlimmer“, bekräftigte ich, und nachdem sie uns einen Cappuccino aus Bastis Hightech-Kaffeemaschine gezaubert hatte, machten wir es uns gemütlich, und ich berichtete ihr ausführlich, was mir am Morgen widerfahren war.

„Wow“, meinte sie, gleichermaßen erschüttert und beeindruckt. „Und da war echt nur dieser Typ, der dir geholfen hat?“

Ich dachte nach und nickte langsam. „Zuerst ja. Und die, die danach vorbeigekommen sind, dachten wahrscheinlich, dass wir zusammengehören.“

„Uhhh.“ Jasmin zog eine Grimasse und schüttelte sich. „Vor dem Bahnhof lungert auch immer so ein Kerl rum, der jeden anschnorrt. Der ist total dreckig und stinkt nach Alkohol. Wenn ich mir vorstelle, dass der mich anfassen würde ... brrr.“

„Nein, so ist Tom nicht“, verteidigte ich meinen Retter und verdrängte den Gedanken daran, dass meine erste Reaktion nicht anders gewesen war.

„Tom?“, sagte meine Freundin erstaunt. „Du kennst sogar seinen Namen?“

Ich zuckte mit den Schultern, als wäre es keine große Sache, dabei wunderte ich mich selbst darüber, wie selbstverständlich mir sein Name über die Lippen gekommen war. „Der Rettungssanitäter hat es erwähnt.“

„Aha. Ja, und? Erzähl! Wie ging es dann weiter?“

Mit großen Augen hörte Jasmin mir zu, und ich konnte ihr am Gesicht ablesen, was sie dabei dachte. Sie war für mich schon immer ein offenes Buch gewesen und schaffte es nie, ihre Emotionen vor mir zu verbergen. Sei es das kritische Stirnrunzeln über Toms Sarkasmus, das empörte Schnauben über seinen Vorschlag, den erbettelten Zwanziger zu teilen, oder das mitleidige Seufzen, als ich ihr von der gespendeten Brötchentüte des Sanitäters erzählte.

„Verrückt“, fasste sie meinen Bericht zusammen. „Aber Hauptsache, dir ist nichts Schlimmeres passiert.“

Damit war die Sache für sie offenbar erledigt, und wir wandten uns anderen Themen zu. Doch kaum, dass meine Freundin nach Hause gefahren war, holte mich der Vorfall in der Unterführung wieder ein. Ich musste daran denken, was mir der Sanitäter über Tom erzählt hatte, und an das, was Jasmin über den Kerl am Bahnhof gesagt hatte. Beide waren offenbar obdachlos oder zumindest bedürftig, doch unterschiedlicher hätten sie kaum sein können. Alles in mir kribbelte vor Ungeduld, weil ich plötzlich mehr wissen und mich vor allem für mein mieses Verhalten entschuldigen wollte. Doch die Schmerzen im Fuß erinnerten mich hartnäckig daran, dass daraus so bald nichts werden würde.

Niedergeschlagen hielt ich Ausschau nach der Packung mit den Schmerztabletten und stöhnte auf, als mir bewusst wurde, dass Basti sie in der Küche liegen gelassen hatte. Gezwungenermaßen kämpfte ich mich erneut vom Sofa hoch und humpelte hinüber.

Die Medikamente lagen auf dem Küchentisch, zusammen mit der Krankmeldung. Mist! Die hätte Basti direkt mit zum Postkasten nehmen können.

Erschöpft ließ ich mich auf einen Küchenstuhl fallen und streckte die Krücken und den eingeschienten Fuß von mir. War es wirklich erst ein paar Stunden her, seit ich hier wie jeden Morgen mit Basti gesessen und gefrühstückt hatte? Es kam mir vor, als wäre es in einem anderen Leben gewesen. Sechs bis acht Wochen Zeit für die Heilung hatte mir der Arzt prophezeit, wenn sich sein Verdacht auf einen Bänderriss bestätigen sollte. Und mir fiel bereits jetzt die Decke auf den Kopf.

Den Rest des Tages dämmerte ich von den Schmerzmitteln benebelt auf dem Sofa vor mich hin, bis Basti gegen halb sieben nach Hause kam. Und er hatte nicht nur das Essen mitgebracht, sondern Svenja und Kai gleich mit dazu. Nachdem sie gehört hatten, was passiert war, hatten sie sich zu einem spontanen Krankenbesuch entschlossen.

„Hey, du Arme, was machst du denn für Sachen?“, begrüßte Svenja mich mit einer gut gemeinten Umarmung, bei der sie schmerzhaft gegen die Prellung an meinem Arm stieß.

Ich sog zischend die Luft ein.

„Oh nein, sorry!", rief sie erschrocken und behandelte mich den Rest des Abends wie ein rohes Ei. Es fehlte eigentlich nur, dass sie mich fütterte.

Ihr Curry schmeckte wie immer unglaublich lecker, und trotzdem bekam ich kaum etwas davon hinunter. Unsere Freunde hatten wie erwartet bereits zu Hause gegessen, um Kai kein aufgewärmtes Essen zumuten zu müssen. Prompt wurde wieder darüber gelästert, doch mir war heute gar nicht danach, dabei mitzumachen.

„Andere wären froh, wenn sie überhaupt etwas Warmes zu essen hätten."

Svenjas Lachen verstummte, und Basti warf mir einen überraschten Blick zu. Upps! Hatte ich das etwa laut ausgesprochen? Natürlich wusste ich, woher dieser Einwand kam, war allerdings selbst erstaunt, wie sehr dieser Tom plötzlich die Kontrolle über meine Gedanken übernommen hatte.

Kai gab ein verzweifeltes Stöhnen von sich. „Jetzt fang du nicht auch noch von den Kindern in Afrika an. Das musste ich mir lange genug von meiner Mutter anhören."

Svenja gluckste amüsiert, und Basti sah aus, als wollte er seinem Kumpel ein High-Five geben für diesen geilen Spruch.

In mir dagegen regte sich der Widerstand, und ich konterte trotzig: „Wer redet denn von Afrika? So weit brauchst du dafür gar nicht zu gehen."

„Oh, oh. Da hat aber jemand schlechte Laune heute", bemerkte Kai grinsend.

Ich gab ein verächtliches Schnauben von mir, griff nach den Krücken und rappelte mich mühsam vom Küchenstuhl hoch. Während ich mich umdrehte und zurück ins Wohnzimmer humpelte, spürte ich die irritierten Blicke der anderen in meinem Rücken.

„Lass sie", hörte ich Basti sagen. „Rieke hatte einen Scheißtag und muss den Schreck erst mal verdauen."

Wenn es doch so einfach wäre. Aber zumindest war das Thema damit erledigt, und die Männer wandten sich ihren Fußballwetten zu.

Erst später im Bett kam mein Freund auf meine seltsame Reaktion zurück und sagte: „Was war da vorhin los beim Essen?"

„Ich weiß nicht", versuchte ich mich zögernd an einer Erklärung. „Ich muss immer an diesen Bettler denken, der mir geholfen hat. Es kann doch nicht sein, dass so jemand wirklich nichts hat und auf der Straße lebt, oder?"

„Daran ist er wahrscheinlich selbst schuld", erwiderte Basti ungerührt. „Ich meine, wir leben in einem Sozialstaat. Da kriegst du doch immer von irgendwoher Geld und Unterstützung. Es sei denn, du hast keinen Bock und verweigerst jedes Jobangebot oder andere Vorgaben."

„Hm." Ich runzelte nachdenklich die Stirn. „So schätze ich ihn eigentlich gar nicht ein."

„Du kennst ihn doch überhaupt nicht", bemerkte er skeptisch.

„Nein. Aber ... Ich weiß nicht ... Es ist nur so ein Gefühl."

„Ach Rieke." Basti drehte sich auf die Seite und strich mir liebevoll mit der Hand über die Wange. Viel mehr Nähe war wegen meiner Verletzungen leider nicht drin. Sanft hob er mit dem Finger mein Gesicht an und küsste mich. „Vergiss den Typen. Es ist nett, dass er dir geholfen hat, aber mit seinem Leben muss er selbst klarkommen. Du hast grad deine eigenen Sorgen."

Ich schmiegte mich, so weit es ging, an ihn und schwieg einen Augenblick. Dann sagte ich in die Stille hinein: „Ich habe mich nicht einmal bei ihm bedankt."

„Damit wird er schon klarkommen."

„Er vielleicht. Aber ich fühle mich so mies dabei", erklärte ich. „Schlimm genug, dass ich ihn vorher die ganze Zeit wie Luft behandelt habe."

„Und was willst du jetzt tun?", erwiderte Basti. „Ich fürchte, es wird schwierig, einem Obdachlosen eine Danksagungskarte zu schicken."

Im Dunkeln konnte ich leider nicht erkennen, ob er das ernst meinte oder sich über mich lustig machte. Mir lag eine empörte Antwort auf der Zunge, doch letztlich hatte er ja recht. Im selben Moment fiel mir etwas anderes ein.

„Apropos", sagte ich. „Die Krankmeldung muss noch zum Verlag. Kannst du die morgen bitte wegschicken?"

„Hmhmm", machte er. „Ich bin ab Mittwoch für ein paar Tage im Stadtbüro und kann sie auch direkt abgeben. Schneller ist die Post ja auch nicht."

„Oder so", stimmte ich zu. Dann hatte ich eine Idee und fügte zögernd hinzu: „Sag mal, dann parkst du doch am Busbahnhof, oder?"

„Ja, wieso?"

„Könntest du dann vielleicht mit dem Bettler sprechen und dich in meinem Namen bedanken? Um die Uhrzeit müsstest du ihn eigentlich in der Unterführung antreffen, da war er zuletzt immer dort."

Basti gab ein unwilliges Brummen von sich. „Meinst du nicht, dass du das lieber selbst machen solltest? Kommt doch auf einen Tag nicht an, wenn er ständig da sitzt."

Beinah hätte ich gelacht. Ein Tag? Der war lustig. Wir redeten hier von sechs bis acht Wochen. Aber ich spürte seinen Widerwillen und wusste, dass Diskutieren zwecklos war.

„Und wenn ich ihm ein paar Zeilen schreibe und du ihm einfach den Zettel gibst?", schlug ich deshalb vor.

„Wenn es dir so wichtig ist", seufzte er.

Ja, das war es. Weil ich es hasste, wenn jemand ungerecht behandelt wurde, und ich leider viel zu spät bemerkt hatte, dass ich genau das getan hatte. Da waren ein Dankeschön und eine Entschuldigung das Mindeste, was ich tun konnte. Ich war allerdings nicht sicher, ob Basti das verstehen würde, deshalb sparte ich mir eine Erklärung und beschränkte mich auf ein: „Danke."

Ich beugte mich zu ihm rüber und küsste ihn, woraufhin er mich liebevoll an sich ziehen wollte. Damit war mein verletzter Arm leider überhaupt nicht einverstanden und protestierte mit einem stechenden Schmerz. Fluchend rollte ich mich wieder auf den Rücken und ahnte, dass diese Nacht alles andere als erholsam werden würde.

Nachdem Basti am nächsten Morgen zur Arbeit aufgebrochen war, richtete ich mich mit Schreibblock und Stift bewaffnet auf dem Sofa ein und zermarterte mir stundenlang das Hirn darüber, was ich dem Bettler schreiben sollte. Es gab so viel mehr als ein Danke, was ich ihm sagen wollte, aber mir fehlten die passenden Worte, um zu erklären, warum ich mich so idiotisch verhalten hatte. Ich konnte es ja selbst kaum begreifen. Stattdessen tappte ich gleich in das nächste Fettnäpfchen, als ich überlegte, was wäre, wenn er gar nicht lesen konnte.

So ein Schwachsinn! Natürlich konnte er das. Er war vielleicht arm, aber das hatte doch nichts mit seinen Fähigkeiten zu tun. Ich musste echt an meinen Vorurteilen arbeiten.

Also, auf ein Neues: *Lieber Tom ...*

Zumindest wusste ich seinen Namen, das war einfacher, als „*Lieber Unbekannter*" oder so etwas zu schreiben. Und wie weiter?

Danke für deine Hilfe gestern und sorry, dass ich so blöd zu dir war, aber woher hätte ich denn wissen sollen, dass nicht alle Bettler ein paar stinkende und alkoholsüchtige Penner sind? Na ganz bestimmt nicht.

Ich stieß geräuschvoll die Luft aus, fuhr mir erschöpft mit der Hand über die Stirn und brütete weiter. Mir bereitete es doch sonst keine Probleme, Texte zu formulieren. Warum war das hier dann so schwer? Genervt schloss ich die Augen und rief mir jede Einzelheit vom Vortag noch einmal ins Gedächtnis. Besonders der letzte Blick dieses Bettlers, bevor der Sanitäter die Tür vom Rettungswagen geschlossen hatte, war bei mir hängen geblieben. Dunkelbraune Augen voller Melancholie, die in totalem Gegensatz zu seinem triefenden Sarkasmus stand. Und plötzlich war ich mir sicher, dass er weder bösartig noch nachtragend sein würde, solange ich ehrlich zu ihm war.

Ich atmete tief durch, fing an zu schreiben, und auf einmal flossen die Worte wie von selbst aus mir heraus.

Entschlossen faltete ich den Zettel zusammen, humpelte rüber zum Schreibtisch, um ihn in einen Umschlag zu stecken, klebte ihn zu und war mit mir zufrieden. Jetzt musste Basti den Brief morgen bloß noch an den Bettler übergeben, und dann hatte ich zumindest fürs Erste meinen Seelenfrieden zurück. Alles Weitere musste warten, bis ich selbst wieder laufen konnte.

Kurz überlegte ich, ob ich auf den Umschlag seinen Namen schreiben sollte, entschied mich aber dagegen. Entweder traf Basti Tom an und drückte ihm den Brief direkt in die Hand, oder es gab sowieso keine Möglichkeit, ihn loszuwerden. Aber er war in den letzten Tagen immer da gewesen. Warum sollte es dann ausgerechnet morgen nicht so sein?

Guter Dinge ließ ich mich zurück aufs Sofa plumpsen und griff nach dem Tablet auf dem Tisch, um ein bisschen zu lesen. Ich öffnete eins der beiden Manuskripte, die mir meine Kollegin zum Korrekturlesen geschickt hatte. So konnte ich mich wenigstens ein bisschen nützlich machen, während ich im Verlag ausfiel. Das war zwar eigentlich nicht mein Job im Vertrieb, aber für einen letzten prüfenden Blick, ob die Korrekturen richtig eingearbeitet worden waren, mussten wir alle herhalten. Und mir kam diese Aufgabe trotz Krankschreibung sehr gelegen, denn der Tag war lang, und ich musste mich dringend mit irgendetwas ablenken. Außerdem freute ich mich schon auf den neuen Regionalkrimi einer meiner Lieblingsautorinnen bei uns im Programm.

Am späten Nachmittag kamen meine Eltern vorbei und brachten einen Auflauf mit, den meine Mutter für das Abendessen vorbereitet hatte. Außerdem hatte sie meinen Lieblingseintopf gekocht, den ich mir auf Vorrat einfrieren konnte.

„Du bist die Beste!", bedankte ich mich bei ihr und warf ihr vom Sofa aus eine Kusshand zu.

Auch Basti wirkte erleichtert, als er nach Hause kam, und freute sich sehr, dass der Auflauf für den nächsten Tag gleich mit reichte. Ich zwickte ihn liebevoll in die Seite und sagte: „Gewöhn dich lieber nicht daran. Mama hatte heute zufällig frei, aber wenn sie arbeiten muss, wird das nichts mit Essen auf Rädern."

Er stieß ein theatralisches Seufzen aus und meinte: „Dann also doch Tiefkühlpizza."

Ich zog eine Grimasse, woraufhin er sich zu mir rüberbeugte, mich küsste und an meinen Lippen nuschelte: „Es gab mal Zeiten, da haben dir Luft und Liebe gereicht."

„Aber nicht sechs bis acht Wochen lang", gab ich lachend zurück.

Basti riss entsetzt die Augen auf. „Aber irgendwann kannst du doch auch vorher wieder rumlaufen und was machen, oder?"

„Der Arzt hat fürs Erste von zwei Wochen gesprochen. Was danach kommt, weiß ich nicht."

Mein Freund stöhnte unterdrückt auf, räumte dann ohne Murren die Spülmaschine ein und verstaute das restliche Essen im Kühlschrank.

Als er anschließend zu mir ins Wohnzimmer kam, deutete ich auf den Brief für den Bettler. Basti warf einen flüchtigen Blick auf den Umschlag und nickte.

„Ich hoffe, das ist nicht gleich ein Liebesbrief geworden", neckte er mich. „So, wie du dich gestern Abend für den Typen ins Zeug gelegt hast."

„Na klar", konterte ich ironisch. „Wer braucht schon den soften Prinzen auf seinem Gaul, wenn er einen hartgesottenen Kerl von der Straße aufsammeln kann."

Basti lachte. „Komm her, meine kleine Kratzbürste", sagte er und schlang vorsichtig die Arme um meine Taille. „Ich weiß doch, dass du in Wirklichkeit auf Männer wie mich stehst, die dir heldenhaft eine Tiefkühlpizza in den Ofen schieben."

Prustend stützte ich mich auf meinen Krücken ab und blickte zu ihm auf. Mein Freund grinste mich verschmitzt an und sah dabei so süß aus, dass ein paar Schmetterlinge in meinem Bauch umherflatterten. Selbst nach zweieinhalb Jahren hatte er immer noch diese Wirkung auf mich, und ich wünschte, ich hätte tun können, worauf ich in diesem Moment Lust bekam. Doch leider hatte ich im wahrsten Sinne des Wortes einen Klotz am Bein, der mich davon abhielt. Stattdessen suchten wir später im Bett eine Position, bei der wir zumindest kuscheln konnten, ohne dass mein Arm oder Fuß schmerzhaft protestierte. Am Ende mussten wir jedoch resigniert aufgeben, drehten uns auf die Seite und wünschten uns eine gute Nacht.

Am Mittwochmorgen versuchte ich mir nicht anmerken zu lassen, wie aufgeregt ich wegen des Briefes war. Ich war unglaublich gespannt, wie dieser Tom darauf reagierte, ahnte allerdings, dass Basti bei zu viel Interesse wahrscheinlich misstrauisch würde. Tom war schließlich bloß ein Bettler, der zufällig da gewesen war, um mir zu helfen. Und auch mir sollte es eigentlich völlig egal sein, was er von mir dachte. War es aber aus einem unerfindlichen Grund nicht. Und die Enttäuschung war groß, als ich etwa 20 Minuten, nachdem Basti gegangen war, eine Whatsapp-Nachricht bekam: *Er war nicht da.*

Fassungslos starrte ich auf das Display und tippte blitzschnell das Telefonsymbol an. „Wie, er war nicht da?“, fragte ich statt einer Begrüßung. „Er war in den letzten Tagen immer da.“

„Ja, und heute halt nicht“, erwiderte Basti. „Was weiß ich.“

Ich runzelte nachdenklich die Stirn und überlegte fieberhaft, was das zu bedeuten hatte. War Tom etwas zugestoßen? Oder hatte er möglicherweise wieder diese Probleme, von denen der Sanitäter gesprochen hatte? Aber warum denn ausgerechnet jetzt?

„Rieke?“, riss mich Bastis Stimme aus den Gedanken. „Ich muss weiter ins Büro und vorher schnell beim Verlag vorbei. Vielleicht ist er ja später auf dem Rückweg da.“

„Ja, kann sein“, murmelte ich wenig zuversichtlich. „Falls nicht ... würdest du es morgen noch mal versuchen?“

Basti seufzte. „Das scheint dir ja echt wichtig zu sein.“

„Hmhmm.“

„Okay. Weil du es bist.“

„Danke“, sagte ich lächelnd. „Hab dich lieb.“

„Dito. Ich muss jetzt weiter. Bis später.“

„Ja, bis nachher.“

Langsam nahm ich das Handy vom Ohr und ließ mich ernüchtert in die Sofakissen zurücksinken. Geduld zählte wahrlich nicht zu meinen Stärken, aber mir blieb nichts anderes übrig, als zu warten.

Tom

Ich hatte es kommen sehen, dass mich der Vorfall im Fußgängertunnel komplett aus der Bahn werfen würde. Und daran konnte auch die Hilfe von dem netten Notfallsanitäter nichts ändern.

Eigentlich war ich nach dem unverhofften Frühstück fest entschlossen gewesen, gleich zum Büro dieses Streetworkers zu gehen. Statt mich jedoch darauf zu konzentrieren, was mich dort erwartete, waren meine Gedanken immer wieder zu der verunglückten Frau zurückgewandert, bis ich vor dem großen Gebäudekomplex am Münsterplatz stand und sich meine Füße weigerten, auch nur einen Schritt hineinzusetzen. Eine geschlagene Stunde lang stand ich wie angewurzelt da und zwang mich, über meinen Schatten zu springen. Doch es ging einfach nicht. Allein beim Gedanken an ein Büro und einen Haufen Formulare wurde ich von einer bleiernen Schwere erfasst. Schließlich gab ich es auf und schlich mit hängenden Schultern zur Tagesunterkunft. Mittlerweile hatte dieser Matthias Jensen wahrscheinlich sowieso längst sein Büro verlassen und war auf der Straße unterwegs.

Morgen! Morgen würde ich wieder herkommen und mein Glück versuchen, ob er mir wirklich helfen konnte. Und dann musste ich es schaffen, denn wenn ich nicht bald einen neuen Ausweis bekam, hatte ich keinen Zugriff auf mein Bankkonto, auf dem spätestens am Freitag die Sozialhilfe eintreffen würde. Also entweder riss ich mich zusammen, oder ich musste weiter betteln.

Kraftlos ließ ich mich im großen Aufenthaltsraum vom Franziskushaus auf einen Stuhl sinken. Ich raufte mir die strähnigen Haare, die dringend geschnitten werden mussten. Aber seit Anjas neuer Chef ihr verboten hatte, uns in der Unterkunft kostenlos zu frisieren, gehörte das zu den Luxusbedürfnissen, die man sich nicht regelmäßig erlauben konnte.

Ich warf einen Blick auf die Uhr an der Wand. Viertel nach zwei. Knapp vier Stunden bis zur Essensausgabe. Der Zwanziger von der älteren Dame am Morgen hatte mir etwas Luft verschafft, sodass ich es mir erlauben konnte, den Rest des Tages hier im Warmen zu verbringen. Froh über diese kleine Verschnaufpause zog ich das Notizbuch und den Stift aus meinem Rucksack hervor und fing an zu zeichnen. Nur dabei konnte ich meine Umgebung komplett vergessen, egal was um mich herum im Franziskushaus passierte oder wie laut die Kulisse war. Seit ich kein eigenes Zuhause mehr hatte, war ich zu einem echten Einzelgänger geworden. Die Erfahrung der letzten drei Jahre hatte mich gelehrt, dass man aufpassen musste, wem man vertraute, um nicht beschissen zu werden. Spätestens seit Olaf, dieser Scheißkerl, vor zwei Wochen mit meiner dicken Winterjacke und meinem Portemonnaie durchgebrannt war. Und das war leider nicht alles.

Schnell schob ich den Gedanken daran beiseite, schlug eine neue Seite auf und setzte den Stift an. Wie in Trance zeichnete ich eine Linie nach der nächsten, verwischte hier, korrigierte da und registrierte gar nicht, was ich dort eigentlich malte, bis mir kurz darauf das Gesicht des Mäuschens aus meiner Kladde entgegenschaute.

Ich unterdrückte ein bitteres Lachen, als ich ihren skeptischen Blick sah. Dieses Misstrauen und die Abwehr darin versetzten mir einen Stich. Es war nichts als ein Abbild der Realität, und trotzdem verfluchte ich mein Unterbewusstsein dafür, dass es mir ausgerechnet diesen Ausdruck als Vorlage gegeben hatte. Ich wollte die Seite herausreißen, zerknüllen und wegwerfen, doch ich tat es nicht. Stattdessen zauberte ich ihr mit zwei, drei kleinen Korrekturen den winzigen Ansatz eines Lächelns ins Gesicht und wünschte, es wenigstens ein Mal in echt sehen zu können.

Was für ein Schwachsinn!, polterte eine Stimme in mir. Sie ist genau wie alle anderen, und daran hat auch dieser Unfall nichts geändert. Du warst halt der Einzige, der da war, um ihr zu helfen. Aber bilde dir nicht ein, dass das irgendetwas ändert. Sie hat sich ja nicht mal bedankt und sitzt wahrscheinlich gemütlich zu Hause in ihrer heilen Welt und hat dich längst vergessen.

Ärgerlich über mich selbst klappte ich das Notizbuch zu, stopfte es zurück in meinen Rucksack und beschloss, die restliche Zeit bis zur Essensausgabe ein Stück am Fluss entlangzulaufen und mir das Hirn freipusten zu lassen. Statt pausenlos über diese Fremde nachzudenken, sollte ich lieber anfangen, mich für den Besuch bei dem Streetworker morgen zu wappnen.

Der Mittwoch startete besser als gedacht. Frisch rasiert, geduscht und vom mageren Frühstück bei der Notschlafstelle zumindest ein wenig gestärkt, machte ich mich auf den Weg zum Büro des Streetworkers. Diesmal schaffte ich es tatsächlich, das Gebäude zu betreten und mich vorzustellen, ohne einen Psychokollaps zu kriegen.

Wie ich erfuhr, war Matthias Jensen ein alter Schulfreund des Sanitäters und bereits von ihm vorgewarnt worden, dass ich mich bei ihm melden würde. So viel Aufmerksamkeit war mir unangenehm, denn ich war es nicht mehr gewohnt, dass sich jemand wirklich dafür interessierte, was aus mir wurde. Bei der lockeren Art des Streetworkers taute ich jedoch sofort auf und erzählte ihm bereitwillig, was mein Problem war. Sogar mehr als das, denn er wollte die ganze Geschichte meines Lebens als Wohnungsloser hören. Wonach er allerdings nicht fragte, war, was der Grund für meinen sozialen Abstieg war, als wüsste er genau, dass dieser Punkt absolut tabu war.

„Okay, Tom", sagte er. „Ich werde sehen, was ich für dich tun kann. Die Unterkünfte sind zurzeit ziemlich voll, da kann ich auf die Schnelle nichts versprechen. Aber das mit dem Ausweis kriegen wir hin."

„Sicher?", entgegnete ich zweifelnd. „Bis jetzt haben alle gesagt, dass nur die Stadtverwaltung meiner letzten gemeldeten Adresse meine Identität bestätigen kann und ich mich an die wenden muss. Aber wie ich da hinkommen soll, geschweige denn das Geld für die Fahrt, neue Passbilder und den Ausweis auftreiben soll, hat mir niemand verraten."

„Ich kümmere mich darum", erklärte Matthias Jensen, ohne sich aus der Ruhe bringen zu lassen. „Allerdings wird es wahrscheinlich ein paar Tage dauern, bis du zumindest einen vorläufigen Ausweis bekommst. Kommst du so lange klar?"

Ich kniff die Lippen zusammen und nickte. Ja, sicher. Was blieb mir anderes übrig. Nach den zwei erniedrigenden Wochen im Fußgängertunnel kam es jetzt auf ein paar Tage mehr auch nicht an, wenn es zumindest einen Hoffnungsschimmer gab. Ich wünschte, für die Unterkunft hätte das auch gegolten, denn ich war nicht sicher, wie viele weitere Nächte ich in dieser Notschlafstätte überstehen würde, wo zwanzig Männer in einem Raum zusammengepfercht auf ein paar Klappbetten schliefen. Oder besser gesagt, sich ruhelos hin- und herwälzten. Doch draußen zu übernachten war keine Option, besonders bei den frostigen Temperaturen zurzeit.

Bevor der Streetworker mich verabschiedete, verabredeten wir, dass ich am Freitag wieder herkommen sollte, um den Stand der Dinge zu besprechen und gemeinsam beim Fotografen um die Ecke ein paar Passbilder machen zu lassen. Auf seine Kosten bzw. die irgendeines Spendentopfes. Beim Gedanken an mein Aussehen konnte ich mir nur mit Mühe das Lachen verkneifen. Das würden bestimmt großartige Verbrecherfotos. Aber meine Optionen waren leider begrenzt. Und da ich zunächst ohnehin nur einen vorläufigen Ausweis für drei Monate bekommen würde, war es auch egal.

Hin- und hergerissen, ob das Gespräch mit diesem Matthias nun gut oder schlecht gelaufen war, verließ ich das Büro. Eigentlich sollte ich froh sein über seine Hilfe und die außergewöhnlichen Umstände, die dazu geführt hatten. Doch die Freude schaffte es nicht, in meinem vernarbten Inneren anzukommen, und wurde von den trüben Gedanken überlagert, es nicht wert zu sein, dem Streetworker seine Zeit zu stehlen.

Deprimiert schlich ich über den Münsterplatz und überlegte, wo und wie ich den restlichen Tag verbringen sollte. Am sinnvollsten wäre es wohl, ein, zwei weitere Stunden auf dem Bettelposten mein Glück zu versuchen. Doch alles in mir sträubte sich dagegen, deshalb ließ ich es darauf ankommen, dass das übrig gebliebene Geld vom Vortag ausreichte. Ich brauchte ohnehin nicht viel, denn die Sorgen schlugen mir seit Tagen auf den Magen. Und genau genommen wunderte es mich, dass das alles war. Bis ich zwei Stunden später in einer ruhigen Seitenstraße in der Nähe vom Franziskushaus auch vom Rest heimgesucht wurde. Ohne Vorwarnung setzte von einer Sekunde zur nächsten die Atemnot ein. Ich rang verzweifelt nach Luft, schleppte mich in den Hinterhof eines verlassenen Restaurants und rutschte rücklings an einer Mauer herunter in die Hocke. Mein Herz raste. Mir wurde schrecklich warm. Dann kalt. Auf meiner Stirn bildeten sich Schweißperlen. Meine Arme und Beine fühlten sich an, als gehörten sie plötzlich nicht mehr zu mir, als würde ich von außen beobachten, wie sie sich bewegten. Kraftlos lehnte ich mich an die Wand. Wartete, dass der Anfall vorüberging. Und war froh, dass niemand vorbeikam und mich entdeckte.

Über Nacht schlich sich dann eine Migräne an, die mich bis zum Morgen völlig außer Gefecht setzte. Ich wollte toben, schreien und all den Scheiß verfluchen, der dafür verantwortlich war, dass aus mir so ein psychisches Wrack geworden war. Doch meine Kraft reichte nicht einmal für den Gang von der Toilette zurück auf meine Pritsche. Mit hämmerndem Schädel kauerte ich mich auf dem Flur am Boden zusammen, bis mich der Wachmann fand und aus Mitleid für den Rest der Nacht in ein Einzelzimmer verfrachtete. Am Morgen musste ich raus, egal in welchem Zustand. Entweder war ich in der Lage, selbst zu gehen, oder er würde den Rettungsdienst rufen.

Dank einer doppelten Tablettendosis gelang es mir, ziemlich benommen, aber auf meinen eigenen Beinen die Notschlafstelle zu verlassen und mich zur nächstgelegenen Kirche zu schleppen, die ich letzte Woche in der Not entdeckt hatte. Nicht, weil ich gläubig gewesen wäre und mir Beistand holen wollte, sondern weil es dort einigermaßen warm und 24/7 geöffnet war und die Bank im hintersten Winkel auf der Empore einen Platz bot, an dem ich mich hoffentlich unentdeckt hinlegen und weiterschlafen konnte. Zu mehr war ich heute nicht in der Lage.

Dort angekommen, warf ich mir eine weitere Tablette gegen die anhaltende Migräne ein und schloss erschöpft die Augen. Der Rest des Tages fand ohne mich statt.

Am Abend wurde es langsam besser, und ich wertete es als gutes Zeichen, dass mein Magen knurrend nach Nahrung verlangte. Zum Glück hatte ich noch zwei Äpfel und die Nüsse, die mir der türkische Obst- und Gemüsehändler am Vortag geschenkt hatte. So musste ich wenigstens nicht weiter als von der Kirche zurück zur Unterkunft. Anscheinend hatte mich den Tag über wirklich niemand gefunden, und falls doch, mich einfach dort liegen gelassen. Zumindest war ich nicht geweckt und vertrieben worden.

Nach all den Stunden auf der harten Kirchenbank war die Pritsche in der Notschlafstelle beinahe Luxus, doch ich registrierte es kaum und zog mir die Decke über den hämmernden Schädel. Nicht bewegen, nicht denken, nur schlafen. Bis am Donnerstagmorgen schlagartig alles vorbei war, als wäre nichts gewesen.

Erleichtert klatschte ich mir eine Handvoll kaltes Wasser ins Gesicht und putzte mir die Zähne, bevor ich mich völlig ausgehungert auf den Weg zur Frühstücksausgabe machte. Anschließend blieb mir nichts anderes übrig, als mich wieder an meinem Stammplatz im Fußgängertunnel einzurichten. Wenn ich das Wochenende einigermaßen gut versorgt überstehen wollte, brauchte ich noch etwas Geld.

Ich saß erst seit wenigen Minuten dort und zeichnete vor mich hin, als vor mir ein Paar Füße in Lederschuhen stehen blieb.

„Bist du Tom?“, hörte ich eine männliche Stimme sagen.

Ich blickte an einer edlen Jeans und teuren Markenjacke nach oben in das Gesicht eines Mannes in meinem Alter. Die dunklen Haare waren frisch frisiert und mit etwas Gel in Form gebracht, die Wangen glatt rasiert wie ein Babypopo. Ich ging innerlich in Habachtstellung, denn dieser geschniegelte Typ machte nicht den Eindruck, als würde er sich normalerweise mit Menschen wie mir unterhalten.

„Ja. Wieso?“, gab ich möglichst selbstbewusst zurück.

Er musterte mich prüfend, wobei meine Position am Boden denkbar schlecht war. Aber selbst wenn ich mit ihm auf Augenhöhe gestanden hätte, hätte das wahrscheinlich wenig an diesem Von-oben-herab geändert.

„Meine Freundin schickt mich", sagte er. „Es geht um den Unfall am Montag. Ich soll dir vielen Dank sagen, weil sie selbst in der Aufregung nicht dran gedacht hat."

Ah, daher wehte der Wind! Hatte ich es mir doch gedacht, dass er sich nicht freiwillig dazu herabließ, mit mir zu reden.

„Hm", machte ich unbeeindruckt. „Dann richte deiner Freundin aus, dass das okay ist und ich ihr gerne geholfen habe."

Der Typ reagierte nicht darauf und hatte in der Zwischenzeit sein Portemonnaie aus der Jackentasche geholt. Fassungslos beobachtete ich, wie er einen Fünfziger daraus hervorzog und in meine Pappschachtel fallen ließ. Ich betrachtete erst den Schein und dann ihn voller Abscheu.

„Was soll das?", fragte ich misstrauisch. „Ist der auch von deiner Freundin? Dann sag ihr vielen Dank, aber das ist nicht nötig."

„Ach nein?" Er zog überrascht eine Augenbraue nach oben. „Warum sitzt du dann hier, wenn du es nicht nötig hast?"

Spätestens jetzt war ich überzeugt davon, dass das Geld nicht vom Mäuschen, sondern von ihm war, und zwar aus dem einzigen Grund, seine Überlegenheit zu demonstrieren. Ich kannte die junge Frau überhaupt nicht, hätte vom Gefühl her allerdings nie gedacht, dass sie mit so einem Lackaffen zusammen war. Sie war vielleicht ignorant und hatte mich wie Luft behandelt. Er war allerdings noch einmal eine ganz andere Hausnummer.

„Ich habe nicht gesagt, dass ich kein Geld brauche", konterte ich zähneknirschend. „Aber ich lasse mich nicht dafür bezahlen, dass ich jemandem in Not geholfen habe."

„Okay." Er bückte sich und nahm den Schein wieder an sich. „Wenn du lieber den aufopferungsvollen Samariter spielen willst und dein Stolz kein Zeichen der Dankbarkeit zulässt, bitte schön."

Ruhig bleiben!, ermahnte ich mich, ballte unter meiner Decke jedoch die Hände zu Fäusten. „Sie hat mich vorher nicht mit dem Arsch angeguckt, und jetzt das?", spottete ich verbittert. „Sorry, aber auf solche Almosen kann ich verzichten."

„Ist ja gut. Ich hab's nur gut gemeint."

Ha! Hatte ich es doch gewusst, dass er dahintersteckte.

Aufreizend langsam schob er den Schein zurück in sein Portemonnaie und dieses in die Jackentasche.

„Darf ich dich etwas fragen?", bemerkte ich und wusste selbst nicht, warum ich mir das antat, mich freiwillig selbst weiter zu quälen.

„Tu dir keinen Zwang an", antwortete er gönnerhaft.

Ich hätte kotzen können, beherrschte mich jedoch mühsam und sagte: „Wenn deine Freundin dich nicht geschickt hätte, hättest du mir auch nur einen Cent gegeben?"

Der junge Mann schaute mich an, als wäre das völlig absurd und erwiderte: „Bestimmt nicht. Sieh lieber zu, dass du dir einen Job suchst! Oder bist du dir dafür auch zu fein?"

Ich stieß ein bitteres Lachen aus und schüttelte den Kopf. „Geh einfach nach Hause, richte dem Mäuschen einen Gruß von mir aus und wünsch ihr gute Besserung."

An seinem Gesichtsausdruck sah ich, dass ich einen Fehler gemacht hatte. „Wie hast du meine Freundin genannt?“, wollte er wissen, dabei hatte er es genau gehört.

„Vergiss es, ist mir so rausgerutscht“, gab ich patzig zurück. Ich sollte mir diese Bezeichnung wirklich abgewöhnen, aber der Name passte einfach zu gut zu ihrem Verhalten im Tunnel. Genau wie der „Lackaffe“ zu ihrem Freund.

Er kniff die Augen bedrohlich zusammen, und ich war überzeugt davon, dass er lediglich aus Sorge um seine schönen Klamotten darauf verzichtete, mich anzufassen. Stattdessen schnaubte er verächtlich, drehte sich um und ging.

Arschloch, dachte ich und bedauerte im Stillen seine Freundin, die garantiert nicht ahnte, was er hier gerade abgezogen hatte.

Fröstelnd schlang ich die Decke enger um meinen Körper und verfluchte meinen Stolz, dass ich das Geld nicht genommen hatte. Allein, um ihm zu schaden. Und wenn ich mir den Hintern damit abgewischt hätte.

Rieke

„Und, war er heute da?“

„Nein“, sagte Basti sichtlich genervt.

Mittlerweile war Freitag, und der Bettler war seit meinem Unfall wie vom Erdboden verschluckt.

Niedergeschlagen ließ ich mich auf einen Küchenstuhl sinken. Ich stellte die Krücken zur Seite und beobachtete, wie Basti das Essen vom Asia-Take-Away auspackte, weil er mal wieder so spät Feierabend gemacht hatte, dass ich ihn nicht mehr zum gemeinsamen Kochen überreden konnte.

„Ich schätze, du wirst dich damit abfinden müssen, dass der Typ weitergezogen ist“, meinte er, als er eine der Schachteln vor mir abstellte. „Und ab Montag kann ich eh nicht mehr gucken gehen, weil ich zurück ins Hauptbüro darf.“

„Ist okay“, erwiderte ich leise und versuchte, mir meine Enttäuschung nicht anmerken zu lassen. Doch Basti achtete sowieso nicht auf mich und begann, mir von seinem Tag im Büro zu erzählen. Er hatte offenbar einen äußerst lukrativen Auftrag an Land gezogen, was bedeutete, dass er in nächster Zeit garantiert noch mehr Überstunden machen würde.

Schweigend stocherte ich in meinem Essen herum und gab ab und zu ein zustimmendes Murmeln von mir.

„Hey." Basti griff nach meiner freien Hand und drückte sie aufmunternd. „Jetzt ist erst mal Wochenende, und ich kann dich rund um die Uhr verwöhnen", tröstete er mich. „Außerdem tue ich es doch für uns und die neue Wohnung."

Die wir bisher nicht haben, dachte ich, sagte jedoch nichts, sondern sah ihn an und zwang mich zu einem Lächeln. Er hatte ja recht. Aber das untätige Zu-Hause-Rumsitzen nervte mich von Tag zu Tag mehr und drückte auf die Stimmung. Dabei waren seit dem Unfall gerade einmal fünf Tage vorbei.

Prompt wanderten meine Gedanken zurück zu Tom. Wo er wohl steckte? Und was er jetzt machte? Ob er wirklich weitergezogen war? Machten Obdachlose das so, sich nach einer Weile nach einer neuen Stadt umzuschauen und dort ihr Quartier aufzuschlagen? Genau genommen wusste ich ja nicht einmal, ob er überhaupt obdachlos war oder bloß Geld für irgendwas brauchte und deshalb bettelte. Hatte ich nicht auf schmerzhafte Art erfahren müssen, wie beschränkt mein Wissen über diese Menschen war? Ganz im Gegensatz zu meinen Vorurteilen. Doch in diesem Moment beschloss ich, das zu ändern. Das Wochenende über musste ich meine Ungeduld allerdings noch im Zaum halten, weil Basti wie versprochen die ganze Zeit bei mir blieb und sich nicht einmal mit den Jungs von seiner Fußballtipprunde verabredete. Ich konnte mein Glück kaum fassen. Bis am Samstagabend seine Kumpels zum gemeinsamen Fußballgucken bei uns aufliefen, wovon mein lieber Freund angeblich nichts gewusst hatte. Ich hatte da so meine Zweifel, doch ich ließ es klaglos über mich ergehen und verfolgte grinsend, wie die Jungs sich gegenseitig losschickten, um Biernachschub aus der Küche zu holen, weil ich leider nicht dafür zur Verfügung stand.

Am Montagmorgen war es schließlich so weit, dass ich meine ungeduldige Neugier endlich befriedigen konnte. Kaum dass Basti zur Arbeit gefahren war, schnappte ich mir meinen Laptop und fing an, nach Informationen über Obdachlosigkeit zu suchen.

Schon auf den ersten Blick war ich völlig erschlagen von den vielen unterschiedlichen Artikeln darüber. *„Studie: Rund 48.000 Obdachlose in Deutschland"*. *„Obdachlose in Deutschland: Ursachen und Auswege"*. *„Tag der Wohnungslosen: Warum das Elend weiter wächst. Bald könnte es 1,2 Millionen ohne Wohnung geben"*. Und so weiter, und so weiter.

Ich runzelte nachdenklich die Stirn. Von 48.000 auf 1,2 Millionen war aber ein gewaltiger Sprung. Irritiert suchte ich nach dem Datum der jeweiligen Artikel, doch sie waren beide relativ aktuell. Bis ich erkannte, dass an der einen Stelle von Wohnungslosen und an der anderen von Obdachlosen die Rede war, wobei es offenbar einen Unterschied gab.

Auf der Internetseite der Malteser fand ich die Erklärung. Darin wurde deutlich gemacht, dass die Begriffe Obdachlosigkeit und Wohnungslosigkeit oft als ein und dasselbe verwendet wurden. In Wirklichkeit hatten sie ganz unterschiedliche Bedeutungen, und das eine war ein Teil des anderen. Wohnungslose Menschen hatten keinen

Mietvertrag. Sie fanden aber Unterschlupf bei Freunden und Bekannten, in Notunterkünften oder staatlich finanzierten Wohnheimen. Obdachlos dagegen waren Personen, die weder festen Wohnsitz noch eine Unterkunft hatten. Sie lebten komplett auf der Straße und übernachteten z. B. in Parks, Bushaltestellen oder U-Bahn-Stationen.

Beim Gedanken daran, dass jemand wirklich völlig im Freien übernachten musste, schüttelte es mich. Aber natürlich wusste ich, dass es die Realität war. Ich erinnerte mich an einen Wochenendausflug nach Hamburg, und dass ich dort spätabends mit eigenen Augen vermummte Gestalten in ihren Schlafsäcken vor den Türen der großen Kaufhäuser gesehen hatte. Basti hatte mich schnell weitergezogen zur U-Bahn-Station, die uns zu unserem gemütlichen Hotel brachte. Doch jetzt bohrte sich die Erinnerung wie ein Pfeil in meine Magengegend. Und wieder fragte ich mich, zu welcher Kategorie Tom zählte. Ich wollte mir nicht vorstellen, dass er zu denjenigen gehörte, die auf der Straße übernachten mussten. Dabei sollte es mir eigentlich egal sein. War es aber nicht, denn dieser schicksalhafte Vorfall in der Fußgängerunterführung hatte etwas in mir wachgerüttelt und Tom aus der Anonymität herausgeholt. Wie gerne wäre ich jetzt aufgestanden, zu ihm gefahren und hätte ihn nach seinem Leben gefragt und wie es dazu gekommen war, dass er bettelnd auf der Straße saß. Doch zum einen gab es da ein kleines logistisches Problem, und zum anderen hatte er seinen Stammplatz offenbar verlassen und war damit unerreichbar geworden.

Seufzend wandte ich mich wieder meinem Laptop zu, scrollte weiter durch die Artikel und wurde immer deprimierter, als ich las, wie viele solcher Schicksale es gab und was die Ursachen dafür waren. Da gab es diejenigen, die zeit ihres Lebens eher am Rande der Gesellschaft gelebt hatten, oder junge Menschen, die ungeregelt aus Hilfseinrichtungen entlassen wurden. Doch viel öfter waren es ganz banale Ereignisse wie eine Trennung, der Verlust der Arbeitsstelle oder Verschuldung, die zum Wohnungsverlust geführt hatten. Oder alles drei in beliebiger Reihenfolge. Dazu kam die Tatsache, dass bezahlbare Wohnungen in Deutschland ziemlich knapp waren.

Allerdings! Wenn selbst Basti und ich als Doppelverdiener Probleme hatten, etwas Passendes zu finden, wie sollte es da erst den Leuten gehen, die von Hartz IV oder Sozialhilfe lebten? Wenn überhaupt, denn es gab auch Obdachlose, die nicht einmal das hatten, weil sie sich schämten oder damit überfordert waren, Hilfe zu beantragen.

Mir fielen Bastis Worte wieder ein. *Wir leben in einem Sozialstaat*, hatte er gesagt. *Da kriegst du doch immer von irgendwoher Geld und Unterstützung. Es sei denn, du hast keinen Bock und verweigerst jedes Jobangebot oder andere Vorgaben.* Doch das war anscheinend leichter gesagt als getan, und mit jeder neuen Erkenntnis taten sich zahlreiche neue Fragen auf. Irgendwann brummte mir der Schädel.

Ich wollte gerade die Googlesuche schließen und den Laptop beiseitestellen, als mir eine Grafik ins Auge fiel. Es war eins dieser Sprüchebilder, wie sie oft in den sozialen Medien geteilt wurden. Der Text lautete: *Es gibt viele Gründe, warum jemand auf der Straße landet. Aber es gibt keinen einzigen Grund, ihn nicht wie einen Menschen zu behandeln!* Daneben saß ein alter Mann im Anzug, mit einer schäbigen Mütze, die nicht dazu passte, und das Gesicht voll von Spuren, die das Leben hineingegraben hatte. Unwillkürlich stiegen mir Tränen in die Augen. Ich war nicht sicher, ob es der Text war oder der Anblick des Mannes oder beides, aber irgendetwas davon traf mich direkt ins Herz. Und mitten hinein in mein schlechtes Gewissen.

Es gab keinen Grund, Tom nicht wie einen Menschen zu behandeln. An ihm vorbeizuhasten und so zu tun, als wäre er gar nicht da. Auch er hatte garantiert einen Grund, warum er auf der Straße gelandet war.

Deprimiert klappte ich den Deckel des Laptops zu und kämpfte vergeblich gegen den Kloß in meiner Kehle an. Diese ganzen Artikel hatten mich fertiggemacht. Und als wäre das nicht genug, erinnerte mich mein Fuß daran, dass es Zeit für eine Schmerztablette wurde.

Nachdem ich sie genommen hatte, wurde ich schläfrig und dämmerte in einen unruhigen Mittagsschlaf, in dem immer wieder ein Paar melancholischer brauner Augen auftauchte. Eine knappe Stunde später wurde ich vom Klingeln an der Wohnungstür geweckt. Mühsam rappelte ich mich auf und schwang mich auf den Krücken in den Flur. Es war Jasmin, die vor ihrer Spätschicht vorbeigekommen war, um zu hören, wie es mir ging und ob ich etwas brauchte.

„Ich brauche vieles", erklärte ich wehmütig. „Aber das kannst du mir leider auch nicht besorgen."

Meine Freundin lachte. „Kommt drauf an, was für extravagante Wünsche du hast."

„Eigentlich nichts Besonderes. Einen heilen Fuß, damit ich raus kann. Oder zumindest einen Balkon, um frische Luft zu schnappen", zählte ich auf. „Und eine Gehirnwäsche, damit ich mal wieder an etwas anderes als an Tom denke und nicht aus Verzweiflung Artikel über Obdachlosigkeit lese."

„Was?" Jasmin sah mich überrascht an. „Nicht dein Ernst."

„Doch", gestand ich zähneknirschend, aber ehe ich ihr von meinem Brief an ihn erzählen konnte und dass Tom plötzlich verschwunden war, sagte sie: „Ich habe deinen Bettler Freitagmorgen übrigens gesehen. Der ist ja echt ganz anders als dieser ekelhafte Kerl am Bahnhof."

Wie vom Blitz getroffen richtete ich mich auf. „Freitag? Wo hast du ihn gesehen?"

„Na, in der Unterführung", antwortete sie irritiert. „Ich musste zum Zahnarzt, und der ist da gleich am Anfang der Fußgängerzone."

„Wann war das?"

Jasmin überlegte. „Ich hatte um Viertel nach acht einen Termin, demnach muss das so um acht rum gewesen sein. Wieso?"

„Dann muss Basti ihn knapp verpasst haben", murmelte ich enttäuscht.

Tom war also doch noch da. Und ausgerechnet jetzt arbeitete mein Freund wieder im Hauptbüro. Ich seufzte und fragte: „Hast du ihm was gegeben?"

Jasmin wich meinem Blick aus und sagte leise: „Nein." Keine weitere Erklärung, doch das war auch nicht nötig. Meine Freundin war Fremden gegenüber extrem schüchtern und brauchte nicht einmal idiotische Vorurteile, um anderen Menschen aus dem Weg zu gehen.

„Was ist denn los?", wollte sie wissen. „Sollte Basti ihm Geld geben oder was?"

„Nein, kein Geld."

Ich erzählte ihr von dem Brief und wartete gespannt auf ihre Reaktion. Jasmin schürzte nachdenklich die Lippen und meinte: „Komisch. Ich hätte wetten können, dass der da schon länger saß, so durchgefroren wie er aussah."

Ich schaute sie überrascht an und versuchte, diesen winzig kleinen Zweifel, den ihre Worte in mir gesät hatten, im Keim zu ersticken. Warum sollte Basti mich anlügen? Ich wusste, dass er meinen Einsatz für übertrieben hielt, aber das war kein Grund, denn es ging um einen völlig harmlosen Brief mit einem Dank und einer Entschuldigung.

„Glaubst du, Basti hat nur so getan, als hätte er Tom nicht angetroffen?", bemerkte Jasmin.

„Ja ... nein ... Ich weiß nicht", stammelte ich verwirrt. „Ich werde ihn nachher auf jeden Fall danach fragen. Aber eigentlich ist es sowieso egal. Basti arbeitet seit heute wieder im Hauptbüro und wird bestimmt nicht extra in die Innenstadt fahren."

Meine Freundin musterte mich einen Augenblick prüfend und sagte dann zögernd: „Das ist dir wirklich wichtig, oder?"

Ich senkte den Kopf und nickte.

„Ich muss morgen früh zur Nachkontrolle zum Zahnarzt", überlegte sie laut. „Wenn er da ist und es wirklich nur darum geht, ihm den Brief zu geben, dann könnte ich das auch übernehmen."

„Was?! Oh, Jassi, du bist ein Schatz!"

„Nee, warte", bremste sie meine Euphorie. „Freu dich lieber nicht zu früh. Vielleicht ist er morgen ja auch gar nicht da."

„Ja, ich weiß. Aber es ist zumindest eine Chance", gab ich hoffnungsvoll zurück. „Ich will das einfach abschließen, damit mich mein Gewissen wieder in Ruhe lässt, verstehst du?"

Jasmin nickte und lächelte. „Und ich dachte, ich wäre hier die Harmoniesüchtige."

Ich grinste verlegen und griff nach den Krücken, um rüber zum Schreibtisch zu humpeln und erneut den Brief zu schreiben. Nachdem ich beim ersten Mal so lange gebrütet hatte, um die richtigen Worte zu finden, flossen sie jetzt aus mir heraus, als hätte ich sie auswendig gelernt. Zufrieden klebte ich den Umschlag zu und reichte ihn meiner Freundin.

„Ich muss dann auch los zur Arbeit", sagte sie, während sie den Brief sorgfältig in ihrer Tasche verstaute. Wir umarmten uns etwas umständlich, dann ging sie und versprach, sich am nächsten Morgen sofort zu melden, ob sie Tom angetroffen hatte oder nicht.

Abends beim Essen überlegte ich fieberhaft, wie ich Basti darauf ansprechen sollte, dass Tom noch da war. Er hatte ohnehin nicht die beste Laune, weil ich ihn dazu verdonnert hatte, mir beim Kochen zu helfen.

Als wir schließlich zusammen am Tisch saßen, erzählte ich ihm von Jasmins Besuch und erwähnte möglichst beiläufig, dass sie den Bettler am Freitag gesehen hatte.

Mein Freund gab ein knappes „Hmmm“ von sich und schaufelte weiter Spaghetti in sich hinein.

„Sie meinte, du musst ihn knapp verpasst haben, weil ihr ungefähr zur selben Zeit durch die Unterführung gekommen seid“, fügte ich zögernd hinzu.

Jetzt hatte ich Bastis Aufmerksamkeit. „Ja, und?“, fragte er misstrauisch. „Meinst du, ich hätte dir nicht erzählt, wenn ich ihn gesehen hätte?“

„Doch, natürlich. Es ist nur schade, weil du ihm anscheinend einen kurzen Moment später begegnet wärst.“ Ich versuchte, seinen Blick einzufangen, doch Basti hatte sich nach einem gleichgültigen Schulterzucken bereits wieder seinen Nudeln zugewandt. Ein unbestimmtes Gefühl ermahnte mich, ihm lieber nicht zu erzählen, dass Jasmin es am nächsten Tag erneut probieren würde. Dann fiel mir allerdings etwas ein, und ich fragte: „Was ist mit dem Brief?“

Basti, der sich gerade eine Gabel voll Essen in den Mund gesteckt hatte, nuschelte: „Den habe ich heute im Büro entsorgt. Das hatte sich ja nun erledigt, oder?“

„Hmhmm.“ Hatte es. Für ihn jedenfalls. Trotzdem störte es mich, dass er den Umschlag einfach weggeworfen hatte, statt mich wenigstens zu fragen.

„Und, was hast du heute Schönes gemacht?“, wechselte Basti das Thema, nachdem er seinen Teller geleert hatte. Er klang ehrlich interessiert, doch ich fragte mich, was er als Antwort erwartete außer: „Auf dem Sofa rumgelegen und den Fuß hochgehalten.“

Aber da er gefragt hatte, konnte ich es ihm auch erzählen. Ich berichtete ihm von meiner Recherche über

Obdachlose in Deutschland, den Unterschied zwischen wohnungslos und obdachlos und was ich sonst alles dabei erfahren hatte.

„Wusstest du, dass es keine offizielle Statistik darüber gibt, wie viele Menschen in Deutschland auf der Straße leben?“, sagte ich, weil es mich selbst völlig erschüttert hatte. „Für jeden Scheiß gibt es Daten ohne Ende, aber die Ärmsten der Armen werden nirgends erfasst, sondern höchstens geschätzt, als gäbe es sie gar nicht. Und was es nicht gibt, um das muss man sich anscheinend auch nicht kümmern.“

Mein Freund starrte mich an, als käme ich von einem anderen Stern. „Dieser Typ scheint dich ja mächtig beeindruckt zu haben“, meinte er, und es klang für meinen Geschmack eine Spur zu verächtlich.

„Ja, aber nicht so, wie du denkst“, gab ich ärgerlich zurück. „Es geht nicht bloß um Tom, sondern darum, dass ich selbst diese Menschen bisher komplett ignoriert und dadurch wie den letzten Dreck behandelt habe. Dabei sind sie echt arm dran und können oft nicht mal etwas dafür.“

Basti gluckste amüsiert, wie er es oft tat, wenn ich mich in Rage redete. Manchmal hatte er sicher recht damit, dass ich mich unnötig in etwas hineinsteigerte. Heute dagegen war es mir wichtig, doch das schien völlig an ihm vorbeizugehen. Er streckte die Hand aus und strich mir zärtlich eine Haarsträhne aus dem Gesicht.

„Meine kleine Weltverbesserin“, sagte er leise. „Können wir uns bitte darauf einigen, dass du dich zuerst um dich selbst und deinen Fuß kümmerst? Und wenn du wieder fit bist, kannst du dem meinetwegen jeden Tag ein paar Cent in seine Kiste werfen, wenn es dich glücklich macht."

„Es geht nicht darum, was mich glücklich macht", entgegnete ich schmollend. „Und ich weiß selbst, dass ich nicht die Welt retten kann, aber ..."

Basti brachte mich mit einem Kuss zum Schweigen. „Dann überlass das anderen, okay?"

Ich sah ihn an, und die Falte zwischen seinen Augenbrauen verriet mir, dass ich jetzt lieber aufhören sollte.

Im Stillen brütete ich jedoch weiter und setzte alle Hoffnung auf Jasmin. Die Welt konnte ich mit meinem Brief an Tom zwar auch nicht retten. Aber vielleicht ließ sich damit zumindest ein Stück von meinem und Toms Leben wieder ins Lot bringen.

Tom

Verdammt! Wenn alle in dem Tempo arbeiteten wie die hiesige Stadtverwaltung, dann würde die Welt den Bach runtergehen! Der Streetworker hatte sich wirklich mächtig ins Zeug gelegt, um einen Nachweis für meine Identität zu bekommen, mit der ich einen neuen Ausweis beantragen konnte. Warum es allerdings mehr als eine Woche dauerte, das Dokument auszustellen, war mir schleierhaft. Es war ein stinknormaler vorläufiger Ausweis und keine Eintrittskarte ins Königreich des heiligen Pennerordens.

Frustriert verließ ich das Bürgerbüro, das mir allein beim bloßen Anblick alles abverlangte, und machte mich auf den Weg zum Fußgängertunnel. Das Dokument müsste morgen fertig sein, hatte man mir gesagt. Und das seit drei Tagen. Hoffentlich war es morgen wirklich so weit, denn das Betteln brachte mich langsam, aber sicher an meine Grenzen. Mir war völlig schleierhaft, wie andere das aushielten, die, aus welchen Gründen auch immer, keine Hilfe beantragten und ausschließlich von den Almosen der Leute lebten. Ich konnte nicht mehr. Ich wollte nicht mehr. Aber solange ich keinen Ausweis hatte, hatte ich auch keinen Zugriff auf mein Bankkonto und musste es weiterhin in Kauf nehmen. Mittlerweile wünschte ich mir beinahe, dass ich meine Sozialhilfe wieder in Tagessätzen bekam, die ich mir täglich beim Jobcenter abholen musste. So wie früher, als ich nie lange genug an einem Ort gewesen war, um einen Anspruch auf monatliche Zahlung auf ein Konto zu haben. Doch genau das, worüber ich in den letzten drei Monaten so froh gewesen war, wurde mir jetzt zum Verhängnis. Was hätte ich in diesem Moment dafür gegeben, diese erbärmlichen und doch so wertvollen rund 14 Euro pro Tag in den Händen zu halten?

Fröstelnd breitete ich den Schlafsack auf dem Boden aus und verfluchte das Kältetief, das die Gegend zurzeit im Griff hatte. Einerseits bescherte es mir zwar höhere Einnahmen in meiner alten Pappschachtel als sonst, weil bei diesem Wetter das Mitleid der Leute im gleichen Maße anstieg, wie die Temperaturen fielen. Andererseits hatte ich seit Tagen das Gefühl, selbst in der warmen Notschlafstelle nicht mehr richtig aufzutauen.

Um mich von meinem Elend abzulenken, griff ich zum Zeichenheft und schaute nur auf, wenn ein paar Münzen vor mir in den Kasten fielen. Das Mäuschen würde wahrscheinlich sowieso nicht so bald vorbeikommen, auf ihren bescheuerten Freund konnte ich gut verzichten, und der Rest war ein anonymer Strom an Menschen, die mehr oder weniger wohlmeinend an mir vorbeizogen. Bis ein Paar schicker Stiefel vor mir stehen blieb und eine zaghafte Stimme sagte: „Hallo. Du bist Tom, oder?"

Ich blickte auf und musterte die junge Frau vor mir skeptisch. Sie war unglaublich klein und zierlich mit kinnlangen, glänzend schwarzen Haaren. Wäre ich aufgestanden, hätte sie mir wahrscheinlich höchstens bis zu den Achseln gereicht. Sie wirkte ziemlich schüchtern, und es war nicht zu übersehen, wie unbehaglich sie sich fühlte, sodass ich mich überrascht fragte, wer sie war und was sie von mir wollte.

„Warum willst du das wissen?“, fragte ich misstrauisch.

„Ich bin eine Freundin von Rieke“, erklärte sie zögernd und streckte mir hektisch einen Briefumschlag entgegen. „Ich soll dir das hier von ihr geben.“

Ohne mich zu rühren, betrachtete ich das Stück Papier. „Wer ist Rieke?“

Ich hatte den Namen nie zuvor gehört, hatte jedoch einen Verdacht, der prompt bestätigt wurde.

„Die Frau, um die du dich letzte Woche nach ihrem Sturz gekümmert hast“, antwortete sie und fügte anschließend hastig hinzu: „Ich darf doch du sagen, oder?“

Ich nickte irritiert, weil ich diese Frage nicht gewohnt war. Die wenigsten kamen auf die Idee, einen Penner zu siezen. Darüber hinaus musste ich diese ganzen Informationen erst einmal sortieren. Das Mäuschen hieß also Rieke. Und sie hatte ihre Freundin geschickt, um mir etwas zu geben.

Argwöhnisch beäugte ich den Umschlag, den mir die junge Frau weiterhin vor die Nase hielt. Nach der Aktion von Riekes Schnösel-Freund ahnte ich, was sich darin befand, und zog ärgerlich die Stirn in Falten.

„Hat dieser Lackaffe ihr nicht gesagt, dass ich keine Almosen für meine Hilfe will?“, knurrte ich.

„Was?!“ Sie starrte mich sichtlich erschrocken an. „Welcher Lackaffe?“

„Na, ihr Freund, der neulich hier war und mich großkotzig für meine Dienste bezahlen wollte“, konterte ich, während die Wut darüber erneut in mir hochkochte.

„Basti war hier und hat mit dir gesprochen?", hakte sie nach und wirkte ehrlich überrascht.

„Ja, leider. Hätte ich gerne drauf verzichtet. Und jetzt auch noch du. Steckt euch euer Geld sonst wohin und lasst mich in Ruhe."

Ich sah, wie sie zusammenzuckte, doch wenn ich geglaubt hatte, dass sie sich umdrehen und die Flucht ergreifen würde, hatte ich mich getäuscht. Im Gegenteil. Energisch warf sie den Umschlag vor mir auf den Boden und vergrub trotzig die Hände in ihren Jackentaschen.

„Ich weiß nicht, was zwischen dir und Basti vorgefallen ist, aber Rieke will sich bei dir bedanken, okay?", blaffte sie mich an. „Ihr Freund hat das anscheinend versemmelt, aber Rieke ist nicht so, wie du offenbar glaubst, und macht sich grad echt Gedanken um dich. Keine Ahnung warum. Wahrscheinlich weil sie nicht weiß, was für ein Kotzbrocken du in Wirklichkeit bist." Sprach's und wandte sich zum Gehen.

Ich kannte sie kein bisschen, bemerkte aber das Zittern in ihrer Stimme und war überzeugt davon, dass ein solcher Ausbruch normalerweise nicht bei ihr auf der Tagesordnung stand. Vollkommen verblüfft betrachtete ich zunächst den Umschlag vor mir, dann den Rücken der jungen Frau, die sich Richtung Fußgängerzone von mir entfernte, und rief: „Warte!"

Ihre Worte hatten mich unerwartet getroffen. Nicht, weil sie mich beschimpft hatte und für einen Kotzbrocken hielt. Das hatte ich bei meinem Verhalten sicher verdient. Aber die Tatsache, dass Rieke sich *Gedanken um mich machte*, wie ihre Freundin es genannt hatte, haute mich um. Redeten wir wirklich über dieselbe Person? Dieses Mäuschen, das mich vor dem Unfall keines Blickes gewürdigt und selbst danach kein Wort für mich übrig gehabt hatte? Plötzlich war ich furchtbar neugierig, was sich in dem Umschlag befand, doch vorher wollte ich etwas anderes wissen.

Die kleine Schwarzhaarige war erst wenige Schritte weit gekommen, blieb stehen und schaute schweigend zu mir zurück.

„Was ist mit ihrem Fuß?", fragte ich.

„Bänderriss", antwortete sie sachlich. „Sie darf ihn nicht belasten und ist die nächsten Wochen ans Haus gefesselt. Deshalb konnte sie nicht selbst kommen."

„Das hatte ich befürchtet." Ich sah sie an, und für einen Moment hielt sie meinen Blick fest, ehe sie sich wortlos umdrehte und ging. Diesmal hielt ich sie nicht auf und war auch nicht sicher, ob sie ein paar Grüße und Genesungswünsche für Rieke angenommen hätte. Die Chance auf eine gute Meinung von mir hatte ich wohl definitiv verspielt.

Ich wartete, bis sie um die Ecke herum verschwunden war, und griff nach dem Umschlag. Ein schlichtes weißes Kuvert ohne Beschriftung. Es juckte mich in den Fingern, es hier und jetzt sofort aufzureißen, doch mein Verstand plädierte dafür, mir lieber ein ruhiges, warmes Plätzchen zu suchen.

Nachdenklich begutachtete ich die wenigen Münzen, die ich bisher bekommen hatte, und versuchte abzuwägen, ob ich es mir leisten konnte, frühzeitig Feierabend zu machen. Andererseits war es arschkalt, und ich würde es ohnehin nicht mehr lange hier auf dem Boden aushalten. Also scheiß drauf.

Eine Viertelstunde später saß ich im Franziskushaus auf den Treppenstufen, die in den Keller führten, und hoffte, dass nicht gerade jetzt jemand dort runter musste und mich erwischte. Aber es war der einzige ruhige Ort, während es oben zuging wie in einem Taubenschlag. Bei der Kälte zog es im Moment doch wieder viele nach drinnen.

Erwartungsvoll holte ich den Umschlag hervor und riss ihn auf. Darin steckte ein weißer DIN-A4-Zettel, der mit einer ordentlichen, leicht zur Seite geneigten Handschrift bedeckt war. Es war eine gefühlte Ewigkeit her, seit ich zuletzt einen persönlichen Brief bekommen hatte, und allein das verursachte einen seltsamen Druck in meiner Brust. Rieke hatte mir tatsächlich eine Nachricht zukommen lassen und kein Geld. Plötzlich tat es mir leid, dass ich ihre Freundin vorhin so angeranzt hatte. Aber wer rechnete denn damit, dass jemand einem Penner von der Straße einen Brief schrieb? Vor allem nach der Aktion von ihrem Schnösel-Freund.

Lieber Tom, las ich und fragte mich, woher sie meinen Namen kannte. Als einzige Erklärung fiel mir das Gespräch mit dem Sanitäter ein. Aber egal. Das war jetzt nicht wichtig, deshalb konzentrierte ich mich wieder auf den Brief.

Leider habe ich im Moment nicht die Möglichkeit, selbst bei dir vorbeizukommen, deshalb melde ich mich auf diesem Weg, hatte Rieke geschrieben.

Ich möchte mich bei dir für deine Hilfe nach dem Unfall bedanken. Und mich entschuldigen, dass ich so kurz angebunden war. Das muss auf dich ziemlich unfreundlich gewirkt haben. Genauso wie mein Verhalten in den Tagen davor, als ich dich wie Luft behandelt habe. Mittlerweile schäme ich mich dafür, und es tut mir wirklich schrecklich leid. Dieser Unfall hat mir auf schmerzhafte Weise die Augen geöffnet, und damit meine ich nicht nur meinen Fuß.

Ich würde dir gerne etwas Gutes tun, um mich erkenntlich zu zeigen. Ich bin allerdings nicht sicher, ob es dir gefallen würde, wenn ich Geld mit in diesen Umschlag stecke, oder ob ich damit deinen Stolz verletze. Deshalb lasse ich es lieber und hole es später nach, wenn das für dich okay ist. Ich hoffe jedenfalls, dass ich dich noch einmal wiedersehe, um mich persönlich bedanken und dich um Verzeihung bitten zu können. Das heißt, nein, eigentlich hoffe ich es auch nicht und wünsche dir, dass du in der Zwischenzeit den Weg von der Straße runter in ein besseres Leben findest.

Viel Glück und danke für alles! Rieke

Fassungslos betrachtete ich den Zettel in meiner Hand und stieß ein ungläubiges Lachen aus. War das hier wirklich echt oder ein verfrühter Aprilscherz? Falls nicht, hatte das Mäuschen offenbar ihr Herz für Stadtstreicher entdeckt und ein schlechtes Gewissen, weil ich mich um sie gekümmert hatte, obwohl sie mir wie einer ansteckenden Krankheit aus dem Weg gegangen war. Aber wenigstens besaß sie den Anstand, sich nicht freikaufen zu wollen, und gestand mir ein kleines bisschen Stolz zu, auch wenn ich manchmal selbst nicht sicher war, ob ich den noch hatte.

Ich stopfte den Brief in den Umschlag zurück und verfluchte Rieke dafür, was sie in mir auslöste. Egal, wie starrköpfig und gefühlskalt ich tat – in Wirklichkeit hatten mich ihre Worte zutiefst berührt. Prompt sah ich wieder ihren Blick vor mir, mit dem sie mich aus dem Rettungswagen heraus angeschaut hatte. Diese undurchdringlichen blauen Augen und ihre leuchtend rotblonden Haare.

Ich spürte, wie sich ein verbotener Gedanke hinterhältig in meinen Kopf schlich, und versuchte, ihn im Keim zu ersticken, weil dieses Terrain viel zu gefährlich war. Es gab kein In-einem-anderen-Leben oder Was-wäre-wenn mehr. Ich war Tom Bartelsmeier, 34 Jahre alt, geschieden, arbeitslos, wohnungslos und psychisch angeknackst. Da war kein Platz für Hoffnungen und Träume. Und erst recht nicht für irgendwelche Hirngespinste von einer Frau an meiner Seite, die noch dazu einen Freund hatte.

In meinem Magen braute sich der altbekannte Klumpen aus Wut zusammen. Wut auf das, was passiert war und mich in diese Lage gebracht hatte. Aber vor allem auf mich selbst, weil ich selbst schuld daran war und es nicht rechtzeitig geschafft hatte, die Reißleine zu ziehen. Stattdessen war ich zu einem verbitterten, sarkastischen, misstrauischen Arschloch geworden, das die Menschen von sich fernhielt. In den letzten zwei Jahren war mir das auch ganz gut gelungen. Doch plötzlich stellte dieser Brief alles auf den Kopf und erinnerte mich daran, wie sehr ich mich im Innersten nach etwas Nähe sehnte. Shit!

Vorwurfsvoll betrachtete ich den Umschlag in meinen Händen, als wäre er für all mein Elend verantwortlich. Ein Teil von mir wollte ihn in kleine Stücke reißen und vernichten. Ein anderer strich behutsam mit dem Finger darüber und verstaute ihn in der Innentasche meiner Jacke, wie einen kostbaren Schatz.

Anschließend fuhr ich mir stöhnend mit den Händen durch die Haare und überlegte, was ich jetzt tun sollte. Ich hätte Rieke gerne gesagt, dass sie sich keine Gedanken machen sollte und ich ihr längst verziehen hatte. Aber es gab keine Adresse in dem Brief, und wenn nicht ihre Freundin zufällig wieder vorbeikäme, hätte ich keine Möglichkeit, sie zu erreichen. Ganz abgesehen davon, dass meine Stunden im Fußgängertunnel vorbei sein würden, sobald ich wieder Zugriff auf mein Konto hatte. Und diesmal würde ich nicht so blöd sein, mir das abgehobene Geld klauen zu lassen. Am besten hakte ich die ganze Sache ab und ließ Rieke in dem Glauben, dass ich *den Weg von der Straße herunter* gefunden hatte, wie sie es so schön nannte. Auf gewisse Weise war es ja auch so.

Rieke

„Er hat was?!", rief ich fassungslos und hätte vor Aufregung beinah mein Handy fallen lassen. „Sag das noch mal!"

Jasmin atmete hörbar tief ein und wiederholte: „Basti hat deinen Tom angetroffen und ihm offenbar Geld dafür angeboten, dass er dir geholfen hat. Und so sauer, wie Tom war, war es anscheinend nicht wenig."

„Aber ..." Ich rieb mir mit der freien Hand über die Stirn, als könnte ich damit irgendwie das Chaos dahinter sortieren. „Von einem Brief hat er nichts gesagt?", vergewisserte ich mich.

„Nein. So bockig wie der ist, traue ich ihm allerdings auch zu, dass er ihn Basti geradewegs vor die Füße geworfen hat. Das hätte er bei mir bestimmt auch getan, aber ich bin dann gegangen."

„Womit wir weiterhin nicht wissen, ob er ihn wirklich gelesen hat", murmelte ich resigniert. „Vielleicht hat er ihn auch direkt im nächsten Mülleimer versenkt."

„Ich kann es dir leider nicht sagen", erwiderte meine Freundin mitfühlend. „Aber wir haben es zumindest versucht, und mehr kannst du im Moment nicht tun."

„Hmhmm." Geistesabwesend zupfte ich einen Fussel von meiner Kuscheldecke und war in Gedanken bereits einen Schritt weiter. Ich überlegte, ob ich warten sollte, bis

Basti am Abend nach Hause kam, oder ob ich ihn anrufen und sofort zur Rede stellen sollte. Mein lieber Freund war mir auf jeden Fall eine Erklärung schuldig.

„Rieke?", hörte ich Jasmin wie aus weiter Ferne sagen. „Ist alles okay?"

„Ja", seufzte ich. „Ich frage mich nur, was in Basti gefahren ist und wie ich damit umgehen soll."

„Es gibt bestimmt eine Erklärung dafür, warum er es dir nicht erzählt hat", versuchte sie mich zu trösten. „Lass das jetzt erst mal sacken und sprich nachher in Ruhe mit ihm darüber."

Meine Freundin konnte offenbar Gedanken lesen. Oder sie kannte mich einfach zu gut, denn ich war schon immer die Ungeduldigere und Aufbrausendere von uns gewesen.

„Ja", gab ich zähneknirschend zurück und wusste, dass sie recht hatte. Basti würde ohnehin genervt reagieren, erst recht, wenn ich ihn deshalb bei der Arbeit störte.

Jasmin redete mir noch eine Weile gut zu und versprach, mir später zum Trost ein paar Puddingtörtchen vorbeizubringen. Doch nichts davon half gegen die Unruhe, die mich erfasst hatte, und nachdem wir uns voneinander verabschiedet hatten, ließ ich mich stöhnend in die Sofakissen zurückfallen. Mal wieder Warten und Nichtstun. Ich hasste es.

Als Basti am Abend nach Hause kam, brachte er ungefragt Essen von unserem Lieblingsgriechen mit und hatte auffallend gute Laune. Das passte mir überhaupt nicht in den Kram, denn wie immer, wenn ich in Angriffslaune war, kam etwas dazwischen, das mir den Wind aus den Segeln nahm.

„Habe ich etwas verpasst?", fragte ich irritiert und beäugte argwöhnisch die Styroporbehälter vom *Mykonos.* „Gibt es etwas zu feiern?"

„Kann man so sagen." Basti zog mich in seine Arme und grinste mich glücklich an. „Wir haben die Zusage für die Wohnung."

„Was?!", rief ich ungläubig und ließ vor Aufregung eine Krücke los, die krachend auf den Boden fiel. „Nicht dein Ernst?"

„Doch", lachte er. „Zum 1. Mai gehört sie uns. Aber der Vermieter meinte, dass wir ab Mitte April schon reinkönnen zum Renovieren."

„Das ist ja großartig." Ich strahlte ihn überglücklich an, und Tom und der Brief rückten schlagartig in den Hintergrund. Beim Essen schmiedeten wir Pläne für Wandfarben und Fußbodenbeläge, neue Möbel und meine langersehnte Leseecke. Basti rechnete aus, zu welchem Termin wir meine Wohnung kündigen mussten, um möglichst wenig Miete doppelt zu zahlen, aber trotzdem einen kleinen Zeitpuffer zu haben. Und ich hatte plötzlich etwas, worauf ich mich freuen und womit ich mich in den nächsten Wochen auf dem Sofa beschäftigen konnte. Auch mein Freund schien äußerst zufrieden zu sein und ließ meiner hibbeligen Euphorie freien Lauf.

Erst später, als wir zusammen auf dem Sofa lagen, erinnerte mich eine Nachricht von Jasmin an das, was vorgefallen war.

Und, was sagt er?, hatte sie geschrieben.

Möglichst unauffällig versuchte ich, das Handy aus Bastis Sichtfeld zu drehen, damit er die Nachricht nicht mitlesen konnte. Ungesehen darauf zu antworten war allerdings unmöglich, deshalb klappte ich die Hülle zu und schob das Smartphone zurück auf den Tisch.

„Jasmin?“, wollte Basti wissen.

„Hmhmm. Aber ist nicht so wichtig“, antwortete ich ausweichend.

Er lächelte und beugte sich über mich, um mich zu küssen. Wahrscheinlich dachte er, dass meine glückselige Stimmung wegen der Wohnung und unserer gemeinsamen Zukunft so weit reichte, dass ich dafür sogar meine beste Freundin versetzte. Wenn der wüsste. Auf einmal fühlte ich mich gar nicht mehr so beschwingt, sondern der bohrende Stachel des Zweifels kehrte zurück. Fieberhaft überlegte ich, ob ich uns wirklich diesen wundervollen Abend verderben sollte, doch irgendwann hielt ich es nicht mehr aus und sagte möglichst beiläufig: „Jassi hat heute übrigens den Bettler getroffen und mit ihm gesprochen.“

„Aha“, machte er gelangweilt und offensichtlich nicht gewillt, näher auf das Thema einzugehen. Deshalb fügte ich zögernd hinzu: „Er hat ihr erzählt, dass du bei ihm warst und ihm Geld angeboten hast, weil er sich um mich gekümmert hat.“

Für einen Moment blieb alles still, dann stützte Basti sich auf seinen Unterarm und zog die andere Hand von meinem Bauch zurück. „Und?“, bemerkte er misstrauisch.

Ich drehte mich zu ihm herum und sah ihn an. „Warum hast du zu mir gesagt, dass du ihn nicht angetroffen hast?“

Er stieß geräuschvoll die Luft aus, richtete sich vollständig auf und schob sich unter meinen Füßen durch Richtung Sofalehne. „Ich wollte dir nicht deine Illusion zerstören und dir ersparen, dass der in Wirklichkeit ein Riesenarschloch ist."

„Was?" Ich rappelte mich ebenfalls aus meiner liegenden Position hoch und versuchte, in seinem Gesicht zu lesen, ob er das tatsächlich so meinte. Doch Bastis Miene zeigte dieselbe Abneigung, die auch in seiner Stimme gelegen hatte.

„Was ist passiert?", wollte ich wissen.

„Nichts", gab er abweisend zurück. „Der Typ hat die Diva raushängen lassen und sich einen Scheiß für deinen Brief interessiert. So von wegen, nur weil er dir geholfen hat, bräuchtest du jetzt auch nicht plötzlich angekrochen zu kommen."

Ich erstarrte innerlich und musste das Gehörte erst einmal verdauen. Nach allem, was Jasmin mir erzählt hatte, klang das wirklich nach Tom.

„War das, bevor oder nachdem du ihm das Geld angeboten hast?", hakte ich nach.

Basti zog ärgerlich die Augenbrauen zusammen. „Ist das wichtig?"

„Ja, vielleicht. Wie viel hast du ihm gegeben?"

„Einen Fuffi", antwortete er. „Aber den wollte er natürlich auch nicht. Sitzt da und bettelt, aber wenn er was kriegt, lehnt er es ab, der komische Vogel."

„Fünfzig Euro?", wiederholte ich mit einem hysterischen Lachen. Kein Wunder, dass Tom dabei auf stur geschaltet hatte. Ich kannte ihn fast gar nicht, aber die kurze

Zeit bei ihm in der Unterführung hatte gereicht, um zu erkennen, dass er seinen Stolz hatte.

„Was denn?“, gab Basti eingeschnappt zurück. „Hat er dir nun geholfen oder nicht?“

„Ja, schon“, stimmte ich ihm zu. „Aber ...“

„Können wir das jetzt bitte beenden?“, unterbrach er mich. „Deine Dankbarkeit und dein Gewissen in allen Ehren, Rieke, aber der Typ hat es echt nicht verdient, dass du ihm hinterherrennst. Und hätte ich gewusst, dass das so ein junger Kerl und kein alter Knacker ist, hätte ich mich erst gar nicht darauf eingelassen, mit ihm zu reden. Der ist ja wohl in der Lage, seinen Arsch hochzukriegen und was aus seinem Leben zu machen, statt den Leuten das Geld aus der Tasche zu ziehen.“

Für einen Augenblick verschlug es mir die Sprache, dass seine Vorurteile offenbar wesentlich schlimmer waren als meine. Vor allem, weil ich mittlerweile erkannt hatte, wie falsch sie waren.

„Du weißt doch überhaupt nicht, was ihm passiert ist und warum er dort gelandet ist“, erwiderte ich empört.

„Nein, aber es interessiert mich auch nicht“, konterte er aufgebracht. „Ich wollte ihm ja helfen, und er hat abgelehnt. Damit ist die Sache für mich erledigt. Und du solltest das Thema auch endlich abhaken. Ich weiß, warum ich dir nichts davon erzählt habe, und hatte gehofft, dass du den Penner einfach vergisst. Bedank dich bei Jasmin, dass der Typ uns diesen schönen Abend verdorben hat.“

„Jassi kann nichts dafür“, verteidigte ich meine Freundin. „Ich habe sie noch einmal mit dem Brief hingeschickt.“

Basti sah mich verblüfft an. „Welcher Brief? Ich habe dir doch gesagt, dass er nichts davon wissen wollte, und habe ihn entsorgt.“

„Ich habe ihn neu geschrieben. Weil du mir nur gesagt hast, dass du ihn nicht angetroffen hast. Und Jasmin halt doch.“

Mein Freund stöhnte auf und raufte sich die Haare. „Ich fasse es nicht.“

Stirnrunzelnd beobachtete ich, wie er den Kopf schüttelte. Tom war offenbar ein rotes Tuch für ihn, auch wenn ich mir nicht erklären konnte, warum.

Niedergeschlagen schluckte ich jede weitere Erwiderung runter und hätte mir am liebsten die Zunge abgebissen, dass ich mit dem Thema angefangen hatte. Ich hätte wissen müssen, dass mein Freund nicht gut darauf zu sprechen war, erst recht nicht nach dem, was Jasmin mir erzählt hatte. Aber ich konnte auch verstehen, dass Tom seinen Stolz und Basti ihn auf dem falschen Fuß erwischt hatte. Die ganze Situation war völlig verfahren und die gute Stimmung von vorhin im Eimer. Nur weil ich mit diesem blöden Brief mein Gewissen beruhigen wollte, ohne zu wissen, ob Tom ihn überhaupt gelesen hatte. Das hatte ich ja toll hingekriegt.

Wir haben es zumindest versucht, und mehr kannst du im Moment nicht tun, hatte Jasmin gesagt. Es war die nettere Variante zu Bastis *Vergiss den Penner,* doch letztendlich hatten wohl beide recht. Und wer wusste schon, ob ich den Bettler jemals wiedersehen würde.

Energisch wischte ich die trüben Gedanken beiseite und konzentrierte mich auf das Hier und Jetzt. Und das bedeutete, Schadensbegrenzung zu betreiben.

Basti hatte sich rüber in den Sessel gesetzt und zappte mit finsterer Miene durch die Fernsehkanäle. Vorsichtig hievte ich meinen kaputten Fuß vom Sofa, hangelte mich zu meinem Freund rüber und schlang von hinten die Arme um seinen Hals.

„Nicht böse sein“, sagte ich leise. „Ich konnte ja nicht wissen, dass Tom so merkwürdig reagiert hat. Und mir war das mit dem Brief einfach wichtig, weil ich erst durch diesen ganzen Vorfall erkannt habe, dass er nicht bloß ein Bettler ist, sondern ein Mensch mit einer Geschichte.“

Im ersten Moment zeigte Basti keinerlei Reaktion. Dann legte er die Fernbedienung zur Seite, griff nach meinen Händen, verschränkte seine Finger mit meinen und drückte mir einen Kuss auf den Handrücken.

„Ach, Riekchen“, seufzte er. „Dass du aber auch immer gleich mit dem Kopf durch die Wand musst, wenn du für etwas Feuer gefangen hast.“

Ich hörte an seiner Stimme, dass er mir verziehen hatte, und lächelte erleichtert. „Genau das liebst du doch an mir“, neckte ich ihn zärtlich.

Er lachte leise und sagte: „Versprich mir, dass du es jetzt gut sein lässt. Wenn du plötzlich dein Herz für Obdachlose entdeckt hast, dann spende meinetwegen etwas an die Caritas oder so, aber lauf nicht weiter diesem Typen hinterher, okay?“

„Hmhmm“, nuschelte ich zustimmend und gleichzeitig deprimiert. Etwas anderes blieb mir sowieso nicht übrig. Doch Basti hatte mich mit seinem Vorschlag auf einen Gedanken gebracht. Eine Spende war grundsätzlich eine gute Idee. Aber gab es nicht vielleicht auch eine Möglichkeit, direkt hier vor Ort zu helfen, statt etwas in einen großen, überregionalen Topf zu stecken? Dann hätte wenigstens auch Tom etwas davon. Ich würde ihm vielleicht nicht länger hinterherlaufen, wie Basti es so abfällig nannte, aber vergessen konnte ich ihn deshalb trotzdem nicht. Und mein Bauchgefühl sagte mir, dass er eben nicht der ungehobelte Kerl war, als der er sich anscheinend ausgab, sondern dass es ein Schutzschild war. Gegen was auch immer.

Mir war allerdings klar, dass ich meinem Freund nichts weiter darüber zu erzählen brauchte, und ich unterdrückte meinen Tatendrang fürs Erste. Sosehr ich Basti auch liebte und in der Regel immer einen Kompromiss mit ihm fand, aber dieses eine Mal würde ich mein Ding alleine durchziehen müssen. Tom hatte etwas in mir bewegt, das sich nicht mehr aufhalten ließ. Ich hatte keine Ahnung, was es genau war oder warum es sich so hartnäckig in mir festgesetzt hatte. Doch ich wusste, dass dieses Gefühl keine Ruhe geben würde, bis ich es herausgefunden hatte.

Tom

Ich hatte einen vorläufigen neuen Ausweis, Zugriff auf mein Bankkonto und Geld in der Tasche. Sogar den Platz im Obdachlosenheim hatte ich zurückbekommen, nachdem der Streetworker ein langes Gespräch mit der Heimleitung geführt und erfahren hatte, dass Olaf, der Arsch, mittlerweile über alle Berge verschwunden war. Alles war wieder gut, zumindest soweit man das unter meinen Umständen so nennen konnte. Und trotzdem fehlte etwas. Tagelang konnte ich mir nicht erklären, was der Grund für diese Unruhe in mir war. Bis mir auffiel, dass mich meine Streifzüge durch die Stadt wie von Geisterhand immer wieder an einen ganz bestimmten Ort führten – den Fußgängertunnel am Busbahnhof. Und zwar jeden Morgen zur gleichen Zeit. Ich musste nicht mehr betteln und konnte mir wirklich Schöneres vorstellen, als mich dort herumzutreiben. Aber ein kleiner, selten dämlicher Teil von mir hoffte offenbar darauf, Rieke zu treffen. Was völliger Blödsinn war, denn so ein Bänderriss verheilte nicht von heute auf morgen. Das wusste ich aus eigener, leidvoller Erfahrung nach einem Missgeschick beim Fußballspielen vor acht Jahren. Damals, als ich noch ein Leben hatte – einen Job, eine Frau, Freunde, Familie, ein Zuhause. Bis ein einziger beschissener Abend alles veränderte und ich nach und nach alles verlor.

Schnell verdrängte ich den Gedanken daran und zog weiter Richtung Fluss. Es war in den vergangenen zwei Tagen etwas wärmer geworden, sodass ich mich an meinem Lieblingsplatz am alten Bootsanleger niederließ, um die Möwen zu beobachten. Sie verirrten sich selten so weit ins Landesinnere, deshalb freute ich mich immer, wenn sie da waren. Obwohl es wehtat, weil ihr Geschrei Erinnerungen an glücklichere Tage am Meer weckte. Und damit auch an Merle.

Verdammt, was war bloß mit mir los im Moment? Ich hatte seit Monaten nicht an meine Ex oder mein früheres Leben gedacht. Und ich hatte auch nichts gefühlt, sondern einfach funktioniert und mich irgendwie durchgeschlagen. Aber von einem Tag auf den nächsten ohne Geld dazustehen und betteln zu müssen, hatte mir den ersten Schlag verpasst. Und Rieke den zweiten. Trotz mehrerer Lagen Stoff zwischen dem Brief in der Innentasche meiner Jacke und meiner Brust brannten sich ihre Worte täglich aufs Neue in mein Herz und quälten es mit der Hoffnung auf bessere Zeiten. Eine Hoffnung, die ich genauso verloren hatte wie den Glauben an die Menschlichkeit. Bis dieses abweisende, ignorante Mäuschen völlig überraschend eine ganz andere Seite gezeigt und alles auf den Kopf gestellt hatte.

Ärgerlich warf ich einen Stein ins Wasser und wünschte, ich könnte meine Gedanken und Gefühle genauso im Fluss versenken. Stattdessen tauchte auf der Oberfläche ein Paar himmelblauer Augen auf und bohrte sich weiter in mein Inneres. Bis ich von einer kalten Hundeschnauze an meiner Hand ins Hier und Jetzt zurückbefördert wurde.

„Hey, Filou“, begrüßte ich den schwarzen Labradorrüden erfreut und kraulte ihn hinter den Ohren. „Lange nicht gesehen, Kumpel.“

„Kein Wunder“, ertönte Pauls raue Stimme hinter mir. „Ins Tierheim haben sie den armen Kerl gesteckt, während sie mich im Krankenhaus gefangen gehalten haben. Kann froh sein, dass ich ihn wieder zurückgekriegt habe.“

Ich drehte mich überrascht um und fragte mich, wo die beiden so plötzlich herkamen. War ich etwa so tief in meine Gedanken versunken gewesen? Normalerweise hörte man es meilenweit gegen den Wind, wenn Paul mit seinem scheppernden Einkaufswagen voller Flaschen durch die Gegend zog. Und tatsächlich stand das Gefährt mit all seinen Habseligkeiten direkt neben ihm.

Paul war im Gegensatz zu mir ein richtiger Obdachloser, der immer nachts draußen auf der Straße bzw. in versteckten Winkeln von Parkhäusern und Gebäudenischen schlief. In den hiesigen Unterkünften waren keine Tiere erlaubt, aber Paul würde sich eher einen Arm abhacken, bevor er sich von Filou trennte. Wir hatten uns vor etwa fünf Monaten kennengelernt, als ich durch Zufall hier in der Stadt angekommen war und vergeblich einen Platz zum Schlafen gesucht hatte. Die Notschlafstelle war restlos überfüllt, es war zu spät gewesen, um weiterzuziehen, und mir blieb nichts anderes übrig, als unter freiem Himmel zu schlafen. Bis zu diesem Zeitpunkt der Tiefpunkt meiner Wohnungslosen-Karriere. Und ohne Paul wäre ich wahrscheinlich verloren gewesen. Es war ein stürmischer Tag im Oktober, an dem es ununterbrochen schüttete und ich bis auf die Knochen nass und durchgefroren war. Trockene Wäsche zum Wechseln hatte ich längst nicht mehr und auch keine Idee, wo ich noch hingehen sollte. Ich war so erschöpft gewesen, dass ich keinen Fuß mehr vor den anderen setzen konnte und es mir gerade vor Kälte zitternd in einem Bushäuschen gemütlich gemacht hatte, als Paul vorbeikam und im Mülleimer nach Pfandflaschen suchte. Er erkannte sofort, dass ich ein absoluter Anfänger beim Draußen-Übernachten war, nahm mich unter seine Fittiche und brachte mich zu seinem bevorzugten Schlafplatz neben dem Fahrstuhlschacht eines Parkhauses. Dort war es überraschend warm, weil kein Windzug ging, und mit einer von Pauls zahlreichen Isomatten unter dem Hintern ließ es sich einigermaßen aushalten. Bis der Husten kam. Und das Fieber. Bis Paul es in der fünften Nacht mit der Angst zu tun bekam und Hilfe holte. Bis die Notfallsanitäter mich retteten und ich nach dem Krankenhausaufenthalt einen Platz im Obdachlosenheim ergatterte.

Es waren fünf Tage und Nächte, in denen Paul und ich beste Freunde wurden, obwohl wir unterschiedlicher kaum sein könnten und uns nur äußerst unregelmäßig trafen. Paul redete nicht viel und bevorzugte es, alleine mit seinem Hund durch die Gegend zu ziehen. Er verkörperte das Bild vom typischen Stadtstreicher, wenn es so etwas gab: verwahrlost von Kopf bis Fuß, alte, abgerissene Klamotten, kaputte Zähne und meist eine Flasche Bier in greifbarer Nähe. Aber er war eine Seele von Mensch. Ein Kämpfer und Überlebenskünstler, von dem ich mir als „verweichlichter Unterkunftspenner", wie er mich mit liebevoller Verachtung nannte, eine Scheibe abschneiden konnte. Paul hatte sein Schicksal zu hundert Prozent angenommen und es seit zwölf Jahren zu seiner neuen Realität gemacht, wie er mir einmal erzählt hatte. Ich an seiner Stelle wäre wahrscheinlich längst weitergezogen und hätte mir einen Ort gesucht, an dem ich meinen Hund mit in die Unterkunft nehmen konnte, denn die gab es. Doch Pauls Frau und seine kleine Tochter lagen hier auf dem Friedhof, und sie hätte er noch viel weniger zurückgelassen als seinen Hund.

Ich musterte meinen Freund, der ungewohnt erholt und gepflegt aussah, und klopfte neben mir auf den Schlafsack. „Komm her, setz dich zu mir und erzähl, was du im Krankenhaus getrieben hast“, forderte ich ihn auf.

Paul stieß ein undefinierbares Geräusch aus, das seine mangelnde Begeisterung über den Aufenthalt ziemlich deutlich machte. Mühsam ließ er sich neben mir auf dem Boden nieder und brummelte etwas in seinen gestutzten Bart, das verdächtig nach „Blutvergiftung“ klang.

„Hab mich neulich an ner Scherbe geschnitten. Dabei muss ich mir wohl ne Infektion eingefangen haben.“

„Ach du Scheiße“, entfuhr es mir, denn ich kannte jemanden aus der früheren Zeit, der eine solche Sepsis nicht überlebt hatte. „Und jetzt? Ist alles wieder in Ordnung?“

„Joa“, antwortete er gedehnt. „Ist noch alles dran und mit dem Geradeausdenken geht's auch wieder. Nur die müden Knochen wollen nicht ganz so wie vorher.“

„Na Gott sei Dank.“

„Hmmm. Vor allem, dass ich aus dem Bunker endlich raus bin und meinen Filou wiederhabe. Ich sag's dir, diese weichen Betten und das Essen, das sie regelmäßig in dich reinstopfen wollen, das ist nichts für mich.“

So manch anderer hätte ihm für diese Aussage wohl einen Vogel gezeigt und erwidert, dass er doch froh sein sollte, ein paar Tage lang ein Dach über dem Kopf zu haben und versorgt zu werden. Aber nicht so Paul. Nach all den Jahren auf der Straße brauchte er seine Freiheit und Unabhängigkeit wie die Luft zum Atmen und verzichtete dafür notgedrungen auf jede Art von Komfort oder Regelmäßigkeit. Essen und Schlafen waren wichtig zum Überleben, aber alles, was darüber hinausging, wurde seiner Meinung nach überbewertet. Einerseits bewunderte ich ihn für diese Einstellung. Andererseits war er ein lebendes Beispiel dafür, wie ich nicht enden wollte.

Ich lächelte ihn nachsichtig an, tätschelte seinem Hund den Rücken und sagte: „Jetzt seid ihr beide ja wieder da."

Filou rekelte sich wohlig neben mir, als wollte er seine Zustimmung damit ausdrücken, was sogar Paul ein kleines Lächeln entlockte.

„Und bei dir so?", wollte er wissen.

Ich zuckte mit den Schultern und erzählte ihm von Olaf, meiner Zeit im Fußgängertunnel und dem Vorfall mit Rieke und den Fahrradrowdys. Paul reagierte mit seinem üblichen wortkargen Grummeln, das sowohl Zustimmung als auch Ablehnung bedeuten konnte. Als ich jedoch den Brief erwähnte, blieb er zunächst stumm.

Überrascht blickte ich zur Seite und sah, dass er mich nachdenklich betrachtete. „Schlag sie dir aus dem Kopf", sagte er knapp. Sonst nichts. Als hätte er innerhalb von Sekundenbruchteilen durchschaut, dass mir diese nette Geste viel mehr bedeutete, als sie sollte.

Ich kniff die Lippen zusammen und schwieg, woraufhin Paul anfing, irgendeinen Schriftsteller zu zitieren: „Denn die einen sind im Dunkeln, und die andern sind im Licht, und man siehet die im Lichte, die im Dunkeln sieht man nicht." Er machte eine bedeutsame Pause und sah mich an. „Bertolt Brecht. Dreigroschenoper", erklärte er. Es war einer dieser Momente, in denen er den ehemaligen Deutschlehrer raushängen ließ, und ich fühlte mich wie ein dummer Schüler, von dem er eine Textanalyse forderte. Das tat er natürlich nicht, sondern seufzte und meinte: „Glaub nicht, dass dieser Wisch irgendwas zu bedeuten hat, nur weil die feine Dame gezwungenermaßen einen kurzen Blick auf dich erhascht hat. Glaub mir, für die bist du höchstens ein Charity-Objekt, an dem sie ihr schlechtes Gewissen abarbeiten kann. Fuchtelt ein bisschen mit der Taschenlampe in der Dunkelheit rum und denkt, Bescheid zu wissen. Nachher macht sie vielleicht ein Foto mit dir, das sie bei Instagram posten kann, um der Welt zu zeigen, dass sie ein Herz für Penner hat, und das war's dann."

„Was?" Ich sah ihn verblüfft an. „Woher kennst du denn Instagram?"

Paul schnaubte. „Ey, Junge. Ich bin vielleicht etwas älter als du und hab nix mit diesem Schickimickikram am Hut, aber blöd bin ich auch nicht."

Entschuldigend hob ich die Hände. „Sorry. Ich war bloß überrascht."

„Hm", machte er und schob brummelnd hinterher: „Hab was drüber im Krankenhaus in der Glotze gesehen."

Ich grinste still in mich hinein. Hatte ich es doch gewusst. Das Lachen blieb mir jedoch im Hals stecken, als mir bewusst wurde, was er gesagt hatte. Die Vorstellung von Rieke als Social-Media-Sternchen war allerdings völlig absurd. Das würde sie nicht tun. Oder?

Ach, zum Teufel mit ihr! Wer oder was immer sie war, unsere Wege hatten sich für einen kurzen Moment gekreuzt, und das war's. Ich war und blieb dieser kaputte Typ ohne Arbeit, Wohnung und Perspektive, und sie ... Ja, was eigentlich? Was wusste ich denn über sie, außer dass sie einen Lackaffen zum Freund hatte und eine Freundin, deren Loyalität größer war als sie selbst.

Ich zuckte erschrocken zusammen, als Paul mir freundschaftlich auf die Schulter klopfte und sich mühsam wieder aufrappelte. „Du wirst niemals ganz hier unten bei uns auf der Straße ankommen", bemerkte er. „Dafür glaubst du zu sehr an das Gute. Aber weißt du, was mein Kumpel Franz immer gesagt hat? Er sagte: Du sollst Hoffnungen haben, aber niemals Erwartungen, dann erlebst du vielleicht Wunder, aber keine Enttäuschungen."

„Ist das auch wieder einer von deinen Dichtern und Denkern?", fragte ich stirnrunzelnd, denn ich hatte Paul bisher nie von einem Kumpel reden hören.

Er grinste mich mit seinem zahnlückenhaften Lächeln an und antwortete: „Natürlich. Der heilige Franz von Assisi. Kennst du doch wohl, oder?"

„Na sicher", bluffte ich, konnte mir das Lachen dabei jedoch nicht verkneifen. „Du hast manchmal echt eine Macke, Paulchen."

Um seine sonst so verhärmten Mundwinkel zuckte es. „Nicht nur eine", konterte er, beugte sich über seinen Einkaufswagen, zog zwei Bierflaschen daraus hervor und hielt mir eine davon entgegen.

Ich lehnte dankend ab. „Du weißt doch, kein Bier vor vier."

Es war ein Running Gag zwischen uns, weil er genau wusste, dass ich das Angebot auch nach vier Uhr verschmäht hätte. Zum einen, weil ich darin keine Lösung sah wie er. Doch hauptsächlich deshalb, weil mich jederzeit die nächste Migräneattacke überfallen konnte und sich die Medikamente nicht mit Alkohol vertrugen. Die Erfahrung hatte ich ein Mal gemacht, und sie reichte für den Rest des Lebens.

Paul zuckte gleichgültig mit den Schultern, befreite die Flasche mit einem geschickten Handkantenschlag auf den Einkaufswagen vom Deckel und schüttete seine Art von Medizin in sich hinein. Anschließend verstaute er die Flasche sorgfältig in einem anderen Beutel als zuvor, setzte sich wieder zu mir und starrte raus auf den Fluss vor uns. Filou legte seine Schnauze auf Pauls Schoß, und so blieben wir eine ganze Weile schweigend sitzen und beobachteten, wie das Wasser ans Ufer schwappte. Wir mussten nicht viel reden, denn es gab in der Regel kaum etwas in unserem armseligen Leben, was erwähnenswert gewesen wäre. Und trotzdem genossen wir die Anwesenheit des anderen und das Gefühl, nicht alleine zu sein. Paul war der Einzige, dem ich jemals ansatzweise erzählt hatte, was an jenem Abend vor drei Jahren passiert war. Weil wir trotz aller Unterschiede mehr Gemeinsamkeiten hatten, als irgendjemand ahnte.

Die Kirchturmuhr in der Innenstadt schlug zwölf, Viertel nach zwölf, halb eins, Viertel vor eins, dann kam wieder Leben in Paul.

Er rappelte sich auf und sagte: „Muss los. Die Moni hat mir ein paar Blumen versprochen. Kann ich gleich in ihrer Mittagspause abholen."

„Moni ist ein Schatz", bemerkte ich lächelnd. Ich kannte die Blumenhändlerin überhaupt nicht, aber allein die Tatsache, dass sie Paul regelmäßig ein paar aussortierte Sträuße überließ, damit er seiner Frau und Tochter etwas auf das Grab stellen konnte, machte sie in meinen Augen zu einer Heiligen.

Paul nickte, versuchte vergeblich, seine Rührung vor mir zu verbergen, und pfiff nach seinem Hund. Blitzschnell sprang Filou auf und eilte an seine Seite. „Wir sehen uns!", rief er im Weggehen und schob mit dem scheppernden Einkaufswagen davon.

Nachdenklich schaute ich ihm hinterher und beobachtete, wie zwei junge Frauen, die ihm entgegenkamen, mit angewiderten Gesichtern einen weiten Bogen um ihn herum schlugen. Ich stieß verächtlich die Luft aus. Ob sie wohl auch so reagieren würden, wenn sie seine Geschichte kannten? Wenn sie wüssten, dass er vor vielen Jahren seine Frau und seine fünfjährige Tochter bei einem Autounfall verloren hatte? Es war ein Unfall, für den er sich selbst die Schuld gab, weil er einem Reh ausgewichen war und dadurch die Kontrolle über den Wagen verloren hatte. Schlagartig war seine heile Welt auseinandergebrochen, und er hatte es nie geschafft, sich davon zu erholen. Er hatte sämtliche Hilfe abgewiesen, weil er der Meinung war, sie nicht verdient zu haben, und war schließlich dort gelandet, wo er heute war. Doch von all dem wussten diese dummen Hühner nichts, die jetzt lästernd und gackernd hinter mir vorbeiliefen, sonst hätten sie wahrscheinlich eher mit Krokodilstränen dagestanden und ihm auf theatralische Weise ihr Mitleid bekundet. Samt Charity-Foto für Instagram, wie Paul sagen würde.

Prompt wanderten meine Gedanken zu Rieke, und das war wesentlich besser als das Bild von einem Friedhof auf meiner inneren Leinwand. Ich versuchte, mir vorzustellen, wie sie auf meinen Freund reagieren würde. Auf den Klischee-Obdachlosen, der trank und müffelte und einen Einkaufswagen voll Pfandflaschen vor sich herschob.

Dieser Unfall hat mir auf schmerzhafte Weise die Augen geöffnet, hatte sie in ihrem Brief geschrieben. Aber was genau meinte sie damit? Und wie weit ging diese neue Erkenntnis? Ein fieses kleines Teufelchen in mir hätte ihr gerne Paul direkt vor die Nase gesetzt, um ihre Reaktion zu testen. Gleichzeitig schimpfte ich mich einen Idioten, dass ich mir völlig unnötig den Kopf über sie zerbrach.

Genervt zog ich mein Notizbuch aus dem Rucksack und fing an zu zeichnen, um sie und alles andere aus meinem Hirn zu vertreiben. Ein kleines Mädchen und seine Oma, die am Flussufer Möwen fütterten, kamen mir als Motiv gerade recht, und ich merkte, wie ich mit jeder Linie und jedem Strich innerlich ruhiger wurde.

Als es zu kalt wurde, um noch länger dort sitzen zu bleiben, packte ich meine Sachen zusammen und machte mich auf den Weg zum Internetcafé. Je nach Gemütslage und finanziellen Möglichkeiten gönnte ich mir hier ab und zu einen Euro für eine halbe Stunde Surfen, um meine E-Mails zu checken, zu schauen, was in der Welt los war, und an guten Tagen die aktuellen Stellenangebote bei der Arbeitsagentur durchzusehen. Ich war nicht dazu verpflichtet, Bewerbungen zu schreiben, weil ich in den letzten Monaten so oft krank gewesen war, dass ich als erwerbsunfähig galt. Dadurch bekam ich kein Hartz IV mit all seinen Verpflichtungen, sondern Sozialhilfe. Finanziell war es letztendlich dasselbe, nur aus einem anderen Topf. Für die Psyche dagegen machte es einen Unterschied. Zumindest an den hellen Tagen, an denen sich irgendetwas in mir aufbäumte und darauf pochte, dass ich es schaffen konnte, mich aus diesem Sumpf zu befreien. In solchen Momenten wollte ich mich nicht aufgeben und hoffte auf irgendeinen glücklichen Zufall bei den Jobangeboten, auch wenn es in den meisten Fällen vergebliche Liebesmühe war, weil ein Großteil davon für mich sowieso nicht infrage kam. Entweder, weil ich zwar einen Führerschein hatte, aber kein Auto. Von meiner nicht vorhandenen Fahrpraxis in den vergangenen drei Jahren ganz zu schweigen. Oder es waren Bürojobs, die pauschal ausfielen, wenn ich nicht jeden Tag aufs Neue eine Panikattacke riskieren wollte. Auch sonst blieb nicht viel übrig, wozu ich als technischer Zeichner und Betriebswirt zu gebrauchen wäre. Außerdem gab es das winzig kleine Problemchen, dass ich keinen festen Wohnsitz hatte – der Teufelskreis aller Wohnungslosen. Ohne Job bekam man keine Wohnung und ohne Wohnung keinen Job. Selbst für die banalste Hilfsarbeiterstelle musste man eine feste Adresse nachweisen, und die wenigsten Arbeitgeber ließen sich darauf ein, den Papierkram über die Hilfsorganisation abzuwickeln.

Vor knapp drei Wochen hatte ich es wieder einmal probiert. In einem Anflug von Optimismus hatte ich mich bei einer Gartenbaufirma beworben, die in ihrer Anzeige ungelernte Arbeitskräfte nicht ausgeschlossen hatte. Dieser Job unter freiem Himmel, statt in einem engen Büroraum, erschien mir geradezu perfekt. Bei Wind und Wetter an der frischen Luft zu sein, war ich mittlerweile gewohnt. Und Gartenarbeit war mir nicht völlig fremd, nachdem ich mich jahrelang mit Merle zusammen um das Anwesen ihrer Eltern gekümmert hatte. Einen Versuch war es definitiv wert gewesen, doch als ich jetzt mein Mailpostfach aufrief und im Eingang den Namen der Gartenbaufirma entdeckte, ahnte ich, was kam.

Sehr geehrter Herr Bartelsmeier,

vielen Dank für Ihre Bewerbung. Leider müssen wir Ihnen mitteilen …

Die übliche 08/15-Absage, die keine Begründung lieferte, warum man nicht genommen wurde. Doch die brauchte ich auch nicht, weil es mir ohnehin klar war.

Ohne überhaupt weiterzulesen, beförderte ich die Mail in den Papierkorb und loggte mich aus. Immer wieder sagte ich mir, dass es doch sowieso von Anfang an klar gewesen war und ich nicht so enttäuscht sein sollte. Und trotzdem gingen diese Absagen nicht spurlos an mir vorbei. Paul hatte recht, ich war längst noch nicht wirklich auf der Straße angekommen. Zu viel Hoffnung, zu wenig Gleichgültigkeit. Und was hatte ich davon? Einen Haufen

Frust und Enttäuschung. Und eine große Portion Einsamkeit als Sahnehäubchen obendrauf.

Rieke

Monatelang hatte ich einer neuen Wohnung entgegengefiebert. Ich hatte es kaum erwarten können, mich endlich auf die Suche nach den perfekten Tapeten, Bodenbelägen und Gardinen zu begeben. Nach jeder aussichtsreichen Besichtigung hatte ich die Grundrisse skizziert und im Geiste mit neuen Möbeln eingerichtet, als fehlte bloß der Schlüssel, um alles genau so umsetzen zu können. Basti hatte oft belustigt bis genervt die Augen verdreht und mich regelmäßig damit aufgezogen, dass an mir eine Innenarchitektin verloren gegangen war. Aber es machte mir wahnsinnigen Spaß, obwohl ich jedes Mal wieder in ein Loch gefallen war, wenn es mit der Wohnung nicht geklappt hatte.

Jetzt war es endlich so weit, und ich hatte sogar den ganzen Tag Zeit, mich damit zu beschäftigen, weil ich ans Sofa gefesselt sowieso nichts anderes tun konnte. Und das länger als gedacht, denn entgegen meinen Hoffnungen verdonnerte mich der Arzt beim nächsten Termin zu weiteren zwei Wochen Stillsitzen.

In der Zwischenzeit hatte Basti unsere Wohnung gekündigt und sich mit den jetzigen Mietern der neuen Bleibe verabredet, um die Räume auszumessen und damit eine Grundlage für unsere Planungen zu schaffen. Eigentlich hätte er in der übernächsten Woche Urlaub gehabt, doch den hatte er angesichts der bevorstehenden Renovierung verschoben. Amüsiert beobachtete ich, dass selbst Basti mittlerweile vor Vorfreude und Unternehmungslust vibrierte. Mein Enthusiasmus dagegen hielt sich plötzlich in Grenzen. Wenn ich im Internet die Seiten der Baumärkte und Einrichtungsgeschäfte aufrufen wollte, schob sich der Anblick von Tom in der Fußgängerunterführung davor. Grau gekachelte, graffitiverschmierte Wände, schmutziger Fußboden, kein Schutz vor der Kälte. Es kam mir vor wie Verrat, sich zwischen diesem oder jenem Luxus entscheiden zu müssen, während Menschen wie er wahrscheinlich froh wären, eine Bruchbude mit Heizung und fließendem Wasser zu haben. Ich wollte ihn dafür verfluchen, dass er mir die Vorfreude auf ein neues Zuhause verdorben hatte. Gleichzeitig schämte ich mich dafür und wünschte, irgendetwas tun zu können, um ihm zu helfen, ebenfalls eine Bleibe zu finden – wenn er denn überhaupt eine brauchte, aber davon ging ich aus. Wie gerne würde ich zu meinem Vermieter gehen und sagen: Hören Sie zu, da ist ein junger Mann, der eine Wohnung sucht, kann der nicht ab Juni hier einziehen? Aber mir war klar, dass dieser Vorschlag spätestens am Finanziellen scheitern würde. Wer auf der Straße saß und bettelte, konnte sich garantiert keine Wohnung wie diese leisten. Und das Sozialamt würde sich mit Sicherheit ebenfalls querstellen.

Ich starrte auf den Bildschirm meines Laptops und fragte mich, was ich hier eigentlich tat. Basti würde mir einen Vogel zeigen, wenn er wüsste, welche Gedanken ich mir machte. Und auch meiner besten Freundin hatte ich mich bisher nicht anvertraut. Zu groß war die Angst, dass Jasmin mich ebenfalls nicht verstehen könnte. Ich verstand mich ja selbst nicht und versuchte vergeblich zu ergründen, ob mir tatsächlich das Thema so naheging oder etwas anderes dahintersteckte. Möglicherweise jagte ich auch einem Phantom nach, eben weil ich momentan nichts tun konnte, und eine einzige Begegnung mit Tom würde dem Ganzen ein Ende bereiten. Vielleicht sollte ich Jasmin losschicken, um ihn einzusammeln und herzubringen, damit ich mit ihm reden konnte und anschließend endlich wieder meine Ruhe hätte. Ich hörte allerdings bereits ihren Aufschrei, dass das viel zu gefährlich wäre, ich Tom doch überhaupt nicht kannte und es später zutiefst bereuen könnte, ihm meine Adresse verraten zu haben. Und sie hatte sicher recht damit, wie meine Vernunft murrend eingestehen musste.

Seufzend klickte ich den Google-Verlauf an, um die Seite eines Einrichtungshauses aufzurufen, auf der ich am Vortag zuletzt mit Basti geschaut hatte. Als mein Blick auf diese äußerst kuriose Liste darin fiel, lächelte ich still in mich hinein. Dort wechselten sich in schönster Regelmäßigkeit Seiten über alles für das schöne Zuhause mit denen über Obdachlosigkeit ab und spiegelten genau das wider, wie es in mir drin aussah.

Drei Wochen waren mittlerweile seit dem Unfall vergangen. Drei Wochen, in denen ich zwischen den Themen hin- und hergesprungen war, meist zwei Tabs gleichzeitig geöffnet hatte und schnell von einem in den anderen wechselte, sobald Basti zur Tür hereinkam. Zum Glück nutze er selbst immer seinen eigenen Laptop, sodass ich mir um den Verlauf keine Sorgen zu machen brauchte.

Andernfalls hätte ich mir garantiert etwas von ihm anhören können. Dabei war er doch selbst schuld. Er hatte vorgeschlagen, dass ich etwas spenden sollte, wenn mein Herz daran hing. Und das tat es. Deshalb hatte ich im Internet die verschiedenen Arten recherchiert, wie man Obdachlosen im Allgemeinen und bei uns in der Stadt im Speziellen helfen konnte, und war dabei vom Hundertsten ins Tausendste gekommen. Mit dem frustrierenden Ergebnis, dass ich in meiner derzeitigen Lage so gut wie nichts davon tun konnte. Auf einer Seite des Online-Magazins *Aware* der Malteser hieß es zum Beispiel: *Sechs Dinge, die du tun kannst, um Obdachlosen zu helfen.* Doch es hätte eigentlich lauten müssen: Sechs Dinge, die du tun kannst, wenn du nicht ans Sofa gefesselt bist.

Dort ging es zum einen um die Spende von Kleidung oder Nahrungsmitteln. Man sollte darauf achten, nur das weiterzugeben, was man auch selbst annehmen würde, und keine abgelaufenen Dinge. Außerdem wäre es sinnvoll, haltbare Lebensmittel, die nicht zubereitet werden müssen, zu spenden, und die Obdachlosen im besten Fall zu fragen, was sie brauchten, da jeder Mensch andere Bedürfnisse hatte.

Im ersten Moment hatte ich bei diesem Abschnitt fassungslos den Kopf geschüttelt. Abgelaufene Lebensmittel spenden? Ernsthaft? Obdachlose waren doch keine lebenden Mülltonnen. Aber offenbar kam das häufiger vor, als ich mir vorstellen konnte. Grundsätzlich war etwas zu essen jedoch gar keine schlechte Idee, denn prompt erinnerte ich mich wieder daran, wie wenig Tom auf den Rippen hatte. Es gab zwar die Essensausgaben, wie ich mittlerweile wusste, aber ob das reichte? Doch für den Moment hatte sich dieser Punkt dank meines logistischen Problems ohnehin erledigt. Ich konnte mit dem kaputten Fuß nicht einfach losgehen, einkaufen und Tom etwas vorbeibringen. Ganz abgesehen davon, dass ich gar nicht wusste, ob er da sein würde, an seinem Platz in der Unterführung. Es war zum Haareraufen. Dasselbe galt für den Vorschlag, Pfandflaschen oder Pfandbons zu spenden. In manchen Städten gab es einen Gabenzaun, an den man gefüllte Beutel hängen konnte. Man konnte Sachspenden an Hilfsorganisationen geben oder sich dort selbst bei der Essensausgabe oder Ähnlichem engagieren.

Die einzige Möglichkeit, die momentan übrig blieb, war, Geld auf ein Spendenkonto zu überweisen. Ich hatte sogar eine kirchliche Einrichtung vor Ort ausfindig gemacht, damit mein Geld nicht in einem großen, deutschlandweiten Topf versickerte. Doch dann haperte es an meinen technischen Möglichkeiten. Mein Bankkonto war zwar für Online-Banking freigeschaltet, aber da die Sparkasse direkt neben dem Verlag war, hatte ich es bisher nie genutzt. Und jetzt, wo ich es wollte, musste ich feststellen, dass meine Zugangsdaten nicht funktionierten und ich mir zunächst überlegen musste, welchen Sicherheitszugang ich dafür nutzen wollte. In solchen Dingen war ich eine absolute Niete und hatte alles, was damit zu tun hatte, immer Basti überlassen. Aber etwas in mir sträubte sich dagegen, ihn wieder mit meinem „*Herz für Obdachlose*", wie er es genannt hatte, zu behelligen. Also hieß es erneut warten. Warten, bis ich wieder laufen durfte. Warten, bis ich selbst zur Bank gehen konnte. Warten, bis ich endlich mein Leben zurückhatte.

Doch bei aller Ungeduld war das nicht das Schlimmste. Was mich wirklich quälte, war mein schlechtes Gewissen, und daran war ebenfalls die Seite der Malteser schuld. Denn von diesen sechs Dingen, die dort aufgelistet wurden, hatte ich die ersten drei bereits grandios versemmelt.

Suche das Gespräch, stand dort als erster Punkt, und es wurde erläutert, dass es Überwindung kostete und man damit rechnen musste, abgewiesen zu werden, dass sich viele Obdachlose aber auch über ein Gespräch freuen würden. Denn neben Armut, Kälte und Hunger wäre es auch die soziale Isolation, die sie belastete. Dazu gab es die Empfehlung, möglichst klar und direkt in das Gespräch einzusteigen, auf Augenhöhe zu begegnen und eine Frage zu stellen oder eine Kleinigkeit anzubieten.

Tja, das mit der Überwindung war so eine Sache. Und ich war nicht sicher, ob Tom nicht eher zu der Kategorie gehörte, die mich abgewiesen hätte. Aber einen Versuch wäre es allemal wert gewesen. Genau wie Punkt 2, der lautete: *Zeige Respekt.* Es ging darum, dass es für die Obdachlosen zermürbend wäre, neben der täglichen Einsamkeit das Gefühl zu haben, unsichtbar und kein Teil der Gesellschaft mehr zu sein. Wer sich mit einem Gespräch überfordert fühlte, sollte es wenigstens mit einem kleinen „Hallo" oder einem freundlichen Nicken versuchen, weil Nettsein zum Glück ja nichts kostete.

Und auch Punkt 3 traf voll ins Schwarze, denn dieser behandelte die vorherrschende Meinung, dass die Obdachlosen das erbettelte Geld doch eh nur für ihren Stoff ausgaben. *Verurteile nicht,* stand dort. Vielleicht hatte der- oder diejenige bereits mehrere Kaffee und Brötchen bekommen und könnte mit 2 Euro einfach mehr anfangen. Selbst wenn das Geld dann tatsächlich dazu verwendet würde, sich eine Flasche Korn zu kaufen. *Obdachlose sind auf unsere Solidarität angewiesen,* wurde in dem Artikel erläutert, *und das meint im Umkehrschluss auch auf unsere 50 Cent. Was man selbst dazu denkt, sollte nicht dazu führen, aus Prinzip nicht zu helfen.*

Seit ich diese Abschnitte gelesen hatte, fühlte ich mich noch elender als zuvor. Ich versuchte mir vorzustellen, wie es wohl gelaufen wäre, wenn ich das alles vor dem Unfall gewusst und entsprechend gehandelt hätte. Wenn ich nicht an Tom vorbeigeeilt wäre, ohne ihn eines Blickes zu würdigen, sondern ihn wenigstens angesehen und wirklich wahrgenommen hätte. Wenn ich ihm einen guten Morgen gewünscht und besagte 50 Cent in seinen Kasten geworfen hätte. Bei fünf Tagen, an denen ich an ihm vorbei zur Arbeit ging, wären das pro Woche 2,50 Euro gewesen, die mich kaum in Armut gestürzt hätten. Doch egal, wie lange ich darüber nachgrübelte und bereute, meine Vorstellungskraft reichte einfach nicht aus. Dafür war die Situation zwischen uns wahrscheinlich bereits zu verfahren, denn wenn ich Tom vor mir sah, gehörte dieser knurrige Sarkasmus unweigerlich mit dazu. Wie gerne hätte ich die Zeit zurückgedreht und so vieles besser gemacht. Alles auf Anfang, bis zu dem Tag, an dem der Bettler zum ersten Mal in der Unterführung aufgetaucht war. Doch was geschehen war, ließ sich leider nicht mehr ändern. Stattdessen konnte ich nur darauf hoffen, ihn in ein paar Wochen wiederzusehen und eine Chance zu bekommen, es wiedergutzumachen.

Nachdem die ersten vier Wochen vorbei waren, war der Arzt so weit mit der Heilung meines Fußes zufrieden, dass er mir Physiotherapie verschrieb und erlaubte, den Fuß auf den kurzen Strecken im Haus ein wenig zu belasten. Ich hätte vor Freude heulen können und fiel Jasmin, die mich an diesem Tag chauffierte, glücklich um den Hals.

„Endlich", seufzte ich erleichtert. „Dann kann ich wenigstens selbst wieder richtig kochen. Ich schwöre dir, noch eine Woche länger und ich wäre Amok gelaufen, so wie Basti sich manchmal angestellt hat."

Meine Freundin lachte. „Na komm, insgesamt hat er sich doch ganz wacker geschlagen, oder? Und jetzt übertreib es nicht sofort. Den Staubsauger überlässt du schön weiter ihm, hörst du?"

„Hmmm", murrte ich und erzählte ihr lieber nicht, wie oft wir in den vergangenen Wochen wegen Kleinigkeiten aneinandergeraten waren. Geduld gehörte wirklich nicht zu meinen Stärken. Und Anweisungen befolgen nicht zu seinen. Zum Glück versöhnten wir uns genauso schnell auch wieder, wie es zwischen uns krachte. Aber die Toleranzgrenze sank von Tag zu Tag mehr.

Jasmin wusste aus eigener, leidlicher Erfahrung, dass ich mit meiner Ungeduld manchmal ziemlich anstrengend war, und hielt mir grinsend die Autotür auf.

„Und jetzt?", fragte sie, nachdem ich eingestiegen war und meine Krücken verstaut hatte. „Nach Hause aufs Sofa, oder sollen wir zur Feier des Tages irgendwo einen Kaffee trinken gehen?"

„Das fragst du noch?", antwortete ich begeistert und hätte sie für diesen Vorschlag knutschen können. Die

Aussicht, etwas anderes als meine vier Wände zu sehen, war unglaublich verlockend, auch wenn es nach wie vor eine logistische Herausforderung war, deshalb schob ich weit weniger euphorisch hinterher: „Wenn du mich direkt bis vor die Eingangstür fährst."

Jasmin grinste mich geheimnisvoll an. „Lass dich überraschen." Sie startete den Motor, fuhr vom Parkplatz der Arztpraxis und schlug den Weg Richtung Innenstadt ein.

„Du kennst nicht zufällig einen guten Physiotherapeuten?", fragte ich sie unterwegs. „Ich habe bis jetzt keinen gebraucht und müsste mir blind einen aus dem Internet suchen."

„Versuch's mal bei der Praxis am Busbahnhof", schlug sie wie aus der Pistole geschossen vor. „Olli ist da ständig mit seinen ganzen Sportverletzungen und total zufrieden. Vor allem, seit der Bruder von seinem Freund hierhergezogen ist und da angefangen hat. Ich komm grad nicht auf den Namen, aber ich frage Olli heute Abend danach. Der ist jedenfalls nicht zimperlich, weiß aber anscheinend genau, was er tut."

„Okay", murmelte ich und war gedanklich meilenweit voraus. Am Busbahnhof, hatte sie gesagt. Ich wusste nicht, wo genau die Physiotherapiepraxis dort war, aber es bestand zumindest die Möglichkeit, dass ich es von dort bis zur Fußgängerunterführung schaffen würde. Außerdem konnte ich dann mit dem Bus hinfahren und war nicht darauf angewiesen, dass jemand Zeit hatte, mich dort hinzubringen. Vorausgesetzt, ich schaffte es zu Hause alleine die Treppe runter.

Plötzlich konnte ich es kaum erwarten, dass es losging, und hätte am liebsten sofort in der Praxis angerufen, um Termine zu machen.

Jasmin hielt vor einer roten Ampel und musterte mich nachdenklich von der Seite. „Er lässt dich nicht los, oder?"

Sie musste nicht sagen, wen sie mit *„er"* meinte. Ich presste ertappt die Lippen aufeinander und schüttelte den Kopf.

„Weißt du", begann meine Freundin zögernd, während sie den Blick wieder auf die Ampel richtete, „ich habe neulich auch noch mal über Tom nachgedacht, nachdem du mir erzählt hast, wie es in Wirklichkeit abgelaufen ist, als Basti ihm den Brief geben wollte. Dieses Ruppige an ihm und dass er so abweisend war ... Wenn du mich fragst, ist das alles Fassade. Dieser letzte Blick von Tom, bevor ich gegangen bin, das war so ganz anders. Keine Ahnung, wie ich das beschreiben soll."

„Ich weiß", sagte ich leise. „Das war bei unserer Begegnung genauso. Deshalb kriege ich ihn ja nicht aus dem Kopf. Weil ich wissen will, was dahintersteckt."

„Und was, wenn du es herausgefunden hast?"

Ich zuckte hilflos mit den Schultern. „Kommt darauf an, was es ist."

„Nein, Rieke", widersprach Jasmin sanft. „Ich weiß, wie gerne du Dinge in die Hand nimmst und dich kümmerst, aber ich glaube, Tom ist eine Nummer zu groß für dich. Was, wenn du ihn nicht retten kannst? Und denk an Basti. Er wird nicht gerade begeistert sein, wenn du einen anderen Mann zu deinem Projekt machst."

„Tom ist kein Projekt", konterte ich energisch.

„Ach nein? Was denn dann?" Meine Freundin warf mir während der Fahrt einen fragenden Blick zu. Doch eine Antwort blieb ich ihr schuldig, weil ich sie selbst nicht kannte.

Jasmin zog skeptisch die Stirn in Falten. „Aber du willst mir jetzt nicht sagen, dass da irgendwelche Gefühle im Spiel sind, oder?", hakte sie nach.

„Was?!", rief ich überrascht und starrte sie ungläubig an. „Spinnst du? Natürlich nicht! Ich meine ... doch, das ist grad alles ein einziger emotionaler Murks. Aber bestimmt nicht so, wie du denkst, mit Herzklopfen und Schmetterlingen im Bauch."

Meine Freundin zog wie ein geprügelter Hund den Kopf ein. „Sorry! Vergiss es! War ein blöder Gedanke. Aber manchmal ist man ja auch machtlos dagegen."

„Hmm", murrte ich wenig überzeugt. So ein Schwachsinn. Ich hatte Basti und liebte ihn trotz unserer Meinungsverschiedenheiten über alles. Wir würden demnächst in eine neue Wohnung ziehen. Und vielleicht käme er ja eines Tages auf die Idee, den nächsten Schritt mit mir in eine gemeinsame Zukunft zu gehen. Da war garantiert kein Platz für irgendwelche romantischen Anwandlungen für einen völlig Fremden, der zudem auf der Straße zu leben schien.

Jasmin atmete tief durch. „Okay. Lass uns über was anderes reden. Hab ich dir erzählt, dass Olli und ich endlich Urlaub gebucht haben?"

Unwillkürlich musste ich lächeln. Das war Jassi, wie sie leibte und lebte. Schnell einlenken, bevor es zu einem richtigen Streit kommen konnte. Manchmal verfluchte ich sie für ihre Feigheit, ihre Meinung nicht bis aufs Blut zu verteidigen. Heute dagegen ließ ich mich allzu gerne darauf ein.

Meine Freundin parkte direkt vor einem neuen Café in einer Seitenstraße der Fußgängerzone ein. Nachdem wir uns in einer urigen Nische am Fenster einen Platz gesucht hatten, hörte ich mir bereitwillig ihre Schwärmerei über ein traumhaftes Ferienhaus in Dänemark an. Und letztlich war ich so glücklich, draußen unter Menschen zu sein, dass ich sogar Tom für eine Weile vergaß.

Tom

Der Frühling kündigte sich mit einer Reihe von Stürmen an, und das Leben auf der Straße wurde wieder rauer. Egal, wie viele Lagen Klamotten man übereinander zog, der Wind suchte sich seinen Weg und pfiff durch die kleinste Ritze. In diesen Momenten verfluchte ich umso mehr, dass Olaf mir neben meinem Portemonnaie auch meine gute alte Winterjacke geklaut hatte. Wahrscheinlich hatte er sie längst gewinnbringend an einen anderen Bedürftigen vertickt, während ich schlotternd zwei dünne Jacken übereinander trug und trotzdem fror. Seitdem war ich regelmäßiger Besucher der Kleiderkammer, doch um diese Jahreszeit hatten sie dort nichts Passendes mehr zu bieten und vertrösteten mich jedes Mal aufs Neue, dass sie täglich neue Sachen reinbekämen. Leider vergeblich, doch eine Alternative gab es nicht. Denn abgesehen davon, dass ich mir selbst im Schlussverkauf keine neue Winterjacke leisten konnte, wäre mir sofort wieder der Kaufhausdetektiv auf den Fersen, sobald ich das Geschäft betrat. Wer so abgewrackt aussah und einen großen Rucksack mit sich herumschleppte, war doch sicher darauf aus, etwas mitgehen zu lassen, oder?

Mit einem verächtlichen Schnauben stieß ich meinen Unmut darüber hinaus und schaffte es trotzdem nicht, mich aufzuraffen und erneut die Mission Kleiderkammer in Angriff zu nehmen. Stattdessen blieb ich im Internetcafé vor dem Rechner sitzen und starrte auf einen Facebookpost meines Bruders, in dem er stolz seine Verlobung bekannt gab. Offenbar hatte er Sarah endlich bekehrt, ihn zu heiraten.

Ich hatte seit Monaten keinen Kontakt zu meiner Familie. Sie wussten nicht, dass ich auf der Straße lebte, und glaubten, dass ich nach allem, was passiert war, beruflich in eine andere Stadt gezogen war. In ihren Augen hatte ich mich zu einem vielbeschäftigten, treulosen Mistkerl entwickelt, der höchstens zum Geburtstag und zu Weihnachten eine Karte schickte. Das war leichter, als sie ständig anlügen zu müssen, auch wenn es mir in der Seele wehtat. Doch die Alternative wäre weitaus schlimmer. Mein Vater war ein bescheidener und rechtschaffener Mann, der zeit seines Lebens immer auf Sicherheit bedacht gewesen war. Und das, was ich nach dem Vorfall vor drei Jahren getan hatte, widersprach allem, woran er glaubte. Psychische Schwäche und ein kompletter Kontrollverlust über das eigene Leben waren für ihn kein Grund, einen gesicherten Job aufs Spiel zu setzen, selbst wenn der mit allem in Verbindung stand.

Ich spürte, wie eine Welle an Gefühlen auf mich zurollte, die mir innerhalb kürzester Zeit die Luft abdrücken würde, und klickte schnell den Bildschirm vor mir weg. Dahinter war noch das Mailprogramm mit einer weiteren Absage auf eine Bewerbung geöffnet und schien mich höhnisch anzugrinsen. Guter Sohn, schlechter Sohn. Vergiss es, Tom! Du kommst aus diesem Sumpf nicht mehr raus.

Hoffnungslos steuerte ich mit der Maus das kleine rote Kreuz oben rechts in der Ecke an und ließ das Dokument mit einem einzigen Fingertipp verschwinden. Wenn es doch bloß so leicht wäre, alle Probleme loszuwerden. Ein Klick und weg damit. Aber das war es leider nicht. Stattdessen strahlte mir die Windows-Oberfläche hoffnungsvoll entgegen und wartete auf neue Befehle zur Rettung meiner Zukunft. Doch die hatte ich nicht.

Ich drehte mich um und ließ meinen Blick durch das Internetcafé schweifen. Nur drei der fünf Plätze waren belegt, von daher würde es niemanden stören, wenn ich ein wenig sitzen blieb, ohne etwas am Rechner zu machen. Hier war es wenigstens warm und angenehm ruhig.

Alibimäßig öffnete ich erneut die Seite der Arbeitsagentur, schaute jedoch daran vorbei aus dem Fenster. Genau gegenüber hatte vor ein paar Tagen ein neues Bistro eröffnet. Allein beim Lesen der angeschlagenen Speisekarte lief mir das Wasser im Mund zusammen. Wie lange hatte ich nicht mehr gemütlich in einem Restaurant gesessen und ganz in Ruhe ein frisch zubereitetes Essen genossen? Stattdessen konnte ich froh und dankbar sein für jeden Tag, an dem ich im Franziskushaus eine warme Mahlzeit ergatterte. Natürlich hätte ich mein Geld zusammenkratzen und dort rübergehen können. Aber wenn ich den Rest des Monats noch einigermaßen über die Runden kommen wollte, sollte ich mir diesen Luxus lieber verkneifen. Außerdem würde ich mit meinen schäbigen Klamotten wahrscheinlich sowieso gleich wieder rauskomplimentiert.

Apropos Klamotten, ich wollte eigentlich zur Kleiderkammer. Doch gerade als ich den Blick vom Bistro abwenden und nach meinem Rucksack greifen wollte, entdeckte ich hinter einer der Scheiben einen roten Haarschopf. Unwillkürlich duckte ich mich und lugte am Bildschirm vorbei zu der dazugehörigen Frau hinüber. Rieke saß dort mit ihrer kleinen Freundin zusammen und schien sich prächtig zu unterhalten. Unter dem Tisch konnte ich die Schiene an ihrem Bein erkennen, und zwischen Fenster und Stuhl eingeklemmt steckte ein Paar Gehhilfen, von denen eine in diesem Moment abzustürzen drohte. Rieke fing sie rechtzeitig auf, stabilisierte sie wieder und lachte dabei.

Ich freute mich, dass es ihr offensichtlich gut ging, und fragte mich, was wohl passieren würde, wenn sie mich ebenfalls entdeckte. Prompt hämmerten mir die Worte aus ihrem Brief durch den Schädel, und ich war drauf und dran, rauszugehen und so lange vor dem Internetcafé herumzulungern, bis ich sicher sein konnte, dass sie mich gesehen hatte. Doch der Feigling in mir blieb, wo er war. Ich wollte mir die Illusion von dieser geläuterten Rieke bewahren und hatte Angst davor, dass die Realität sie zerstören könnte. Zu groß war die Wahrscheinlichkeit, dass sie mich zwar entdeckte, aber trotzdem nicht reagierte. Auf eine solche Demütigung hatte ich keine Lust.

Schlag sie dir aus dem Kopf!, hallte Pauls gut gemeinter Ratschlag in mir wider.

Ja, verdammt! Aber schau sie dir doch an, wie sie da sitzt und sich diese irre schönen, roten Haare aus dem Gesicht streicht, antwortete eine Stimme, die ich verblüfft als meine eigene erkannte. Für einen Sekundenbruchteil fühlte es sich an, als wäre mein Herz bei dieser Erkenntnis stehen geblieben. So konnte, sollte, durfte ich nicht über eine Frau denken, weil das ohnehin nirgendwo hinführen würde. Warum sollte ich mich damit quälen und Gefühle wecken, die ich in den vergangenen drei Jahren so sorgsam vergraben hatte? Von den körperlichen Bedürfnissen ganz zu schweigen.

Entschieden schüttelte ich den Schock ab und überlegte, ob ich wohl ungesehen hier raus und aus ihrem Blickfeld entwischen konnte, schätzte die Chance jedoch als ziemlich gering ein. Unentschlossen betrachtete ich erst den Bildschirm vor mir und dann den großen Rucksack neben meinen Füßen. Und wie von selbst zogen meine Hände das Notizbuch daraus hervor, um sich mit irgendetwas abzulenken. Dabei ahnte ich bereits, wie das enden würde, sobald ich den Stift zwischen den Fingern hielt. Von wegen Ablenkung!

Rieke

Mein erster Termin für die Physiotherapie war am Donnerstag um halb neun, und ich war schrecklich aufgeregt, als meine Mutter kam, um mich abzuholen. Sie musste an diesem Tag erst später arbeiten und war absolut dagegen, dass ich alleine mit dem Bus fuhr, solange mein Fuß nicht wieder richtig belastbar war. Wie das bei den weiteren Terminen funktionieren sollte, hatte sie mir zwar nicht verraten, aber mir sollte es recht sein. Und mit Mama war es wesentlich einfacher als mit Basti, denn er hätte mich garantiert nicht zur Fußgängerunterführung humpeln lassen. Auch meine Mutter war nicht begeistert von dieser zusätzlichen Belastung, bot jedoch an, dass sie vorgehen und nach dem Bettler Ausschau halten würde, damit ich mich wenigstens nicht umsonst auf den Weg machen musste.

Ungeduldig schaute ich ihr hinterher, wie sie am Busbahnhof vorbei die Unterführung ansteuerte, und ließ enttäuscht die Schultern hängen, als sie kurz darauf unverrichteter Dinge wieder zurückkam.

„Vielleicht beim nächsten Mal", tröstete sie mich. „Es ist heute Morgen furchtbar kalt, vielleicht hat er sich da einen wärmeren Platz gesucht."

Als ob das so leicht wäre, wenn man auf der Straße lebte. Niedergeschlagen folgte ich meiner Mutter langsam ins

Parkhaus und war froh, dass sie überhaupt so verständnisvoll war und nicht wie Basti darauf pochte, dass ich Tom seinem Schicksal überlassen sollte. Allerdings hatte ich ihr bloß die Hälfte von allem erzählt, weshalb sie dachte, dass ich mich nur für seine Hilfe nach dem Unfall bedanken wollte.

Während Mama das Parkticket am Automaten bezahlte, humpelte ich ein paar Schritte voraus zu den Fahrstühlen. Mein verletzter Fuß pochte nach der Behandlung, und insgeheim war ich froh, dass mir der Weg zur Unterführung heute erspart blieb.

Hinter meinem Rücken hörte ich meine Mutter fluchen, weil der Automat ihr Geldstück immer wieder ausspuckte, und ich grinste still in mich hinein. In solchen Momenten war klar, von wem ich meine Ungeduld hatte.

Als sie es endlich geschafft hatte, blickte ich ihr auf die Krücken gestützt entgegen. Ich wollte sie gerade liebevoll mit ihrem Kampf gegen das Automatenmonster aufziehen, als ich ein ungewöhnliches Geräusch hörte.

Irritiert schaute ich mich um. Das klang wie ein Schnarchen. Schlagartig schoss mein Puls in die Höhe. Das war doch wohl nicht ... Hektisch schob ich meine Krücken zurecht und hüpfte in Richtung des Geräusches, das hinter dem Fahrstuhlschacht herzukommen schien.

„Rieke?", fragte meine Mutter erstaunt. „Was ist los?"

Ich gab ihr ein Zeichen, dass sie leise sein sollte, und schaute neugierig um die Ecke, hinter der ich einen Einkaufswagen voll Gerümpel, einen Hund und einen Haufen aus Decken und Schlafsäcken entdeckte. Darunter musste ein Mann liegen, denn das Geräusch, das ich gehört hatte, war eindeutig ein menschliches Schnarchen. War das etwa Tom? Aber wo kam der Hund dann plötzlich her? Oder ließ er ihn genau wie den Einkaufswagen hier, während er nebenan betteln ging?

Das Herz schlug mir bis zum Hals, als ich mich daran erinnerte, was ich bei den sechs Dingen der Malteser gelesen hatte. Es ging dabei um die Kälte, und dass man sich im Winter bei Obdachlosen, die draußen schliefen, vergewissern sollte, dass mit ihnen alles in Ordnung war, um im Zweifelsfall die 112 zu rufen. Bei dem Geräuschpegel war ich zwar überzeugt davon, dass der Mann nicht bewusstlos war, aber ich hatte mir geschworen, nie wieder wegzusehen. Außerdem wollte ich wissen, ob das wirklich Tom war.

„Hallo?!", rief ich und hoffte, dass er davon aufwachen würde, doch nichts rührte sich. Nur der Hund schaute mich mit wachsamen Augen an, zeigte ansonsten jedoch ebenfalls keine Reaktion. Erst als ich es erneut probierte und dabei eine Krücke ausstreckte, um den Deckenhaufen damit anzustupsen, sprang das Tier auf und knurrte.

„Rieke, pass auf!", hörte ich die erschrockene Stimme meiner Mutter hinter mir. Sie musste unbemerkt näher gekommen sein und klang ziemlich entsetzt über das, was ich hier tat. Doch das war mir egal.

Der Deckenhaufen bewegte sich, und darunter tauchte ein Mann auf, der definitiv nicht Tom war. Er blinzelte erst mich verschlafen an, dann seinen Hund und sagte mit rauer, eindeutig alkoholisierter Stimme: „Aus, Filou. Alles okay, Kumpel."

Ich beobachtete, wie er sich mühsam aufrichtete und dabei das Gesicht verzog, als hätte er Schmerzen. Er war älter als Tom, aber es war schwer zu sagen, wie alt. Und sein gesamtes Aussehen erinnerte weitaus mehr an den typischen Penner, wie ich ihn bisher vor Augen gehabt hatte. Ungepflegte Haare, zerzauster Bart, gammelige Zähne. Und sein schlechter Geruch eilte ihm meilenweit voraus.

„Entschuldigen Sie, dass ich Sie geweckt habe", sagte ich zaghaft. „Ich wollte bloß sichergehen, dass es Ihnen gut geht."

Der Alte gab ein hämisches Lachen von sich. „Klar geht's mir gut, Mädchen. Siehste doch. Ich hab's hier warm und kuschelig, und gleich kommt der Roomservice."

Ich stöhnte innerlich auf. Ja, ich hatte mich blöd ausgedrückt. Aber diese Obdachlosen schienen den Sarkasmus echt für sich gepachtet zu haben.

Er bemerkte offenbar, dass er mich damit getroffen hatte, und erklärte ein wenig freundlicher: „Bin's nicht gewohnt, dass sich jemand kümmert. Aber wir kommen schon zurecht, oder Filou?" Liebevoll tätschelte er seinem Hund den Hals.

Ich spürte, dass meine Mutter an meinem Ärmel zupfte und hier weg wollte. Doch ich war noch nicht fertig. Die Malteser hatten recht, es kostete unglaubliche Überwindung, aber ich riss all meinen Mut zusammen und fragte: „Kann ich etwas für Sie tun? Brauchen Sie was? Essen, Trinken, irgendwas?"

Der Obdachlose musterte mich interessiert und erwiderte trocken: „Das Bier ist mir ausgegangen."

Ich war nicht sicher, ob das wirklich sein dringendster Wunsch war oder ob er mich damit herausfordern wollte.

Prompt tönten meine alteingesessenen Vorurteile triumphierend im Hinterkopf: Siehste! Doch ich ließ mir nichts davon anmerken und zwang mich, möglichst cool auf seine Antwort zu reagieren.

„Ich fürchte, es wird ein bisschen schwierig mit den Dingern, was zu besorgen", sagte ich und deutete auf die Krücken.

Er antwortete nicht darauf, sondern sah mich weiter schweigend an oder besser gesagt geistesabwesend durch mich hindurch. Ich schob mir die rechte Gehhilfe unter den linken Arm und wühlte mit der freien Hand in meiner Jackentasche. In der Hoffnung, auf Tom zu treffen, hatte ich mir einen Fünfeuroschein griffbereit hineingesteckt, und den reichte ich jetzt dem Alten vor mir. „Vielleicht geht es auch so."

Er beäugte zuerst ungläubig den Schein und dann mich. Die Verblüffung stand ihm ins Gesicht geschrieben. Schließlich griff er zögernd zu, zeigte mir ein Grinsen voller Zahnlücken und stieß ein Lachen aus, das direkt in ein Husten überging.

„Du gefällst mir, Mädchen", bemerkte er, als er sich wieder erholt hatte. „Danke. Gott segne dich."

Ich senkte peinlich berührt den Kopf. Mit Gott hatte ich es nicht so, und ich war überrascht, dass ausgerechnet er in seiner ausweglosen Situation am Glauben festhielt. Aber vielleicht brauchte er genau das, um unter diesen Bedingungen überleben zu können.

„Rieke?", hörte ich meine Mutter hinter mir leise sagen. „Tut mir leid, aber wir müssen los, sonst verliert der Parkschein gleich seine Gültigkeit."

Ich nickte ihr zu, rückte meine Krücken zurecht und wandte mich erneut an den verwahrlosten Mann unter seinem Deckenhaufen. Hätte ich mehr Zeit gehabt, hätte ich ihn gerne nach seiner Geschichte gefragt, doch es war nicht allein der Parkschein, sondern auch der Schichtbeginn meiner Mutter, die mir im Nacken saßen.

„Alles Gute für euch“, verabschiedete ich mich deshalb von ihm.

In den Augen des Alten blitzte es erfreut auf, als ich in diesen Gruß auch seinen Hund mit einbezog. Er war ein lebendes Beispiel für die Obdachlosen aus den Internet-Artikeln, denen ihr tierischer Gefährte alles bedeutete, auch wenn sie dafür manche Unannehmlichkeit in Kauf nehmen mussten.

Ich klopfte mir im Geiste lobend auf die Schulter, und mit dem guten Gefühl, etwas richtig gemacht zu haben, folgte ich meiner Mutter in den Fahrstuhl.

„Puh“, sagte sie, kaum dass sich die Türen hinter uns geschlossen hatten. „Das war beeindruckend. Ich wusste gar nicht, dass du so gut mit diesen Menschen umgehen kannst.“

Ich lachte leise und erwiderte: „Ich bis jetzt auch nicht.“

Es störte mich ein wenig, wie sie von *„diesen Menschen“* sprach und sie damit unbewusst als eine besondere Spezies ausgrenzte. Doch ich sah nachsichtig darüber hinweg, immerhin war ich selbst bis vor ein paar Wochen nicht anders gewesen.

Anschließend breitete sich Schweigen zwischen uns aus, in dem ich gedankenverloren die Szene Revue passieren ließ.

Bin's nicht gewohnt, dass sich jemand kümmert, hatte der Mann gesagt. Damit hatte er in einem einzigen, traurigen Satz zusammengefasst, wie einsam das Leben auf der Straße war, weil sich niemand für ihn interessierte. Es gab die Wohlhabenden und die Durchschnittsbürger mit einer Wohnung, einem Job, einem mehr oder weniger intakten sozialen Umfeld – und es gab „die da", die Unsichtbaren, an denen alle teilnahmslos vorbeihasteten. So wie ich bisher.

Unwillkürlich musste ich wieder an Tom denken. Ich war nicht sicher, ob ich froh oder enttäuscht sein sollte, dass nicht er unter dem Deckenhaufen hervorgekommen war. Ich wollte nicht, dass er so leben musste, und hoffte, dass er zu denjenigen Wohnungslosen gehörte, die zumindest nachts eine Unterkunft hatten.

Ob dieser Alte Tom wohl kannte? Wusste er vielleicht sogar, wo ich ihn finden konnte?

„Was ist?", wollte meine Mutter wissen, als wir aus dem Aufzug stiegen und ich an der Verbindungstür zum Parkdeck plötzlich stehen blieb.

Ich sah sie an und sagte zögernd: „Ich würde den Mann gerne etwas fragen. Wenn ich wieder runterfahre, kannst du dann unten an der Ausfahrt auf mich warten?"

Mama bedachte mich mit einem nachdenklichen Blick und nickte. „Aber beeil dich. Ich habe nicht mehr viel Zeit."

„Danke!" Ich warf ihr einen Luftkuss zu und drückte die Aufzugtaste. Natürlich war der Fahrstuhl in der Zwischenzeit im Obergeschoss des Parkhauses angefordert worden und brauchte eine gefühlte Ewigkeit, bis sich die

Türen wieder auf meiner Etage öffneten. Als ich endlich im Erdgeschoss ankam, war von dem Obdachlosen nichts mehr zu sehen.

So schnell es mit den Krücken möglich war, humpelte ich Richtung Ausgang und sah ihn soeben mit seinem Hund und Einkaufswagen in der Fußgängerunterführung verschwinden. Mist! Obwohl er ziemlich langsam war, würde ich es niemals schaffen, ihn einzuholen. Und quer über den Platz brüllen wollte ich auch nicht.

Frustriert krabbelte ich zu meiner Mutter ins Auto und starrte die ganze Fahrt über gedankenverloren aus dem Fenster. Jetzt war ich so nah dran gewesen und hatte es trotzdem vergeigt. Da war es ein schwacher Trost, dass ich mit einem banalen Fünfeuroschein und ein paar netten Worten einen Menschen glücklich gemacht hatte.

Alles, was mir blieb, war die Hoffnung auf den nächsten Termin, bei dem ich vielleicht den einen oder den anderen der beiden Männer antreffen würde.

Tom

Als ich am Montagnachmittag zum Franziskushaus kam, traf ich vor dem Gebäude auf Paul, der verstohlen durch die Fenster linste, als suchte er jemanden. Und zwar nicht irgendjemanden, sondern mich. Er wusste, dass ich öfter hier war, und nutzte ab und zu die Gelegenheit für eine Dusche und ein heißes Getränk, während ich draußen auf Filou aufpasste. Der Hund blieb zwar auch ohne Weiteres alleine vor der Tür liegen, doch zu groß war Pauls Angst, dass ihn jemand mitnehmen könnte.

Heute war offenbar einer dieser Tage. Nach einer knappen Begrüßung drückte Paul mir die Hundeleine in die Hand und verschwand. Als er zurückkam, reichte er mir einen Kaffeebecher, setzte sich zu mir auf die Bank und kraulte seinen Hund eine Weile schweigend hinter den Ohren, bevor er ohne Vorwarnung erklärte: „Hab übrigens dein Mädchen neulich getroffen."

Sechs harmlose Worte, mit denen er mich eiskalt erwischte. Ruckartig löste ich meinen Blick von Filou und sah ihn an. „Echt? Wo?", gab ich zu schnell und zu interessiert zurück, wie ich an Pauls kritischer Miene ablesen konnte.

Verdammt! Hätte ich nicht einfach cool antworten können, dass ich sie ebenfalls gesehen hatte? Aber genau darin lag der Unterschied. Ich hatte sie gesehen.

Paul sagte, er hatte sie getroffen. Als er mir jedoch erzählte, wie sie ihn im Parkhaus geweckt und angesprochen und ihm sogar einen Fünfer gegeben hatte, kamen mir Zweifel, ob er wirklich über das Mäuschen redete. Ich konnte nicht glauben, dass sie sich so sehr verändert haben sollte. Aber alles an seiner Beschreibung passte: die Krücken und die Schiene am Fuß, die roten Haare und der Name, auch wenn Paul ihn sich nicht ganz richtig gemerkt hatte und von „Ricarda oder so ähnlich" sprach.

Der Unfall hat mir auf schmerzhafte Weise die Augen geöffnet.

Unfassbar! Ich raufte mir die Haare und versuchte, meinen rumpelnden Herzschlag unter Kontrolle zu bringen. Natürlich vergeblich. Neben mir brachte Paul seinen Unmut über meinen Zustand mit einem verächtlichen Schweigen zum Ausdruck, was in seiner oft wortlosen Sprache wohl so etwas bedeuten sollte wie: Du bist ein hoffnungsloser Fall.

Ja, das war ich. Mittlerweile war das selbst mir klar. Und nach dem Motto „Ist der Ruf erst ruiniert" ließ ich der Frage, die mir auf der Zunge lag, freien Lauf: „Hat sie den Unfall oder mich zufällig erwähnt?"

Paul sah mich an, als hätte ich endgültig den Verstand verloren. „Nee. Zum Glück nicht. Nicht, dass sie von mir wissen will, wo sie dich finden kann. Bin doch nicht der Amor für Arme."

„Ach, halt die Klappe", knurrte ich und wusste nicht, worüber ich mich mehr ärgerte. Dass ich meine Gefühle nicht vor ihm verbergen konnte? Dass ich überhaupt solche idiotischen Anwandlungen hatte? Oder dass Rieke nicht nach mir gefragt hatte?

In mir rumorte es, allerdings auf eine Weise, die ich mit mir alleine ausmachen musste, deshalb stand ich auf und griff nach meinem Rucksack.

„Ich muss los", sagte ich, ohne meinem Freund zu erklären, wohin. Doch das musste ich auch nicht. Paul war ein Einzelgänger, der keinerlei Verpflichtungen einging oder Erwartungen an andere hatte. Wir freuten uns, wenn wir uns trafen und eine Weile austauschen konnten, doch dann zog jeder wieder seiner Wege, ohne dass wir wussten, wann wir uns wiedersehen würden. So wortkarg, wie Paul war, rechnete ich nicht einmal mit einem Abschiedsgruß. Umso überraschter war ich, als ich mich umdrehte und ihn hinter mir sagen hörte: „Da um die Ecke vom Parkhaus ist übrigens so eine Praxis für Krankengymnastik. Kann ja sein, dass sie demnächst öfter da unterwegs ist."

Ich hielt mitten in der Bewegung inne und warf einen Blick über die Schulter zu ihm zurück. Paul sah mich mit regloser Miene an, doch in seinen Augen lag eine eindringliche Warnung: Mach dich nicht unglücklich, Junge!

Er hatte mir deutlich genug zu verstehen gegeben, was er davon hielt, zu viele Gedanken an eine Frau zu verschwenden. Doch ihm musste klar sein, dass er mit seinem Hinweis das genaue Gegenteil bewirkte. Rieke hatte ihn offenbar ziemlich beeindruckt, anders konnte ich mir diesen Sinneswandel nicht erklären. Und plötzlich wurde der Wunsch übermächtig, mich selbst von dieser neuen Rieke zu überzeugen. Paul gegenüber versuchte ich jedoch, cool zu bleiben. Mit einem knappen Nicken, das alles oder nichts bedeuten konnte, wandte ich mich zum Gehen.

Ich hatte keinen blassen Schimmer, wohin ich eigentlich wollte, aber Hauptsache, ich war alleine mit meinen wirren Gedanken und vermurksten Gefühlen. Warum bekam ich diese Frau nicht aus dem Kopf, verdammt? Sie hatte mich im Fußgängertunnel wie den letzten Dreck behandelt und verkörperte alles, was wir auf der Straße an Vorurteilen ertragen mussten. Da konnte sie noch so sehr heucheln, wie leid es ihr tat, denn diese Einstellung konnte man wohl kaum auf Knopfdruck abschalten. Sie war bei dem Unfall schließlich nicht auf den Kopf gefallen. Und überhaupt ... in meinem Leben gab es keinen Platz für eine Frau. Weder in echt, noch als Hirngespinst in meinem Schädel. Ich hatte genug damit zu tun, jeden Morgen aus dem Bett zu steigen und den Tag ohne Attacken egal welcher Art zu überstehen.

Schluss, aus, weg mit diesen Gedanken!

Energisch wischte ich mir mit der Hand über die Stirn, als könnte ich so meine innere Festplatte löschen. Doch am anderen Ende meines Körpers saßen zwei Verräter, denn meine Füße hatten mich während meiner Grübeleien geradewegs ins Verderben geführt - zum Parkhaus am Busbahnhof, wo Paul Rieke getroffen hatte. Wie von selbst suchten meine Augen die Gegend nach der Praxis ab, von der mein Freund gesprochen hatte.

Um die Ecke, hatte er gesagt. Aber um welche? Zögernd umrundete ich das Gebäude, natürlich zuerst in die falsche Richtung. Dann entdeckte ich am Haus neben dem

Parkrondell die große Tafel mit den Namen und Sprechstunden diverser Praxen.

PhysioFit, las ich ganz unten. Das musste es sein. *Mo-Do 8-20 Uhr, Fr 8-17 Uhr.*

Na toll! Wenn jeder Termin etwa eine halbe Stunde dauerte, waren das über hundert mögliche Zeiten, zu denen Rieke hier auftauchen konnte. Ganz abgesehen davon, dass ich nicht wusste, ob Pauls Theorie mit der Krankengymnastik überhaupt stimmte.

Und wenn schon, machte sich eine Stimme in mir bemerkbar. Was hast du davon, wenn du es weißt? Willst du ihr etwa auflauern? Und was, wenn du sie wirklich triffst?

Keine Ahnung, was dann!, knurrte ich in Gedanken und wandte mich frustriert von dem Schild ab, als die Tür daneben aufging und eine junge Frau herauskam. Sie zuckte kurz zurück, als sie mich sah, fing sich jedoch schnell wieder und hielt reflexartig die Tür auf.

„Wollen Sie rein?", fragte sie, schien dabei allerdings zu überlegen, in welche heiligen Hallen sich jemand wie ich wohl verirren sollte.

Ich schüttelte resigniert den Kopf. „Nein, danke. Ich warte auf jemanden", antwortete ich automatisch. Es war sogar die Wahrheit, auch wenn ich selbst nicht wusste, wann dieses Warten beendet sein würde. Wenn überhaupt.

„Okay." Sie ließ die Tür ins Schloss fallen und schlug den Weg zum Parkhaus ein. Als sie mir den Rücken zuwandte, sah ich auf der Rückseite ihrer Fleecejacke das Logo der Physiotherapiepraxis. Wie ein Stromstoß schoss diese Information durch meinen Körper und schlug, im Gehirn angekommen, Alarm.

Los, sprich sie an und frag, ob sie Rieke kennt. Ob sie dir sagen kann, wann sie den nächsten Termin hat.

Doch ich stand da wie erstarrt und brachte keinen Ton raus. Mir war klar, dass sie so etwas überhaupt nicht erzählen durfte. Außerdem ... was, wenn sie Rieke erzählte, dass so ein Penner vor der Tür nach ihr gefragt hatte? Bloß nicht!

Ich schüttelte mich innerlich und machte, dass ich hier wegkam. Doch bereits am nächsten Morgen führte mich mein Weg erneut ganz zufällig an der Praxis vorbei. Ich setzte mich auf eine der Bänke am Busbahnhof, von wo aus ich den Eingang gut im Blick hatte, und wartete, solange ich es eben bei der Kälte aushalten konnte. Dabei versuchte ich mir einzureden, dass ich sowieso den ganzen Tag draußen auf der Straße rumlungerte und es nichts zu bedeuten hatte, ob ich nun hier saß oder am anderen Ende der Innenstadt. Das Teufelchen in mir kugelte sich währenddessen vor Lachen am Boden.

Den Rest der Woche hoffte ich vergeblich, und es wurmte mich, nicht zu wissen, ob Rieke gar nicht kam oder ob ich zur falschen Zeit am falschen Ort war. Das Wochenende war eine regelrechte Erleichterung, weil ich zwei Tage lang nicht nach ihr Ausschau halten musste. Und trotzdem konnte ich nicht aufhören, an sie zu denken.

Tom Bartelsmeier, du bist echt am Arsch!, erklärte ich meinem Spiegelbild in der Unterkunft.

Doch ich wusste, dass es nur einen Weg gab, um aus dieser Nummer wieder rauszukommen. Ich musste Rieke treffen und mir im besten Fall einen verächtlichen Blick oder Kommentar von ihr einfangen, um auf den Boden der Tatsachen zurückzukommen. Alles andere war pures Gift für meinen Seelenfrieden. Deshalb zog ich auch am Montagmorgen wieder los und machte mich auf den Weg zum Busbahnhof.

Nachdem ich etwa anderthalb Stunden vergeblich gewartet hatte, war ich so durchgefroren, dass ich meinen Posten verließ, um mir in der nahegelegenen Tankstelle einen Coffee to go zu besorgen. Als ich anschließend zurückkehrte, musste ich mal für kleine Wohnungslose und suchte das öffentliche WC im Parkhaus auf. Und wie es der Zufall wollte, traf ich dort meinen Freund bei der Morgentoilette an.

„Ach guck. Du hier?", sagte Paul, machte jedoch keinen Hehl daraus, wie wenig überrascht er darüber war.

„Hmmm", brummelte ich und schob mich an ihm vorbei zum Pissoir.

Während ich mein Geschäft erledigte, zog Paul mit dem Kamm durch sein schütteres Haar und setzte sich anschließend die obligatorische Mütze auf, die er selbst im Sommer äußerst selten ablegte.

Als ich mir am Waschbecken die eiskalten Hände wusch, spürte ich seinen Blick auf mir, hatte aber keine Lust auf irgendwelche Erklärungen.

„Junge, Junge", seufzte Paul, klopfte mir mit der Hand zweimal auf die Schulter und wandte sich zum Gehen. Damit war alles gesagt. Eine kleine Geste, die deutlich machte, dass er meine Gemütslage auf Anhieb in seinem ganzen Ausmaß erkannt hatte und wusste, dass Ratschläge zwecklos waren. Genau deshalb verstanden wir uns so gut.

Ich atmete tief durch, was auf dem stinkenden Parkhausklo definitiv eine schlechte Idee war, und verließ ebenfalls den Sanitärbereich. Paul rumpelte mit seinem Einkaufswagen und Filou vor der Ausfahrt entlang, und ich überlegte, ob ich ihm folgen oder lieber zurück Richtung Physiopraxis gehen sollte. Der Verstand sagte, Mission abbrechen und irgendwo aufwärmen. Das Herz trieb mich zurück zum Busbahnhof.

Nur noch eine halbe Stunde, redete ich mir ein, und während ich meinen Beobachtungsposten ansteuerte, fixierte ich beschwörend die Tür, die zu den Arzt- und Therapiepraxen führte. Ein großer Fehler, denn als ich an der Bank ankam, saß dort niemand anderes als Rieke. Vor Schreck rutschte mir der Rucksack von der Schulter und schlug scheppernd gegen einen Mülleimer.

Ruckartig hob Rieke den Kopf und schaute mir direkt in die Augen.

„Sorry", brachte ich krächzend heraus. Mein ganzer Körper stand urplötzlich unter Strom. Dieser Blick! Ich sah, wie sich Riekes Pupillen überrascht weiteten, doch da war keine Abscheu wie beim letzten Mal. Im Gegenteil. Sie schien sich sogar zu freuen, mich zu sehen, und sagte leise: „Tom."

Oh Shit! So viel dazu, dieses Idealbild, das ich mir von ihr zusammengesponnen hatte, zu zerstören und meinen Seelenfrieden wiederzufinden.

Lauf!, schrie eine Stimme in mir. Lauf, so schnell du kannst, bevor es schlimmer wird!

Doch ich war wie hypnotisiert und blieb, wo ich war.

Rieke

In der Woche nach der Begegnung mit dem Obdachlosen im Parkhaus hatte ich an meinen Therapietagen so sehr mit mir selbst zu tun, dass ich es nicht mehr schaffte, zur Fußgängerunterführung zu humpeln und nach Tom Ausschau zu halten. Die Fahrt mit dem Bus war anstrengender, als ich jemals zugegeben hätte, aber ich weigerte mich, jemanden um Hilfe zu bitten. Ich wollte keine Gesellschaft, wenn ich eventuell auf einen der Männer von der Straße traf. Deshalb biss ich die Zähne zusammen, kämpfte mich alleine die Treppe rauf und runter und humpelte im Schneckentempo zur Haltestelle.

Wenn ich anschließend wieder zu Hause war, war ich völlig erledigt. Von der Fahrt genauso wie von der Therapie. Jasmin hatte recht gehabt, dieser Felix wusste, was er tat. Von schmerzfrei war nie die Rede gewesen. Aber es half, denn nach den ersten Behandlungen konnte ich meinen Fuß tatsächlich besser bewegen. Außerdem war der Physiotherapeut total nett und erklärte mir lauter Dinge, von denen der Arzt kein Wort erwähnt hatte. Seiner Meinung nach war die Schiene längst überflüssig, und ich hoffte sehr, dass mein Doc das beim anschließenden Termin genauso sehen würde.

Ganz beseelt von der Aussicht, das blöde Ding endlich loszuwerden, verließ ich das Gebäude, humpelte rüber zu meiner Haltestelle am Busbahnhof und zog mein Handy aus der Tasche, um Jasmin davon zu erzählen. In meine Whatsapp-Nachricht vertieft, bemerkte ich nicht, dass sich jemand meiner Bank näherte, und zuckte erschrocken zusammen, als es neben mir plötzlich schepperte. Ein Mann hatte mit seinem großen Rucksack gegen den Mülleimer gehauen, und ich fragte mich mürrisch, ob er nicht besser aufpassen konnte. Dann blickte ich an der Gestalt hoch, und mein Herz setzte einen Schlag lang aus.

„Tom", entfuhr es mir, und ich konnte nicht fassen, dass er auf einmal vor mir stand. Hier hatte ich meine Chance, mit ihm zu reden und mein peinliches Verhalten wiedergutzumachen. Aber wo sollte ich anfangen? Und konnte er bitte aufhören, mich so intensiv anzuschauen?

Ich räusperte mich nervös und deutete neben mir auf die Bank. „Willst du dich setzen?"

Im ersten Moment wirkte er vielmehr so, als wollte er die Flucht ergreifen, doch dann zuckte er mit den Schultern und sagte: „Wenn es für dich okay ist. Letztes Mal warst du nicht so scharf drauf, neben mir zu sitzen."

Er wollte mich offenbar herausfordern, doch den Gefallen tat ich ihm nicht. Unbeirrt hielt ich seinem Blick stand und fragte: „Hast du meinen Brief gelesen?"

„Sollte ich?", gab er ungerührt zurück, senkte jedoch gleich darauf den Kopf und machte den Eindruck, als hätte er sich am liebsten auf die Zunge gebissen. Damit bestätigte er meinen Verdacht, dass hinter dieser rauen Schale in Wirklichkeit ein ganz anderer Tom steckte.

„Es tut mir leid, dass ich so bescheuert war, okay?", erklärte ich versöhnlich. „Und jetzt setz dich endlich her, bevor ich einen steifen Nacken kriege vom Hochgucken."

„Hmmm", nuschelte er, stellte seinen Rucksack auf dem Boden ab und setzte sich auf die äußerste Kante der Bank.

Ich musterte ihn verstohlen von der Seite. Er sah besser aus als beim letzten Mal – relativ frisch rasiert, mit wacheren Augen und etwas mehr Farbe im Gesicht. Die Haare steckten heute unter einer Mütze und lugten nur im Nacken ein wenig darunter hervor. Seine Jeans war verwaschen, aber nicht verwahrlost. Lediglich die Jacke kam mir bei diesen Temperaturen für ein Leben auf der Straße reichlich dünn vor.

„Genug gesehen?", bemerkte er, und der Spott in seiner Stimme war unüberhörbar.

Ertappt zuckte ich zusammen und schaute ihm wieder ins Gesicht. „Ich ...", begann ich zögernd, verlor dann aber den Faden, was ich eigentlich sagen wollte, und fragte stattdessen: „Wie geht es dir?"

Mit unbewegter Miene erwiderte er: „Das sollte ich besser dich fragen. Du bist die Verletzte." Er deutete auf meinen Fuß.

Ich folgte seinem Blick auf die klumpige Orthese, die ich hoffentlich bald loswurde, und seufzte. „Es wird langsam besser. Aber das dauert alles viel zu lange, und dieses Nichts-tun-Können macht mich wahnsinnig."

„Sind die da drin gut?", wollte er mit einem Wink auf die Physiotherapiepraxis wissen. „Nicht dass die so Pillepalle-Übungen mit dir machen."

Überrascht blickte ich zu ihm auf. „Kennst du dich damit aus?"

Tom zuckte mit den Schultern. „Ich hatte auch mal so ein Ding. Bänderriss. Vom Fußballspielen. Ist lange her."

Ich konnte regelrecht dabei zusehen, wie vor ihm eine Klappe runterfiel, hinter der er sich verschanzte, damit ich nicht weiter nachfragte. Er schien das Thema möglichst schnell wechseln zu wollen und knurrte: „Und das nur wegen diesen Idioten auf ihren Fahrrädern."

Irritiert runzelte ich die Stirn und brauchte eine Sekunde, um zu verstehen, dass er nicht mehr von sich, sondern von mir redete. Und damit waren wir an einem Punkt angekommen, den ich in den vergangenen Wochen in Dauerschleife gedanklich durchgespielt hatte.

Ich senkte beschämt den Blick und sagte leise: „Nein. Ich bin auch selbst schuld daran. Hätte ich nicht so einen weiten Bogen um dich herum gemacht, hätte ich sie wahrscheinlich kommen sehen."

„Shit happens", kommentierte er trocken, doch ich spürte, dass er längst nicht so gleichgültig war, wie er tat.

Nervös schaute ich zu ihm auf und wurde von seinen dunkelbraunen Knopfaugen gefangen genommen. Eine gefühlte Ewigkeit sahen wir uns schweigend an, während mir das Herz bis zum Hals schlug. Ich wollte ihm so vieles sagen, wusste aber nicht wie und fühlte mich schrecklich hilflos. Er machte es mir nicht gerade leicht. Warum sollte er auch?

Schließlich fasste ich mir ein Herz und kam direkt zur Sache. „Warum hast du da gesessen und gebettelt?"

Tom lachte überrascht auf. „Weil ich Geld brauchte?"

Es klang mehr nach einer Frage als nach einer Antwort.

„Bist du ..." Unsicher überlegte ich, welches Wort ich verwenden sollte. Obdachlos? Wohnungslos?

„... ein Penner, der nachts auf der Parkbank schläft?", half er mir auf die Sprünge. Und ohne meine Antwort abzuwarten, fügte er hinzu: „Nein. Meistens nicht. Ich habe nur keine eigene Wohnung und bin auf verschiedene Hilfseinrichtungen angewiesen." Er heftete den Blick vor sich auf den Boden und fingerte am Reißverschluss seiner Jacke herum. Das Thema war ihm sichtlich unangenehm, und offenbar ahnte er bereits meine nächste Frage.

„Warum?"

Tom stieß geräuschvoll die Luft aus und antwortete ausweichend: „Das ist eine lange Geschichte."

„Würdest du sie mir erzählen?"

„Wozu?"

„Weil es mich interessiert."

Er schaute zu mir auf, und der Ausdruck in seinen Augen raubte mir den Atem. Es lag ein Schmerz darin, von dem er garantiert nicht wollte, dass ich ihn sah.

Tom schwieg, und ich überlegte fieberhaft, was ich als Nächstes tun oder sagen sollte. Seine Reaktion hatte mich bloß noch neugieriger gemacht, aber ich wollte ihn nicht drängen. Außerdem erkannte ich nach einem flüchtigen Blick auf die Anzeigentafel, dass mir die Zeit weglief. Gleich kam mein Bus, und da ich um Viertel vor elf einen Arzttermin hatte, musste ich den auf jeden Fall erwischen. Mist! Ich konnte und wollte Tom nicht einfach so hier zurücklassen, bevor ich ihn nicht gefragt hatte, ob ich irgendetwas für ihn tun konnte. Doch kaum, dass ich es ausgesprochen hatte, bildete sich auf seiner Stirn eine steile Falte.

„Von der Ignorantin zur Mutter Teresa, oder was?“, spottete er. „Das kannst du dir jetzt auch sparen. Ich nehme nichts von dir, nur weil du dich schuldig fühlst.“

Da war er wieder, der ungehobelte Klotz, der einem ungefiltert seine Meinung um die Ohren haute. Seine Worte trafen mich, dabei hätte ich damit rechnen müssen. Ich konnte kaum erwarten, dass er allein wegen meines Briefes sämtliches Misstrauen in den Wind schoss und wir auf einmal Freunde waren. Außerdem war es gar nicht meine Absicht, so weit zu gehen. Ich wollte meinen Frieden mit ihm schließen und ihm im Rahmen meiner Möglichkeiten helfen. Nicht mehr und nicht weniger. Doch selbst das schien ein hartes Stück Arbeit zu werden.

Ich atmete tief durch und konterte entschlossen: „Das ist nicht wahr. Ich war blöd und weiß es jetzt besser, unabhängig davon, dass du mich gerettet hast. Also bitte lass mich dir helfen.“

„Ich komm schon klar“, grummelte er, wich meinem Blick dabei allerdings aus.

Ich beobachtete einen Moment schweigend, wie er mit bebenden Fingern weiter an seinem Reißverschluss herumnestelte, und glaubte nicht, dass Nervosität der Grund dafür war. Vorsichtig fragte ich ihn: „Nennst du es wirklich klarkommen, wenn du vor Kälte zitterst?“

Tom zuckte mit den Schultern. „Ist halt nicht so leicht, an eine warme Jacke ranzukommen.“

„Weil dir das Geld dafür fehlt?“

„Damit ich richtig schön shoppen gehen kann?", erwiderte er spöttisch. „Schön wär's, aber erstens ist die Saison vorbei, und zweitens ist unsereins kein gern gesehener Gast in den Geschäften."

„Und was ist mit der Kleiderkammer?", hakte ich unbeirrt nach. Ich hatte bei meiner Recherche etwas darüber gelesen, und er sollte endlich merken, dass es mich wirklich interessierte. Doch plötzlich fiel mir etwas ein, und ehe er zu einer Antwort ansetzen konnte, sagte ich: „Warte mal. Ich glaube, ich habe was für dich. Bei uns im Keller steht noch ein Sack mit aussortierten Sachen. Das müsste von der Größe passen, und wenn ich mich nicht irre, ist da auch eine dicke Winterjacke dabei."

Tom starrte mich ungläubig an und stieß ein hysterisches Lachen aus. „Von dem Lackaffen? Nee, danke! Vergiss es!"

Schlagartig flammte Wut in mir auf. „Nenn meinen Freund nicht Lackaffe!", fuhr ich ihn an. „Eure Begegnung war vielleicht etwas unglücklich und ja, er hat es sicher etwas zu gut gemeint, aber ..."

„Hör auf, ihn zu verteidigen!", unterbrach er mich. „Du musst mit ihm klarkommen, nicht ich. Und ich nehme keine Almosen von ihm, okay?"

„Aber ..."

Sein mahnender Blick brachte mich kurzzeitig zum Verstummen. Dann erklärte ich mit fester Stimme: „Wenn ich die Jacke zur Kleiderkammer bringe und sie auf dem Weg bei dir landet, würde es dich doch auch nicht stören, oder?"

„Dann wüsste ich ja nicht, wo sie herkommt."

„Und Basti weiß nicht, dass sie überhaupt noch da ist", konterte ich. „Ich sollte die Sachen längst in den Container bringen, bin aber abgelenkt worden, habe den Sack in den Keller gestellt und dort vergessen. Für den Fall, dass sich das so besser mit deinem Gewissen vereinbaren lässt."

Tom brummelte irgendetwas Unverständliches vor sich hin.

„War das ein Ja?", hakte ich herausfordernd nach.

Er stöhnte in komischer Verzweiflung auf und sagte: „Bist du immer so hartnäckig?"

„Anders kommt man bei dir ja anscheinend nicht weiter."

Wir schauten uns an, und ich spürte, wie er innerlich mit sich kämpfte. Warum auch immer, es ging schließlich nur um eine ausrangierte Jacke.

Aus dem Augenwinkel sah ich hinter ihm meinen Bus an der Ampel stehen. Ich betete im Stillen, dass die Rotphase möglichst lange andauern würde, und sagte an Tom gewandt: „Mein Bus kommt. Ich muss leider los, weil ich gleich einen Arzttermin habe, aber ich bin am Freitag gegen halb zehn wieder hier. Und ich wäre dir sehr dankbar, wenn du bis dahin deinen Stolz beiseitegeschoben hast, damit ich mich nicht umsonst mit der Jacke abschleppen muss."

Tom mahlte mit dem Kiefer und schwieg. Ich deutete das als Zustimmung, denn beim Protestieren war er bekanntermaßen nicht so zurückhaltend.

Seufzend erhob ich mich von der Bank, setzte meinen kleinen Rucksack auf und griff nach den Krücken. Als ich anschließend zu ihm hinunterschaute, wirkte er so verloren, dass ich ihn am liebsten mitgenommen und aufgepäppelt hätte wie ein Vogeljunges, das aus dem Nest gefallen war. Doch im Gegensatz zu einem Küken konnte ich ihn nicht einfach in einen Pappkarton setzen, und es würde auch niemand entzückt drumherum stehen und ihn füttern wollen. Im Gegenteil. Basti würde ihn hochkant hinauswerfen. Und auch Tom würde ich wohl eher in die Flucht schlagen, wenn ich plötzlich von einem Extrem ins nächste fiel. Deshalb ermahnte ich mich, in kleinen Schritten zu denken und handeln und darauf zu hoffen, dass er am Freitag wirklich wieder auftauchen würde. Ich hätte ihn gerne nach seiner Nummer gefragt, aber dann fiel mir ein, dass er höchstwahrscheinlich gar kein Handy hatte, sonst hätte er nach dem Unfall nicht nach meinem fragen müssen. Und erneut wurde mir bewusst, wie selbstverständlich manche Dinge für mich waren, während andere auch ohne klarkommen mussten.

Ich atmete tief durch und suchte nach den richtigen Worten, um ihm deutlich zu machen, dass ich es ernst meinte und ihn wiedersehen wollte.

„Ich habe am Freitag mehr Zeit nach der Krankengymnastik", erklärte ich zögernd. „Wir könnten danach einen Kaffee trinken gehen und uns unterhalten. Ich würde nämlich wirklich gerne deine Geschichte hören, wenn du sie mir erzählen magst."

Tom sah mich an, und ich entdeckte in seinen Augen ein ungläubiges Staunen. Ich musste an all die Artikel denken, in denen von den Unsichtbaren die Rede war, und versuchte mir vorzustellen, was es für ein Gefühl sein musste, plötzlich gesehen zu werden. Bei seiner Reaktion zog sich mein Herz schmerzhaft zusammen. Wenn man erst einmal den Anfang gemacht hatte, war es doch gar nicht so schwer, ihm oder dem Obdachlosen aus dem Parkhaus etwas Aufmerksamkeit zu schenken. Ja, sie waren vielleicht ruppig, sarkastisch und verbittert. Aber wäre ich das nicht auch, wenn ich unter solchen Umständen leben müsste und von der Gesellschaft verstoßen wurde? Deshalb nahm ich sein unentschlossenes „Hmmm" einfach so hin und lächelte ihn an.

Im selben Moment fuhr mein Bus vor.

„Bis bald", sagte ich, als gäbe es gar keinen Zweifel daran, dass wir uns wiedersehen würden. Ohne eine Antwort abzuwarten, wandte ich mich von ihm ab und humpelte zum Einstieg. Ich ließ den anderen Fahrgästen den Vortritt, damit ich mit meinen Krücken nicht den ganzen Verkehr aufhielt, und blickte überrascht auf, als ich einsteigen wollte und Tom neben mir stand, um mir die Gehhilfen abzunehmen. Erleichtert kletterte ich ohne die sperrigen Dinger die Stufen hoch und nahm sie oben angekommen mit einem dankbaren Lächeln wieder entgegen.

Ich spürte Toms Blick in meinem Rücken, als ich dem Busfahrer mein Monatsticket zeigte. Und als ich mich ein letztes Mal zu ihm umdrehte, verzogen sich seine Lippen zu einem minimalen Lächeln. Wie so oft ohne Worte. Doch mein Bauchgefühl sagte mir, dass er am Freitag wieder herkommen würde.

Äußerst zufrieden mit mir und der ganzen Situation ließ ich mich auf den nächsten freien Platz fallen. Während der Bus anfuhr, beobachtete ich, wie Tom zur Bank zurückging, seinen Rucksack schulterte und die Fußgängerunterführung ansteuerte. Erst als er aus meinem Blickfeld verschwunden war, merkte ich, wie angespannt ich die ganze Zeit gewesen war. Alles in mir zitterte wie am Ende einer nervenaufreibenden Prüfung. Und genau so fühlte es sich auch an. Ich war allerdings nicht sicher, ob ich diese Prüfung bestanden hatte oder nicht, denn Tom war undurchschaubar und ein Stück weit unberechenbar. Hatte ich im einen Moment das Gefühl gehabt, zu ihm durchgedrungen zu sein, hatte er sich im nächsten wieder hinter seinem Sarkasmus oder seinem Schweigen verschanzt. Doch dieses winzig kleine Lächeln am Ende ließ hoffen, dass ich mich nicht komplett zur Idiotin gemacht hatte. Ich war gespannt, wie es weitergehen würde, und konnte es kaum erwarten, dass Freitag wurde. Vier elend lange Tage noch. Aber zumindest wusste ich jetzt, dass Tom nicht auf der Straße schlief, sondern die Notunterkunft nutzte, und das beruhigte mich mehr, als ich für möglich gehalten hätte. Besonders nachdem ich gesehen hatte, wie er bereits tagsüber fror.

Gedankenverloren starrte ich aus dem Busfenster nach draußen und versuchte, mich zu erinnern, was sich außer der Winterjacke in dem Altkleidersack befand. Wahrscheinlich hauptsächlich meine Sachen, nachdem ich vor ein paar Monaten nach einer Shoppingtour mit Jasmin rigoros ausgemistet hatte. Aber Bastis Jacke war garantiert dabei. Er hatte sich im Schlussverkauf eine neue gekauft, obwohl die alte eigentlich noch gut war. Ich hatte es nicht wirklich verstanden, doch jetzt war ich froh darüber. Die Männer waren etwa gleich groß, und wenn Tom die Jacke zu weit war, war es auch egal. Umso mehr Platz war darunter für einen dicken Pullover oder mehrere Lagen anderer Oberteile.

Unwillkürlich musste ich lächeln. Ich würde diesen Sturkopf schon überzeugen, die Spende anzunehmen. Das war das Mindeste, was ich für ihn tun konnte. Doch ich hatte auch nicht vor, es dabei zu belassen, denn nach dem Gespräch mit ihm und allem, was ich in seinen Augen gesehen hatte, ging es mir längst nicht mehr nur um meinen Seelenfrieden. Es ging um einen Menschen, der Schlimmes erlebt haben musste, um dort hinzugelangen, wo er jetzt war. Mir blutete das Herz, wenn ich daran dachte, dass er das alles mit großer Wahrscheinlichkeit mit sich alleine ausmachte. Unsichtbar, hoffnungslos, verloren.

Mir war klar, dass ich ihn nicht wirklich retten und ihm von jetzt auf gleich ein besseres Leben verschaffen konnte. Aber vielleicht gelang es mir ja wenigstens, es zumindest ein bisschen schöner zu machen und ihm öfter ein kleines Lächeln zu entlocken. Denn eins war mir bereits jetzt klar: Das Schicksal hatte sich etwas dabei gedacht, dass ich Tom im wahrsten Sinne des Wortes vor die Füße gefallen war. Die Frage war, was genau und wie ich das Basti erklären sollte.

Tom

Nicht umdrehen!, ermahnte ich mich streng. Und auch nicht zurückschauen. Sie soll nicht merken, was zum Teufel sie mit dir angerichtet hat.

Angestrengt konzentrierte ich mich darauf, einen Fuß vor den anderen zu setzen, während mir das Herz wild gegen die Rippen hämmerte. Erst als ich sicher sein konnte, dass ich außerhalb von Riekes Sichtfeld war, blieb ich stehen und ließ die ganze angestaute Luft aus meinen Lungen entweichen. Ich hätte definitiv weglaufen sollen. Doch jetzt war es zu spät. Das Mäuschen war kein Mäuschen mehr, sondern eine Spinne. Mit feinen Fäden hatte sie ein Netz aus Menschlichkeit, Mitgefühl, Interesse, Freundlichkeit und Hilfsbereitschaft um mich herum geknüpft und mich damit eingefangen. Paul hatte so verdammt recht. Sie hatte sich verändert. Und wie. Mir war jetzt noch ganz schwindelig, wenn ich an diesen offenen, klaren Blick dachte, mit dem sie mich angesehen hatte. Himmelblaue Augen, um die herum nicht eine Wimper zuckte, wenn ich das Arschloch raushängen ließ. Nur in diesem einen Augenblick, wo ich ihren Freund als Lackaffen bezeichnet hatte, war sie wütend geworden. Sie liebte ihn. Bedingungslos und mit all seinen Macken. Und nach den vielen Monaten auf der Straße erreichte der Neid in mir plötzlich eine neue Dimension. Mochten die vielen Menschen um mich herum doch ruhig tolle Jobs, schicke Wohnungen und ein glückliches Familienleben haben. Aber dass jemand wie dieser Basti Rieke zur Freundin hatte, gefiel mir gar nicht. Dabei war mir klar, dass ich niemals eine Chance bei ihr hätte. Aus welchen Gründen auch immer sie sich überhaupt mit mir abgab – romantische Absichten gehörten garantiert nicht dazu. Und ich verfluchte mich selbst dafür, dass ich im Zusammenhang mit Rieke überhaupt einen Gedanken in diese Richtung verschwendete. Mir musste heute Morgen jemand etwas in den Kaffee gerührt haben, anders war das nicht zu erklären.

Aufgewühlt lief ich weiter zum Flussufer auf der Suche nach einem Platz, wo ich die Begegnung in Ruhe verarbeiten konnte. Doch überall waren Leute unterwegs, die ihre Hunde Gassi führten, joggten oder mit diesen komischen Knöpfen im Ohr telefonierten, ohne ihr Handy in der Hand zu halten. Ich hatte mich bereits ein ganzes Stück von der Innenstadt entfernt, als ich an der alten Eisenbahnbrücke endlich niemanden mehr sah.

Erschöpft ließ ich mich auf einem Baumstumpf nieder und den Rucksack neben mir ins Gras fallen. Seit zwei Jahren fehlte mir dieses Stückchen Privatsphäre, mich irgendwo alleine zurückziehen zu können. Doch nie hatte es mich so sehr gestört wie heute.

Ich stützte den Kopf in die Hände und schloss die Augen. Verdammt, was passierte hier? Es konnte nicht sein, dass Rieke dermaßen mein Leben durcheinanderbrachte. Sie hatte mir ein paar Fragen gestellt, hatte mir die Jacke von ihrem Freund angeboten, und das war's. Alles easy. Ich musste sie nicht einmal wiedersehen, wenn ich das nicht wollte. Scheiß auf eine dicke Winterjacke. Es wurde langsam Frühling, und wenn ich es bis jetzt ohne geschafft hatte, dann würde ich auch die letzten frostigen Tage überstehen. Einfach nicht hingehen am Freitag, Fall erledigt. Wo sollte sie mich suchen? Vor allem mit ihrem kaputten Fuß.

Ich würde wirklich gerne deine Geschichte hören, hämmerten mir ihre Worte durch den Schädel.

Nein! Ganz bestimmt nicht. Denn dazu hätte ich sie ihr erzählen müssen, und das konnte ich nicht. Völlig ausgeschlossen!

Aber sie ist hartnäckig, wisperte eine Stimme in mir. Was, wenn sie immer weiterbohrt? Lass dir lieber etwas einfallen oder geh am besten gar nicht erst hin.

Hin- und hergerissen zog ich mir die Mütze runter und raufte mir die Haare. Mein Verstand brüllte, dass ich Rieke nie wiedersehen und vergessen sollte. Doch dieses dämliche Herz hielt dagegen und sehnte sich bereits jetzt nach ihr. Sie war seit langer Zeit der einzige Mensch außer Paul, der sich wirklich für mich interessierte. Da konnte ich sie doch nicht vor den Kopf stoßen, weil ich meine verdammten Gefühle nicht mehr im Griff hatte. Ich musste ihr zumindest irgendeine Art von Erklärung liefern und mich ordnungsgemäß von ihr verabschieden. Alles andere ließ sich nicht mit meinem Gewissen vereinbaren.

Geistesabwesend starrte ich auf den Fluss und sah doch nichts anderes als Riekes gutmütige Augen vor mir. Ich tastete nach dem Brief in der Innentasche meiner Jacke und zog ihn daraus hervor, um ihn zum hundertweißnichtwievielten Mal zu lesen. Anders als sonst hatte ich dabei ihre Stimme im Ohr und glaubte ihr ohne Zweifel jedes einzelne Wort. Plötzlich wurde ich neugierig, was sie zu ihrem Sinneswandel gebracht hatte. Und es gab nur eine Person, die mir diese Frage beantworten konnte.

Der Freitag kam, und ich fühlte mich wie ein unreifer Teenager auf dem Weg zum ersten Date. Was die Klamottenwahl anging, konnte ich allerdings eine Abkürzung nehmen, denn es gab bloß die Variante dreckige oder frische Hose, etwas besserer oder etwas dickerer Pullover. Mit der Aussicht auf eine warme Jacke entschied ich mich für den besseren. Wie ich Rieke kennengelernt hatte, würde ich sowieso nicht drum herumkommen, die Jacke von diesem Basti anzunehmen. Und beim Gedanken daran, wie sehr es ihn ärgern würde, wenn er wüsste, dass ich sie bekam, fing die Sache sogar an, mir zu gefallen.

Nervös tigerte ich vor der Physiotherapiepraxis auf und ab und wartete, denn natürlich war ich viel zu früh da. Doch die Bewegung half nicht nur gegen die Aufregung, sondern auch gegen die Kälte. Meinen Rucksack hatte ich wohlweislich im Franziskushaus in einem Schließfach verstaut, damit ich ihn nicht die ganze Zeit mit mir herumschleppen musste. Es war die übliche Gratwanderung. Trug ich ihn bei mir, wusste ich genau, wo meine Sachen waren und dass ihnen nichts passierte. Andererseits schrie dieses dunkelblaue Monstrum geradezu danach, herzusehen und mich als das wahrzunehmen, was ich war: ein Penner, dessen armseliges Leben in einen einzigen Rucksack passte. Ließ ich ihn jedoch wie heute im Schließfach, fühlte ich mich irgendwie nackt. Alles, was ich bei mir trug, war mein Geld, das lose in meiner Jackentasche steckte, seit mir das Portemonnaie gestohlen wurde. Und der Brief.

Ich schaute erneut rüber zum Praxisgebäude, als im selben Moment die Tür aufging und ein rotblonder Haarschopf zum Vorschein kam. Mein Herzschlag beschleunigte sich, und ich hastete hinüber, um Rieke die Tür aufzuhalten. Doch ehe ich bei ihr ankam, stand sie bereits draußen auf dem Bürgersteig und lächelte mir entgegen. Überrascht registrierte ich, dass die Schiene am Fuß weg war und sie in ganz normalen Sneakern mit beiden Beinen fest auf dem Boden stand.

„Hey", sagte sie, als ich bei ihr ankam. „Schön, dass du mich nicht versetzt hast."

„Hmmm", nuschelte ich, heute jedoch nicht aus Unfreundlichkeit, sondern weil mir ihr herzliches Lächeln die Sprache verschlagen hatte.

Rieke lachte, doch wenn man ganz genau hinhörte, bemerkte man auch bei ihr eine leichte Nervosität. „Du hast es nicht so mit dem Reden, oder?"

Ich rang mir ein schwaches Lächeln ab und zuckte mit den Schultern. „Kann sein, dass ich ein bisschen aus der Übung bin."

„Na, dann wollen wir mal daran arbeiten", erklärte sie unternehmungslustig. „Ich hoffe jedenfalls, dass du nicht nur wegen der Jacke gekommen bist."

Sie sah mich an und meinte das offenbar wirklich ernst mit dem Kaffeeklatsch.

„Versprich dir lieber nicht zu viel davon", gab ich grummelnd zurück. Dieses herausfordernde Funkeln in ihren Augen war mir nicht geheuer. Es war ja ganz nett, ausnahmsweise wahrgenommen zu werden. Aber es machte mir auch Angst.

„Solange du nicht gekommen bist, um mir zu sagen, dass ich mich umsonst abgeschleppt habe und mir die Jacke sonstwo hinstecken kann, bin ich zufrieden“, bemerkte sie vollkommen unbeeindruckt von meiner ruppigen Art.

„Hmmm.“ Verdammt, konnte sie vielleicht mal woanders hinschauen? Am liebsten hätte ich ihr die Jacke abgenommen und wäre abgehauen. Aber irgendwie auch nicht. Fieberhaft suchte ich nach Worten, um diese seltsame Szene so schnell wie möglich zu beenden, doch Rieke kam mir zuvor und sagte: „Also, haben wir einen Deal?“

Ich atmete tief durch und hatte keine Ahnung, von welchem Teufel ich geritten wurde, als ich mich antworten hörte: „Ja. Du gibst mir die Jacke, und ich lade dich zum Kaffee ein.“

Rieke sah mich überrascht an. „Das musst du nicht. Ich meine, es war doch mein Vorschlag und soll keine Gegenleistung sein.“

„Ich möchte das aber.“ Schließlich hatte ich in weiser Voraussicht in den letzten Tagen jeden Cent zweimal umgedreht und soweit es ging auf Ausgaben verzichtet. Doch das würde ich ihr bestimmt nicht auf die Nase binden.

Rieke schien abzuwägen, wo meine Sturheit aufhörte und mein Stolz anfing, und nickte. „Okay. Auf einen Kaffee. Aber mein Frühstück zahle ich selbst. Ich hatte heute nämlich noch keins.“

Jetzt war es an mir, ein verblüfftes Gesicht zu machen.

„Ich hatte heute Morgen keinen Appetit“, murmelte sie und wich meinem Blick aus. Da sie das mittlerweile äußerst selten tat, beschlich mich der Verdacht, dass diese Appetitlosigkeit etwas mit mir und diesem Treffen zu tun haben könnte. Ich war offenbar nicht der Einzige, der nervös war, und schlagartig ging es mir besser.

„Hast du einen Vorschlag, wo wir hingehen sollen?“, fragte ich, weiterhin unsicher, auf was ich mich hier einließ. „Und kannst du überhaupt laufen ohne Krücken? Ich habe meine Limousine leider gerade nicht dabei.“

Rieke lachte. „Kein Problem. Die brauche ich nicht mehr.“ Sie deutete Richtung Fußgängertunnel. „Kennst du das *Café Kunterbunt*?“

„Nee.“

„Das ist ein total süßes Café, das von einer Einrichtung für Menschen mit Behinderung betrieben wird“, erklärte sie mir. „Man muss ein bisschen Geduld und Offenheit für die Leute mitbringen, die dort arbeiten, aber das Essen ist megalecker und günstig.“

Lecker und günstig war immer gut. Gleichzeitig war ich erstaunt, wie vorurteilslos sie offenbar gegenüber behinderten Menschen war. Und nach und nach wurde mir immer klarer, dass sie längst nicht so oberflächlich war, wie ich am Anfang gedacht hatte. Plötzlich war ich neugierig und wollte auch über sie mehr erfahren. Obwohl ich ahnte, dass ich mich damit wahrscheinlich geradewegs ins Verderben stürzte.

Nur heute, schwor ich mir im Stillen. Ich werde mit ihr in dieses Café gehen, mich mit ihr unterhalten, und das war's dann. Aber für diese paar Stunden werde ich es jetzt genießen, wie ein Mensch behandelt zu werden.

Ich spürte Riekes Blick auf mir und wagte ein zaghaftes Lächeln. „Also gut", sagte ich entschlossen. „Wenn du es bis dahin schaffst. Und gib mir vorher deinen Rucksack, dann musst du dich nicht länger damit abschleppen."

„Okay."

Im selben Moment, in dem ich nach dem großen Rucksack griff, um ihr zu helfen, schob sie sich den Träger vom Arm und streifte dabei meine Hand. Es fühlte sich an wie ein Stromstoß. Ich war so lange nicht mehr von jemand anderem berührt worden, dass ich erschrocken zurückzuckte.

„Keine Angst, ich tu dir nichts", bemerkte sie mit einem Schmunzeln in der Stimme.

Ich zwang mich zur Gelassenheit, damit sie nicht merkte, was sie hier mit mir anstellte. Vielleicht sollte ich doch lieber die Flucht ergreifen.

Rieke schien zu ahnen, was in mir vorging, und ließ mir keine Chance, diesen Plan in die Tat umzusetzen. Ihr Blick bohrte sich fest in meinen, und ich wurde zu einer willenlosen Marionette.

Langsam lief ich neben ihr her Richtung Fußgängerzone. Im Tunnel blieb sie ohne Vorwarnung stehen und musterte andächtig den Ort unserer ersten Begegnung.

„Kommst du immer noch zum Betteln her?", wollte sie wissen.

„Nein. Ich ... Das war eine Ausnahmesituation", antwortete ich zögernd und war beim Begriff *„betteln"* innerlich zusammengezuckt. Natürlich hatte ich genau das getan. Und trotzdem hatte es immer einen faden Beigeschmack, weil man dabei so leicht in dieselbe Schublade gesteckt wurde wie die hauptsächlich ausländischen Mitmenschen, die oft in ganzen Clans auftauchten und die Leute aktiv anschnorrten. Ich als gewöhnlicher Wohnungsloser hatte dagegen still um ein paar Almosen gebeten. Und selbst das äußerst widerwillig, denn es gab kaum etwas Demütigenderes, als öffentlich zur Schau zu stellen, wie bedürftig man war. Deshalb war der Platz im Tunnel für mich wirklich die letzte Option gewesen. Beziehungsweise die vorletzte, denn gleich danach kam das Herumwühlen in Mülleimern für ein paar mickrige Pfandflaschen. Doch das alles wollte ich ihr jetzt nicht erklären, deshalb musste meine Antwort fürs Erste reichen, und ich wandte mich zum Weitergehen.

Rieke folgte mir zunächst schweigend, doch ich spürte die unzähligen Fragen, die ihr auf der Zunge lagen. Und wie ich das Mäuschen einschätzte, würde sie sich auch nicht verkneifen können, sie zu stellen.

Im Stillen tadelte ich mich dafür, dass ich sie immer noch als Mäuschen bezeichnete, denn das war sie definitiv nicht. Aber der Name hatte sich so eingebrannt, dass ich ihn nicht so schnell wieder ablegen konnte.

„Tom?“, riss Rieke mich aus den Gedanken.

Unwillkürlich lief mir ein Schauer über den Rücken. Es war selten geworden, dass jemand meinen Namen sagte, und wenn, dann schon gar nicht so sanft wie sie. Völlig überfordert von all diesen Gefühlen, die sie in mir auslöste, drehte ich mich zu ihr um.

„Wir müssen da lang“, sagte sie und zeigte links die Straße entlang. Ich dagegen hatte während meiner Grübeleien ganz selbstverständlich den Weg zur Fußgängerzone eingeschlagen und gar nicht bemerkt, wie weit ich ihr voraus war.

Ich Idiot! War doch klar, dass sie mit ihrem verletzten Fuß nicht so schnell hinterherkam.

Ich machte auf der Stelle kehrt, wartete, bis sie bei mir angekommen war, und folgte ihr dann in die andere Richtung. Drei oder vier Häuser weiter steuerte sie einen Hinterhof an, in dem sich das *Café Kunterbunt* verbarg. Es schien ein echter Geheimtipp zu sein, mit einem traumhaften Biergarten im Sommer. Jetzt dagegen war der Innenhof verlassen, und ich sprang vor Rieke auf den Eingang des Cafés zu, um ihr die Tür aufzuhalten.

Sie bedankte sich mit einem Lächeln und deutete auf einen freien Tisch in einer Nische im hinteren Teil des Cafés. Ich folgte ihrem Blick und rümpfte die Nase. War ja klar, dass sie sich nicht mit mir vorne am Fenster blicken lassen wollte, wo alle saßen. Mir lag ein bissiger Kommentar auf der Zunge, aber ich schluckte ihn runter und folgte ihr.

Als hätte sie meine Gedanken gelesen, erklärte Rieke am Tisch angekommen: „Hier ist es wenigstens nicht so trubelig, damit wir uns in Ruhe unterhalten können.“

Na toll! Vom Regen in die Traufe. Wenn das wirklich ihre Absicht war und sie mich nicht bloß aus dem Blickfeld der Leute ziehen wollte, sollte ich eigentlich froh sein. Stattdessen ging ich ganz automatisch in Habachtstellung vor der Art von Unterhaltung, die ihr wahrscheinlich vorschwebte. Doch ich versuchte, mir nichts anmerken zu lassen, und schob ihr wortlos und ganz gentlemanlike den Stuhl zurecht, damit sie mühelos mit ihrem verletzten Fuß Platz nehmen konnte. Wenn schon Penner, dann wenigstens einer mit guten Manieren.

„Rieke!", erklang im selben Moment eine Stimme hinter uns. „Du warst aber lange nicht mehr hier."

Eine junge Frau mit einer kunterbunten Schürze stand hinter uns und strahlte meine Begleiterin an. Ich wusste nicht viel über behinderte Menschen, aber vom Downsyndrom hatte ich natürlich gehört, und ihr Aussehen und Verhalten ließen keinen Zweifel daran.

„Lucy!", erwiderte Rieke nicht weniger erfreut.

Fasziniert beobachtete ich, wie sich die beiden Frauen herzlich umarmten und kurz darüber redeten, warum Rieke so lange nicht hier gewesen war. Rieke erklärte der Café-Angestellten, was passiert war, und erntete eine weitere, diesmal tröstende Umarmung. Danach schaute sich die junge Frau zu mir um und sagte: „Ist das dein Freund?"

Mein erster Impuls war, ein sarkastisches Schnauben auszustoßen. Doch die Neugier, wie Rieke auf die Frage reagieren würde, war stärker. Ich schaute sie an, während sie ihrer Bekannten ohne zu zögern antwortete: „Nein. Das ist Tom. Er hat mir geholfen, als das mit dem Unfall passiert ist."

„Ohhh!" Die junge Frau klatschte begeistert in die Hände und schenkte mir ein strahlendes Lächeln. „Dann bist du ein Held."

„Ähm", machte ich verlegen und wusste nicht, was ich darauf erwidern sollte. Ich, ein Held? Nein, sicherlich nicht. Aber ich wagte es nicht, sie zu enttäuschen.

Rieke spürte anscheinend, wie unwohl ich mich fühlte, und schickte Lucy los, um die Speisekarten zu holen. Lächelnd schaute sie ihr hinterher, wie sie zum Tresen ging. Als sie sich wieder zu mir umdrehte, schien mein Gesicht ein einziges Fragezeichen zu sein, denn ehe ich etwas sagen konnte, erklärte sie: „Ich komme in der Mittagspause öfter hierher. Und irgendwie hat Lucy einen Narren an mir gefressen, seit sie gehört hat, dass ich im Verlag arbeite und Bücher mache."

„Das ist ja auch ein cooler Job", bemerkte ich und fragte sie, was für Bücher dort herausgegeben wurden. Prompt waren wir mittendrin in einem Gespräch über Bücher im Allgemeinen und ihren Beruf im Speziellen. Zwischendurch brachte Lucy die Speisekarten und nahm unsere Getränkewünsche auf. Als sie wieder gegangen war, meinte Rieke: „Eigentlich wollte ich ja eher etwas über dein Leben erfahren."

Ich vertiefte mich angestrengt in die Mappe voller Köstlichkeiten und erwiderte ausweichend: „Da gibt es nicht viel Spannendes zu erzählen."

Auf der anderen Seite des Tisches blieb es still, doch ich spürte ihren erwartungsvollen Blick auf mir. Zum Glück kam in diesem Moment Lucy mit den Getränken zurück und bewahrte mich zumindest fürs Erste vor einer Erklärung.

„Habt ihr was zu essen gefunden?", wollte sie fröhlich wissen.

Mit einem gequälten Lächeln legte ich die Karte zur Seite und antwortete, dass ich nichts wollte, weil ich bereits gefrühstückt hatte. Mir lief zwar beim Anblick der Speisen und dem Geruch von frisch gebratenen Eiern das Wasser im Mund zusammen, aber ich wollte trotz der annehmbaren Preise nicht leichtsinnig mein weniges Geld verprassen.

Ich hatte allerdings nicht mit den beiden Frauen gerechnet. Lucy war die Erste, die protestierte und unverblümt erklärte: „Das macht nichts. Du kannst ruhig mehr essen. Du bist nämlich viel zu dünn."

Mit einem humorlosen Schnauben verschränkte ich die Arme vor meinem schmächtigen Oberkörper. Ich wusste, dass ich etwas sagen sollte, um die junge Frau nicht zu kränken, doch mir fehlten die passenden Worte. Aus dem Augenwinkel sah ich, dass sie meinem Gegenüber einen hilfesuchenden Blick zuwarf, und hörte Rieke sagen: „Lucy, bring uns bitte das Kunterbunt-Frühstück für zwei. Da wird bestimmt etwas dabei sein, was Tom auch mag."

Ruckartig hob ich den Kopf und funkelte sie empört an. „Ich habe doch gesagt ..."

„Wir haben gesagt, du den Kaffee und ich das Frühstück", unterbrach sie mich und durchbohrte mich mit einem Blick, der keine Widerrede duldete.

Der Trotzkopf in mir wollte zurückblaffen, dass von einem Frühstück für mich nie die Rede gewesen war. Aber Lucy stand weiterhin neben uns und sah aus, als würde sie jeden Augenblick anfangen zu weinen. Also schluckte ich meinen verdammten Stolz runter und quetschte ein versöhnliches „Wenn du meinst" heraus.

Rieke lächelte erleichtert und nickte der Bedienung bestätigend zu. Lucy schaute prüfend zwischen uns hin und her, kam offenbar zu dem Schluss, dass alles in Ordnung war, und verschwand Richtung Küche.

In mir brodelte es weiter, doch ich biss mir auf die Zunge und atmete unauffällig durch. Als ich wieder zu Rieke aufschaute, erwartete ich einen herausfordernden, triumphierenden Blick von ihr. Stattdessen musterte sie mich nachdenklich und sagte so sanft, dass es mir kalt den Rücken runterlief: „Erzähl mir deine Geschichte. Wo schläfst du? Wie lebst du? Warum bist du überhaupt auf der Straße gelandet?"

In ihren Augen lag echtes, aufrichtiges Interesse. Und mein Bauchgefühl sagte mir, dass ich ihr wahrscheinlich alles hätte anvertrauen können. Wenn ich mir dabei nicht selbst im Weg gestanden hätte.

Angestrengt suchte ich nach einem Weg, ihr möglichst knapp die ersten beiden Fragen zu beantworten und die dritte zu ignorieren. Denn ich konnte ihr nicht erklären, warum mein Leben den Bach runtergegangen war, ohne das Unaussprechliche zu erwähnen. Allein beim Gedanken daran spürte ich die Panik in mir aufsteigen und kämpfte verbissen dagegen an, sie die Oberhand gewinnen zu lassen.

„Tom?", hörte ich Rieke wie aus weiter Ferne sagen. Plötzlich legte sich ihre Hand auf meine, die ich auf der Tischplatte zur Faust geballt hatte. Ich zuckte zusammen und starrte wie hypnotisiert auf diese langen, schlanken Finger, die meine wie selbstverständlich umfassten. Die erste wirklich menschliche Berührung seit viel zu langer Zeit. Das war zu viel!

Schnell zog ich meinen Arm zurück und raufte mir die Haare. Eine Welle aus Emotionen drohte über mir zusammenzubrechen und mich zu verschlingen. Und dafür war hier weder die richtige Zeit noch der richtige Ort.

„Bin gleich wieder da“, stieß ich gepresst hervor, sprang fluchtartig auf, suchte hektisch nach dem Hinweisschild fürs WC und stürzte die Treppe runter, um mich für ein paar Minuten auf der Toilette zu verschanzen.

Dort angekommen schloss ich mich in einer der Kabinen ein, lehnte mich mit der Stirn kraftlos gegen die Tür und stützte mich rechts und links mit den Fäusten ab. Mein Herz raste, und in meinem Inneren rumorte es so sehr, dass es mich nicht gewundert hätte, wenn ich hier und jetzt von einem meiner Anfälle dahingerafft worden wäre. Verzweifelt konzentrierte ich mich auf meine Atmung und fing an zu zählen, um mich mit irgendetwas abzulenken. Doch meine Gedanken wanderten immer wieder zurück zu Rieke. Rieke, die dort oben auf mich wartete und mich spätestens nach meinem überstürzten Abgang für einen verdammten Loser halten musste.

Na und?, spottete das Teufelchen in mir. Das bist du doch auch.

Ja, allerdings. Und trotzdem oder gerade deswegen hatte Rieke mir ihre Hand gereicht, als wüsste sie ganz genau, was für beschissene Zeiten ich hinter mir hatte.

Ich schloss die Augen und wartete darauf, dass sich der Gefühlssturm in mir wieder beruhigte. Doch die Gedanken fuhren unaufhaltsam Achterbahn. Das Mitgefühl in Riekes Augen wechselte sich ab mit den verständnislosen, wütenden, anklagenden Blicken aus meiner Erinnerung.

Ihre einfühlsame Stimme wurde übertönt von lautstarken Streitereien aus der Vergangenheit. Verzweifelt presste ich mir die Hände auf die Ohren und hatte keine Ahnung, wie ich es schaffen sollte, wieder raufzugehen und mich weiter mit Rieke zu unterhalten. Überhaupt erst einmal damit anzufangen, mit ihr zu reden. Am liebsten hätte ich mich klammheimlich verdrückt, aber meine Jacke mit meinem Geld war dort oben. Außerdem hätte ich es ohnehin nicht übers Herz gebracht, sie so zu enttäuschen. Und diese Gefühle für eine völlig fremde Frau, die sich aus unerklärlichen Gründen plötzlich für mich und mein armseliges Leben interessierte, waren das Schlimmste überhaupt.

Also gut, ermahnte ich mich. Du gehst da jetzt rauf, wirfst ihr ein paar Häppchen an Informationen hin, damit sie Ruhe gibt, und wechselst das Thema, bis sich eure Wege nach diesem vermaledeiten Frühstück endgültig trennen werden. Alles andere wäre reine Selbstzerstörung.

Ich atmete tief durch und dachte, dass es schon funktionieren würde, wenn ich es mir selbst stark genug einredete. Bis ich von der Toilette im Keller zurück ins Café kam und mich Riekes erleichterter und entschuldigender Blick mitten ins Herz traf.

Rieke

Spätestens seit ich Tom am Busbahnhof wiedergesehen hatte, wollte ich wissen, was seine Geschichte war und warum er auf der Straße gelandet war.

Fragen Sie ihn, hatte der Mann vom Rettungsdienst zu mir gesagt.

Bei ihm hatte es sich angehört, als ob alle Obdach- oder Wohnungslosen darauf warteten, dass sich jemand für ihr Leben interessierte. Tom dagegen schien Höllenqualen zu leiden, und ich bereute zutiefst, dass ich ihn dazu gedrängt hatte, mit mir zu reden.

Ratlos starrte ich durch das Café zur Treppe ins Kellergeschoss, wohin Tom vor einer ganzen Weile verschwunden war. Wie gerne wäre ich ihm gefolgt, um mich zu vergewissern, dass mit ihm alles in Ordnung war. Doch ich traute mich nicht, und der Grund dafür war nicht allein mein kaputter Fuß und die enge Treppe. Ich hatte Angst. Angst, dass das zu aufdringlich war und ich Tom damit verärgerte. Angst, ihn in einem Zustand zu erleben, der mich noch mehr erschütterte. Angst, dass er durch ein Fenster oder einen Hinterausgang geflüchtet sein könnte, um nicht weiter mit mir reden zu müssen.

Ja, ich wollte seine Geschichte erfahren, weil es mich interessierte und ich ihm genau das zeigen wollte. Aber nicht unter solchen Umständen.

In meinem Kopf drehte sich ein Karussell an Fragen, während sich mein Magen zu einem schmerzhaften Klumpen verknotete.

Bitte komm zurück!, flehte ich ihn im Stillen an. Du musst nicht weiter darüber reden, wenn du das nicht willst, aber bitte lass mich wenigstens wissen, dass es dir gut geht!

Der Sanitäter hatte von irgendwelchen Problemen gesprochen, mit denen Tom öfter zu tun hatte. Was, wenn es ausgerechnet jetzt wieder so weit war bei der ganzen emotionalen Belastung? Und schuld daran war allein ich, weil ich blöde Kuh hier mein Herz für Obdachlose demonstrieren musste.

Nein, protestierte eine leise Stimme in mir. Du weißt, dass das nicht wahr ist. Es geht hier längst nicht mehr nur um dein schlechtes Gewissen.

Aber um was dann?

Ich schaute wieder zur Treppe rüber, und mir fiel ein ganzer Felsbrocken von der Seele, als ich Toms hagere Gestalt dort auftauchen sah. Mit hängenden Schultern stieg er die letzten Stufen hoch und wirkte wie von einer tonnenschweren Last niedergedrückt.

Als hätte er gespürt, dass ich ihn beobachtete, schaute er plötzlich auf, und dieser Schmerz und die Unsicherheit in seinem Blick ließen die Welt um uns herum für einen Moment stillstehen. Innerhalb von Sekundenbruchteilen hatte er sich jedoch wieder unter Kontrolle und zog das Schutzschild hoch.

„Sorry“, sagte er unnatürlich locker, als er sich wieder an den Tisch setzte. „Es war so warm und sauber da unten, das musste ich kurz ausnutzen.“

Ich unterdrückte den Drang, ungläubig loszuprusten, denn ich hatte nie zuvor jemanden über das Klo eines Cafés reden hören, als wäre es der heimeligste Ort der Welt. Aber wer wusste schon, was Tom in der Hinsicht gewohnt war? Dabei war ziemlich offensichtlich, dass er eigentlich nur von den wahren Gründen ablenken wollte, warum er so lange verschwunden war.

Er wich meinem Blick aus, griff nach seiner Tasse und trank ohne mit der Wimper zu zucken, den mittlerweile kalten Kaffee aus.

„Ist alles okay, Tom?“, fragte ich ihn vorsichtig.

„Hmhmm.“ Er fühlte sich sichtlich unwohl und rutschte unruhig auf seinem Stuhl hin und her. Es hätte mich nicht gewundert, wenn er gleich wieder aufgesprungen wäre und das Weite gesucht hätte. Doch bevor es so weit kommen konnte, brachte Lucy einen Korb voller Brötchen und Croissants an unseren Tisch und schleppte nach und nach weitere Köstlichkeiten heran.

„Guten Appetit“, sagte sie strahlend, griff nach unseren leeren Tassen und fragte: „Trinkt ihr noch mal das Gleiche?“

„Nein, danke“, antwortete Tom schnell. „Ich möchte nichts mehr.“

„Aber zum Frühstück ...“, wollte Lucy erklären.

Ich ahnte, dass das in eine erneute Grundsatzdiskussion ausarten würde, und die wollte ich ihr auf jeden Fall ersparen. Deshalb legte ich ihr eine Hand auf den Arm und nickte.

Lucy eilte zum Tresen, und ich konnte mich alleine mit Toms mürrischer Miene auseinandersetzen. Er öffnete den Mund, doch ich war schneller. „Spar dir den Protest. Ein Getränk für jeden ist beim Frühstück inklusive, okay?"

Sein Kiefer klappte wieder zu, und er erinnerte mich an einen Fisch, der auf dem Trockenen nach Luft schnappte. Lächelnd schaute ich ihn an und sagte: „Lass es dir schmecken. Und nimm dir, was du magst, aber wenn du mir mein Croissant und die Marmelade wegfutterst, werde ich ernsthaft böse."

Auf seinem Gesicht machten sich erst Verblüffung und dann so etwas wie Belustigung breit.

„Geschenkt", erwiderte er. „So einen Mädchenkram ess ich eh nicht."

Wir sahen uns an, und ich bildete mir ein, dass um seine Mundwinkel der zarte Ansatz eines Grinsens zuckte. Ich atmete erleichtert auf. Das Zusammensein mit Tom glich einer Gratwanderung, und man konnte nie voraussehen, in welche Richtung die Stimmung im nächsten Moment kippte. Aber ich war froh, dass wir jetzt zunächst friedlich frühstücken konnten und nichts wichtiger zu sein schien als die Frage, ob unter die Nussnugatcreme nun Butter aufs Brötchen gehörte oder nicht.

Auch Tom schien sich zu entspannen und brachte sogar das eine oder andere schwache Lächeln zustande. Erst als wir den letzten Krümel verputzt hatten und Lucy mit dem Geschirr abgezogen war, breiteten sich wieder Schweigen und eine unerträgliche Spannung zwischen uns aus. Offenbar befürchtete Tom, dass ich gleich wieder auf unser vorheriges Thema zurückkommen würde, und er machte den Eindruck, jeden Moment gehen zu wollen.

„Tom?", sagte ich leise und wartete, bis er mich anschaute. „Es tut mir leid. Ich meine ... du musst mir nicht erzählen, was passiert ist, wenn es dich so fertigmacht. Hätte ich das gewusst, hätte ich gar nicht erst davon angefangen."

Er blinzelte nervös, hielt meinem Blick jedoch stand.

„Willst du sie wirklich hören", fragte er nach einer gefühlten Ewigkeit mit einem bitteren Lächeln, „die Geschichte vom glücklichen, erfolgreichen Tom, dem das böse Schicksal einen Streich gespielt hat?"

„Hätte ich sonst gefragt?"

Ich sah, wie Tom mit sich kämpfte.

„Ich kann dir nicht sagen, was passiert ist", begann er stockend. „Nicht das, was der Auslöser für alles war. Es geht einfach nicht."

Ich schwieg. Gab ihm Zeit. Wartete ab, ob er von sich aus weiterredete. Und die Tatsache, dass ich ihn eben nicht drängte, brachte ihn anscheinend dazu, mir zumindest eine grobe Erklärung zu liefern.

„Ich habe für einen Moment nicht aufgepasst und dadurch alles verloren", sagte er zögernd. „Meine Frau, meinen Job, die Kontrolle über mein ganzes verdammtes Leben."

„Und dein Zuhause", ergänzte ich leise, als er verstummte.

Tom nickte schwach. „Ja. Unser Haus gehörte meiner Frau ... Ex-Frau ... also musste ich gehen." Er fuhr sich mit der Hand durch die Haare und holte tief Luft. „Am Anfang bin ich bei einem Freund untergekommen. Aber das war nur eine Übergangslösung, denn seine

Freundin war nicht sehr erfreut darüber. Ich glaube, sie hatte selbst darauf spekuliert, bald mit ihm zusammenzuziehen. Marcus hätte mich allerdings niemals auf die Straße gesetzt." Er hielt kurz inne. „Eines Tages habe ich unbeabsichtigt einen heftigen Streit zwischen den beiden belauscht, in dem Katja ihn vor die Wahl gestellt hat. Sie oder ich. Das war für mich der Anstoß zu gehen, weil ich nicht wollte, dass er diese Entscheidung treffen musste. Katja war seine große Liebe, aber ich fürchtete, dass er sich trotzdem für mich entschieden hätte."

„Was?!", murmelte ich fassungslos. „Aber wie kann man jemanden lieben, der es in Kauf nimmt, dass der beste Freund auf der Straße landet?"

„Andere Frage: Wieso sollte man für jemanden seine Beziehung riskieren, der selbst schuld an seinem Elend ist?"

„Aber ..."

„Kein Aber. Glaub mir, es war das Beste für alle Beteiligten", erklärte er trotzig und versteckte sich wie so oft hinter seiner rauen Schale.

„Hat Marcus das auch so gesehen?", hakte ich behutsam nach.

Tom wich meinem prüfenden Blick aus und antwortete knapp: „Wir haben nicht darüber geredet."

„Du bist einfach gegangen?", entfuhr es mir. Im selben Moment bereute ich meine Frage, denn an der steilen Furche auf seiner Stirn erkannte ich, dass ich mich auf sehr dünnem Eis bewegte und er wahrscheinlich jeden Augenblick wieder dichtmachte. Tom überraschte mich jedoch, indem er ohne mit der Wimper zu zucken weiterredete. Es fühlte sich an, als würde in diesem Moment ein Damm brechen. Ein Damm aus Worten, die er so lange Zeit in sich angestaut und nicht herausgelassen hatte. Doch plötzlich flossen sie fast wie von selbst.

„Der Streit mit Katja war genau das, was ich gebraucht hatte, um den Arsch hochzukriegen", sagte er. „Ich konnte ja schlecht den Rest meines Lebens bei Marcus auf dem Sofa verbringen."

Er fingerte gedankenverloren am Ärmel seines Pullovers herum. Stockend erzählte er mir, wie er am Tag nach dem Streit zwischen Marcus und Katja seine Sachen gepackt und seinem Freund einen Zettel mit einer Nachricht hinterlassen hatte. Darin hatte er sich für alles bedankt und erklärt, dass er dringend einen Tapetenwechsel brauchte und sein Glück in einer anderen Stadt versuchen wollte. Dass er von einem früheren Bekannten die Aussicht auf einen Job bekommen hatte und hinfahren wollte, um die Details zu besprechen.

„Du hast ihn angelogen?", fragte ich erschüttert.

„Nein", widersprach er ärgerlich. „Das Angebot gab es wirklich. Bis dahin hatte ich mich allerdings lieber in meinem Elend gesuhlt, als mich um irgendetwas zu kümmern. Und eigentlich war ich für den Job völlig überqualifiziert. Aber in diesem Moment war es meine Chance, wegzukommen. Und zwar so richtig weg, denn es war ein Job im Außendienst, bei dem ich ständig im ganzen Land unterwegs gewesen wäre und keine eigene Wohnung gebraucht hätte. Heute hier, morgen da, und für die Zeit dazwischen hätte ich mir ein Zimmer mieten können. Viel Abwechslung, wenig Zeit zum Nachdenken, das war wie für mich gemacht."

„Aber es hat nicht geklappt", stellte ich fest, denn in seinem Bericht kam eindeutig zu viel Hätte und Wäre vor.

Tom schnaubte und schüttelte den Kopf. „Nein. Ich habe es versucht, aber es ging nicht. Und nach knapp zwei Monaten hat Jörg die Geduld verloren, weil er so einen unzuverlässigen Mitarbeiter wie mich nicht brauchen konnte."

In seiner Stimme lag Verachtung, doch ein unbestimmtes Gefühl sagte mir, dass sich diese nicht gegen diesen Jörg, sondern gegen sich selbst richtete. Weil er versagt hatte, aus welchen Gründen auch immer.

Mittlerweile hielt ich immer mehr lose Fäden in der Hand, was seine Geschichte anging, und mit jeder Erklärung taten sich mindestens zehn neue Fragen auf. Aber mir war klar, dass ich mindestens neun davon lieber nicht stellen sollte. Stattdessen brachte ich bloß ein hilfloses „Und dann?" hervor.

Tom zuckte resigniert mit den Schultern. „Dann war ich wieder arbeitslos, hatte keine Wohnung und keinen Plan, wo ich als Nächstes hingehen sollte. Die Suche nach einem Job und einer Wohnung war vergeblich, während das Geld immer knapper wurde."

Er presste die Lippen aufeinander und verstummte.

„Konntest du nicht wenigstens übergangsweise zu Marcus zurück?", fragte ich vorsichtig.

„Nein", entgegnete er hart. „Aber bevor du einen falschen Eindruck von ihm bekommst: Auch daran bin ich selbst schuld. Marcus hat mir mein plötzliches Verschwinden ziemlich übel genommen. Trotzdem hat er angeboten, dass er jederzeit für mich da ist, wenn ich Hilfe brauche, aber ich hab's versaut. Mehr gibt es dazu nicht zu sagen."

Hilflos beobachtete ich, wie er geistesabwesend vor sich auf die Tischplatte starrte. Sein Schmerz war so greifbar, dass es mir kalt den Rücken runterlief. Ich konnte mir wahrscheinlich nicht einmal annähernd vorstellen, wie verzweifelt die Situation gewesen sein musste. Nach seiner Frau, seinem Zuhause und dem Job hatte er offenbar auch seinen besten Freund verloren und stand völlig alleine da. Ein Puzzleteilchen fehlte mir allerdings in diesem Bild, und wie von selbst kam mir die nächste Frage über die Lippen: „Was ist mit deinen Eltern?"

Direkt nachdem ich es ausgesprochen hatte, wusste ich, dass es ein Fehler gewesen war. Ich konnte regelrecht dabei zuschauen, wie Tom wieder dichtmachte. Seine Miene verfinsterte sich, und mit einer Bestimmtheit, die keinen Widerspruch duldete, sagte er: „Darüber will ich nicht reden."

Reflexartig wich ich in meinem Stuhl zurück und fühlte mich, als hätte er mich im wahrsten Sinne des Wortes von sich gestoßen. Gerade eben hatte er sich mir anvertraut, und schon war es wieder vorbei. Ich versuchte, seinen Blick einzufangen, doch er gab mir keine Gelegenheit dazu. An seinem Gesichtsausdruck erkannte ich jedoch, dass es für ihn keine Option gewesen war, seine Eltern um Hilfe zu bitten, und das stimmte mich furchtbar traurig. In meiner Familie waren wir immer füreinander da, und ich war überzeugt davon, dass meine Eltern lieber ihr eigenes

Zuhause geopfert hätten, als mich auf der Straße stehen zu lassen. Bei Tom sah das offenbar anders aus.

Schweigend presste ich die Lippen aufeinander und traute mich nicht, noch ein Wort zu sagen. Das musste ich auch nicht, denn entgegen meinen Erwartungen redete Tom plötzlich weiter.

„Ich habe eine Weile in billigen Pensionen übernachtet, aber irgendwann konnte ich mir das nicht länger leisten und war offiziell obdachlos", erklärte er ohne jegliche Gefühlsregung in der Stimme. „Eine Notunterkunft gab es in dem Kaff, wo ich war, nicht, also bin ich in die nächstgrößere Stadt gefahren. Natürlich schwarz, mit der Bahn. Dort bekam ich einen Platz bei der Notschlafstelle, aber nur für drei Wochen, dann musste ich sehen, wo ich blieb. In anderen Städten war es nicht anders. Es gab auch längerfristige Unterkünfte, aber die waren entweder voll belegt, das letzte Loch oder hatten Vorgaben, die ich auf Dauer nicht erfüllen konnte. So bin ich immer weitergezogen und irgendwann dann hier gelandet."

Ich spürte, dass er es so schnell wie möglich hinter sich bringen wollte und gedanklich bereits auf dem Sprung nach draußen war – zurück in die Freiheit und Einsamkeit, in der niemand quälende Fragen stellte. Mir wurde ganz schwer ums Herz. Zum einen, weil ich wusste, dass ich jetzt keinen Fehler machen durfte, wenn ich ihn nicht endgültig in die Flucht schlagen wollte. Zum anderen, weil mir klar wurde, dass er ohnehin jeden Tag weiterziehen und damit wieder aus meinem Leben verschwinden könnte. Ich war selbst überrascht, dass mir dieser Gedanke überhaupt nicht gefiel. Tom war doch bloß so ein dahergelaufener Typ, dem ich dank einer Laune des Schicksals vor die Füße gefallen war. Wir kannten uns nicht. Unsere Lebenswelten hätten kaum weiter auseinanderliegen können. Und er tat alles, um mir zu demonstrieren, dass er meine Hilfe nicht wollte. Trotzdem fühlte ich mich auf eine unerklärliche Weise mit ihm verbunden.

Gedankenverloren beobachtete ich, wie Tom grimmig aus dem Fenster starrte, und suchte nach den passenden Worten, um das Gespräch in Gang zu halten.

„Wie lange bist du schon hier?", wollte ich wissen, weil ich es für eine unverfängliche Frage hielt. Ich erinnerte mich daran, dass der Sanitäter von ein paar Monaten gesprochen hatte, woraus ich schloss, dass das Leben in unserer Stadt für Obdachlose ganz okay sein musste.

Tom zuckte kurz, als schüttelte er sich, um in die Realität zurückzukehren, und antwortete tonlos: „Seit Oktober."

Es war eine sachliche Frage, auf die er mir eine sachliche Antwort gegeben hatte, doch ich spürte, dass es für ihn weit mehr war als das. Ich sah seine Anspannung, merkte, wie hektisch er plötzlich atmete und dabei immer wieder nervös seine linke Hand zur Faust ballte und wieder öffnete. Wie von selbst schoss meine Hand über den Tisch und legte sich auf seine, um ihn zu beruhigen. Seine Haut war rau und eingerissen, wahrscheinlich von der Kälte, der sie ständig ausgesetzt war. Selbst ich hatte im Winter Probleme damit, obwohl ich im Gegensatz zu ihm die Möglichkeit hatte, Tonnen an Creme draufzuschmieren.

Tom erstarrte mitten in der Bewegung. Was blieb, war ein leichtes Zittern. Ich traute mich nicht, ihm weitere

Fragen zu stellen, und hielt ihn einfach nur fest. Als ich wieder zu ihm aufschaute, trafen sich unsere Blicke für eine gefühlte Millisekunde, bevor er mir auswich, doch es reichte, um zu erkennen, dass ihn nicht allein der Grund für seinen Absturz quälte, sondern darüber hinaus andere schreckliche Dinge geschehen waren.

„Da, wo ich vorher war, musste ich mal wieder weg", hörte ich ihn plötzlich sagen und war überrascht, dass er von sich aus weiterredete, denn damit hatte ich nicht gerechnet. „Ich hatte keinen blassen Schimmer, wo ich als Nächstes hinsollte. Hauptsache weg, rein in den nächsten Zug und los. Aber ohne Ticket kommt man nicht weit. Nach zwei Stunden tauchte ein Kontrolleur auf, als der Zug gerade hier in den Bahnhof einfuhr. Und da bin ich."

Der letzte Satz klang unerwartet locker, als wollte er damit einen Schlussstrich ziehen. Doch ich sollte mich irren, denn Tom warf mir einen flüchtigen Blick zu, holte tief Luft und fuhr fort: „Das war wahrscheinlich das Schlimmste und gleichzeitig das Beste, was mir passieren konnte."

Er machte eine kurze Pause, in der alle meine Sinne auf diesen letzten Satz konzentriert waren. Für einen winzigen Augenblick glaubte ich, dass er damit auf unsere Begegnung anspielte, und bekam furchtbares Muffensausen davor, dass ich in der kurzen Zeit eine solche Bedeutung für ihn bekommen haben könnte. Ich wollte ihn ausbremsen und ihm erklären, dass ich doch gar nichts getan hatte. Aber zum Glück hielt ich meinen Mund und ließ ihn weiterreden, bevor es peinlich werden konnte.

„Die ersten Tage waren die Hölle“, erzählte er und holte mich damit auf den Boden der Tatsachen zurück. „Die Notschlafstelle und Unterkünfte waren voll, ich hatte keine Ahnung, wo ich sonst hingehen sollte, und hatte auch keine Kraft mehr, weiterzuziehen. Es war der absolute Tiefpunkt, seit ich kein eigenes Dach mehr über dem Kopf hatte. Dachte ich zumindest.“

„Das heißt, du hast draußen geschlafen?“, hakte ich erschrocken ein.

„Ja. Fünf Nächte lang in einem versteckten Winkel im Parkhaus.“ Tom starrte geistesabwesend aus dem Fenster und mahlte mit dem Kiefer. Ich konnte lediglich vermuten, wie schlimm diese fünf Nächte für ihn gewesen sein mussten, und wahrscheinlich reichte meine Fantasie dafür bei Weitem nicht aus. Mir fiel der Mann ein, dem ich im Parkhaus meinen Fünfeuroschein gegeben hatte, und plötzlich war der Gedanke, dass sich auch Tom unter dem Deckenberg hätte verbergen können, gar nicht mehr so abwegig.

Schnell schob ich das deprimierende Bild zur Seite und fragte mit einem möglichst hoffnungsvollen Ton: „Aber dann hast du einen Platz in einer Unterkunft bekommen?“

Er nickte und schien mit sich zu ringen, wie viel von allem er preisgeben wollte.

„Ja. Nach einem Zwischenstopp im Krankenhaus.“

Seine Hände fingen an zu beben, und ich konnte gar nicht so schnell zupacken, wie er sie zurückzog und unter der Tischplatte versteckte. Gleichzeitig redete er weiter, so viel und schnell, dass keine Gelegenheit blieb, ihn zu fragen, warum er im Krankenhaus gewesen war. Und ich war mir sicher, dass das pure Absicht war.

„Das war ein echter Glücksfall“, sagte er. Ich war nicht sicher, ob nicht eine Spur Ironie darin steckte, doch als er weitersprach, klang es zumindest in meinen Ohren eher positiv. „Von dort hat man mich an eins der Obdachlosenheime vermittelt, das heißt keine kurzfristige Notschlafstelle, wo man nach ein paar Wochen wieder gehen muss, sondern etwas Dauerhaftes. Die Bedingungen dort sind zwar bescheiden, aber trotzdem so ziemlich die besten, die ich bisher erlebt habe.“

„Also kannst du dort bleiben, solange du willst?“, hakte ich nach.

„Wenn nicht wieder etwas dazwischenkommt“, antwortete er zögernd. „Als ich dort im Tunnel saß, um etwas Geld zu sammeln, hatte es vorher einen Zwischenfall gegeben, und ich habe meinen Platz in der Unterkunft verloren. Ein anderer Bewohner, der neu da war, hatte für ziemliche Unruhe gesorgt, die anderen bestohlen, bedroht und erpresst. Ich wusste nichts davon und bin darauf reingefallen, dass Olaf sich mit mir anfreunden wollte. Bis ich ihn erwischt und zur Rede gestellt habe. Danach hat er einen schwachen Moment ausgenutzt, mir meine Wertsachen und die dicke Winterjacke geklaut und außerdem dafür gesorgt, dass ich aus dem Heim geflogen bin.“

„Was?!“, hauchte ich entsetzt. „Aber wie ist das möglich, dass einer alleine so eine Nummer durchziehen kann? Und überhaupt ... es gibt dort doch bestimmt Heimleiter oder so was.“

Tom lachte bitter auf. „Klar gibt es die. Aber du hast keine Vorstellung, wie es in diesen Unterkünften zugeht. Es wird geklaut, aber niemand kümmert sich darum. Die einen schweigen, weil es ihnen peinlich ist, ein Opfer geworden zu sein. Die anderen sagen was, aber es interessiert sich keiner dafür. Meistens steht eh Aussage gegen Aussage. Und die Betreuer sind froh, wenn sie nicht zwischen die Fronten geraten. Wenn du allerdings mit Drogen erwischt wirst und damit ganz offensichtlich gegen die Regeln verstößt, bist du raus."

Ich sah den Schmerz und die Wut in seinem Gesicht, und mir fiel es wie Schuppen von den Augen. „Olaf hat dir Drogen untergejubelt, um von sich selbst abzulenken?", fragte ich fassungslos.

„Glaub mir, wenn du nichts mehr zu verlieren hast, ist die Hemmschwelle bei manchen ziemlich niedrig", erklärte Tom mit finsterer Miene. „Entweder kriegst du eins auf die Fresse oder so was halt. Es war eine winzige Tüte Gras, aber Olaf hatte damit sein Ziel erreicht, mich auf die Straße zu schicken."

„Scheiße", flüsterte ich schockiert. „Und dann?"

„Dann bist du mir vor die Füße gefallen, und der Sani hat mich an einen tollen Streetworker vermittelt, der mir geholfen hat, dass ich ins Heim zurückkonnte. Olaf war zu dem Zeitpunkt zum Glück schon über alle Berge und hat wahrscheinlich anderswo diese Masche abgezogen."

„Gott sei Dank", sagte ich erleichtert. „Ich meine, dass du deinen Platz wiederbekommen hast. Und überhaupt."

Tom nickte, und bevor ich wusste, was ich tat, schob ich zögernd hinterher: „Und willst du auf Dauer hierbleiben?"

Ich wollte wissen, woran ich war. Wollte mir keine Hoffnungen auf was auch immer machen, wenn er ohnehin die Absicht hatte, in einer Woche oder einem Monat auf Nimmerwiedersehen zu verschwinden. Doch als ich sein ungläubiges Schnauben hörte, wusste ich, dass ich einen Fehler gemacht hatte, und hätte mir am liebsten die Zunge abgebissen. Die Stimmung kippte erneut so schlagartig um, dass mir ganz schwindelig dabei wurde.

„Natürlich nicht", stieß Tom verächtlich hervor. „Was ich will, ist ein eigenes Haus mit Garten, ein Job, eine Familie und eine Ferienwohnung am Meer. Aber leider ist das Leben kein Wunschkonzert."

Seine Worte knallten mir wie Peitschenhiebe um die Ohren, und ich duckte mich instinktiv unter ihnen weg, um nicht getroffen zu werden. Leider vergeblich.

„Tut mir leid", entschuldigte ich mich leise. „Das war blöd von mir."

„Ja", bestätigte er mit einer ärgerlichen Falte auf der Stirn.

Eine eisige Hand griff nach meinem Brustkorb und quetschte ihn schmerzhaft zusammen.

Das war's, dachte ich traurig. Gerade hatte er angefangen, sich mir anzuvertrauen, aber ich hatte es grandios versaut. Kein Wunder, wenn ich so bescheuerte Fragen stellte.

„Scheiße, Rieke, was tun wir hier eigentlich?", fluchte Tom. „Was willst du von mir?"

Sein eindringlicher Blick bohrte sich bis in meine Eingeweide und brachte mich beinahe um den Verstand. Fieberhaft suchte ich nach einer Antwort, doch ich hatte keine.

„Ich will gar nichts von dir", sagte ich hilflos. „Ich dachte nur, dass ich dir vielleicht helfen kann. Aber ich weiß nicht wie, und offensichtlich willst du das ja auch gar nicht."

Tom gab ein kleines, trauriges Lachen von sich. „Mir ist nicht zu helfen. Mein Leben ist komplett im Eimer, und ich allein bin schuld daran, was an diesem einen beschissenen Abend passiert ist. Genauso wie ich für das, was danach alles schiefgelaufen ist, selbst verantwortlich bin. Da gibt es nichts zu helfen."

Atemlos hörte ich ihm zu, während mein ganzer Körper von einer riesigen Gänsehaut überzogen wurde. Alles in mir schrie danach, ihn zu fragen, was ihn so dermaßen aus der Bahn geworfen hatte. Aber ich wusste, dass er es mir nicht sagen würde. Nicht sagen konnte.

Während ich verzweifelt nach einer passenden Antwort suchte, zog Tom seine Jacke von der Stuhllehne und angelte sein Geld aus der Tasche. Blitzschnell schoss meine Hand nach vorne und packte ihn am Arm. Ich wusste, wenn ich ihn jetzt gehen ließ, wäre es ein Abschied für immer. Und das konnte ich nicht zulassen.

Überrascht betrachtete er die Hand auf seinem Arm, ehe er mich erneut so intensiv ansah, als wollte er mich mit den Augen beschwören, ihn gehen zu lassen.

Ich spürte Tränen in mir aufsteigen, kämpfte mühsam gegen sie an und fragte zaghaft: „Werden wir uns wiedersehen?"

„Lieber nicht", gab er leise zurück.

„Aber ..."

Er brachte mich mit einem Kopfschütteln zum Schweigen. „Es ist besser so, glaub mir. Geh zurück in dein schönes heiles Leben und versprich mir, dass du auf dich aufpasst, damit du nicht auch eines Tages in der Scheiße landest wie ich, okay?"

Ich wusste, dass die einzige Antwort, die er akzeptieren würde, ein Nicken war, auch wenn alles in mir Nein schrie.

„Rieke?", sagte er unsicher, als ich mich nicht rührte.

Ich schaute ihm in die Augen und entdeckte darin eine Sehnsucht, die seine Worte Lügen strafte. Dennoch war mir klar, dass er keinen Millimeter von seiner Meinung abweichen würde.

„Warum ist diese Scheißwelt so ungerecht?", flüsterte ich niedergeschlagen.

Tom schnaubte leise. „Das wüsste ich auch gerne."

Mit zugeschnürter Kehle beobachtete ich, wie er Lucy ein Zeichen gab, dass wir zahlen wollten. Wortlos schob ich ihm einen Zwanziger über den Tisch, damit er die komplette Rechnung bezahlen konnte und die Situation für ihn nicht peinlicher wurde, als sie ohnehin war. Er zog missmutig die Stirn in Falten, sagte jedoch nichts, rechnete mit Lucy ab und gab mir mit einem verschämten „Danke" mein restliches Geld zurück. Ich wollte ihn davon abhalten, damit er es behielt, aber ich wusste, dass er es nicht angenommen hätte. Stattdessen griff ich unter dem Tisch nach meinem Rucksack und zog die Jacke daraus hervor. In weiser Voraussicht hatte ich den Knopf mit dem Markenemblem am Ärmel entfernt und das Schild im Inneren abgeschnitten. Toms skeptischer Blick sagte mir jedoch, dass er trotzdem erkannt hatte, wie hochwertig das Kleidungsstück war. Was das anging, setzte Basti immer auf Qualität. Aber eine aussortierte Jacke war eine aussortierte Jacke.

Tom blickte sich verstohlen im Café um und nahm sie dann zögernd entgegen. Offenbar kannte auch er mich inzwischen gut genug, um zu wissen, dass Protest zwecklos war. Und ich betete im Stillen, dass er nicht damit anfing, in meiner Anwesenheit die einzelnen Taschen zu untersuchen, sonst wäre mir ein Donnerwetter sicher. Angespannt beobachtete ich, wie er in die Jacke schlüpfte, um die Größe zu testen, und den Reißverschluss zuzog. Wie erwartet war sie ihm besonders um die Schultern herum etwas zu weit, aber darüber konnte man hinwegsehen.

„Oh, schick", bemerkte Lucy, die gerade an unserem Tisch vorbeikam. „Damit siehst du gleich viel fescher aus und hast es schön warm." Sie strahlte Tom an, und er wurde tatsächlich ein bisschen rot. Schweigend griff er nach seiner alten Jacke und wickelte sie sich verlegen über den Arm.

„Danke", sagte er leise. Mehr nicht. Doch ich spürte, wie es in ihm arbeitete.

Ich lächelte ihn an, schlüpfte ebenfalls in meine Jacke, setzte den leeren Rucksack auf und stand extra langsam auf, um den Abschied möglichst lange hinauszuzögern – in der Hoffnung, dass Tom es sich in der Zwischenzeit anders überlegte. Seine Miene blieb allerdings verschlossen und sein Mund stumm. Schweigend ging er voraus und hielt mir die Tür auf, ehe er überraschend erklärte: „Ich bringe dich noch zum Bus."

Das musst du nicht, wollte ich erwidern, weil ich spürte, wie dringend er Abstand von mir brauchte. Aber ich brachte die Worte nicht über die Lippen.

Der Weg zurück durch die Unterführung fühlte sich an wie ein Tanz auf dem Drahtseil. Es gab so viel, was ich ihm noch sagen wollte, doch ich wusste, dass Tom seine Meinung nicht mehr ändern würde.

Mir ist nicht zu helfen, hallten seine Worte in mir wider. Aber ich konnte ihn doch auch nicht einfach so seinem Schicksal überlassen, oder?

Wir können diesen Menschen leider nur helfen, wenn sie dazu bereit sind, sich helfen zu lassen, mischte sich die Stimme des Sanitäters dazwischen. Das war Tom definitiv nicht. Und mir war längst klar, dass es dabei um mehr ging als ein paar Euro und eine feste Bleibe.

„Jetzt sieh mich nicht so an", knurrte er plötzlich von der Seite. „Bis vor Kurzem war ich dir scheißegal. Ich komme schon klar, okay?"

Oh, oh. Da fuhr wieder jemand seine Stacheln aus. Alles auf Abwehr, damit ja niemand hinter seine Fassade schaute. Ob er wirklich dachte, dass er mit diesem Täuschungsmanöver noch bei mir durchkam?

„Glaubst du eigentlich an das Schicksal?", fragte ich ihn, statt darauf zu reagieren.

Für einen winzigen Augenblick wirkte er verunsichert, dann gab er unwillig zurück: „Nee. Wieso?"

„Weil ich glaube, dass es kein Zufall war, dass ich dir vor die Füße gefallen bin. Natürlich bin ich selbst schuld daran, weil ich dir ausgewichen und damit in die Schusslinie der Radfahrer geraten bin. Aber die hätten genauso gut ein paar Sekunden früher oder später durch die Unterführung rasen können."

Tom schnaubte verächtlich. „Es tut mir leid, wenn ich dich enttäuschen muss, aber das Schicksal ist ein Arschloch, Rieke. Manchmal kommt es ganz nett daher, aber ehe du dich versiehst, schmeißt es dir doch wieder Knüppel zwischen die Beine. Da ist es besser, wenn man sich erst gar keine Illusionen macht."

„Aber hast du denn gar keine Hoffnung mehr?", fragte ich mit belegter Stimme.

Er zuckte unschlüssig mit den Schultern. „Ich weiß nur, dass ich keine weiteren Komplikationen brauchen kann."

Seine Worte versetzten mir einen schmerzhaften Stich. Eine Komplikation war ich also für ihn. Jedem anderen hätte ich das furchtbar übel genommen, doch bei Tom machte es mich bloß traurig, hilflos und wütend, eben weil ich nichts tun konnte.

Ich straffte die Schultern, fing seinen Blick ein und schaute ihm in die Augen. „Okay", sagte ich mit fester Stimme und versuchte, mir nicht anmerken zu lassen, wie es wirklich in mir aussah. „Ich habe kapiert, dass du keine Hilfe und nichts mehr mit mir zu tun haben willst. Ich weiß nicht, was dir passiert ist, um jetzt noch irgendetwas Schlaues sagen zu können. Aber versprich mir bitte, dass du dich nicht aufgibst!"

Er stand vollkommen reglos da und tastete schweigend mit den Augen mein Gesicht ab. Ich spürte, wie er mit sich kämpfte, und hoffte, dass er nachgeben und uns die Chance auf ein Wiedersehen geben würde. Aber seine inneren Dämonen waren offensichtlich stärker.

Am Ende war ich es, die diesen Blick keine Sekunde länger aushielt, und ich wandte mich resigniert zum Gehen. Allerdings war ich so sehr in Gedanken vertieft, dass ich nicht darauf achtete, wo ich meinen verletzten Fuß hinsetzte, und auf einem hochstehenden Pflasterstein ins Straucheln geriet.

Sofort war Tom zur Stelle und packte mich an den Oberarmen, bevor Schlimmeres passieren konnte. Nach dem ersten Schreck löste ich meinen Blick von dem Übeltäter vor meinen Füßen und schaute zu meinem Retter auf.

„Die Frage ist, wer hier eigentlich Hilfe von wem braucht", knurrte er mit finsterer Miene.

Ich lachte leise und beobachtete fasziniert, wie sich der Ausdruck in seinen dunklen Augen erneut veränderte und seine eiserne Abwehrhaltung ins Wanken geriet. Ein Teil von ihm zögerte noch, wollte diese hauchzarte Verbindung zwischen uns nicht vollständig kappen und hielt mich im wahrsten Sinne des Wortes weiter fest.

Das Herz schlug mir bis zum Hals, weil ich wusste, dass ich jetzt keinen Fehler machen durfte. Ein falsches Wort, und Tom wäre auf Nimmerwiedersehen verschwunden.

„Ich habe am Dienstag um halb zwölf meinen letzten Physio-Termin", sagte ich möglichst neutral, um ihm eine Möglichkeit zu geben, mich wiederzusehen, wenn er das wollte. Ohne Forderungen, ohne Erwartungen, dafür mit ganz viel Hoffnung, auch wenn ich mühsam versuchte, ihn das nicht spüren zu lassen.

Ich bemerkte, wie sein Griff an meinen Armen schwächer wurde. Jeden Moment würde er mich loslassen und gehen. Stattdessen hob er eine Hand und strich mir mit seinem rauen Daumen sanft über die Schläfe.

Plötzlich wurde mir bewusst, wie nah wir uns waren, und ich wusste, dass ich dem ein Ende machen und mich von Tom zurückziehen sollte. Aber ich tat es nicht. Dieser Moment, in dem er sich anscheinend dazu entschloss, mir zu vertrauen, war zu zerbrechlich, um durch eine unbedachte Bewegung zerstört zu werden. Deshalb blieb ich, wo ich war, und wartete atemlos ab, was als Nächstes passieren würde.

Toms Daumen war mittlerweile an meinem Kinn angekommen. Behutsam hob er es an und schaute mir in die Augen. Ich kannte diese Geste von Basti. Bei ihm folgten darauf in der Regel eine Liebeserklärung und ein Kuss. Diese Situation war jedoch eine völlig andere. Trotzdem geriet mein Herz ins Stolpern, schließlich konnte ich nicht wissen, ob Tom nicht vielleicht etwas missverstanden hatte oder mich einfach nur provozieren wollte. Doch bevor ich überhaupt die Gelegenheit hatte, mir darüber Sorgen zu machen, war es bereits vorbei.

„Mach's gut", sagte er leise. „Und danke für alles." Ein letzter Blick, dann drehte er sich um und ging.

Mit tränenblinden Augen schaute ich ihm nach, wollte hinter ihm herhumpeln, schreien und ihn anflehen zurückzukommen. Doch mir war klar, dass alles vergeblich wäre. Er würde nicht zurückschauen und erst recht nicht stehen bleiben. Entweder fing er sich und würde am Dienstag wieder hier auftauchen, oder dieser überstürzte Abgang war das Letzte, was ich von ihm zu sehen bekam. Mein Bauchgefühl tippte auf Letzteres.

Ich fragte mich, was sich das verfluchte Schicksal dabei gedacht hatte, uns aufeinandertreffen zu lassen, wenn es dann so endete. Eine Antwort fand ich allerdings nicht. Ich wusste nur, dass nichts mehr so war wie vorher, egal, wie kurz dieses Intermezzo auch gewesen war. Ich hatte mich verändert. Tom hatte mich verändert. Und mein größter Wunsch war, dass es ihm genauso ging und ich zumindest eine winzig kleine Bedeutung für ihn hatte, die über eine wärmende Winterjacke hinausging.

Tom

Ich hätte schreien können. Schreien, wüten, toben und um mich schlagen, um diesen ganzen beschissenen Frust rauszulassen, der mir bis Oberkante Unterlippe stand und jeden Moment überzuschwappen drohte. Wie konnte man so bescheuert sein, einen Menschen wie Rieke aus seinem Leben zu verbannen? Ich wusste, dass ich keine andere Wahl hatte. Dass sie etwas Besseres verdient hatte, als in meinen Scheiß mit reingezogen zu werden. Dass ich viel zu kaputt war und sie mir mit ihrem Mitgefühl innerhalb kürzester Zeit den Rest geben würde. Aber warum tat es dann so weh, sie zurückzulassen?

Ihr Blick brannte sich durch die neue Jacke und meinen Rücken direkt bis in mein Herz, selbst als ich längst aus ihrem Blickfeld verschwunden war. Hätte ich mich zu ihr umgedreht, wäre ich verloren gewesen, doch ich beherrschte mich und setzte wie ein Roboter einen Fuß vor den anderen. Weg von ihr und weg von all den Erinnerungen und Gefühlen, die sie in mir auslöste. Ich hatte selten so viel Selbstbeherrschung aufbringen müssen wie vorhin, als ihre Nähe, ihr betörender Duft und ihr Blick mich fast um den Verstand gebracht hätten.

Tief in Gedanken versunken machte ich mich auf den Weg zum Franziskushaus, um meinen Rucksack zu holen.

Du hättest dich gar nicht erst mit ihr treffen dürfen!, meldete sich unterwegs eine besserwisserische Stimme in mir.

Nein, natürlich hätte ich das nicht. Aber sie war die Eva, die mit der Jacke gewunken hatte wie mit einem rot glänzenden Apfel. Außerdem wollte ich wissen, was sie zu ihrem Sinneswandel gebracht hatte. Ausgerechnet das hatte ich allerdings immer noch nicht herausgefunden, wie mir in diesem Augenblick auffiel.

Wo hatte ich mich da reingeritten? Und vor allem, wie sollte ich aus diesem Schlamassel wieder rauskommen?

Ich stöhnte auf und betrat die Tagesunterkunft. Ohne nach rechts und links zu schauen, steuerte ich die Wand mit den Schließfächern an, zog meinen Rucksack daraus hervor und überlegte, wo ich als Nächstes hingehen sollte. Den Anblick der anderen kaputten Kreaturen hier drin ertrug ich heute jedenfalls nicht.

Ziellos ließ ich mich durch die Stadt treiben, bis ich an einem Discounter vorbeikam. Ich hatte Durst von dem ungewohnt herzhaften Frühstück und ging hinein, um mir etwas zu trinken zu kaufen. Außerdem gab es eine kostenlose Kundentoilette.

Beim Bezahlen wappnete ich mich innerlich für den nächsten Schlag. Mit der Kassiererin hatte ich bereits öfter das Vergnügen gehabt. Jedes Mal beäugte sie misstrauisch meinen Einkauf, als befürchtete sie, dass ich alibimäßig eine Flasche Wasser kaufte und in Wirklichkeit den ganzen Rucksack voll gestohlener Bierdosen hatte. Normalerweise nahm ich diese alltäglichen Vorurteile und Diskriminierungen kommentarlos zur Kenntnis. Es brachte sowieso nichts, sich darüber aufzuregen. In meiner momentanen Stimmung war ich allerdings auf Krawall gebürstet und beschloss, sie zu fragen, ob sie nicht lieber eine Taschenkontrolle machen wollte.

Als hätte sie es gespürt, behandelte sie mich heute hingegen wie einen ganz normalen Kunden, wünschte mir in ihrer üblichen Leier einen schönen Tag und rang sich sogar fast ein Lächeln ab. Verblüfft nahm ich die Wasserflasche und das Wechselgeld an mich und verließ das Geschäft. Erst beim Anblick meines Spiegelbilds in der glänzenden Fassade dämmerte mir, was der Grund dafür sein könnte. Die Jacke! Ich sah nicht mehr so abgerissen aus wie sonst. Rieke hatte versucht, es zu vertuschen, aber es war offensichtlich, dass es sich um eine hochwertige Markenjacke handelte. Und meine abgewetzte Jeans konnte genauso gut als modischer Trend durchgehen, für den andere viel Geld hinlegten. Es war wohl tatsächlich so, wie das Sprichwort sagte: Kleider machen Leute.

Ungläubig starrte ich weiter in die spiegelnde Scheibe, während mir bewusst wurde, dass Rieke damit viel mehr für mich getan hatte, als mich vor der Kälte zu schützen. Sie hatte mich zumindest ein kleines Stück weit aus dem Sumpf gezogen und zu jemandem gemacht, der in den Augen der Leute nicht sofort als Penner abgestempelt wurde.

Ich spürte, wie mich eine Welle der Dankbarkeit erfasste.

Glaubst du eigentlich an das Schicksal?, hatte Rieke mich gefragt. Nein, normalerweise nicht. Aber in diesem Moment machte sich ein leiser Zweifel bemerkbar, ob da nicht vielleicht doch etwas dran sein könnte.

Es ist nur eine Jacke, erklärte die Stimme der Vernunft.

Ja, aber eine voller Möglichkeiten, hielt die Hoffnung zaghaft dagegen.

Ach, Rieke!

Ich nahm ein paar kräftige Schlucke aus der Wasserflasche, verstaute sie anschließend im Rucksack und zog weiter. In der nächsten Querstraße befand sich der Bahnhof. Es hatte angefangen zu regnen, deshalb betrat ich die große Halle und betrachtete einen Moment lang das rege Treiben darin. Jeder außer mir schien ein Ziel zu haben. Aber zumindest fiel ich hier mit meinem großen Rucksack nicht so sehr auf wie sonst. Fast hätte man denken können, ich wäre ein ganz normaler Durchreisender, doch mein Aussehen und der langsame, hoffnungslose Gang verrieten mich.

Ich schaute zu der großen Anzeigentafel hoch, auf der die Bahnverbindungen der nächsten Stunde angezeigt wurden. Hannover, Frankfurt, Dortmund, Münster und so weiter.

Willst du auf Dauer hierbleiben?, hämmerten mir Riekes Worte durch den Schädel. Tja, wollte ich das? Ich hatte schon lange keine Ziele oder Pläne mehr, sondern dachte von Tag zu Tag und war froh, dass ich mir zumindest um die Unterkunft keine Sorgen zu machen brauchte. Momentan jedenfalls nicht, denn irgendwann würden sie auch hier darauf drängen, dass ich nur bleiben durfte, wenn ich mir helfen ließ, was bedeutete, mich psychologisch betreuen, resozialisieren und zurück ins normale Leben integrieren zu lassen. Als wenn das so leicht wäre.

Aber was, wenn ich wirklich in einen der Züge stieg, um in einer anderen Stadt neu anzufangen? Vielleicht würde es ja diesmal endlich klappen. Neuer Ort, neue Menschen, neue Chancen. Außerdem bestand dort nicht die Gefahr, dass ich zufällig Rieke über den Weg lief. Denn mir war klar, dass ein einziger Blick in ihre Augen reichte, meine Schutzmauer wie ein Kartenhaus in sich zusammenfallen zu lassen.

Zögernd ging ich die Bahnhofsmall entlang zu den Bahnsteigen. Ich hatte keine Ahnung, welches Ziel ich ansteuern sollte, und spontan auch keine Möglichkeit zu recherchieren, wie gut oder schlecht in den jeweiligen Städten die Obdachlosenhilfe war. Genau genommen war das alles sowieso eine Schnapsidee. Mir ging es hier doch gut, jedenfalls für die Umstände, unter denen ich lebte. Wollte ich das wirklich aufs Spiel setzen? Nur um Rieke oder besser gesagt meinen Gefühlen aus dem Weg zu gehen?

Ich war hin- und hergerissen. Einerseits wollte ich umdrehen und aus dem Bahnhof stürmen. Andererseits wurde ich wie von einer magischen Kraft weitergezogen.

Okay, du vielbeschworenes Schicksal, dachte ich grimmig, dann zeig her, was du mit mir vorhast! Gucken heißt ja nicht, dass ich es tatsächlich mache.

Ich schaute durch die Mall zu den einzelnen Aufgängen zum Bahnsteig. Von meinem Standort konnte ich zwar die Gleisnummern entziffern, nicht aber den Anschlag, wohin der nächste Zug fuhr, und entschied mich für die Fünf.

Ohne auf die Anzeige zu schauen, stieg ich hoch zur Plattform und las erst dort, welches Ziel mich theoretisch erwartete. Osnabrück.

Ich stieß ein hysterisches Lachen aus. Volltreffer! Von dort aus zwei Stationen weiter, und ich wäre zu Hause – falls ich diesen Ort überhaupt noch so nennen konnte. Wollte mir das verdammte Schicksal etwas damit sagen? Etwa, dass der verlorene Sohn heimkehren und sich als Loser outen sollte? Toller Plan! Dann konnte ich mich auch gleich aufs Gleis stürzen, sobald der Zug kam.

Ernüchtert blieb ich stehen und blickte den Bahnsteig entlang. Plötzlich wurde ich von einer bleiernen Schwere erfasst und hatte das Gefühl, keinen Schritt weiter laufen zu können. Am Ende der Wartezone, wo die Überdachung endete, fiel mir eine freie Bank ins Auge. Kraftlos schleppte ich mich dorthin und sank neben meinem Rucksack auf die Sitzfläche. Inzwischen hatte es aufgehört zu regnen. Das Metall war allerdings noch nass und meine Hose innerhalb von Sekunden durchweicht. Doch ich war so sehr mit meinen Gedanken beschäftigt, dass ich auf solche Befindlichkeiten keine Rücksicht nehmen konnte.

Hier war ich also. Und nun? Was, wenn das wirklich ein Zeichen war? Erst Rieke, die nach meinen Eltern fragte, und jetzt das. Ich hatte nicht auf ihre Frage geantwortet. Aber was, wenn ich ihr erzählt hätte, dass ich meine Familie seit Jahren anlog und ihnen vorgaukelte, dass ich mich nach dem Vorfall an jenem Tag wieder gefangen hatte und beruflich so eingespannt war, dass ich keine Zeit für sie hatte? Hätte sie mich verstanden? Oder hätte sie mich gedrängt, heimzufahren und reinen Tisch zu machen?

Versprich mir, dass du dich nicht aufgibst!

War es Aufgeben, wenn ich offenbarte, dass meine schöne heile Welt ein Märchen war und ich Hilfe brauchte? Oder war es vielleicht der erste Schritt, den Weg in ein normales Leben zurückzufinden? Vorausgesetzt, meine Eltern und mein Bruder würden mich verstehen und nicht restlos von sich stoßen. Aber was hatte ich zu verlieren, nachdem ich sie ohnehin seit fast zwei Jahren nicht mehr gesehen und kaum mit ihnen gesprochen hatte?

Ich schaute zur Anzeigentafel rüber. Acht Minuten, bis der Zug kam. Hin- und hergerissen raufte ich mir die Haare und musste wieder an Rieke denken. Ich war mir ziemlich sicher, was sie mir raten würde. Und wahrscheinlich würde sie mir sogar das Geld für das Ticket aufzwingen, denn das war ein weiterer Haken an der Sache. Ich konnte mir den Fahrschein nur leisten, wenn ich dafür den Rest des Monats auf alles verzichtete, was über das Lebensnotwendigste hinausging. Wenn ich bei meinen Eltern bleiben konnte, wäre das kein Problem. Aber wehe, wenn nicht.

Die Alternative war, eine Schwarzfahrt zu riskieren. Doch würde ich erwischt, müsste ich mindestens 60 Euro Strafe zahlen und hätte noch eine Weile länger dafür zu büßen.

Ich presste mir die Fäuste an die Schläfen und wusste, dass es nicht mehr lange gut gehen würde, ehe ich von meinem Körper die Quittung für dieses Chaos in mir bekam. Ich wollte Rieke dafür verfluchen, dass ich ihretwegen auf dieses emotionale Schlachtfeld geraten war. Dabei konnte sie überhaupt nichts dafür, zum Bahnhof war ich schließlich ganz alleine gegangen.

Noch fünf Minuten bis zum Eintreffen der Bahn.

Ich zog meine alte, dünne Jacke, aus dem Rucksack und angelte Riekes Brief aus der Tasche hervor. Er hatte mittlerweile gelitten und war vom vielen Auf- und Zufalten an manchen Stellen ziemlich abgegriffen, doch der Text war weiterhin deutlich zu erkennen. Dabei kannte ich ihn längst auswendig. Trotzdem las ich ihn erneut, in der Hoffnung, darin eine Antwort auf mein Dilemma zu finden. Das Einzige, was einigermaßen passte, war jedoch der letzte Teil: *... und wünsche dir, dass du in der Zwischenzeit den Weg von der Straße runter in ein besseres Leben findest.*

Das klang so zuversichtlich, dass mir ein Haufen sarkastischer Erwiderungen auf der Zunge lag. Doch unabhängig davon, dass sowieso niemand hier war, um sie zu hören, schluckte ich sie runter, und meine Gedanken verselbstständigten sich. Ich stellte mir vor, wie Rieke mich zu meinen Eltern begleitete, um mir Schützenhilfe zu geben. Wie sie zwischen uns vermittelte und die Wogen glättete, so wie sie es im kleinen Stil vorhin im Café bei Lucy und mir getan hatte. Weil sie genau wusste oder spürte, wann der stolze, knurrige Straßen-Tom in mir die Vorherrschaft übernahm und es darauf anlegte, alles zu versauen.

Ich schüttelte fassungslos über mich selbst den Kopf und schimpfte mich einen Idioten, über so etwas überhaupt nachzudenken. Das waren Hirngespinste und ein weiterer Beweis dafür, dass ich mir diese Frau aus dem Schädel schlagen musste. Aber ganz tief in mir hielt sich hartnäckig das Gefühl, dass Rieke zumindest auf eine übersinnliche Art an meiner Seite wäre, wenn ich den Weg nach Hause wirklich wagen sollte. Gleichzeitig wurde die Sehnsucht nach ihr dermaßen groß, dass ich alles geben würde, um sie sofort wiederzusehen – mit allen Risiken und Konsequenzen, die eine weitere Begegnung haben würde.

Noch zwei Minuten, bis der Zug kam.

Beinahe liebevoll faltete ich den Zettel zusammen, steckte ihn zurück in den Umschlag und untersuchte meine neue Jacke auf Innentaschen. Auf der linken Seite wurde ich fündig, zog den Reißverschluss auf und schob den Brief hinein, an seinen angestammten Platz direkt über meinem Herzen. Doch da war ein Widerstand, als befände sich bereits etwas in der Tasche.

Ich ahnte Böses und zog unwillig die Stirn kraus. War ja klar. Wahrscheinlich hatte der Lackaffe irgendetwas in der Tasche vergessen, bevor er die Jacke zur Altkleidersammlung geben wollte. Und dieses Etwas war garantiert wichtig, sodass ich gezwungen war, Rieke allein deshalb wiederzusehen. Dieses Scheiß-Schicksal wollte es jetzt aber wissen!

Ich steckte die Hand tief in die Tasche und angelte ein Stück Papier hervor. Es war in der Mitte gefaltet, dazwischen wurde ein Fünfzigeuroschein mit einer Büroklammer festgehalten. Schlagartig wurde mir klar, dass hier nicht jemand etwas vergessen, sondern es mit voller Absicht hinterlassen hatte. Ich zog zischend die Luft ein und fragte mich, wann Rieke das Geld da reingesteckt hatte. Bevor oder nachdem ich ihr gesagt hatte, dass wir uns nicht wiedersehen würden? Eigentlich konnte es nur davor gewesen sein. Allerdings hätte sie dann wissen müssen, dass ich es ihr postwendend wieder um die Ohren hauen würde. Also doch erst danach? Um herauszufordern, dass ich aus genau diesem Grund am Dienstag empört zum Busbahnhof stürmen würde und sie mich wiedersehen konnte? Dieses kleine Biest!

Ich spürte, wie die Wut zurückkehrte, auch wenn sie es sicher gut gemeint hatte. Aber ich wollte verdammt noch mal keine Almosen von ihr, sondern ... ach, keine Ahnung was.

Ärgerlich betrachtete ich das Papier in meinen Händen. Ich faltete es auseinander und erstarrte, als ich die Nachricht sah, die sie auf der Innenseite hinterlassen hatte.

Lieber Tom,

bevor du jetzt lospolterst, halt bitte die Luft an und hör mir zu! Dieses Geld wollte ich eigentlich der Obdachlosenhilfe spenden. Aber bevor ich es in einen großen anonymen Topf schmeiße und niemals erfahren werde, was damit passiert, gebe ich es lieber direkt dir, in der Hoffnung, dass du etwas Sinnvolles damit anfängst. Also tu mir einen Gefallen und nimm es einfach an, statt so ein grimmiges Gesicht zu machen. Das gibt nur Falten.

Alles Liebe, Rieke

Ehe ich wusste, wie mir geschah, stieg ein Lachen in meiner Kehle auf. Ein amüsiertes, befreiendes, herzhaftes Lachen, das tief aus dem Bauch heraus kam. Rieke hatte mit ihren Worten zielsicher ins Schwarze getroffen, und als ich mir ihr strenges Gesicht dabei vorstellte, gab es kein Halten mehr.

Wahrscheinlich hielten mich die anderen Wartenden am Bahnsteig für einen Irren, wie ich da alleine saß und vor mich hinprustete, doch das war mir egal.

Über die Lautsprecherdurchsage wurde das Eintreffen des Zuges angekündigt. Nachdenklich betrachtete ich das Stück Papier in meiner Hand. Und in dem Moment, in dem der Zug mit quietschenden Rädern zum Stehen kam, wusste ich, was ich tun würde.

Rieke

Im Bus nach Hause kreisten meine Gedanken weiter unaufhörlich um Tom. Wo war er nach unserem Treffen hingegangen? Und hatte er das Geld in der Innentasche der Jacke bereits gefunden?

Ich ahnte, wie er darauf reagieren würde, und hoffte, dass ich ihm mit meiner Nachricht den Wind aus den Segeln nehmen konnte, um seinen Stolz nicht allzu sehr zu verletzen. Besonders nachdem ich erfahren hatte, dass er eigentlich gar nicht auf das Betteln angewiesen war. Trotzdem konnte er dieses Extra bestimmt brauchen. Und jetzt, wo ich wusste, dass ich ihn voraussichtlich nie wiedersehen würde, war ich froh, ihm dieses Abschiedsgeschenk mit auf den Weg gegeben zu haben.

In einer endlosen Schleife drehten sich seine Worte in meinem Kopf herum, und ich versuchte, sie zu verstehen und zu akzeptieren. Doch die Traurigkeit blieb, dass ich ihn gehen lassen und seinem Schicksal überlassen musste.

Schwermütig schloss ich eine halbe Stunde später meine Wohnungstür auf und streifte mir den Rucksack von den Schultern. Ich ging ins Wohnzimmer, drehte die Heizung hoch und schaute mich um – versuchte, mein Heim mit Toms Augen zu sehen. Seit fünf Jahren wohnte ich hier, zunächst alleine, später mit Basti zusammen. Jeder Winkel war mir vertraut. Zu vertraut, weshalb ich mich schon lange nach einer Renovierung gesehnt hatte. Modernere Möbel, hellere Wände, eine einheitlichere Linie. Doch in diesem Moment kam es mir vor wie der heimeligste Ort der Welt. Meine Höhle mit all den bunten Accessoires, selbst genähten Kissen und kuscheligen Decken.

Andächtig trat ich vor das Bücherregal, auf dem ein Foto von Basti und mir stand, das in unserem letzten Urlaub am Meer aufgenommen worden war. Mein Freund war furchtbar schlecht darin, Selfies aufzunehmen, hatte aber die längeren Arme, und wir hatten mächtig Spaß gehabt, bevor wir endlich beide eng aneinandergepresst mit ganzen Köpfen auf dem Bild gelandet waren. Das pure Glück sprang mir von dem Foto entgegen. Unwillkürlich zog sich mein Herz sehnsüchtig zusammen, während sich Toms Worte aus meinem Gedächtnis meldeten: *Geh zurück in dein schönes heiles Leben und versprich mir, dass du auf dich aufpasst, damit du nicht auch eines Tages in der Scheiße landest wie ich, okay?*

Seine Geschichte hatte mir gezeigt, wie zerbrechlich dieses Glück sein konnte. Auch er hatte eine Wohnung gehabt, eine Frau, ein wahrscheinlich glückliches Leben. Bis durch irgendetwas alles zerstört worden war. Was immer es war. Ein unachtsamer Moment, in dem etwas passiert war, ließ eine Menge Platz für Interpretationen. Hatte er einen Unfall verursacht? Einen folgenschweren Fehler bei der Arbeit gemacht? Jemanden in Gefahr gebracht? Ich wusste es nicht und würde es wahrscheinlich nie erfahren.

Ich seufzte und versuchte mir vorzustellen, dass Basti durch ein Unglück völlig aus der Bahn geworfen wurde. Doch meine Fantasie reichte nicht dafür aus, was dermaßen schlimm sein könnte, dass ich ihn vor die Tür setzte. Wir waren zwar nicht - oder noch nicht - verheiratet, aber ich glaubte trotzdem an dieses Ding mit den guten und den schlechten Zeiten und war überzeugt davon, in einer solchen Situation erst recht zu ihm zu halten.

Liebevoll strich ich mit dem Finger über das Bild. Tom hatte recht, ich sollte mich auf das besinnen, was ich hatte, und es hüten wie einen Schatz. Ich liebte meinen Freund und war glücklich mit ihm. Natürlich war die anfängliche Leidenschaft mit der Zeit dem Alltag gewichen, wie wohl in jeder längeren Beziehung. Und Basti hatte sich verändert, seit er diesen Job hatte und unglaublich erfolgreich darin war. Außerdem war sein Auftritt bei Tom alles andere als eine Glanzleistung gewesen. Doch es steckte nach wie vor der Basti in ihm, in den ich mich verliebt hatte und mit dem ich für alle Zeiten zusammen sein wollte. Mit dem ich zusammen lachen und so vieles erleben konnte. Der für mich da war, wenn ich ihn brauchte, und mir gleichzeitig meine Freiheit ließ. Ohne den ich mir mein Leben gar nicht mehr vorstellen konnte. Vielleicht hatte ich genau diese Episode mit Tom gebraucht, um mir darüber klar zu werden und schätzen zu lernen, was ich hatte.

Als ich bemerkte, wie doppeldeutig meine Gedanken waren, grinste ich still in mich hinein. Das klang ja fast, als hätten Tom und ich eine Affäre miteinander gehabt. Dabei war das völlig absurd, vor allem wenn ich daran dachte, wie energisch er mich am Schluss abgewiesen hatte, weil er keine weiteren *Komplikationen* brauchen konnte.

Ich war weiterhin davon überzeugt, dass unsere Begegnung Schicksal war und alles irgendeinen Sinn hatte. Und während ich nachdenklich das Foto zurück ins Regal stellte, betete ich im Stillen, dass sich nicht bloß mein Leben dadurch zum Positiven verändert hatte, sondern auch das von Tom.

Mit einem tiefen Seufzer blickte ich auf meine Armbanduhr und hatte plötzlich Hummeln im Hintern. Ich musste dringend etwas tun, um mich abzulenken und dieses ganze Gefühlschaos in mir zu bändigen. Dreieinhalb Stunden, bis mein Freund nach Hause kam. Zeit genug, die Wohnung auf Vordermann zu bringen, einkaufen zu gehen und uns etwas Schönes zu kochen. Mein Fuß würde wahrscheinlich nicht so begeistert sein, wenn ich es heute mit der Belastung auf die Spitze trieb. Aber was war eine blöde Schwellung gegen das Gesicht von Basti, wenn ich ihm später sein Lieblingsessen vor die Nase setzte? Das hatte er sich mehr als verdient, immerhin hatte er es in den vergangenen Wochen nicht leicht mit mir gehabt. Ich hatte meinen Frust über die Behinderung am Fuß an ihm ausgelassen, ihm all das aufgedrückt, was ich normalerweise erledigte, und ihn sogar angelogen, wenn er nach meinem Tag gefragt hatte. Beziehungsweise nicht direkt angelogen, aber ihm doch einen wesentlichen Teil dessen, was mich bewegte, verschwiegen.

Und wozu das Ganze?, spottete eine Stimme in mir. Für einen Typen von der Straße, der auf deine Hilfe pfeift? Das hätte auch schiefgehen können.

Schluss damit! Entschieden ging ich in die Küche, um einen Einkaufszettel zu schreiben und meinen Plan in die Tat umzusetzen, damit ich meine Gedanken nachher hoffentlich wieder so weit im Griff hatte, dass darin ausschließlich der wichtigste Mann in meinem Leben eine Rolle spielte.

Basti musste geahnt haben, was ihn an diesem Abend erwartete, denn ich hatte gerade die Kroketten und überbackenen Schweinemedaillons in den Ofen geschoben, als er bereits überpünktlich von der Arbeit nach Hause kam. Er blieb wie angewurzelt in der Küchentür stehen und betrachtete den liebevoll mit Kerzen gedeckten Tisch. Ich sah, wie es hinter seiner Stirn arbeitete. Wahrscheinlich fragte er sich, ob er unseren Jahrestag oder meinen Geburtstag vergessen hatte.

„Hey." Lächelnd ging ich auf ihn zu und drückte ihm einen Kuss auf den Mund.

Ich selbst hatte mich ebenfalls herausgeputzt, trug eine enge Jeans und meinen Lieblingspulli, hatte ein leichtes Make-up aufgelegt und zog in diesem Moment das Gummi aus den Haaren, damit sie locker über meine Schultern fielen. Den Schlabberlook hatte mein Freund in letzter Zeit schließlich oft genug genießen dürfen.

Basti zuckte zusammen, als hätte ich ihn aus einem tiefen Traum gerissen. Was dann kam, hatte ich allerdings nicht erwartet. Mit verschränkten Armen lehnte er sich an den Türrahmen, und auf seiner Stirn bildete sich eine tiefe Furche.

„Was soll das werden?", erkundigte er sich und klang dabei alles andere als erfreut.

„Wonach sieht es denn aus?", gab ich immer noch lächelnd zurück. „Ich wollte dir eine Freude machen, nach allem, was du in den letzten Wochen für mich getan hast."

„Hmmm", brummte er. Sein Blick fixierte die Kerze auf dem Tisch, bevor er den Kopf wandte und mich mit undurchdringlicher Miene ansah.

„Was ist denn los?", fragte ich irritiert. Seine Reaktion war so merkwürdig, dass ich meine Enttäuschung darüber völlig vergaß.

Basti stieß ein humorloses Schnauben aus. „Sag du es mir. Hast du vielleicht etwas wiedergutzumachen?"

„Was? Aber ... Wie meinst du das?"

Mein Freund hatte die Zähne zusammengepresst und mahlte mit dem Kiefer. Ein untrügliches Zeichen dafür, dass er kurz vorm Explodieren stand, und es machte mir Angst, dass ich offenbar der Grund dafür war und nicht wusste, warum.

„Wie ich das meine?", presste er mit unterdrückter Wut in der Stimme hervor. „Ich meine, dass ich nicht weiß, ob ich Lust auf ein Candle-Light-Dinner mit einer Frau habe, die in aller Öffentlichkeit mit so einem verdammten Penner rummacht."

Ich keuchte erschrocken auf und starrte ihn ungläubig an.

Basti war nie der Typ für ein langes Vorgeplänkel gewesen, aber dass er dermaßen mit der Tür ins Haus fiel, schockierte mich. Keine Fragen, keine Erklärungen. Nur eine Feststellung, die er mir ohne jeden Zweifel als knallharte Aussage ungefiltert um die Ohren haute.

„Das ist nicht wahr", konterte ich, nachdem ich mich vom ersten Schock erholt hatte. „Ich ..."

„Überleg dir gut, was du jetzt sagst!", unterbrach er mich. „Du wurdest mit deinem Tom am Busbahnhof gesehen. Also willst du wirklich weiterhin leugnen, dass du dich mit diesem abgewrackten Typen getroffen hast?“

Ich schloss die Augen und atmete tief durch. Oh, scheiße! Ich hätte damit rechnen müssen, dass uns jemand sehen könnte. Basti kannte zahlreiche Leute hier in der Stadt. Und ich war mit meinen roten Haaren alles andere als leicht zu verwechseln. Kein Wunder, dass ich erkannt worden war. Und wenn ich an die letzte Szene mit Tom zurückdachte, war mir klar, wie das auf andere gewirkt haben musste. Verflixt, wäre ich doch nur auf mehr Abstand zu ihm gegangen. Aber musste der- oder diejenige diese Beobachtung denn auch sofort meinem Freund auf die Nase binden?

„Rieke, ich rede mit dir!“, ranzte Basti mich an, als ich nicht schnell genug antwortete.

„Nein!“, blaffte ich wütend zurück. „Das tust du nicht. Du unterstellst mir irgendwelche Dinge, die dir jemand zugeflüstert hat. Aber erstens ist Tom kein Penner, und zweitens ...“

„Du gibst also zu, dass du ihn getroffen hast?“

Ganz ruhig, Rieke!, ermahnte ich mich, obwohl ich innerlich auf hundertachtzig war. Basti und ich hatten uns schon öfter gestritten, was bei uns zwei Dickschädeln kein Wunder war. Doch genauso schnell, wie es knallte, verpuffte der Ärger in der Regel auch, und alles war wieder gut. Heute allerdings standen die Zeichen auf Sturm.

„Ja, das tue ich“, gab ich aufgebracht zurück. „Und wenn du nicht so verbohrt wärst, was Tom angeht, hätte ich dir längst davon erzählt.“

„Ach, dann bin ich selbst schuld, dass du dich diesem Typen an den Hals schmeißt?", spottete er.

„Ich schmeiße mich niemandem an den Hals", widersprach ich energisch. „Ich habe versucht, ihm zu helfen, denn wie du weißt, steht er nicht grad auf der Sonnenseite des Lebens."

„Kein Wunder, wenn er sich bei so naiven Dingern wie dir durchschnorrt, statt den Arsch hochzukriegen und sich Arbeit zu suchen. Was ist das überhaupt für eine Jacke, die er neuerdings anhat? Die sieht irgendwie verdächtig nach meiner alten aus."

„Woher willst du denn wissen ... Hast du etwa auch gleich ein Foto mitgeliefert bekommen?", unterbrach ich mich selbst. „Wer hat uns gesehen?"

„Das tut hier nichts zur Sache."

„Ach nein? Dann zeig mir wenigstens das Bild, damit ich mich selbst davon überzeugen kann, dass du Gespenster siehst."

„Nichts lieber als das." Basti zog sein Handy aus der Tasche, tippte darauf herum und knallte es neben mir auf die Arbeitsplatte. Das Display zeigte die perfekte Aufnahme von mir und Tom in genau dem Moment, als er mir mit dem Daumen über das Gesicht gestrichen und mein Kinn angehoben hatte. Leider musste ich meinem Freund recht geben. Auf dem Bild wirkten wir extrem intim miteinander, obwohl es das in Wirklichkeit nicht gewesen war.

Verzweifelt fuhr ich mir mit der Hand über die Stirn und sagte kleinlaut: „Basti, ich verstehe, wie das für dich aussehen muss. Aber da war nichts. Das musst du mir bitte glauben. Wir waren beide so neben der Spur, weil Tom mir ein Stück von seiner Geschichte erzählt hat. Es geht ihm wirklich richtig schlecht, aber er will partout keine Hilfe annehmen. Und dieser Moment ... da hat er endlich ein bisschen Vertrauen gezeigt. Sonst nichts."

Seine Antwort war ein verächtliches Schnauben. „Ich habe dir doch gesagt, dass du dich von ihm fernhalten sollst."

„Du hast gesagt, dass ich ihm nicht hinterherlaufen soll", korrigierte ich ihn. „Und das habe ich nicht getan. Er war plötzlich einfach da."

„Und du hattest zufällig meine alte Jacke dabei?", fragte er ungläubig. „Willst du mich verarschen?"

„Nein!", rief ich verzweifelt. „Ich hatte sie natürlich nicht zufällig dabei. Wir haben uns am Montag am Busbahnhof getroffen, er hat gefroren, ich habe ihm von der Jacke erzählt und sie dann heute mitgenommen, um sie ihm zu geben. Das war's."

„Sicher?"

„Ja."

Mein Freund kniff die Augen zu zwei schmalen Schlitzen zusammen und musterte mich schweigend. Ich wollte noch so vieles sagen, doch ich wusste, dass ich damit bei Basti vor eine Wand laufen würde, deshalb ließ ich es sein. Und auch er schien abzuwägen, ob er weiterbohren oder es gut sein lassen sollte.

„Wirst du ihn wiedersehen?", fragte er.

„Ich weiß es nicht", hörte ich mich antworten und konnte mir selbst nicht erklären, was mich dazu brachte, so mit dem Feuer zu spielen. Ich schätzte die Wahrscheinlichkeit, dass Tom sich am Dienstag blicken ließ, zwar als ziemlich gering ein. Aber ausgeschlossen war es auch nicht, deshalb blieb ich lieber bei der Wahrheit.

Basti stieß sich kopfschüttelnd vom Türrahmen ab und baute sich in voller Größe vor mir auf. „Aber ich weiß es, Rieke. Du wirst jetzt ein für alle Mal einen Schlussstrich unter diese Geschichte ziehen, hörst du?“

„Und wenn ich das nicht kann?“, erwiderte ich leise.

Er lachte zynisch auf. „Dann wirst du dir überlegen müssen, ob du lieber mit mir in die neue Wohnung oder zu dem Penner auf die Straße ziehen willst.“

„Was?! Das ist nicht dein Ernst!“, rief ich erschrocken. Plötzlich schlug mir das Herz bis zum Hals, denn mein Freund war nicht der Typ für leere Drohungen. Und sein Gesichtsausdruck sagte alles.

Kraftlos ließ ich mich auf einen Stuhl fallen und blickte von unten zu ihm herauf.

„Ich liebe dich, Basti“, sagte ich leise. „Dich, hörst du? Und daran wird weder Tom noch sonst irgendwer etwas ändern. Im Gegenteil. Durch ihn ist mir erst klar geworden, wie gut es mir eigentlich geht und wie glücklich ich sein kann, dich zu haben. Deshalb das alles hier.“

Ich machte mit der Hand eine ausladende Bewegung Richtung Tisch und Ofen. Meine Stimme war zum Ende hin immer brüchiger geworden, und ich spürte Tränen in mir aufsteigen. So viel dazu, wie zerbrechlich alles war. Noch hatte ich es in der Hand, aber ich war nicht sicher, was ich tun würde, wenn Tom am Dienstag wirklich auftauchte. Für meinen Freund war die Sache jedoch fürs Erste erledigt.

„Na, dann ist ja alles geklärt“, bemerkte er für meinen Geschmack eine Spur zu gelassen. Anschließend drehte er sich um und verschwand ohne ein weiteres Wort im Schlafzimmer, um sich umzuziehen. Keine wirkliche Versöhnung. Kein Kuss. Kein „Ich liebe dich auch“.

Ich versuchte vergeblich, die Tränen zurückzuhalten, und wischte mir mit der Hand übers Gesicht. Scheiße, scheiße, scheiße. Das konnte alles nicht wahr sein. Ich hatte Basti nie zuvor so eifersüchtig erlebt. Und das ausgerechnet wegen Tom, dem ich doch nur helfen wollte? Das war völlig absurd.

Ist das wirklich so einfach?, machte sich eine leise Stimme in meinem Inneren bemerkbar. Hast du Tom nicht vielleicht doch etwas zu sehr ins Herz geschlossen, dafür, dass er irgend so ein Kerl von der Straße ist?

Und wenn schon!, brachte ich die Stimme ärgerlich zum Verstummen. Ich hatte im Laufe meines Lebens viele Menschen in mein Herz geschlossen und wollte trotzdem nicht mit allen von ihnen eine Beziehung anfangen oder weiß der Kuckuck was.

Energisch sprang ich von meinem Stuhl auf, um nach dem Essen zu sehen. Zu energisch, denn mein Fuß protestierte mit einem stechenden Schmerz. Fluchend biss ich die Zähne zusammen, warf einen prüfenden Blick in den Ofen und stellte die Temperatur runter. Anschließend blieb mein Blick an Bastis Handy hängen, das nach wie vor auf der Arbeitsplatte lag. Ich lauschte hinaus in den Flur und hörte meinen Freund im Bad hantieren. Wie eine Verbrecherin aktivierte ich sein Display und betrachtete noch einmal in Ruhe das Foto von Tom und mir. Es musste mit einer unglaublich guten Kamera aufgenommen worden sein, denn das Bild war kaum verpixelt, obwohl es unmöglich aus direkter Nähe gemacht worden sein konnte. Das hätte ich sicher mitbekommen, oder?

Gedankenverloren musterte ich die hagere Gestalt an meiner Seite. Tom war ein kleines Stück größer als ich, sodass ich zu ihm aufblicken musste. Seine dunklen Haare kringelten sich im Nacken etwas, und eine vorwitzige Strähne fiel ihm in die Stirn. Die Wangen waren von einem undefinierbaren Zwei-bis-vier-Tage-Bart bedeckt, bei dem ich nicht sicher war, ob er ein modisches Statement oder einen Mangel an Gelegenheiten zur Rasur darstellte. Was auf dem Bild nicht erkennbar war, waren seine dichten langen Wimpern und dieser intensive Blick, mit dem er mich in diesem Moment bedacht hatte. Doch ich erinnerte mich allzu gut daran, und zusammen mit dem Gedanken an die Berührung seiner Hand an meinem Gesicht lief mir eine Gänsehaut über den Rücken. Bevor ich jedoch darüber nachdenken konnte, was das zu bedeuten hatte, kam Basti zurück und erschreckte mich beinah zu Tode.

„Soll ich dir das Foto weiterleiten, damit du ihn jederzeit weiter anhimmeln kannst?", hörte ich ihn hinter mir sagen, in einem so bissigen Tonfall, wie ich ihn bisher nie an ihm gehört hatte.

Ertappt legte ich Bastis Smartphone zur Seite und drehte mich schuldbewusst zu ihm um. „Tut mir leid, ich wollte nur ..."

„Du wolltest mir nur eindrucksvoll demonstrieren, wie egal dir dieser Penner ist", ätzte er weiter, bevor mir eine passende Antwort einfallen konnte, was ich wirklich wollte. Das Wort „Penner“ spuckte er mir regelrecht vor die Füße, und es war mehr als deutlich, dass er Tom mit Absicht so bezeichnete.

Wenn er mich damit auf die Palme bringen wollte, war ihm das gelungen. Es war eine Sache, wenn Basti ein Problem damit hatte, dass ich Tom hinter seinem Rücken traf. Ihn so zu beleidigen, ohne zu wissen, warum Tom überhaupt auf der Straße gelandet war, eine völlig andere. Doch ich zwang mich zur Ruhe, um meine Beziehung zu Basti nicht restlos aufs Spiel zu setzen. Auch wenn ich in diesem Moment nicht ganz sicher war, was für eine Art von Beziehung das sein sollte, wenn wir nicht einmal ganz sachlich darüber reden konnten, was genau eigentlich Bastis Problem mit ihm war. Bis er mir die Erklärung von selbst lieferte.

„Ich habe gewusst, dass dieser Typ Probleme machen würde“, sagte er aufgebracht. „Spätestens seit deinem bescheuerten Brief. Kein Wunder, dass der darauf abfährt, wenn du ihm Honig ums Maul schmierst. Und ich will gar nicht wissen, was du ihm in der Zwischenzeit alles Gutes getan hast, um dich erkenntlich zu zeigen.“

So, wie er „Gutes“ betonte, zielte er damit eindeutig unter die Gürtellinie. Doch das war nicht der einzige Grund, weshalb ich nach Luft schnappte.

„Du hast den Brief gelesen?“, rief ich fassungslos. „Ich dachte, du hast ihn weggeworfen.“

Ich hatte den Umschlag zugeklebt. Wann hatte er die Dreistigkeit besessen, ihn aufzureißen und zu lesen? Bevor oder nachdem er Tom aufgesucht hatte? Bevor oder nachdem er heute das Foto bekommen hatte? Dabei war es eigentlich egal, denn er hatte so oder so mein Vertrauen missbraucht. Dass ich mich ohne sein Wissen in vollkommen platonischer Absicht mit Tom getroffen hatte, kam mir dagegen wie eine Lappalie vor.

Falls Basti ein schlechtes Gewissen hatte, ließ er sich nichts davon anmerken, sondern konterte trotzig: „Ja, das habe ich. Nachdem du mir verschwiegen hast, was für ein junger Kerl dieser Penner ist, wollte ich wissen, was da läuft, dass du plötzlich so versessen darauf warst, ihm einen Brief zu schreiben. Und wie man sieht, hat mich mein Gefühl nicht getäuscht."

Ich lachte hysterisch auf und konnte nicht fassen, was mein sogenannter Freund da von sich gab. „Sag mal, geht's noch? Du weißt genau, dass ich mich nur bei ihm entschuldigen und bedanken wollte, und dabei spielt es überhaupt keine Rolle, wie alt er ist, wie er aussieht oder sonst irgendwas."

„Und warum hast du den Umschlag dann zugeklebt? Ich dachte, wir haben keine Geheimnisse voreinander."

„Und warum hast du ihn aufgerissen? Ich dachte, wir vertrauen uns."

Ich funkelte ihn wütend an, und zum ersten Mal in unserer Beziehung war ich ihm wirklich richtig böse. Basti starrte zurück, und so standen wir mitten in der Küche voreinander, keiner von uns dazu bereit nachzugeben. Das war neu. Normalerweise lenkte immer einer von uns ein, wenn wir uns festgefahren hatten. Aber diesmal saß die Spitze zu tief.

„Ich schlage vor, du beruhigst dich erst mal wieder", meinte Basti, als wäre ich bloß diejenige, die viel zu empfindlich auf eine kleine Meinungsverschiedenheit reagierte. Doch damit erzielte er das genaue Gegenteil.

„Wie soll ich mich denn bitte schön beruhigen, wenn du mir mit solchen Unterstellungen und Vorwürfen kommst?", gab ich zurück. „Mein Fehler war vielleicht, dass ich dir nichts von dem Treffen mit Tom erzählt habe. Aber ich habe es versucht. Ich wollte dir von Anfang an erklären, warum mir das so wichtig ist. Du wolltest allerdings nichts davon hören. Und jetzt interpretierst du irgendwelchen Scheiß da rein und machst mich zur Bösen? Vergiss es, Basti! Nicht mit mir."

Ich drängte mich an ihm vorbei in den Flur und steuerte das Bad an, weil ich ein paar Minuten alleine sein musste, um diesen Schlag zu verdauen. Wie hätte ich auch ahnen sollen, dass ich gleich darauf ohnehin meine Ruhe haben würde, denn Basti schnappte sich sein Handy und seine Jacke und sagte: „Ich fahre zu Kai und bleibe über Nacht da. Vielleicht kriegst du dich ja in der Zwischenzeit wieder ein und merkst, dass du dabei bist, unsere Beziehung aufs Spiel zu setzen."

Ich blieb wie erstarrt stehen und schnappte nach Luft. Wie ein Damoklesschwert hing das Wort Trennung unausgesprochen über uns in der Luft, jederzeit bereit, auf uns niederzusausen und alles, was uns verband, zu zerstören. Ich wollte aufschreien und Basti anflehen, zu bleiben und diesen blöden Streit aus der Welt zu schaffen. Doch sein ungeheuerlicher Verrat und seine Anschuldigungen hatten mich völlig schockiert und einen tiefen Riss zwischen uns hinterlassen.

Sprachlos beobachtete ich, wie er die Wohnung verließ und krachend die Tür hinter sich ins Schloss zog.

Dann kamen die Tränen.

Eine halbe Stunde später saß ich umringt von einem Haufen vollgeheulter Taschentücher auf dem Sofa und erzählte Jasmin, was passiert war. Kaum dass Basti gegangen war, hatte sie angerufen, als hätte sie gespürt, dass ich sie brauchte.

Meine Freundin war keine Frau der großen Worte und kam mir genauso wenig mit aufmunternden Floskeln, wie sie mit mir die passenden Schimpfworte für Basti suchte. Aber das musste sie auch nicht. Hauptsache, sie war da, hörte sich mein wirres Gestammel an und reichte mir im richtigen Moment die Box mit den Taschentüchern.

Erst als ich mich einigermaßen beruhigt hatte, fragte sie vorsichtig: „Was wirst du jetzt tun?"

„Ich weiß es nicht", flüsterte ich hilflos. „Dazu müsste ich verstehen, was überhaupt passiert ist, aber das kann ich nicht. Ich meine, wenn Basti eifersüchtig ist, ist das zwar völlig bescheuert, aber okay. Das mit dem Brief dagegen ... Ich weiß nicht, ob ich ihm das verzeihen kann."

Ich wischte mir mit dem Handrücken die Tränen von der Wange und schaute traurig zu ihr auf.

Jasmin kaute nachdenklich auf ihrer Unterlippe herum. Sie schien etwas sagen zu wollen, traute sich aber offensichtlich nicht.

„Was ist?", forderte ich sie zum Reden auf. „Du grübelst doch grad über irgendetwas nach."

Meine Freundin zupfte nervös an ihren Haarspitzen herum und wand sich sichtlich unter meinem Blick.

„Jassi?", versuchte ich es erneut und merkte selbst, wie ängstlich meine Stimme dabei klang. Ich spürte, dass mir das, was sie sagen wollte, nicht gefallen und den Abgrund zwischen Basti und mir noch weiter aufreißen würde.

„Na ja", begann sie zögernd. „Ich musste bloß daran denken, dass Basti dir auch vorgegaukelt hatte, dass Tom nicht da war, als er ihm den Brief geben sollte. Im Nachhinein ist das etwas komisch, oder?"

Ein stechender Schmerz machte sich in meinem Brustkorb breit und nahm mir für einen Moment die Luft zum Atmen. Nein, daran war gar nichts komisch. Im Gegenteil. Plötzlich wurde mir klar, warum Basti Tom den Brief nicht gegeben hatte. Weil er ihn zu dem Zeitpunkt längst gelesen hatte. Das erklärte auch, warum er von Anfang an so abweisend reagiert hatte, wenn die Rede auf ihn kam. Aber glaubte er denn tatsächlich, dass Tom einen ernst zu nehmenden Konkurrenten für ihn darstellte? Ein Typ von der Straße, der nichts zu bieten hatte außer einem sarkastischen Mundwerk, einem stacheligen Schutzpanzer und den zugegeben traurigsten Augen, die ich je bei einem Mann gesehen hatte? Auf so eine idiotische Idee konnte man doch gar nicht kommen, oder?

„Vielleicht hat er auch eine extreme Abneigung gegen Obdachlose und will deshalb nicht, dass du dich mit ihm abgibst", meinte Jasmin, als wir weiter Bastis mögliche Absichten diskutierten.

Ich zog nachdenklich die Stirn in Falten. „Ja ... Vielleicht“, überlegte ich laut. „Aber warum? Die tun ihm doch nichts.“

Sie zuckte ratlos mit den Schultern. „Das musst du Basti fragen.“

Meine Antwort war ein kleines trauriges Lachen. Das würde ich ja tun, aber so wie mein Freund vorhin drauf gewesen war, ergab es kaum Sinn, ihn überhaupt irgendetwas zu fragen. Und ich konnte nur hoffen, dass er es war, der sich über Nacht wieder beruhigte.

Mir stiegen erneut Tränen in die Augen. Nach der emotionalen Achterbahnfahrt mit Tom am Vormittag hatte der Streit mit Basti das Fass zum Überlaufen gebracht, und ich wusste nicht mehr, wohin mit meinen ganzen Gefühlen. Außerdem erinnerte mich mein Fuß pochend daran, dass ich etwas gegen die Schwellung am Knöchel unternehmen sollte. Und der Essensgeruch, der nach wie vor aus der Küche herüberströmte, machte es nicht besser.

„Willst du vielleicht etwas essen?“, fragte ich meine Freundin mit einem Anflug von Galgenhumor. „Ich hätte überbackene Schuhsohle mit verkohlten Kroketten im Angebot.“

Jasmin schaute mich an, als hätte ich den Verstand verloren. Erst recht, als ich bei ihrem ungläubigen Blick in ein prustendes Lachen ausbrach. Zuerst schüttelte sie den Kopf darüber, dann stimmte sie mit ein, und am Ende lagen wir uns in den Armen – ich heulend, sie tröstend.

In der Nacht war an Schlaf nicht zu denken. Stundenlang drehte ich mich ruhelos von der einen Seite auf die andere und sah abwechselnd Bastis wütendes Gesicht und Toms hoffnungslosen Blick vor mir. Am Morgen fühlte ich mich wie gerädert und hing kraftlos über meiner längst kalt gewordenen Tasse Tee, als ich den Schlüssel in der Wohnungstür hörte. Schlagartig war ich hellwach und wartete mit wild klopfendem Herzen darauf, dass Basti in der Küche auftauchte.

Im Gegensatz zu mir sah er aus wie aus dem Ei gepellt, und nichts deutete darauf hin, dass ihn am Vortag irgendetwas aus der Ruhe gebracht haben könnte. Wie konnte unser Streit so spurlos an ihm vorbeigehen? Verfügte er über eine dermaßen starke Selbstbeherrschung? Oder hatte er uns bereits aufgegeben, und es war ihm egal?

„Hey", sagte ich leise und schenkte ihm ein zaghaftes Lächeln.

„Morgen", gab er nüchtern zurück und blieb im Türrahmen stehen. Anschließend machte sich Schweigen zwischen uns breit, als warteten wir beide darauf, dass der jeweils andere den Anfang machte und sich entschuldigte. Wie gerne wäre ich aufgestanden und zu ihm rübergegangen, hätte mich an seine Brust geschmiegt und mich darauf verlassen, dass alles wieder gut war. Vielleicht wartete er sogar darauf. Doch die verbale Verletzung, die Basti mir gestern zugefügt hatte, saß zu tief.

Schließlich fasste ich mir ein Herz und fragte zögernd: „Können wir reden?"

„Kommt drauf an, worüber."

Ich stöhnte innerlich auf. Er wollte es mir offenbar alles andere als leicht machen.

„Zum Beispiel darüber, warum du so extrem auf Tom reagierst."

Basti gab ein verächtliches Schnauben von sich. „Nein, Rieke. Ich bin bestimmt nicht hergekommen, um über ihn zu reden."

Ihn. Diesen Penner. Er sprach es nicht aus, aber sein Tonfall sagte alles. Schweren Herzens ging ich darüber hinweg und erwiderte: „Sondern?"

Mein Freund bedachte mich mit einem Blick, als wäre er nicht sicher, ob er wirklich tun sollte, was er anscheinend vorhatte zu tun. Quälend langsam griff er in seine Hosentasche, zog zwei Schlüssel daraus hervor und legte sie vor mir auf den Tisch.

Bei ihrem Anblick rutschte mir das Herz in die Hose. Was sollte das? Wollte er etwa endgültig gehen und war nur gekommen, um mir meine Schlüssel zu bringen und seine Sachen zu holen? Dann erkannte ich jedoch, dass die Form des Metalls vollkommen anders war, und schaute Basti fragend an. „Was ist das?"

„Die Schlüssel für die neue Wohnung", erklärte er völlig emotionslos. „Der Vermieter hat gestern angerufen, dass alles so weit fertig ist und wir schon reinkönnen. Ich habe sie in der Mittagspause direkt abgeholt und wollte dich abends eigentlich damit überraschen."

Eigentlich. Bevor er das Foto von Tom und mir bekommen hatte. Bevor unser Streit deswegen völlig aus dem Ruder gelaufen war.

Ich hielt seinen Blick fest und versuchte darin zu lesen, ob er mir immer noch böse war oder die Schlüssel ein Friedensangebot waren als Symbol für unsere gemeinsame Zukunft. Doch seine Miene war undurchdringlich.

„Das heißt, es kann jetzt wirklich losgehen", sagte ich, allerdings so unsicher, dass es eher wie eine Frage klang.

Basti antwortete nicht sofort und brachte meine Nerven damit fast zum Zerreißen. „Unter einer Bedingung", erklärte er nach einer gefühlten Ewigkeit. Welche Bedingung das war, sagte er jedoch nicht, sondern ließ sich jedes Wort einzeln aus der Nase ziehen.

„Was?", bohrte ich nach und verfluchte meine krächzende Stimme dabei.

„Dieser Tom", begann er, und alleine die Tatsache, dass er von sich aus von ihm anfing, ließ bei mir die Alarmglocken schrillen. „Ich möchte ihn nicht in dieser Wohnung haben. Weder im Gespräch noch in deinen Gedanken und schon gar nicht körperlich."

„Was?", keuchte ich fassungslos und wusste nicht, worüber ich entsetzter sein sollte – dass er es für möglich hielt, dass ich Tom mit nach Hause brachte, oder dass er mir sogar die Gedanken an ihn verbieten wollte. „Aber ..."

„Kein Aber", unterbrach er mich mühsam beherrscht. „Entweder akzeptierst du die Spielregeln, oder du wirst dir eine andere Bleibe suchen müssen. Denn ich werde meine Freundin nicht mit so einem Penner teilen."

Das hatte gesessen. Und innerhalb von Sekundenbruchteilen kippten meine Verzweiflung und die Angst, ihn zu verlieren, in unbändige Wut um. Ich hatte gehofft, in Ruhe mit ihm reden und ihn überzeugen zu können, was meine Absichten waren und dass ich Tom nicht mehr aktiv aufsuchen würde, ihn aber auch nicht abweisen konnte, wenn er meine Hilfe brauchte. Doch Basti hatte sich so verrannt, dass jedes Wort ungehört an ihm abprallen würde. Stattdessen setzte er mir die Pistole auf die Brust: er oder Tom.

Ich spürte, wie etwas in mir zerbrach. Und es war keine Entscheidung für Tom, die ich in diesem Moment traf, sondern eine gegen diesen Mann vor mir, der mir auf einmal völlig fremd war und dem ich unter diesen Umständen nie wieder vertrauen konnte.

Ich zitterte am ganzen Körper, als ich aufstand, nach den Schlüsseln griff und sie Basti entschlossen entgegenhielt. „Und ich lebe lieber alleine als mit jemandem zusammen, der so ..." Aufgebracht suchte ich nach dem richtigen Ausdruck, doch es gab keine Worte dafür, was ich ihm alles um die Ohren hauen wollte. „... so unfassbar egoistisch, intolerant und verständnislos ist wie du", platze es aus mir heraus, doch das traf es bei Weitem nicht vollständig.

Basti kniff die Augen zu zwei wütenden Schlitzen zusammen und riss mir die Schlüssel aus der Hand. „Dann ist ja alles geklärt."

„Nein!", polterte ich und wusste selbst nicht, woher ich die Kraft nahm, aufrecht stehen zu bleiben und diesen Kampf bis zum bitteren Ende auszufechten. „Du schuldest mir noch eine Erklärung. Wenn du unserer Beziehung auf so miese Art und Weise einen Fußtritt verpasst, dann will ich wenigstens wissen, warum. Was ist der Grund dafür, dass du so ein Theater wegen Tom machst?"

„Ach ja?", schnauzte er zurück, kam einen Schritt auf mich zu und schaute mir von oben herab ins Gesicht. „Willst du es wirklich wissen? Ich wollte dich beschützen und davor bewahren, dass du in dein Unglück rennst. Ich kenne solche Typen. Erst machen sie auf nett und freundlich, und wenn sie dich an der Angel haben, fordern sie immer mehr. Brauchen Geld hierfür und dafür, und am Ende hauen sie sich Alkohol und Drogen rein und genießen ihren Trip, statt den Arsch hochzukriegen und ihr Leben auf die Reihe zu bringen. Aber nein, meine Freundin glaubt ja an das Gute im Menschen und weiß genau, dass dieser Tom ganz anders ist. Du machst dich lächerlich, Rieke, und mich gleich mit dazu, wenn du mit dem Penner in aller Öffentlichkeit rumschmust."

Seine Worte bohrten sich wie Messerstiche in mein Herz, durchlöcherten es, bis es ausgeblutet war und am Ende eine leere Hülle übrig blieb. Mir war klar, dass unsere Beziehung nicht mehr zu retten war, aber dass sie auf diese Weise zu Ende ging – mit einem Haufen Vorurteilen, Anschuldigungen und dieser triefenden Ironie –, tat schrecklich weh.

„Ist das dein Problem?", würgte ich an dem Kloß in meiner Kehle vorbei. „Dass dein schönes Image darunter leiden könnte, wenn ich mich mit jemandem blicken lasse, der nicht so erfolgsverwöhnt und oberflächlich durchs Leben geht wie du?"

Ich hielt seinem Blick tapfer stand und sah aus dem Augenwinkel, wie sein Wangenmuskel vor Anspannung zuckte.

„Pass auf, was du sagst!", ermahnte er mich.

„Warum?", konterte ich und funkelte ihn herausfordernd an. „Weil du die Wahrheit nicht verträgst? Ich sag dir was, Basti: Die Wahrheit ist, dass du genauso schnell am Abgrund stehen kannst. Tom ist auch nicht als Penner auf die Welt gekommen. Es muss nur irgendetwas passieren, was dich völlig aus der Bahn wirft, und plötzlich bist du derjenige, der Hilfe braucht. Was, wenn dann alle an dir vorbeilaufen, als wärst du unsichtbar, oder sich aufregen, dass du gefälligst den Arsch hochkriegen sollst?"

„Ich wüsste nicht, was so schwerwiegend sein soll, dass es dafür nicht professionelle Hilfe gibt", gab er selbstbewusst zurück. „Aber dein Tom wird es dir wahrscheinlich erzählt und dich damit eingelullt haben."

„Stell dir vor, das hat er nicht. Weil es offenbar Dinge gibt, die so schlimm sind, dass man es nicht einmal schafft, darüber zu reden. Aber so weit reicht deine Vorstellungskraft ja nicht."

„Und deine Vorstellungskraft reicht anscheinend nicht dafür aus, dass der Typ dir etwas vorgaukelt."

Ich stöhnte innerlich auf. Wir drehten uns mal wieder im Kreis, dabei ergab dieses Gespräch ohnehin keinen Sinn mehr. Das Kapitel Rieke und Basti war unwiderruflich beendet. Deshalb verkniff ich mir jeden weiteren Kommentar und sagte leise: „Ich glaube, es ist besser, wenn du jetzt gehst."

„Ja, das glaube ich auch", schnaubte er. „Aber ich komme wieder, denn bis ich in die neue Wohnung einziehen kann, werden wir uns arrangieren müssen. Und du solltest dich besser auch nach etwas Neuem umsehen, wenn du nicht bei deinem Tom auf der Straße landen willst."

Bastis letzter Satz traf mich wie ein Schlag in die Magengrube und machte mir das ganze Ausmaß dessen bewusst, was hier gerade passierte. Meine Wohnung hatten wir zum Ende Mai gekündigt. Der neue Mietvertrag lief auf Basti, aber ganz abgesehen davon hätte ich mir das neue Heim alleine sowieso nicht leisten können. Er dagegen schon.

Ich versuchte, mir meine plötzliche Panik nicht anmerken zu lassen. Im Stillen dachte ich bereits darüber nach, meinen jetzigen Vermieter anzurufen, um die Kündigung rückgängig zu machen. Basti ging währenddessen ohne ein weiteres Wort ins Schlafzimmer, packte ein paar Sachen und verschwand. Reglos beobachtete ich durch das Küchenfenster, wie er unten auf dem Parkplatz in sein Auto stieg und davonfuhr.

Das war's, dachte ich und wusste nicht, ob ich traurig, wütend oder erleichtert sein sollte.

Wer weiß, wozu es gut ist, schlich sich die gutmütige Stimme meiner Oma in meinen Kopf. Es war, solange ich sie kannte, ihre Antwort auf alles gewesen, und meistens hatte sie recht damit gehabt.

Trotzdem war ich völlig überfordert und brauchte eine ganze Weile, bis ich in der Lage war, meinen Vermieter anzurufen und mich anschließend bei Jasmin auszuheulen.

Tom

In meinem Kopf schrillten die Alarmglocken. Mein Herz schrie um Hilfe. Meine Seele funkte ein verzweifeltes SOS. Chaos war längst kein Ausdruck mehr für all die Emotionen, die in meinem Inneren tobten. Dabei hatte sich Freitag am Bahnsteig alles so richtig angefühlt.

In dem Moment, in dem der Zug einfuhr, war mir bewusst geworden, dass ich es nicht schaffen würde, zu meinen Eltern zu fahren und ihnen mein verkorkstes Leben zu gestehen. Selbst wenn ich mich auf den Weg gemacht hätte, hätte ich irgendwann unterwegs gekniffen und bloß Zeit und Geld verschwendet. Doch allein der Gedanke daran hatte etwas in mir in Bewegung gesetzt. Und in Verbindung mit Riekes Nachricht hatte ich einen Plan gefasst, für den ich ihre Hilfe benötigte. Ich brauchte sie für den letzten Tritt in den Hintern, aber auch, um den passenden Text zu finden für das, was ich meinen Eltern sagen wollte. Denn wenn es jemand schaffte, andere Menschen mit Worten zielsicher zu entwaffnen, dann war sie es.

Mir war klar, dass ich ihr dafür wesentlich mehr anvertrauen musste, als ich bisher getan hatte. Aber ich spürte auch, dass ich an einem Punkt angekommen war, an dem es kein Zurück mehr gab. Ich konnte nicht mehr so weiterleben wie bisher. Die Begegnung mit Rieke hatte alles auf den Kopf gestellt und ließ sich nicht umkehren, als wäre nichts gewesen. Also raffte ich über das Wochenende all meinen Mut zusammen und beschloss, am Dienstag erneut zum Busbahnhof zu gehen, diesem verdammten Schicksal die Stirn zu bieten und es als Chance zu sehen. Was hatte ich schließlich zu verlieren?

Stundenlang übte ich meinen Text, versuchte Worte zu finden für das Unaussprechliche und scheiterte auf ganzer Linie. Bis zu einem gewissen Punkt war alles okay, dann sagte meine Psyche „Vergiss es" und machte dicht. Ich wusste, dass es ein Tanz auf dem Vulkan war, und konnte trotzdem nicht aufhören, bis ich am Montagabend die Quittung bekam. Ich stand gerade in der Unterkunft unter der Dusche, als mir schlagartig die Luft wegblieb und mein Herz anfing zu rasen. Es war immer wieder derselbe Ablauf, und trotzdem zwang mich die Todesangst in die Knie. Kraftlos sackte ich auf den Boden, umschlang zitternd mit den Armen meine Beine und wartete darauf, dass die Attacke nachließ. Hoffte und betete, dass es vorbeiging, bevor mich jemand entdeckte und den Rettungsdienst rief.

Ich hatte sämtliches Zeitgefühl verloren, als Axel in den Waschraum kam, mich Häufchen Elend auf dem Boden der Gemeinschaftsdusche fand, sofort das Wasser abstellte und mir unter einem Gewehrfeuer von besorgten Fragen mein Handtuch reichte. Seit ich in die Unterkunft zurückgekehrt war, teilten wir uns ein Zimmer und kamen ganz gut miteinander zurecht. Von meinen Attacken wusste er bisher allerdings nichts, und ich konnte ihn soeben davon abhalten, Alarm zu schlagen. Stattdessen half er mir auf die Beine und schleppte mich rüber in unseren

Schlafraum, wo ich erschöpft auf der Matratze zusammenbrach.

Ich wollte schreien und toben und diese verdammten Attacken verfluchen, die immer im unpassendsten Moment kamen. Denn in der Regel tauchten sie bei mir im Doppelpack mit einem anschließenden Migräneanfall auf. Und prompt gesellte sich die Angst dazu, am Dienstagvormittag nicht zum Busbahnhof zu können und damit die Chance zu verspielen, Rieke wiederzusehen. Ich musste dorthin. Ich musste sie sehen. Weil es ansonsten keine Möglichkeit gab, sie zu treffen, solange sie nicht wieder zur Arbeit ging und dabei den Weg durch die Unterführung nahm. Also kämpfte ich – um die Luft zum Atmen, die Gewalt über meinen Körper und diese winzig kleine Chance, mein Leben in den Griff zu kriegen.

Rieke

Als ich mich am Dienstag auf den Weg zu meinem letzten Termin bei der Physiotherapie machte, fühlte ich mich wie betäubt. Das Wochenende ohne Basti war grauenhaft gewesen, und die ungewisse Zukunft schnürte mir die Kehle zu. Ich hatte meinen Vermieter nicht erreicht, weil er laut Aussage seines Sohnes bis zum nächsten Samstag im Urlaub war. Eine ganze Woche war ich damit gezwungen zu warten, ehe ich erfuhr, ob ich trotz Kündigung in der Wohnung bleiben konnte oder mir tatsächlich eine neue Bleibe suchen musste. Jasmin riet mir, vorsichtshalber sofort mit der Suche anzufangen, doch ein Teil von mir klammerte sich an den Gedanken, dass schon alles gut gehen würde. Sonst hätte der Vermieter doch bestimmt irgendwelchen Bewerbern meine Wohnung zeigen wollen. Oder nicht?

Am Montagabend tauchte Basti wieder auf. Er war offensichtlich wirklich gewillt, weiterhin mit mir unter einem Dach zu wohnen, bis er sich die neue Wohnung notdürftig eingerichtet hatte. Ich war nicht sicher, was ich davon halten sollte, konnte ihn allerdings auch schlecht vor die Tür setzen. Die Atmosphäre zwischen uns war mehr als angespannt. Wir redeten bloß das Nötigste miteinander, und als es Bettgehzeit war, schnappte er sich seine Decke und sein Kissen und schlief auf dem Sofa. Anscheinend ertrug er meine Nähe nicht mehr.

Ich schwankte währenddessen zwischen unbändiger Wut auf meinen Freund – Ex-Freund – und tiefer Trauer über meine zerbrochene Beziehung zu ihm. Mir war nach wie vor unbegreiflich, wie es so weit hatte kommen können. Gleichzeitig sehnte ich den Tag herbei, an dem wir einen endgültigen Schnitt machen konnten und ich ihn nicht mehr sehen musste.

Auch mein Physiotherapeut spürte offenbar, dass ich nicht gut drauf war, und so wurde die letzte Behandlung eine der stillsten. Felix versuchte zwar, mich immer wieder in ein Gespräch zu verwickeln, gab es nach ein paar halbherzigen Antworten meinerseits jedoch auf. Dann war es geschafft, und ich verließ nach ein paar Dankeschöns, Ratschlägen und guten Wünschen die Praxis.

Draußen vor der Tür atmete ich tief durch, und wie von selbst wanderte mein Blick über den Platz Richtung Fußgängerunterführung. Ich verbot mir, darauf zu hoffen, dass Tom hier sein könnte, und konnte es doch nicht lassen, nach ihm Ausschau zu halten. Auch wenn ich nicht sicher war, wie ich darauf reagieren sollte, falls er wieder auftauchte. Einerseits wollte ich ihn sehen und mich davon überzeugen, dass er nicht auf Nimmerwiedersehen verschwunden war. In dem Fall wären der Streit und die Trennung von Basti noch sinnloser, als sie es ohnehin waren. Andererseits konnte ich Tom unmöglich erklären, was passiert war und dass er der Grund dafür war. Doch drumherum käme ich wohl auch nicht.

Ich war hin- und hergerissen zwischen Enttäuschung und Erleichterung, als ich Tom nirgends entdecken konnte, bis ich eine vertraute Stimme hinter mir sagen hörte: „Suchst du jemanden?"

Ich wirbelte herum und starrte mein Gegenüber an wie eine Erscheinung. Tom stand direkt hinter der Tür an die Mauer des Praxisgebäudes gelehnt, weshalb ich ihn nicht gesehen hatte. Er wirkte sichtlich mitgenommen und schaute mich an. Seine Miene war vollkommen reglos, doch in seinen Augen herrschte Krieg. Es war unmöglich zu erkennen, was darin alles vor sich ging oder warum er es sich anders überlegt hatte, aber es lenkte mich schlagartig von meinem eigenen Kummer ab. Und letztendlich war ich froh darüber, dass er da war.

„Vielleicht", antwortete ich mit einem schwachen Lächeln, unsicher, wie er es aufnehmen würde, wenn er wüsste, dass ich tatsächlich nach ihm gesucht hatte.

Um Toms Mundwinkel zuckte es, und ich war wohl die Einzige weit und breit, die darin ein Lächeln erkannte. Plötzlich schlug mir das Herz bis zum Hals. Gleichzeitig lagen mir tausend Fragen auf der Zunge, aber ich war mir sicher, dass ich ihn damit direkt in die Flucht schlagen würde. Deshalb schwieg ich und wartete ab, bis er von sich aus redete.

„Ich hab da was in der Jacke gefunden", sagte er, senkte den Blick und schob sichtlich nervös ein Steinchen mit dem Schuh vor sich hin und her.

„Und jetzt bist du gekommen, um es mir beleidigt zurückzugeben?"

Tom holte Luft und erwiderte zögernd: „Nein. Du hast geschrieben, dass ich etwas Sinnvolles damit anfangen soll, und ... na ja, du hast noch ein Frühstück bei mir gut."

„Tom ...“, setzte ich zum Protest an, doch er fing meinen Blick ein und unterbrach mich sofort.

„Sag nichts! Ich weiß selbst nicht so genau, warum ich das tue und ob es nicht ein Fehler ist, aber es geht nicht darum, Schulden zu begleichen, okay?“

Ich wusste, dass ich jetzt besser den Mund hielt, und fragte mich, wovor er solche Angst hatte. Mittlerweile sollte er wissen, dass ich es gut mit ihm meinte und ich auch nichts von ihm verlangen würde, was er nicht wollte.

„Hast du jetzt Zeit?“, fragte er.

Ich zögerte. Zeit hatte ich genug, denn zu Hause wartete nur eine verlassene Wohnung voller wehmütiger Erinnerungen auf mich. Aber hatte ich auch die Kraft, mich mit Toms Problemen zu beschäftigen, wo mein eigenes Leben gerade auseinanderfiel?

Tom ließ mich nicht aus den Augen, und ich spürte, wie sehr er auf ein Ja von mir hoffte. Ich konnte ihm ansehen, wie viel Überwindung es ihn gekostet hatte, überhaupt herzukommen. Und nachdem ich mit allem angefangen hatte, konnte ich ihn jetzt nicht hängen lassen. Also würde ich mir anhören, was er zu sagen hatte, würde ihm vielleicht helfen können, und dann hätte dieser ganze Mist wenigstens für einen von uns etwas Gutes.

Als ich nickte, musterte Tom mich skeptisch, weil ich mir viel zu lange Zeit mit meiner Antwort gelassen hatte. „Sicher?“

„Ja, sicher“, antwortete ich. Es klang wahrscheinlich wenig überzeugend, doch er akzeptierte es.

„Tja, dann ... gehen wir?“

„Okay.“

Auf dem Weg zur Unterführung musterte ich Tom unauffällig von der Seite und wunderte mich, wie zurückhaltend er heute war. Beinah wünschte ich mir den knurrigen Typen zurück, der mich anblaffte und dem ich ordentlich Kontra geben konnte. Das war leichter zu ertragen als diese seltsame Spannung, die zwischen uns herrschte.

„Wo hast du denn neuerdings deinen Rucksack?“, wollte ich wissen, als ich bemerkte, dass er heute erneut ohne dieses Riesending unterwegs war.

„In einem Schließfach in der Tagesunterkunft“, antwortete er.

Ich zögerte kurz und überlegte, ob ich die nächste Frage wirklich stellen sollte, doch die Neugier war größer als die Zweifel. „Ist alles, was du hast, da drin?“

Ich konnte mir nicht vorstellen, dass ein ganzes Leben in einen solchen Rucksack passen sollte, egal wie groß er auch war. Tom musste doch mehr besitzen als etwas Wechselwäsche und ein paar Toilettenartikel. Was war mit persönlichen Gegenständen? Fotos? Erinnerungsstücken? Irgendetwas, das sein Leben ausmachte, außer dem, was man zwingend zum Überleben brauchte?

Er schob seine Hände tiefer in die Jackentasche und erklärte leise: „Das, was ich in diesem Leben habe, ja. Von früher stehen noch ein paar Sachen bei meinen Eltern im Keller ... vielleicht.“

Vielleicht. Mit diesem einen Wort erklärte er so viel mehr, als er wahrscheinlich wollte: dass er nicht wusste, ob seine Eltern seine Sachen aufbewahrt hatten. Dass er lange nicht bei ihnen gewesen war, sie möglicherweise nicht einmal gesprochen hatte. Und es machte mich furchtbar traurig.

„Ich kann dich denken hören", riss mich Toms knurrige Stimme aus meinen Überlegungen.

Ertappt schlug ich die Augen nieder. „Sorry. Ich versuche nur, mir vorzustellen, was das für ein Leben ist."

„Das kann ich dir sagen", erwiderte er mit einem bitteren Lächeln. „Ein beschissenes."

„Ich weiß", murmelte ich.

Tom blieb stehen und nagelte mich mit seinem Blick am Boden fest. „Nein, Rieke, gar nichts weißt du."

„Dann klär mich auf!", rutschte es mir heraus. Im selben Moment hätte ich mir am liebsten auf die Zunge gebissen, weil ich befürchtete, dass er wieder komplett dichtmachte.

„Und wozu?", blaffte er gewohnt trotzig zurück. „Ich will dein Mitleid nicht, okay?"

Wie erwartet hatte ich den widerspenstigen Tom in ihm geweckt, der niemanden an sich heranließ. Doch ich war nicht bereit, ihn damit durchkommen zu lassen. Nicht unter diesen Umständen und nach allem, was ich für ihn aufs Spiel gesetzt hatte. Deshalb konterte ich: „Was willst du dann, Tom? Warum bist du zurückgekommen, obwohl du mich eigentlich nie wiedersehen wolltest?" Ich funkelte ihn herausfordernd an und zitterte gleichzeitig vor Angst, dass er sich jeden Moment umdrehen und weglaufen würde – genau wie Basti.

Tatsächlich wandte er sich von mir ab, jedoch nur, um seine Gefühle an der nächsten Straßenlaterne auszulassen und mit der Faust dagegenzuschlagen. Anschließend lehnte er sich mit der Stirn gegen die Hand am Pfahl und atmete tief durch.

Alles in mir drängte danach, zu ihm zu gehen und ihm beruhigend über den Rücken zu streichen, doch ich traute mich nicht.

Langsam drehte Tom sich wieder zu mir um, sah mich mit finsterer Miene an und sagte: „Weil du mir mit deinem verdammten Schicksal einen Floh ins Ohr gesetzt hast und ich plötzlich überall Zeichen sehe."

Ich war nicht sicher, ob er so böse tat oder wirklich ärgerlich darüber war, und fragte vorsichtig: „Was für Zeichen?"

Er raufte sich die Haare, schaute sich um und meinte: „Können wir vielleicht erst mal irgendwo hingehen, wo es etwas ruhiger ist?"

Ich nickte zustimmend. Erst als er es sagte, fiel mir auf, dass wir an der vielbefahrenen Straße vor dem Durchgang zum *Café Kunterbunt* standen und auf dem Bürgersteig eine Schülergruppe auf uns zusteuerte.

Schweigend überquerten wir den Innenhof und betraten das Café. Ich blickte mich um und deutete auf den Tisch, an dem wir beim letzten Mal gesessen hatten. Sichtlich erleichtert steuerte Tom die ruhig gelegene Ecke an und ließ sich auf den Stuhl fallen, als würden ihn seine Beine keinen Meter weiter tragen.

Auf dem Weg dorthin hielt ich nach Lucy Ausschau, konnte sie jedoch nirgends entdecken und war insgeheim froh darüber. So gern ich sie auch hatte, aber ich spürte, dass es heute besser wäre, wenn wir so wenig Ablenkung wie möglich hatten.

Ich schälte mich aus meiner Jacke, hängte sie über die Stuhllehne und setzte mich. Tom beobachtete mich schweigend dabei, bis ihm auffiel, dass er selbst weiterhin dick eingepackt dasaß, und er sich ebenfalls die Jacke auszog. Zwischen uns lag eine greifbare Spannung, die bloß für einen kurzen Moment unterbrochen wurde, als die Bedienung kam, um nach unseren Wünschen zu fragen. In stiller Übereinkunft bestellten wir nur etwas zu trinken. Ich hätte wahrscheinlich eh keinen Bissen heruntergebracht, und Tom wirkte eher so, als würde er jeden Moment das Gegenteil tun. Fieberhaft überlegte ich, wie ich die Situation auflockern könnte, aber mir wollte partout nichts einfallen. Auch Tom blieb stumm. Wir musterten uns gegenseitig verstohlen, immer darauf bedacht, dem Blick des anderen nicht zu begegnen. Es war ein nervenaufreibendes Katz-und-Maus-Spiel, dessen Sinn ich nicht verstand.

„Tom ...", sagte ich zögernd.

Im selben Moment ging ein Ruck durch ihn hindurch. „Tut mir leid, Rieke", erklärte er hastig und sprang von seinem Stuhl auf. „Ich kann das nicht. Ich dachte, dass ... Egal. Es geht nicht."

„Warte!" Ehe ich wusste, was ich tat, schnellte meine Hand nach vorne und bekam ihn am Unterarm zu fassen. „Lass mich hier jetzt nicht so sitzen! Ich bin nicht mitgekommen, um mir deine Spielchen gefallen zu lassen. Dafür geht's mir selbst grad zu beschissen."

„Ein Grund mehr, dich nicht mit meinem Scheiß zu behelligen", gab er zurück und versuchte sich zu befreien. Doch ich verstärkte meinen Griff und wusste selbst nicht, woher ich die Kraft dafür nahm.

„Bitte, Tom, lauf nicht wieder weg! Was auch immer es ist, du brauchst ganz offensichtlich Hilfe. Ich weiß nicht, ob ich die Richtige dafür bin, aber manchmal hilft es, wenn einfach jemand zuhört. Und ich verspreche dir, dass du mir vertrauen kannst und ich dich nicht verurteilen werde, okay?"

Diesmal blieb er vollkommen reglos stehen und schaute auf meine Hand hinunter, als wäre sie ein Elektroschocker, mit dem ich ihn außer Gefecht gesetzt hatte. Ich fühlte mich selbst wie unter Strom und musste mich zwingen, ihn nicht loszulassen, bevor er wieder saß. Denn wenn ich ihn jetzt gehen ließ, würde ich ihn wirklich nicht mehr wiedersehen und mich wahrscheinlich bis an mein Lebensende fragen, von welchen *Zeichen* er mir erzählen wollte.

Tom hob den Blick und sah mich an. Seine Augen waren fast schwarz, und der Ausdruck darin brach mir das Herz. Es war die nackte Angst, sich dem zu stellen, was passiert war, zu vertrauen, zu hoffen und enttäuscht zu werden. Wie gerne hätte ich ihm das alles genommen, doch ich konnte es nicht, solange ich nicht wusste, was überhaupt dahintersteckte.

„Bitte!", wiederholte ich flüsternd und hätte vor Erleichterung fast geweint, als Tom wie in Zeitlupe auf seinen Stuhl zurücksank. Er schaute auf meine Hand, sodass ich sie peinlich berührt zurückzog und zwischen uns auf dem Tisch ablegte.

„Was ist mit dir?", wollte Tom wissen. „Warum geht es dir beschissen?"

„Was?", stammelte ich, überrascht über den plötzlichen Themenwechsel. „Ach so, nein. Das ist jetzt nicht wichtig."

Ich wollte ihm doch gar nichts von Basti erzählen und ärgerte mich, dass mir vorhin im Eifer des Gefechts herausgerutscht war, dass es mir nicht gut ging.

Tom musterte mich nachdenklich, und ich ahnte, dass er mich nicht so leicht davonkommen lassen würde, was ziemlich paradox war, wenn man bedachte, dass er es war, der meinen Fragen ständig auswich. Und es kam sogar noch schlimmer, denn er schlug mich mit meinen eigenen Waffen.

„Doch, das ist es", sagte er ungewöhnlich sanft. „Weißt du, eine nette junge Frau hat vor gar nicht langer Zeit zu mir gesagt, dass es manchmal hilft, wenn einfach jemand zuhört."

„Das ist lieb von dir", erwiderte ich und zwang mich zu einem Lächeln. „Aber ist schon okay. Jetzt bist du erst mal dran."

Als er nicht reagierte, schaute ich zu ihm auf. „Wirklich, Tom. Ich komme zurecht", versicherte ich ihm und hoffte, dass ich überzeugender klang, als ich mich fühlte.

Tom schien Zweifel zu haben, gab jedoch ein skeptisches „Okay" von sich und atmete tief durch.

„Du wolltest wissen, warum ich zurückgekommen bin und welche Zeichen ich gesehen habe", begann er zögernd.

Ich nickte, und schlagartig rückten Basti, unser Streit und alles andere in den Hintergrund.

„Ich war am Freitag nach unserem Treffen am Bahnhof", fuhr Tom fort. „Eigentlich nur zufällig, aber ich war völlig neben der Spur und habe ernsthaft darüber nachgedacht, abzuhauen und woanders mein Glück zu versuchen. Also bin ich zum nächstbesten Bahnsteig hoch, um zu gucken, wohin dein vielbeschworenes Schicksal mich bringen würde."

Er zupfte gedankenverloren an einem losen Faden seines Pullovers herum und fügte mit einem traurigen Lächeln hinzu: „Wie sich herausgestellt hat, war das Universum zum Scherzen aufgelegt, denn es wollte mich geradewegs nach Hause schicken."

Mein Herz setzte einen Schlag lang aus, als mir bewusst wurde, dass er beinah wirklich sang- und klanglos verschwunden wäre. Doch darum ging es gerade nicht.

„Zu deiner Familie?", vergewisserte ich mich behutsam, als er nichts weiter sagte.

Tom presste die Lippen aufeinander und nickte. „Für einen kurzen Augenblick habe ich tatsächlich überlegt, hinzufahren und mich mit ihnen auszusprechen. Aber dann hat mich der Mut verlassen, und ... Ich schätze, ich brauche jemanden, der mir den entscheidenden Schubs in die richtige Richtung gibt."

Er sah mich an, und sein hilfesuchender, bittender Blick jagte mir eine Gänsehaut über den ganzen Körper. Es war klar, wen er mit „jemand" meinte. Aber was erwartete er von mir? Wie sollte ich ihm schlaue Ratschläge geben, wenn ich seine Geschichte nicht kannte? Oder war er etwa plötzlich bereit, sie mir hier und jetzt zu erzählen?

Okay, Rieke, konzentrier dich! Jetzt kommt es drauf an, ermahnte ich mich.

Fieberhaft versuchte ich das, was Tom mir erzählt hatte, mit den paar Informationen, die er mir bisher offenbart hatte, in Verbindung zu bringen, und fragte: „Wissen deine Eltern, was passiert ist? Also das, womit alles angefangen hat?“

„Ja.“ Er senkte den Blick, und ich konnte dabei zusehen, wie er mit sich kämpfte. Wie er Anlauf nahm, um diese Hürde in seinem Inneren zu überwinden, die ihn daran hinderte, alles herauszulassen.

„Sie wissen es, und sie verstehen bis zu einem gewissen Punkt, dass mich der Vorfall völlig aus der Bahn geworfen hat“, sagte Tom leise. „Aber das danach, dass ich mich mit meinem Schwiegervater überworfen und damit meinen sicheren Job aufs Spiel gesetzt habe, das wird mir mein Vater wahrscheinlich bis an mein Lebensende vorhalten. Weil er nicht begreifen kann, dass mein Schwiegervater einen Teil der Schuld daran mitträgt. Wenn Joachim nicht darauf bestanden hätte, dass ein wichtiger Kostenvoranschlag am Montag fertig sein musste, hätte ich nicht nebenbei gearbeitet und besser aufgepasst. Dann wäre das alles nicht passiert, auch wenn er und viele andere das Gegenteil behaupten.“

Was ist passiert?, wollte ich fragen, doch ich spürte, dass es dafür zu früh war, und tastete mich an den Bröckchen, die er mir vorwarf, vorsichtig an ihn heran.

„Das heißt, du hast für deinen Schwiegervater gearbeitet?“

Tom nickte. „Er hat eine Ladenbau-Firma, die vor ihm bereits sein Vater und Großvater geführt haben und die Merle und ich nach seinen Plänen irgendwann übernehmen sollten. Dumm gelaufen, dass ich so ein Totalausfall bin und seine Tochter mich zum Teufel gejagt hat.“

Die Verbitterung in seiner Stimme tat mir körperlich weh. Wie musste es ihm da erst gehen?

„Also warst du quasi so was wie der Juniorchef und hast trotzdem deinen Job verloren?“, hakte ich ungläubig nach.

„Ich habe ihn nicht verloren, ich habe ihn hingeschmissen. Es ging einfach nicht mehr. Ein paar Wochen lang zeigte mein Schwiegervater Verständnis, aber dann haben wir uns ständig gestritten, weil er der Meinung war, ich sollte die Zähne zusammenbeißen. Damit, dass ich mir selbst unberechtigterweise die Schuld gab, könnte ich auch nichts rückgängig oder wiedergutmachen, und ich sollte in die Zukunft schauen. Was er damit meinte, war allerdings seine Zukunft bzw. die der Firma und nicht meine. Meine war an jenem Abend sowieso gestorben. Aber Privat- und Berufsleben waren für ihn zweierlei Paar Schuhe, und dass zu Hause alles in Scherben lag, war für ihn kein Grund, dass die Arbeit darunter leiden sollte.“

Er hielt kurz inne und zupfte geistesabwesend an dem Faden seines Pullovers herum. In meinem Kopf drehte sich währenddessen ein ganzes Karussell an Fragen, doch bevor ich auch nur eine davon stellen konnte, redete Tom bereits weiter.

„Ehrlich gesagt war ich nie wirklich glücklich mit der Rolle, die er mir zugedacht hatte. Ich bin als technischer Zeichner bei ihm in der Firma eingestellt worden und habe es immer geliebt, wie aus ein paar Strichen irgendwann eine komplett neue Ladeneinrichtung entsteht. Dann bin ich mit Merle zusammengekommen. Es hat ein paar Monate gedauert, bis wir uns getraut haben, ihrem Vater unsere Beziehung zu gestehen, aber das war überhaupt kein Problem. Joachim mochte mich und hat mich seitdem unter seine Fittiche genommen. Je ernster es mit Merle und mir wurde, umso klarer war, dass ich eines Tages sein Nachfolger werden würde. Allerdings hätte ich selbst viel lieber bei der Planung mitgearbeitet und die Entwürfe gezeichnet. Mein Schwiegervater dagegen wollte mich unbedingt in der Geschäftsführung haben, also habe ich die Weiterbildung zum Betriebswirt gemacht und mich um die Kostenvoranschläge und das Controlling gekümmert. Die Zahlen waren für die Männer in seiner Familie seit jeher Chefsache und damit auch meine Zukunft. Ein Witz, wenn man bedenkt, dass die einzigen Zahlen, die mich aktuell interessieren, die sind, ob ich mit der Sozialhilfe bis zum Monatsende über die Runden komme, oder?", schob er mit einem bitteren Lächeln hinterher.

Nein, witzig war das gar nicht, sondern tieftraurig. Wie konnte es nur sein, dass ein junger Mann mit einer gesicherten Zukunft von jetzt auf gleich vor dem Nichts stand? Und wie hatte sein Schwiegervater das zulassen können?

„Aber ...", setzte ich zu einer Frage an, doch Tom unterbrach mich sofort mit einem knurrigen: „Kein Aber."

Ich befürchtete, dass er wieder dichtmachen würde. Stattdessen kehrte er zurück in die Vergangenheit und erzählte weiter, als hätte es seinen kleinen Sarkasmus-Ausflug nie gegeben.

„Es kam eins zum anderen. Unsere Streitereien, die Krise zu Hause, meine Schuldgefühle und obendrauf ein paar gesundheitliche Probleme. Zeitweise schaffte ich es morgens nicht einmal ins Büro, woraufhin Joachim mich von einem Arzt zum nächsten schickte. Er hoffte anscheinend darauf, dass ich bloß irgendein Mittelchen einwerfen musste und sein Schwiegersohn wäre wieder der Alte. Aber so leicht war es leider nicht."

„Weil du nicht krank warst, sondern psychische Probleme hattest", bemerkte ich traurig. Es war keine Frage, sondern eine Feststellung, denn ohne zu wissen, was genau passiert war, war mir klar, dass es ihn seelisch zutiefst erschüttert hatte.

Statt etwas darauf zu erwidern, runzelte Tom schweigend die Stirn und mahlte fest mit den Kieferknochen aufeinander. Ich sah, wie es in ihm arbeitete, und hätte mir am liebsten die Zunge abgebissen. Offenbar hatte ich mit meiner Aussage ein Minenfeld betreten und betete im Stillen, dass die Bombe nicht hochging. Ich wusste doch, wie unberechenbar Tom war und dass ihn ein einziges falsches Wort in die Flucht schlagen konnte. Warum hatte ich nicht die Klappe gehalten und das Reden ihm überlassen?

Bitte, bitte, bitte, sei mir nicht böse und erzähl weiter!, flehte ich ihn im Stillen an und rechnete mit allem außer mit dem, was dann kam.

„Es gibt keine psychischen Probleme", sagte er mit fester Stimme, die keinen Widerspruch duldete.

Ich sah ihn überrascht an und fragte mich, ob das sein Ernst war, als er resigniert hinzufügte: „Jedenfalls nicht in der Welt meines Schwiegervaters. Er ist ein starker, selbstbewusster Mann, der allerdings nie etwas Vergleichbares erlebt hat und mit seiner Willensstärke immer alles im Leben erreicht hat, was er sich vorgenommen hatte. Für ihn war es ein Zeichen von Schwäche, dass ich nicht mehr klargekommen bin."

„Wow“, murmelte ich deprimiert. „Das ist echt hart. Und er hat nicht gesehen, dass du völlig am Ende warst?“

„Doch, hat er. Aber für die Firma stand viel auf dem Spiel, nachdem er einen Großauftrag an Land gezogen hatte und zweihundertprozentiger Einsatz vom Junior benötigt wurde. Und seiner Meinung nach war die Arbeit das beste Mittel, um mich von ...“ Er unterbrach sich und nahm erneut Anlauf, um den Satz zu Ende zu bringen. „Um mich davon abzulenken, was passiert war.“

Tom starrte gedankenverloren ins Leere. Ich spürte wie sehr er litt, und hätte am liebsten hier und jetzt alles abgebrochen, um ihm diese Qual zu ersparen. Aber wir waren an einem Punkt angekommen, an dem es kein Zurück mehr gab. Nicht ausgerechnet jetzt, wo er sich endlich dazu durchgerungen hatte zu reden. Es war nur ein Gefühl, aber ich hätte schwören können, dass es längst nicht mehr darum ging, dass er mir seine Geschichte erzählte, sondern darum, dass er sich überhaupt irgendwem anvertraute. Eine leise Stimme in mir wisperte, dass das alles eine Nummer zu groß für mich war, doch mir blieb keine Zeit, darüber nachzudenken. Alles, was ich hatte, waren mein Instinkt und das Bedürfnis, diesem Mann, dem das Leben so übel mitgespielt hatte, so gut es ging beizustehen. Ich griff nach seiner Hand, um ihm zu signalisieren, dass ich für ihn da war – und um ihn davon abzuhalten, seinen kompletten Pulloverärmel aufzuribbeln.

Tom erstarrte mitten in der Bewegung, ließ die Berührung jedoch zu und schien in Gedanken meilenweit weg zu sein.

„Und dann?“, fragte ich leise, als er keine Anstalten machte, von sich aus weiterzureden.

Wie erwachend zog er seine Hand zurück und räusperte sich, bevor er mit seltsam belegter Stimme fortfuhr: „Dann ist an einem einzigen Tag alles eskaliert. Wegen der Arbeit habe ich einen wichtigen Termin mit Merle verpasst und dadurch das Fass bei ihr zum Überlaufen gebracht. Der Grund dafür war ein riesiger Streit mit ihrem Vater, weil ich bei einer Kalkulation einen gravierenden Fehler gemacht hatte. Einen Fehler, der mir unter normalen Umständen niemals passiert wäre, aber es war nichts mehr normal. Ich war fix und fertig, und während Joachim darüber schimpfte, was aus mir geworden war und dass er sich überlegen würde, ob er die Zukunft seiner Firma wirklich in meine Hände legen wollte, ist bei mir eine Sicherung durchgebrannt. Ich habe ihm gesagt, dass es in der Tat besser wäre, wenn er sich einen anderen Nachfolger suchte, weil ich freiwillig gehen würde. Und zwar sofort. Er hielt das natürlich im Eifer des Gefechts für eine Überreaktion. Aber mir war es todernst damit. Also bin ich gegangen. Und wo ich gelandet bin, weißt du.“

„Oh mein Gott“, flüsterte ich mit zugeschnürter Kehle, während ich Mühe hatte, das eben Gehörte zu verdauen. Toms Geschichte machte mich so wütend und traurig, obwohl ich nach wie vor die Ursache des ganzen Unglücks gar nicht kannte. Was, wenn Tom wirklich verantwortlich für dieses Was-auch-immer war? Was, wenn sich herausstellte, dass seine Schuld so groß war, dass er mein Mitgefühl überhaupt nicht verdiente?

Nein!, polterte mein Bauchgefühl dazwischen. Sieh ihn dir an! Das glaubst du nicht wirklich, oder? Und selbst wenn, dann gilt: unschuldig bis zum Beweis des Gegenteils.

Ich betrachtete das Häufchen Elend vor mir und wischte meine Zweifel energisch beiseite. Egal, was passiert war und welche Rolle Tom dabei spielte, er hatte seine Strafe dafür definitiv bekommen. Um nicht zu sagen die Höchststrafe. Und der Gedanke daran, dass das alles möglicherweise völlig unberechtigt war, brach mir das Herz.

„Das ist so ..." Händeringend suchte ich nach Worten. „Ich meine ... Er ist ein Teil deiner Familie. Wie konnte er zulassen, dass du auf der Straße landest?"

„Er weiß es nicht."

„Was?!" Völlig fassungslos starrte ich ihn an, doch Tom hielt meinem Blick, ohne mit der Wimper zu zucken, stand. „Aber wie ist das möglich?"

„Weil ich es niemandem erzählt habe." Er fuhr sich mit der Hand aufgebracht über das Gesicht. „Scheiße, Rieke, du hast keine Vorstellung, wie verfahren die ganze Situation war. Und was Joachim für ein Mensch ist. Was glaubst du, was da los gewesen wäre, wenn ich wieder bei ihm angekrochen gekommen wäre? Ich war vielleicht sein wichtigster Mann in der Firma. Aber ich war auch derjenige, der das Leben seiner Tochter zerstört hatte. Das war keine Option. Genauso wenig, wie zu meinen Eltern zurückzukehren. Mein Vater ist immer sehr auf Sicherheit bedacht, und die Tatsache, dass ich diese Sicherheit leichtfertig in den Wind geschossen habe, statt mir eine Auszeit zu nehmen und danach bei Joachim weiterzumachen, hat regelmäßig zum Streit zwischen uns geführt. Denk an deine Zukunft, Tom! Du kannst Joachim doch nicht so enttäuschen, nach allem, was er für dich getan hat! Beiß die Zähne zusammen, Tom! Ich konnte das alles nicht mehr ertragen. Deshalb bin ich weggegangen und habe alle in dem Glauben gelassen, dass ich dank eines neuen Jobs kreuz und quer im Land unterwegs bin. Und ich habe wirklich hart an meinem Image als treuloser Sohn gearbeitet, der so furchtbar beschäftigt ist, dass es höchstens an Weihnachten und dem Geburtstag meiner Mutter zu einem Lebenszeichen reichte."

Tom schnaubte und wollte ganz offensichtlich mit seinem spöttischen Getue darüber hinwegtäuschen, doch ich spürte genau den Schmerz, der dahintersteckte. Gleichzeitig begann ich zu verstehen, wie sehr ihn dieses schicksalhafte Zeichen am Bahnhof mitgenommen haben musste. Doch bevor wir dazu kamen, wie ich ihm deshalb helfen sollte, drängte sich eine andere Frage in den Vordergrund.

„Was ist mit deiner Frau?"

„Ex-Frau", korrigierte er mich niedergeschlagen, und sein Gesichtsausdruck schnürte mir die Kehle zu. Darin lagen Reue und Bedauern, Verzweiflung, Wut und eine Traurigkeit, die mir das Herz brach.

„Sie war die Einzige, die nach diesem Abend einer Meinung mit mir war", sagte Tom leise. Dabei verzog er die Lippen zu einem verunglückten Lächeln, und schon bevor er weitersprach, wusste ich, dass er dabei ganz bestimmt nicht von besonderem Zusammenhalt sprach, sondern das genaue Gegenteil meinte. „Der einzige Mensch außer mir, der mir die volle Verantwortung für das gab, was passiert war. Es war eigentlich von der ersten Sekunde an klar, dass unsere Ehe das nicht überstehen würde. Aber wir standen unter Schock und haben in den ersten Wochen einfach nur funktioniert. Dazu kamen die ganzen guten Ratschläge von außen, dass wir das zusammen durchstehen würden und uns professionelle Hilfe suchen sollten. Bis ich genau diesen einen verdammten Termin verpasst und alles in den Sand gesetzt habe."

Aufgebracht ließ er seine zur Faust geballte Hand auf den Tisch fallen, sodass meine Cappuccino-Tasse auf dem Untersetzer schepperte. Ich zuckte zusammen, fing mich jedoch schnell wieder und legte beruhigend meine Hand auf seine.

Tom warf mir einen flüchtigen Blick zu, zu kurz, um ihn einfangen zu können, und tauchte schweigend wieder in seine ganz eigene Gedankenwelt ab.

„Weiß Merle, was aus dir geworden ist?", tastete ich mich vorsichtig weiter vor.

Er zuckte mit den Schultern. „Keine Ahnung. Ich habe sie seitdem ein einziges Mal wiedergesehen, und das war bei unserer Scheidung. Bis zu dem Zeitpunkt war ich noch in der Lage, meine Fassade aufrechtzuerhalten und so zu tun, als käme ich gerade von einer meiner vielen Dienstreisen. Der Papierkram mit dem Anwalt lief zum Glück größtenteils per Mail oder sonst mit einer Postadresse der jeweiligen Hilfsorganisation. Ich weiß nicht, ob Merle aufgefallen ist, dass in den Papieren ‚ohne festen Wohnsitz' stand. Und wenn ja, ob es sie überhaupt interessiert hat."

Mir lag ein Aber auf der Zunge, doch ich verkniff es mir, weil ich befürchtete, dass er mich sofort wieder ausbremsen würde. Stattdessen beobachtete ich einen Moment lang still, wie er mit seinen inneren Dämonen kämpfte und sich sein Brustkorb dabei im schnellen Rhythmus hob und senkte. Ich versuchte mir vorzustellen, wie es sein musste, nach so einem schrecklichen Erlebnis ganz alleine dazustehen. Doch ich schaffte es nicht. Wie auch, wenn ich nicht wusste, was dieses Erlebnis überhaupt war. Ich wollte Tom schütteln und ihn anflehen, mir auch den Rest zu erzählen. Aber damit hätte ich garantiert das Gegenteil erreicht. Wahrscheinlich konnte ich froh sein, dass er sich mir überhaupt anvertraute. Ich war mir nämlich sehr, sehr sicher, dass er in den vergangenen Jahren alles komplett mit sich alleine ausgemacht hatte, nachdem er seine Frau, seine Eltern, seine ganze Familie auf die eine oder andere Art verloren hatte.

Familie! Schlagartig schoss mir ein Gedanke durch den Kopf, und bevor ich es aufhalten konnte, hörte ich mich sagen: „Habt ihr Kinder?“

Tom reagierte nicht. Vollkommen apathisch starrte er vor sich ins Leere und hatte meine Frage anscheinend gar nicht gehört.

Urplötzlich sprang er vom Stuhl auf und griff nach seiner Jacke. „Tut mir leid, Rieke“, erklärte er hektisch. „Ich kann nicht mehr. Es ... Ich muss jetzt gehen.“

„Nein!“ Mindestens genauso schnell stand ich auf und stellte mich ihm in den Weg, was mein verletzter Fuß mit einem stechenden Schmerz quittierte. Aber darauf konnte ich jetzt keine Rücksicht nehmen. Er durfte mir in seinem Zustand auf keinen Fall entwischen, deshalb streckte ich zusätzlich den Arm aus, in den er geradewegs hineinlief.

„Bleib!“, flehte ich ihn an. „Bitte, Tom! Wir müssen auch nicht weiter darüber reden, aber ich will nicht, dass du jetzt alleine bist.“

Es war ein kläglicher Versuch, ihn aufzuhalten, denn es wäre ein Leichtes für ihn gewesen, meinen Arm beiseitezuschieben und zu flüchten. Doch er tat es nicht und blieb stattdessen wie erstarrt in dieser seltsam halben Umarmung stehen. Das Herz schlug mir bis zum Hals, während ich hoffend und bangend abwartete, was als Nächstes passieren würde. Tom drehte den Kopf, und als er mich aus ungläubig geweiteten Augen ansah, hörte die Welt um uns herum auf zu existieren.

Tom

Es fühlte sich an, als wäre ich mit vollem Tempo in einen Weidezaun unter Starkstrom hineingelaufen. Dabei war es weniger Riekes Arm, sondern vielmehr ihre Worte, die mich gebremst hatten. Kein „Ich will jetzt wissen, was passiert ist“ oder „Lass mich nicht wieder hier sitzen“. Stattdessen sorgte sie sich um mich. Ausgerechnet um mich, wo ich doch die Schuld an dem ganzen Unglück trug.

Während ich Rieke einen Teil meiner Geschichte erzählt hatte, hatte sich in meinem Magen der übliche dicke Klumpen aus Trauer und Schuldgefühlen zusammengebraut, der sich in der Regel in einer festen Schutzschicht einkapselte, bevor sich ihm jemand nähern konnte. Rieke allerdings war mir so nah gekommen wie kein anderer Mensch in den vergangenen drei Jahren. Und damit meinte ich nicht körperlich, auch wenn mir ihre Berührung quer über meine Taille und meinen Bauch allzu bewusst war. Denn obwohl ich stehen geblieben war, machte sie keine Anstalten, mich loszulassen. Weder mit ihrem Arm noch mit den Augen.

Scheiße, Tom, du bist am Arsch!

Ich saß in der Falle, ohne einen Ausweg. Vor mir stand Rieke. Hinter mir kamen meine Dämonen bedrohlich näher, bereit, sich mit ganzer Wucht auf mich zu stürzen und zu Fall zu bringen. Das durfte nicht passieren. Nicht hier. Nicht jetzt. Nicht vor Riekes Augen.

„Ich kann nicht“, sagte ich leise und klang dabei wahrscheinlich genauso erbärmlich, wie ich mich fühlte. „Tut mir leid, Rieke. Das war schon viel zu viel.“

In ihrem Blick lag so viel Mitgefühl, dass mir der Atem stockte. Nach all der Zeit, in der mir fast ausschließlich Verachtung oder ein oberflächliches Mitleid begegnet waren, war ich damit vollkommen überfordert. Ich konnte ihr am Gesicht ablesen, dass sie zahlreiche Einwände und Fragen hatte. Doch alles, was sie erwiderte, war: „Versprich mir, dass wir uns wiedersehen, bevor du zu deinen Eltern fährst und vielleicht nie wieder zurückkommst.“

Der nächste Schlag in die Magengrube. Oder besser gesagt gleich drei davon. Weil sie ganz selbstverständlich davon ausging, dass ich fahren würde. Weil sie daran glaubte, dass das Gespräch mit meiner Familie gut ausgehen würde und ich dableiben könnte. Weil sie mich kaputte Kreatur wiedersehen wollte. Fassungslos schaute ich sie an, und bevor ich darüber nachdenken konnte, setzte sich mein Kopf bereits mit einem zustimmenden Auf und Ab in Bewegung. Es war mir ein Rätsel, wie sie das anstellte, aber in ihrer Gegenwart wurde ich zu einer willenlosen Marionette.

Rieke lächelte mich an. „Ein Handy hast du nicht, oder?“, wollte sie dann wissen.

„Nein. Mein altes war kaputt, und ein neues ist nicht drin, wie du dir denken kannst.“

Kaum ausgesprochen, verfluchte ich mich für den spöttischen Unterton darin. Es war offenbar nicht so leicht, dieses Verhaltensmuster abzulegen, doch Rieke ging kommentarlos drüber hinweg und erklärte in einem Tonfall, der keinen Widerspruch duldete: „Ich weiß, du bist ein alter Sturkopf, aber darf ich dir mein altes Handy und eine Prepaidkarte schenken, damit wir in Kontakt bleiben?"

Ich war überzeugt davon, dass ihr unmöglich entgehen konnte, wie mein Herz gleichzeitig erschrocken und erfreut zusammenzuckte, während ich nach Argumenten suchte, warum ich das Angebot lieber nicht annehmen sollte. Die Vorstellung, Rieke jederzeit erreichen zu können, war unglaublich verlockend. Aber wo sollte das hinführen? Ich hatte sie bereits viel zu nah an mich herangelassen und wusste nicht einmal, wieso. Warum gab sie sich überhaupt mit mir ab?

Ich musste an Pauls Worte denken, dass ich möglicherweise Riekes Charity-Projekt war und sie sich damit schmücken wollte, dem armen Penner von der Straße zu helfen. Doch dann schaute ich in ihre klaren, offenen Augen, und sämtliche Zweifel lösten sich in Luft auf. In diesem Moment hätte ich meinen Arsch dafür verwettet, dass ihre Absichten ehrlich und vollkommen uneigennützig waren. Welcher Art auch immer sie sein mochten.

„Wer bist du, und was hast du mit dem ignoranten Mäuschen aus dem Tunnel gemacht?", fragte ich mit seltsam belegter Stimme.

Rieke verzog den Mund zu einem schiefen Lächeln und erwiderte verlegen: „Das habe ich wohl verdient, dass du so über mich denkst."

„Nein! Du hast etwas viel Besseres verdient als das", hörte ich mich sagen, und in meinen Ohren klang es wie:

„Du hast etwas viel Besseres verdient als mich." Ich spürte, wie meine Wangen heiß wurden, und betete im Stillen, dass es bei ihr nicht auch so angekommen war. Nicht, dass sie dachte, ich würde mit ihr flirten.

Zum Teufel, was war bloß mit mir los? Rieke war zufällig die erste Frau seit drei Jahren, die mich länger als ein paar Sekunden ansah. Die mich wirklich wahrnahm. Aber deshalb mussten mir doch nicht gleich so mädchenhaft die Hormone durchgehen. Ganz abgesehen davon, dass diese Hormone ziemlich lange Zeit im Dornröschenschlaf gelegen hatten. Kleiner Realitätscheck: Sie hatte einen Freund. Und sie war niemand für einen flüchtigen Ausrutscher, denn etwas anderes würde es niemals sein können. In meiner Welt gab es keine feste Beziehung mehr, selbst wenn ich es schaffen sollte, wieder in ein normales Leben zurückzufinden. Die Gefahr, dass sich dieses grausame Schicksal wiederholte, war zu groß.

Ich spürte, wie mein Fluchtinstinkt erneut erwachte. Weg hier! Weit, weit weg von Riekes Nähe, ihrer Berührung, ihrem Blick, ihrem betörenden Duft.

Als könnte sie Gedanken lesen, rutschte ihr Arm in diesem Augenblick ein winziges Stück an meiner Taille herunter. Fühlte es sich nur so an, oder hatte sich ihr Griff dabei verstärkt? Niemals würde sie mich einfach so gehen lassen. Es sei denn, ich zerstörte die Blase, in der wir offenbar gefangen waren, und holte auch sie auf den harten Boden der Realität zurück.

„Vielleicht solltest du mich jetzt lieber loslassen, bevor uns jemand sieht und deinem Freund wer weiß was erzählt", bemerkte ich trocken.

Wider Erwarten zog sie ihren Arm jedoch nicht schlagartig zurück, sondern ließ ihn kraftlos zwischen uns herunterfallen und senkte den Kopf.

„Zu spät", sagte sie leise.

„Was heißt das?", hakte ich erschrocken nach.

Mir geht es gerade selbst beschissen, hallten ihre Worte in meinem Hinterkopf, und eine furchtbare Vorahnung machte sich in mir breit. Nein! Bitte nicht!

„Rieke?"

Sie wich meinem Blick aus und murmelte: „Nichts, schon gut."

Ich packte sie an den Oberarmen. „Nein. Nichts ist gut. Hast du Probleme mit dem La ..." Ich konnte mich soeben bremsen, ihren Partner wieder als Lackaffen zu bezeichnen, und korrigierte mich schnell: „Mit deinem Freund?"

Rieke schaute zu mir auf und antwortete erstaunlich gefasst: „Ich habe keinen Freund mehr."

„Was?!", rief ich bestürzt, weil ich befürchtete, dass ich in irgendeiner Weise dafür verantwortlich war. „Was ist passiert?"

Sie zögerte einen winzigen Augenblick und schien nicht sicher zu sein, ob sie das antworten sollte, was ihr offenbar auf der Zunge lag. Doch dann tat sie es und riss mir damit den Boden unter den Füßen weg.

„Du bist mir passiert."

Reflexartig ließ ich sie los, als hätte ich mich an ihr verbrannt. Und im übertragenen Sinne hatte ich das wohl auch. Es konnte ... es durfte nicht sein, dass sie in mir irgendetwas anderes sah als den Penner von der Straße und deshalb ihre Beziehung aufs Spiel gesetzt hatte. Ich hatte mittlerweile begriffen, dass sie sich verändert hatte und sich ehrlich für mich zu interessieren schien. Aber doch nicht so! Ich hatte sie für eine realistische und kluge Frau gehalten, die mit beiden Beinen fest im Leben stand, und nicht für eine romantische Träumerin, die glaubte, mich retten und anschließend zu ihrem Prinzen küren zu können. Oh Shit, wie sollte ich aus der Nummer wieder rauskommen?

„Nein", presste ich gequält hervor. „Rieke, ich ... Tut mir leid, wenn du da etwas falsch verstanden hast, aber ..."

Ihr herzhaftes, glockenklares Lachen brachte mich schlagartig zum Verstummen.

„Um Himmels willen, nein!", gluckste sie, wurde gleich darauf aber wieder ernst und sagte: „Keine Angst, ich will nichts von dir. Durch dich sind mir nur ein paar Dinge bewusst geworden. Und die gefallen leider nicht jedem."

In dem winzigen Zögern vor ihrem letzten Satz lagen gleichzeitig Wut und eine tiefe Traurigkeit. Sie hatte ihren Freund ganz offensichtlich geliebt, doch irgendetwas musste ihren Glauben an ihn erschüttert und ihr klargemacht haben, was für ein Arsch er in Wirklichkeit war. Wenn ich an die Szene mit dem Fünfzigeuroschein dachte, könnte ich nach wie vor kotzen und war froh, dass Rieke diesen Lackaffen los war. Andererseits erdrückte mich diese Last, für ihr Unglück verantwortlich zu sein. Und es war unverkennbar, wie unglücklich sie war, egal wie tapfer sie jetzt versuchte, zu lächeln und mir das Gefühl zu geben, ihr einen Gefallen getan zu haben. Am liebsten hätte ich sie tröstend in meine Arme gezogen. Aber allein beim Gedanken daran schrillten sämtliche Alarmglocken in mir los und warnten mich davor, ihr noch näher zu kommen. Ich hatte genug mit meinem eigenen Scheiß zu tun. Doch es wäre auch ein Unding gewesen, gar nicht auf ihren Kummer einzugehen.

Hilflos fuhr ich mir durch die Haare und suchte händeringend nach den passenden Worten. „Rieke ... Das tut mir wirklich leid. Kann ich etwas für dich tun?"

In meinem Hinterkopf kugelte sich eine fiese Stimme vor Lachen am Boden. Na klar, du Held! Was solltest du schon für sie tun können?!

Ich ignorierte die Stimme und beobachtete stattdessen gebannt, wie Rieke mich nachdenklich musterte. Ihre Mundwinkel zuckten ein klitzekleines Stückchen nach oben.

„Ja", antwortete sie so andächtig, dass mir eine Gänsehaut über die Arme kroch. „Mach reinen Tisch mit deinen Eltern und kümmere dich um dein Leben. Für irgendetwas muss unsere schicksalhafte Begegnung ja gut gewesen sein."

Ich erstarrte innerlich und brachte keinen Ton heraus. In meiner Kehle saß ein riesengroßer Klumpen unterschiedlichster Gefühle, die ich kaum in Worte fassen konnte. Rührung, dass sie an mich dachte, obwohl ich nach ihr gefragt hatte. Hoffnung, dass sie recht haben und am Ende wirklich alles ein gutes Ende nehmen könnte. Angst, dass ich es nicht schaffte oder vermasseln würde. Panik, damit konfrontiert zu werden, was passiert war. Und vor allem eine tiefe Zuneigung zu dieser wunderbaren Frau vor mir, die mich garantiert eines Tages um den Verstand bringen würde.

Ich zuckte erschrocken zusammen, als ich eine Berührung an meiner rechten Hand spürte. Rieke legte behutsam ihre Finger über meine geballte Faust und löste damit nicht nur die, sondern auch den Knoten in meinem Inneren. Sie hatte recht. Ich konnte nicht mehr so weitermachen wie bisher und musste es riskieren, mich meinen Dämonen zu stellen, auch wenn mir der Arsch dabei auf Grundeis ging.

Ich schaute sie an, verlor mich in ihren Augen und wusste, dass ich mich fallen lassen konnte und sie mich auffangen würde. Doch so weit war ich noch nicht. Noch lange nicht.

Mir wurde warm. Mein Herz raste. Ich musste hier raus. Jetzt. Sofort. Bevor Rieke mitbekam, was los war, und erkannte, wie kaputt ich tatsächlich war. Diesmal würde sie mich nicht aufhalten können. Doch das hatte sie offenbar auch gar nicht vor, denn statt mich festzuhalten, sagte sie: „Morgen früh, gleiche Zeit?"

„Übermorgen", würgte ich mit letzter Kraft hervor, weil ich ahnte, dass ich vorher nicht in der Lage sein würde, ihr gegenüberzutreten. Dann umklammerte ich meine Jacke wie einen Rettungsring und stürmte aus dem Café, ohne mich darum zu kümmern, dass ich nicht bezahlt hatte oder die Leute mir neugierig hinterherschauten. Alle meine Sinne waren darauf konzentriert zu atmen, und selbst das fiel mir von Minute zu Minute schwerer.

Rieke

Tom verließ so überstürzt das Café, als wäre der Teufel persönlich hinter ihm her. Hin- und hergerissen, ob es richtig gewesen war, ihn gehen zu lassen, winkte ich die Bedienung heran und bezahlte unsere Getränke. Anschließend schlüpfte ich in meine Jacke und ließ vorsichtig meinen Fuß kreisen, um zu testen, ob er meinen Hechtsprung auf Tom unbeschadet überstanden hatte. Im ersten Moment war alles in Ordnung, doch beim Auftreten zog ein stechender Schmerz durch den Knöchel. Mist! Das hatte mir noch gefehlt, dass ich mir erneut ein Band gerissen hatte und alles wieder von vorne anfing.

Verzweifelt sank ich auf den Stuhl zurück und kämpfte mit den Tränen. Aus Frust über meine Verletzung, aber vor allem als Reaktion auf Toms Geschichte, seinen Schmerz, seine Trauer, seine Wut – und sein Vertrauen, dass er das alles mit mir geteilt hatte. Wenn ich bloß gewusst hätte, wie ich ihm helfen sollte. Doch dazu müsste ich auch den Rest kennen, und so, wie ich Tom vorhin erlebt hatte, lag bis dahin ein langer Weg vor uns. Immerhin hatte er ohne Murren zugestimmt, dass wir uns überhaupt wiedersahen. Meinem Vorschlag mit dem Handy schien er ebenfalls nicht abgeneigt zu sein. Kleine Schritte auf einem Weg ins Ungewisse, denn genauso schnell konnte er es sich wieder anders überlegen und verschwinden.

Ich seufzte und griff nach meinem Handy, um Jasmin anzurufen. Wenn ich mich richtig erinnerte, hatte sie diese Woche Spätschicht, und mit etwas Glück konnte sie mich vielleicht abholen und nach Hause fahren. Oder zum Arzt, denn mein schmerzender Knöchel machte mir Angst.

Eine Viertelstunde später war meine Freundin da und beobachtete mit gerunzelter Stirn, wie ich zu ihrem Auto humpelte. Wider Erwarten war es jedoch nicht mein Fuß, sondern mein Gesamtzustand, der ihr Sorgen bereitete. Natürlich wollte sie wissen, was passiert war. Ich schwankte zwischen dem dringenden Bedürfnis, mit jemandem über Tom zu reden, und meinem Gewissen, das mich ermahnte, nicht einfach weiterzuerzählen, was er mir anvertraut hatte. Am Ende entschied ich mich für den Mittelweg und berichtete ihr lediglich, dass ich Tom getroffen und einen Teil seiner Geschichte erfahren hatte.

„Das scheint dich ja ziemlich mitgenommen zu haben", bemerkte Jasmin.

„Nicht nur mich", murmelte ich mit Toms qualvollem Blick vor Augen.

Meine Freundin hielt vor einer roten Ampel und musterte mich prüfend von der Seite. Ich ahnte, was gleich kommen würde, und kam ihr zuvor, indem ich sagte: „Ja, du hattest recht, das ist eine Nummer zu groß für mich. Aber ... was soll ich denn tun, Jassi? Ich kann ihn jetzt nicht hängen lassen. Er hat doch niemanden sonst."

„Bist du sicher, dass es allein darum geht?"

Ich verdrehte genervt die Augen. „Ja-ha! Jetzt fang du nicht auch noch an! Tom hatte vorhin auch schon Angst, dass ich was von ihm will. Mein Gott, ich bin nicht mal Basti richtig los, und das Letzte, was ich jetzt brauchen kann, ist eine Beziehung mit einem Typen von der Straße mit einem Haufen Problemen."

Kaum hatte ich es ausgesprochen, hätte ich mir am liebsten die Zunge abgebissen, als mir bewusst wurde, wie abwertend ich über Tom redete. Egal, wie viel Wahrheit in meiner Aussage steckte, aber das hatte er nicht verdient.

Glücklicherweise musste Jasmin sich auf den Verkehr konzentrieren, sodass ihr meine brennenden Wangen hoffentlich entgingen. Mit dem Thema durch waren wir allerdings nicht.

„Und wie hat er darauf reagiert?", wollte sie wissen.

Ich war so mit mir selbst beschäftigt, dass ich nicht sofort kapierte, was sie meinte. Dann lächelte ich traurig und antwortete: „Er hat die Panik gekriegt und mir ziemlich deutlich zu verstehen gegeben, dass ich mir das abschminken kann."

Meine Freundin starrte angestrengt auf die Straße und schwieg. Das war nicht gut. Das war ganz und gar nicht gut. Ich überlegte, was ich sagen sollte, um sie davon zu überzeugen, dass Tom wirklich nur ein Bekannter war, dessen Schicksal mir ans Herz ging. Doch mir wollten keine passenden Worte über die Lippen kommen. Stattdessen musste ich daran denken, wie in Toms Augen zwischendurch etwas aufgeblitzt hatte, was in völligem Widerspruch zu seinem sonstigen Verhalten stand. Was immer es zu bedeuten hatte, aber bei der Erinnerung daran begann mein Herz ein paar Takte höher zu schlagen.

Na toll, Rieke! Verstrick dich ruhig weiter in deinem Gefühlschaos.

Ich war froh, als Jasmin im nächsten Moment vor der Arztpraxis anhielt und mich verkehrswidrig direkt vor der Eingangstür rausließ. Dadurch blieb keine Zeit für eine große Abschiedsrede, und mit einem Dankeschön und dem Versprechen, dass ich mich später bei ihr melden würde, flüchtete ich vor ihrem skeptischen Blick ins Freie.

Der Fuß hatte mein abruptes Manöver zum Glück unbeschadet überstanden und würde sich laut Aussage des Arztes in den nächsten ein, zwei Tagen wieder beruhigen. Ich sollte ein Schmerzmittel nehmen und ihn unbedingt schonen. Scherzkeks! Als wenn ich mir nicht eben erst zwei Stunden lang vollkommen reglos in seinem Wartezimmer den Hintern platt gesessen hätte.

Hungrig, erschöpft und emotional durch die Mangel gedreht, kam ich am frühen Nachmittag zu Hause an und stellte fest, dass Bastis Sachen verschwunden waren und sein Wohnungsschlüssel kommentarlos auf dem Küchentisch lag. Er hatte anscheinend eine andere Bleibe gefunden, bis die neue Wohnung fertig war. Einerseits war ich unglaublich erleichtert. Andererseits war unsere Trennung damit endgültig, und wie von selbst kamen die Tränen. Ich weinte um das, was ich verloren hatte; um das, was aus Basti und mir hätte werden können; um das, was er mit seinen bescheuerten Ansichten zerstört hatte. Und nachdem ich mit meinem Selbstmitleid durch war, weinte ich auch um Tom und das, was er durchgemacht hatte. War mein eigener Kummer dagegen nicht Kinderkram?

Ich hatte im Gegensatz zu ihm immer noch meine Familie, meinen Job, meine Freunde und mein Zuhause, auch wenn die Zukunft von Letzterem nach wie vor ungeklärt war. Also reiß dich zusammen, Rieke!

Entschieden wischte ich mir die Tränen vom Gesicht, atmete tief durch und beschloss, meine Wohnung zu putzen, um auch die letzten Spuren von Basti zu beseitigen, wie z. B. seine lästigen Bartstoppeln im Waschbecken, die er grundsätzlich nie weggespült hatte. Scheiß auf Schonprogramm für den Fuß! Eine Schmerztablette musste reichen. Ich konnte jetzt nicht stillsitzen, sonst würde ich wahnsinnig werden.

Es war ein befreiendes Gefühl. Und während ich den einen Mann aus meinem Leben verbannte, wanderten meine Gedanken unwillkürlich zu einem anderen. Tom. Ob seine Frau auch so traurig und gleichzeitig erleichtert gewesen war, nachdem er das gemeinsame Heim verlassen hatte? Aber warum überhaupt? Was konnte er Schlimmes getan haben, dass es ihr völlig egal war, was danach aus ihm wurde? Basti hatte immerhin eine neue Wohnung, die er sich ohne Weiteres alleine leisten konnte. Tom hatte nichts außer einem Haufen Schuldgefühle und Probleme.

Was war passiert? Er hatte gesagt, dass er nicht aufgepasst hatte. Dass alles gut gegangen wäre, wenn er nicht bloß seine Arbeit im Kopf gehabt hätte. Hatte er einen Unfall verursacht, weil er unkonzentriert gewesen war? Hatte er das Haus abgefackelt, weil er vergessen hatte, den Herd oder irgendetwas anderes abzuschalten? Hatte er ein Kind, das sich schwer verletzt oder etwas Schlimmes angestellt hatte, weil Tom seine Aufsichtspflicht missachtet hatte?

Ich stöhnte innerlich auf. Es gab zu viele Möglichkeiten, und wahrscheinlich war ich mit meinen Überlegungen meilenweit von der Wahrheit entfernt. Doch was immer es war, es quälte Tom auf eine Art und Weise, die ihn völlig zerstörte. Mir fielen die Worte des Sanitäters ein, dass Tom bereits öfter ihre Hilfe benötigt hatte, und mir lief ein kalter Schauer den Rücken runter. Hatte er möglicherweise versucht, sich etwas anzutun?

Du kannst ihn nicht retten, Rieke, wisperte eine Stimme in meinem Inneren. Das ist zu viel, zu groß, zu heftig. Was, wenn er sich dir anvertraut und du einen Fehler machst? Du kannst es nicht riskieren, ihm damit den Todesstoß zu versetzen.

Aber was sollte ich denn sonst tun? Ihn plötzlich hängen lassen und sagen: Sorry, Tom, aber das wird mir zu viel, such dir lieber woanders Hilfe?

Ja, genau das. Bring ihn dazu, sich jemandem anzuvertrauen, der das professionell macht und weiß, was er tut!

Aber wie? In den zahlreichen Artikeln im Internet hatte ich oft davon gelesen, dass viele Obdachlose psychische Probleme hatten und dass es entsprechende Anlaufstellen für sie gab. Wusste Tom davon? Hatte er sich vielleicht sogar bereits dorthin gewandt? Ich musste ihn am Donnerstag unbedingt danach fragen, auch wenn mir klar war, dass ich dafür mehr als nur ein bisschen Fingerspitzengefühl benötigen würde.

Wir hatten uns diesmal direkt im *Café Kunterbunt* verabredet, und bereits am Busbahnhof schlug mir das Herz bis zum Hals. Würde Tom wirklich da sein? Und was, wenn nicht?

Mit zitternden Fingern zog ich die Eingangstür zum Café auf und schaute ganz automatisch rüber zu unserem Tisch hinten in der Ecke. Er war leer. Genau wie die Reihen davor. Tom war nicht da, und mein Herz zog sich vor Enttäuschung schmerzhaft zusammen. Ich wusste, wie unberechenbar er war, und hätte mich nicht so selbstverständlich darauf verlassen dürfen, dass er sein Wort hielt. Aber am Dienstag hätte ich schwören können, dass er das mit unserer Verabredung ernst gemeint hatte.

Mit einem dicken Kloß in der Kehle drehte ich mich um und ließ meinen Blick durch den vorderen Teil des Cafés schweifen. Lucy war da und strahlte mich quer durch den Raum an, doch mehr als ein schwaches Lächeln brachte ich heute nicht zustande. Bis sie mit der Hand auf einen Tisch in der Nähe der Theke deutete. Da war er! Dort saß Tom. Vor sich auf dem Tisch eine Tasse Cappuccino und seine Kladde, in die er vollkommen vertieft zu sein schien.

Ich keuchte erleichtert auf und setzte mich in Bewegung. Als ich näher kam, sah ich, dass er darin zeichnete. Mit angehaltenem Atem beobachtete ich über seine Schulter hinweg, wie seine Finger mit Leichtigkeit den Stift über das Papier gleiten ließen und dabei ein detailgetreues Bild des Cafés wiedergaben. So viel dazu, dass er in der Firma seines Schwiegervaters lieber gezeichnet hätte, statt sich um die Geschäfte zu kümmern. Ich kannte mich mit Zeichentechniken absolut nicht aus, doch selbst mit meinem laienhaften Blick erkannte ich, dass sämtliche Proportionen, Winkel und Schatten stimmten. Das Highlight war Lucy, die mittendrin hinter der Theke stand und strahlte, als hätte Tom ein Foto von ihr gemacht, statt sie aus dem

Gedächtnis zu zeichnen, während sie mit Essen und Getränken zwischen den Tischen hindurchflitzte. Das war definitiv keine Kritzelei als Zeitvertreib. Das war pures Können, gepaart mit Leidenschaft.

„Wow", entfuhr es mir.

Tom wirbelte auf seinem Stuhl zu mir herum. „Rieke", sagte er ertappt und eine feine Röte zog über seine bartstoppeligen Wangen.

Rasch zog ich meine Jacke aus und setzte mich zu ihm an den Tisch. „Das ist der Hammer", sagte ich ehrfürchtig. „Wo hast du so zeichnen gelernt?"

Tom zuckte die Schultern, als wäre das keine große Sache, und antwortete: „In der Ausbildung."

„Oh nein! Die Einrichtung und Möbel vielleicht. Aber Lucy?"

„Hab ich mir selbst beigebracht", nuschelte er.

Meine Bewunderung war ihm sichtlich unangenehm. Doch in diesem Fall würde ich keine Rücksicht nehmen, denn in meinem Hinterkopf flammte eine Idee auf.

„Hast du noch mehr davon?", wollte ich wissen.

Er nickte, zögerte einen Augenblick und schob mir dann das zerfledderte Buch entgegen. Es war abgegriffen und hatte an den Ecken ein paar kleine Eselsohren, aber die Zeichnungen im Inneren waren völlig unversehrt und eine beeindruckender als die nächste. Tom zeichnete, was ihm vor die Augen kam, und hatte ein unglaubliches Talent dafür, die jeweilige Atmosphäre in seinen Bildern einzufangen. Da waren ein Kind, das am Flussufer mit der Oma Möwen fütterte; eine alte Frau mit Rollator, in dem vorne ein Hund saß; ein paar Ruderer, die auf dem Fluss gegen die Strömung ankämpften; der Obdachlose mit seinem Hund und Einkaufswagen, dem ich im Parkhaus begegnet war. Und ...

Ich hielt inne, und mein Herzschlag geriet ins Stolpern, als ich das nächste Bild betrachtete. Es zeigte Jasmin und mich in dem neuen Bistro. Jassi fuchtelte beim Reden wie üblich mit den Händen in der Luft herum. Ich hielt mein Glas in der Hand und lachte. Alles wirkte so natürlich und echt, dass ich glaubte, das Stimmengewirr jenes Vormittags um mich herum zu hören.

Überwältigt blickte ich zu Tom auf, während mir zahlreiche Fragen auf der Zunge lagen. Wo war er zu diesem Zeitpunkt gewesen? Und wie hatte er uns so lange unbemerkt beobachten können, um uns zu zeichnen? Bei der Vorstellung, wie er seinen Blick so intensiv über unsere Körper und Bewegungen hatte gleiten lassen, fing meine Haut unnatürlich an zu kribbeln. Nicht, weil es mir unangenehm gewesen wäre wie bei einem Stalker, sondern ... anders. Es war nur so ein Gefühl, dass er in diesem Moment niemanden sonst gezeichnet hätte. Dass es dabei um mich ging. Zu einem Zeitpunkt, als wir bis auf den schicksalhaften Unfall in der Unterführung noch kein Wort miteinander gewechselt hatten.

Ich sah, wie sich Toms Brustkorb beim Atmen hob und senkte, und spürte die Anspannung, die ihn offenbar von den Haar- bis in die Fußspitzen im Griff hatte. Er musste doch gewusst haben, dass sich dieses Bild in der Kladde befand. Aber er hatte gar nicht erst versucht, es vor mir zu verbergen.

„Das ist wunderschön“, sagte ich, als wäre es ein Bild wie jedes andere.

Toms Mundwinkel zuckten kaum merklich nach oben, während er schweigend meinen Blick festhielt. Dann zog er urplötzlich das Zeichenheft zu sich heran, klappte es zu und durchbrach den Zauber.

„Ist einfach ein Hobby, um zwischendurch abzuschalten“, erklärte er nüchtern und so entschieden, dass ich es nicht wagte, eine weitere Bemerkung darüber zu machen.

„Dann sitzt du aber nicht erst seit ein paar Minuten hier und zeichnest, oder?“, fragte ich stattdessen.

„Seit zwei Stunden oder so“, erwiderte er gelassen. „Hier ist es schön warm und gemütlich, der Kaffee ist günstig, und man wird zum Glück nicht sofort rausgeschmissen, wenn man ihn ausgetrunken hat.“

„Das stimmt“, bestätigte ich lächelnd. „Hat Lucy das Bild schon gesehen?“

„Klar. Ich habe ihr versprochen, dass sie es nachher bekommt.“

„Da wird sie sich riesig freuen.“

Tom nickte schwach und hielt die Kladde fest umklammert. Dann wechselte er unvermittelt das Thema und erklärte, dass er heute nicht viel Zeit hatte, weil er einen Termin bei seinem Sozialarbeiter hatte.

Ich versuchte meine Enttäuschung, dass er gleich wieder gehen musste, vor ihm zu verbergen, und war froh, dass wir ab sofort das Handy hatten, um miteinander in Verbindung zu bleiben. Ich zog es samt Verpackung und Zubehör wie einen Schatz aus meiner Tasche und schob es ihm über den Tisch entgegen.

„Der Akku ist nicht mehr der beste, aber wenn du nicht den ganzen Tag darauf rumdaddelst, sollte es von morgens bis abends reichen", sagte ich. „Meine Nummer ist eingespeichert, und ich habe dir ein Guthaben aufgeladen. Wenn es knapp wird, sag bitte Bescheid, okay?"

Tom machte den Eindruck, als müsste er erst seinen Stolz herunterwürgen, und antwortete dann beschämt: „Danke. Ich werde sparsam damit sein und mir hauptsächlich freies WLAN suchen."

Ich lächelte ihn an und beobachtete, wie er ehrfürchtig mit dem Finger über die Schachtel strich. Es rührte mich zutiefst, wie wertvoll dieses Geschenk für ihn war, in dieser Welt, in der es eine Selbstverständlichkeit zu sein schien, dass jeder ein Smartphone hatte.

„Hast du deine alten Kontakte noch?", wollte ich wissen.

Tom nickte. „Ja. Ich konnte sie zum Glück rausschreiben, bevor mein altes Handy komplett den Geist aufgegeben hat. Auch wenn ich sie seitdem nie wieder gebraucht habe", antwortete er und gab sich erst gar keine Mühe, die Traurigkeit in seiner Stimme zu verbergen.

„Und jetzt?", fragte ich vorsichtig. „Wirst du mit deinen Eltern reden?"

Er atmete tief durch und antwortete leise: „Vielleicht."

Das war kein Nein, und allein die Tatsache, dass er darüber nachdachte, Kontakt aufzunehmen, ließ mein Herz ein paar Takte höher schlagen.

Zögernd streckte ich die Hand aus und drückte aufmunternd seinen Arm, der mir gegenüber auf dem Tisch lag. „Du schaffst das, Tom", ermutigte ich ihn. „Und sie werden sich bestimmt riesig freuen, ein Lebenszeichen von dir zu bekommen. Sie sind schließlich deine Eltern."

Er stieß ein bitteres Lachen aus, und ich fürchtete, gleich wieder einen von Toms zynischen Kommentaren zu bekommen. Stattdessen hob er den Kopf und schaute mich schweigend an. In seinen Augen lag dieses typisch ungläubige Staunen, als könnte er nicht fassen, dass ich tatsächlich hier vor ihm saß und mich für ihn interessierte. Ich lächelte ihn an und hätte beinah überwältigt nach Luft geschnappt, als er zurücklächelte. Es war ganz schwach und unendlich melancholisch, aber es war ein Lächeln. Genauso schnell, wie es gekommen war, verschwand es jedoch auch wieder, und Tom fing an, geschäftig die Schachtel mit dem Handy und seine Kladde zusammenzuraffen, um sie in seinem Rucksack zu verstauen.

„Ich muss los", sagte er und wirkte dabei nicht ganz so auf der Flucht wie sonst, aber doch erleichtert, von mir wegzukommen. „Der Hinrichs versteht keinen Spaß, wenn ich den Termin verpasse."

Ich schaltete blitzschnell und merkte, dass ich das Gespräch besser wieder auf eine sachliche Ebene lenkte, bevor er mir allzu überstürzt entwischte. „Darf ich fragen, warum du da hinmusst?"

„Kontrolle", erklärte er mit einem resignierten Seufzen. „Als ich ihn neulich gebraucht habe, war er verschollen, aber jetzt ist er wieder da und will checken, ob alles in Ordnung ist. Außerdem muss er regelmäßig überprüfen, ob ich nicht mittlerweile vielleicht doch wieder arbeitsfähig bin und ob ich die Auflagen erfülle, um mein Geld zu bekommen und weiterhin in der Unterkunft bleiben zu dürfen."

Erschrocken sah ich ihn an. „Und wenn nicht?“

„Dann geht’s zurück auf die Straße“, antwortete er mit einer Selbstverständlichkeit, als hätte ich ihn gefragt, was passierte, wenn die Sonne unterging. Dann wurde es halt dunkel. Doch ich spürte genau, dass er bei Weitem nicht so gelassen war, wie er tat.

Tom schloss die Schnalle an seinem Rucksack und blickte zu mir auf. „Jetzt guck mich nicht so an“, knurrte er. „Es wird schon gut gehen. Ich war die ganze Zeit brav, und im Zweifelsfall habe ich ja den Streetworker. Also wird mir meine heimelige Unterkunft voller schnarchender und furzender Genossen wohl erhalten bleiben.“

„Was?“, stammelte ich perplex.

Er zuckte mit den Schultern. „Was hast du denn gedacht? Dass ich dort ein lauschiges Einzelzimmer habe?“

„Nein ... natürlich nicht ... ich meine, keine Ahnung.“

Tom zog missmutig die Stirn in Falten. „Du wolltest doch wissen, wie ich lebe. Wir sind zu viert in einem Zimmer, und meistens gibt es einen ständigen Wechsel bei den Mitbewohnern. Wenn du Glück hast, sind es ruhige Zeitgenossen, die sich tagsüber draußen die Kante geben und nachts friedlich schnarchen. Wenn du Pech hast, hält dich so ein durchgeknallter Junkie die ganze Nacht mit seinen Wahnvorstellungen wach, oder irgendwer schreit ständig rum, weil er Albträume hat. Du hast niemals eine Minute für dich alleine. Und nebenbei musst du aufpassen, dass du nicht im Schlaf beklaut wirst. Willkommen in meiner Welt! Und trotzdem bist du dankbar für dieses beschissene Dach über dem Kopf, weil du draußen auf der Straße über kurz oder lang krepieren würdest.“

Seine Worte trafen mich wie ein Fausthieb mitten in den Magen. Ich hatte natürlich von diesen Bedingungen gelesen. Aber sie aus Toms Mund zu hören und zu wissen, dass diese Zustände seine Realität waren, schnürte mir die Kehle zu. Eine Träne löste sich aus meinem Augenwinkel, doch ehe ich sie wegwischen konnte, war Toms Hand an meiner Wange und fing sie auf.

„Tut mir leid", sagte er leise. „Da ist grad irgendwas mit mir durchgegangen."

Er hatte ein sichtlich schlechtes Gewissen, dabei hatte er bloß die Wahrheit gesagt und mir erzählt, worauf ich von Anfang an gedrängt hatte.

Aus tränenblinden Augen schaute ich ihn an und versank in diesem undefinierbaren Blick, mit dem er mich bedachte. „Du musst da raus, Tom", flüsterte ich. „Bitte versprich mir, dass du mit deinen Eltern redest! Sie werden dich ganz bestimmt verstehen und dir helfen."

Sein Daumen rutschte an meinem Gesicht hinab und fiel von meinem Kinn zurück auf die Tischplatte, als hätte er keine Kraft mehr, die Hand hochzuhalten. Gleichzeitig schob sich wieder dieser unnahbare Vorhang vor seine Augen.

„Ich rufe dich an", erklärte er mit rauer Stimme und stand unvermittelt auf.

Diesmal schaffte ich es nicht, aufzuspringen und ihn aufzuhalten. Dafür stand Lucy plötzlich vor ihm und fragte unschuldig: „Hast du mein Bild fertig, Tom?"

Im ersten Augenblick wirkte er, als hätte sie in einer fremden Sprache mit ihm geredet. Dann besann er sich offenbar, öffnete seinen Rucksack und nuschelte: „Ja, warte."

Er zog die Kladde wieder hervor und löste konzentriert die Seite mit Lucys Porträt heraus, während sie danebenstand und in erwartungsvoller Vorfreude in die Hände klatschte.

„Hast du auch darauf unterschrieben? Das machen Künstler doch so, oder?"

Ich musste mir ein Grinsen verkneifen und konnte Tom ansehen, dass ihm eine knurrige Erwiderung auf der Zunge lag. Doch er zückte schweigend seinen Stift und gab Lucy die gewünschte Widmung.

„Oh, toll! Vielen, vielen Dank!" Ehe er sich versah, hatte sie ihm die Arme um die Hüften geschlungen und drückte sich fest an ihn, was bei ihrem Größenunterschied ziemlich lustig aussah. Beim Anblick der beiden wurde mir ganz warm ums Herz.

Tom räusperte sich verlegen, löste sich aus Lucys Umarmung und sah mich an. Sein Blick setzte meinen ganzen Körper schlagartig unter Strom, aber ohne ein weiteres Wort schulterte er seinen Rucksack und wandte sich zum Gehen.

Lass ihn!, wisperte eine Stimme in mir. Du hast seine Handynummer und kannst ihn jetzt jederzeit erreichen.

Im selben Moment fiel mir ein, was ich vergessen hatte.

„Tom?"

„Hm?"

„Die PIN für die Bildschirmsperre", sagte ich mit wild klopfendem Herzen, weil ich es beinah vermasselt hätte. „Es ist die 2502."

25. Februar – der Tag, an dem ich ihm vor die Füße gefallen war. Falls Tom es durchschaut hatte, ließ er sich nichts davon anmerken, nickte und ging.

Wie hypnotisiert schaute ich ihm hinterher, bis er am Durchgang zur Straße verschwunden war. Dann kam ich wieder zu mir und rief nach Lucy.

„Darf ich dein Bild abfotografieren?", fragte ich sie hektisch.

„Klar", antwortete sie großzügig, ohne nachzuhaken, was ich damit wollte. „Und nächstes Mal sagen wir Tom, dass er dich malen soll, okay?"

„Hmhmm", murmelte ich geistesabwesend, während sie mir ihr Porträt wie ein wertvolles Gemälde überreichte. Irgendwie war es das ja auch.

Ich drückte auf den Auslöser meiner Handykamera und war gedanklich bereits ganz woanders. Ich musste das Bild unbedingt meinem Chef zeigen, der auch gleichzeitig unser Programmleiter war. Soweit ich wusste, suchte der Verlag nach wie vor einen Illustrator für den neuen Stadtführer für Kinder. Was, wenn Tom dieser Zeichner sein könnte? Er hatte vielleicht keine richtige Ausbildung dafür und keinerlei Referenzen. Aber ich hatte während meiner Zeit im Verlag wirklich schlechtere Illustrationen gesehen. Die Frage war, ob sich mein Chef darauf einlassen würde, einen Wohnungslosen zu beschäftigen. Ich hatte oft genug gelesen, wie schwer es für diese armen Seelen war, diesem Teufelskreis zu entkommen. Ohne Job keine Wohnung, ohne festen Wohnsitz kein Job. Doch ich würde meine Hand für Tom ins Feuer legen und mich im Verlag für ihn verbürgen, damit er eine Chance bekam. Wenn er das denn überhaupt wollte ...

Prompt kamen die Zweifel. Würde Tom sich darauf einlassen? Oder wäre es eine andere Form von Almosen für ihn, wenn ich ihm diesen Job verschaffte? Aber es war ein Job! Selbst verdientes Geld, das er so gut brauchen konnte. Oder bekäme er am Ende dafür weniger Sozialhilfe und hätte neue Probleme? Ich kannte mich mit diesen Dingen überhaupt nicht aus. Woher auch? Aber als ich das *Café Kunterbunt* verließ, war ich wild entschlossen, es herauszufinden.

Tom

Vom Wind aufgepeitscht, schwappten die Wellen an das Flussufer und spiegelten ziemlich genau meinen Gemütszustand wider. Der unvermeidbare Aufenthalt im Büro des Sozialarbeiters hatte mich an meine Grenzen gebracht und sich zusammen mit dem Treffen mit Rieke zu einem hochexplosiven Gefühlscocktail vermischt. Was hatte ich Idiot mir eigentlich dabei gedacht, das beides an einem Tag durchzuziehen?

Nichts, gab ich mir selbst die Antwort. Als ich mich mit Rieke verabredet hatte, hatte ich den Termin beim Hinrichs schlicht vergessen. Und das hatte ich jetzt davon.

Ich stützte den Kopf in die Hände und zog mir die Mütze ins Gesicht, als könnte ich den Rest der Welt damit einfach ausblenden. Aber das funktionierte natürlich nicht. Wie die Aasgeier drehten die Dämonen in meinem Inneren ihre Runden, allzeit bereit, sich auf mich zu stürzen und zu Fall zu bringen. Wie Blitzlichter flammten die Bilder des Tages auf meiner inneren Leinwand auf: Riekes Bewunderung, als sie meine Zeichnungen betrachtete; ein karges Büro mit einem großen Schreibtisch in der Mitte; Riekes Hand auf meinem Arm; ein Regal voller Aktenordner; der Blick, mit dem Rieke mich angesehen hatte, bevor ich ging; das Formular, das mir die nächsten Monate in der Unterkunft zusicherte. Und dann das Handy. Dieses glänzend schwarze Ding, das mir die Gelegenheit gab, ab jetzt jederzeit mit Rieke sprechen zu können. Sie hatte keine Ahnung, wie glücklich sie mich damit gemacht hatte. Unvorstellbar, dass ich sie bis vor ein paar Tagen von mir gestoßen und dafür verflucht hatte, dass sie mir ständig durch den Kopf spukte. Das heißt, eigentlich tat ich das immer noch. Aber ich schaffte es nicht, mich dagegen zu wehren, und war ihr mittlerweile hilflos ausgeliefert. Ich brauchte sie wie die Luft zum Atmen. Allein zu wissen, dass sie da war, gab mir die Kraft, durchzuhalten und weiterzumachen. Auch wenn ich wusste, dass mich diese Abhängigkeit am Ende mit ziemlicher Wahrscheinlichkeit vernichten würde.

Stöhnend schob ich die Mütze zurück auf ihren Platz und starrte ein paar Minuten lang reglos aufs Wasser. Eigentlich war es viel zu kalt, um hier an der alten Eisenbahnbrücke am Ufer zu sitzen. Aber es gab kaum einen besseren Ort, um in der Einsamkeit die Gedanken zu sortieren. Und tatsächlich beruhigte sich mein wilder Herzschlag allmählich und ließ mich hoffen, dass der Kelch heute an mir vorübergegangen war.

Ich atmete tief durch und zog das Smartphone aus meiner Jackentasche. Mit eisigen Fingern schaltete ich es an und tippte die PIN ein. 2502 hatte Rieke gesagt und mich dabei angesehen, als hätten die Zahlen irgendetwas zu bedeuten. Aber was? War es ihr Geburtstag? Dann wäre er bereits seit ein paar Wochen vorbei und könnte mir völlig egal sein. Es sei denn ...

Februar. Ende Februar. Da hatte sie den Unfall im Fußgängertunnel gehabt. Unsere erste richtige Begegnung.

Hitze schoss durch meinen Körper und breitete freudige Erregung in mir aus. Konnte es das wirklich sein?

Und wenn schon!, trat der Verstand auf die Euphoriebremse. Irgendwas musste sie ja nehmen, und deinen Geburtstag kennt sie nicht.

Ich zog eine Grimasse und konzentrierte mich wieder auf das Display. Das grüne WhatsApp-Symbol zog mich wie magisch an. Wie lange hatte ich niemandem geschrieben oder Fotos, Videos und blöde Emojis ausgetauscht? Es kam mir vor, als wäre es in einem anderen Leben gewesen.

Einfach drauftippen, schreiben, senden. Ich könnte Rieke zum Beispiel erzählen, dass ich in der Unterkunft bleiben durfte, damit sie sich keine Sorgen machte. Doch ich tat es nicht. Nicht, weil ich kein Guthaben verplempern wollte, sondern weil ich abgelenkt wurde – von dieser wunderschönen Frau mit den leuchtend roten Haaren, die mir von ihrem Profilbild aus ein bezauberndes Lächeln schenkte.

Oh Shit! Spätestens jetzt war ich komplett am Arsch, denn nicht nur in meinem vernarbten Herzen regte sich bei ihrem Anblick etwas.

Hektisch schloss ich die App, steckte das Handy wieder ein, schnappte meinen Rucksack und machte mich auf den Weg in die Stadt. Ich brauchte jetzt dringend Ablenkung. Und vielleicht begegnete ich unterwegs ja Paul, der mir garantiert den Kopf zurechtrücken würde.

Am Abend saß ich in der Unterkunft auf meinem Bett, versuchte die Geräusche meiner Mitbewohner auszublenden und starrte auf das Smartphone in meiner einen und den Zettel in meiner anderen Hand. Die Nummern meiner früheren Kontakte. Ich könnte sie in das Gerät einspeichern. Könnte einen ersten losen Faden aus dem zerrissenen Seil zwischen uns wieder zusammenknüpfen. Und dann vielleicht einen zweiten und einen dritten. Was, wenn ich ein simples Hallo in mein altes Leben hinausschickte? An meine Mutter, meinen Vater, meinen Bruder?

Und dann?, pochte eine Stimme in meinem Kopf im Einklang mit meinem hämmernden Herzschlag.

Ja, was dann? Sie würden wissen wollen, wie es mir ging, was ich machte und warum ich mich so lange nicht gemeldet hatte. Und die einzig wahre Antwort darauf wäre, dass es mir beschissen ging, ich sie die ganze Zeit angelogen und mich furchtbar dafür geschämt hatte und es immer noch tat. Ich versuchte, mir ihre Reaktion darauf vorzustellen, und schaffte es nicht. Wären sie so erleichtert, von mir zu hören, dass alles andere in den Hintergrund rückte? Wären sie wütend und enttäuscht? Oder war ich für sie längst gestorben, weil ich das alles zwischen uns so grandios vergeigt hatte? Ich hatte keine verdammte Ahnung und unglaublich Schiss davor, es herauszufinden.

Mach reinen Tisch mit deinen Eltern und kümmere dich um dein Leben, hatte Rieke gesagt. *Für irgendetwas muss unsere schicksalhafte Begegnung ja gut gewesen sein.*

Rieke. Liebe, hoffnungslos optimistische, naive Rieke. Wenn es so einfach wäre.

Ob das ihr richtiger Name war? Oder eine Abkürzung für Henrike oder Friederike? Und wie lautete überhaupt ihr Nachname?

Jetzt lenk nicht ab!, rief ich mich selbst zur Ordnung. Tu lieber, was sie von dir verlangt hat! Oder willst du sie auch noch enttäuschen?

Nein! Ganz bestimmt nicht. Mir war völlig schleierhaft, wie sie das angestellt hatte, aber Rieke hatte mich in der Hand. Sie war mein Fels in der Brandung. Mein Licht am Ende des Tunnels. Doch ich würde einen Teufel tun, sie das wissen zu lassen und ihr damit eine Rolle aufzudrängen, die sie vielleicht gar nicht haben wollte.

Ich atmete tief durch und entsperrte das Display.

Okay, Tom, beweis ihr, dass du die Eier hast, dein Leben wieder auf die Reihe zu kriegen! Beweis es dir selbst!

Mit bebenden Fingern tippte ich die Kontaktliste an und wählte den Menüpunkt „Kontakt hinzufügen". Ich war gerade bei der letzten Ziffer der Nummer meines Vaters angekommen, als das Handy in meiner Hand vibrierte und eine WhatsApp-Benachrichtigung auf dem Display erschien. Von Rieke Ohlendorf, womit sich eine meiner Fragen selbst beantwortete. Ich hatte den Nachnamen vorhin bloß übersehen, weil ich zu sehr von ihrem Profilbild abgelenkt worden war.

Mein Herz machte einen erfreuten Sprung nach oben und rutschte mir anschließend steil abwärts in die Hose, als ich las, was sie geschrieben hatte.

Hey! Kannst du grad reden? Ich muss dir unbedingt etwas erzählen, was vielleicht eine tolle Chance für dich sein könnte. Sag, wenn es passt, dann rufe ich dich an, okay? Ich platze sonst, wenn ich es nicht bald loswerden kann. Dahinter das Emoji vom Affen, der sich die Augen zuhält, und ein tränenlachender Smiley.

Oh Shit, was hatte sie jetzt wieder ausgebrütet? Eine tolle Chance? Für mich hatte es lange keine tollen Chancen mehr gegeben, deshalb stand ich allem, was über die Deckung meiner Grundbedürfnisse hinausging, äußerst skeptisch gegenüber. Es war besser, keine Hoffnungen oder Erwartungen zu haben, dann konnte man auch nicht enttäuscht werden.

Rieke dagegen klang so euphorisch, dass sie mich zumindest neugierig gemacht hatte. Und sie konnte sehen, dass ich ihre Nachricht gelesen hatte, also musste ich darauf reagieren.

„Ey, Hotte, kannst du mal dein Scheiß Assi-Programm ausschalten oder wenigstens leiser machen?", schnauzte Axel unseren neuen Zimmergenossen an. Seit einer geschlagenen Stunde verfolgte er auf seinem Smartphone irgendwelche verblödeten Youtube-Videos.

Hotte grummelte etwas Unverständliches in seinen verwahrlosten Bart und zeigte Axel den Mittelfinger. So viel dazu, ob ich in Ruhe telefonieren konnte.

Ich versuche, eine ruhige Ecke zu finden, schrieb ich Rieke, rappelte mich auf und kletterte die Leiter des Etagenbetts hinunter.

Ihre Antwort waren ein hochgereckter Daumen und gleich darauf eine zweite Nachricht: *In der Tüte mit dem Ladekabel sind übrigens auch Kopfhörer.*

Wie von selbst verschoben sich meine Mundwinkel nach oben. Die Frau dachte wirklich an alles. Erwartungsvoll kramte ich aus dem Rucksack das Headset hervor und verließ dann das Zimmer auf der Suche nach einem stillen Ort zum Telefonieren. Das erwies sich jedoch als gar nicht so leicht, denn wenn ich einen versteckten Winkel gefunden hatte, war entweder schon jemand dort, oder das Handy hatte keinen Empfang. Und die Eingangstür war mittlerweile verschlossen. Seufzend startete ich einen letzten Versuch und stieg die Treppe zum Dachgeschoss hoch. Diese endete vor einer verriegelten Tür, was die Wahrscheinlichkeit erhöhte, dass sich heute niemand mehr dorthin verirren würde. Allerdings war es hier arschkalt. Hätte ich das geahnt, hätte ich mir lieber etwas Wärmeres übergezogen.

Kann losgehen, schrieb ich Rieke. *Aber mach schnell, bevor ich erfriere.*

Sekundenbruchteile später klingelte das Handy.

„Wo bist du denn?“, fragte sie statt einer Begrüßung.

„Im Treppenhaus vor der Bodenklappe. Alles andere war besetzt oder im Funkloch.“

„Oh. Gibt es da denn keinen Ort, wohin man sich in Ruhe zurückziehen kann?“

Ihre naive Frage brachte mich zum Lachen, dabei war es alles andere als komisch. „Wenn du Glück hast, hast du auf dem Klo ein paar Minuten für dich, bevor jemand an die Tür hämmert“, antwortete ich frustriert, „aber sonst ... nein.“

„Das ist ja blöd“, murmelte sie, und „blöd“ war definitiv die Untertreibung des Jahrhunderts.

„Wolltest du mir nicht etwas erzählen?“, wechselte ich schnell das Thema.

„Ja“, sagte Rieke plötzlich wieder ganz lebendig. Ihre Euphorie war selbst durch das Telefon so greifbar, dass mir eine Gänsehaut über die Arme kroch. Und die hatte nichts mit der Kälte zu tun.

„Aber du musst mir versprechen, dass du mir nicht böse bist“, fügte sie verlegen hinzu.

„Hmmm“, knurrte ich skeptisch. Ich hörte an ihrer Stimme, dass sie irgendetwas ausheckte, und ich war nicht sicher, ob ich es verkraften würde, wenn sie mein Leben noch mehr durcheinanderbrachte.

Rieke lachte leise, was mir durch die Kopfhörer direkt ins Ohr ging und von dort meinen ganzen Körper zum Kribbeln brachte. „Kannst du vielleicht einmal zwei Minuten lang nicht so misstrauisch sein und mir einfach zuhören?“

Ich starrte auf das Handydisplay in meiner Hand, während ihre Worte völlig an mir abprallten. Wie ferngesteuert hatten meine Finger nebenbei ihr Profilbild bei WhatsApp angetippt, sodass ich sie nicht nur hören, sondern auch anschauen und mir vorstellen konnte, wie es bei dieser Frage herausfordernd in ihren Augen aufblitzte.

„Schieß los!“, sagte ich, überfordert von all den Gefühlen, die in mir tobten. Und es kam wie erwartet noch schlimmer, als Rieke munter drauflosplapperte und mir einen Vorschlag machte, der so unglaublich war, dass es mir die Sprache verschlug. Sie erzählte mir von ihrer Arbeit im Verlag und dass dort ein Stadtführer für Kinder geplant war, der Illustrator aber kurzfristig abgesprungen war. Sie erklärte, wie schwierig es war, einen neuen zu finden, der zum einen die Ansprüche des Verlags erfüllte und zum anderen mit den angebotenen Konditionen einverstanden war. Während sie redete, fragte ich mich, was das alles mit mir zu tun haben sollte. Bis sie die Bombe platzen ließ und mir gestand, dass sie meine Zeichnung für Lucy abfotografiert und ihrem Chef gezeigt hatte.

„Er war total begeistert davon", hörte ich Rieke verschwommen sagen, weil mir das Blut so stark in den Ohren rauschte. „Er hätte gerne eine Probezeichnung von einer Szene aus dem geplanten Buch, und wenn das passt, würde er ..."

„Halt! Stopp!", unterbrach ich sie und fuhr mir mit der freien Hand durch die Haare. Mir brach trotz der Kälte im Treppenhaus der Schweiß aus. Mein Herz raste, und die Gedanken fuhren Achterbahn. Das war nicht ihr Ernst, oder? Was für eine absolute Schnapsidee! Ja, ich zeichnete gerne und vielleicht auch gar nicht so schlecht. Aber ein ganzes Buch? Im Auftrag, gegen Bezahlung und mit Erwartungen, die ich ziemlich wahrscheinlich nicht erfüllen konnte? Niemals!

„Wie stellst du dir das vor? Ich bin technischer Zeichner und kein Kinderbuchillustrator. Und überhaupt ... weiß dein Chef, dass ich ein Penner ohne festen Wohnsitz bin? Denn spätestens wenn er es erfährt, hat sich das garantiert eh erledigt", bemerkte ich bitter.

„Nenn dich nicht so!", schimpfte Rieke mit mir. „Du bist kein Penner, sondern ein Mann, dem das Schicksal übel mitgespielt hat. Und was, wenn das hier die Chance ist, die du brauchst, um wieder da rauszukommen?"

„Rieke, ich ... Es ist total lieb, was du versuchst, aber ich bin nicht der Richtige für euer Projekt."

„Woher willst du das wissen? Sieh dir deine Zeichnung von dem Kind an, das am Fluss Möwen füttert. Mach das Kind etwas älter, zeichne ein zweites dazu, sodass wir ein

Mädchen und einen Jungen im Grundschulalter haben, und schon passt es."

Ich stöhnte innerlich auf und überlegte verzweifelt, wie ich ihr begreiflich machen sollte, dass es nicht ging. Dass sie aufhören sollte, sich selbst und vor allem mir Hoffnungen auf etwas zu machen, was nur in einer großen Enttäuschung enden konnte. Weil es zu viele Faktoren gab, die dagegensprachen. Angefangen bei einigen ganz praktischen Voraussetzungen.

„Und wo soll ich das tun?", versuchte ich sie mit dem Offensichtlichen zu überzeugen. „In meiner ollen Kladde draußen auf der Straße? Ich habe leider kein schickes Homeoffice, wo ich ganz in Ruhe zeichnen kann, wie du weißt. Und auch kein vernünftiges Papier und Stifte."

Meine selbstironischen Einwände prallten jedoch mittlerweile ohne jede Reaktion an Rieke ab. „Ist das alles?", wollte sie wissen.

Nein! Ganz bestimmt nicht. Aber ich war so überfordert mit der Situation, dass ich mir mit der Antwort zu lange Zeit ließ und Rieke stattdessen weiterredete.

„Tom, ich weiß, dass es einiges gibt, was wir klären müssen. Aber ich möchte, dass du wenigstens darüber nachdenkst. Mein Chef weiß, unter welchen Bedingungen du lebst, und ist trotzdem bereit, dir eine Chance zu geben. Du würdest einen Werkvertrag von uns bekommen und müsstest dann mit deinem Amt klären, wie sich das auf deine Sozialhilfe auswirkt oder auch nicht. Keine Ahnung, wie so etwas läuft. Und was deinen Arbeitsplatz angeht ... darüber habe ich natürlich auch nachgedacht. Wir haben im Verlag ein leerstehendes Büro, das der Chef dir unter der Hand zur Verfügung stellen würde, ohne dass es groß bekannt wird. Und das Material ..."

„Rieke!", bremste ich sie, weil ich das Gefühl hatte, dass mir jeden Moment der Schädel platzen würde. Das alles war zu viel, zu bedeutend, zu schnell.

Rieke verstummte und wartete geduldig darauf, dass ich etwas sagte.

Ich fuhr mir mit der Hand übers Gesicht und wusste nicht, wohin mit mir und diesem Tsunami in meinem Inneren. Hätte Rieke mir jetzt gegenübergesessen, hätte ich sie wahrscheinlich in meine Arme gerissen und an mich gedrückt, bis uns beiden die Luft wegblieb. Doch am Telefon war alles, was ich hatte, ihre Stimme, in die sich gleich unweigerlich Enttäuschung mischen würde.

„Es tut mir leid, aber ich kann das nicht", erklärte ich leise. „Ich ... Scheiße, Rieke, es ist eine Sache, dass ich arm und wohnungslos bin, aber ich habe auch noch andere Probleme. Was, wenn ich mitten im Projekt plötzlich versage und ausfalle? Damit ist niemandem geholfen. Und die Wahrscheinlichkeit, dass es so kommt, ist leider sehr hoch."

In der Leitung blieb es still. Das Einzige, was ich hörte, waren Riekes Atem und mein eigener, übernatürlich lauter Herzschlag. Ich stellte mir vor, wie sie nachdenklich die Stirn runzelte, auf der Suche nach neuen Argumenten, um mich zu überzeugen. Einerseits wünschte ich mir, dass sie es schaffte. Andererseits hoffte ich, dass sie resigniert auflegen und mich in Ruhe lassen würde.

„Und wenn es genau das ist, was du brauchst?", bemerkte sie nach einer gefühlten Ewigkeit. „Als Therapie sozusagen. Ich habe gesehen, wie gerne du zeichnest und wie du dabei völlig in dich selbst versunken bist. Was, wenn es dir guttut und deine Probleme in den Hintergrund drängt?“

Ich stützte den Kopf auf die Hand und schloss die Augen. Shit! Damit hatte Rieke zielsicher ins Schwarze getroffen. Doch die Angst vor dem Versagen war größer als alles andere. Aber wie zum Teufel sollte ich ihr das erklären?

„Tom?“

Diese Stimme! So sanft und liebevoll, wie seit Jahren niemand mehr mit mir geredet hatte. Sie war wie ein Streicheln auf meiner geschundenen Seele, heilte ein paar meiner Wunden und riss dafür neue wieder auf.

Warum? Warum tat sie das alles und legte sich so für mich ins Zeug? Warum setzte sie sogar ihre Beziehung aufs Spiel, um einem Penner wie mir zu helfen? Die Trennung von ihrem Freund musste ganz frisch sein, doch statt ihm hinterherzuweinen, hatte sie nichts Besseres zu tun, als sich um mich und meine verfluchten Probleme zu kümmern. Zu gerne hätte ich gewusst, was zwischen den beiden vorgefallen war, traute mich jedoch nicht, sie danach zu fragen. Weil ich nicht dafür verantwortlich sein wollte, obwohl ich doch eigentlich längst wusste, dass ich es war.

Ich holte tief Luft, um ihr zu sagen, dass ich ihr unglaublich dankbar war, sie jedoch nur ihre Zeit und Energie an mir verschwendete. Rieke kam mir allerdings zuvor.

„Ich will heute keine Entscheidung von dir, okay? Denk darüber nach und schlaf eine Nacht drüber. Ich ...“ Sie stockte, und unwillkürlich presste ich die Hand auf den

Stöpsel in meinem Ohr, um ja kein Wort von ihr zu verpassen. Und das, was dann kam, gab mir den Rest.

„Ich glaube an dich, Tom!“, sagte sie beinahe ehrfürchtig. „Und mein größter Wunsch ist, dass du das auch tust.“

Schlagartig ging nichts mehr. Mir schnürte sich die Kehle zu, und ich stand kurz davor, wie ein Mädchen loszuflennen. Reden? Unmöglich! Rieke schien jedoch gar keine Antwort zu erwarten.

„Gute Nacht“, flüsterte sie ins Handy, und bevor ich reagieren konnte, hatte sie bereits aufgelegt.

Wie unter Schock zog ich mir die Kopfhörer aus den Ohren. Dieses Gespräch hatte ich bestimmt geträumt. Oder war hier irgendwo eine versteckte Kamera? Hatte Rieke mir wirklich einen Job angeboten? Als Zeichner für ein Kinderbuch? Das war völlig verrückt. Genauso verrückt wie die Tatsache, dass sie an mich glaubte. Ausgerechnet an mich, den verantwortungslosen Taugenichts, der es nicht einmal schaffte, seine Gefühle unter Kontrolle zu halten. Geschweige denn sein Leben.

Gedankenverloren starrte ich auf das Smartphone in meiner Hand und war in Versuchung, es an die nächste Wand zu pfeffern. Zum Teufel mit Rieke und ihren verrückten Ideen! Was fiel ihr eigentlich ein, sich so in meine Angelegenheiten einzumischen? Hätte sie mich nicht wenigstens vorher fragen können, bevor sie ihrem Chef meine Zeichnung zeigte? Mein Leben war vielleicht scheiße, aber ich hatte mich damit abgefunden und kam irgendwie klar. Sie hatte kein Recht dazu, alles auf links zu drehen. Denn was, wenn sie plötzlich das Interesse an mir verlor und mich mit einem Haufen zerdepperter Hoffnungen zurückließ? Ein weiteres Mal würde ich es nicht fertigbringen, die Scherben aufzusammeln und notdürftig zu kitten.

Das Rumoren in mir wurde immer stärker. Am liebsten hätte ich auf etwas eingeschlagen, einen Sandsack vermöbelt oder wäre kilometerweit gelaufen, um das Adrenalin in meinem Körper zu verarbeiten. Aber nichts von alledem war möglich, denn einen Sandsack gab es nicht, die Unterkunft verlassen konnte ich um diese Zeit nicht, und mich an deren Einrichtung zu vergreifen würde weit schlimmere Konsequenzen nach sich ziehen. Also beschränkte ich mich darauf, mit der freien Hand der Treppenstufe neben mir einen Hieb zu verpassen, und zuckte zusammen, als mir ein beißender Schmerz durchs Handgelenk schoss.

Ja klar, du Vollidiot, mach so weiter, dann hat sich das mit dem Zeichnen eh erledigt!

Frustriert raffte ich das Smartphone und das Headset zusammen und verstaute beides in der Tasche meines Hoodies. Keinen Moment zu früh, denn plötzlich hörte ich Schritte auf der Treppe und sah im nächsten Augenblick Kalle vor mir auftauchen. Mit blutunterlaufenen Augen stierte er mich an und zog ärgerlich die Stirn kraus.

„Ey, du Penner, was machst du hier in meinem Revier?", machte er mich an. „Verpiss dich und such dir nen eigenen Spielplatz!"

Ich musterte ihn von unten nach oben und stieß ein verächtliches Schnauben aus. Kalle war berüchtigt für seine Aggressivität und bereits öfter aus der Unterkunft rausgeflogen. Aber auf rätselhafte Weise gelang es ihm immer wieder zurückzukommen.

Ich wusste, dass ich mich besser nicht mit ihm anlegte, doch bevor ich darüber nachdenken konnte, hörte ich mich sagen: „Vergiss es, ich war zuerst hier."

Kalle warf mir einen finsteren Blick zu. „Suchste Ärger, oder was? Kannste haben. Den Wachmann wirds sicher brennend interessieren, was du hier oben verloren hast."

Beinah hätte ich laut aufgelacht. Kalle wollte mich an den Wachdienst verpfeifen? Und damit sein eigenes Revier opfern? Diese Logik war der beste Beweis dafür, dass er nicht mehr klar denken konnte und aus einem einzigen Grund hier war.

„Ich schätze, viel interessanter wird er es finden, dass du dir hier einen Schuss setzen willst, obwohl Drogen im Haus absolut verboten sind", konterte ich in einem Anflug von geistiger Umnachtung. War ich wahnsinnig, Kalle so herauszufordern?

„Dir verpass ich gleich auch nen Schuss", knurrte er und zog mich am Kragen meines Hoodies nach oben. Aus dem Augenwinkel sah ich seine Faust auf mich zufliegen, doch ich duckte mich im letzten Moment darunter hinweg. Kalle war allerdings noch nicht mit mir fertig, und wir rangelten verbissen weiter um zwei völlig verschiedene Dinge. Er um die Macht und den Erfolg, mir eine Abreibung verpasst zu haben. Ich um die Möglichkeit zur Flucht. Dabei geriet ich auf der Treppe ins Taumeln und wäre beinah rückwärts die Stufen runtergestürzt. Kalle packte mich am Hoodie, hielt inne und zischte: „Wenn ich jetzt loslasse, haste verloren, Arschloch! Aber ich bin kein Mörder. Also sieh zu, dass du Land gewinnst!"

Er zog mich zurück auf die Stufe und gab mir einen Stoß Richtung Treppengeländer. Keuchend donnerte ich mit dem Magen dagegen und schnappte nach Luft, während ich gleichzeitig ein Scheppern neben mir hörte. Das Handy! Es war mir bei dem Stoß aus der Tasche gerutscht und auf den Boden geknallt. Nein!!! Bitte nicht! Es durfte nicht kaputt sein, denn es war meine einzige Verbindung zu Rieke, und nachdem ich das Smartphone vorhin selbst noch an die Wand schmeißen wollte, war es jetzt meine größte Angst, diesen Kontakt zu verlieren.

Hektisch bückte ich mich, um das Gerät aufzuheben und den Schaden zu begutachten, als ich von rechts eine Hand kommen sah, die ebenfalls danach greifen wollte. Oh nein! Mit vollem Körpereinsatz drängte ich Kalle zur Seite und verpasste ihm einen Hieb mit dem Ellenbogen, ohne zu wissen, woher ich die Kraft dafür nahm.

Kalle jaulte auf, und ich erschrak über mich selbst. Ich hasste Gewalt und war dieser immer aus dem Weg gegangen. Bis heute.

Fassungslos beobachtete ich, wie Kalle sich die blutende Nase hielt. Verdammt, wie tief konnte man eigentlich sinken? Was würde Rieke sagen, wenn sie mich so sehen könnte? Am liebsten wäre ich vor Scham im Boden versunken. Andererseits hatte ich es für sie getan. Für ihr Handy. Für die Nabelschnur zwischen uns, falls die nicht sowieso durch den Sturz bereits gerissen war.

Mit bebenden Fingern steckte ich das Smartphone ungesehen zurück in die Tasche und schaute erneut zu Kalle. Er funkelte mich angriffslustig an und drohte: „Das wirste mir büßen, du Penner!“

Mir war klar, dass ich mir selbst mit dieser Aktion das Leben in der Unterkunft schwer gemacht hatte. Ich konnte nur darauf hoffen, dass Kalle ohnehin angezählt war und sich nicht mehr viel erlauben konnte, bevor er endgültig rausgeschmissen wurde. In diesem Augenblick ging jedenfalls keine Gefahr mehr von ihm aus. Zum einen, weil er sich mittlerweile ein ekelhaft versifftes Taschentuch vor die blutende Nase presste. Zum anderen, weil er ganz offensichtlich dringend einen Schuss brauchte und alles andere so lange warten musste. Deshalb zwang ich mich, eine möglichst unbeeindruckte Miene aufzusetzen, die ihm zeigen sollte, dass ich keine Angst vor ihm hatte, drehte mich um und ging.

In der Sicherheit und Abgeschiedenheit einer verschließbaren Toilettenkabine zog ich das Smartphone aus dem Hoodie und betrachtete mit angehaltenem Atem die Schäden. Auf dem Display war oben links ein kleiner Riss, doch das war nicht der Rede wert. Das Gehäuse war etwas aufgesprungen, ließ sich aber wieder zusammendrücken.

Nervös betätigte ich den Ein-Aus-Schalter und wartete darauf, dass das Gerät zum Leben erwachte. Das Herz schlug hart gegen meinen Brustkorb, und die Sekunden dehnten sich zu gefühlten Stunden. Dann endlich verlangte das Handy nach der PIN. 2502 tippte ich in das Feld und bekam sofort eine Fehlermeldung.

Was?! Das konnte nicht sein. Es war definitiv die 2502!

Hektisch probierte ich es erneut, mit demselben Ergebnis.

Scheiße, scheiße, scheiße! Denk nach, Tom! Durch so einen blöden Sturz kann doch die PIN nicht durcheinandergeraten. Es grenzte ohnehin an ein Wunder, dass das

Gerät so weit intakt war. Ich atmete tief durch, starrte auf den Bildschirm und schlug mir mit der freien Hand vor die Stirn. Ich Idiot! Die PIN für die SIM-Karte wurde verlangt, nicht die für das Gerät.

Wie gestochen sprang ich auf und stürmte aus der Toilette über den Flur in unser Zimmer. Ungeduldig wühlte ich in meinem Rucksack nach der Verpackung des Handys und betete im Stillen, dass Rieke die Nummer irgendwo notiert hatte.

„Was ist denn mit dir los?", wollte Axel wissen. „Brauchst du deine Tabletten?"

„Nein", grummelte ich, zog endlich den Kasten hervor und stellte erleichtert fest, dass Rieke einen Zettel mit der PIN reingelegt hatte. Ich tippte die Zahl ein, gab danach mit der 2502 auch das Gerät frei und stieß erleichtert die Luft aus, als ich sah, dass alles funktionierte, wie es sollte.

„Tom?" Axel war unbemerkt hinter mich getreten und musterte mich besorgt. „Alles okay mit dir?"

Ich sah ihn an und lachte befreit auf. „Jetzt ja."

Er runzelte skeptisch die Stirn, ließ es jedoch damit gut sein und wandte sich wieder seinem eigenen Kram zu.

Ich kletterte mit dem Handy in der Hand die Stufen zu meinem Etagenbett hoch, lehnte mich mit dem Rücken an die Wand und tippte WhatsApp an.

Weißt du eigentlich, wie sehr du mein Leben auf den Kopf stellst?, schrieb ich in den Chat. *Du machst mich fertig, Rieke! Und gleichzeitig bist du das Beste, was mir seit Langem passiert ist. Ergibt das irgendeinen Sinn?*

Sie las die Nachricht sofort, als hätte sie darauf gewartet. Doch sie schrieb nicht zurück. Sekundenlang starrte ich vergeblich auf das Display und fragte mich, ob mein Geständnis zu viel des Guten gewesen war. Hatte sie vielleicht mehr da reininterpretiert, als ich eigentlich sagen wollte? Und wie sollte ich das wieder richtigstellen, ohne mich zum Affen zu machen?

Ach Shit, Textnachrichten waren wirklich das Letzte! Missverständnisse vorprogrammiert. Was hatte ich mir bloß dabei gedacht?

Fieberhaft überlegte ich, was ich tun sollte, als plötzlich doch eine Nachricht vor mir aufploppte. Rieke hatte ein Foto geschickt mit einem dieser Spruch-des-Tages-Motive oder so was.

Es ist nicht unbedingt schlecht, wenn dein Leben mal auf dem Kopf steht, las ich. *Das ist wie bei Shampoo-Flaschen: Manchmal kommt dann mehr raus.*

Ich wusste nicht, ob ich darüber lachen oder Rieke für diese dämliche Postkartenweisheit verfluchen sollte. Sie hatte gut reden, schließlich saß sie gemütlich in ihren eigenen vier Wänden, hatte einen festen Job und immer genug zu essen. Da konnte man sich über den Penner und sein Gefühlschaos ruhig lustig machen.

Ärgerlich wollte ich den Chat schließen, als eine weitere Nachricht von ihr kam.

Das hat Jasmin mir vorhin geschickt, schrieb sie. *Ich schätze, es ist nicht nur dein Leben, das gerade auf dem Kopf steht. Also lass uns eine Shampoo-Flasche sein und gucken, was dabei herauskommt, okay?*

Ihre Worte trafen mich mitten ins Herz und brachten es für einen Sekundenbruchteil zum Stillstand. Wie war das mit den Nachrichten, die man so gerne falsch interpretierte? Rieke meinte das doch rein platonisch. Oder nicht?

Lass uns eine Shampoo-Flasche sein. Uns. Das klang so vertraut. Nach Gemeinsamkeit und Zusammenhalt. In meinem Leben hatte es lange kein „Uns" mehr gegeben, und ich wusste nicht, wie ich damit umgehen sollte.

Mit einem unterdrückten Stöhnen ließ ich mich auf die Seite fallen, was das Bett mit einem empörten Quietschen und Hotte unter mir mit einem unflätigen Fluchen quittierte.

Ach leck mich doch!

Ich versuchte, mich wieder auf Riekes Nachricht zu konzentrieren, was mir jedoch nicht gelingen wollte. Überdeutlich nahm ich die Anwesenheit meiner Mitbewohner wahr. Ich hörte ihre Selbstgespräche, ihr Schnarchen, Furzen, Rülpsen und wünschte mich ganz weit weg in ein Leben, in dem ich eine Tür hinter mir zusperren und alleine mit mir und meinen Gedanken sein konnte. Doch davon war ich leider meilenweit entfernt, auch wenn Rieke mit ihrem unerschütterlichen Optimismus anderer Meinung war.

Ich glaube an dich, Tom, hämmerte es in meinem Schädel.

Warum? Was sah sie in mir, was ich selbst nicht sehen konnte? Und war es wirklich da, oder bildete sie es sich nur ein? Es gab genau eine Möglichkeit, das herauszufinden: Ich musste eine Shampoo-Flasche sein. Also riss ich all meinen Mut zusammen, schrieb Rieke eine Antwort und schickte sie ab, bevor ich es mir anders überlegen konnte.

Okay.

Rieke

Das ganze Wochenende über ließ Tom nichts von sich hören, doch das war in Ordnung. Er hatte meinen Vorschlag mit dem Kinderbuch zwar sofort abgeblockt, aber ich war mir sicher, dass er Zeit brauchte, um in Ruhe darüber nachzudenken. Vielleicht war es nicht meine beste Idee gewesen, ihn so damit zu überfallen, statt mich mit ihm zu verabreden und es ihm etwas schonender beizubringen. Von Angesicht zu Angesicht. Jetzt war es zu spät. Immerhin schien Tom mir nicht böse zu sein. Im Gegenteil. Ich war das Beste, was ihm seit Langem passiert war, hatte er geschrieben. Wenn ich daran dachte, bekam ich eine Gänsehaut. Ich hatte doch kaum etwas getan. Außer, dass ich ihm ein paar Dinge geschenkt hatte, den Auftritt meines Lebens hingelegt hatte, um meinen Chef von meiner künstlerischen Entdeckung zu überzeugen, und ganz nebenbei meine Beziehung mit Basti für ihn aufs Spiel gesetzt hatte. Aber ich bereute nichts davon, denn Toms Blicke, in denen mittlerweile so viel Dankbarkeit, Rührung und ungläubiges Staunen lagen, entschädigten mich für alles. Er brauchte dafür keine Worte, denn seine Augen sagten ohnehin viel mehr, als er jemals über die Lippen gebracht hätte.

„Das mit euch beiden ist echt verrückt", bemerkte Jasmin bei ihrem Besuch am Samstagnachmittag. „Ich meine, stell dir vor, das mit dem Job im Verlag klappt und du holst ihn damit wirklich von der Straße ... das klingt doch beinah wie im Märchen, oder? Fehlt bloß der gemeinsame Ritt in den Sonnenuntergang."

„Hör auf!", sagte ich leise und klammerte mich an meiner Teetasse fest. „Es geht hier nicht um Tom und mich, sondern um seine Zukunft. Und ehrlich gesagt macht es mir ziemliche Angst, dass es gerade so gut läuft, weil ich befürchte, dass der große Knall erst noch kommt und dann umso heftiger wird."

Meine Freundin runzelte nachdenklich die Stirn. „Wie kommst du darauf? Was für ein Knall?"

„Es ist nur so ein Gefühl", antwortete ich zögernd. „Ich meine, ich kenne erst einen Teil seiner Geschichte. Und er spricht von Problemen, aber ich weiß nicht, von welchen. Abgesehen vom Offensichtlichen."

„Hmm." Sie musterte mich einen Moment schweigend und fragte dann: „Und was ist mit deinen Problemen? Mit deinem Fuß? Mit Basti? Mit der Wohnung?"

Ich holte tief Luft und stieß sie geräuschvoll wieder aus, weil Jasmin damit zielsicher meine wunden Punkte getroffen hatte. Solange ich mich auf Tom konzentrierte, musste ich mich nicht damit auseinandersetzen, was in meinem eigenen Leben schieflief. Aber genau das sollte ich dringend tun, wenn ich nicht so enden wollte wie er.

„Der Fuß ist okay", erklärte ich. „Zum Glück habe ich ja einen Bürojob und muss ihn nicht gleich voll belasten, wenn ich am Dienstag wieder arbeiten gehe." Ich hielt kurz inne und wappnete mich für die nächsten Antworten, die weitaus unangenehmer waren. „Basti postet überall Fotos von sich und Kai, wie sie die neue Wohnung renovieren, und gibt dabei alles, um mich zu verletzen. In seinen Kommentaren macht er zum Beispiel Bemerkungen darüber, wie schön es ist, alles alleine entscheiden zu können. Oder dass das Schlafzimmer bei seiner Ex eigentlich einen mediterranen Touch kriegen sollte, er allerdings Grautöne bevorzugen würde. *Ihr wisst schon, Fifty Shades of Grey, zwinker, zwinker.* Und das sagt ausgerechnet Mr. Blümchensex. Ich könnte echt kotzen, Jassi."

„Oh Gott", stöhnte sie. Ihr Gesicht war feuerrot angelaufen, denn Details über unser Sexleben gehörten normalerweise nicht zu den Dingen, über die wir redeten. Ich wusste selbst nicht, warum mir das herausgerutscht war, obwohl es der Wahrheit entsprach. Der Sex mit Basti war schön gewesen. Liebevoll, zärtlich, vertraut, aber halt nicht besonders aufregend oder außergewöhnlich, selbst wenn ich mal vorgeschlagen hatte, etwas anderes auszuprobieren. Und dass ausgerechnet er jetzt öffentlich Anspielungen darauf machte, wie langweilig es mit mir gewesen war, tat verdammt weh.

„So ein Mistkerl. Sei froh, dass du den los bist", sagte meine Freundin entschieden.

„Hmmm", murmelte ich halbherzig. Einerseits war ich das. Andererseits hatten wir auch viele schöne Dinge zusammen erlebt, die sich nicht einfach abhaken und in einer staubigen Kiste im Keller verstauen ließen. Und nach all den gemeinsamen Jahren fehlte es mir sehr, in seine Arme gekuschelt einzuschlafen und morgens neben ihm aufzuwachen, zu wissen, dass immer jemand da war, und sich darauf zu freuen, sich am Abend nach der Arbeit wiederzusehen und über alles miteinander reden zu können. Zumindest hatte ich das gedacht, doch die Begegnung mit Tom hatte gezeigt, dass nicht alles davon zutraf. So wie Basti sich momentan verhielt, fragte ich mich, ob ich vielleicht wirklich die ganze Zeit blind vor Liebe gewesen war und dankbar sein sollte, dass meine rosarote Brille bei dem Sturz in der Fußgängerunterführung kaputtgegangen war.

„Hey!" Jasmin stupste mich aufmunternd in die Seite und holte mich damit zurück in die Gegenwart. „Das Schicksal wird sich irgendwas dabei gedacht haben. Du weißt doch, am Ende wird alles gut. Und wenn es nicht gut ist ..."

„... dann ist es noch nicht das Ende", vervollständigte ich mit ihr gemeinsam den Satz und lächelte schwach. Jassi und ihre Postkartenweisheiten.

Prompt musste ich an Tom und die Shampoo-Flasche denken. *Okay,* hatte er geschrieben. Nur dieses eine Wort, doch auf unerklärliche Weise hatte ich genau gespürt, wie viel Unsicherheit und Überwindung darin steckten. Aber auch Vertrauen. Tom vertraute mir, und ich war nicht sicher, ob ich mich darüber freuen oder eine Heidenangst vor dieser Verantwortung haben sollte. Doch während ich gedanklich noch unentschlossen zwischen beiden Optionen hin und her sprang, hatte sich mein Herz bereits entschieden und diesen unglücklichen, knurrigen, unberechenbaren Kerl von der Straße fest in sich eingeschlossen.

„Rieke?", riss meine Freundin mich aus den Gedanken.

„Hm?"

„Du hast gerade nicht an Basti gedacht, oder?"

„Ähm ... nein“, gab ich zu. „Wieso?“

Jasmin lachte. „Schon gut. Vergiss es! Erzähl mir lieber, was mit der Wohnung ist. Hast du deinen Vermieter inzwischen erreicht?“

Bei dem plötzlichen Themenwechsel wurde mir ganz schwindelig, und ich hatte das Gefühl, irgendetwas verpasst zu haben. Doch ich verkniff es mir lieber, danach zu fragen, denn ich ahnte, dass mir nicht gefallen würde, was meine Freundin mir durch die Blume zu verstehen geben wollte. Weil ich selbst keine Erklärung dafür hatte. Also biss ich die Zähne zusammen und konzentrierte mich auf ihre Frage, auch wenn die nicht weniger unangenehm war.

„Ja“, sagte ich leise. „Gerade vorhin, bevor du gekommen bist.“

„Und was sagt er?“

„Dass ich Ende Mai definitiv erst mal rausmuss. Er lässt die Wohnung komplett sanieren und hat bereits alle Handwerker dafür bestellt, deshalb konnte Basti unsere Kündigungsfrist auch um einen Monat kürzen. Ab August will er neu vermieten und schickt mir ein Angebot, aber er hat bereits angedeutet, dass sich die längst überfällige Mietpreisanpassung dann nicht mehr vermeiden lässt. Was das bedeutet, ist klar, oder?“ Ich warf ihr einen verzweifelten Blick zu, während sich in meinem Hals ein dicker Klumpen bildete. Erst jetzt, wo ich es laut ausgesprochen hatte, wurde mir das ganze Ausmaß dieses Gesprächs bewusst. Vorhin hatte ich keine Zeit mehr gehabt, darüber nachzudenken, weil es gleich nach dem Telefonat an der Tür geklingelt hatte. Doch jetzt musste ich mich dem stellen.

Fakt war: Die Mieterhöhung würde ich mir alleine bestimmt nicht mehr leisten können. Damit waren meine Tage in dieser Wohnung gezählt, und eine andere zu finden, die sich nicht als das letzte Loch herausstellte, würde verdammt schwierig werden.

„Oh nein", hauchte Jasmin entsetzt. „Und jetzt?"

Ich zuckte ratlos mit den Schultern und spürte eine Träne über meine Wange rollen. Hastig wischte ich sie weg, doch da löste sich bereits die nächste aus meinem Augenwinkel.

„Hey!" Meine Freundin rutschte auf dem Sofa näher zu mir heran und zog mich tröstend in ihre Arme. „Das wird schon wieder. Du findest garantiert etwas. Und wenn es erst mal übergangsweise ist."

„Und wenn nicht, habe ich ja Tom, der mir sagen kann, wie ich einen Platz in der Obdachlosenunterkunft kriegen kann", schluchzte ich mit einer ordentlichen Portion Galgenhumor.

Jasmin fand das jedoch gar nicht komisch und sagte mit strenger Miene: „Das ist nicht lustig, Rieke! Dein Einsatz für Tom in allen Ehren, aber versprich mir, dass du dich jetzt um dich selbst kümmerst, okay? Ich werde mich auch umhören wegen einer Wohnung. Olli kennt doch tausend Leute, vielleicht ist da ja jemand dabei, der jemanden kennt, der jemanden kennt."

Ich zog schniefend die Nase hoch und setzte ein tapferes Lächeln auf. „Danke, Jassi. Du bist ein Schatz."

„Für dich doch immer", erwiderte sie und knuffte mich freundschaftlich in die Seite.

Als meine Freundin zwei Stunden später gegangen war, telefonierte ich mit meinen Eltern, die mir ebenfalls Mut zusprachen und versicherten, dass ich im Notfall immer einen Platz auf der Schlafcouch in Papas Hobbyzimmer bekommen würde. Der Raum glich einer Besenkammer, und überhaupt war die Wohnung meiner Eltern so klein, dass wir uns spätestens nach drei Tagen gehörig gegenseitig auf die Nerven gehen würden. Aber ihr Angebot rührte mich, und alles war besser, als auf der Straße zu landen.

„Ach, Rieke“, seufzte meine Mutter wehmütig. „Bist du dir denn wirklich sicher, dass sich das mit Basti nicht wieder einrenkt? Hast du noch mal mit ihm geredet?“

Sie kam nur schwer mit unserer Trennung zurecht, denn meinen Eltern gegenüber hatte Basti sich immer wie der perfekte Schwiegersohn verhalten. Für sie war absolut klar gewesen, dass wir zusammengehören, irgendwann heiraten und eine Familie gründen würden. Deshalb ging sein Verhalten wegen Tom völlig über ihre Vorstellungskraft hinaus. Ich hätte wahrscheinlich selbst Zweifel daran, wenn ich es nicht erlebt hätte.

„Nein, Mama“, erklärte ich entschieden. „Das ist definitiv vorbei. Da bleibe ich lieber alleine, als mein Leben mit so einem scheinheiligen Mistkerl zu verbringen.“

Am anderen Ende der Leitung blieb es still. Dann fragte sie: „Willst du morgen Mittag zum Essen kommen?“

Das kam überraschend, weil sie und Papa eigentlich einen Ausflug machen wollten. Es war das lange Osterwochenende, an dem ich normalerweise ebenfalls sonntags mit Basti unterwegs gewesen wäre, bevor wir uns am Ostermontag traditionell mit der ganzen Familie bei meiner Oma treffen würden. Offenbar hatte meine Mutter es sich spontan anders überlegt, und in meiner Brust breitete sich ein warmes Gefühl aus, denn es war ihre Art zu sagen: *Ich hab dich lieb und bin für dich da.* Trotzdem zögerte ich einen Moment. Was, wenn Tom sich meldete und mich sehen wollte? Andererseits konnte ich ihn auch vorher oder nachher treffen und nahm die Einladung meiner Mutter dankbar an. Was sich als richtig erwies, denn von Tom hörte ich auch den ganzen Sonntag und Montag nichts.

Es juckte mir in den Fingern, ihm zu schreiben, um zu hören, was er machte und wie es ihm ging. Aber ich hatte Angst, dass das zu aufdringlich sein könnte. Dass er vielleicht dachte, ich wollte nur nachbohren, was mit den Zeichnungen war. Dabei war das das Letzte, woran ich dachte. Deshalb zuckte ich immer wieder zurück und vertraute darauf, dass er sich melden würde, wenn er dazu bereit war. Doch ich musste mir eingestehen, dass er mir fehlte. Nicht bloß, weil ich mir Sorgen um ihn machte und ihm helfen wollte, sondern weil er mein Herz auf eine Art und Weise berührt hatte, die nichts mit Romantik oder ähnlichen Gefühlsanwandlungen zu tun hatte. Und am Dienstagmorgen erwischte ich mich dabei, wie ich extra langsam durch die Unterführung zur Arbeit ging und dabei sehnsüchtig auf die Stelle starrte, wo Tom vor ein paar Wochen gesessen und gebettelt hatte.

Amüsiert schüttelte ich über mich selbst den Kopf und war froh, als ich kurz darauf von meinen Kolleginnen abgelenkt wurde, die erfreut meine Rückkehr in den Verlag feierten. Es war eine bunte Mischung aus interessierten Nachfragen, wie es meinem Fuß ging, stöhnenden Berichten, wie stressig die Zeit ohne mich gewesen war, und einem schwindelerregenden Update über den neuesten

Bürotratsch. Der Chef war zum Glück zu einem Außentermin unterwegs, sodass mir die Frage, wie Tom auf das Angebot reagiert hatte, zunächst erspart blieb.

Bis zur Mittagspause brachte Ariane mich aufs Laufende, was in der Zwischenzeit alles erledigt worden war und worum ich mich als Nächstes kümmern musste. Acht Wochen waren eine lange Zeit, und es war genug liegen geblieben, was dringend aufgearbeitet werden musste.

Mit brummendem Schädel ließ ich mich im Pausenraum auf einen Stuhl fallen und zog mein Handy aus der Tasche. WhatsApp zeigte drei neue Nachrichten an. Jeweils eine von Mama und Jasmin, die wissen wollten, wie der erste Arbeitstag war. Und eine von Tom.

Unwillkürlich begann mein Herz etwas heftiger zu schlagen. Mein überfülltes Gehirn war urplötzlich leer. Aufgeregt tippte ich den Chatverlauf an, der in der Vorschau mit *Erzählst du mir …* begann, und las:

Erzählst du mir die Geschichte zu dem Kinderbuch?

Wie von selbst breitete sich auf meinem Gesicht ein Lächeln aus. Er war anscheinend doch nicht so abgeneigt von meiner Idee, wie er getan hatte.

Kannst du ungestört reden?, tippte ich schnell zurück. *Ich arbeite seit heute wieder und habe gerade Mittagspause.*

Ist dein Fuß wieder in Ordnung?, schrieb er statt einer Antwort.

Ja, geht schon. Ich sitze ja fast den ganzen Tag am Schreibtisch.

Graue Häkchen, blaue Häkchen, Tom schrieb. Gespannt wartete ich darauf, dass seine nächste Nachricht vor mir auftauchte, starrte dabei sein nicht vorhandenes

Profilbild an und wünschte, er hätte eins. Ich musste an das Foto denken, das Basti von ihm oder besser gesagt von uns auf seinem Handy hatte. Kein Wunder, dass mein Freund – Ex-Freund – so ausgeflippt war, denn obwohl ich alles abgestritten hatte, war der Moment der Aufnahme so vertraut gewesen, dass sich allein beim Gedanken daran ein merkwürdiges Kribbeln in meinem Bauch ausbreitete.

Ich atmete tief durch und konzentrierte mich wieder auf den Chatverlauf.

Ist grad schlecht, las ich Toms Nachricht. *Kannst du es mir auch schreiben? Ganz grob reicht.*

Okay, tippte ich enttäuscht. Viel lieber hätte ich seine Stimme gehört und mit ihm geredet. Aber wer wusste schon, wo er sich rumtrieb.

So schnell es mein Fuß zuließ, flitzte ich rüber in mein Büro und rief am Computer das Exposé für den geplanten Kinderstadtführer auf. Während der Drucker das Dokument mit dem Entwurf ausspuckte, zögerte ich kurz, ob ich überhaupt mit einem Fremden darüber reden durfte, wischte die Zweifel jedoch schnell beiseite. Ich vertraute Tom und hätte gar nicht gewusst, an wen er diese Informationen weitergeben sollte, um das Projekt zu gefährden.

Es geht um die Geschwister Emma und Matteo, die die Ferien bei ihren Großeltern verbringen und die Stadt kennenlernen sollen, schrieb ich. Und dann berichtete ich ihm von den wichtigsten Stationen, an denen die beiden Kinder ihre Abenteuer erlebten, wie zum Beispiel vom Glockenspiel am Rathaus, einer Schifffahrt auf dem Fluss und einem Ausflug in das Stadtmuseum.

Vielleicht sollte ich das mit den Zeichnungen wirklich machen, damit ich die Stadt auch mal kennenlerne, antwortete Tom mit einem grinsenden Smiley.

Sehe ich genauso, bestätigte ich mit dem Daumen-hoch-Emoji.

Anschließend rührte sich eine Weile lang nichts mehr. Ich warf einen nervösen Blick in die obere Ecke vom Display, um die Uhrzeit zu checken. Nach der umfangreichen Inhaltsangabe war meine Pause gleich vorbei, aber ich wollte das jetzt nicht abbrechen müssen.

Erleichtert sah ich, dass Tom schrieb.

Ich verspreche nichts. Wollte nur wissen, worum es überhaupt geht.

„Schon klar, du kleiner Grummelkopf", sagte ich leise an mein Smartphone gewandt, nicht sicher, ob ich darüber lachen oder weinen sollte, dass er es selbst in einer geschriebenen Nachricht schaffte, diese knurrige und unnahbare Seite heraushängen zu lassen.

Lächelnd tippte ich in das Textfeld und antwortete: *Du musst mir gar nichts versprechen, außer dass du das tust, was für dich das Richtige ist.*

Das ist manchmal nicht so leicht.

Ich seufzte schwermütig und verfluchte gleichzeitig die Uhr, die das Ende meiner Pause anzeigte. *Auch für den Fall, dass ich mich wiederhole,* schrieb ich. *Ich glaube an dich.*

Hektisch packte ich meine Sachen zusammen und ging zurück ins Büro, ließ mein Handy dabei jedoch keine Sekunde aus den Augen, bis eine sehr kurze Nachricht von Tom aufploppte: *Warum?*

Warum nicht?, erwiderte ich, und weil ich davon überzeugt war, dass ich darauf keine Antwort mehr bekommen würde, steckte ich das Smartphone ohne Bedauern zurück in meine Tasche und machte mich wieder an die Arbeit.

Tom

Ich glaube an dich.

In Endlosschleife kreisten Riekes Worte in meinem Kopf herum und brachten mich in eine elende Zwickmühle. Einerseits motivierten sie mich, es wirklich zu versuchen mit den Zeichnungen. Andererseits lag damit ein unerträglicher Erwartungsdruck auf meinen Schultern, weil ich Rieke auf keinen Fall enttäuschen wollte. Ich wusste, dass ich vor ihr nichts zu befürchten hatte und sie selbst dann Verständnis hätte, wenn ich mittendrin alles hinwerfen sollte. Aber das wollte ich nicht. Ich wollte ihr beweisen, dass ich ihr Vertrauen verdient hatte. Dass sie sich auf mich verlassen konnte. Und dass ich ihr unendlich dankbar war für alles, was sie für mich tat.

Nach einem äußerst bescheidenen Osterwochenende mit einer nicht ganz so starken, dafür lang anhaltenden Migräne raffte ich mich schließlich zusammen und fragte Rieke nach den Eckdaten für die Geschichte. Anschließend machte ich mich auf den Weg durch die Stadt und folgte den Spuren von Emma und Matteo. Riekes Handy war dabei eine große Hilfe, denn so konnte ich Fotos von den Schauplätzen des Stadtführers machen und sie mir später beim Zeichnen ganz genau anschauen. Unterwegs stellte ich erstaunt fest, wie wenig ich selbst bisher von der Stadt gesehen hatte, und fand sogar Gefallen daran, mich aufmerksam umzusehen und so zu tun, als wäre ich ein Tourist. Statt mit gesenktem Kopf durch die Nebenstraßen zu schleichen, spazierte ich mit aufrechtem Gang und wachem Blick durch die Innenstadt, und niemand achtete auf mich. Ich dagegen beobachtete meine Umgebung umso genauer. Ich sah Axel, der mit einer Gruppe junger Männer auf dem Kirchplatz saß und bereits am frühen Vormittag Bier trank. Moni, die Blumenhändlerin, ordnete vor ihrem Laden die frische Ware. Eine Bekannte aus dem Franziskushaus verkaufte in der Fußgängerzone die Obdachlosenzeitung. Und auf dem Bahnhofsvorplatz wurde ich allen Ernstes von Kalle, dem Idioten, angebettelt. Er war offenbar so zugedröhnt, dass er nicht mehr schnallte, wen er vor sich hatte. Die Situation war völlig absurd, als ich ihm mit einer gewissen Genugtuung einen Cent in seinen Becher warf und er sich bedankte, als wäre es ein Hunderteuroschein.

Kopfschüttelnd ging ich weiter und fragte mich, was in seinem Leben schiefgelaufen war, dass er sich regelmäßig die Hirnzellen wegspritzte. Man munkelte, dass er im Heim groß geworden, mit sechzehn von dort abgehauen war und eine Karriere als Straßenstricher angefangen hatte. Doch Genaueres wusste niemand, und Kalle selbst sprach nicht darüber.

Am Flussufer traf ich schließlich auch Paul, der auf einer der Bänke saß und mit seinem Hund redete.

„Altes Dreckspack, das“, schimpfte er vor sich hin. „In der Hölle sollen sie schmoren.“

„Was gibt's hier zu meckern, alter Mann?“, neckte ich ihn und klopfte ihm freundschaftlich auf die Schulter. Sofort sprang Filou auf die Beine und begrüßte mich mit einem erfreuten Schwanzwedeln.

„Ich geb dir gleich alter Mann“, konterte Paul und schien ernsthaft verstimmt zu sein.

„Was ist denn los?“

„Angeschissen haben sie mich“, erklärte er ärgerlich. „Irgend so ein feines Fräulein hat gemeldet, dass im Parkhaus ein Penner rumlungert, der in die Ecken pisst und seine leeren Wodkaflaschen auf den Parkflächen zerdeppert. Dabei sind das diese Bengels, die nichts Besseres zu tun haben, als abends mit ihren Skateboards da abzuhängen und Party zu machen. Aber ist ja einfacher, dem Penner in allen Parkhäusern der Stadt Aufenthaltsverbot zu erteilen, als richtig zu kontrollieren. Ich frag mich, wozu da eigentlich videoüberwacht wird. Kümmert sich doch eh kein Schwein drum.“

Ich schaute meinen Freund ungläubig an und sank neben ihm auf die Bank. So viel am Stück hatte ich ihn niemals vorher reden hören. Doch das, was er erzählte, war so ungeheuerlich, dass es kein Wunder war, wie alles aus ihm herausplatzte.

„Und jetzt?“, fragte ich erschüttert. „Wo schläfst du jetzt?“

Paul zuckte bekümmert mit den Schultern. „Letzte Nacht war's das Piratenschiff auf dem Kinderspielplatz. Aber es soll wieder kälter werden.“

Scheiße! Ich wünschte, ich hätte ihm helfen können. Aber wie? Ich hatte doch selbst nichts außer einem knarzenden Etagenbett in der Unterkunft. Und das käme für Paul bzw. seinen Hund ohnehin nicht infrage.

Schaudernd dachte ich an meine eigenen Nächte auf der Straße zurück und wusste nicht, was ich ohne Paul gemacht hätte. Wahrscheinlich wäre ich hilflos erfroren oder hätte mich aus Verzweiflung in den Fluss gestürzt.

Mein Freund war nach all den Jahren jedoch abgehärtet und bemerkte nüchtern: „Ich komme zurecht. Im Notfall zieh ich zu dieser Kommune am alten Güterbahnhof. Auch wenn ich lieber alleine wäre."

Er sagte das, als ginge es darum, in eine gemütliche WG zu ziehen. Dabei handelte es sich bei der Kommune um eine Gruppe von Obdachlosen, die illegal in einer leer stehenden Lagerhalle hausten und im Gegensatz zu Paul der Meinung waren, dass es ihnen in der Gemeinschaft besser ging.

Ich musterte ihn prüfend von der Seite und fragte: „Kann ich irgendwas für dich tun?"

Wider Erwarten stieß Paul kein zynisches Lachen aus, sondern antwortete: „Nimmst du Filou, damit ich zum Franz kann? Hab mich länger nicht gewaschen."

„Franz" war die Abkürzung für das Franziskushaus, und ihn dorthin zu begleiten war das Mindeste, was ich tun konnte.

„Klar", erwiderte ich und warf einen Blick auf meine Armbanduhr mit dem gerissenen Glas. „Hat es ein paar Minuten Zeit? Das Schiff kommt gleich, und ich will kurz ein Foto davon machen."

Mein Freund starrte mich an, als hätte er einen Außerirdischen vor sich. „Foto? Womit? Von diesem Ausflugspott? Was ist denn in dich gefahren?"

Mit dieser Reaktion hätte ich rechnen müssen und hätte mir am liebsten die Zunge abgebissen. Doch jetzt kam ich nicht drum herum, ihm von Rieke, ihrem Handy und dem Stadtführer zu erzählen.

Pauls Augen weiteten sich ungläubig, dann fing er an zu lachen. Ein raues, dreckiges Lachen, das nahtlos in einen Hustenanfall überging.

„Ich glaub's nicht“, japste er, als er sich einigermaßen beruhigt hatte. „Unser Tommilein ist einer guten Fee begegnet. Junge, Junge, Glück muss man haben. Oder was verlangt sie als Gegenleistung?“

„Nichts“, entgegnete ich aus voller Überzeugung, und ich hoffte, dass er es damit gut sein ließ. Aber Paul wäre nicht Paul gewesen, wenn er nicht nachgehakt hätte.

„Sicher?“

„Ja“, knurrte ich. „Sie braucht halt einen Zeichner und hat gesehen, dass ich so was kann. Es ist nur ein Deal. Ein Geschäft zwischen ihrem Verlag und mir. Fertig.“

Er schnaubte amüsiert und glaubte mir offensichtlich kein Wort. Wenn ich ehrlich zu mir war, tat ich es auch nicht. Doch ehe ich mich weiter verteidigen konnte, sagte Paul: „Ich gönne es dir von Herzen, Junge. Aber pass auf, dass du dabei nicht deine Seele verkaufst. Die ist nämlich viel zu weich und zerbrechlich für das Leben hier bei uns.“

Hier bei uns, am Rand der Gesellschaft. Am Abgrund. Da, wo man sowieso nie wieder wegkam. Jedenfalls klang es bei Paul danach. Hatte er recht? Gab es wirklich keinen Ausweg? Machte ich mich lächerlich, indem ich mich an diesen Hoffnungsfunken klammerte, den Rieke in mir gezündet hatte? Oder war ich gerade noch in dieser Zwischenwelt, auf dieser Grenze zwischen Licht und Dunkelheit, in der ich den Absprung in beide Richtungen schaffen konnte? Und welche Rolle spielte Rieke dabei? Was, wenn sie plötzlich nicht mehr an meiner Seite wäre? Dann würde ich garantiert erst recht in den Abgrund stürzen. Und wie schnell konnte es passieren, sie zu verlieren. Ein einziger blöder Fehler, und sie wäre weg. Aber konnte man überhaupt etwas verlieren, was man nie besessen hatte?

„Ey, Erde an Tom!“, riss Paul mich aus den Gedanken, nachdem wir eine Weile schweigend dagesessen hatten. Wie erwachend blickte ich zu ihm auf.

„Dein Schiff kommt“, sagte er und deutete Richtung Fluss.

Dankbar für die Ablenkung sprang ich auf und zog das Smartphone aus der Tasche, tippte das Kamerasymbol an und brachte mich in Position. Aus dem Augenwinkel sah ich, dass Paul kopfschüttelnd auf der Bank saß und mich beobachtete. Doch ich ignorierte ihn und konzentrierte mich auf meine Aufgabe. Scheiß auf all die Zweifel und Bedenken! Wenn ich eines Tages zurück in den Abgrund stürzen sollte, dann wenigstens würdevoll und mit dem Wissen, dass ich alles versucht hatte.

Rieke

Drei Tage lang hörte ich wieder nichts von Tom. Diesmal jedoch mit der Zuversicht, dass er still vor sich hinbrütete und über das Stadtführer-Projekt nachdachte. Er fehlte mir mehr, als ich jemals zugegeben hätte. Ständig musste ich an ihn denken und stellte mir vor, wie er mit gerunzelter Stirn vor seiner Kladde saß und sich überlegte, welche Szene er als Probearbeit für meinen Chef zeichnen wollte. Oder vielleicht war er sogar bereits dabei?

Ich sah ihn vor mir, wie er im *Café Kunterbunt* gesessen und völlig selbstvergessen das Bild für Lucy gezeichnet hatte. Wie gerne würde ich ihn auch jetzt dabei beobachten. Aber möglicherweise bekam ich ja die Gelegenheit dazu, wenn er sich wirklich für den Auftrag entschied und bei uns im Büro arbeiten würde. Beim Gedanken daran schlug mein Herz ein paar Takte höher. Das wäre so schön. Gleichzeitig fürchtete ich, dass meine eigene Konzentration ordentlich darunter leiden könnte.

Ach, Quatsch!, rief ich mich selbst zur Ordnung. Es geht hier um Tom, und du benimmst dich, als wäre es dein Schwarm, der im Nebenzimmer sitzt.

Sitzen wird. Vielleicht. Denn bisher war überhaupt nichts sicher, und ich wusste leider allzu gut, wie unberechenbar Tom war.

Seufzend stieg ich aus dem Bus, der mal wieder Verspätung hatte, und machte mich auf den Weg zur Arbeit. Tag vier seit meiner Rückkehr in den Verlag. Langsam sollte ich mich daran gewöhnt haben, dass die Fußgängerunterführung nicht mehr als eine Fußgängerunterführung war. Trotzdem war Tom allgegenwärtig, und so zweifelte ich ernsthaft an meinem Verstand, als er am Ausgang zur Fußgängerzone plötzlich vor mir stand.

„Hey", sagte er leise, während sich auf seinem Gesicht ein schüchternes Lächeln ausbreitete.

„Tom", erwiderte ich freudig überrascht. „Was machst du denn hier?"

„Ich wollte dir etwas geben."

Erst jetzt sah ich die Mappe, die er unter seinem Arm hervorzog und mir zögernd entgegenhielt. Es war eine dieser Sammelmappen, wie ich sie früher in der Schule im Kunstunterricht gehabt hatte: DIN A3 groß, mit Gummibändern dran, um die Ecken zusammenzuhalten. Ich ahnte, was sich darin befand, und nahm sie wie einen kostbaren Schatz entgegen.

„Du hast die Probezeichnung gemacht?", fragte ich ehrfürchtig.

Tom nickte wortlos. Am liebsten hätte ich die Mappe sofort aufgerissen und mir das Bild angeschaut, aber ich musste dringend weiter, es nieselte, und überhaupt war dies nicht der richtige Ort für so einen bedeutenden Moment.

„Ich bin leider spät dran", erklärte ich bedauernd. „Aber warum kommst du nicht gleich mit und zeigst sie meinem Chef selbst? Soweit ich weiß, ist er heute Morgen im Büro."

„Nein." Tom sah mich beinahe panisch an und schüttelte den Kopf. „Nimm es einfach mit. Wir können ja später telefonieren, wenn du Pause hast."

Ich spürte, wie aufgewühlt er war, und legte ihm beruhigend eine Hand auf den Arm. „Ich habe eine bessere Idee. Um eins habe ich eine Stunde Pause. Sollen wir uns dann im *Café Kunterbunt* treffen?"

Er betrachtete reglos meine Hand auf seinem Arm und nickte. Ich hätte zu gerne gewusst, was ihn so aus der Fassung gebracht hatte, doch mir fehlte die Zeit, ihn danach zu fragen. Nachher vielleicht. Jetzt allerdings musste ich ihn in seinem Zustand alleine lassen, wenn ich nicht zu spät zur Arbeit kommen wollte, auch wenn mir das Herz dabei blutete.

„Nun geh schon", sagte Tom und lächelte plötzlich wieder. „Nicht, dass du wegen mir auch noch deinen Job verlierst. Schlimm genug, dass ich deine Beziehung auf dem Gewissen habe."

Wenn du wüsstest, dachte ich niedergeschlagen und schwor mir, ihm auf keinen Fall von meinem Wohnungsproblem zu erzählen.

Tom schien meinen Stimmungsumschwung zu bemerken. Er interpretierte ihn jedoch völlig falsch.

„Hey." Er hob die Hand und strich mir tröstend über die Schläfe. „Sorry. Ich wollte nicht in deiner Wunde herumbohren."

Ich lachte leise auf. „Nein. Alles gut. Ich bin mittlerweile froh, dass ich ihn los bin."

Er runzelte die Stirn, und ich fragte mich, was dahinter vor sich ging. Doch ich musste jetzt wirklich los.

Bevor ich wusste, was ich tat, umarmte ich ihn flüchtig, sagte: „Bis nachher“, und beeilte mich, ins Büro zu kommen. Ich spürte Toms Blick in meinem Rücken und ein unnatürliches Kribbeln dort, wo seine Hand meine Schläfe berührt hatte.

Die Kirchturmuhr am Marktplatz schlug halb neun. Ich presste die Zeichenmappe an meine Brust, um sie vor dem Nieselwetter zu schützen, und lief, so schnell es mein lädierter Fuß zuließ, zum Verlag.

„Tut mir leid, der Bus hatte Verspätung“, keuchte ich, als ich im Büro ankam, und lag damit zumindest nicht allzu weit von der Wahrheit entfernt. Hastig zog ich meine Jacke aus, schaltete meinen Computer ein und ließ mich auf den Stuhl fallen.

Auf dem Schreibtisch lag Toms Mappe, und es war, als wisperte sie: *Öffne mich! Sieh dir an, was er gezeichnet hat!*

In ein paar Minuten würde die tägliche Morgenbesprechung beginnen, aber egal. Ich konnte meine Neugier unmöglich länger im Zaum halten und löste die Gummibänder an den Ecken.

In der Mappe befanden sich gleich drei Zeichnungen mit unterschiedlichen Szenen aus dem Buch. Und ich war auf den ersten Blick schockverliebt. Toms Bilder waren so detailgetreu und liebevoll gezeichnet, dass mir Tränen in die Augen stiegen. Ich kannte unsere Stadt in- und auswendig, doch so hatte ich sie nie zuvor gesehen und fühlte mich wie Emma und Matteo in der Geschichte, die mit leuchtenden Augen die tollsten Sachen entdeckten.

„Rieke?“

„Hm?“

Ariane stand in der Tür und sah mich fragend an. „Kommst du zum Morgenappell?“

„Ja.“ Ich räusperte mich, klappte die Mappe wieder zu und stand schnell auf. Zu schnell. Mit einem leisen Fluchen humpelte ich hinter Ariane her in den Konferenzraum und war damit zumindest körperlich bei unserer täglichen Teambesprechung anwesend. Von meinem Geist konnte man das nicht behaupten.

Wie hatte Tom diese drei Kunstwerke in der kurzen Zeit erschaffen? Und vor allem wo?

„Du bist ja ganz schön durch den Wind heute“, bemerkte Ariane, als wir eine halbe Stunde später zurück zu unseren Büros gingen.

„Hmhmm“, murmelte ich. „Dafür gibt es auch einen guten Grund.“ Ich gab ihr ein Zeichen, mir an meinen Schreibtisch zu folgen, und zeigte ihr die Bilder. Ariane war von Anfang an eine meiner vertrautesten Kolleginnen im Verlag gewesen. Über Tom wusste sie zwar nichts, aber dass ich jemanden aufgespürt hatte, der möglicherweise als Illustrator infrage kam, hatte sie bereits mitbekommen.

„Wow“, entfuhr es ihr, während sie das erste Bild mit dem Glockenspiel am Rathaus betrachtete, und offenbar wusste sie genauso wenig ich, wo sie zuerst hinschauen sollte.

„Mein Gott, sind die goldig“, meinte sie anschließend und deutete auf Emma und Matteo. „Rieke, die sind großartig. Was hast du denn da für einen genialen Künstler aufgespürt?“

Ich spürte, wie ich rot wurde, und presste verlegen heraus: „Das ist eine lange Geschichte.“

„Die musst du mir nachher in der Pause unbedingt erzählen“, erwiderte sie. „Aber jetzt muss ich dringend mit der Druckerei telefonieren. Und du gehst am besten gleich zum Chef. Wenn er den Zeichner nicht engagiert, falle ich vom Glauben ab.“

Ich lachte leise und war überglücklich, dass es nicht nur meine voreingenommene Meinung war, sondern dass auch andere, die Tom und seine Geschichte nicht kannten, von den Zeichnungen begeistert waren.

Liebevoll strich ich über das Papier und stutzte plötzlich. Woher hatte er das überhaupt? Das war kein billiger Zettel, den er aus einem Notizbuch herausgerissen hatte, sondern Künstlerbedarf, für den er richtig Geld hingelegt haben musste.

Ohne Rücksicht auf meinen Chef oder die Arbeitszeit, die ich verplemperte, angelte ich mein Handy aus der Tasche und schrieb Tom eine Nachricht.

Du hättest doch gleich mitkommen sollen. Die Bilder sind sooo wunderschön. Ich weiß gar nicht, was ich sagen soll. Und das ist richtig gutes Papier. Hast du dafür etwa dein wertvolles Geld geopfert? Ich hab dir doch gesagt, dass wir uns um das Material kümmern.

Tom hatte anscheinend darauf gewartet, dass ich mich meldete, und antwortete sofort: *Ich habe neulich von einer unglaublich lieben Frau einen Fuffi zugesteckt bekommen, mit dem ich etwas Sinnvolles anfangen sollte. Und nach einem gescheiterten Frühstück ist einiges davon übrig gewesen.*

Wie von selbst breitete sich ein Lächeln auf meinem Gesicht aus, und meine Finger flogen über die Tastatur.

Die muss es ja echt gut mit dir gemeint haben.

Ja, sie ist ein echter Schatz. Auch wenn ich nicht weiß, womit ich das verdient habe.

Oh, Tom! Wann wirst du damit aufhören, ständig zu zögern und zu zweifeln?

Wie gerne hätte ich ihn jetzt hier gehabt und fest umarmt. Ich fragte mich, ob er schon immer so wenig Selbstbewusstsein gehabt hatte oder ob das ein Opfer seines Straßenlebens geworden war. Warum ich es so gut mit ihm meinte, konnte ich ihm jedenfalls auch nicht erklären. Weil er so war, wie er war, mit all seinen Narben und Ecken und Kanten. Weil ich darunter einen Menschen sah, der verdammt liebenswert war. Aber das würde er mir sowieso nicht glauben, deshalb antwortete ich: *Vielleicht solltest du es einfach hinnehmen.*

Anschließend passierte einen Moment lang nichts. Mit wild klopfendem Herzen starrte ich auf das Display und wartete auf eine Antwort. Und als sie endlich kam, lachte ich auf, weil es so typisch Tom war.

Musst du nicht arbeiten?

Oh Mann, der Kerl machte mich fertig. Bei jedem bisschen Nähe ergriff er die Flucht. Zwei Schritte vor und fünf zurück.

Dich krieg ich schon, dachte ich grimmig und war selbst überrascht, wie sehr ich genau das wollte: dass er sich mir hundertprozentig anvertraute und meine Nähe nicht nur zuließ, sondern sie auch erwiderte. Wo auch immer uns das hinführen würde.

Ich atmete tief durch, lächelte das Display an und schrieb: *Aye, aye, Sir! Ich gehe dann mal einen gewissen*

Spezialauftrag erledigen. Bis später. Dahinter setzte ich einen Zwinkersmiley, tippte auf Senden und packte mein Handy weg. Anschließend griff ich nach der Mappe mit den Zeichnungen und machte mich auf den Weg ins Chef-Büro.

Tom

Mühsam versuchte ich, mich auf die Zeichnung vor mir zu konzentrieren und nicht alle zwei Minuten auf die Uhr zu starren. Um eins, hatte Rieke gesagt. Das war noch viel zu lange hin. Keine Ahnung, wann ich zuletzt so nervös gewesen war. Wegen der Zeichnungen. Wegen der Reaktion des Verlagschefs. Wegen Rieke.

Ihre Nachrichten fühlten sich so vertraut an. Es war, als hielte sie mir ihr Herz auf dem Silbertablett entgegen. Und ich emotionaler Krüppel wollte danach greifen, wie ein trockener Alkoholiker nach der Flasche Wein, weil ich genau wie der viel zu lange auf Entzug war. Aber das konnte ich nicht riskieren. Diese Freundschaft, oder was immer es war, war mir zu wichtig, um sie wegen irgendeiner Gefühlsduselei zu verlieren. Denn es gab keinen Zweifel daran, dass alles andere zum Scheitern verurteilt war. Und das Letzte, was ich wollte, war, Rieke wehzutun.

Reiß dich zusammen, Tom!, ermahnte ich mich streng. Doch das war leichter gesagt als getan, als sich Rieke kurz darauf mit leuchtenden Augen mir gegenüber auf den Stuhl fallen ließ. Ich sah ihr an, dass sie gleich platzen würde, wenn sie nicht sofort losreden konnte. Doch dann fiel ihr Blick auf das Blatt Papier vor mir, und sie drehte es ungefragt zu sich herum, um die halbfertige Zeichnung von Emma und Matteo auf dem

Ausflugsschiff zu betrachten. Die Bewunderung in ihren Augen verursachte einen dicken Kloß in meinem Hals. Nach all den Monaten, in denen mir hauptsächlich Verachtung oder im besten Fall Mitleid entgegengeschlagen war, war das zu viel des Guten. Hastig wollte ich den Blick abwenden, doch ich war nicht schnell genug. Rieke hatte bereits den Kopf gehoben, fing ihn ein und hielt ihn fest.

„Ich muss dir was gestehen, Tom", sagte sie so sanft, dass es mir kalt den Rücken runterlief. „Ich habe mich verliebt. In deine Bilder. Die sind der Hammer! Mein Chef ist auch ganz begeistert. Er möchte dich gerne kennenlernen und hat gesagt ..."

Rieke plapperte und plapperte, während mir donnernd das Blut durch die Ohren rauschte und ein einzelner Satz durch den Schädel hämmerte: *Ich habe mich verliebt.* Mir war klar, dass sie damit meine Zeichnungen meinte, doch irgendeine Fehlzündung im Gehirn sorgte dafür, dass mein Herz losraste, als gäbe es kein Morgen mehr.

Im ersten Moment fürchtete ich, hier und jetzt von einer meiner Attacken dahingerafft zu werden. Dann merkte ich, dass etwas anders war als sonst. Dass es eine andere Art von Herzklopfen war, und zwar eins von der Sorte, wie ich es lange nicht erlebt hatte.

„Tom?", hörte ich Rieke wie aus weiter Ferne sagen.

„Tut mir leid", würgte ich hervor. „Rieke, ich ..." Ich fuhr mir nervös durch die Haare und suchte händeringend nach Worten. „Ich kann das nicht. Du kommst her und stellst mein ganzes Leben auf den Kopf. Das kann gut sein, aber ... weißt du, ich bin eine von diesen Shampoo-

Flaschen mit einem runden Deckel, und wenn ich da draufstehe, werde ich ziemlich wackelig und instabil."

Sie lächelte ihr unvergleichlich zärtliches Rieke-Lächeln, das sich anfühlte wie eine liebevolle Umarmung, sagte jedoch nichts. Stattdessen spürte ich eine Berührung an meiner Hand. Wie von selbst öffnete sich meine Faust, und meine Finger verschränkten sich mit ihren. Verwundert betrachtete ich dieses Knäuel aus Gliedmaßen vor uns auf dem Tisch, als spielte sich dort ein seltenes Naturschauspiel ab. Raue und eingerissene Haut neben weicher, gut gepflegter. Abgebrochene Fingernägel neben dezent lackierten. Es war wie ein Abbild unserer unterschiedlichen Welten, und ich wusste, dass ich meine Hand lieber zurückziehen sollte. Aber ich schaffte es nicht.

„Du bist nicht alleine, Tom", sagte Rieke leise. „Und wenn zwei so wackelige Shampoo-Flaschen aneinanderlehnen, dann reicht das doch, damit sie aufrecht stehen bleiben, oder?"

Die Frau machte mich fertig. Mir jagte ein Schauer nach dem nächsten über den Rücken, und es dauerte einen Moment, bis ich wieder in der Lage war zu sprechen.

„Warum hört sich das bei dir immer so leicht an?", fragte ich, nachdem ich mich geräuspert hatte.

„Vielleicht, weil ich eine hoffnungslose Optimistin bin?", erwiderte sie mit einem melancholischen Lächeln. „Oder ein naives Dummchen. Eine Träumerin. Such dir etwas aus."

Für einen Sekundenbruchteil verfinsterte sich ihre Miene. Ich vermutete, dass eine schmerzhafte Erinnerung dahintersteckte, und fragte mich, ob der Lackaffe sie möglicherweise so bezeichnet hatte. Als Träumerin. Oder naives Dummchen. Wenn es so war, hätte ich ihm am liebsten eine dafür reingeschlagen. Aber das Arschloch war nicht hier, Rieke jedoch schon.

Liebevoll strich ich mit dem Daumen über ihren Handballen, und ohne sie anzusehen, sagte ich: „Du bist genau richtig, so wie du bist."

Sie erwiderte nichts darauf, aber der Druck, mit dem sie jetzt die Berührung unserer Finger verstärkte, war Antwort genug. Ich wagte es nicht, den Kopf zu heben, denn hätte ich ihr jetzt in die Augen geschaut, wären alle guten Vorsätze, mich nicht auf sie einzulassen, wie ein Kartenhaus in sich zusammengestürzt. Doch der Preis war zu hoch. Deshalb war ich dankbar, als Lucy an unseren Tisch kam und den Zauber durchbrach.

Während sich die Frauen ausgelassen begrüßten, versuchte ich mich zu sammeln und meinen wilden Herzschlag unter Kontrolle zu bringen.

„Willst du auch was essen?", wollte Rieke wissen, nachdem sie für sich bestellt hatte, und musterte mich prüfend, als ich dankend ablehnte. Wahrscheinlich glaubte sie, dass ich wieder zu stolz war, eine Einladung von ihr anzunehmen. In Wirklichkeit war ich jedoch so angespannt, dass ich keinen Bissen runterbekommen würde.

Als wir wieder alleine waren, lächelte sie mich beinah schüchtern an. „Ich würde dich jetzt gerne fragen, ob du nächste Woche zu einem Gespräch in den Verlag kommst. Aber das hört sich an, als wollte ich nur ein Geschäft mit dir machen, und das ist es nicht."

„Ich weiß." Ich betrachtete das Blatt mit der unvollständigen Zeichnung auf dem Tisch und raufte mir die Haare im Nacken. „Scheiße, Rieke, am liebsten würde ich das ganze Ding komplett zeichnen und es deinem Chef erst zeigen und verkaufen, wenn ich es wirklich geschafft habe", platzte es aus mir heraus. „Und wenn er es nicht will, dann habe ich es für mich getan. Weil es mir guttut. Aber mit dem Druck von einem Vertrag und Abgabetermin kann ich nicht umgehen ... nicht mehr", fügte ich leise hinzu. Allein beim Gedanken daran brach mir der Schweiß aus, und ich hoffte, dass Rieke mich verstand, nach allem, was ich ihr bisher anvertraut hatte.

Sie nickte langsam, doch ich spürte, dass ihr ein Aber auf der Zunge lag. Sie unterdrückte es jedoch und sagte: „Dann geh zu ihm und erklär ihm genau das."

„Und dann?", konterte ich mit einem bitteren Lachen. „Glaubst du ernsthaft, dass er sich darauf einlässt? Ohne zu wissen, wann er damit rechnen kann? Wenn es gut läuft, zeichne ich euch das ganze Buch innerhalb von einer Woche. Wenn es schlecht läuft, dauert es Monate."

Rieke schaute mich an, bohrte ihren Blick tief in meine Seele und fand dort wahrscheinlich nichts als Finsternis.

„Wenn was schlecht läuft, Tom?", hakte sie seelenruhig nach. „Worum machst du dir Sorgen?"

Darum, dass die Erinnerungen hochkamen und mich in den Abgrund stürzen würden. Dass ich von der Dunkelheit verschlungen und erst Tage oder Wochen später wieder von ihr ausgespuckt werden würde. Dass ich versagen würde und sie enttäuschen musste. Doch nichts davon brachte ich über die Lippen und nahm in Kauf, dass ich sie mit meinem Schweigen erst recht enttäuschte.

Rieke holte tief Luft und suchte offenbar nach den passenden Worten, um mich zum Reden zu bringen.

Wieder war es Lucy, die mich erlöste. Fröhlich plaudernd stellte sie Riekes Apfelschorle auf dem Tisch ab, während ich die Gelegenheit nutzte und zur Toilette verschwand.

Ich spürte Riekes Blick in meinem Rücken und schimpfte mich einen elenden Feigling. Immer wenn es brenzlig wurde, ergriff ich die Flucht. Das hatte sie nicht verdient. Ohne mich wäre sie sowieso viel besser dran. Aber ... Shit! Andersrum galt das genaue Gegenteil, und ich kam nicht mehr von ihr los.

Okay, Tom Bartelsmeier!, beschwor ich mein Spiegelbild im Waschraum des Männer-WCs. Rieke glaubt an dich. Und sie glaubt auch daran, dass ihr Chef sich auf deinen Deal einlässt. Beweis ihr endlich, dass du nicht der Waschlappen bist, für den du dich selbst hältst!

Ich schloss die Augen, klammerte mich mit den Händen am Waschbeckenrand fest und atmete tief durch. Vor meinem inneren Auge tauchte Rieke auf. Was sonst?

Du bist nicht alleine, Tom.

Plötzlich ging ein Ruck durch mich hindurch und ich spürte, wie sich etwas veränderte. Wie etwas von dem alten Tom in mir erwachte und mir zuflüsterte: Wenn du es nicht versuchst, wirst du niemals wissen, was daraus hätte werden können. Also tu es!

Der alte Tom war mutig gewesen. Er hatte sich nicht unüberlegt in neue Projekte gestürzt, war aber immer bereit gewesen, etwas auszuprobieren und seine Grenzen auszutesten, sei es im Job, beim Sport oder überhaupt im Leben. Hätte er sich damals nicht auf die Stelle bei Hennecke beworben, obwohl er nicht alle Anforderungen erfüllte, hätte er Merle nicht kennengelernt. Hätte er es nicht gewagt, die Tochter des Chefs nach einem Date zu fragen, wäre ihm die große Liebe durch die Lappen gegangen. Hätte er nicht um Merles Hand angehalten ...

Stopp!, schrie mein Unterbewusstsein. Bis hierher und nicht weiter, sonst kommst du an den Punkt, wo du wieder den Schwanz einziehst, weil es auch schiefgehen könnte. Weil dieses ganze verfluchte Leben ein einziges Risiko war und der Mensch nur ein Spielball des Schicksals.

Aber in diesem Moment war ich bereit, dem Schicksal die Stirn zu bieten. Schließlich hatte es mir Rieke vor die Füße geworfen, da konnte es so schlecht nicht sein.

Entschlossen öffnete ich die Augen, straffte die Schultern, warf dem Mann im Spiegel einen beschwörenden Blick zu und ging zurück nach oben ins Café.

Rieke saß an unserem Tisch und stocherte gedankenverloren in ihrem Salat herum, der in der Zwischenzeit gebracht worden war. Wie ein Stalker blieb ich halb hinter einem Pfeiler verborgen stehen und beobachtete sie einen Augenblick, während mir das Herz hart gegen die Rippen schlug. Rieke hatte die Haare im Nacken zu einem Knoten zusammengeschlungen, damit sie ihr nicht ins Essen fielen, sodass ich freie Sicht auf ihr Profil hatte. Ich entdeckte ein kleines Muttermal an ihrem Hals, nahm zum ersten Mal wahr, dass sie einen kleinen funkelnden Stecker im Ohr trug und dass ihre wunderschönen rotblonden Haare an der Unterseite dunkler waren als oben auf dem Scheitel.

Als mein Blick schließlich an ihrem Gesicht hängen blieb, versetzte mir der Ausdruck darin einen schmerzhaften Stich. Rieke wirkte nachdenklich und ein bisschen traurig. Wahrscheinlich, weil sie davon ausging, dass ich zurückkommen und weiterhin alles abblocken würde. Es wurde Zeit, ihr das Gegenteil zu beweisen.

Ich raffte all meinen Mut zusammen und ging zu ihr. Kaum, dass ich saß, redete ich los, bevor der Feigling in mir wieder die Oberhand gewinnen konnte.

„Gib mir eine Woche, okay?", sagte ich mit fester Stimme. „Bis dahin bin ich mit den Zeichnungen vielleicht so weit, dass ich deinem Chef etwas Konkretes sagen kann."

Riekes Augen weiteten sich überrascht. Wie in Zeitlupe legte sie die Gabel auf dem Tisch ab. „Okay", erwiderte sie leise, und ich erwartete, dass in ihrem Gesicht jeden Moment vor Freude die Sonne aufgehen würde. Stattdessen biss sie sich jedoch auf die Unterlippe und erklärte zerknirscht: „Es gibt da nur ein kleines Problem."

Schlagartig rutschte mir das Herz in die Hose. Problem? Was für ein verdammtes Problem? Da hatte ich gerade meinen Schweinehund überwunden, und jetzt kam sie mir plötzlich mit einem Aber?

„Was?", knurrte ich ärgerlicher als beabsichtigt.

Ich sah, dass Rieke leicht zusammenzuckte, und bereute es sofort. Sie senkte den Kopf, atmete tief durch und sagte: „Ich hätte dir eigentlich gar nicht so viel über das Projekt erzählen dürfen. Du kannst meinem Chef nicht das halbe Buch vorlegen, sonst kommen wir beide in Teufels Küche."

In meiner Kehle stieg ein erleichtertes Glucksen auf. Rieke sah jedoch aus, als wäre ihr alles andere als nach Lachen zumute, deshalb unterdrückte ich es und streckte die Hand nach ihrer aus.

„Das ist das Problem?", hakte ich vorsichtshalber nach.

Sie nickte mit sichtlich schlechtem Gewissen.

Ich strich ihr beruhigend über den Handrücken und fragte: „Vertraust du mir?"

„Ja." Rieke schaute wieder auf, und der Ausdruck in ihren Augen wäre bereits Antwort genug gewesen. Darin lag so viel Gewissheit, Hoffnung und Zuneigung, dass ich beinah vergaß, was ich sagen wollte. Dieser Blick sollte verboten werden. Wegen gesundheitlicher Gefährdung von psychisch schwachen Menschen, der Gefahr einer hormonellen Überdosis beim männlichen Gegenüber oder was weiß ich was.

„Dann gibt es kein Problem", presste ich hervor und wunderte mich selbst, wie belegt meine Stimme plötzlich klang.

Rieke lächelte, und ich war so fasziniert von den Grübchen, die sich dabei bildeten, dass ich erst viel zu spät mitbekam, wie sie ihre zweite Hand über den Tisch schob und meine zwischen ihren beiden einschloss.

Ihre Berührung warf mich wieder einmal völlig aus der Bahn, und das lag längst nicht mehr daran, dass ich es nicht gewohnt war, von jemandem angefasst zu werden. Es lag ganz allein an Rieke, und das machte mir eine Heidenangst. Doch bevor mein Fluchtinstinkt die Herrschaft übernehmen konnte, zog sie ihre Hand bereits zurück und schaute auf ihre Armbanduhr.

„Oh, Mist! Ist es wirklich schon so spät?", sagte sie. „Ich muss gleich zurück zur Arbeit."

Rieke sah mich bedauernd an, während ich zwischen Erleichterung und Enttäuschung schwankte. Schweigend beobachtete ich, wie sie sich eine Gabel mit Hähnchenbruststreifen in den Mund schob, den restlichen Salat stehen ließ und nach Lucy rief, um zu bezahlen.

„Ich schicke dir eine Nachricht mit einem Terminvorschlag für das Gespräch beim Chef, okay?", plapperte sie weiter. „Donnerstag oder Freitag vielleicht?"

Das war in genau einer Woche. Ich hatte immer noch Schiss vor meiner eigenen Courage, doch ich wollte mir nichts davon anmerken lassen, deshalb konterte ich bemüht locker: „Ich gucke nachher in meinen Kalender, ob da was frei ist."

Im selben Moment hätte ich mir am liebsten in den Hintern getreten, weil das wieder sehr nach dem sarkastischen Arschloch klang, das ich mir Rieke gegenüber eigentlich verkneifen wollte. Was sollte ich für Termine haben?

Sie lachte jedoch und meinte: „Ja, wer weiß. Vielleicht fällt dir wieder irgendeine Frau vor die Füße und nimmt dich in Beschlag."

„Ich glaube, die eine reicht mir", gab ich schmunzelnd zurück.

Rieke wollte etwas sagen, doch da kam Lucy mit der Rechnung und unterbrach uns. Schade.

„Zahlt ihr zusammen?", wollte sie wissen.

„Nein.“

„Ja.“

Ich schaute Rieke eindringlich an und reichte Lucy an ihr vorbei die Münzen für meinen großen Milchkaffee. Anschließend zog ich meine Jacke an und packte die Zeichnung ein, als wäre nichts gewesen, doch aus dem Augenwinkel sah ich ihr amüsiertes Lächeln.

Schweigend verließen wir das *Café Kunterbunt* und blieben am Durchgang zur Hauptstraße wie auf eine geheime Verabredung hin stehen.

„Tom“, begann Rieke zögernd und schien zu überlegen, was sie sagen sollte und was lieber nicht. „Ich freue mich, dass du es versuchen willst. Nicht für mich oder für den Verlag, sondern einfach für dich. Ich meine ...“

Schnell streckte ich die Hand aus und legte ihr einen Finger auf die Lippen. „Ich weiß.“

Sie zuckte unter meiner Berührung zusammen, und ich schimpfte mich einen Idioten, wie ich es wagen konnte, ihr so nah zu kommen mit meinen Fingern Marke Straßenpenner. Doch ehe ich mich entschuldigen konnte, umschloss sie meine Finger mit ihrer Hand und gab mir mit den Augen zu verstehen, dass es völlig okay war.

„Hast du einen Platz zum Zeichnen?“, kam sie auf die praktischen Fragen zurück, als wäre ihr auch nicht ganz geheuer, was hier zwischen uns passierte.

„Ja“, antwortete ich. „Kennst du die Buchhandlung in der Passage? Die haben dort ein kleines Café, wo sich die Kunden hinsetzen können, und in meinem Fall dulden sie es anscheinend auch, wenn ich stundenlang da sitze und zeichne. Die eine Mitarbeiterin guckt zwar immer etwas grimmig, als wollte sie mich am liebsten rausschmeißen, aber die anderen haben den stillen Künstler quasi adoptiert."

Ich verzog den Mund zu einem schiefen Lächeln und war selbst mehr als froh, dass ich diesen Ort gefunden hatte. Vormittags war es dort etwas trubelig, deshalb war ich in den vergangenen Tagen meist erst am späteren Nachmittag hingegangen und hatte gezeichnet, bis es Zeit für die Essensausgabe wurde.

„Natürlich kenne ich die", erwiderte Rieke lächelnd. „Sie sind unsere besten Kunden, und in dem Café haben schon Lesungen mit unseren Autoren stattgefunden. Wer weiß, vielleicht gibt es da ja eines Tages eine Signierstunde mit dem stillen Künstler."

„Um Gottes willen!", entfuhr es mir, doch Riekes funkelnde Augen verrieten mir, dass sie mich auf den Arm genommen hatte. Sie lachte vergnügt, und für diesen Anblick hätte sie mich jederzeit veralbern dürfen.

„Sehr lustig", knurrte ich jedoch, um meiner Rolle treu zu bleiben. Dann fügte ich ernsthaft hinzu: „Und lass dir nicht einfallen, da ständig aufzukreuzen, nachdem ich dir verraten habe, wo du mich findest! Oder dreimal am Tag nachzufragen, wie es läuft. Wenn das mit den Bildern etwas werden soll, brauche ich meine Ruhe, okay?"

Rieke presste betreten die Lippen aufeinander, warf mir einen unschuldigen Blick zu und murmelte: „Zweimal am Tag vielleicht?"

Wie gerne hätte ich sie mir in diesem Moment geschnappt und geküsst. Dieser Gedanke erschreckte mich so sehr, dass mein Abwehrmechanismus in Alarmbereitschaft ging und ich mit gerunzelter Stirn erklärte: „Nein. Ich meine das ernst, Rieke. Wenn ich Fragen habe, melde ich mich, aber sonst lass mich einfach machen."

Ich brauchte diesen Abstand, sonst würde ich mich keine zwei Sekunden auf die Zeichnung konzentrieren können oder auf jedem Bild auch Rieke mit verewigen. Und das wäre vielleicht etwas auffällig.

Sie nickte sichtbar widerwillig, warf einen Blick auf ihre Uhr und stöhnte auf. „Ich muss los. Versprich mir, dass du Bescheid sagst, wenn du etwas brauchst!"

„Ja, mache ich. Und jetzt sieh zu, dass du zurück zur Arbeit kommst!"

Rieke lächelte, schulterte ihre Tasche und ging. Schlagartig schien die Luft um mich herum ein paar Grad kühler geworden zu sein, weil sie nicht mehr da war. Sehnsüchtig schaute ich ihr hinterher, während die Gedanken und Gefühle in mir Achterbahn fuhren. Von wegen Shampoo-Flasche, die auf dem Kopf stand. Ich stand nicht bloß verkehrt rum, sondern drehte dabei eine Pirouette nach der nächsten, bis ich am Ende ganz schwindelig geworden vor eine Wand donnern würde.

Rieke

Diesmal kam ich rechtzeitig im Büro an. Zumindest körperlich, denn mein Kopf, mein Herz, und alle meine Sinne waren bei Tom. Meine Lippen, auf denen gerade noch sein Finger gelegen hatte, kribbelten, als wäre ein ganzes Ameisenvolk darin unterwegs, dabei war es nur eine Geste gewesen, um mich zum Schweigen zu bringen. Nie zuvor hatte diese kleine Berührung solche Wirkung auf mich gehabt wie jetzt. Weil sie von Tom kam. Tom, der mich manchmal so verzweifelt und gleichermaßen hoffnungsvoll ansah, dass es mir den Atem raubte. Der mir mit einer einzigen rauen Fingerspitze so nah sein konnte, wie Basti es mit dem ganzen Körper nicht geschafft hatte. Und der sich allen Gegensätzen und unterschiedlichen Lebenswelten zum Trotz auf eine Art in mein Herz geschlichen hatte, die ich niemals für möglich gehalten hätte. Wie oft hatte ich meiner Freundin versichert, dass da nichts zwischen uns war und ich ihm wirklich bloß helfen wollte? Doch plötzlich war ich mir selbst nicht mehr sicher. Und die Tatsache, dass Tom mir praktisch ein Kontaktverbot erteilt hatte, machte mich jetzt schon ganz krank.

Zurück im Büro rief ich sofort den Terminkalender meines Chefs auf und trug für Tom ein Vorstellungsgespräch am Donnerstagnachmittag ein. Auf meine anschließende Nachricht antwortete er mit einem knappen:

Okay. Zähneknirschend versuchte ich, mich den Rest des Tages auf die Arbeit zu konzentrieren, doch immer wieder wanderten meine Gedanken zurück zu Tom. Wusste er eigentlich, was er mir antat? Wie schwer es mir fiel, ihm nicht ständig zu schreiben? Ich vermisste ihn und war selbst erstaunt darüber, wie sehr.

Bis ich am Abend nach Hause kam und meine volle Aufmerksamkeit von etwas anderem gefordert wurde, denn in der Post erwartete mich eine böse Überraschung. Mein Vermieter hatte wie angekündigt ein Angebot geschickt, zu welchen Konditionen ich nach der Sanierung zurück in meine Wohnung konnte. Und die Zahlen darin waren für mein Gehalt so utopisch, dass ich kraftlos auf einen Küchenstuhl sank. Bis zum Schluss hatte ich gehofft, dass es nicht so schlimm kommen würde und ich das irgendwie hinbekäme. Doch jetzt hatte ich es schwarz auf weiß: meine Tage in dieser Wohnung waren gezählt, weil ich mir die neue Miete alleine definitiv nicht leisten konnte.

Die Beträge verschwammen vor meinen Augen, als ich den Brief mit zitternden Händen auf dem Tisch ablegte und in ein haltloses Schluchzen ausbrach. Das, was ich so lange verdrängt hatte, brach jetzt mit aller Macht über mich herein, und was blieb, war ein Haufen Verzweiflung und Zukunftsangst. Auf Drängen meiner Eltern und von Jasmin hatte ich in den letzten Tagen bereits die Wohnungsannoncen in den Online-Portalen durchsucht und war ziemlich schnell zu dem Ergebnis gekommen, dass es nicht einmal Angebote in der infrage kommenden Kategorie gab. Kein Wunder an einem Hochschulstandort mit zigtausend Single-Haushalten. Und mir blieben knapp fünf Wochen, bis ich hier rausmusste.

Am Wochenende war Krisenmodus angesagt. Zusammen mit Jasmin schnappte ich mir am Kiosk an der Ecke die regionalen Zeitungen, klickte mich durch weitere Online-Anbieter und telefonierte mir die Finger wund. Alles in der Hoffnung, dass sich hinter einer der dürftigen Anzeigen etwas Passendes für mich verbergen könnte.

Am Ende konnte ich zwei kurzfristige Besichtigungstermine am Sonntagnachmittag ergattern. Eine der Wohnungen stellte sich allerdings als absolute Bruchbude heraus. Und bei der anderen war der Vermieter so ein widerlicher Kerl, dass ich mich schon als Sexspielzeug in einer Folterkammer im Keller eingesperrt sah. Jasmin machte den Eindruck, als wollte sie sich lieber aus dem Fenster stürzen, als eine Minute länger mit dem Typen in einem Raum zu bleiben. Und auch ich war froh, als wir wieder draußen auf der Straße standen.

„Also, Rieke, egal wie verzweifelt du auch sein magst, aber das", meine Freundin deutete mit der Hand nach oben, „ist definitiv keine Option."

„Ich weiß", seufzte ich resigniert. „Dann wird es wohl doch die Couch in Papas Hobbyzimmer."

Jasmin hakte sich bei mir ein und stupste mich aufmunternd an. „Das wird schon. Wir müssen nur Augen und Ohren offen halten und sofort reagieren, wenn sich was ergibt."

Ihr Wort in Gottes Ohr! Für heute hatte ich jedenfalls genug und war froh, als sie vorschlug, zum *Chocolat* zu fahren und uns nach diesem Tag mit einer der wahnsinnig leckeren heißen Schokoladen zu belohnen.

Unterwegs zog ich mein Handy aus der Tasche und warf einen flüchtigen Blick auf die Benachrichtigungen. Meine Mutter wollte wissen, wie es bei der Besichtigung gelaufen war. Ariane hatte einen neuen Beitrag bei Instagram gepostet. Und mein Mailanbieter schlug mir zum tausendsten Mal vor, mein Postfach zu erweitern.

Ich wollte das Smartphone gerade wieder wegstecken, als eine neue Nachricht bei WhatsApp eintraf und mein Herz schlagartig ins Stolpern geriet. Tom! Seit Donnerstagnachmittag hatte ich nichts mehr von ihm gehört und mich auch nicht getraut, ihn selbst mit einer belanglosen Nachricht zu nerven. Aber hier war er plötzlich, und in meinem Inneren ging die Sonne auf.

Hallo Rieke, schrieb er. *Kannst du mir sagen, wie man am besten zum Aussichtsturm kommt?*

Mein Lächeln fiel enttäuscht in sich zusammen bei dieser nüchternen Frage, denn insgeheim hatte ich auf eine etwas persönlichere Nachricht gehofft. Aber gut, dann geschäftlich. Wie es aussah, wollte Tom sich der Szene widmen, in der Emma und Matteo mit ihren Großeltern einen Ausflug zu eben jenem Turm im Wald machten, und sich selbst einmal vor Ort umsehen.

Du kannst im Wald hochwandern, antwortete ich. *Das ist allerdings ziemlich anstrengend und nicht zu empfehlen, wenn es vorher geregnet hat. Oder es gibt einen Bus, der vom Parkplatz am Flussufer hochfährt.*

Nee, danke! Kennst du diese unverschämten Preise für das kleine Stück Fahrt? Und sag jetzt nicht, dass du mir das

Geld dafür zurückgibst! Würde ich nicht mal nehmen, wenn es das wert wäre.

Das würde ich nie wagen!, schrieb ich schmunzelnd zurück und setzte ein lachendes Emoji dahinter. Dann schickte ich eine zweite Nachricht hinterher: *Ich kann meine Freundin fragen, ob sie mir ihr Auto leiht, dann könnten wir zusammen rauffahren.*

Beim Gedanken an einen gemeinsamen Ausflug mit Tom fing es in meinem Magen aufgeregt an zu kribbeln. Seine Antwort war allerdings ernüchternd.

Ist nicht so dringend. Hab noch ein paar andere Bilder vor mir.

Das hieß dann wohl Nein. Ich überlegte, was ich darauf erwidern sollte, doch mir fiel nichts ein. Wie läuft es mit dem Zeichnen? Welche Szenen hast du noch vor dir? Das klang in meinen Ohren alles so hohl. Mich interessierte viel mehr, wie es ihm ging und wann wir uns wiedersahen, abgesehen von dem Vorstellungsgespräch im Verlag. Aber konnte ich ihn das fragen, nachdem er vorhin so kurz angebunden gewesen war?

„Alles okay?", fragte Jasmin neben mir. Sie musterte mich prüfend von der Seite und hatte die rote Ampelphase offenbar dafür genutzt, mein Mienenspiel zu beobachten.

„Ja, alles gut", gab ich hastig zurück. „Tom hatte eine Frage wegen einer der Zeichnungen."

Ich hatte meiner Freundin bisher nichts davon erzählt, wie viel Tom mir mittlerweile wirklich bedeutete, weil ich Angst vor ihrer Reaktion hatte. Was, wenn sie mich für völlig übergeschnappt hielt, mich in einen Kerl von der Straße zu ... ja, was eigentlich?

Doch das Geständnis konnte ich mir sparen, als mein Handy eine weitere Nachricht von Tom anzeigte und ich mich total unauffällig darauf stürzte wie eine Ertrinkende auf den Rettungsring.

Hätte übrigens nicht gedacht, dass du es so lange aushältst, ohne dich zu melden, hatte er geschrieben, mit einem frech grinsenden Emoji dahinter.

Ich unterdrückte ein lautes Lachen und antwortete mit dem gleichen Grinse-Smiley: *Du hast keine Ahnung, wie schwer mir das gefallen ist.*

Für einen kurzen Augenblick herrschte Funkstille. Dann kam: *Geht mir genauso.*

Oh ... ähm ... Überwältigt betrachtete ich diese drei Worte, die alles in mir in Aufruhr brachten. Tom redete nicht über Gefühle. Niemals. Aber das hier ... Bedeutete das nicht, dass er mich ebenfalls vermisst hatte?

„Rieke?“, hörte ich Jasmin sagen.

„Hm?“, machte ich geistesabwesend und starrte weiter auf das Display, völlig ratlos, was ich Tom antworten sollte, ohne ihn in die Flucht zu schlagen. Allerdings war er bereits geflüchtet, denn in der Statuszeile stand: *zuletzt online um 16:23 Uhr.* Das war vor drei Minuten.

Ich stöhnte innerlich auf, schaute aus dem Fenster und stellte fest, dass wir längst auf dem Parkplatz nahe dem *Chocolat* angekommen waren.

„Willst du mir eigentlich immer noch erzählen, dass du Tom nur helfen willst?“, bemerkte meine Freundin zweifelnd.

Ich presste die Lippen fest aufeinander und schwieg. Jasmin reichte das jedoch als Antwort.

„Rieke, ich …“, setzte sie zu einer Erklärung an, doch ich unterbrach sie schnell.

„Ich weiß, dass das nicht gut gehen kann“, sagte ich leise. „Ich weiß, dass ich bei Tom an jedem einzelnen Tag damit rechnen muss, dass er mir das Herz bricht. Ganz abgesehen davon, dass er nichts hat außer einem Haufen Probleme. Aber was soll ich tun? Das lässt sich nicht einfach abstellen.“

Jasmin griff nach meiner Hand und drückte sie mitfühlend. „Ich weiß ehrlich gesagt auch nicht, was ich dir dabei raten soll“, gestand sie zögernd. „Einerseits denke ich, das ist völlig verrückt. Andererseits kann ich es irgendwie verstehen. Aber wenn ich dich richtig verstanden habe, kennst du Toms Geschichte noch nicht vollständig, oder? Und ich habe Angst, was passiert, wenn du sie erfährst. Was das mit dir macht. Aber auch, was das mit ihm macht. Also pass auf dich auf, okay? Und lass dir nicht von ihm wehtun. Sonst kriegt er es mit mir zu tun.“

Meine Freundin machte ein böses Gesicht, und die Drohung passte so wenig zu ihrem zurückhaltenden Wesen, dass ich nicht wusste, ob ich lachen oder weinen sollte.

„Du hast ja recht“, erwiderte ich kleinlaut. „Ich habe selbst unglaublich Schiss davor. Aber Tom, glaube ich, noch mehr. Wenn wir zusammen sind, dann ist es, als wollte er mich gleichzeitig an sich ziehen und von sich stoßen. Und ich weiß nie, wie ich darauf reagieren soll, um keinen dummen Fehler zu machen.“

„Klingt anstrengend.“

„Hmhmm.“

Wir sahen uns an, und ich merkte, wie gut es tat, mit Jasmin darüber zu reden, und wie die Anspannung langsam von mir abfiel. Ich hatte erwartet, dass sie mir völlig entrüstet einen Vortrag darüber halten würde, dass ich unmöglich etwas mit einem Typen von der Straße anfangen konnte. Doch ich hatte meine Freundin unterschätzt. Ihr war klar, dass ich ihr höchstens einen Bruchteil von Toms Geschichte weitererzählt hatte, und trotzdem vertraute sie darauf, dass ich wusste, worauf ich mich einließ. Aber tat ich das wirklich?

Tom

Vor mir auf dem Tisch im Franziskushaus lagen acht Zeichnungen, die ich wieder und wieder durchblätterte, mal halbwegs zufrieden abnickte und mal zweifelnd zerreißen wollte. Ich war längst nicht so weit damit gekommen, wie ich wollte, weil ein bisschen Zeichnen eben doch nicht reichte, die Dämonen in mir völlig zum Verstummen zu bringen. Es reichte vielleicht, um in den guten Momenten daran zu glauben, dass ich es schaffen konnte. In den schlechten Momenten fragte ich mich, wem zum Teufel ich eigentlich etwas vormachen wollte. Ich war kein Kinderbuchillustrator. Die Zeichnungen waren viel zu grob, zu fein, zu schlicht, zu detailliert, zu was weiß ich. Und je näher das Vorstellungsgespräch im Verlag heranrückte, umso mehr hielt ich das Ganze für eine Schnapsidee. Allein der Gedanke an Rieke ließ mich weitermachen und brachte mich sogar dazu, mich nicht nur um die Zeichnungen, sondern auch um mich selbst zu kümmern. Dieser blasse, unrasierte Typ mit den abgenutzten Klamotten und strähnigen, viel zu langen Haaren, der mir morgens aus dem Spiegel entgegenblickte, konnte wohl kaum einem potenziellen Arbeitgeber gegenübertreten. Der würde mich schneller wieder auf die Straße setzen, als ich „Guten Tag“ sagen konnte.

Es war Monatsende. Morgen war der 1. Mai, ein Feiertag, sodass die Sozialhilfe wahrscheinlich erst am Donnerstag auf dem Konto eintreffen würde. Damit blieben mir zwei Möglichkeiten: Entweder riskierte ich es, auf den allerletzten Drücker am Donnerstagvormittag zum Friseur zu gehen und mich um neue Klamotten zu kümmern, auch auf die Gefahr hin, dass mir meine Psyche bei dem Stress einen Strich durch die Rechnung machte. Oder ich sparte in den nächsten zwei Tagen an allem, was ich nicht unbedingt zum Überleben brauchte, und ging heute noch mit dem letzten Geld, das sich in meiner Tasche befand. Im Zweifelsfall würde ich wohl oder übel einen „Notdienst" im Fußgängertunnel einlegen und betteln müssen. Mir war allerdings klar, wer damit ganz und gar nicht einverstanden sein würde.

Unschlüssig raufte ich mir die Haare und überlegte, ob ich Rieke darauf ansprechen sollte, mir ein wenig Geld zu leihen. Ausnahmsweise, weil sie mich überhaupt erst in diese Situation gebracht hatte. Für den Notfall, falls es wirklich nicht reichte. Und ich würde ihr im nächsten Monat jeden einzelnen Cent davon zurückzahlen. Natürlich würde sie mir ohne zu zögern helfen. Trotzdem sträubte sich alles in mir dagegen.

Ich zählte erneut meine letzten Scheine und Münzen, als hätten sie sich in meiner Jackentasche auf wundersame Weise vermehrt, und beschloss, es drauf ankommen zu lassen. Besser, ich hungerte einen Tag lang, als direkt vor dem Gespräch im Verlag eine meiner Attacken zu bekommen. Also machte ich mich auf den Weg zum Einkaufszentrum, denn der Friseur dort schien der günstigste zu sein.

Fasziniert, aber auch etwas befremdet beobachtete ich im Spiegel, wie unter der strähnigen Mähne mit jedem Schnitt ein Stück mehr der alte Tom zum Vorschein kam. In den vergangenen drei Jahren hatte ich meine Frisur höchstens ein bisschen zurechtstutzen lassen, doch jetzt schnitt die Friseurin genau nach meinen Anweisungen, von denen ich selbst nicht wusste, warum sie meinen Mund verließen. An den Seiten kurz und obendrauf ein wenig länger, so wie damals. So wie Merle es geliebt hatte, weil ich damit angeblich verdammt gut aussah. Der Gedanke versetzte mir einen schmerzhaften Stich, der allerdings schnell wieder verflog, weil sich Riekes Bild davorschob. Sie war es, für die ich jetzt gut aussehen wollte, auch wenn mir diese Erkenntnis einen kleinen Schock versetzte. Was versprach ich mir davon? Selbst wenn ich meinem alten Ich wieder ähnlich sah, würde ich es nie wieder sein.

Als hätte sie geahnt, dass ich gerade an sie dachte, vibrierte im selben Moment das Smartphone in meiner Hosentasche. Wie von selbst zuckten meine Mundwinkel einen Millimeter nach oben, und ich musste mich mühsam beherrschen, still sitzen zu bleiben und die Friseurin ihre Arbeit machen zu lassen.

Nachdem ich die Funkstille am Sonntag gebrochen hatte, waren alle Versuche, Rieke auf Abstand zu halten, grandios gescheitert. Im Gegenteil. Ich selbst war derjenige gewesen, der ihr gleich gestern eine neue fadenscheinige Frage wegen der Zeichnungen gestellt hatte, um die Verbindung zu ihr nicht abreißen zu lassen. Natürlich war es nicht bei einer einfachen Antwort geblieben. Stattdessen hatten wir nach Riekes Feierabend fast zwei Stunden lang gechattet, bis ich die Buchhandlung und damit das freie WLAN-Netz verlassen musste, um rechtzeitig zur Essensausgabe zu kommen. Kein Wunder, dass ich mit den Zeichnungen nicht fertig geworden war. Aber Riekes Nachrichten waren zu kostbar und fühlten sich so vertraut an, dass ich sie jeden Morgen erneut las, um sicherzugehen, dass sie wirklich echt waren und ich nicht geträumt hatte. Ich wusste, dass diese Nähe zu ihr ein Fehler war, den ich irgendwann bitter bereuen würde. Doch ich konnte nicht anders und hing an ihr wie ein Süchtiger an der Nadel.

Als die Friseurin zwischendurch kurz zum Telefon musste, holte ich schnell das Handy hervor und rief Riekes Nachricht auf.

Hey!, hatte sie geschrieben. *Mein Chef lässt fragen, ob du am Donnerstag auch eine Stunde früher kommen kannst, weil ihm ein Zoom-Meeting dazwischengekommen ist. Geht auch so, aber falls dein Terminkalender es zulässt, wäre es für ihn etwas entspannter.* Dahinter ein Emoji mit nach oben verdrehten Augen.

Geht klar, antwortete ich knapp, weil für mehr keine Zeit war.

Anscheinend fiel ihr meine Antwort etwas zu knapp aus, denn Rieke schrieb: *Alles okay bei dir?*

Ich schickte ihr einen hochgereckten Daumen zurück, aber wenn ich geglaubt hatte, dass Rieke sich damit zufriedengeben würde, hatte ich mich getäuscht.

Falls du irgendwas für übermorgen brauchst oder einfach reden willst, sag Bescheid, okay?

Mach ich, antwortete ich und steckte das Smartphone wieder weg, weil die Friseurin ihr Gespräch mittlerweile beendet hatte und zu mir zurückkam.

„So", sagte sie, griff zur Schere und begutachtete ihr bisheriges Werk zufrieden.

Ich konnte sie verstehen, denn die Investition hatte sich definitiv gelohnt. Beim Gedanken ans Bezahlen wurde mir allerdings schlecht.

Eine Viertelstunde später trat ich mit achtzehn Euro weniger in der Tasche raus in die Mall und setzte mir schnell meine Mütze auf. Eigentlich war es längst zu warm dafür, doch ich war noch nicht bereit, die Veränderung mit der Welt zu teilen. Nur bei der anschließenden Anprobe in der Kleiderkammer wagte ich es kurz, mich neu eingekleidet und frisiert in Augenschein zu nehmen. Zum Glück konnte ich dort auf Anhieb eine schlichte, schwarze Jeans und ein ganz passables Oberteil ergattern. Mir gefiel, was ich im Spiegel sah, doch der Mann, der mir daraus entgegenblickte, war ein Fremder.

Eine halbe Stunde später saß ich auf meinem üblichen Platz im Café der Buchhandlung und versuchte, mich mit dem Zeichnen von der Aufregung des Tages abzulenken und nicht an das bevorstehende Gespräch im Verlag zu denken. Es lag zwar noch ein ganzer Tag dazwischen, aber das machte die Sache kaum besser, denn auf der Straße gab es keinen Feiertag. Im Gegenteil. Das Leben war eher noch schwieriger, weil beispielsweise die kostenlosen Toiletten der Supermärkte wegfielen, die günstigen Backshops geschlossen hatten und die Kaufhäuser und Einkaufscenter nicht zum Aufwärmen zur Verfügung standen. Und auch auf meinen Platz in der Buchhandlung würde ich morgen verzichten müssen.

Geistesabwesend ließ ich den Stift über das Papier gleiten und zwang mich wie so oft, bloß nicht darüber nachzudenken, was mich geritten hatte, auf Riekes Vorschlag einzugehen. Auch sie versuchte ich aus meinem Kopf zu verbannen, was mir in den ersten anderthalb Stunden einigermaßen gelang. Bis mir ein unbestimmtes Gefühl sagte, dass ich beobachtet wurde.

Im Café war niemand außer mir, aber an der Ecke zwischen der Ladenfläche und dem Sitzbereich sah ich jemanden stehen. Ohne aufzublicken, betrachtete ich ein Paar schwarze Stiefeletten, die mir verdächtig bekannt vorkamen und ganz bestimmt nicht zufällig hier waren.

„Wie lange stehst du da schon?", fragte ich gespielt knurrig, um mir nicht anmerken zu lassen, welchen Gefühlssturm ihre Anwesenheit in mir auslöste.

Ich hörte ein leises Lachen und dann Riekes Stimme, die mir in den vergangenen Wochen so vertraut geworden war: „Lange genug, um mich zu fragen, ob es hier drinnen mit der Mütze nicht etwas zu warm ist."

Reflexartig griff ich mir an den Kopf und zog das Stück Stoff wie ein Schutzschild etwas weiter über die Ohren.

„Geht schon. Und ich muss sowieso gleich los, wenn ich was zu essen haben will."

Rieke kam näher und setzte sich mir gegenüber an den kleinen Tisch. Diesmal ignorierte sie die Zeichnung vor mir und war völlig auf mich fixiert, woraufhin mein Herz anfing, wie wild gegen meinen Brustkorb zu hämmern.

„Ich schwöre, ich wollte nicht herkommen und dich wirklich in Ruhe lassen", sagte sie leise. „Aber nachdem du heute Nachmittag so kurz angebunden warst, musste ich mich davon überzeugen, dass alles in Ordnung ist."

„Hab ich doch gesagt", erwiderte ich beruhigend und blickte zu ihr auf.

Rieke lächelte mich auf eine seltsam melancholische Weise an. „Nein. Gesagt hast du eigentlich nicht wirklich etwas. Deshalb habe ich mir Sorgen gemacht."

Bei ihren Worten rieselte mir ein wohliger Schauer über den Rücken. „Das musst du nicht. Ich hatte was zu erledigen und war unterwegs."

„Okay."

Wir sahen uns an, und nach all den vertrauten Nachrichten der vergangenen Tage wurde der Wunsch beinah übermächtig, sie zu berühren und in meine Arme zu ziehen. Doch der Verstand hielt zum Glück dagegen.

„Bist du nervös wegen Donnerstag?", riss Rieke mich aus den Gedanken.

Ich stieß ein humorloses Lachen aus und sagte: „Können wir bitte über etwas anderes reden?"

„Das heißt dann wohl ja", erwiderte sie, ohne auf meine Bemerkung einzugehen. Ich versuchte, ihrem prüfenden Blick auszuweichen, doch mir war klar, dass sie auch so bis in die tiefsten Abgründe meiner Seele schauen konnte. Folglich musste ich nichts weiter dazu sagen und presste in einem verbissenen Schweigen die Zähne aufeinander.

Wider Erwarten bohrte Rieke nicht nach und gestand mir stattdessen zaghaft: „Ich bin es jedenfalls."

Ich sah sie überrascht an. „Wieso bist du nervös?"

Sie zögerte und biss sich beschämt auf die Unterlippe, was meine Selbstbeherrschung mindestens genauso sehr ins Wanken brachte wie ihre Antwort.

„Weil ich mir so sehr für dich wünsche, dass es klappt, damit du wieder an dich glauben kannst“, sagte sie leise. „Und weil ich etwas Angst habe, dass du nicht kommen könntest, weil du es dir doch anders überlegt hast.“

Ihre Worte trafen mich mitten ins Herz und gleichzeitig wie ein Fausthieb voll in den Magen. Dieser Gegensatz von Vertrauen und Zweifel und ihre Ehrlichkeit berührten etwas in mir, das alles andere in den Schatten stellte. Insgeheim musste ich zugeben, dass sie damit gar nicht so falschlag. Ein Teil von mir war bis vorhin tatsächlich bereit gewesen, alles hinzuwerfen und ihr diese Schnapsidee mit dem Kinderbuch auszureden. Doch jetzt hatte sie ein Gefühl in mir geweckt, das ich in den letzten drei Jahren viel zu sehr vernachlässigt hatte, zumindest an den richtigen Stellen: Trotz. Ich würde ihr beweisen, dass sie sich irrte und ich es wenigstens probieren würde. Wenn ich dann scheiterte und es versaute, war das eine andere Sache, aber Rieke sollte nicht glauben, dass ich diese Chance leichtfertig in den Wind schlug.

Entschlossen beugte ich mich vor, griff nach ihren Händen und suchte ihren Blick. Als ich ihn eingefangen hatte, erklärte ich feierlich: „Ich werde da sein, versprochen.“

Fasziniert beobachtete ich, wie sich ein Lächeln zuerst auf ihren Lippen und anschließend auch in ihren Augen ausbreitete. Es funkelte irgendeine undefinierbare Mischung aus Freude, Hoffnung und Vertrauen darin, die mich beinah um den Verstand brachte.

Sekundenlang schauten wir uns schweigend an, bis das Glockengeläut draußen vom Kirchplatz in mein Bewusstsein drang und mich daran erinnerte, dass es Zeit wurde zu gehen.

Ich räusperte mich, weil meine Stimme plötzlich seltsam belegt war, und sagte: „Ich muss los. Sonst gibt es heute nichts mehr zu essen."

„Wir könnten doch ...", setzte Rieke an, aber ich brachte sie mit einem Kopfschütteln zum Verstummen.

Wahrscheinlich glaubte sie jetzt, dass ich zu stolz war, mich von ihr zum Essen einladen zu lassen. Der wahre Grund war jedoch, dass mir ihre Nähe zu viel war. Ich hatte genug damit zu tun, mich mental auf den Termin im Verlag vorzubereiten. Da konnte ich nicht gleichzeitig gegen meine Gefühle für sie ankämpfen.

Wider Erwarten kam kein Protest von ihr. Stattdessen sah sie mir still dabei zu, wie ich meine Sachen zusammenpackte, aufstand und meine Jacke anzog.

„Kann ich dich ein Stück begleiten?", fragte Rieke in meine Gedanken hinein.

Mein Herz setzte einen Schlag lang aus. Mich begleiten? Zur Essensausgabe?

Mir lag bereits eine sarkastische Erwiderung auf der Zunge, doch bei ihrem Blick blieben mir die Worte im Hals stecken. Ich erkannte, dass es genau das war, was sie wollte. Sehen, wohin ich ging. Teilhaben an dem, was sich mein beschissenes Leben nannte.

„Okay“, presste ich mühsam hervor und wusste selbst nicht, warum ich mich darauf einließ.

Schweigend verließen wir die Buchhandlung und das Einkaufszentrum. Draußen regnete es. Rieke zog einen Schirm aus ihrer Tasche und ich mir die Kapuze über. Wir waren bereits ein paar Schritte gelaufen, als ich bemerkte, wie dicht sie neben mir war, um den Schutz ihres Schirmes mit mir zu teilen. Und es schien sie nicht im Geringsten zu stören, dass sie ihn dafür umständlich hochhalten musste, weil ich größer war als sie. Ohne jeden Kommentar nahm ich ihr den Schirm ab, suchte die beste Position dafür und flehte im Stillen, dass Rieke sich nicht auch noch bei mir einhakte, als wären wir ein vertrautes Pärchen, das im Regen spazieren ging. Oh Mann, was tat ich hier eigentlich?

„Wohin gehen wir?“, holte Rieke mich zurück auf den Boden der Tatsachen.

„Zum Franziskushaus in der Marktstraße“, erklärte ich beschämt. „Das ist eine Einrichtung von der Caritas für Arme und Obdachlose. Tagesunterkunft, soziale Betreuung, Dusche und Essensausgabe. Alles, was das Herz eines Penners begehrt.“

Der letzte Satz war mir von alleine herausgerutscht, und ich bereute ihn sofort, denn Rieke blieb stehen und schaute mich eindringlich an. „Tom ...“, sagte sie, doch ich unterbrach sie sofort.

„Schon gut. Sorry. Ich muss mich anscheinend erst wieder an den Umgang mit zivilisierten Menschen gewöhnen.“ Ich grinste sie an, merkte allerdings selbst, dass dabei eher eine ziemlich verunglückte Grimasse herauskam.

Rieke schien meine Erklärung zu akzeptieren und setzte sich wieder in Bewegung. „Musst du dort etwas für das Essen bezahlen?", wollte sie wissen.

„Je nachdem, was es gibt, ein oder zwei Euro."

„Und was gibt es da so?"

„Suppe, belegte Brote, Heißwürstchen mit Kartoffelsalat. So schlichte Sachen halt, mit denen man schnell eine Menge Leute abfertigen kann."

Ich warf ihr einen flüchtigen Seitenblick zu und sah, wie es hinter ihrer Stirn arbeitete. Zu gerne hätte ich gewusst, was sie dachte, aber fragen wollte ich nicht.

Mittlerweile waren wir in der Marktstraße angekommen, und meine Schritte wurden unwillkürlich langsamer. Es war, als läge eine unsichtbare Grenze zwischen unserem Standort und dieser Welt der Armen und Obdachlosen, und ich scheute davor zurück, sie mit Rieke gemeinsam zu übertreten. Bei ihr konnte ich zumindest eine Weile so tun, als wäre ich nicht einer von denen da. Doch mit jedem weiteren Schritt würde uns die harte Realität mehr einholen.

Als hätte sie mein Zögern gespürt, blieb Rieke stehen und schaute rüber zu der Schlange, die sich bis draußen vor die Tür vom Franziskushaus gebildet hatte.

„Das sind ganz schön viele", sagte sie erstaunt. „Ich hätte nicht gedacht, dass ... Ich meine ..."

„Dass es hier so viele Bedürftige gibt?", half ich ihr auf die Sprünge.

Sie biss sich verlegen auf die Unterlippe und nickte.

„Kein Wunder", klärte ich sie auf. „Die meisten versuchen, sich in der Regel nicht anmerken zu lassen, dass sie kein Zuhause haben oder im besten Fall bloß so arm sind, dass sie sich kein richtiges Essen leisten können. Im Gegenteil. Sie machen sich unsichtbar und tun alles, um den Schein aufrechtzuerhalten, dass sie ganz normale Menschen sind. Siehst du zum Beispiel die Frau da vorne mit den grauen Locken?"

„Die mit der grünen Tasche?"

„Ja, genau. Seit ihr Mann an Krebs gestorben ist, lebt sie in einem kleinen Zimmer in einer Senioren-WG und kann sich so eben die Miete von ihrer Witwenrente leisten. Aber sie macht sich jeden Tag zurecht, als wäre alles bestens. Ihre Kleidung näht sie sich selbst aus alten Klamotten, die die Kleiderkammer aussortiert. Die Haare schneidet ihr eine Mitbewohnerin. Und jeden Morgen geht sie ins Kaufhaus, um sich in der Parfümerieabteilung mit den Testern zu schminken und einzusprühen. Die perfekte Fassade, und niemand käme darauf, dass sie abends hierher kommt, um nicht hungern zu müssen."

Rieke schaute mich mit großen Augen an. „Aber wie kann das sein? Es gibt doch Sozialhilfe und so was, oder?"

„Ja. Aber die musst du beantragen, und damit kommen manche nicht klar", antwortete ich, während ich gedankenverloren das Treiben vor dem Franziskushaus beobachtete. „Oder sie tun es nicht, weil sie zu stolz dafür sind, sich schämen oder denken, dass sie diese Hilfe nicht verdient haben, weil sie an ihrem Elend selbst schuld sind."

Jeder einzelne dieser Gründe kam mir bekannt vor, doch bereits ein paar Wochen nach dem Beginn meiner Wohnungslosenkarriere war die Not so groß geworden, dass mir nichts anderes übrig geblieben war, als über meinen Schatten zu springen und Hilfe anzunehmen.

Ich spürte Riekes Blick auf mir und die vielen Fragen, die ihr auf der Zunge lagen. Sie stellte jedoch keine davon, sondern sagte: „Das ist so traurig."

Bildete ich mir das ein, oder rückte sie dabei ein Stück näher unter dem Schirm an mich heran? Ich wollte reflexartig einen Schritt zurücktreten. Aber es war, als wären zwei Magnete aneinander angedockt und ich kam nicht von ihr los. Stattdessen drehte ich den Kopf und schaute ihr in die Augen, was ein verdammter Fehler war, denn es wurde jedes Mal schwieriger, nicht die Beherrschung zu verlieren.

„Ich sollte jetzt besser gehen", bemerkte ich mit seltsam rauer Stimme. „Nicht, dass die mir da drin alles wegfuttern."

Rieke lächelte. Ich hätte wetten können, dass sie etwas in der Art erwidern wollte, dass wir auch woanders zum Essen hingehen könnten, wenn ich nicht so verdammt stolz wäre. Aber sie tat es nicht und sagte stattdessen: „Dann sehen wir uns am Donnerstag?"

Es klang wie eine Frage, als wollte sie sich erneut vergewissern, dass ich wirklich kommen würde. Und ich war erleichtert, aber irgendwie auch enttäuscht, dass sie nicht danach fragte, was ich morgen vorhatte. Ich hätte sowieso keine Antwort darauf gehabt. Trotzdem war es seltsam, als gäbe es nichts zwischen jetzt und Donnerstagnachmittag. Gleichzeitig wurde mir in diesem Moment wieder bewusst, was dieser Termin für mich bedeutete: das Treffen in einem Büro; ein Schreibtisch voller Unterlagen; ein

Computer; eine Erinnerung, die so schmerzhaft war, dass es mir die Luft abschnürte. Ich kämpfte verbissen dagegen an und rang mir ein möglichst lockeres „Ja“ ab, doch Rieke ließ sich nicht täuschen.

„Wovor hast du Angst, Tom? Und was kann ich tun, um sie dir zu nehmen?“, fragte sie auf diese einfühlsame Rieke-Art, bei der ich schlagartig Gänsehaut bekam.

Ihr forschender Blick trieb mir die Schweißperlen auf die Stirn. Alles in mir schrie danach, die Flucht zu ergreifen oder mich zumindest mit einem blöden Spruch aus der Affäre zu ziehen. Stattdessen hörte ich mich sagen: „Es ist total bescheuert, aber ich habe ein Problem mit Räumen, die aussehen wie ein Büro oder Arbeitszimmer.“

„Weil es dich an etwas erinnert?“

Ich kniff die Lippen zusammen und nickte, während sich hinterrücks Bilder in meinen Kopf schlichen, die ich nicht sehen wollte. Hektisch drückte ich Rieke ihren Schirm in die Hand und wandte mich zum Gehen, doch blitzschnell griff sie nach meinem Arm und hielt mich fest.

„Wir haben einen Konferenzraum, in dem wir morgens unsere Teamsitzungen machen“, erklärte sie, als wäre nichts gewesen. „Das ist wie eine kleine Bibliothek mit einem großen Tisch und ein paar Stühlen in der Mitte. Wäre das okay?“

Überrascht betrachtete ich erst ihre Hand und dann ihr Gesicht, woraufhin mein rasender Puls schlagartig wieder zur Ruhe kam.

„Du bringst gerade meinen letzten Fluchtversuch zum Scheitern“, sagte ich leise, als ich mich wieder gefangen hatte.

Rieke lächelte. „Hast du ernsthaft geglaubt, dass du damit durchkommst? Du hast mir etwas versprochen, weißt du noch?“

„Ja.“

„Dann ist es ja gut.“

Sie schaute mich an, und bevor ich wusste, wie mir geschah, legte sie mir einen Arm um den Nacken und zog mich an sich.

„Bis morgen“, flüsterte sie an meinem Ohr, und als wären diese unglaubliche Nähe, ihre Körperwärme und ihr Duft in meiner Nase nicht Qual genug, streckte sie sich mir entgegen und drückte mir einen Kuss auf die Wange. Vor Überraschung drehte ich den Kopf, und zwar so schnell, dass mich ihre Lippen beinahe am Mundwinkel trafen.

Wir erstarrten beide mitten in der Bewegung. Nur noch wenige Millimeter trennten uns voneinander, und eine Windböe im Rücken hätte wahrscheinlich gereicht, um zu Ende zu bringen, was hier zwischen uns schwebte. Doch der Sturm in meinem Inneren war stärker und trieb mich von ihr weg.

Es wäre so leicht gewesen, Rieke in diesem Moment zu küssen. Ein Blick in ihre Augen reichte, um zu erkennen, dass ich mich damit nicht komplett zum Idioten machen würde, weil sie es ebenfalls wollte. Aber die Angst vor den Konsequenzen war stärker, denn über kurz oder lang würde ich ihr garantiert wehtun. Und das wollte ich auf keinen Fall. Rieke war der erste und einzige Mensch, der mir in diesem neuen Leben wirklich etwas bedeutete, und das würde ich nicht für einen flüchtigen Augenblick des

Glücks aufs Spiel setzen, auch wenn ich dafür alles, was ich an Willensstärke besaß, mühsam zusammenkratzen musste.

Wie in Zeitlupe löste ich mich von ihr, und das enttäuschte Flackern in ihrem Blick hätte meine guten Vorsätze beinah ins Wanken gebracht. Doch ich blieb standhaft und hoffte, dass sie eines Tages verstehen würde, warum es so besser war.

„Rieke, ich ...“, begann ich, ohne zu wissen, wie der Satz weitergehen sollte. Das musste ich auch gar nicht, denn sie legte mir einen Finger auf die Lippen und schaute mir fest in die Augen.

„Ich weiß“, sagte sie leise. „Tut mir leid. Das sollte nur eine Umarmung werden, also ... können wir den Rest vielleicht zu einem kleinen Unfall erklären?“

Ein kleiner Unfall?! Ja, der Beinahe-Kuss war das vielleicht sogar. Ihre warmen, weichen Lippen auf meiner Wange dagegen ganz bestimmt nicht. Ich nahm ihren Rückzieher jedoch dankbar an, griff nach ihrer Hand, die weiterhin auf meinem Mund lag, und knurrte: „Ja klar. Unfälle sind bei dir ja anscheinend an der Tagesordnung.“

Rieke lachte, was ein wohliges Kribbeln in meinem Nacken verursachte. Ich rang mir ein schiefes Grinsen ab und war froh, dass wir noch einmal die Kurve gekriegt hatten. Doch statt mich umzudrehen und endlich zu gehen, blickte ich ihr tief in die Augen und hörte mich andächtig sagen: „Das Leben mit dir ist ganz schön gefährlich.“

Sie lächelte, aber ihre Augen blieben ernst dabei, als spürte sie genau, wie doppeldeutig meine Aussage war. Wider Erwarten sagte sie jedoch nichts mehr, sondern strich mir schweigend mit dem Daumen über den Handrücken.

Ich atmete tief durch und ließ sie los. „Bis übermorgen", sagte ich leise, und als hätte es die letzten zwei Minuten nicht gegeben, erwiderte sie sanft: „Bis übermorgen."

Als ich die restlichen Meter auf das Franziskushaus zulief, spürte ich ihren Blick in meinem Rücken. Ich musste mich nicht umdrehen, um zu wissen, dass sie dort unter ihrem Schirm im Regen stand und mir hinterherschaute, bis ich mich nass geregnet und so durcheinander wie nie zuvor ins Innere des alten Backsteinhauses geflüchtet hatte , denn die Schlange vor der Essensausgabe reichte mittlerweile zum Glück nur noch bis in den Eingangsbereich.

Wie ferngesteuert reihte ich mich darin ein, obwohl ich wahrscheinlich sowieso keinen Bissen herunterbekommen würde, und verfluchte mich dafür, dass ich mich nicht bereits vorhin vor dem Einkaufszentrum von Rieke verabschiedet hatte. Dann wäre es gar nicht erst so weit gekommen. Jetzt war es zu spät, und ich hatte keinen blassen Schimmer, wie ich mich auf das Gespräch mit dem Verlagschef konzentrieren sollte, wenn sie in der Nähe war. Als wäre das alles nicht herausfordernd genug für meine angeknackste Psyche. Und ich konnte nur hoffen und beten, dass mir diese keinen Strich durch die Rechnung machte.

Rieke

Ich hatte geträumt, dass ich Tom geküsst hatte, oder? So verrückt war selbst ich nicht, dass ich es riskierte, ihn mit solch einem Übergriff in die Flucht zu schlagen. Ich wusste doch, wie extrem er reagierte, wenn ich ihm zu nah kam. Andererseits ... so echt konnte man gar nicht träumen, dass mir Stunden später immer noch die Lippen kribbelten und alles in mir in Aufruhr war. Dabei war es nicht einmal ein richtiger Kuss gewesen, sondern ein harmloses Küsschen, das im Eifer des Gefechts passiert war. Ich wollte ihn bloß umarmen, aber wenn er plötzlich den Kopf zur Seite drehte ...

Oh Mann, wem wollte ich eigentlich etwas vormachen? Die Wahrheit war, dass ich mich von meinen Gefühlen dazu hatte hinreißen lassen. Von diesen Gefühlen, die ich so lange ignoriert und geleugnet hatte und die ich in eben diesem einen Moment auch in Toms Augen gesehen hatte. Ich hatte gespürt, wie er dagegen ankämpfte. Gegen die Hoffnung und die Hoffnungslosigkeit, gegen die Zweifel und die Verzweiflung und all das, was in einer wilden Mischung aus Gegenwart und Vergangenheit in ihm tobte. Aber zwischen all dem war etwas, dem wir uns nicht entziehen konnten, egal wie sehr wir es versuchten. Und obwohl es gegen jede Vernunft sprach, dass aus uns etwas werden könnte, hatte mein Herz beschlossen, ihm ein Zeichen zu senden, dass ich meinen Gefühlen genauso hoffnungslos ausgeliefert war wie er.

Erst im Nachhinein wurde mir bewusst, wie groß das Risiko tatsächlich gewesen war. Tom hätte mich schließlich auch einfach stehenlassen und auf Nimmerwiedersehen verschwinden können. Für einen winzig kleinen Augenblick hatte ich das Gefühl gehabt, er würde genau das tun. Zum Glück hatte ich mit dem „kleinen Unfall" die Situation zwischen uns noch einmal retten können. Aber ich würde nicht aufgeben und Tom beweisen, dass das Leben mit mir nicht immer gefährlich war. Schritt für Schritt, in seinem Tempo, auch wenn es mir schwerfiel. Dazu gehörte auch, dass ich ihn den Rest des Tages und bis zu seinem Termin im Verlag in Ruhe ließ. Er wusste, dass er sich jederzeit bei mir melden konnte, tat es aber nicht. Ehrlich gesagt wunderte ich mich nicht darüber, denn für die Aktion mit dem Beinahe-Kuss hätte ich mir kaum einen schlechteren Zeitpunkt aussuchen können. Allein sein verheißungsvolles *„Bis übermorgen"* ließ mich daran glauben, dass ich damit nicht alles aufs Spiel gesetzt hatte.

Nichtsdestotrotz war ich in den folgenden anderthalb Tagen ein reines Nervenbündel und stellte die Geduld meiner Mitmenschen auf eine harte Probe. Selbst mein zweijähriges Patenkind schaffte es nicht, mich abzulenken. Und es war mir ein Rätsel, wie ich mich am Donnerstagvormittag auf die Arbeit konzentrieren sollte.

Im Büro schielte ich abwechselnd von meinem Computer auf die Uhr und auf mein Handy und zuckte bei jeder neuen WhatsApp-Benachrichtigung zusammen. Doch es waren nur Nachrichten von Jasmin, meiner Mutter und

Basti, der mir mitteilen wollte, dass er eine Unterschrift brauchte, um mich aus irgendeiner gemeinsamen Versicherung rauszuschmeißen. Vielen Dank auch, das war genau das, was ich jetzt brauchte.

Als es gleich darauf erneut Pling machte, vermutete ich, dass es eine weitere Nachricht von Basti war, und wollte gar nicht erst hinschauen. Zum Glück tat ich es doch, denn diesmal war es Tom.

Mit wild klopfendem Herzen öffnete ich den Chat und las: *Mein Horoskop sagt, ich werde heute eine Begegnung haben, die nicht nur meine beruflichen Pläne ins Wanken bringt. Ganz schmerzfrei werde das nicht ablaufen, aber einen entscheidenden Richtungswechsel für meine Zukunft bringen. Das nenne ich passend wie die Faust aufs Auge.*

Ich unterdrückte ein Lachen und antwortete: *Du liest Horoskope???*

Wurde mir gerade im Franziskushaus von so einer armen Irren aufgedrängt.

Das muss ein Zeichen sein, schrieb ich lächelnd zurück. *Und ich bin froh, dass du dich gemeldet hast.* Ich überlegte, ob ich zur Erklärung noch etwas ergänzen sollte, ließ es dann aber so stehen und schickte die Nachricht ab. Tom würde verstehen, was ich damit meinte.

Weil du Angst hast, dass ich kneifen könnte?, ploppte seine Antwort vor mir auf.

Wäre das schlimm?

Nein. Vielleicht hatte ich das sogar vor. Aber bei dem Horoskop ... Dahinter ein zwinkerndes Emoji.

Mir lief eine Gänsehaut über den Rücken, während ich einzuschätzen versuchte, welchen Teil dieser Aussage ich ernst nehmen konnte. Ich konnte mir nicht vorstellen, dass Tom plötzlich so locker drauf war, dass er Scherze über ein blödes Horoskop machte. Vielmehr glaubte ich daran, dass er mir durch die Blume zu verstehen geben wollte, wie unsicher er war.

Die Sterne werden wissen, was gut für dich ist, versuchte ich ihn zu beruhigen. *Und selbst wenn es schmerzhaft werden sollte ... wenn du es nicht wenigstens probierst, wirst du niemals erfahren, was gewesen wäre, wenn.*

Es dauerte einen Moment, dann kam von ihm: *Du und deine Postkartenweisheiten! Ist ja schlimmer als ein Horoskop.*

Wenn eine Textnachricht knurrig klingen könnte, dachte ich und schickte ihm ein grinsendes Emoji. Eine Antwort bekam ich nicht mehr, doch als ich mein Handy zur Seite legte, war ich überzeugt davon, dass am Nachmittag alles gut gehen würde.

Ich hatte mit Tom verabredet, dass er mir eine Nachricht schicken sollte, wenn er am Verlagsgebäude angekommen war, und ich ihn dann vor der Tür abholen würde. Da ich selbst grundsätzlich zu früh zu solchen Terminen kam, ließ ich mein Handy ab Viertel vor drei nicht mehr aus den Augen, während mein Puls in erwartungsvoller Vorfreude immer weiter anstieg.

Um mich abzulenken, überprüfte ich noch einmal, ob im Konferenzraum alles parat stand, und fegte lächelnd ein paar Kekskrümel vom Tisch. Mein Chef hatte sichtlich verwundert auf meinen Vorschlag reagiert, das Gespräch dort stattfinden zu lassen. Meine Argumente, dass dort mehr Platz und besseres Licht waren, um Toms Probezeichnungen zu begutachten, hatten ihn jedoch überzeugt. Ich klopfte mir im Geiste für diesen genialen Einfall auf die Schulter und schaute auf mein Handy. Fünf vor drei und keine Nachricht von Tom. Langsam wurde ich nervös. Ich ging zurück in mein Büro, stellte mich ans Fenster und schaute runter auf die Straße.

Als die Kirchturmuhr drei schlug, fehlte weiterhin jede Spur von Tom. Wo blieb der denn?

Von einer bösen Vorahnung erfüllt, wählte ich seine Nummer und presste mir das Handy ans Ohr. Es tutete und tutete, aber Tom ging nicht ran. Mist!

„Rieke?"

Ariane stand plötzlich in der Tür und sah mich fragend an. „Der Bachmann lässt fragen, was mit deinem Künstler ist. Du hattest den Termin doch vorgezogen, oder?"

„Ja", antwortete ich, nachdem ich mühsam den Kloß in meinem Hals runtergewürgt hatte. „Sag ihm, dass ich versuche, ihn zu erreichen. Aber ich fürchte, er hat uns versetzt."

Meine Kollegin nickte und warf mir einen mitfühlenden Blick zu. „Es gibt bestimmt eine Erklärung dafür, warum er sich verspätet", meinte sie.

„Hmhmm." Ich wünschte, es wäre so. Mein Bauchgefühl sagte allerdings etwas anderes. Tom hatte mir zwar versprochen, dass er kommen würde, aber ein leiser Zweifel war trotzdem geblieben. Jetzt schienen sich meine Befürchtungen zu bestätigen, und ich war nicht sicher, ob ich traurig oder wütend sein sollte, weil er mir nicht wenigstens Bescheid gesagt hatte.

Nun geh ran!, beschwor ich ihn im Stillen, während ich erneut dem monotonen Tuten im Hörer lauschte. Tom hatte die Mailbox und Bandansage offenbar ausgestellt, und es klingelte immer weiter durch. Schließlich gab ich es auf und schickte ihm eine Nachricht.

Sieht aus, als hätte ich zu Recht Angst gehabt, dass du nicht kommst, schrieb ich mit Tränen in den Augen. *Es tut mir leid, wenn ich zu viel von dir verlangt habe, Tom. Und ich versuche wirklich, dich zu verstehen und dir nicht böse zu sein. Aber das ist ziemlich schwer, wenn du dich nicht wenigstens meldest.*

Ich tippte auf den grünen Pfeil zum Senden und beobachtete angespannt, wie erst ein graues Häkchen auf dem Display auftauchte, dann das zweite. Darauf, dass sie blau wurden, wartete ich vergeblich. Dann fiel mir plötzlich auf, dass auch die Anzeige fehlte, wann Tom zuletzt online gewesen war. Er hatte alle Funktionen ausgestellt, an denen ich erkennen konnte, ob er online war und meine Nachricht gelesen hatte.

Fassungslos starrte ich auf das Display und wollte gerade zu einer weiteren Nachricht ansetzen, als das Telefon auf meinem Schreibtisch klingelte. Es war Patricia, die Assistentin des Chefs.

„Du sollst bitte zu Herrn Bachmann ins Büro kommen“, informierte sie mich. Was zu erwarten war. Mittlerweile war es Viertel nach drei, und die Wahrscheinlichkeit, dass Tom noch auftauchte, lag bei null Komma null.

Ich wischte mir die Tränen vom Gesicht, atmete tief durch und ging rüber in die Höhle des Löwen. Der Verlagsleiter war wie erwartet wenig amüsiert. Er erklärte mir, dass er wirklich bereit gewesen wäre, dem jungen Mann eine Chance zu geben, aber dass sich das jetzt ja wohl erledigt hätte. Ich zog wie ein geprügelter Hund den Kopf ein und nickte. Anschließend wechselte er das Thema und ging so schnell zur Tagesordnung über, dass mir ganz schwindelig wurde. Konnte ich bitte erst mal verdauen, dass er Tom geistig in den Schredder geworfen hatte? Mir war klar, dass mein Chef auf seine Abwesenheit nicht anders reagieren konnte. Aber für mich ging es hier um mehr als den Zeichner eines Kinderbuchs. Zum Glück hatte ich in einer Stunde Feierabend und konnte in Ruhe meine Wunden lecken.

Zurück in meinem Büro griff ich als Erstes nach meinem Handy und erstarrte, als ich sah, dass eine neue Nachricht eingetroffen war. Ich versuchte vergeblich, meine Hoffnung im Zaum zu halten und mir einzureden, dass es wahrscheinlich Jasmin war, die wissen wollte, wie es gelaufen war. Doch die kleine Eins leuchtete tatsächlich neben Toms Namen.

Mit zitternden Fingern tippte ich den Chat an und las, was er geschrieben hatte:

hast recht. konnte es nicht und will das auch nicht mehr. geht einfach nicht. und ist besser wenn wir uns auch nicht mehr sehen. sorry.

Nein! Bitte nicht!

Schlagartig bildete sich ein dicker Kloß in meiner Kehle, und während mein Gehirn noch dabei war zu begreifen, was das bedeutete, fiel mein Herz bereits in tausend Scherben auf den Boden. Die Nachricht bestätigte meine schlimmsten Befürchtungen, und ich verfluchte mich dafür, dass ich mich von Toms Versprechen hatte täuschen lassen. Ich hätte wissen müssen, dass das alles für ihn zu viel war. Aber ich dumme Kuh hatte geglaubt, dass mein Optimismus für uns beide reichte. Weit gefehlt!

Doch ich war nicht bereit, kampflos aufzugeben. Scheiß auf das Stadtführerprojekt, aber Tom als Freund oder was auch immer wollte ich auf keinen Fall verlieren.

Entschlossen tippte ich seine Nummer an. Ein weiterer verzweifelter Versuch, ihn an den Hörer zu bekommen, und genauso vergeblich wie die davor. Mit dem Unterschied, dass die Verbindung diesmal sofort mit dem Besetztzeichen unterbrochen wurde. Und auch meine anschließende Nachricht, dass er bitte, bitte mit mir reden sollte, kam nicht bei ihm an. Tom hatte offensichtlich meinen Kontakt blockiert.

Das war's. Aus und vorbei. Er hatte nicht nur die Chance auf einen Job sausen lassen, sondern kappte auch jegliche Verbindung zwischen uns. Und obwohl mir die ganze Zeit bewusst gewesen war, wie unberechenbar Tom war, löste die Erkenntnis, dass er mich einfach so aus seinem Leben gestrichen hatte, einen Schock in mir aus. Wie gelähmt starrte ich auf das Display, las wieder und wieder seine letzten Worte, und erst mit einiger Verzögerung fiel mir auf, dass etwas daran seltsam war. Tom hatte komplett auf Groß- und Kleinschreibung verzichtet und teilweise in halben Sätzen geschrieben. Das war so untypisch für ihn, dass prompt die Alarmglocken in mir schrillten, denn meiner Meinung nach war es ein Zeichen dafür, wie schlecht es ihm selbst mit dieser Entscheidung ging. Doch ich hatte keine Möglichkeit, ihn zu erreichen und ihm zu helfen. Ihn zu retten. Und mich auch.

Ich konnte mich später nicht daran erinnern, wie ich den Rest des Arbeitstages überstand oder wie ich anschließend nach Hause kam. Wie ein Roboter funktionierte ich bloß noch und fand mich irgendwann reglos an meinem Küchentisch sitzend wieder. Vor mir stand eine Tasse kalt gewordener Tee, demnach musste ich bereits eine ganze Weile dort gesessen haben. Geändert hatte sich in der Zwischenzeit leider nichts. Tom war weiterhin unerreichbar, und als die Schockstarre nachließ, flossen die Tränen. Ich weinte um alles, was war und was hätte sein können. Ich weinte um diesen knurrigen Grummelkopf, der sich aus unerklärlichen Gründen so sehr in mein Herz geschlichen hatte. Und ich weinte um Tom, der jetzt wieder völlig alleine alles mit sich selbst ausmachte und dem es wahrscheinlich schlechter ging als vor unserer Begegnung. Weil ich ihm Hoffnungen auf etwas gemacht hatte, woran er selbst partout nicht glauben konnte.

Ich wäre gerne wütend gewesen, dass er alles, was sich in den vergangenen Wochen zwischen uns entwickelt hatte, einfach so wegwarf. Stattdessen machte ich mir Sorgen. Was, wenn er ausgerechnet heute mit seinen Problemen zu kämpfen hatte? Wenn vielleicht sogar der Stress des bevorstehenden Gesprächs mit meinem Chef diese Probleme ausgelöst hatte? Oder wenn ich selbst mit meinem Beinahe-Kuss vorgestern Abend dafür gesorgt hatte, dass es Tom aus der Bahn geworfen hatte?

Ich musste ihn finden. Koste es, was es wolle. Fieberhaft überlegte ich, welche Anhaltspunkte ich hatte, um ihn aufspüren zu können, doch die Bilanz war ernüchternd. Es gab in der Stadt gleich drei Häuser, die als Obdachlosenheim dienten, und ich wusste nicht, in welchem Tom untergekommen war. Im Café in der Buchhandlung würde er jetzt bestimmt nicht mehr sitzen und in Seelenruhe weiter zeichnen. Worauf er dagegen kaum verzichten würde, war etwas zu essen. Das Franziskushaus! Ich warf einen Blick auf die Uhr. Gleich halb sieben. Gestern waren wir etwa um Viertel nach sieben dort angekommen. Wenn ich mich beeilte und den nächsten Bus in die Innenstadt erwischte, konnte ich es schaffen, rechtzeitig dort anzukommen.

Bereits von Weitem sah ich die Schlange vor der Essensausgabe, die heute um einiges länger zu sein schien als am Dienstag. Als ich näher kam, schlug mir sofort der Unmut der Wartenden entgegen, doch ich ignorierte ihr Gemeckere, was da los war und warum es nicht vorwärtsging. Auf der Suche nach Tom ging ich langsam an der Schlange vorbei, scannte mit den Augen die vielen Gesichter ab und fragte mich, ob ich es wagen konnte, auch reinzugehen, um mich dort nach ihm umzuschauen.

„He, hinten anstellen!“, blaffte mich eine junge Frau mit lila Haaren an.

„Lass ma, Bea“, meinte der Alte hinter ihr, der unzählige Falten und ein paar graue, glanzlose Augen im Gesicht hatte. „Siehste doch, dass die Kleine neu hier ist.“

„Was?“, stammelte ich überrascht. „Nein. Ich will gar nicht ... Also ... Ich suche jemanden. Vielleicht habt ihr ihn gesehen. Er heißt Tom, ist etwas größer als ich, hat so lange braune Haare, meistens mit Mütze und Rucksack und neuerdings mit einer guten Winterjacke."

„Was is mit dem?", wollte diese Bea wissen. „Will er nicht mehr deine Hure sein und ist dir abgehauen?"

„Bea!", fuhr der Alte sie an.

„Was denn? Ist doch wahr! Was sollte sonst so ne feine Tussi von unserem jungen, hübschen Penner wollen?"

Ich ignorierte ihre blöde Bemerkung und sagte hoffnungsvoll: „Das heißt, ihr kennt ihn?"

Die Frau mit den lila Haaren schnalzte mit der Zunge und musterte mich schweigend aus zusammengekniffenen Augen.

Der Alte versetzte ihr einen Stoß und sagte an mich gewandt: „Geh rein und frag die Damen an der Ausgabe. An ihnen müssen alle vorbei, die kennen hier fast jeden. Und dann frag auch gleich, warum das heute so lange dauert."

Ich lächelte ihn an und nickte. „Danke."

Eine Reihe von Entschuldigungen murmelnd, schob ich mich in das Innere vom Franziskushaus und fand mich in einem großen Raum voller Tische und Stühle wieder, an dessen Rückseite sich ein Tresen und der Durchgang zu einer Küche befanden. Dahinter verteilten zwei Frauen sichtlich gestresst das Essen an die Bedürftigen und eilten zwischendurch immer wieder in die Küche. In der Warteschlange davor herrschte Unruhe. Mir war auf den ersten Blick klar, dass ich in diesem Trubel keine Gelegenheit bekommen würde, die beiden anzusprechen und nach Tom zu fragen. Stattdessen suchte ich in der Menge nach seinem Gesicht, konnte ihn aber auch hier drinnen nirgends entdecken.

„Na, junge Frau, bist wohl zum ersten Mal hier, was?“, wurde ich von einem Mann angesprochen, der mit einem Teller Suppe von der Ausgabe kam und sich offenbar an den Tisch setzen wollte, neben dem ich stand.

„Ja“, sagte ich automatisch. „Das heißt, nein. Ich bin auf der Suche nach jemandem.“

„Streetworkerin, was?“, vermutete er. „Da haste dir ja den richtigen Tag ausgesucht. Hier geht grad alles drunter und drüber, weil gleich zwei von unseren guten Feen ausgefallen sind und die beiden anderen kaum dagegen ankommen.“ Er deutete rüber zum Tresen. „Gibt heute nicht mal Brot zur Suppe, weil sie es nicht schaffen. Aber ich will nicht meckern. Besser als nichts.“

Damit wandte er sich seiner Suppe zu und schien mich im nächsten Moment bereits wieder vergessen zu haben.

Nachdenklich schaute ich rüber zur Essensausgabe und ließ meinen Blick von dort über die vielen Menschen im Raum wandern. In mir machte sich eine leise Stimme bemerkbar, die darauf drängte, dass ich etwas tun sollte. Die beiden Frauen vom Franziskushaus brauchten dringend Hilfe, und ich hatte sowieso nichts Besseres zu tun, als vergeblich nach Tom Ausschau zu halten. Warum nicht beides miteinander verbinden? Aber konnte ich wirklich einfach da vorne hingehen und die Suppenkelle schwingen? Ich hatte so etwas noch nie gemacht, kannte hier keine Menschenseele und wusste überhaupt nicht, was auf mich zukam bei dieser Meute an hungrigen Mäulern. Andererseits wären sie bestimmt froh, wenn sie etwas schneller an ihr Essen kamen.

Ich schaute erneut in die Runde und atmete tief durch. Dann ging ich vor zum Tresen, ignorierte den Protest der Wartenden und sagte an eine der guten Feen gewandt: „Eigentlich bin ich wegen etwas anderem hier, aber es sieht aus, als ob ihr Hilfe braucht. Was kann ich tun?"

Die Frau blickte von ihrem Suppentopf auf und musterte mich überrascht. Anscheinend kam sie zu dem Ergebnis, dass ich in guter Absicht kam, und weil sie und ihre Kollegin wirklich überfordert waren, antwortete sie: „Da links geht es durch die Tür. Dann wieder links. Hinten stehen Handschuhe und Mundschutz. Bind dir die Haare zusammen, und dann kannst du hier übernehmen, damit ich mich um den Nachschub kümmern kann."

„Okay", hörte ich mich sagen und folgte ihren Anweisungen, als wäre es vollkommen selbstverständlich, dass ich spontan zur Hilfskraft bei der Essensausgabe für Bedürftige wurde. Ohne Erfahrung, ohne Einarbeitung, ohne Gesundheitszeugnis, oder was auch immer man in der Gastronomie so brauchte. Im weitesten Sinne war es das ja. Aber wurden solche Stellen nicht ohnehin von Ehrenamtlichen betrieben? Das war ich dann jetzt wohl auch, zumindest für diesen einen Abend.

Zum weiteren Nachdenken blieb keine Zeit. Kaum, dass ich meine Tasche und meine Jacke zur Seite gelegt und mir Handschuhe und Mundschutz angezogen hatte, winkte die gute Fee mich an ihre Seite.

„Ich bin Maria, das da drüben ist Elfi", erklärte sie, während sie nebenbei stoisch weiter Suppe auffüllte und verteilte. „Hast du so etwas schon mal gemacht?"

„Nein."

Sie drückte mir die Suppenkelle in die Hand. „Für jeden zwei große Kellen voll. Wenn ich es schaffe, gibt es gleich eine Scheibe Brot dazu. Und lass dich nicht bequatschen, jemandem mehr zu geben."

„Okay."

Völlig überrumpelt tauchte ich die Kelle in den großen Suppentopf, griff mit der anderen Hand nach einem Teller vom Stapel und reichte mit vor Aufregung zitternden Fingern das erste Essen über den Tresen. Eine Frau mit zerlumpten Klamotten und furchtbar schlechten Zähnen lächelte mich dankbar an und ging weiter zu Elfi, bei der sie etwas zu trinken bekam und ungefragt einen Euro auf den Tisch legte.

Das Herz schlug mir bis zum Hals, als ich den nächsten Teller fertig machte, doch mit jedem dankbaren Lächeln wurde ich ruhiger und war bald völlig in meine Aufgabe versunken. Jetzt, wo Maria sich ausschließlich darum kümmern konnte, dass rechtzeitig Nachschub zur Stelle war und alles reibungslos lief, ging es zügiger voran, und auch in der wartenden Menge wurde die Stimmung sichtlich gelassener.

„Bist wohl so was wie ne Heilige, was?" Die junge Frau mit den lila Haaren war an der Reihe und sah mich herausfordernd an. „Das kommt beim Tommi bestimmt gut an. Zu blöd, dass er nicht da ist ... Ey, was soll das?", rief sie empört, als ihr der Alte von hinten eine Kopfnuss verpasste.

„Nimm deine Suppe und hau ab!" Er zog ärgerlich die Stirn in Falten. „Statt dankbar zu sein, macht sie hier blöde Sprüche", schimpfte er vor sich hin und sagte dann an mich gewandt: „Hör nicht auf die blöde Kuh. Dich hat der Himmel geschickt. Und ich hoffe für dich, dass dein Tom noch auftaucht."

Ich rang mir ein kleines Lächeln ab, blickte verstohlen nach rechts und links und füllte ihm unauffällig ein wenig mehr Suppe auf seinen Teller.

Der Alte zwinkerte mir verschwörerisch zu und zog von dannen. Ich schaute ihm hinterher und warf dann einen Blick über die restliche Schlange vor dem Tresen. Mittlerweile war das Ende in Sicht, doch Tom war nicht aufgetaucht. Ahnte er etwa, dass er mir hier direkt in die Arme laufen würde? Aber woher sollte er das wissen? Oder hatte er mich von draußen durch das Fenster gesehen und war direkt umgedreht?

Ein aufforderndes Räuspern riss mich aus meinen Gedanken, woraufhin ich meine Zweifel und Enttäuschung fürs Erste beiseiteschob und mich wieder auf meine Aufgabe konzentrierte.

Eine halbe Stunde später waren alle hungrigen Mäuler versorgt, und ich hatte zum ersten Mal die Gelegenheit, mich in Ruhe umzuschauen. Es mussten an die fünfzig Personen sein, die alleine oder in Grüppchen, sich lautstark unterhaltend oder still in sich gekehrt an den großen Tischen saßen und ihre Suppe löffelten. Manche von ihnen blieben anschließend eine Weile sitzen, andere verschwanden sofort wieder nach draußen, und bei jedem Einzelnen von ihnen fragte ich mich, ob sie wohl eine Unterkunft hatten oder komplett auf der Straße lebten. Niemals hätte ich gedacht, dass es in unserer Stadt so viele arme Seelen gab, und es fühlte sich an, als wäre ich heute

Abend durch das Tor zu einer anderen Welt getreten. Tom hatte leider recht gehabt. Im Alltag draußen auf der Straße nahm man sie nicht wahr. Jeder war mit sich selbst beschäftigt, ohne darauf zu achten, was hinter dem eigenen Tellerrand passierte und wie es den Menschen dort ging. Dabei waren so viele Sorgen, die wir uns machten, belanglose Kleinigkeiten gegenüber dem, was hier passierte.

„Willkommen in der Realität", sagte Maria, die plötzlich neben mir stand und offenbar meine Gedanken gelesen hatte. „Du siehst ganz schön mitgenommen aus. Aber du hast uns hier heute auf Deutsch gesagt den Arsch gerettet, und ich weiß gar nicht, wie ich dir danken soll."

„Ist schon okay", murmelte ich mit belegter Stimme. „Ehrlich gesagt hat es mir sogar Spaß gemacht." Das hatte es wirklich. Es hatte sich gut angefühlt, etwas tun zu können und nicht nur mitleidig zuzuschauen. Außerdem war es eine wunderbare Ablenkung von meinen traurigen Gedanken an Tom gewesen.

Maria lachte fröhlich hinter ihrer Maske. „Oh, du kannst gerne jederzeit wiederkommen. Wir können hier jede helfende Hand gebrauchen."

„Ja, vielleicht mache ich das sogar", erwiderte ich lächelnd.

Sie umfasste meinen Arm und drückte ihn leicht. „Ich würde mich freuen. Und die da sowieso." Mit einer Kopfbewegung deutete sie in den Raum hinein und erinnerte mich an eine Herbergsmutti, der ihre Schützlinge wirklich ans Herz gewachsen waren. „Manche Schicksale gehen dir echt an die Nieren, wenn du unsere Gäste erst näher kennenlernst. Aber sie sind allesamt Kämpfer und für jede

Kleinigkeit unglaublich dankbar. Nicht wie im normalen Leben, wo es an allem etwas auszusetzen gibt."

Ihre gefurchte Stirn ließ erahnen, dass sie damit ebenfalls Erfahrungen gesammelt hatte, und zwar keine guten. Doch bevor ich nachfragen konnte, stupste Maria mich am Arm an und sagte: „Aber jetzt sag erst mal, was dich überhaupt hierhergeführt hat."

Ich lächelte verlegen und erzählte ihr von Tom.

Maria nickte eifrig. „Natürlich kenne ich den. Es ist ein Jammer, dass so ein netter junger Mann vom Weg abgekommen ist. Aber er wird sicher wieder auftauchen. Ist schon öfter vorgekommen, dass er mal ein, zwei Tage nicht da war."

Ihre Gelassenheit machte mir Hoffnung, dass ich mir tatsächlich zu viele Gedanken machte. Vielleicht gab es wirklich einen ganz anderen Grund, warum Tom heute nicht hier war.

„Ich hoffe, du hast recht", seufzte ich und rückte den restlichen Stapel Teller vor mir gerade.

Maria tätschelte mir aufmunternd den Rücken und schaute prüfend durch den Raum, als wollte sie sich noch einmal vergewissern, dass alle versorgt waren. Für mich sah es danach aus, doch plötzlich sagte sie: „Mach mal bitte einen Teller mit Suppe voll und bring ihn vor die Tür. Da ist noch jemand."

Ich folgte ihrem Blick und entdeckte draußen am Fenster den Obdachlosen aus dem Parkhaus. „Warum kommt er nicht rein?", fragte ich überrascht.

Maria seufzte. „Der Hund darf nicht mit rein, und Paul hungert lieber, als dass er Filou unbeaufsichtigt alleine draußen lässt. Ich schätze, er hält ebenfalls Ausschau nach Tom, denn er ist einer der wenigen, die Paul als Hundesitter akzeptiert, während er hier ist."

„Oh", war alles, was mir dazu einfiel, während mein Herzschlag ein paar Takte zulegte. Das war meine Chance. Wenn Tom nicht hier war, dann konnte mir vielleicht wenigstens sein Freund sagen, wo ich ihn finden würde. Und es musste eine glückliche Fügung sein, dass dieser kein völlig Fremder für mich war.

Aufgeregt füllte ich einen Teller voll Suppe, schnappte mir meine Jacke, einen Löffel und zwei Scheiben Brot und ging vor die Tür.

Draußen auf dem Bürgersteig stand ein prall gefüllter Einkaufswagen. Daneben lag der Hund und blickte wachsam auf, als ich aus dem Gebäude trat. Sein Herrchen hatte sich in der Zwischenzeit auf der Bank davor niedergelassen und schaute mich jetzt an wie eine Erscheinung.

Eine Mischung aus Alkoholgeruch, Körperausdünstungen und ungewaschenen Klamotten wehte zu mir herüber und verband sich zu einem unglaublichen Gestank, der wirklich jedes Obdachlosenklischee erfüllte. Doch ich versuchte, mir nichts anmerken zu lassen, setzte mich lächelnd ans andere Ende der Bank und hielt ihm den Teller und das Brot entgegen. „Ich habe Ihnen etwas mitgebracht."

Fassungslos starrte er erst auf das Essen, dann in mein Gesicht und fing herzhaft an zu lachen, was nahtlos in eine Hustenattacke überging.

„Du bist doch Toms Mädchen, oder?", wollte er wissen, nachdem er sich wieder beruhigt und mir die Suppe abgenommen hatte. „Bist echt immer wieder für eine

Überraschung gut. Ich bin Paul. Das ist Filou. Und gute Menschen wie du dürfen uns übrigens duzen."

Ich grinste ihn verlegen an, merkte jedoch selbst, dass es kaum mehr als ein verunglücktes Lächeln wurde. „Ich bin Rieke", sagte ich. „Bei Toms Mädchen wäre ich mir nicht so sicher", fügte ich leise hinzu.

Er wandte sich seinem Teller zu und tunkte schweigend das Brot in die Suppe.

„Ist nicht so leicht mit ihm." Es war eher eine Feststellung als eine Frage. „Zu gut für die Gosse und zu schlecht fürs normale Leben. Meint er jedenfalls. Und das kriegst du nicht mehr aus ihm raus."

„Ich weiß", flüsterte ich traurig. „Ich habe es versucht und war so kurz davor, aber jetzt ist er weg und redet nicht mehr mit mir."

Paul ließ sein Brot achtlos in die Suppe fallen und tätschelte mir mit der freien Hand das Knie. „Es liegt nicht an dir, Mädchen. Tom ist ein feiner Kerl, aber das Päckchen, das er mit sich rumträgt, ist eine Nummer zu groß für ihn. Und für dich erst recht."

Ich betrachtete die rissige, dreckige Pranke auf meiner Jeans, die deutliche Spuren vom Leben auf der Straße trug, und fragte: „Weißt du, wo ich ihn finden kann?"

„Warum sollte ich dir das sagen?", gab er plötzlich ziemlich abweisend zurück.

„Weil mir Tom wichtig ist und ich nicht will, dass er immer tiefer in dieses Loch fällt, in dem er anscheinend steckt."

„Und wenn er nicht gefunden werden will?" Paul sah mich herausfordernd an.

Ich atmete tief ein, was ich so dicht neben ihm sofort bereute, und erklärte mit zittriger Stimme: „Ich möchte nur eine einzige Chance, mit ihm zu reden. Wenn er dann wirklich nichts mehr mit mir zu tun haben will, werde ich es akzeptieren. Aber so kann ich das nicht."

„Du glaubst gar nicht, was du alles kannst, wenn du es musst", gab er unwirsch zurück. „Tom wird seinen Grund haben, warum er abgehauen ist, und solange ich den nicht kenne, werde ich meinen Kumpel nicht an dich verraten."

„Aber ..."

Er brachte mich mit einem Kopfschütteln zum Schweigen und sah mich aus glasigen Augen an. „Weißt du, es gibt einen Schmerz, der stärker ist als alles, was du Küken je erlebt hast. Er lähmt dich, frisst dich von innen auf und lässt dir im besten oder schlechtesten Fall höchstens deine Überlebensinstinkte. Essen, trinken, schlafen. Nichts denken, nichts fühlen und erst recht nichts hoffen oder erwarten. Weil's besser ist."

Bei seinen Worten zog sich mein Magen zu einem steinernen Klumpen zusammen. Ich wollte das nicht hören. Nicht im Zusammenhang mit Tom, denn der Gedanke daran, dass sein Schmerz so viel schlimmer war, als ich mir vorstellen konnte, brach mir das Herz.

„Dann liegt es doch an mir, weil ich das alles durcheinander gebracht habe", quetschte ich mühsam hervor.

Pauls Schweigen war Antwort genug. Und auch ich wusste nicht, was ich noch sagen sollte. Für eine Weile saßen wir still nebeneinander da, während Paul schlürfend seine Suppe auslöffelte und die zweite Scheibe Brot mit seinem Hund teilte. Diese kleine Geste hatte etwas, was mich zutiefst berührte.

„Was ist dein Päckchen?“, wollte ich wissen, nachdem er den Teller beiseitegestellt und seinem Hund die Ohren gekrault hatte.

Paul erstarrte mitten in der Bewegung, und ich erwartete, dass er genau wie Tom aufspringen und die Flucht ergreifen würde. Stattdessen holte er tief Luft und sagte leise: „Ich habe meine Frau und meine kleine Tochter umgebracht.“

Was?! Völlig schockiert wollte ich instinktiv von ihm zurückweichen, doch ein Blick in seine Augen reichte, um zu erkennen, dass er kein Mörder im eigentlichen Sinne war.

Paul beobachtete jede meiner Regungen ganz genau und schien darauf zu warten, dass ich mich entsetzt von ihm abwandte oder irgendwelche dummen Bemerkungen machte. Doch ich dachte gar nicht daran.

„Erzählst du mir, was passiert ist?“, fragte ich ihn behutsam.

In Pauls Augen blitzte Überraschung auf. Dann hob er plötzlich ruckartig den Kopf und schaute Richtung Kirchturm, dessen Glocken gerade einmal läuteten. Viertel nach acht. Oder war es Viertel nach neun? Bei meinem unverhofften Aushilfsjob an der Essensausgabe hatte ich jegliches Zeitgefühl verloren. Doch das war im Moment nicht wichtig.

„Nicht jetzt“, sagte Paul auf einmal hektisch. „Du musst dich beeilen, wenn du Tom erwischen willst. Das *Haus zur Heimat* macht um halb zehn die Schotten dicht. Bis dahin muss er drinnen sein, sonst kann er auf der Straße schlafen. Und das bekommt ihm nicht sonderlich gut."

Demnach war es Viertel nach neun. Und es war doch wichtig.

Wie elektrisiert sprang ich auf. „Das ist das Obdachlosenheim in der Bismarckstraße, oder?", fragte ich aufgeregt und erinnerte mich daran, dass es eins der drei Häuser war, die ich bei meiner Googlerecherche gefunden hatte.

Paul nickte. Er ließ nicht erkennen, was ihn zu dem plötzlichen Sinneswandel gebracht hatte, und es blieb auch keine Zeit, ihn danach zu fragen. Alles, was jetzt zählte, war Tom und dass ich es rechtzeitig dorthin schaffte. Fünf Minuten Fußweg waren es mindestens, und so schnell würde ich mit den Nachwehen meiner Verletzung wahrscheinlich nicht einmal sein.

Eilig stürmte ich ins Franziskushaus, schnappte mir meine Tasche und rief der überraschten Maria und Elfi einen flüchtigen Abschiedsgruß zu. Draußen vor der Tür angelte Paul eine Flasche Bier aus seinem Einkaufswagen. Im Vorbeigehen umarmte ich ihn kurz und drückte ihm einen Zehner in die freie Hand.

„Danke", sagte ich und suchte anschließend schnell das Weite, um einen tiefen Zug frische Luft einzuatmen.

„Viel Glück!", rief er mir hinterher. „Wenn es jemand schafft, Tom zu retten, dann bist du das, Mädchen! Hast das Herz am rechten Fleck."

Bei seinen Worten machten sich ein kribbelndes Glücksgefühl, Hoffnung und Dankbarkeit in mir breit. Ich hätte so gerne die Gelegenheit gehabt, länger mit ihm zu reden, aber die Zeit lief gegen mich.

Als ich mit hängender Zunge am *Haus zur Heimat* ankam, waren noch drei Minuten übrig, bis die Türen geschlossen wurden. Wie ich Tom kannte, würde er es nicht riskieren, auf den letzten Drücker zu kommen, und wäre bestimmt schon drinnen. Suchend schaute ich mich um und entdeckte eine Klingel neben der Eingangstür.

„Jetzt ist aber auch höchste Eisenbahn", hörte ich eine strenge Stimme, als die Tür geöffnet wurde. Ein Mann in der Uniform eines Wachdienstes stand vor mir und hielt mitten in der Bewegung verblüfft inne.

„Ich glaube, Sie sind hier falsch, junge Frau", begrüßte er mich. „Das ist hier ein reines Männerhaus."

„Ich weiß. Ich suche auch gar keine Unterkunft, sondern einen Ihrer ... Gäste", erklärte ich und geriet dabei kurz ins Stocken, weil ich kein passendes Wort fand für die Männer, die hier lebten.

Der Wachmann musterte mich prüfend. „Sind Sie von der Polizei oder vom Sozialamt?"

„Nein", stammelte ich irritiert.

„Dann werde ich Ihnen leider keine Auskunft über die Bewohner unseres Hauses geben dürfen", informierte er mich sachlich und wandte sich zum Gehen.

„Moment!", versuchte ich ihn aufzuhalten, doch er war gnadenlos.

„Tut mir leid. Ich kann Ihnen da wirklich nicht weiterhelfen. Wenden Sie sich mit Ihrer Anfrage morgen früh ab neun Uhr an unser Büro." Damit drehte er sich um und schloss die Tür vor meiner Nase.

Mist! Ich war so nah dran, und dieser Korinthenkacker ließ mich einfach auflaufen. Im ersten Impuls wollte ich an die Tür hämmern und ihn anflehen, Tom wenigstens zu sagen, dass ich mit ihm sprechen musste. Aber ich ahnte, dass die Mühe vergeblich wäre.

Betrübt stieg ich die Stufen zum Bürgersteig runter und blickte an der Hausfassade entlang. Wo bist du, Tom? Bist du da und beobachtest vielleicht sogar, wie ich mich hier zur Idiotin mache?

Plötzlich ging im Erdgeschoss ein Fenster auf, und ein sehr junger Mann mit verfilzten Rastazöpfen und Piercings lehnte sich hinaus. „Hey!", rief er mir zu. „Wen suchst du denn?"

Er sah so wild aus, dass ich im ersten Moment davor zurückscheute, mich ausgerechnet ihm anzuvertrauen. Doch ich hatte mittlerweile gelernt, dass vieles anders war, als mir meine Vorurteile weismachen wollten, und ging zwei Schritte auf ihn zu.

„Tom", sagte ich, und da ich seinen Nachnamen nicht kannte, gab ich ihm eine grobe Beschreibung. „Kennst du ihn zufällig?"

„Klaro, wohnt gleich nebenan. Warte kurz!" Schon war er verschwunden, und ich schaute nervös von dem Fenster rechts neben seinem zum linken. Es gab keine Gardinen, das hieß, wenn Tom dort auftauchte, um nachzuschauen, wer nach ihm fragte, würde ich es mitbekommen. Stattdessen kehrte der Rastamann ans mittlere Fenster zurück und sagte: „Sorry, Tom ist nicht da."

„Ist er es wirklich nicht, oder sollst du mir das nur sagen?", vergewisserte ich mich zweifelnd, woraufhin er mich auslachte.

„Nee, Süße, er ist wirklich nicht hier. Hat vielleicht im Lotto gewonnen oder so. Dann würde ich auch nicht in dieses Loch zurückkehren.“

Ha ha, sehr witzig! Resigniert wandte ich mich von ihm ab und wollte möglichst schnell von hier weg, mich in eine stille Ecke verdrücken und weinen. Jetzt war es wirklich aus und vorbei, was auch immer es gewesen war.

Und wenn ihm etwas passiert ist?, mischte sich eine leise Stimme dazwischen. Was, wenn doch etwas anderes dahintersteckte und er nicht einfach nur vor mir weggelaufen war? Hätte ich doch wenigstens gewusst, von welchen Problemen der Sanitäter gesprochen hatte. Aber so stocherte ich völlig im Dunkeln und war nicht sicher, ob es zum Beispiel Sinn machte, in der Notaufnahme vom Krankenhaus nach Tom zu fragen. Nichtsdestotrotz hätte ich mich liebend gerne an den Gedanken geklammert, dass Tom deshalb nicht im Heim aufgetaucht war. Aber die dunkle Vorahnung, dass etwas anderes der Grund dafür war, war stärker. Denn wenn ich Tom richtig einschätzte, hatte er diesmal ernst gemacht und längst die Stadt verlassen, um mir nicht zufällig in die Arme zu laufen. Auf der Flucht vor mir, vor seinen Problemen und vor sich selbst.

Scheiße, scheiße, scheiße! Ich wollte ihm doch nur helfen. Und jetzt ging es ihm wahrscheinlich schlechter als vorher, weil ich sein Leben so auf den Kopf gestellt hatte. Von wegen Shampoo-Flasche! Wenn ein Mensch so kaputt und ausgelaugt war wie er, dann kam anscheinend auch umgedreht nichts mehr dabei raus. Und ich Idiotin hatte ihm trotzdem Hoffnungen gemacht. Auf einen Job, auf ein besseres Leben, auf ... Liebe?

Tom hatte recht gehabt, das Schicksal war ein Arschloch. Für einen kurzen Moment hatte es uns vorgegaukelt, dass unsere Begegnung irgendeinen tieferen Sinn haben könnte, nur um uns am Ende beide mit einem großen Scherbenhaufen zurückzulassen.

Ich wusste später nicht mehr, wie ich nach Hause gekommen war. Wie ferngesteuert musste ich in den nächstbesten Bus ein- und zufällig an der richtigen Haltestelle wieder ausgestiegen sein, um dann mit schlafwandlerischer Sicherheit in meiner Wohnung anzukommen.

Als ich wieder zu mir kam, stand ich unter der Dusche, und das nicht erst seit Kurzem, so rot wie meine Haut brannte. Die Wassertropfen vermischten sich mit meinen Tränen und spülten sämtliche Hoffnung den Abfluss runter. Ich musste mich wohl oder übel an den Gedanken gewöhnen, dass ich Tom nie wieder sehen oder sprechen würde. Und diese Tatsache zerriss mein Herz in tausend Einzelteile.

Kurz überlegte ich, Jasmin anzurufen, doch mir fehlte die Kraft dazu. Wie hätte ich ihr auch erklären sollen, was ich selbst nicht verstand? Stattdessen saß ich alleine heulend mit der Taschentuchbox auf dem Sofa. War es wirklich erst drei Wochen her, seit ich hier um meine Beziehung zu Basti geweint hatte? Und wie jämmerlich war dieser Schmerz doch gewesen im Gegensatz zu dem, was jetzt in mir tobte.

Eigentlich musste ich längst ins Bett, denn morgen war ein ganz normaler Arbeitstag. Die Aussicht darauf machte mich ganz krank, weil mich selbst im Verlag alles an

Tom erinnern würde, nicht zuletzt seine Zeichnungen, die noch auf meinem Schreibtisch lagen. Aber nach acht Wochen Krankheit konnte ich es mir nicht leisten, schon wieder auszufallen. Also kroch ich gegen Mitternacht unter die Decke und hoffte wenigstens auf ein bisschen Schlaf.

Als am Morgen der Wecker klingelte, fühlte ich mich wie gerädert. Es dauerte einen Moment, bis alle Erinnerungen an den Vortag wieder da waren, und nach der Trauer kam die Wut. Ich verfluchte Tom dafür, dass er sang- und klanglos ohne eine wirkliche Erklärung verschwunden war. Dass er mir keine Chance gegeben hatte, ihn um Verzeihung zu bitten und ihm vorzuschlagen, das mit den Zeichnungen zu vergessen und alles andere langsam anzugehen. Er konnte doch nicht alles zwischen uns einfach so wegwerfen. Oder hatte ich etwas falsch verstanden, und meine Gefühle gingen ihm in Wirklichkeit am Arsch vorbei? Aber dann sollte er mir das wenigstens sagen!

Meine Laune war unterirdisch, und sie besserte sich garantiert nicht dadurch, dass im Bus ein paar Schüler lautstark miteinander stritten und in der Unterführung ein Radfahrer zwischen den Fußgängern durchraste. Diesmal sah ich ihn zwar kommen und konnte rechtzeitig ausweichen, doch es war der Tropfen, der das Fass an Erinnerungen zum Überlaufen brachte. Lautstark schnauzte ich ihn an und murrte weiter vor mich hin, als wir beide längst den Tunnel in entgegengesetzten Richtungen verlassen hatten.

In der Fußgängerzone angekommen, atmete ich tief durch und ermahnte mich zur Ruhe. Ich musste so langsam dringend runterkommen, bevor ich im Verlag sämtliche Kunden und Autoren mit meiner Laune vergraulte.

Mit einem flauen Gefühl im Magen näherte ich mich dem Verlagsgebäude. Alle Fenster waren dunkel. Offenbar war ich heute Morgen die Erste. Seufzend zog ich den Schlüssel aus der Tasche, bog in die kleine Gasse neben dem Haus ein und erschrak beinah zu Tode, als ich dort eine Gestalt vor dem Eingang kauern sah. Vor Überraschung ließ ich den Schlüsselbund fallen, der scheppernd auf dem Boden aufschlug. Ruckartig hob die Gestalt den Kopf und sah mich aus verquollenen Augen an.

„Tom", flüsterte ich entsetzt, und schlagartig war alle Wut auf ihn verflogen.

Er sah furchtbar aus. An seinem linken Wangenknochen war die Haut aufgeplatzt und dick geschwollen. An der rechten Schläfe war seine Mütze ebenfalls blutverkrustet. Der Rest seines Gesichts war kreidebleich, mit tiefen Schatten unter den Augen, in deren Blick sich unendliche Erschöpfung widerspiegelte.

Tom rappelte sich vom Treppenabsatz auf und geriet dabei leicht ins Straucheln. Im ersten Moment fragte ich mich, ob er betrunken war, aber ihm fehlte anscheinend bloß die Kraft, sich auf den Beinen zu halten. Blitzschnell war ich bei ihm und wollte ihn stützen, doch er winkte ab und hielt sich an der Wand fest.

„Was ist passiert?", fragte ich erschrocken und streckte die Hand aus, um seine Mütze beiseitezuschieben und mir anzugucken, wie schlimm die Verletzung darunter war. Aber auch das wehrte Tom ab.

„Ich bin in eine Auseinandersetzung geraten", erklärte er schwer atmend. „Dabei ist mir das Handy abgenommen worden. Deshalb konnte ich dir gestern nicht Bescheid sagen, dass ich nicht komme."

Jedes Wort kostete ihn sichtlich Mühe. Und *„Auseinandersetzung"* war eindeutig die Untertreibung des Jahres.

„Oh scheiße", murmelte ich und überlegte fieberhaft, was ich tun sollte. „Das heißt, das ist gestern schon passiert? Wo warst du seitdem, Tom? Du musst zum Arzt damit. Das muss dringend gereinigt und desinfiziert werden."

„Nein", nuschelte er. „Mir geht's gut."

„Das sehe ich", gab ich spöttisch zurück.

Tom sah mich an, und der Ausdruck in seinem Blick riss mir den Boden unter den Füßen weg. Seine Augen flehten mich an, ihm zu verzeihen, als wäre es unser größtes Problem, dass er den Termin gestern verpasst hatte. Gleichzeitig meldete sich eine leise Stimme in mir zu Wort, dass hier irgendetwas nicht zusammenpasste, doch bevor ich weiter darüber nachdenken konnte, hörte ich meine Kollegin Ariane hinter mir sagen: „Ach du Schande, was ist denn hier los? Bist du okay, Rieke? Wer ist das? Soll ich die Polizei rufen? Oder den Rettungsdienst?"

„Nein", antworteten Tom und ich wie aus einem Mund, wobei ich die Polizei und er ganz offensichtlich beides meinte.

„Das ist Tom", fügte ich leise hinzu. „Unser Künstler."

„Oh." Ariane musterte ihn neugierig, warf dann einen Blick über ihre Schulter Richtung Parkplatz und erklärte geschäftsmäßig: „Okay. Ich weiß nicht, was passiert ist, aber so solltet ihr vielleicht besser nicht dem Chef in die Arme laufen." Sie hielt kurz inne und schien über etwas nachzudenken. Dann zog sie ihren Autoschlüssel hervor, hielt ihn mir entgegen und sagte: „Hier, bring ihn zu einem Arzt oder am besten gleich in die Notaufnahme. Und ich denke mir etwas aus, warum du später kommst."

„Was?" Völlig perplex sah ich sie an, während sich zahlreiche Abers auf meiner Zunge sammelten. Sie konnte mir doch nicht ernsthaft ihr Auto anvertrauen, um einen völlig Fremden damit durch die Gegend zu fahren. Außerdem würde mein Chef wenig begeistert sein, wenn ich nach dem ganzen Hickhack von gestern jetzt auch noch zu spät kam. Andererseits konnte und wollte ich Tom unmöglich seinem Schicksal überlassen. Auch wenn er das offenbar anders sah.

„Nein!", protestierte er überraschend lebendig. „Geh zur Arbeit! Ich komme klar. Und ich will nicht, dass du wegen mir deinen Job verlierst."

„Das werde ich nicht", beruhigte ich ihn. „Aber genauso wenig werde ich mir Ärger wegen unterlassener Hilfeleistung einhandeln. Und dass du Hilfe brauchst, ist kaum zu übersehen."

Tom schnaubte, sagte jedoch nichts weiter.

Bei seinem Anblick zog sich alles in mir schmerzhaft zusammen. Ich hatte die ganze Zeit gewusst, dass er ein gebrochener Mann war, doch es war nie zuvor so offensichtlich gewesen wie hier und jetzt. Am liebsten hätte ich ihn fest in den Arm genommen und nie wieder losgelassen, doch dafür war dies weder die richtige Zeit noch der richtige Ort.

Ariane blickte zwischen uns hin und her, und ich spürte, wie es klick machte, als sie erkannte, dass Tom für mich mehr als unser potenzieller Zeichner war.

„Nun seht zu, dass ihr wegkommt!", befahl sie energisch. „Ich mache das schon. Ich sage dem Chef, dass du auf dem Weg zur Arbeit einen Ersthelfer-Einsatz hattest und nicht sicher ist, wann oder ob du heute kommst. Dagegen kann er ja wohl kaum etwas einzuwenden haben. Ganz abgesehen davon, dass es ziemlich nah an der Wahrheit ist."

Ja, das war es definitiv. Ich lächelte meine Kollegin dankbar an, griff nach dem Autoschlüssel und sagte: „Du hast was gut bei mir."

„Quatsch nicht rum und hau ab!"

Tom stand währenddessen schweigend daneben und sah aus, als wäre ihm das alles sichtlich unangenehm. Doch ihm fehlte die Kraft für weiteren Protest. Langsam folgte er mir zum Parkplatz hinter dem Verlagsgebäude. Nervös hielt ich Ausschau nach dem dicken SUV meines Chefs, der zum Glück erst weit hinter mir im Rückspiegel auftauchte, nachdem ich den Hof mit Arianes Polo bereits verlassen hatte.

Erleichtert atmete ich auf und konzentrierte mich darauf, das fremde Fahrzeug sicher durch die engen Gassen auf die Hauptstraße zu lenken.

„Wohin fährst du?", wollte Tom wissen, der bislang schweigend neben mir gesessen hatte.

„Zur Notaufnahme?", antwortete ich und merkte selbst, dass es eher wie eine Frage klang.

„Nein! Ich bin wirklich okay, Rieke. Ich muss mich nur irgendwo aufwärmen und etwas schlafen, dann ist alles gut."

„Alles gut?", wiederholte ich ungläubig. „Was ist passiert, Tom? Wer hat dich so zugerichtet?"

Er wandte den Kopf ab, starrte aus dem Seitenfenster nach draußen und erklärte knapp: „Einer aus dem Heim, mit dem ich neulich aneinandergeraten bin."

„Worum ging es dabei?", bohrte ich nach.

Tom zögerte, rückte dann aber doch mit der Sprache raus und sagte: „Er wollte das Handy."

Ich konnte nur mit Mühe ein hysterisches Lachen unterdrücken und wollte ihn schütteln und fragen, was noch, doch ich spürte, dass es für den Moment zu viel war. Stattdessen fragte ich leise: „Und du hast dich lieber verprügeln lassen, statt es ihm zu geben? Es war doch bloß ein altes Smartphone."

„Nein." Tom schüttelte den Kopf und verzog schmerzverzerrt das Gesicht. „Es war nicht nur ein Smartphone. Es war meine Verbindung zu dir", bemerkte er stockend. „Die wichtigste Verbindung, die ich in den letzten drei Jahren hatte. Und plötzlich hatte ich keine Möglichkeit, dir zu erklären, warum ich nicht zu dem Termin kommen konnte. Du warst bestimmt furchtbar böse auf mich, weil du dachtest, dass ich doch gekniffen habe."

Ich runzelte verwirrt die Stirn. „Aber du hast mir doch eine Nachricht geschickt und genau das erklärt."

„Was?", fragte er verblüfft.

Da wir vor einer roten Ampel standen, zog ich mein Handy aus der Jackentasche, rief WhatsApp auf und zeigte ihm den Chat. „Das!"

Tom las die letzten Nachrichten und riss die Augen auf. „Dieses verdammte Arschloch!", fluchte er. „Rieke, das ist nicht von mir. Zu dem Zeitpunkt war ich überhaupt nicht in der Lage, dir zu schreiben." Er starrte fassungslos auf das Display und war, wenn möglich, noch eine Spur blasser geworden. „Kalle hat mich kurz nach unserem Chat am Vormittag erwischt. Mir das Handy abzunehmen war eine Sache, aber er hat nicht lockergelassen, bis er auch die PIN hatte, damit er das Ding überhaupt verwenden kann. Deshalb konnte er so tun, als wäre er ich, und dir antworten. Und anscheinend hatte dieser Mistkerl einen klaren Moment, um mit seiner Antwort voll ins Schwarze zu treffen."

Ich gab einen überraschten Laut von mir. Plötzlich ergab alles einen Sinn. Dass bei meinem Anruf niemand abgenommen hatte. Die fehlende Großschreibung in der Nachricht. Dass er mich anschließend sofort blockiert hatte. Hätte ich doch bloß auf mein Bauchgefühl gehört, als es leise Zweifel geäußert hatte. Aber es hatte alles so gut zusammengepasst. Zu gut. Außerdem hätte ich trotzdem keine Chance gehabt, Tom zu finden und mit ihm zu reden. Und wenn ich mir vorstellte, was ihm alles hätte passieren können, wenn die Verletzungen schlimmer gewesen wären ... Was für ein Albtraum!

Mir war nach Heulen zumute, doch ein empörtes Hupen zwang mich, mich wieder auf den Verkehr zu konzentrieren. Hektisch legte ich den Gang ein und hätte den Polo beinah abgewürgt, als ich die Kupplung kommen ließ. Ich konnte ihn soeben abfangen, bog nach rechts ab und damit genau in die entgegengesetzte Richtung zum Klinikum. Mein Unterbewusstsein hatte unser Ziel offenbar bereits im Visier, und aus Mangel an Alternativen folgte ich ihm blind auf direktem Weg zu mir nach Hause.

„Was ist danach passiert?", hakte ich vorsichtig nach. „Wo warst du seitdem? Ich ..." Ich holte tief Luft, weil ich nicht sicher war, wie er auf den nächsten Satz reagieren würde, und sagte: „Ich war gestern Abend im Franziskushaus und bei deiner Unterkunft, weil ich dich zur Rede stellen wollte, aber du warst nicht da."

Aus dem Augenwinkel sah ich Toms erstaunten Blick, hatte beim Fahren jedoch keine Gelegenheit, ihn zu erwidern. Er drehte sich wieder Richtung Seitenfenster um und antwortete leise: „Draußen. Und im Keller eines Altenwohnheims. Ich habe es nicht rechtzeitig zur Unterkunft geschafft, und dort stand ein Lieferanteneingang offen."

Er knetete unruhig seine Hände im Schoß, die ebenfalls ziemlich mitgenommen und verschrammt aussahen. Und obwohl er mir nur teilweise geantwortet hatte, reichte das, um ein Gefühl dafür zu bekommen, wie schrecklich die vergangenen Stunden für ihn gewesen sein mussten.

Schweigend bog ich in meine Straße ein und parkte auf dem Seitenstreifen vor dem großen Wohnkomplex. Tom schaute aus dem Fenster und fragte: „Sind wir da, wo ich denke?"

„Falls du damit einen Ort meinst, an dem du dich aufwärmen und schlafen kannst, ja", bestätigte ich.

Tom saß plötzlich wie erstarrt auf seinem Sitz und atmete hörbar ein und aus. Ich konnte ihm ansehen, wie es hinter seiner Stirn arbeitete und er nach schlagkräftigen

Argumenten suchte, warum das eine ziemlich blöde Idee von mir war.

„Du weißt, wie unvernünftig es ist, einen wildfremden Penner mit in deine Wohnung zu nehmen, oder?“, bemerkte er angespannt.

Ich funkelte ihn herausfordernd an. „Hast du vor, mich auszurauben oder zu vergewaltigen?“

Tom riss die Augen auf, als hätte ich den Verstand verloren, und sagte entsetzt: „Nein. Natürlich nicht.“

„Gut“, gab ich gelassen zurück. „Ich verspreche, dich ebenfalls nicht zu fesseln und zu knebeln. Es geht um einen Erste-Hilfe-Kasten, eine Dusche, etwas zu essen und ein Bett. Und du kannst jederzeit wieder gehen, wenn du das willst, okay?“

Der letzte Satz kam leise und stockend, weil ich befürchtete, dass er genau das tun würde.

Tom hielt meinen Blick fest und riss mich mitten hinein in den Sturm, der in seinen Augen tobte. Ich spürte, wie gerne er sich fallen lassen wollte und wie viel Angst er davor hatte. Wie mühsam er gegen diesen Wunsch ankämpfte und wie wenig Kraft er dafür hatte. Bis am Ende ein schwaches Nicken übrig blieb und er mir ergeben zum Hauseingang folgte.

Tom

Ich wusste, dass es ein verdammter Fehler war, und trotzdem fand ich mich plötzlich im Flur von Riekes Wohnung wieder, umgeben von Sauberkeit, Wärme und Ruhe. So viel Ruhe.

Mein Körper schrie nach all dem, was sie mir so verlockend in Aussicht gestellt hatte, während ich gleichzeitig auf Hochtouren überlegte, wie ich aus dieser Nummer wieder rauskommen sollte. Seit über zwei Jahren hatte ich keine private Wohnung mehr betreten. Hatte all diesen Annehmlichkeiten, die für andere so normal waren, gezwungenermaßen abgeschworen. Und ich hatte Angst davor, was dieser Ausflug in eine Welt, die nicht mehr meine war, mit mir machen würde. Rieke meinte es natürlich nur gut. Aber was, wenn ich anschließend nicht mehr zurückfand? Wieder raus auf die Straße und in meine traurige Unterkunft musste, aber mental nicht damit zurechtkam? Oder schlimmer noch, wenn Rieke mir anbot zu bleiben? Mittlerweile traute ich ihr alles zu.

„Tom?" Ich spürte eine Berührung an meiner Hand und zuckte zusammen.

„Du bist eiskalt", stellte Rieke fest. „Am besten gehst du heiß duschen und ziehst dir etwas Frisches an. Ich kann deine Sachen gleich in die Waschmaschine stecken und mache dir etwas zu essen und einen Tee. Mit Kaffee kann ich leider nicht mehr dienen, seit Basti seine Hightechmaschine mitgenommen hat.“

Ich sah sie an und hatte Mühe, die ganzen Vorschläge zu verarbeiten. Deshalb nickte ich hilflos, rührte mich jedoch keinen Millimeter von der Stelle. Auch dann nicht, als Rieke nacheinander auf ein paar Türen deutete und erklärte, was sich dahinter verbarg.

„Hallo! Erde an Tom“, sagte sie. „Wie wär’s, wenn wir damit anfangen, dass du deinen Rucksack und deine Jacke ablegst?“ Sie streckte auffordernd die Hand aus, und ich machte im Stillen drei Kreuze, dass es mittlerweile so warm war, dass ich wieder meine alte dünne Jacke trug, denn auch die hatte bei Kalles Angriff einiges abbekommen. Nicht auszudenken, wenn es ihr Geschenk erwischt und die gute neue Jacke keine drei Wochen bei mir überlebt hätte.

Ich wich Riekes Blick aus und ließ zögernd den Rucksack von meinen Schultern gleiten, der in ihrer Wohnung wie ein Fremdkörper wirkte. Genau wie ich.

Nachdem ich mich auch aus der Jacke geschält hatte, fühlte ich mich seltsam schutzlos. Und die Tatsache, dass ich das ungewohnte Hemd statt meines üblichen Pullovers trug, machte die Sache kaum besser.

„Mütze?“, bemerkte Rieke fragend, ohne auf mein neues Outfit zu reagieren.

Reflexartig griff ich mir an dic Stirn, ließ das Stück Stoff jedoch dort, wo es war.

Plötzlich stand Rieke direkt vor mir und begutachtete einen Punkt über meinem rechten Auge. „Das Blut ist an der Mütze festgetrocknet. Lass uns ins Bad gehen, dann versuche ich sie ganz vorsichtig von der Wunde zu lösen, okay?“

Ich nickte zögernd und folgte ihr wie eine willenlose Marionette. Sie forderte mich auf, mich auf den Toilettendeckel zu setzen, und befeuchtete einen Waschlappen, mit dem sie mir zunächst unterhalb der Mützenkante die Haut abtupfte.

Zwischen uns lagen nur noch wenige Zentimeter. Ich hätte bloß den kleinen Finger auszustrecken brauchen, um Rieke zu berühren. Ihre Körperwärme und der Duft ihres Parfüms hüllten mich ein wie eine kuschelige Decke. Wäre ich nicht so vollkommen am Ende gewesen, hätte ich mich verdammt zusammenreißen müssen, um nicht auf ihre Brüste zu reagieren, die mit jeder ihrer Bewegungen direkt auf meiner Augenhöhe auf und ab tanzten. Doch meine Konzentration reichte soeben dafür, mich vor dem Schmerz zu wappnen, als sie mir behutsam die Mütze abnahm. Mit geschlossenen Augen und zusammengekniffenen Lippen ließ ich das beißende Brennen über mich ergehen und hörte, wie Rieke geräuschvoll die Luft einsog.

Oh Shit, war es so schlimm?

Ich schaute zu ihr auf und beobachtete verblüfft, wie sie ihren Blick überrascht, um nicht zu sagen bewundernd über meinen Kopf wandern ließ. Und im selben Moment, in dem sie „Deine Haare“ sagte, fiel es mir wieder ein. Die neue Frisur, von der Rieke nichts wissen konnte.

„Ich wollte nicht wie der letzte Penner bei deinem Chef auflaufen“, erklärte ich verlegen und betrachtete dabei meine verdreckte Hose, die in völligem Widerspruch zu meinen Worten stand. „Aber das hat sich jetzt wohl erledigt."

Ich zuckte zusammen, als ich Riekes Hand spürte, die mir zunächst über die kurzen Haare im Nacken strich und anschließend über meinen Hemdkragen. „Ich bin sicher, dass wir das alles wieder hinkriegen", meinte sie mit ihrem unerschütterlichen Optimismus. „Ich verarzte jetzt erst mal deine Wunde, und dann bringen wir den Rest von dir auf Vordermann."

„Aber ..."

Blitzschnell legte sie mir einen Finger auf die Lippen. „Ich werde gleich zur Arbeit fahren. Allein deshalb, um Ariane ihr Auto zurückzubringen. Aber erst, nachdem ich dich sauber und satt ins Bett gesteckt habe. Und je mehr du dagegen protestierst, umso länger wird es dauern, okay?"

Ich nickte ergeben, weil ich ohnehin keine Chance gegen sie hatte. Diese Frau machte mich schwach, und es war gleichzeitig das Schönste und Schlimmste, was mir passieren konnte.

Eine halbe Stunde später war ich verarztet und geduscht und kam in meinen üblichen Klamotten aus dem Bad. Der feine Zwirn und meine Jacke drehten bereits in der Waschmaschine ihre Runden, und meine Schuhe standen frisch abgebürstet neben der Wohnungstür.

Ein Seitenblick ins Wohnzimmer verriet mir, dass Rieke dort bereits die Schlafcouch ausgezogen und das Bettzeug parat gelegt hatte. Gott sei Dank war sie nicht auf die Idee gekommen, mich in ihrem Schlafzimmer einzuquartieren. Ich war völlig überfordert mit der ganzen Situation, und alles in mir schrie danach, die Flucht zu ergreifen. Doch mein Körper spielte dabei nicht mit.

Die lange, heiße Dusche hatte zumindest die schlimmste Kälte daraus vertrieben, aber Hunger, Schmerzen und Müdigkeit waren geblieben, wenn nicht sogar stärker geworden, denn aus der Küche wehte mir der Duft von aufgebackenen Brötchen entgegen. Wie aufs Stichwort knurrte mein Magen. Hoffentlich hatte Rieke sich nicht zu viel Mühe gemacht, denn so ausgehungert, wie ich war, würde ich nicht viel herunterbringen.

„Hey“, sagte sie mit diesem umwerfenden Rieke-Lächeln, als ich durch die Tür trat.

„Hey“, erwiderte ich leise und steckte mir verlegen die Hände in die Hosentaschen.

Rieke musterte mich prüfend, als müsste sie kontrollieren, ob ich die Dusche unbeschadet überstanden hatte. Ihr liebevoller Blick streichelte meinen geschundenen Körper und meine noch viel kaputtere Seele. Zu gerne hätte ich gewusst, was sie sah. Mir selbst hatte vorhin aus dem Spiegel ein ziemlich ramponierter Kerl entgegengeblickt, der mindestens zehn Jahre älter wirkte, als er war. Doch dieser unglaublichen Frau vor mir schien das nicht das Geringste auszumachen.

Wie aus weiter Ferne drang ihre Stimme an mein Ohr, dass ich mich setzen und zugreifen sollte, während sie einladend auf den prall gefüllten Küchentisch deutete. Aber meine Füße entwickelten ein Eigenleben und steuerten direkt auf Rieke zu. Ehe ich wusste, was ich tat, zog ich sie an mich und hielt sie fest. Hielt mich an ihr fest. Ich wollte ihr so vieles sagen und brachte keinen einzigen Ton heraus. Doch Rieke schien mich zu verstehen, strich mir schweigend über den Rücken und gab mir die Zeit, die ich brauchte, um mich wieder zu fangen.

Es war wie ein Traum. Eine Halluzination. Echt sein konnte das jedenfalls nicht. Ich war doch gerade noch in der Hölle gewesen. So schnell kam man von dort nicht in den Himmel. Jemand wie ich erst recht nicht.

„Warum?“, flüsterte ich hilflos an ihrem Ohr, und es konnte alles Mögliche bedeuten. Warum tust du das für mich? Warum kann ich dir nicht einfach sagen, wie viel du mir bedeutest? Warum bin ich in diesem Scheißleben gelandet und habe so verdammte Angst vor jedem kleinen bisschen Glück?

„Weil das Schicksal es so wollte“, gab Rieke leise zurück. „Und jetzt will es auch etwas. Du musst es nur zulassen.“

Der sarkastische Arschloch-Tom in mir wollte lachen und ihr sagen, dass sie sich ihr Schicksal sonst wohin stecken konnte. Stattdessen lief mir bei ihren Worten eine Gänsehaut über den Rücken. Unwillkürlich musste ich an das Horoskop denken, von dem ich Rieke gestern geschrieben hatte und das in dieselbe Kerbe schlug. Es hatte mir einen entscheidenden Richtungswechsel für meine Zukunft vorausgesagt. Und eine Begegnung, die mehr als meine beruflichen Pläne ins Wanken bringen würde. Eine schmerzvolle Begegnung. Leider war bereits einiges davon eingetreten. Sollte an diesem Hokuspokus etwa doch etwas dran sein? Aber was, wenn ich mich darauf einließ und das Schicksal und die Sterne sich irrten?

Rieke löste sich ein Stück von mir, um mich anzuschauen, und strich mir mit dem Finger über meine gerunzelte

Stirn. „Hör auf zu denken! Iss etwas und schlaf eine Runde. Danach sieht die Welt ganz anders aus.“

Ich lächelte schwach und wollte ihr so gerne glauben. Doch ich spürte bereits, wie sich Unruhe in mir breitmachte. Diese alles beherrschende Ruhelosigkeit, die in kürzester Zeit meinen gesamten Körper erfassen und mich zur Flucht treiben würde. Aber auch Rieke merkte offenbar, was los war, und kam den Dämonen in mir zuvor.

„Ich würde dann jetzt zur Arbeit fahren, oder brauchst du noch irgendwas?“, fragte sie, als wäre es das Selbstverständlichste der Welt, einen Wildfremden alleine in ihrer Wohnung zurückzulassen.

„Ja“, antworte ich weiterhin fassungslos über dieses blinde Vertrauen. „Zum Beispiel einen Psychiater, der mir bestätigt, dass du im Vollbesitz deiner geistigen Fähigkeiten bist, mir all dein Hab und Gut anzuvertrauen.“

Riekes glockenhelles Lachen ging mir durch und durch. „Den brauchst du nicht“, erklärte sie amüsiert. „Wir wissen doch beide, dass bei mir seit dem Sturz in der Unterführung irgendwas im Kopf durcheinandergeraten ist.“

„Nicht nur da“, knurrte ich weit weniger belustigt. „Du hast deinen Freund verloren und riskierst außerdem deinen Job, wenn du nicht langsam verschwindest. Und wenn ich dir hier gleich die Wohnung ausraube, hast du demnächst auch kein schönes Zuhause mehr.“

Rieke sah aus, als wollte sie etwas sagen, überlegte es sich dann jedoch anders und griff nach ihrer Tasche. Ich befürchtete, sie diesmal wirklich verärgert zu haben mit meinem blöden Sarkasmus und dass sie ohne jedes weitere Wort einfach gehen würde. Doch in der Tür drehte Rieke sich zu mir um, warf mir einen undefinierbaren Blick zu und sagte: „Auch wenn du offenbar ein Problem damit hast, es zu akzeptieren: Ich vertraue dir, Tom. Also sei heute Nachmittag bitte noch da."

In ihren Worten lagen ein Flehen und eine unterschwellige Angst, die mich mitten ins Herz trafen. Wie erstarrt stand ich mitten in ihrer Küche und schwor bei allem, was mir noch heilig war, dass ich sie diesmal nicht enttäuschen würde.

Rieke

Meine Konzentrationsfähigkeit an diesem Tag war gleich null, doch zum Glück hatte Ariane so gut vorgesorgt, dass mein Chef keine weiteren Fragen stellte und offensichtlich froh war, dass ich überhaupt gekommen war.

Am Ende meiner Mittagspause suchte ich das Allerheiligste auf, um mit ihm über Tom zu sprechen. Ich konnte ihm natürlich schlecht erzählen, dass er in eine Prügelei geraten war und deshalb nicht zu dem Termin erschienen war. Aber Arianes Vorschlag, dass Tom auf dem Weg zum Verlag einen Unfall gehabt hatte, bei dem ihm das Handy kaputtgegangen war, war zumindest nah genug an der Wahrheit, um es mit meinem Gewissen vereinbaren zu können.

Herr Bachmann hörte sich stirnrunzelnd alles an und erklärte dann, dass Toms Zeichnungen so gut waren, dass er ihm in der kommenden Woche eine zweite Chance geben würde. Das war mehr, als ich erwartet hatte, und ich war hin- und hergerissen zwischen Freudentaumel und Zweifel. Denn was, wenn Tom das Projekt mittlerweile abgehakt hatte und nicht mehr wollte? Oder seine Zeichnungen bei dem „Unfall“ zerstört worden oder abhandengekommen waren? Oder er gar nicht mehr da wäre, wenn ich nach Hause kam?

Es machte mich wahnsinnig, dass ich zwischendurch keine Möglichkeit hatte, ihn zu erreichen. Tom hatte kein

Handy mehr und ich keinen Festnetzanschluss, weil Basti den für überflüssig erklärt hatte. Jetzt wünschte ich, ich hätte ein Telefon zu Hause, um hören zu können, wie es Tom ging. Ob er überhaupt noch da war. Andererseits wollte ich ihn auch nicht wecken, und dass er einen ordentlichen Nachholbedarf an Schlaf hatte, war offensichtlich gewesen.

Lieber, armer, kaputter Tom.

Immer wieder musste ich an diesen neuen, umwerfenden Anblick denken, der sich mir geboten hatte, als ich ihm die Mütze abgenommen hatte. Kein Sterbenswörtchen hatte er mir darüber verraten, dass er beim Friseur gewesen war und sich neu eingekleidet hatte. Geschweige denn, was er dafür ausgegeben hatte und wovon er in nächster Zeit leben wollte. Ehrlich gesagt hatte ich überhaupt nicht darüber nachgedacht, welchen Eindruck sein vorheriges Aussehen bei meinem Chef hinterlassen könnte. Tom war halt Tom, und der Bachmann wusste, unter welchen Umständen er lebte. Aber jetzt ... wow! Die Schmetterlinge in meinem Bauch musste ich zwar längst nicht mehr von Tom überzeugen, aber auch sie hatten nichts dagegen, diesen liebenswerten Kerl in einer ansprechenderen Hülle verpackt zu sehen. Und plötzlich konnte ich mir auch den erfolgreichen Tom vorstellen, der Geschäftspartnern seine Entwürfe präsentierte und mit seiner Frau an der Seite garantiert ein echtes Traumpaar abgegeben hatte, obwohl ich sie nie gesehen hatte und das gar nicht beurteilen konnte. Es war bloß so ein Gefühl, das ein schmerzhaftes Ziehen in meiner Brust verursachte. Vor Traurigkeit, über das, was er verloren hatte. Vor Eifersucht auf diese unbekannte Frau, die einen Schatz wie Tom den ihren nennen durfte. Und vor Sehnsucht nach ihm und seiner Nähe, die er mir nach wie vor sehr selten und sehr kurz gestattete.

Als ich um Viertel nach fünf nach Hause kam, stand ich von den Haar- bis in die Zehenspitzen unter Strom. Die Ungewissheit, ob Tom da sein würde oder ihm doch alles zu viel geworden war, zermürbte mich. Mit zitternden Fingern schloss ich die Wohnungstür auf und lauschte in den Flur hinein. Nichts. Die Küche war leer. Die Wohnzimmertür stand offen, doch auch von dort war kein Geräusch zu hören.

Vielleicht schläft er, versuchte ich mich zu beruhigen. Trotzdem schlug mir das Herz bis zum Hals, als ich rübering und angespannt um die Ecke lugte.

Der Anblick, der sich mir bot, trieb mir die Tränen in die Augen. Ich hatte vieles erwartet, um nicht zu sagen befürchtet. Den ganzen Tag über hatte ich mich gezwungen, daran zu denken, wie hoch die Wahrscheinlichkeit war, dass Tom nicht mehr da sein würde. Doch er war noch hier, lag auf dem Sofa, hatte sich die Decke bis unters Kinn hochgezogen und schlief wie ein Engel. Seine Wangen waren leicht gerötet. Die Schwellung unter dem Auge war zurückgegangen, dafür etwas dunkler geworden. Und dort, wo das Pflaster klebte, hing ihm eine Haarsträhne in die Stirn, die danach schrie, von mir an die Seite gestrichen zu werden. Doch ich beherrschte mich, blieb, wo ich war, und speicherte dieses Bild auf meiner inneren Festplatte ab, um es nie wieder zu vergessen.

Tom wirkte so entspannt, wie ich ihn nie zuvor erlebt hatte, und spätestens in diesem Augenblick wusste ich, dass ich heute Morgen alles richtig gemacht hatte. Wie auch immer es weitergehen sollte, wenn er aufwachte. Er konnte wohl kaum bei mir einziehen und würde das garantiert auch nicht wollen. Außerdem hatte ich demnächst selbst keine Wohnung mehr, wenn ich nicht bald eine neue Bleibe fand. Aber der Gedanke, Tom nach diesem kurzen Intermezzo wieder in sein armseliges Leben zurückzuschicken, brach mir das Herz.

Reglos beobachtete ich ein paar Minuten lang diesen friedlich schlafenden Mann vor mir, während Verstand und Gefühl einen wilden Kampf in mir ausfochten. Ich wollte dort rübergehen, Tom berühren, ihn wecken, ihn küssen und ihm sagen, wie sehr er sich trotz allem, was dagegensprach, in mein Herz geschlichen hatte. Doch die Angst vor seiner Reaktion war stärker. Zu groß war die Gefahr, ihn damit in die Flucht zu schlagen und für immer zu verlieren. Dann würde ich es lieber weiter langsam angehen und diese verdammte Sehnsucht in mir irgendwie ertragen.

Mit einem wehmütigen Seufzen schlich ich aus dem Wohnzimmer, schloss leise die Tür hinter mir und machte mich daran, uns etwas zu kochen. Auf dem Heimweg war ich schnell im Supermarkt gewesen und hatte Reis, Hähnchenbrust und Gemüse für mein Lieblingspfannengericht eingekauft. Ein leichtes und gesundes Essen mit frischen Zutaten, wie Tom es bestimmt lange nicht bekommen hatte.

Eine halbe Stunde später erfüllte ein herrlicher Duft die Küche. Da ich in der Mittagspause vor lauter Tom-Grübeleien kaum etwas runterbekommen hatte, knurrte mir mittlerweile der Magen.

Ich hatte gerade eine letzte Prise Pfeffer in die Pfanne gegeben, als Tom auftauchte. Ziemlich verschlafen und mit verstrubbelten Haaren stand er plötzlich im Türrahmen und schaute mit ungläubiger Miene vom liebevoll gedeckten Tisch zum Herd und zurück.

„Ich träume noch, oder?", bemerkte er zweifelnd.

„Soll ich dich kneifen?", erwiderte ich lächelnd.

Tom lachte leise. „Nee. Bringt nichts. Deine Schmerzmittel sind echt gut."

Ich stellte die Temperatur am Herd runter und musterte ihn anschließend prüfend. „Wie geht es dir?"

„So gut wie lange nicht mehr", sagte er leise und schien sich aus unerklärlichen Gründen dafür zu schämen. Bevor ich darauf eingehen konnte, lenkte er jedoch bereits ab. „Bist du schon lange hier?"

„Eine knappe Stunde", antwortete ich nach einem flüchtigen Blick auf die Uhr.

Tom strich sich verlegen über den frisch rasierten Nacken. „Ich muss vorhin wieder voll eingeratzt sein. Wahrscheinlich bin ich dafür heute Nacht fit wie ein Turnschuh."

Wir schauten uns in die Augen, während ein dickes, unausgesprochenes Fragezeichen zwischen uns schwebte. Heute Nacht. Wo würde Tom da sein? Hier bei mir? Oder zurück im Obdachlosenheim?

Ich beschloss, die Frage auf später zu verschieben und jede Sekunde, die ich mit ihm hatte, zu genießen.

„Jetzt gibt es erst mal was zu essen", erklärte ich fröhlich. „Ich hoffe, du magst Hähnchen und bist nicht Vegetarier oder Veganer oder so was."

Tom schüttelte den Kopf und schien nach wie vor nicht so recht glauben zu können, was hier passierte.

„Rieke, ich ...", setzte er stockend zu einer Rede an, doch ich bremste ihn aus und deutete auf den Tisch.

„Quatsch nicht rum, setz dich und iss", befahl ich lächelnd, um ihm erst gar keine Gelegenheit zu geben, seine Verlegenheit zum Ausdruck zu bringen.

Er schluckte herunter, was er sagen wollte, blieb jedoch stehen und bohrte seinen Blick fest in meinen. „Danke", sagte er leise. „Für alles."

Ich antwortete mit einem stillen Lächeln und wandte mich dann schnell meiner Pfanne zu. Diese Melancholie in seinen Augen brachte mich um das letzte bisschen Verstand, das meine Gefühle noch im Zaum hielt.

Während des Essens fragte Tom mich nach meinem Arbeitstag. Ich erzählte ihm von Arianes großartigen Notlügen, meiner nicht vorhandenen Konzentration und dem Gespräch mit meinem Chef.

„Er gibt dir übrigens noch eine Chance und bietet dir für nächste Woche einen neuen Termin an", bemerkte ich möglichst beiläufig.

Die Gabel, die Tom sich gerade in den Mund schieben wollte, verharrte kurz in der Luft und sank dann zurück auf den Teller. Er wollte offensichtlich etwas sagen, überlegte es sich dann jedoch anders und nickte.

Ich ließ es ebenfalls dabei bewenden und gab ihm Zeit, diese Neuigkeit zu verdauen. Ein paar Minuten lang widmeten wir uns schweigend unserem Essen, während es hinter Toms Stirn sichtbar arbeitete. Schließlich schob er den leeren Teller von sich und sah mich an.

„Rieke", begann er zögernd, „kann ich dich etwas fragen?"

„Klar", antwortete ich gelassen, obwohl ich alles andere als das war. Ich ahnte, worauf er hinauswollte. Dass wieder dieses Warum-tust-du-das zwischen uns stand. Oder die Frage danach, wie es weitergehen sollte. Doch Tom wollte etwas anderes wissen. Und erwischte mich damit eiskalt.

„Ich habe heute Nachmittag die Zeitung gelesen, die in der Küche auf dem Schrank lag", sagte er und klang dabei, als hätte er sich heimlich an meinem Tagebuch vergriffen – wenn ich denn eins geführt hätte. Dabei war es bloß eine blöde Wochenzeitung, die gratis an alle Haushalte verteilt wurde. Es sei denn, man hatte wie ich gewisse Markierungen darin hinterlassen, was mir jedoch erst wieder einfiel, als Tom es zur Sprache brachte.

„Was sind das für Wohnungen, die du bei den Immobilienanzeigen eingekreist hast?"

Schlagartig schoss mir eine flammende Hitze in die Wangen. Mist! Davon sollte er doch gar nichts wissen, damit er sich nicht auch noch Sorgen um mich machte.

Fieberhaft suchte ich nach einer Ausrede, fand allerdings keine. Ich spürte Toms Blick auf mir und wagte es nicht, ihn zu erwidern.

„Rieke?" Er griff nach meiner Hand und drückte sie leicht. „Ich weiß, dass du mir helfen willst, aber es wird nicht funktionieren, dass du mir einfach eine Wohnung suchst, die ich ohnehin nicht bezahlen kann. Ohne Job wird sich sowieso kein Vermieter darauf einlassen, mich ..."

„Nein“, unterbrach ich ihn. „Das ist es nicht.“ Ich sah ihn an und erklärte leise: „Ich suche eine Wohnung für mich. Ich muss Ende Mai hier raus.“

Jetzt war es raus.

„Was?!“, rief Tom fassungslos, und ich zog unwillkürlich den Kopf ein.

„Was ist passiert?“, wollte er wissen, und ich wusste, dass ich nicht mehr drum herumkommen würde, ihm alles zu erklären. Ich holte tief Luft und erzählte ihm von Basti und unserer neuen Wohnung, die jetzt nur noch Bastis neue Wohnung war; von der Sanierung meiner jetzigen vier Wände und der anschließenden massiven Mieterhöhung, die ich mir nicht leisten konnte.

Als ich alles losgeworden war, herrschte in meiner Küche eine gespenstische Stille. Tom hatte die Zähne fest aufeinandergepresst und eine tiefe Furche auf der Stirn. Geistesabwesend starrte er vor sich auf den leeren Teller, und es war nicht zu übersehen, wie erschüttert er war. Plötzlich schlug er so heftig mit der Hand auf die Tischplatte, dass ich erschrocken zusammenzuckte, und sprang auf.

„Verdammt!“, fluchte er und lief wie ein gefangener Tiger vor der Küchenzeile auf und ab. „Ich habe von Anfang an gewusst, dass ich dir nichts als Ärger bringen würde. Aber du konntest ja nicht lockerlassen. Und jetzt steckst du selbst mitten in der Scheiße. Ich hätte das nicht zulassen dürfen. Ich hätte ... Ach, Shit!“

Tom blieb stehen und raufte sich die Haare. Es brach mir das Herz, zu sehen, wie verzweifelt er war. Wie er sich selbst die Schuld für alles gab, obwohl er doch gar nichts getan hatte, außer mir die Augen zu öffnen.

Langsam stand ich auf, ging zu ihm und legte eine Hand an seine Wange. Er zuckte zurück, als könnte mich jede Berührung weiter ins Unglück stürzen.

„Kannst du bitte damit aufhören, dich für alles verantwortlich zu fühlen?“, sagte ich leise. „Ja, vielleicht warst du der Auslöser dafür, dass Basti und ich uns zerstritten und getrennt haben. Vielleicht wäre es aber auch sowieso passiert, aus irgendeinem anderen, weniger bedeutenden Grund. Und im Nachhinein bin ich froh, dass es so gekommen ist. Auch wenn es ein paar unangenehme Folgen hat.“

Tom sah mich an, als hätte ich den Verstand verloren. „Ein paar unangenehme Folgen?“, wiederholte er ungläubig. „Rieke, guck mal auf den Kalender! Wenn du Pech hast, sitzt du in knapp vier Wochen auf der Straße.“

„Nein“, versuchte ich ihn und ein Stück weit auch mich selbst zu beruhigen. „Das wird nicht passieren. Im Zweifelsfall kann ich übergangsweise zu meinen Eltern oder zu Freunden. Meine Situation ist eine völlig andere als deine, also vergiss es, okay?“

Blitzschnell packte Tom mich an den Oberarmen und drückte sie so fest, dass es wehtat. „Was weißt du schon über meine Situation?“, stieß er wütend hervor. „Glaubst du nicht, dass ich auch so optimistisch war und dachte, dass sich alles irgendwie finden würde? Aber so leicht ist das nicht. Und ich will einfach nicht, dass du solche Probleme hast, egal wie klein oder groß sie sein mögen.“

Er schleuderte mir die Worte mit einer Wucht entgegen, die mich ganz schwindelig werden ließ. Vor allem deshalb, weil der Ausdruck in seinen Augen in völligem

Gegensatz dazu stand. Darin war keine Wut, sondern echte Sorge. Und etwas anderes, das ich nicht greifen konnte, weil die Angst zu groß war, es sofort wieder zu verlieren. Doch die Atmosphäre zwischen uns war ohnehin so aufgeladen, dass ich nicht darauf eingehen konnte, sondern meinem eigenen Frust Luft machen musste.

„Ach ja?", blaffte ich zurück. „Ich sag dir was, Tom, ich habe ein ganz anderes Problem, und das bist du. Weil ich nie weiß, woran ich bei dir bin. Warum glaubst du, mich retten zu müssen, dich selbst aber nicht? Warum vertraust du mir nicht? Warum muss ich bei dir ständig damit rechnen, dass du wegläufst und nie wiederkommst? Warum darf ich dir manchmal so nah kommen, und im nächsten Moment fährst du wieder die Stacheln aus? Warum ..."

Ich verstummte schlagartig, als sich ein paar warme, weiche Lippen auf meine legten. Ohne jede Vorwarnung hatte Tom sich vorgebeugt und mich mit einem Kuss zum Schweigen gebracht.

Einem Kuss?!

Mein Hirn kam gar nicht schnell genug mit dem Denken hinterher, als es auch schon wieder vorbei war. Zurück blieb ein unglaubliches Kribbeln, das wie ein Stromstoß von meinem Mund durch den ganzen Körper schoss. Und über meinen donnernden Herzschlag hinweg hörte ich ihn flüstern: „Darum."

Tom lockerte den Griff an meinen Armen, ließ mich jedoch nicht los. Wie in Zeitlupe hob ich den Kopf, um ihm in die Augen zu schauen. Da war eine Zärtlichkeit in seinem Blick, bei der sich alles in mir sehnsüchtig zusammenzog. Aber es lag auch Panik darin. Angst vor diesem

Geständnis, das er mir indirekt gemacht hatte. Keiner von uns sagte etwas, denn jedes Wort wäre jetzt eins zu viel gewesen und hätte den Zauber des Augenblicks durchbrochen. Und das wollte ich auf keinen Fall riskieren, egal wie viele Dinge zwischen uns noch unausgesprochen waren.

Unsere Blicke trafen sich, tanzten umeinander herum und verschmolzen ineinander, während die Welt um uns herum zum Stillstand kam. Es gab kein Gestern und Morgen mehr. Keine Fragen nach dem, was passiert war oder wie es weitergehen würde. Kein Du und Ich. Nur das Hier und Jetzt und ein Wir.

Ich spürte Toms Atem an meiner Wange, als er mir so nah kam, dass kein Blatt Papier mehr zwischen uns passte. Unerträglich langsam legten sich seine Lippen erneut auf meine. Fragend, zögernd, ängstlich. Bevor er sich wieder zurückziehen konnte, schlang ich meine Hände um seinen Nacken, presste mich an ihn und küsste ihn mit einer Leidenschaft, die mich selbst überraschte. All die aufgestauten Gefühle der vergangenen Wochen wollten ungebremst heraus, und nachdem Tom die erste Schrecksekunde überwunden hatte, ließ auch er sich in diesen Kuss fallen, der alles bisher Dagewesene in den Schatten stellte.

Seine Hände wanderten an meinen Armen und meiner Taille herab, bis er mich an den Hüften umschlang und an sich zog. Ich ließ meine ebenfalls abwärts rutschen und schob einen Finger unter seinen Pullover. Tom gab ein Knurren von sich, das jedoch alles andere als böse klang und mich ermutigte, das Shirt darunter aus seinem Hosenbund zu ziehen und mich zu seiner nackten Haut vorzuarbeiten. An der empfindlichen Stelle zwischen meinem Ohr und meiner Halsbeuge zog Tom scharf die Luft ein, was mich nur noch mehr erregte.

Egal, wie viele tausend Argumente dagegensprachen, aber ich wollte diesen Mann. Ich wollte ihn so sehr. Und auch Tom schien für den Moment alle Bedenken über Bord geworfen zu haben. Ohne Widerstand zu leisten, ließ er sich von mir rüber ins Schlafzimmer ziehen und mit mir zusammen aufs Bett fallen, während sich unsere Lippen lediglich zum Luftholen voneinander lösten und unsere Hände plötzlich überall gleichzeitig waren. Es war wie ein Rausch. Ein Rausch, den ich in dieser Form nie zuvor erlebt hatte.

Bis Tom ohne Vorwarnung innehielt und sich von mir löste. Ich stöhnte widerwillig auf und wollte ihn zurückziehen, doch er hielt dagegen und tastete halb über mich gebeugt mit den Augen mein Gesicht ab.

„Wir sollten das nicht tun, Rieke", sagte er leise, doch es klang nicht sehr entschlossen, sondern eher furchtbar gequält.

Ich stützte mich auf die Ellenbogen und schaute ihm fest in die Augen. „Doch, Tom. Das sollten wir. Ich weiß nicht, was hier mit uns passiert und wo das hinführt, aber glaubst du wirklich, es wird besser, wenn wir jetzt aufhören?"

Er rang sich ein gequältes Lächeln ab. „Nein. Aber wenn wir jetzt weitermachen, wird es noch schwieriger."

„Ich weiß. Und ich will es trotzdem."

Tom atmete schwer, und ich spürte den Kampf, der in seinem Inneren tobte. „Du bist wirklich ein bisschen verrückt", knurrte er.

„Verrückt nach dir, du Grummelkopf", flüsterte ich, legte die Hand in seinen Nacken, zog ihn zu mir herunter und küsste ihn. Nicht fordernd, sondern zärtlich. Verständnisvoll. Ein stilles Versprechen, dass ich ihm nichts von dem, was hier passierte, im Nachhinein übel nehmen würde, sondern dass ich genau das und nichts anderes wollte.

Tom sträubte sich, kämpfte dagegen an und verlor am Ende doch. Ich spürte, wie die Anspannung in seinem Körper nachließ und er sich fallen ließ, zunächst so behutsam und zärtlich, dass meine angeborene Ungeduld auf eine harte Probe gestellt wurde, später mit einer Leidenschaft, bei der mein Körper in Flammen stand. Doch gerade als ich dachte, ich hätte seinen Widerstand endgültig gebrochen, zog er erneut die Notbremse und keuchte: „Es geht nicht, Rieke. Ich habe nichts dabei ... zum Schutz."

Für einen Sekundenbruchteil rutschte mir das Herz in die Hose – die ich nicht mehr anhatte, wohlgemerkt. Das war in der Tat ein Argument. Dann jedoch fielen mir die restlichen Gummis ein, die Basti bei seinem Auszug vergessen hatte.

„Wenn das eine Ausrede sein soll, hast du leider verloren", neckte ich Tom liebevoll, rollte mich unter ihm hervor und zog grinsend die Nachttischschublade auf.

Wäre nicht jede einzelne meiner Sinneszellen auf Tom konzentriert gewesen, hätte ich mich wahrscheinlich darüber amüsiert, was Basti für ein Gesicht machen würde, wenn er wüsste, was hier vor sich ging. Stattdessen beobachtete ich ungeduldig, wie Tom zögernd das Kondom entgegennahm, mit zitternden Fingern die Verpackung aufriss und mit dem Inhalt kämpfte. „Tut mir leid", erklärte er verlegen. „Bin wohl etwas aus der Übung."

Statt etwas darauf zu erwidern, streckte ich die Hand aus, um mich selbst darum zu kümmern.

Tom sah mich entsetzt an und schüttelte den Kopf, doch ich ignorierte ihn und griff beherzt zu. Ich wollte gerade mit ihm schimpfen, dass er mir jetzt nicht mit seinem verfluchten Stolz kommen sollte, als er mich hektisch beiseiteschob, sich die Hand vor sein bestes Stück drückte, aufsprang und rüber ins Bad stürzte.

Völlig verdattert schaute ich ihm hinterher, während mein Unterleib weiterpochte und noch nicht erkannt hatte, dass schlagartig Schluss mit lustig war. Mein Herz pumpte weiter rauschend das Blut durch meinen Körper, doch jetzt war es mehr die Angst, die es antrieb. Was war passiert? Hatte ich ihm wehgetan? War er plötzlich aus diesem Rausch aufgewacht und hatte erkannt, was er da gerade tun wollte? Aber war es wirklich so schlimm, mit mir zu schlafen, dass er dermaßen überstürzt die Flucht ergriff?

Ich atmete tief durch und schloss die Augen. Was sollte ich jetzt tun? Wie ich Tom kannte, hatte er sich im Bad verbarrikadiert und würde mich ohnehin nicht an sich heranlassen. Oder an mir vorbeistürmen und das Weite suchen.

Langsam krabbelte ich aus dem Bett, warf mir eine Strickjacke über, um mich nicht ganz so nackt und schutzlos zu fühlen, und ging in den Flur. Ich lauschte angestrengt auf jedes kleine Geräusch aus dem Bad, doch nichts rührte sich.

Vorsichtig klopfte ich an die Tür. „Tom?"

Keine Antwort.

„Was ist mit dir? Habe ich irgendetwas falsch gemacht?"

„Nein." Nur dieses eine Wort, keine Erklärung.

Resigniert legte ich meine Hände an die Badezimmertür und lehnte die Stirn dagegen. „Bitte rede mit mir!", flehte ich ihn an. Mittlerweile war sämtliche Erregung verflogen und hatte der nüchternen Realität Platz gemacht. Statt darüber frustriert zu sein, machte sich jedoch Traurigkeit in mir breit, weil es ihm garantiert genauso schlecht damit ging wie mir.

Es dauerte einen Moment, dann wurde die Tür von innen geöffnet und ich wäre Tom fast in die Arme gepurzelt. Er hatte sich eins meiner großen Duschhandtücher um die Hüften geschlungen und wirkte so verlegen, dass sich mein Herz schmerzhaft zusammenzog. Ich wartete schweigend ab, bis er von selbst anfing zu reden. Währenddessen ließ ich meinen Blick über seinen viel zu schmalen Oberkörper wandern. Entsetzt nahm ich die blauen Flecken darauf wahr, die mir vorhin im Eifer des Gefechts völlig entgangen waren. Und ich Idiotin hatte mich so rücksichtslos an ihn gepresst. Aber er hätte doch sagen können, wenn er Schmerzen hatte.

Ich zuckte wie unter einem Stromstoß zusammen, als Tom die Hand hob, liebevoll mein Gesicht umfasste und mir mit dem Daumen über die Wange strich. „Du hast nichts falsch gemacht", flüsterte er, während sein Blick den meinen suchte und genauso schnell wieder weghuschte. „Es ist nur ... wenn man seit drei Jahren nicht mehr ... du weißt schon."

„Oh", machte ich wenig einfallsreich. Meine Wangen brannten vor Verlegenheit, als mir ein ganzer Kronleuchter auf einmal aufging und mir das Ausmaß dessen bewusst wurde, was er mir soeben gestanden hatte. Drei Jahre kein Sex mit einer Frau. Da hatte sich natürlich einiges angestaut. Bevor ich Basti kennengelernt hatte, hatte ich auch die eine oder andere längere Durststrecke gehabt, was das anging. Aber es gab ja auch noch andere Möglichkeiten. Und Tom war ein Mann. Da hatte er doch sicher zwischendurch ...

Stopp!, rief ich mich zur Ordnung und verbot mir, den Gedanken zu Ende zu bringen. Zum einen erregte mich die Vorstellung völlig unpassenderweise, und zum anderen ging es mich absolut nichts an.

Ich atmete unauffällig durch und schaute Tom in die Augen. In diese dunkelbraunen, fast schwarzen Augen, in denen sich seine ganze Gefühlswelt mittlerweile ungefiltert vor mir ausbreitete und meinen Brustkorb beinah zum Platzen brachte vor lauter Zuneigung.

Unwillkürlich schlang ich meine Arme um ihn, presste mich an ihn und küsste ihn. Legte all meine Gefühle in diesen einen Kuss, von dem ich wie immer nicht wusste, ob es möglicherweise der letzte war.

Ich spürte, wie es in Tom arbeitete. Wie er beinah schwach wurde und dann doch wieder von seinen Dämonen gezügelt wurde. Wie er plötzlich unnatürlich hektisch die Luft einzog und mir zu entgleiten drohte. Und mich dann vollkommen unerwartet an sich zog. Er schob seine Hände an meiner Taille vorbei und den Rücken rauf, woraufhin meine Strickjacke weit aufklaffte und ihm freie Sicht auf meine Brüste bot. Mein Körper reagierte prompt, und die Spitzen reckten sich ihm erwartungsvoll entgegen. Mein Verstand dagegen war ratlos, was er davon halten sollte. War das bloß eine Umarmung, bei der wir zufällig halb nackt waren? Oder machten wir jetzt da weiter, wo wir vor ein paar Minuten aufgehört hatten?

Tom sah mich an und schien in meinen Augen ebenfalls nach Antworten zu suchen. Er ließ nicht erkennen, ob er sie fand, doch etwas an seinem Blick veränderte sich, wurde weich mit einer Mischung aus Zärtlichkeit und Bedauern darin. Schließlich hauchte er mir einen Kuss auf die Stirn und flüsterte: „Tut mir leid, dass ich es versaut habe."

„Pscht!" Ich legte ihm schnell einen Finger auf die Lippen. „Hier ist gar nichts versaut. Und die Nacht ist noch lang."

Tom stöhnte gequält auf. Gleichzeitig schien in ihm ein Schalter umgesprungen zu sein, und ehe ich wusste, wie mir geschah, schob er mich zurück Richtung Schlafzimmer.

„Okay", knurrte er. „Du hast es nicht anders gewollt. Aber ab jetzt übernehme ich das Kommando. Und bei allem, was ich in diesem Leben bereuen werde, wird dies wenigstens das Schönste sein."

„Ich wusste gar nicht, dass du so romantisch sein kannst", neckte ich ihn liebevoll.

„Du weißt vieles nicht von mir. Und wenn du jetzt nicht aufhörst zu quatschen, wirst du es auch niemals erfahren." Tom streifte mir die Strickjacke von den Schultern und strich mir dabei wie zufällig über die Brustwarzen. „Das und vieles andere“, fügte er verheißungsvoll hinzu.

Ich zog scharf die Luft ein und murmelte: „Das will ich auf keinen Fall riskieren.“

„Na dann.“ Er drückte mich runter aufs Bett und beugte sich über mich. Plötzlich waren seine Hände und Lippen überall. Bei jeder seiner Berührungen schossen gefühlte zehntausend Volt durch meinen Körper. Verlernt hatte Tom in den drei Jahren Abstinenz jedenfalls nichts. Und so intensiv, wie er sich zunächst mir zuwandte, bis er selbst wieder bereit war, wusste ich, wer diesen Moment garantiert nicht bereuen würde.

Tom

Ich war es gewohnt, mitten in der Nacht aus einem intensiven Traum hochzuschrecken und erst mit einem Moment Verzögerung in die Realität zurückzufinden. Doch egal, wie lange ich den rotblonden Haarschopf in meinem Arm auch anstarrte – er blieb da, kitzelte mich an meinem Brustkorb, und das Gewicht des dazugehörigen Kopfes drückte unangenehm auf die Prellung an meinem Oberarm. Aber ich hätte mir lieber den Arm abgehackt, als Rieke zu wecken, solange ich nicht wusste, wie ich mit dieser Situation umgehen sollte.

Fassungslos betrachtete ich die schlafende Frau neben mir, während nach und nach die Erinnerung zurückkehrte: Kalle und sein Kumpel, die mir gewaltsam das Handy abgenommen hatten; der verpasste Termin im Verlag; die Schmerzen; die Panikattacke; die Nacht unter der Kellertreppe des Altenheims; Riekes Blick, als sie mich am Morgen vor dem Verlag gefunden hatte; ihre unendliche Geduld und Fürsorge; der Tag alleine in ihrer Wohnung; das gemeinsame Essen; unser Streit, nachdem ich ihre Wohnungssuche angesprochen hatte. Und dann hatte ich sie geküsst. Ich sie. Nicht andersherum.

Ich hätte wissen müssen, dass das der Anfang vom Ende war. Der Point of no Return. Niemals hätte ich sie so nah an mich heranlassen dürfen. So nah, dass mein Verstand sich verabschiedete und diesem unfassbaren Verlangen in mir die Vorherrschaft überließ. Aber man musste aus Stein sein, um Rieke nicht zu verfallen. Dieser lieben, fürsorglichen, entschlossenen, leidenschaftlichen Rieke, die mir komplett den Kopf verdrehte. Wie lange hatte ich das nicht mehr gespürt? Diese Erregung. Dieses sehnsüchtige Ziehen unterhalb der Gürtellinie. Diese Vorfreude. Und dann ... unaufhaltsam vorbei, wie ein Teenager bei seinem ersten Mal. Als hätte ich es nicht vorhersehen können. Nach drei Jahren. Drei verdammten Jahren, seit ich zuletzt mit Merle zusammen gewesen war. Doch Rieke schien selbst eine solche Peinlichkeit nichts auszumachen.

Ich würde wahrscheinlich niemals verstehen, wie sie ausgerechnet auf einen Penner wie mich scharf sein konnte. Wenn ich neben meiner kaputten Seele wenigstens einen geilen Körper zu bieten hätte, aber auch den hatte ich bei meiner ungesunden Lebensweise in den letzten Jahren eingebüßt. Doch ein Blick in Riekes Augen hatte genügt, um zu erkennen, dass sie nicht bloß auf Sex aus war. Sie wollte mich. Dieses ganze kaputte Gesamtpaket.

Beim Gedanken daran, was nach meiner Fehlzündung passiert war, wurde ich wieder heiß und musste mich mühsam beherrschen, Rieke nicht doch zu wecken und dort weiterzumachen, wo wir vor ein paar Stunden aufgehört hatten. Die Erinnerung, wie sie auf meine Berührungen reagiert hatte, wie ich zuerst sie zum Höhepunkt gebracht hatte und wir uns anschließend ineinander verloren hatten, war absolut überwältigend und machte mir gleichzeitig eine Scheißangst. Weil es nicht hätte passieren dürfen. Weil das kein triebgesteuerter Sex gewesen war, sondern

Gefühle im Spiel waren, die keine Zukunft hatten. Die uns über kurz oder lang beide zerstören würden. Und je länger ich diese wundervolle Frau neben mir betrachtete, umso größer wurde meine Verzweiflung. Sie hatte jemand so viel Besseres verdient als mich, auch wenn sie offenbar anderer Meinung war. Aber was war das schon für eine Meinung, bei allem, was sie nicht über mich wusste? Über das, was passiert war. Meine Schuld. Meine Unfähigkeit, damit zu leben.

Plötzlich lag ein tonnenschwerer Stein auf meinem Brustkorb, und ich hatte das Gefühl, keine Luft mehr zu bekommen. Vorsichtig versuchte ich, meinen Arm unter Riekes Kopf hervorzuziehen. Als sie sich bewegte, hielt ich reglos die Luft an, doch sie drehte sich zur anderen Seite und schlief weiter. Ich atmete erleichtert auf, setzte mich auf die Bettkante und verfluchte mich dafür, dass ich uns in diese Situation gebracht hatte. Fakt war, dass ich Rieke das Herz brechen würde. So oder so. Also je schneller, desto besser. Ich hätte es längst tun sollen. Genau genommen jedes verdammte Mal, wenn wir uns gesehen hatten. Aber ich hatte es nicht geschafft und damit in Kauf genommen, dass der Schmerz am Ende umso heftiger würde.

Entschlossen stemmte ich mich hoch, sammelte meine Klamotten vom Boden auf und stahl mich wie ein Verbrecher aus dem Schlafzimmer. Möglichst geräuschlos schloss ich die Tür hinter mir, zog mich an und packte meinen Rucksack. Im Bad lag meine frisch gewaschene und getrocknete Kleidung von gestern. Selbst die ramponierte Jacke sah wieder einigermaßen ansehnlich aus. Daneben lagen zwei Zettel. Der Brief von Rieke und ihre

50-Euro-Nachricht. Das Herz hämmerte wie wild gegen meinen Brustkorb, als ich danach griff und das größere der Blätter beinah zärtlich auseinanderfaltete.

Rieke musste die Innentaschen vor dem Waschen überprüft und ihre Nachrichten an mich damit vor der Vernichtung bewahrt haben. Es war albern, wie viel mir das bedeutete, doch ich war machtlos gegen diese Gefühle.

Reflexartig drehte ich mich zum Schlafzimmer um und starrte sekundenlang die Tür an.

Du kannst nicht einfach ohne ein einziges Wort verschwinden, meldete sich mein Gewissen. Das hat sie nicht verdient.

Nein, das hatte sie nicht. Aber was konnte ich schon sagen außer: „Es tut mir leid."

Resigniert wandte ich mich wieder meiner Jacke zu, um die wertvollen Briefe in der Innentasche zu verstauen. Liebevoll strich ich noch einmal mit dem Finger über das Papier. Und plötzlich wusste ich, was ich tun würde.

Zielstrebig ging ich ins Wohnzimmer, setzte mich an Riekes Schreibtisch, zog meine Kladde aus dem Rucksack und riss eine leere Seite raus. Ich griff nach dem nächstbesten Stift und suchte nach Worten, fand jedoch keine. Stattdessen fing meine Hand wie von selbst an zu zeichnen – ein Porträt von Rieke, wie sie mit einem glücklichen Lächeln auf den Lippen schlief. Der letzte Anblick, bevor ich gegangen war und der sich für alle Zeiten in mein Gedächtnis gebrannt hatte.

Geistesabwesend betrachtete ich mein Werk einen Moment lang, bevor mir auch der passende Text dazu einfiel. Wie in Trance erklärte ich Rieke, warum diese Nacht ein

Fehler und sie ohne mich besser dran war. Und als ich den Brief anschließend gut sichtbar auf dem Küchentisch ablegte und mich umdrehte, um zu gehen, glaubte ich beinahe selbst daran.

Rieke

Es gab diese Momente im Leben, in denen man aufwachte, ohne zu wissen, wovon man überhaupt geweckt wurde. Aber man war schlagartig hellwach und spürte, dass etwas nicht stimmte. Dass etwas fehlte, was bis vorhin da gewesen war. Oder jemand.

In dieser Nacht schlug ich die Augen auf und wusste, dass Tom gegangen war. Da, wo ich mich an seinen knochigen, warmen Oberkörper geschmiegt hatte, war nichts außer einer zerwühlten Bettdecke. Und auf dem Fußboden verstreut lagen einsam und verlassen nur meine eigenen Kleidungsstücke. Die einzigen Beweise, dass die leidenschaftliche Nacht, die hinter mir lag, kein Traum gewesen war. Auch wenn es sich so anfühlte, denn ich hatte weder mit Basti noch davor jemals einen vergleichbaren Höhenflug erlebt. Kein Mann zuvor war so sehr auf meine Bedürfnisse eingegangen, statt einfach sein Ding durchzuziehen, und für diese Erfahrung liebte ich Tom viel mehr, als ich es ohnehin tat. Aber dummerweise war die Fallhöhe dadurch um einiges größer geworden, und ich fühlte mich, als wäre ich von Wolke 7 im freien Fall auf dem Boden aufgeschlagen. Dabei war es ein Sturz mit Ansage gewesen.

Bei allem, was ich in diesem Leben bereuen werde, wird dies das Schönste sein, hatte er gesagt. Und es gab offenbar nichts und niemanden, was ihn davon überzeugen konnte, dass es auch das Richtige war und wir es zusammen schaffen würden. Er gab mir nicht einmal die Chance dazu.

Wie eine Schlafwandlerin kroch ich aus dem Bett, zog mir Unterwäsche, T-Shirt und Jogginghose an und tappte barfuß rüber ins Bad, weil meine Blase drückte. Toms frisch gewaschene Sachen lagen nicht mehr auf der Waschmaschine, und auch sein Rucksack stand nicht mehr neben der Garderobe. Damit starb auch das letzte Fünkchen Hoffnung, dass Tom noch irgendwo hier sein könnte. Und mit der Erkenntnis, dass er sich sang- und klanglos aus dem Staub gemacht hatte, kamen die Tränen. Weinend vergrub ich das Gesicht in den Händen und ließ meinem Kummer, meiner Enttäuschung und diesem unerträglichen Schmerz in meiner Brust freien Lauf.

Anschließend schlich ich vom Bad durch den dunklen Flur in die Küche. Wie ferngesteuert schaltete ich das Licht ein, griff nach der Wasserflasche auf dem Tisch und trank einen kräftigen Schluck, als könnte ich damit meine Verzweiflung runterspülen. Zum Glück hatte ich keinen Alkohol im Haus. Das hätte in diesem Moment übel enden können.

Unwillkürlich musste ich wieder an Tom denken und daran, was der Sanitäter über ihn bzw. die Wohnungslosen an sich gesagt hatte. Dass nicht alle von ihnen tranken, und wenn, dann taten sie es oft, um sich zu betäuben. In diesem Moment konnte ich es beinah nachvollziehen.

Tom. Immer und immer wieder Tom. Wo war er jetzt? Und wann war er gegangen? Hatte ich wirklich so tief und fest geschlafen, dass ich nichts davon mitbekommen hatte?

Geistesabwesend starrte ich die Wasserflasche an, doch auch sie hatte keine Antworten auf all diese Fragen. Stattdessen hörte ich plötzlich ein Rascheln im Flur. Mein Puls schoss aufgeregt in die Höhe. Ich richtete mich auf und lauschte. Aber genauso schnell, wie das Geräusch gekommen war, war es auch wieder still. Oder hatte ich es mir nur eingebildet? Was sollte dort auch rascheln? Es sei denn, ich hatte neuerdings Mäuse in der Wohnung.

Die Sache ließ mir keine Ruhe und war eine willkommene Ablenkung von meinen Gedanken an Tom. Leise stand ich auf und schlich zur Küchentür, lugte vorsichtig um die Ecke und unterdrückte einen überraschten Aufschrei. Dort kauerte Tom im Flur auf dem Boden. Den Rücken an die Wohnungstür gelehnt, die Knie angezogen und das Gesicht dazwischen verborgen, saß er neben seinem großen Rucksack und rührte sich nicht. Er war vollständig angezogen samt Jacke und Mütze, als wollte er gerade gehen. In der Hand hielt er ein zusammengefaltetes Blatt Papier.

Er musste die ganze Zeit dort gesessen haben, aber ich hatte ihn vorhin im Dunkeln nicht gesehen, weil ich so sehr mit dem Gedanken beschäftigt gewesen war, dass er fort war. Jetzt dagegen erhellte das Licht aus der Küche den Flur, sodass ich ausschließen konnte zu träumen.

Das Herz schlug mir bis zum Hals, als ich zu ihm ging und ihn vorsichtig am Arm berührte. „Tom?“

Er zeigte keinerlei Reaktion, und für den Bruchteil einer Sekunde befürchtete ich das Schlimmste. Dann schimpfte ich mich selbst eine Idiotin. Warum sollte Tom ausgerechnet hier vor meiner Wohnungstür sterben, nachdem er mir eben erst bewiesen hatte, wie überaus lebendig er war? Andererseits ... was war das für ein Zettel in seiner Hand? Ein Abschiedsbrief?

Reflexartig drehte ich mich Richtung Wohnzimmer um. Wo war die Packung mit meinen Schmerztabletten, und wie viele hatte er davon genommen?

„Tom?!“ Diesmal rüttelte ich ihn wesentlich unsanfter an der Schulter. Ich schnappte entsetzt nach Luft, als das Blatt Papier vor mir auf den Boden segelte. Dann blickte Tom wie in Zeitlupe auf und sah mich so verzweifelt an, dass es mir den Boden unter den Füßen wegriss.

„Ich pack das nicht, Rieke“, flüsterte er hilflos. „Das mit uns hätte niemals passieren dürfen. Und jetzt weiß ich nicht mehr, wie ich da wieder rauskommen soll.“

Ich rutschte auf den Knien so dicht wie möglich an ihn heran und nahm sein Gesicht in meine Hände. „Du musst nirgendwo rauskommen, Tom“, beruhigte ich ihn. „Wir haben das doch beide gewollt. Und ... es ist nicht leicht, das jetzt zu sagen, aber wir müssen es nie wieder tun, wenn du nicht willst.“

Er schüttelte kraftlos den Kopf. „Ich meine nicht bloß den Sex.“

„Aber ...“, wollte ich protestieren, bis mir bewusst wurde, was er gesagt hatte. Wenn mit *„das mit uns“* nicht das Körperliche gemeint war, dann hieß das doch ... alles. Diese ganzen wunderschönen, wirren Gefühle, die nicht danach fragten, wer wir in der Vergangenheit gewesen waren oder in der Zukunft sein wollten. Sie waren einfach da. Hier. Jetzt.

Tom schien allerdings ein echtes Problem damit zu haben. Ich wollte ihn so gerne verstehen, aber wie sollte ich das, wenn er mir so vieles nicht anvertraute? Denn in diesem Moment war mir klarer als je zuvor, dass ich im Prinzip nach wie vor nichts von dem wusste, was ihm passiert war und ihn so sehr aus der Bahn geworfen hatte. Ob ich es wagen konnte, ihn jetzt danach zu fragen?

Hin und hergerissen betrachtete ich das Häufchen Elend an meiner Seite und versuchte dieses Bild mit dem Mann in Einklang zu bringen, den ich wenige Stunden zuvor erlebt hatte. Doch es wollte mir nicht gelingen.

Mittlerweile starrte Tom wieder reglos vor sich auf den Boden. Ich folgte seinem Blick und landete bei dem Zettel, den er vorhin fallen gelassen hatte.

„Was ist das?“, wollte ich wissen.

„Mein Abschiedsbrief an dich“, antwortete er tonlos.

„Was?“ Mein Blick schnellte zu ihm und wieder zurück zu dem Blatt Papier. Ich wollte danach greifen und lesen, was er geschrieben hatte. Gleichzeitig hatte ich unglaubliche Angst davor und zögerte.

„Ich hatte ihn dir auf den Küchentisch gelegt und wollte wirklich gehen“, erklärte Tom leise. „Aber ich hab's nicht geschafft, wie du siehst.“

Ich lächelte schwach und stupste ihn liebevoll am Arm an. „Weißt du, wie froh ich darüber bin?“

Er reagierte nicht und fixierte schweigend weiter den Zettel vor sich. Ich streckte die Hand danach aus. Langsam, um ihm die Chance zu geben, mich davon abzuhalten. Doch er tat es nicht. Mit zittrigen Fingern griff ich zu und faltete das Blatt Papier auseinander. Wie sich herausstellte, bestand der Brief sogar aus mehreren Zetteln.

Überwältigt betrachtete ich die Zeichnung von mir auf der ersten Seite. Das sollte ich sein? Ich hatte mich logischerweise noch nie schlafen sehen, aber ich hätte vermutet, dass der Anblick kein schöner war. Ein zerknautschtes Gesicht, vielleicht sogar mit offenem Mund und Haaren, die wirr in alle Richtungen abstanden. Stattdessen lag ich da wie ein Engel mit einem kleinen Lächeln auf den Lippen. Man spürte genau, mit welcher Hingabe das Bild gezeichnet worden war. Wie viel Liebe in jeder einzelnen Sommersprosse steckte, die ich selbst meist so verfluchte. Und die Vorstellung, wie Tom dagesessen und mich gezeichnet hatte, verursachte eine kribbelnde Gänsehaut auf meinem ganzen Körper.

Ich wollte ihm tausend Dinge sagen, ihn küssen, mich an ihn schmiegen und festhalten. Stattdessen atmete ich tief durch und fing an zu lesen, was er auf den nächsten Seiten geschrieben hatte.

Liebe Rieke,

ich wünschte, ich könnte ab sofort bis ans Ende meines Lebens jeden Tag mit diesem Anblick aufwachen. Du neben mir, wie du im Schlaf so glücklich lächelst. Aber ich weiß, dass das nicht möglich ist. Dass ich dich irgendwann unglücklich machen würde. Und das ist das Letzte, was ich will, deshalb werde ich jetzt gehen, bevor wir uns weiterhin etwas vormachen und es am Ende noch schlimmer wird. Das hätte ich längst tun sollen, von dem Moment an, als wir uns am Busbahnhof getroffen haben. Aber ich konnte es nicht. Weil du die Erste und Einzige warst, die mich wirklich gesehen hat.

Mein Freund Paul hat mir nach unserer ersten Begegnung ein Zitat von irgendeinem berühmten Dichter oder so erzählt, in dem es darum geht, dass es bei den Menschen die im Dunklen und die im Licht gibt. Und man sieht nur die im Licht, die im Dunkeln sieht man nicht, *heißt es da. Du dagegen hast mich gesehen. Am Anfang war es vielleicht nur der Strahl einer Taschenlampe, mit dem du einen kleinen Ausschnitt vom großen Ganzen sehen konntest. Aber nach und nach hast du immer mehr Licht in meine dunkle Welt gebracht und versucht, mich da rauszuholen. Doch der Abgrund, in den ich vor drei Jahren gefallen bin, ist einfach zu tief. Du siehst das vielleicht anders, wie viele andere auch, aber ich weiß, welche Schuld ich auf mich geladen habe, und ich habe es nicht anders verdient. Ich kann nicht erwarten, dass man mir verzeiht, wenn ich es selbst nicht tue. Ich bin es nicht wert, geliebt zu werden, und hätte nicht gedacht, dass ich selbst jemals wieder so etwas fühlen würde. Doch dann kamst du und hast meine Welt auf den Kopf gestellt, hast an mich geglaubt und mir so etwas wie Hoffnung gegeben. Aber sosehr ich mir auch wünsche, aus diesem Sumpf herauszukommen, die Gefahr ist zu groß, dass ich dich stattdessen mit hineinziehe, weil ich mich selbst nicht unter Kontrolle habe. Es gibt Momente, in denen alles in Ordnung ist und ich fast daran glauben kann, dass vielleicht doch alles gut wird. Aber von einer Sekunde auf die nächste ist dann wieder alles anders und schlimmer als je zuvor.*

Wahrscheinlich sagst du jetzt, dass es dafür bestimmt irgendeinen Psychoklempner gibt und ich mir professionelle Hilfe suchen soll. Glaub mir, das habe ich versucht, ganz am Anfang, nachdem ich den schrecklichsten Fehler meines

Lebens gemacht habe. Aber es hat nichts gebracht. Im Gegenteil. Und jetzt ist es längst zu spät dafür. Ich bin dazu verdammt, damit zu leben, und alles, was ich tun kann, ist, meine Mitmenschen vor mir zu schützen. Und mich selbst vor meinen Mitmenschen. Vor Fragen. Vor Erinnerungen. Vor vergeblicher Hoffnung, die doch zu nichts führt. Vor dir und deinem Strahlen, deinem unerschütterlichen Optimismus und deinen Gefühlen. Deshalb muss ich jetzt gehen. Ich weiß, dass ich dir damit furchtbar wehtun werde, und der Gedanke daran macht mich wahnsinnig. Aber vertrau mir bitte, dass es so das Beste für uns beide ist. Und denk bitte niemals, dass du nicht genug getan hast, um mich zum Bleiben zu überreden! Es liegt nicht an dir, sondern ganz allein an mir. Ich will, dass du glücklich bist, Rieke. Doch das wirst du mit mir nicht sein können. Alles, was ich dir geben kann, ist meine unendliche Dankbarkeit für alles, was du für mich getan hast. Und das Versprechen, dass du für immer einen Platz in meinem kaputten Herzen haben wirst.

In Liebe
Tom

Als ich am Ende angekommen war, konnte ich die Schrift kaum noch erkennen, weil zu viele Tränen in meinen Augen schwammen. Ich war zutiefst erschüttert, entsetzt und unfassbar traurig über das, was Tom geschrieben hatte. Wie er sein eigenes Leben wahrnahm, was er fühlte, wie sehr er sich selbst aufgegeben hatte.

Achtlos warf ich den Brief zur Seite, stürzte mich in seine Arme, klammerte mich weinend an seine Brust und schwor mir, ihn nie wieder loszulassen. Das war natürlich absolut unrealistisch, aber die einzige Chance ihn nicht zu verlieren. Denn letztendlich würde er gehen. So, wie er es in seinem Abschiedsbrief angekündigt hatte.

Vollkommen reglos ließ Tom mein verzweifeltes Schluchzen über sich ergehen und schien innerlich ganz woanders zu sein. Ich hätte zu gerne gewusst, was in ihm vorging. Warum er überhaupt noch hier war, nachdem er mir seitenweise erklärt hatte, dass er gehen musste. Ein Teil von mir hoffte darauf, dass er es sich anders überlegt hatte. Mir war allerdings klar, dass diese Entscheidung höchstens ein winzig kleiner Aufschub sein würde und nicht für immer.

Schniefend wischte ich mir mit dem Handrücken die Tränen von den Wangen, nahm Toms Kopf in meine Hände und zwang ihn, mich anzusehen.

„Es ist niemals zu spät, Tom", beschwor ich ihn leise. „Ich kann dich nicht zwingen, bei mir zu bleiben, aber bitte, bitte gib dich nicht auf. Dein Brief macht mir Angst, hörst du? Bitte sag mir, was ich tun kann, um dir zu helfen!"

Tom hielt meinem Blick unerträglich lange schweigend stand und sagte dann: „Lass mich gehen und werde glücklich."

„Das kann ich nicht", erklärte ich ihm weinend. „Nicht, wenn ich nicht weiß, wie es mit dir weitergeht oder ob du dich gleich von der nächsten Brücke stürzen wirst."

Er stieß ein bitteres Lachen aus. „Keine Sorge, dafür bin ich zu feige."

Bei seinen Worten lief mir ein eisiger Schauer über den Rücken. Das hieß doch, dass er tatsächlich darüber nachgedacht hatte, oder? Ich keuchte entsetzt auf. Wie ein Vorschlaghammer traf mich in diesem Augenblick die Gewissheit darüber, was ich von Anfang an geahnt hatte: Das hier war eine Nummer zu groß für mich. Viel zu groß.

Fieberhaft überlegte ich, was ich tun sollte. Wen ich um Hilfe rufen konnte und vor allem wie, ohne dass Tom mir in der Zwischenzeit entwischte.

„Du denkst zu viel", hörte ich ihn sagen und spürte seine Hand an meiner Wange. Eine liebevolle Berührung, in der so viel Zärtlichkeit lag, dass ich glaubte, jeden Moment überzuschäumen vor lauter Gefühlen.

Tom strich mir ein paar Tränen vom Gesicht und schaute mir anschließend fest in die Augen. „Ich werde mir nichts antun, Rieke", flüsterte er. „Aber ich brauche jetzt Abstand, sonst kann ich für nichts garantieren."

„Den sollst du haben", erwiderte ich mit zittriger Stimme. „So lange du willst. Aber doch nicht für immer, oder?"

„Oder?", wiederholte ich eine Spur drängender, als er nichts sagte.

Tom schob mich sanft von sich und machte Anstalten aufzustehen. „Es ist besser so, glaub mir."

Nein!, wollte ich schreien und ihn panisch am Arm festhalten. Doch ich wusste, dass er nicht einen Millimeter von seinem Entschluss abweichen würde.

Mit Tränen in den Augen beobachtete ich, wie er sich aufrichtete und mit schmerzverzerrtem Gesicht streckte. Wer weiß, wie lange er bereits in dieser komischen Haltung am Boden gekauert hatte. Oder vielleicht waren es auch die Blessuren von der Prügelei, die ihn quälten. Das Schlimmste war jedoch dieser niedergeschlagene und hoffnungslose Ausdruck in seinen Augen. Er erinnerte mich an den Tom aus der Unterführung, der sich nach meinem Unfall kraftlos an der Tür des Rettungswagens festgehalten hatte. Seitdem war so viel passiert, und in diesen zehn Wochen war Tom immer mehr aus sich herausgekommen und hatte wieder am Leben teilgenommen. Die Absicht, mit seinen Eltern Kontakt aufzunehmen, die Zeichnungen, die Chance auf einen Job. Das konnte doch nicht alles vergeblich gewesen sein.

Tom warf sich seinen Rucksack über die Schulter. Jeden Augenblick würde er nach der Türklinke greifen und gehen.

Plötzlich kam Leben in mich. „Warte!", rief ich, sprang auf und flitzte rüber in die Küche.

Tom erstarrte vor Überraschung mitten in der Bewegung und rührte sich tatsächlich nicht von der Stelle, bis ich zu ihm zurückkehrte.

Schnell kritzelte ich meine Telefonnummer auf einen Zettel, ging zurück in den Flur und hielt ihm das Blatt Papier mit zitternden Fingern entgegen. Es war das Mindeste, was ich tun konnte, damit die Verbindung zwischen uns nicht unwiderruflich zu Ende ging. „Das ist meine Handynummer, unter der du mich jederzeit anrufen kannst, falls du es dir doch anders überlegst oder Hilfe brauchst, okay? Ich weiß, dass du kein Handy hast, aber irgendwo wirst du ja wohl telefonieren können."

Tom starrte den Zettel an und ließ sich einige nervenzerfetzende Sekunden lang Zeit, bevor er wie in Zeitlupe die Hand danach ausstreckte. Mit wild klopfendem Herzen beobachtete ich, wie er ihn in die Innentasche der Jacke steckte. Dorthin, wo ich auch meine vorherigen Nachrichten gefunden hatte, bevor die Waschmaschine sie beinah zerstört hätte. Es hatte mich wahnsinnig gerührt, dass er sie aufbewahrt hatte, und ich wollte so gerne daran glauben, dass das irgendeine Bedeutung hatte. Doch was es auch war, es reichte nicht, ihn zu überzeugen zu bleiben.

Schweigend streifte Tom sich den Träger des Rucksacks über die andere Schulter und rückte die Mütze zurecht. Erst danach schaute er mich wieder an, und sein Blick traf mich mitten ins Herz. Ich spürte, wie es in ihm tobte. Wie er mit seinen inneren Dämonen kämpfte, gegen sie aufbegehren wollte und am Ende doch verlor.

„Bleib", flüsterte ich mit tränenerstickter Stimme. „Wenn du wirklich gehen wolltest, dann hättest du es längst getan."

Es war ein letzter verzweifelter Versuch, ihn auf meine Seite zu ziehen. Ein Appell an den Teil von ihm, der noch zögerte.

Toms Mundwinkel verzogen sich zu einem winzig kleinen, traurigen Lächeln. „Ich habe nie gesagt, dass ich gehen will. Aber ich muss."

„Nein." Weinend schüttelte ich den Kopf.

Tom zog mich fest in seine Arme und strich mir liebevoll über den Rücken, um mich zu beruhigen, doch er erreichte damit das genaue Gegenteil.

Als die Tränen doch irgendwann versiegt waren, hauchte Tom mir einen Kuss auf die Schläfe und flüsterte: „Du bist das Beste, was mir je passiert ist, Rieke. Vergiss das nie."

Anschließend drehte er sich um und ging. Wie gelähmt schaute ich dabei zu, wie er meine Wohnung verließ und die Tür hinter sich zuzog, während mein Herz in tausend Scherben zu Boden fiel.

Tom

Ich hätte gehen sollen. Ich hätte diesen verdammten Brief wie geplant auf dem Küchentisch ablegen und gehen sollen, um mir dieses Abschiedsdrama zu ersparen. Doch ich hatte es nicht übers Herz gebracht. Nicht nach allem, was Rieke für mich getan hatte. Und das hatte ich jetzt davon.

Ihre Tränen und ihr flehender Blick verfolgten mich auf Schritt und Tritt. Ich konnte gar nicht weit genug laufen, um die Erinnerung daran abzuhängen, und war längst am anderen Ende der Stadt angekommen, aber auch dort fand ich keine Ruhe.

Am Flussufer ließ ich erst meinen Rucksack und dann mich selbst erschöpft ins Gras fallen und starrte hinauf in den wolkenlosen Himmel. Es war ein strahlend schöner Maitag, doch in meinem Inneren herrschte tiefste Dunkelheit. Ich hatte keinen Plan, was ich jetzt tun oder wo ich hingehen sollte. Ohne Rieke fehlte mir das kleinste bisschen Antrieb, den Tag zu überstehen. Und ich war selbst schuld daran. Aber eine andere Möglichkeit gab es nicht. Entweder zog ich diesen längst überfälligen Schlussstrich und ging alleine vor die Hunde, oder wir wären über kurz oder lang beide am Ende. Dann lieber so, denn ich hatte mein Leben sowieso versaut. Rieke dagegen stand die Zukunft in alle Richtungen offen, und das Letzte, was ich wollte, war, sie in mein Elend mit hineinzuziehen. Sie würde vielleicht eine Weile traurig und wütend auf mich sein, bis jemand anders käme und sie glücklich machte. Richtig glücklich, so wie sie es verdient hatte.

Geistesabwesend beobachtete ich ein Flugzeug, das einen Kondensstreifen von rechts nach links durch mein Blickfeld zog, und dachte, dass ich meine Jacke und meine Mütze ausziehen sollte, weil es inzwischen viel zu warm dafür war. Die vorletzte Nacht auf der Straße war noch empfindlich kühl gewesen. Jetzt dagegen herrschten beinah sommerliche Temperaturen. Doch allein der Gedanke daran, mich vom Boden aufzurappeln, um mich auszuziehen, war ein echter Kraftakt. Mir dröhnte der Schädel. Vielleicht von der Hitze. Vielleicht als Folge der Prügelei. Sehr viel wahrscheinlicher jedoch von einer herannahenden Migräne.

Ich sollte jetzt wirklich aufstehen und mich in die Unterkunft schleppen, bevor ich von der Attacke völlig außer Gefecht gesetzt wurde. Vor allem raus aus der Sonne, um keinen Hitzschlag zu kriegen. Aber das war viel zu anstrengend. Und wozu eigentlich? Warum konnte ich nicht hierbleiben, mich auf dem weichen Gras zusammenrollen, die Augen schließen und nie wieder aufwachen? Dann wäre es vorbei. Der ganze Schmerz, die Schuld, die aussichtslose Zukunft und diese elende Sehnsucht nach Rieke. Meiner geliebten Rieke.

Ich hatte ihr versichert, mir nichts anzutun. Aber was waren meine Versprechen schon wert? Nichts. Rein gar nichts. Das hatte ich zur Genüge bewiesen.

Dein Brief macht mir Angst, hörst du?!, hämmerte es in meinem Schädel. Dazu Riekes panischer Blick vor meiner inneren Leinwand.

Ich presste mir die Hände auf die Ohren, doch die Stimme gab keine Ruhe.

Ja, verdammt! Ich würde auch dieses Mal wieder aufstehen und weiter vor mich hinvegetieren. Für Rieke und diesen absolut unwahrscheinlichen Fall, dass das alles für irgendetwas gut sein sollte.

Ungehalten riss ich mir die Mütze vom Kopf, öffnete den Reißverschluss meiner Jacke und schleppte mich vor bis an die Uferkante. Beim Versuch, mir eine Handvoll Wasser ins Gesicht zu spritzen, wäre ich beinah in den Fluss gefallen.

In meiner Kehle stieg ein hysterisches Lachen auf. Tod durch Ertrinken. So ging's auch. Und ich hätte sogar mit reinem Gewissen sterben können, weil es keine Absicht gewesen wäre. Aber ich Vollidiot musste ja instinktiv mit den Armen rudern und mich in Sicherheit bringen. Welche Art von Sicherheit das auch sein sollte.

Frustriert tauchte ich wenigstens eine Hand ins Wasser, um mir damit die Stirn zu kühlen, schnappte mir anschließend den Rucksack mit meinen paar Habseligkeiten und machte mich auf den Weg zur Unterkunft. Normalerweise war ich froh, wenn ich zumindest tagsüber dort raus war und den anderen Bewohnern aus dem Weg gehen konnte. Aber die Migräne forderte ihren Tribut. Und besser als eine harte Kirchenbank war mein Viererzimmer im Heim allemal.

Den restlichen Samstag und den halben Sonntag lang wurde ich von meinen bohrenden Kopfschmerzen komplett ausgeknockt. In den ersten 20 Stunden lag ich völlig reglos im Bett und musste alle Kraft, die ich noch hatte, zusammenkratzen, um es wenigstens zur Toilette zu schaffen. Schlafen war wegen der Schmerzen kaum möglich. Essen erst recht nicht. Und der einzige Vorteil an meiner beschissenen Situation war der, dass ich auch nicht in der Lage war zu denken.

Am Sonntag gegen Mittag ließen die Schmerzen endlich nach, und ich fiel erschöpft in einen tiefen, erlösenden Schlaf, von dem mich selbst Hotte mit seinem lautstarken Gefluche über Gott und die Welt nicht abhalten konnte.

Als ich gegen halb sechs am Abend aufwachte, ging es mir besser. Gerade so, als hätte es die vergangenen dreißig Stunden nie gegeben. Es war immer dasselbe. Beim ersten Mal hatte ich geglaubt, sterben zu müssen. Mittlerweile war die Migräne mein ständiger Begleiter. Doch so heftig wie diesmal war es lange nicht gewesen.

Vorsichtig richtete ich mich auf und kletterte die Leiter am Etagenbett runter, ohne zu wissen, wie ich zuletzt hinaufgekommen war. Noch etwas wackelig auf den Beinen ging ich rüber in das große, sanierungsbedürftige Gemeinschaftsbad. Aus dem milchigen Spiegel über dem Waschbecken schaute mir ein ramponiertes Gesicht mit tiefen Augenringen und einem dunklen Bartschatten entgegen. Das Pflaster, mit dem Rieke meine Wunde an der Schläfe beklebt hatte, hatte sich an einer Seite gelöst und in meinen Haaren verfangen. Ich sog scharf die Luft ein, als ich es mit einem schmerzhaften Ziepen daraus befreite und in den Mülleimer warf.

Unwillkürlich musste ich daran denken, wie Rieke mich verarztet hatte. An ihre sanften Berührungen, ihre beruhigende Stimme, ihre Nähe. Die Erinnerungen und das Wissen, dass ich das nie wieder erleben würde, verursachten einen bleischweren Klumpen in meinem Magen, der mich beinah in die Knie zwang. Haltsuchend klammerte ich mich am Waschbecken fest, und ehe ich wusste, wie mir geschah, flennte ich los wie ein kleiner Junge. Erst langsam und still, dann immer stärker, bis ich von meinen verzweifelten Schluchzern regelrecht geschüttelt wurde.

Es waren die ersten Tränen seit drei Jahren. Seit diesem Moment, in dem in mir und um mich herum alles zerbrochen war. Über die gesamte Zeit hinweg hatte ich bis an die Grenze des Erträglichen gelitten, mich selbst und die Welt verflucht und mich in mein Schicksal gefügt. Geweint hatte ich jedoch nie. Weil Männer das nicht taten. Und weil es sowieso nichts an der Situation geändert hätte. Aber jetzt brach allein beim Gedanken an Rieke und ihr blödes Pflaster alles aus mir heraus. Scheiße! Wenn jetzt jemand kam und mich so fand, konnte ich mich auf etwas gefasst machen.

Wütend über den Umstand, nie wirklich alleine sein zu können, über mich selbst und mein ganzes armseliges Leben stieß ich mich von der Armatur ab, zog mich aus und stellte mich unter die Dusche. Zwischen den Wassertropfen würde wenigstens niemand meine Tränen sehen.

Vergeblich versuchte ich, mir den ganzen Frust und Schmerz abzuwaschen, doch alles, was ich erreichte, war, dass mir Shampoo in den Riss an der Schläfe lief und höllisch brannte. Ich ignorierte es jedoch, denn meine ganze Konzentration lag auf der Shampoo-Flasche.

Lass uns zwei Shampoo-Flaschen sein, die sich aneinander lehnen, und gucken, was dabei herauskommt.

Rieke. Sie war überall. Und ich hatte keinen blassen Schimmer, wie ich sie wieder loswerden sollte. Egal, wie weit ich vor ihr weglief – in Gedanken würde sie mich für alle Zeiten verfolgen. Aber das war wohl meine gerechte Strafe dafür, dass ich es überhaupt so weit hatte kommen lassen.

Prompt schlich sich die nächste Erinnerung hinterrücks in mein Gedächtnis. Rieke nackt in meinen Armen, wie sie sich mir vollkommen hingab und dabei so leidenschaftlich meinen Namen ausstieß, dass ein bestimmter Teil von mir ein Eigenleben entwickelte und sich unpassenderweise in die Höhe reckte. Einmal aus dem Dornröschenschlaf erwacht, und schon hatte ich die Kontrolle darüber verloren.

Schnell drehte ich das Wasser ab, trocknete mich ab und schlang mir das Handtuch um die Hüfte, bevor wirklich jemand kam. Ich musste hier weg. Raus aus dem Bad, aus dem Heim, am besten aus der ganzen Stadt. Dahin, wo ich neu anfangen konnte und nicht die Gefahr bestand, Rieke in die Arme zu laufen. Denn sosehr ich mir auch einredete, dass es das Beste war, sie nie wiederzusehen – am Ende würde ich garantiert doch schwach werden und riskieren, sie mit in meinen Abgrund zu reißen. Das durfte auf keinen Fall passieren.

Bevor ich meine Zelte abbrach und flüchtete, musste ich allerdings dringend etwas essen. Mittlerweile hatte ich einen Bärenhunger. Zum Glück öffnete gleich die Essensausgabe am Franziskushaus, und nach kurzer Kontrolle stellte ich erleichtert fest, dass der kleine Beutel, den ich mir als provisorisches Portemonnaie gegönnt hatte, noch da war. So weggetreten, wie ich in den letzten Stunden gewesen war, hätte das auch anders enden können.

Erleichtert zog ich mich an, packte meine Sachen, schnallte den Rucksack auf und machte mich auf den Weg in die Marktstraße.

Als ich am Franziskushaus ankam, war der größte Ansturm bereits vorbei, sodass ich es direkt ins Gebäude schaffte und nicht draußen Schlange stehen musste. Ich drückte die Tür auf und ließ einen Blick durch den großen Raum schweifen. Etwa die Hälfte der Tische war belegt, und auf einem der Teller in meiner Nähe sah ich eine Portion Kartoffelsalat und ein Paar Würstchen. Wie von selbst schob sich das Bild von Riekes Reisgericht davor. Natürlich. Was sonst?

Schnell schüttelte ich die Erinnerung daran ab, folgte dem Pfeil nach links zur Essensausgabe und erstarrte mitten in der Bewegung. Ich traute meinen Augen nicht. Da war Rieke. Mit dem Mundschutz konnte ich zwar nicht viel von ihrem Gesicht sehen, aber ihre rotblonden Haare und die Augenpartie hätte ich auch auf hundert Meter Entfernung wiedererkannt. Wie selbstverständlich füllte sie hinter dem Tresen Salat und Würstchen auf einen Teller und reichte ihn mit einem freundlichen Blick der grimmigen Alten aus dem Stadtpark rüber.

Fassungslos beobachtete ich, wie sie nach dem nächsten Teller griff, und zweifelte immer mehr an meinem Verstand. Das bildete ich mir bloß ein, oder? Rieke war vielleicht nicht mehr das Mäuschen, das um unsereins einen großen Bogen schlug, aber das hier? Mittendrin zwischen all den verkrachten Existenzen, die teilweise viel übler dran waren als ich? Das war eine ganz andere Hausnummer, und ich konnte mir absolut nicht erklären, wann, wie und warum Rieke diesen Schritt in unsere Welt hinein gemacht hatte. Bis vor vier Tagen hatte sie nicht einmal gewusst, wo das Franziskushaus war. Gestern Morgen erst hatten wir uns zuletzt gesehen, und sie hatte kein Sterbenswörtchen darüber verloren. Das war völlig verrückt.

Schlagartig war der Hunger vergessen. Mein Puls raste, und ich überlegte fieberhaft, was ich jetzt tun sollte. Einfach zu ihr gehen und mein Essen abholen? Unvorstellbar.

„Da ist ja unser Schnuckelchen", hörte ich plötzlich eine Stimme neben mir. „Hätte dich beinah nicht wiedererkannt mit der schicken neuen Frisur und dem hübschen Veilchen. Ist bestimmt auch die neue Mutter Teresa für verantwortlich, was?"

Neben mir stand Bea mit ihren lila Haaren und deutete mit dem Kinn Richtung Essensausgabe.

„Was?", fragte ich verwirrt. „Welche Mutter Teresa?"

„Na, die Tussi an der Ausgabe", erklärte sie und schnalzte verächtlich mit der Zunge. „War die Tage hier und hat nach dir gefragt. Aber du hast dich ja nicht blicken lassen. Und hier war voll das Chaos. Da hatse sich anscheinend bei Maria eingeschleimt und sich den ganzen Abend hier rumgetrieben. Hätte allerdings nicht gedacht, dass sie wiederkommt."

Ungläubig wanderte mein Blick von ihr zu Rieke und wieder zurück. Mir dämmerte, dass Rieke erwähnt hatte, sie hätte mich hier und bei der Unterkunft gesucht. Aber so?

„Wann war das?“, hakte ich nach.

Bea zog die Stirn kraus und meinte: „Muss am Donnerstag gewesen sein. Freitag warse dann nich hier, aber gestern und heute isse wieder aufgetaucht.“

Donnerstag, nachdem ich nicht zum Termin im Verlag erschienen war und sie wegen Kalles Nachricht glauben musste, dass ich sie abserviert hatte. Sie hatte mich wirklich gesucht, wollte mich zur Rede stellen, kämpfen. Und jetzt? War sie wieder hier, um mich zu sehen und zu beknien, uns eine Chance zu geben?

Für einen Sekundenbruchteil rührte sich der wütende, abweisende Tom in mir und wollte zu ihr, sie schütteln und ihr sagen, dass ich meine Gründe hatte und sie mich gefälligst in Ruhe lassen sollte. Doch dann schaute sie im selben Moment vom Tresen auf, und unsere Blicke trafen sich, quer durch den Raum über die Köpfe der Bedürftigen hinweg. Der Löffel, mit dem Rieke einen Klecks Kartoffelsalat auf einen Teller gefüllt hatte, schwebte reglos vor ihr in der Luft, und auch der Rest der Welt schien plötzlich stillzustehen.

Unwillkürlich machte ich einen Schritt nach hinten, während alles in mir danach schrie, das Weite zu suchen. Ich erwartete, dass Rieke alles stehen und liegen lassen würde, um mich davon abzuhalten. Stattdessen lächelte sie mir jedoch nur kurz aus der Ferne zu. Jedenfalls glaubte ich das, denn mit dem Mundschutz, den sie trug, konnte ich mich allein auf den Ausdruck in ihren Augen verlassen. Außerdem war der Moment viel zu kurz, denn

Rieke widmete sich bereits wieder ihrer Aufgabe, als wäre sie allein deshalb hier.

In meinem Kopf herrschte ein einziges Chaos. War Rieke etwa doch nicht meinetwegen hergekommen? Sie ließ nicht erkennen, ob sie sich freute, mich zu sehen, sondern wirkte vielmehr müde und traurig. Resigniert. Es versetzte mir einen Stich, sie so zu sehen. Und zu wissen, dass allein ich die Schuld daran trug.

„Scheint ja nicht so glücklich zu sein, dich zu sehen", riss Bea mich aus den Gedanken. „Was ist passiert? Wollte sie ficken und hat nicht genug gekriegt für ihr Geld?"

Ich riss den Kopf herum und funkelte sie empört an. „Sag mal, geht's noch? Das geht dich einen Scheiß an."

Bea grinste mich teuflisch an. „Schätzchen, was sollte sie denn sonst von dir wollen? Heiraten, Kinder und Glück bis in alle Ewigkeit? Mit einem Typen von der Straße? Merkste selbst, oder?"

Mir war klar, dass sie mich provozieren wollte. Aber ohne es zu wissen, hatte sie damit einen wunden Punkt getroffen. Einen anderen, als sie beabsichtigt hatte, der dafür jedoch umso mehr schmerzte.

Ich ballte die Hände zu Fäusten und betete, dass ich es schaffen würde, hier rauszukommen, bevor ich erneut von meiner Psyche dahingerafft wurde. Rücksichtslos schob ich Bea zur Seite und stürmte nach draußen. Ich brauchte Luft. Jetzt. Sofort.

Als wäre der Teufel persönlich hinter mir her, stürzte ich zur Tür raus. Direkt dahinter wurde ich jäh ausgebremst und lief in vollem Tempo geradewegs in Pauls Einkaufswagen hinein. In allerletzter Sekunde konnte ich ihn auffangen, bevor die wertvollen Pfandflaschen darin auf dem Boden zerdepperten.

„Himmelarschundzwirn, das ist hier keine Rennstrecke!“, hörte ich meinen Freund fluchen. Dann erkannte er mich und sagte überrascht: „Du? Was hat dich denn gestochen, dass du hier rausgeschossen kommst wie ein Irrer?“

Starr vor Schreck war ich stehen geblieben und rieb mir die Finger, die ich mir beim Auffangen des Wagens geklemmt hatte, sagte jedoch nichts.

Paul brachte seine Habseligkeiten ein Stück weiter in Sicherheit, lugte durchs Fenster in den großen Saal vom Franziskushaus hinein und pfiff durch die Zähne. „Verstehe“, brummelte er. „Dein Mädchen hat dich also gefunden. Und jetzt rennst du, was du rennen kannst, statt mit ihr zu reden.“

Ich schüttelte unwirsch den Kopf und knurrte: „Ist eine lange Geschichte.“

„Hab ich mir gedacht.“ Paul deutete mit der Hand auf die Bank neben uns. „Setz dich!“, befahl er. „Ich hol was zu essen, und dann reden wir.“

Ohne meine Antwort abzuwarten, öffnete er die Tür und verschwand im Inneren des Gebäudes. Verblüfft schaute ich ihm hinterher. Solche Ansagen kannte ich überhaupt nicht von meinem Freund. Allein deshalb wagte ich es nicht, mich dem zu widersetzen. Außerdem saß Filou vor mir und sah mich an, als würde er ohne Zögern zufassen, falls ich es wagen sollte, nicht zu gehorchen.

Seufzend ließ ich mich auf die Bank fallen und kraulte den Hund hinter den Ohren. „Aber eins sag ich dir“, erklärte ich ihm, „wenn gleich Rieke auftaucht und nicht dein Herrchen, dann bin ich weg.“

Filou legte winselnd seine Schnauze auf meinem Knie ab und schien vollkommen unbeeindruckt von meiner Drohung.

Es dauerte eine ganze Weile, bis Paul zurückkam. Zwischendurch stand ich auf, warf vorsichtig einen Blick durchs Fenster und beobachtete, wie er als Einziger vor der Essensausgabe stand und mit Rieke sprach. Ausgerechnet mein Freund, der sonst kaum die Zähne auseinanderbekam, redete mit ihr, und die beiden wirkten so vertraut miteinander, als wäre es nicht die erste Begegnung zwischen ihnen. Ich konnte nicht leugnen, dass mich das furchtbar nervös machte.

Als Paul mit je einem Teller in der Hand die Tür ansteuerte, war Rieke direkt hinter ihm. Und ehe ich wusste, was passierte, schaute sie aus dem Fenster und mir direkt in die Augen. Ertappt wich ich zurück an die Wand, während mir das Herz viel zu schnell und viel zu laut gegen die Rippen hämmerte. Ich fühlte mich wie ein Tier, das in die Ecke gedrängt worden war. Jeden Augenblick würde sie hier sein, und mir blieb keine Zeit mehr zu flüchten.

Ich schloss die Augen und wappnete mich vor dem, was unweigerlich passieren musste. Ich würde ihr erneut wehtun müssen. Diesmal richtig, damit sie endlich erkannte, auf was sie sich eingelassen hatte, und sich von mir abwandte.

Ich hörte die Tür auf- und wieder zugehen und glaubte, Riekes Blick auf mir zu spüren. Doch ich wagte es nicht, die Augen zu öffnen. Jede einzelne meiner Nervenzellen war zum Zerreißen gespannt, bis ich Pauls raue Stimme sagen hörte: „Entspann dich, du liebeskranker Trottel. Sie hat mir nur die Tür aufgehalten."

Was?! Ich blinzelte vorsichtig und sah, dass Paul tatsächlich alleine vor mir stand. Auffordernd streckte er mir einen Teller entgegen. „Iss! Vielleicht hilft es ja, dass in deinem Oberstübchen etwas zurechtgerückt wird."

Ungläubig schaute ich von ihm zur Tür, wieder zurück und auf den Teller. Essen? Wer zum Teufel wollte denn jetzt etwas essen? Mein Magen entwickelte allerdings ein Eigenleben und fing erneut an zu knurren. Und da mein Freund ohnehin nicht den Eindruck machte, als hätte er in den nächsten Minuten vor, etwas zu sagen, ließ ich mich ergeben auf die Bank sinken und schob mir zögernd die erste Gabel voll Kartoffelsalat in den Mund.

Paul vertilgte schweigend sein Essen, teilte das Würstchen mit seinem Hund und spülte alles mit einer Flasche Bier runter. Anschließend rülpste er lautstark. Wie viele andere lebte er nach dem Motto: Ist der Ruf erst ruiniert, lebt sich's völlig ungeniert. Wen interessierten Tischmanieren, wenn man keinen Tisch mehr hatte? Genauso nahm er kein Blatt vor den Mund, wenn er etwas zu sagen hatte, und erklärte mir jetzt geradeheraus: „Du bist ein Vollidiot."

„Das hattest du bereits erwähnt", knurrte ich und reichte Filou mein letztes Stück Wurst, weil mir schlagartig der Appetit vergangen war.

„Und?" Paul sah mich herausfordernd an.

„Was und?"

„Was gedenkst du dagegen zu tun?"

Ich stieß ein verächtliches Schnauben aus. „Willst du mir jetzt wieder sagen, dass ich mir Rieke aus dem Kopf schlagen soll? Das würde ich gerne, aber ich habe keine Ahnung wie. Ich hab's verbockt, Paul, und alles, was ich tun kann, um es nicht noch schlimmer zu machen, ist abzuhauen. Je weiter weg, desto besser."

„Wirst du ihr vorher wenigstens erzählen, was dein Problem ist?", fragte er und klang dabei so streng, dass ich mich unwillkürlich duckte.

„Wozu soll das gut sein?", erwiderte ich leise. „Ich habe ihr schon genug ..."

„Weil sie es verdient hat", donnerte Paul überraschend energisch dazwischen. „Dieses Mädchen ist Gold wert, Tom. So eine wird dir garantiert nie wieder begegnen, also wenn dir auch nur ein Zipfelchen daran liegt, dass du die Kurve aus diesem Sumpf kriegst, dann geh da rein und leg die Karten offen auf den Tisch."

Ich sah ihn verblüfft an. „Was ist denn mit dir passiert? Warst du es nicht, der mir gesagt hat, dass ich Rieke vergessen soll und das alles eh zu nichts führt?"

„Ja. Und jetzt habe ich meine Meinung geändert", erklärte er, während er mich mit einem so eindringlichen Blick durchbohrte, wie ich es bei seinen glasigen, alkoholvernebelten Augen niemals erwartet hätte. „Du hast noch eine Chance, Junge. Sie ist deine Chance. Vielleicht nicht für die große Romanze und dieses Und-wenn-sie-nicht-gestorben-sind-Ding. Aber wenn es jemand schafft, dir wieder in die Spur zu helfen, dann sie."

„Du kennst sie doch überhaupt nicht", protestierte ich schwach.

„Ich kenne sie genug, um zu wissen, dass sie dein Bestes will. Dass sie das, was sie sagt und tut, verdammt ehrlich meint. Was glaubst du, warum sie da drin steht und ihre Freizeit damit verbringt, uns Pennern das Essen zu servieren? Weil sie darauf wartet, dass du herkommst und wie ein Feigling vor ihr wegläufst? So wichtig kannst du gar nicht sein, dass sie sich das allein für dich antun würde. Geh rein und schau es dir selbst an! Sie hat für jeden ein Lächeln und ein paar nette Worte, als würde es ihr wirklich etwas bedeuten, was sie dort tut."

Ich konzentrierte mich angestrengt aufs Atmen, während mein Körper aus einer einzigen Gänsehaut bestand. War es wirklich Rieke, über die er da sprach? Das Mäuschen, das in einem weiten Bogen um den Bettler herum durch den Tunnel huschte?

„Wie kann sich jemand so sehr verändern?", nuschelte ich mehr zu mir selbst als an Paul gewandt.

Er hob eine Hand und klopfte mir aufmunternd aufs Knie. „Dein Mädchen ist der Beweis dafür, dass es möglich ist. Und wenn sie es kann, kannst du es auch."

„Nein! Du weißt, dass das nicht so leicht ist. Rieke hatte vorher bloß einen Haufen Vorurteile. Ich dagegen bin aus einem guten Grund da, wo ich bin. Das solltest ausgerechnet du besser als jeder andere verstehen", konterte ich.

Paul stieß ein humorloses Lachen aus. „Du bist genauso verbohrt wie ich. Aber ich sag dir was, mein Freund. Er wird nicht wieder lebendig dadurch, dass du dich bis an dein Lebensende schuldig fühlst und selbst geißelst. Ich spreche da aus Erfahrung, wie du weißt. Aber ich hatte nie eine solche Chance wie du, dass sich jemand wirklich dafür interessiert hat, was passiert ist. Dass mich jemand wirklich gesehen hat. Vielleicht hätte ich dann auch noch die Kurve gekriegt. Jetzt ist es zu spät. Aber du, du kannst es schaffen, wenn du endlich über deinen verdammten Schatten springst."

Seine Worte trafen mich wie ein Fausthieb in den Magen, breiteten sich von dort in meinem Kopf, meinem Herz, meiner Seele aus und richteten eine Spur der Verwüstung an. Mit ein paar Sätzen hatte Paul mein komplettes Weltbild erschüttert. Ausgerechnet er, der mir von all unseren traurigen Geschichten, wie wir auf der Straße gelandet waren, am nächsten stand, stellte plötzlich alles infrage. Wir waren uns doch immer einig gewesen, dass wir nichts anderes als diesen Absturz verdient hatten, bei der Schuld, die wir mit uns herumschleppten.

Als hätte er meine Gedanken gelesen, fügte Paul hinzu: „Ja, wir sind schuld an dem, was passiert ist. Ich weit mehr als du. Aber dass wir ohne sie weiterleben müssen, ist eigentlich Höchststrafe genug, findest du nicht auch?"

Nein! Nein, das war es nicht. Ich presste mir die Hände auf die Ohren, um das nicht hören zu müssen, doch es war bereits zu spät. Mir wurde schlecht, so plötzlich, dass ich es in letzter Sekunde bis zum nahegelegenen Gully schaffte und mir die Seele aus dem Leib kotzte.

„Das nächste Mal gibste lieber mir dein Essen, statt die Kanalratten damit zu füttern", hörte ich jemanden hinter mir meckern. Die zwei Punks aus dem Bahnhofsviertel liefen an mir vorbei und spuckten provozierend neben mir auf den Asphalt. Doch mir fehlte die Kraft, etwas darauf zu erwidern oder zu ihnen aufzuschauen. Ich saß im wahrsten Sinne des Wortes am Boden. Aber ich musste hier weg, bevor Rieke kam und mich so sah.

Mühsam rappelte ich mich auf, schleppte mich zurück zur Bank und griff nach meinem Rucksack. Alles unter dem wachsamen Blick meines Freundes.

„Was wirst du jetzt tun?", wollte er wissen.

„Mir einen neuen Freund suchen", erklärte ich grimmig. „Der alte ist mir irgendwie abhandengekommen und redet wirres Zeug."

Paul stand auf, richtete sich zu seiner vollen Größe auf und stach mir mit dem Zeigefinger auf den Brustkorb. „Darf ich dich daran erinnern, dass ich dir den Arsch gerettet habe, als du hier angekommen bist? Ich finde, dafür bist du mir etwas schuldig."

„Ach ja?", schnaubte ich belustigt. „Hast du mal einem Nackten in die Tasche gefasst?"

„Ich rede nicht von Geld."

„Sondern?"

Paul stierte mich aus seinen blutunterlaufenen Augen an und sagte: „Versprich mir, dass du mit dem Mädchen redest und dein Leben auf die Reihe bringst. Ich weiß nicht, wie du Bengel das gemacht hast, aber du bist wie ein Sohn für mich. Und wenn ich eines Tages von dieser Scheißwelt abtrete, will ich sicher sein können, dass wenigstens eins meiner Kinder eine Zukunft hat."

Zum Ende hin war seine Stimme seltsam brüchig geworden, und als ich ihn ansah, gab mir sein Anblick den Rest. In Pauls Augen schimmerte es feucht. Dieser alte, ruppige Mann, der immer über allem stand und dem nichts und niemand etwas anhaben konnte, zeigte plötzlich Gefühle und stellte mich damit auf eine knallharte Probe. Wie sollte ich ihm unter diesen Umständen seinen Wunsch ausschlagen? Doch wenn ich ihm jetzt das Versprechen gab, mit Rieke zu reden, dann musste ich es auch tun, sonst würde ich mir selbst nie wieder in die Augen schauen können.

Ich senkte den Kopf und kontrollierte angestrengt, ob die Schnallen an meinem Rucksack alle geschlossen waren. Das Herz wummerte hart gegen meinen Brustkorb. Ich hatte so eine beschissene Angst vor dem, was mein Freund von mir verlangte.

„Tom?" Paul legte mir eine Hand auf den Arm und hielt mich fest, als befürchtete er, dass ich einfach so gehen würde. Doch das hatte ich gar nicht vor.

Ich atmete tief durch und sah ihn an. „Ich verspreche es dir. Ich werde mit Rieke reden. Aber nicht jetzt."

Paul nickte langsam, und ich wusste, dass er mich auch ohne weitere Erklärungen verstand. Spontan beugte ich mich zu ihm runter und umarmte ihn flüchtig. Dann drehte ich mich schweigend um und ging. Langsam. Wie in Zeitlupe setzte ich einen Fuß vor den anderen und entfernte mich Schritt für Schritt weiter von ihm. Und von Rieke.

Ich spürte Pauls Blick in meinem Rücken, versuchte ihn jedoch zu ignorieren. Stattdessen atmete ich bewusst ein und aus und konzentrierte mich auf die Geräusche um mich herum, um mich nicht dem Chaos an Gedanken und Gefühlen in meinem Inneren stellen zu müssen.

Aus dem Obergeschoss eines Hauses drang laute Musik raus auf die Straße. Harter Techno, wie gemacht, um sich den Schädel damit wegzudröhnen. Gegenüber wurde offenbar gestritten. Es war eine fremde Sprache, und ich verstand nicht, worum es ging, doch das Pärchen schien ziemlich aufgebracht zu sein. In der Durchfahrt zu einem Hinterhof kloppten sich mit lautstarkem Fauchen zwei Katzen.

Ich war fast am Ende der Straße angekommen, als durch ein geöffnetes Fenster neben mir lautes Babygeschrei ertönte. Wie ein glühender Pfeil schoss das Geräusch in meine Ohren und brachte im selben Moment etwas in mir zum Explodieren. Schlagartig versagten meine Beine den Dienst. Haltsuchend klammerte ich mich an einem Vorsprung an der Hauswand fest, um nicht in die Knie zu gehen. Eine eisige Faust presste meinen Brustkorb zusammen. Ich konnte nicht atmen. Mein Herz raste. Es war heiß, so furchtbar heiß. Und immer noch schrie das Baby, nur durch eine Fensterscheibe und einen Vorhang von mir getrennt.

Panisch rang ich nach Luft, doch sie kam nicht in meiner Lunge an. Ich schloss die Augen und sah im wahrsten Sinne des Wortes rot. Zitternd ließ ich mich an der Wand entlang zu Boden sinken. Schrammte mir am rauen Putz den Arm auf, ohne etwas davon zu spüren. Mein ganzer Körper war im Überlebensmodus. Verlangte nach Sauerstoff. Aber es gab nicht genug davon.

Ich hatte schon so einige Panikattacken erlebt. Doch das hier war anders und zeigte mir, was wirkliche Todesangst war. Ich wollte um Hilfe schreien. Heraus kam bloß ein leises Krächzen. Trotzdem schien man mich gehört zu haben, denn ich hörte jemanden meinen Namen rufen.

Irgendwo bellte ein Hund. Kurz darauf rüttelte jemand an meinem Arm. War das Paul? Ich öffnete die Augen. Sah ein verschwommenes Bild mit grellen Lichtblitzen darin. Blind tastete ich nach dem Mann vor mir und bekam ihn am Arm zu packen. Ich hatte das Gefühl, jeden Moment in Ohnmacht zu fallen. Klammerte mich hilfesuchend an ihm fest. Doch auch er konnte nicht verhindern, dass ich immer weiter fiel und fiel.

Rieke

„Lass gut sein, Rieke. Der Topf ist längst sauber“, bemerkte Maria neben mir belustigt.

Wie erwachend schaute ich zu ihr auf und hatte keine Ahnung, wovon sie redete. Die gute Fee vom Franziskushaus nahm mir den Topf aus der Hand, den ich gedankenverloren geschrubbt hatte, und erklärte: „Du machst jetzt Feierabend. Dein Engagement in allen Ehren, aber den Rest schaffen Elfi und ich auch alleine.“

Ich nickte zögernd, rührte mich jedoch nicht von der Stelle. Seit Tom aufgetaucht war, war ich völlig neben der Spur. Bis vorhin hatte ich mich mit der Arbeit an der Essensausgabe und beim Aufräumen der Küche ablenken können. Aber jetzt? Die Begegnung mit ihm lag mir wie ein Stein im Magen, obwohl wir nicht einmal miteinander geredet hatten.

Natürlich hatte ich damit rechnen müssen, Tom im Franziskushaus zu treffen, auch wenn ich nicht seinetwegen als Hilfskraft an die Essensausgabe zurückgekehrt war. Nicht nur jedenfalls. Ich wollte helfen, etwas für diese armen Seelen tun und auf gewisse Weise auch wiedergutmachen, was ich die ganzen Jahre durch meine Vorurteile verpatzt hatte. All die Menschen, mit denen ich am Donnerstagabend zu tun gehabt hatte, hatten etwas in mir berührt. Und nachdem ich über meinen Schatten gesprungen war, war es so leicht, mit kleinen Gesten und netten Worten etwas Freude in ihr trauriges Leben zu bringen. Deshalb war ich hier. Auch. Denn es wäre gelogen zu behaupten, dass ich nicht insgeheim darauf gehofft hatte, Tom wiederzusehen und ihn umstimmen zu können.

Er hatte mich angeschaut, als hätte er einen Geist gesehen, und hatte dabei ausgerechnet mit dieser schrecklichen Bea zusammengestanden. Der Anblick hatte in Lichtgeschwindigkeit den fiesen Stachel der Eifersucht in mir geweckt. Für einen kurzen Moment hatte ich mich ernsthaft gefragt, ob die beiden mal was miteinander hatten und Bea deshalb am Donnerstag so abweisend reagiert hatte. Doch zum Glück wusste Paul es besser und konnte mich gleich wieder beruhigen.

Überhaupt hatte Paul mich gerettet, nachdem Tom so offensichtlich gezeigt hatte, wie dringend er von mir weg wollte. Er hatte versprochen, mit Tom zu reden. Was dabei herausgekommen war, wusste ich allerdings nicht, denn Paul hatte sich anschließend nicht mehr blicken lassen. Oder waren die beiden vielleicht immer noch da draußen? Paul war einer der Letzten an der Essensausgabe gewesen, gleich danach hatten wir angefangen aufzuräumen. Und nun, kaum später, schickte Maria mich bereits nach Hause. Aber wollte ich jetzt schon das Gebäude verlassen? Was, wenn ich den Männern wirklich in die Arme lief und damit alles verdarb, was Paul möglicherweise bei Tom erreicht hatte?

Unentschlossen schlich ich vor zum Fenster und warf einen Blick auf den Bürgersteig. Pauls Einkaufswagen stand tatsächlich dort. Von ihm, Filou und Tom war jedoch nichts zu sehen. Seltsam.

„Alles in Ordnung, Rieke?", rief Elfi mir vom Ausgabetresen her zu.

„Ja, alles gut", antwortete ich automatisch und glaubte mir selbst kein Wort.

Nachdenklich ging ich nach hinten, holte meine Sachen und verabschiedete mich von den Frauen. Ich konnte mich schließlich nicht ewig hier im Franziskushaus verschanzen. Und selbst wenn Paul noch in der Nähe war, hieß das nicht, dass Tom es auch war. Im Gegenteil. Wahrscheinlich war er längst über alle Berge. Bei seiner Reaktion vorhin wunderte mich gar nichts mehr. Diesen Blick durch das Fenster, als er befürchtete, ich könnte mit Paul nach draußen kommen, würde ich nie vergessen. Die weit aufgerissenen Augen, wie ein Reh im Scheinwerferlicht. Es hatte so furchtbar wehgetan. Wenn ich wenigstens gewusst hätte, wovor er solche Panik hatte. Aber das würde womöglich für immer sein Geheimnis bleiben.

Ich griff nach der Türklinke, atmete tief durch und trat raus auf die Straße, die in ein seltsam flackerndes Licht getaucht war. Blaulicht.

Erschrocken wandte ich mich nach rechts und entdeckte am Ende der Marktstraße einen Rettungs- und einen Notarztwagen. Davor hatte sich eine Menschentraube gebildet. Ein wenig abseits versuchte ein Mann einen kläffenden Hund zu beruhigen. Paul.

Schlagartig schoss mein Puls in die Höhe, und wie von Sinnen stolperte ich die Straße entlang. Tom! Was, wenn der Rettungswagen etwas mit Tom zu tun hatte? Wenn er noch hier war? Wenn er der Notfall war?

Meine verletzten Bänder protestierten mit einem beißenden Schmerz und ich bekam beim Laufen kaum Luft, weil mir eine böse Vorahnung die Kehle zuschnürte. Aber ich musste jetzt so schnell wie möglich dorthin.

„Paul!“, rief ich, nur noch wenige Schritte von dem alten Mann entfernt. „Was ist passiert?“

Er streckte einen Arm aus und fing mich auf. Ich war nicht sicher, ob er mich trösten oder aufhalten wollte, und es war mir in diesem Moment auch furchtbar egal, wie sehr er stank oder was für ein seltsames Bild wir zusammen abgaben. Jede einzelne meiner Gehirnzellen schrie nach Tom, und ein Blick in Pauls Gesicht reichte, um zu wissen, dass es wirklich er war, der sich dort im Rettungswagen befand.

„Was ist mit ihm?“, wollte ich wissen, während mir Tränen in die Augen schossen. Ich zitterte vor Angst am ganzen Körper, und es wurde nicht besser, als Paul sichtlich mitgenommen sagte: „Weiß nicht. Ein Herzinfarkt oder so was.“

„Was?!“, schrie ich entsetzt.

Er drückte mich an sich und schien dabei selbst Halt zu suchen. „Ich hab gesehen, wie Tom plötzlich zusammengesackt ist, und bin gleich zu ihm hin. Er war kreidebleich, hat nach Luft gejapst und sich die Hand vor die Brust gedrückt, als hätte er da Schmerzen. Und gezittert und geschwitzt hat er, so richtig in Todesangst.“

Ohmeingottohmeingottohmeingott! Ich schluchzte verzweifelt auf und wäre am liebsten sofort in den Rettungswagen gestürmt, um mich davon zu überzeugen, dass Tom noch lebte. Mir war jedoch klar, dass es ziemlich unvernünftig gewesen wäre, die Retter bei ihrer Arbeit zu stören. Das Einzige, was ich tun konnte, war Warten, während mir gleichzeitig tausend Was-wäre-wenns durch den Kopf schossen.

„Hast du den Notarzt gerufen?", fragte ich Paul, als ich wieder einigermaßen klar denken konnte.

Er gab ein undefinierbares Geräusch von sich. „Wie denn? Ich hab geklingelt, da bei denen im Haus. Überall. Aber denkste, es ist einer gekommen, um zu helfen? Verpisst euch, ihr Penner, haben sie von oben gerufen. Nur der Pizzabote da, der hat gesehen, was los ist, und die 112 gerufen."

Er deutete mit dem Kinn auf einen jungen Mann mit Helm, der sichtbar erschüttert neben dem Roller eines Lieferdienstes stand.

„Das Essen soll jetzt wohl kalt sein", bemerkte Paul trocken. „Aber das hat diese Bande nicht anders verdient." Er warf einen bösen Blick an der Häuserfassade entlang.

Ich sah ihn fassungslos an und versuchte zu begreifen, was er da gerade erzählt hatte. Von den Anwohnern hatte niemand geholfen, weil sie offenbar geglaubt hatten, dass es sich um ein paar störende Obdachlose handelte statt um einen echten Notfall? Das konnte ja wohl nicht wahr sein!

Mir lagen zahlreiche Flüche und Verwünschungen auf der Zunge, doch bevor ich den Mund aufmachen konnte, öffnete sich die Seitentür des Rettungswagens. Der Notarzt und ein Sanitäter kamen heraus, stiegen in den Notarztwagen und fuhren davon.

Nervös schnellte mein Blick von ihnen zurück zum Rettungswagen. Was hatte das zu bedeuten? Brauchte Tom keinen Arzt mehr? War er wieder okay? Oder ... war er tot? Bei einem Herzinfarkt müssten die doch längst mit Blaulicht und Martinshorn unterwegs zum Krankenhaus sein, oder nicht? Was war da los?

Ich löste mich von Paul und machte angespannt einen Schritt nach vorne.

Bitte gib mir ein Zeichen, dass es dir gut geht, Tom!, flehte ich im Stillen. Aber wie sollte er das tun?

Eine weitere gefühlte Ewigkeit verging, in der mir ein paar stille Tränen über die Wangen liefen. Meine Nerven waren bis zum Zerreißen gespannt, und als das Handy in meiner Jackentasche anfing zu klingeln, hätte ich beinah selbst einen Herzinfarkt bekommen.

Mit bebenden Fingern zog ich es hervor, bereit, den störenden Anruf sofort wegzudrücken. Es war eine unbekannte Handynummer. Aus einer merkwürdigen Vorahnung heraus nahm ich das Gespräch an.

„Hallo?“, krächzte ich heiser, während mir das Herz bis zum Hals schlug.

„Spreche ich mit Rieke Ohlendorf?“, wollte eine männliche Stimme wissen.

„Ja“, antwortete ich mit zittriger Stimme, obwohl ich wusste, dass jeder Telefonbetrüger in diesem Moment seine helle Freude an mir gehabt hätte.

„Ich bin Christoph Lohmann vom Rettungsdienst“, erklärte der Anrufer jedoch. „Bitte erschrecken Sie nicht. Ich habe einen Tom Bartelsmeier hier, der mich gebeten hat, Sie anzurufen. Sind Sie zufällig noch in der Nähe vom Franziskushaus?“

Ich stieß ein kleines Lachen aus, irgendetwas zwischen Hysterie und Erleichterung. Wenn Tom dem Sanitäter meine Nummer gegeben hatte, dann konnte es so schlimm nicht sein, oder?

„Ich bin hier“, sagte ich unter Tränen. „Direkt draußen auf der Straße.“

„Perfekt“, antwortete er. „Mein Kollege kommt gleich zu Ihnen raus.“ Damit legte er auf, und kurz darauf öffnete sich die Seitentür des Rettungswagens. Wie in Trance nahm ich mein Handy herunter und taumelte dem Sanitäter entgegen. Es war derselbe, der mich nach dem Unfall in der Fußgängerunterführung versorgt hatte, und ich hätte weinen können vor Dankbarkeit, weil es ein Gefühl von Vertrautheit in dieser schlimmen Situation war.

Am überraschten Blick des Mannes sah ich, dass auch er mich wiedererkannt hatte. Er sagte jedoch nichts, schloss die Tür hinter sich und lotste mich ein Stück weiter, um in Ruhe mit mir reden zu können.

„Was ist mit Tom?“, überfiel ich ihn aufgeregt. „Geht es ihm gut?“

Der Sanitäter legte mir beruhigend eine Hand auf den Arm und sagte: „Er ist ziemlich angeschlagen, aber nicht in Lebensgefahr. Ich weiß nicht, was Sie mitbekommen oder gehört haben, aber es sah schlimmer aus, als es ist.“

„Okay“, quetschte ich an dem dicken Kloß in meiner Kehle vorbei. Das war gut. Das war sehr gut. Und trotzdem spürte ich das Aber, das zwischen uns in der Luft schwebte.

„Er möchte Sie gerne sehen, bevor wir ihn in die Klinik bringen", fuhr der Mann vom Rettungsdienst fort. „Eigentlich darf ich Ihnen gar nichts über seinen Gesundheitszustand sagen, aber er möchte, dass Sie gewisse Dinge wissen, bevor Sie zu ihm gehen. Und mir ist es ehrlich gesagt auch lieber, wenn Sie darauf vorbereitet sind, dass Tom in einem emotionalen Ausnahmezustand ist."

Beinah hätte ich gelacht. War Tom das nicht immer? Doch ein Blick in das Gesicht meines Gegenübers sagte mir, dass die Lage wirklich ernst war.

„Was ist passiert?", fragte ich leise. „Wenn er in die Klinik muss, dann ist da doch noch mehr, oder?"

„Ja, aber anders, als Sie denken", erwiderte der Sanitäter. „Körperlich ist bei Tom alles okay, soweit man das unter diesen Lebensumständen erwarten kann. Psychisch dagegen braucht er dringend Hilfe. Tom hat Ihnen wahrscheinlich nicht erzählt, dass er unter Panikattacken leidet, oder?"

„Panikattacken?", wiederholte ich verwirrt. „Nein. Aber ... Was hat das hiermit zu tun? Paul hat gesagt, dass er einen Herzinfarkt hatte oder so was. Das ist doch etwas völlig anderes."

„Nein", erklärte der Sanitäter. „Das war Angst. Todesangst. Die Symptome sind denen eines Herzinfarkts teilweise sehr ähnlich, aber Toms Herz ist vollkommen in Ordnung. Es war eine Panikattacke. Eine sehr, sehr heftige Panikattacke. Tom leidet häufiger darunter, und mein

Kollege hatte bereits öfter deswegen mit ihm zu tun. Aber so schlimm wie heute war es wohl noch nie."

Was?! Ich sah ihn ungläubig an, während ich mir in Rekordzeit sämtliche Begegnungen mit Tom ins Gedächtnis rief und mich fragte, wie es sein konnte, dass ich die ganze Zeit nichts davon mitbekommen hatte. Er hatte von Problemen gesprochen. War es das, was er damit gemeint hatte? Aber warum hatte er denn nichts gesagt?

„Ich hatte keine Ahnung", flüsterte ich hilflos. „Aber dagegen kann man doch sicher etwas tun, oder?"

„Unter bestimmten Voraussetzungen ja", antwortete der Sanitäter. „Ich bin kein Arzt, aber es ist ziemlich offensichtlich, dass Tom an Depressionen leidet. Wie so viele Wohnungs- und Obdachlose. Das Problem ist, dass er davon bisher nichts wissen wollte und zu keiner Therapie bereit war."

„Weil er Angst davor hat, sich dem zu stellen, was passiert ist", murmelte ich mehr zu mir selbst als an ihn gewandt.

„Und weil er glaubt, dass er es nicht verdient hat, dass ihm geholfen wird und sich seine Situation dadurch verbessert", ergänzte er.

Plötzlich fiel es mir wie Schuppen von den Augen. Natürlich hatte ich auch davon gelesen, dass viele Obdachlose psychisch angeschlagen waren. Und ich hätte blind sein müssen, um nicht zu erkennen, dass Tom ernsthafte Probleme hatte. Aber jetzt erst wurde mir das ganze Ausmaß bewusst. Oder zumindest ein Bruchteil davon, denn ich wusste viel zu wenig über Depressionen, um die Bedeutung richtig einschätzen zu können. Was passierte mit diesen Menschen? Und wie wurden sie behandelt – wenn sie denn dazu bereit waren? Mir schwirrten so viele Fragen durch den Kopf, doch das war weder der richtige Ort noch die richtige Zeit, um sie loszuwerden. Außerdem hatte der Mann vom Rettungsdienst gesagt, dass Tom mich sehen wollte.

Angespannt schaute ich rüber zum Rettungswagen und hätte gerne einen Röntgenblick gehabt, um sehen zu können, was hinter der Fahrzeugwand passierte. Hatten sie Tom mit irgendetwas ruhiggestellt? Wie ging es jetzt weiter mit ihm? Und wie sollte ich mit ihm umgehen, nach allem, was war und was ich jetzt wusste?

„Wir werden Tom gleich mitnehmen und ihn in die Psychiatrie bringen", sagte der Sanitäter, als hätte er meine Gedanken gelesen.

Ich wirbelte zu ihm herum und sah ihn erschrocken an. Psychiatrie? Hatten wir nicht eben erst darüber gesprochen, dass Tom keine Therapie wollte? Wurde er jetzt etwa zwangseingewiesen?

„Auf Toms eigenen Wunsch", fügte er beruhigend hinzu. „Er will es versuchen. Aber vorher will er Sie noch einmal sehen. Und ich glaube, es ist auch besser, wenn er Ihnen einige Dinge selbst erklärt."

Ich keuchte überrascht auf und war mit der ganzen Situation völlig überfordert. Tom war bereit, sich endlich helfen zu lassen? Ich musste zu ihm. Jetzt. Sofort.

„Muss ich irgendetwas beachten, wenn ich zu ihm gehe?", vergewisserte ich mich aufgeregt. „Gibt es etwas, was ich nicht tun oder sagen darf oder ... Was soll ich tun?"

Der Sanitäter lächelte. „Seien Sie einfach wie immer. Wenn Sie es geschafft haben, Tom an diesen Punkt zu bringen, dann kann nichts falsch daran sein."

Seine Worte trafen mich mitten ins Herz. Ja, ich hatte Tom hierhin gebracht. An diesen Punkt, an dem es ihm so schlecht ging wie nie zuvor. Und genau das sollte jetzt der Wendepunkt zum Guten sein?

Wie auf Knopfdruck stiegen mir Tränen in die Augen. Hastig wischte ich sie mit dem Handrücken weg und atmete tief durch. Was sollte Tom denn denken, wenn so eine Heulsuse vor ihm stand? Ich war doch sonst nicht so nah am Wasser gebaut.

„Bereit?", fragte der Mann vom Rettungsdienst.

Ich nickte. „Bereit."

Er ging vor, verschwand im Rettungswagen, kam kurz darauf mit seinem Kollegen zusammen raus und deutete einladend auf die Tür.

Meine Beine fühlten sich an wie Pudding, als ich meinen Fuß auf das Trittbrett stellte und zögernd einstieg.

Tom lag nicht auf der Trage festgeschnallt im Inneren der Kabine, sondern saß wie ein Häufchen Elend auf einem der Begleitersitze, die Arme auf die Oberschenkel gestützt, das Gesicht in den Händen vergraben.

Als er mich kommen hörte, hob er den Kopf und schaute mich an. Um seinen linken Oberarm war ein Verband gewickelt. Er war kreidebleich und sah furchtbar mitgenommen aus. Doch in dem Moment, in dem sich unsere Blicke trafen, leuchtete in seinen Augen etwas auf. Ich konnte auf die Schnelle unmöglich definieren, was es war, aber es verursachte ein warmes Gefühl in meinem Brustkorb.

„Du bist da", flüsterte Tom beinahe ehrfürchtig.

„Natürlich bin ich da", erwiderte ich leise und lächelte ihn liebevoll an.

Er streckte eine Hand nach mir aus, blieb dabei jedoch sitzen, als fehlte ihm die Kraft aufzustehen. Ich ergriff sie und folgte seiner unausgesprochenen Bitte, näher zu kommen. Als ich direkt vor ihm stand, schlang Tom seine Arme um meine Taille, presste sein Gesicht an meinen Bauch und brach in ein haltloses Schluchzen aus.

Vollkommen hilflos und überfordert strich ich ihm über den bebenden Rücken, legte mein Kinn auf seinen Scheitel und wiegte ihn hin und her wie ein kleines Kind. Seine Verzweiflung war so greifbar, dass es mir kalt den Rücken runterlief.

„Ich bin da", sagte ich leise. „Es wird alles wieder gut."

„Ich kann nicht mehr, Rieke", flüsterte er nach einer Weile erschöpft. „Immer und immer wieder habe ich gedacht, dass es nicht mehr schlimmer kommen kann, aber dann ging es weiter abwärts. Und jetzt ... jetzt muss ich mich entweder allem stellen oder ein für alle Mal Schluss machen."

„Nein!" Ich umfasste sein Gesicht und zwang ihn, mich anzusehen. „Nein, Tom! Du hast mir etwas versprochen, weißt du noch?"

Er presste die Lippen aufeinander und nickte schwach.

„Wir schaffen das, hörst du? Du schaffst das. Also bitte geh in diese Klinik und lass dir helfen."

Wieder nickte er. Und schwieg.

Weinend beugte ich mich zu ihm hinunter, lehnte meine Stirn an seine und hielt ihn fest. Im Stillen betete ich, dass nicht jeden Moment der Sanitäter auftauchte und uns auseinanderriss, dabei war mir klar, dass wir hier wertvolle Zeit für andere, lebenswichtigere Notfälle verschwendeten. Doch es war mir egal. Das hier war schließlich auch eine Art von Lebenretten, wenn man jemanden davon abhielt, sich völlig aufzugeben, oder nicht? Die Sanitäter sahen das offenbar genauso, denn sie gaben uns Zeit.

Ich hätte nicht sagen können, ob zehn Sekunden oder zehn Minuten vergangen waren, als Tom sich endlich rührte, seine Hände in meinen Haaren vergrub und mir tief in die Augen schaute.

„Ich werde es tun", versprach er mir feierlich. „Ich habe viel zu lange alles verdrängt, aber jetzt muss ich mich dem endlich stellen. Und du gibst mir die Kraft dazu. Aber ich werde dafür eine Weile weg sein müssen. Ich weiß nicht, wie lange und ob wir uns in dieser Zeit sehen oder überhaupt miteinander Kontakt haben dürfen."

Ich presste die Lippen aufeinander und nickte tapfer. So etwas hatte ich befürchtet. Aber ich würde diese vorübergehende Trennung überstehen, wenn ich wusste, dass er in guten Händen war.

Tom war allerdings noch nicht fertig. „Ich möchte, dass du nicht auf mich wartest", sagte er leise. „Nicht auf diese Art, wie eine Frau darauf wartet, dass ihr Geliebter von egal woher zurückkehrt und nebenbei ihr Leben verpasst. Leb dein Leben, Rieke. Sei glücklich. Verlieb dich und plan deine Zukunft. Aber bitte warte nicht auf mich. Denn selbst wenn die mich wieder einigermaßen hinbekommen, werde ich nie das sein können, was du verdient hast."

„Das weißt du doch gar nicht", protestierte ich weinend. „Ich brauche keinen Palast mit goldenen Wasserhähnen, um glücklich zu sein. Ich brauche dich."

Wider Erwarten zählte Tom keine weiteren Argumente auf, warum er nicht gut genug für mich war, sondern stellte mir eine überraschende Frage: „Willst du Kinder?"

„Was?!" Ich sah ihn verblüfft an. „Sollten wir nicht vielleicht vorne anfangen und Schritt für Schritt gucken, was kommt?"

„Nein", erklärte er, so schroff, dass ich erschrocken zusammenzuckte. „Es ist wichtig, Rieke. Denn die wird es mit mir nicht geben. Und das ist nicht verhandelbar."

„Aber ..."

„Kein Aber", sagte er hart.

Unwillkürlich zog ich den Kopf ein. Dann regte sich jedoch der Widerstand in mir, und ich wollte Tom anschnauzen, dass ich nicht wusste, ob ich Kinder haben wollte. Dass Basti und ich nie darüber geredet hatten, obwohl es mit dreißig vielleicht langsam Zeit dafür wäre. Dass wir auch ohne glücklich sein konnten, selbst wenn ich es vielleicht eines Tages bereuen würde. Doch da lag ein Schmerz in seinen Augen, bei dem mir sämtliche Worte im Hals stecken blieben. Von diesem plötzlichen Stimmungsumschwung wurde mir ganz schwindelig. Es ging hier um Tom. Darum, dass ihm geholfen wurde. Dass er seine schrecklichen Panikattacken und sein Leben in den Griff bekam. Und nicht um eine theoretische Familienplanung. Die ganze Diskussion war an dieser Stelle völlig absurd. Es sei denn ...

Mir wurde plötzlich heiß. Es sei denn, es gab einen Zusammenhang zwischen solchen Zukunftsüberlegungen und Toms Vergangenheit.

Die Erkenntnis traf mich wie ein Schock. Tom hatte meine Frage damals im Café, ob er und seine Frau Kinder hatten, nicht beantwortet. Es war einer dieser Fluchtmomente gewesen, in denen er mir zu entwischen drohte, und ich hatte geglaubt, dass er meine Frage gar nicht mitbekommen hatte. Aber was, wenn doch? Was, wenn ich damit zu nah an die Wahrheit herangekommen war?

Kraftlos sank ich auf die Knie und schaute Tom von unten herauf an. Im ersten Moment dachte ich, dass er meinem Blick herausfordernd standhielt. Dann merkte ich jedoch, dass er durch mich hindurchschaute, völlig gefangen in seiner eigenen Welt, zu der ich keinen Zutritt hatte. Ich hätte ihn gerne gefragt, was damals passiert war, und vielleicht hätte er es mir jetzt sogar gesagt. Doch ein unbestimmtes Bauchgefühl hielt mich davon ab. Tom war so kurz davor, sich professionell helfen zu lassen. Das wollte ich auf keinen Fall mit einer unbedachten Äußerung riskieren. Er würde es mir erzählen, wenn er dazu bereit war. Bis dahin ging es hier ausschließlich um ihn.

„Tom?" Ich streckte die Hand aus und strich ihm zärtlich über die Wange.

Wie erwachend sah er mich an und schien zu überlegen, wo wir stehen geblieben waren. Besser, er erinnerte sich nicht daran.

Ich atmete tief durch und nahm all meinen Mut zusammen, für das, was ich ihm sagen wollte. „Ich habe mich in dich verliebt", gestand ich ihm leise. „Frag mich nicht, wann und wie das passiert ist. Aber es ist so, und es lässt sich nicht auf Knopfdruck wieder abschalten. Ich werde dich wahnsinnig vermissen, wenn du nicht da bist, aber ich weiß, dass es zu deinem Besten ist. Deshalb werde ich es aushalten. Und ich werde es auch aushalten, wenn du sagst, dass du auf Dauer ohne mich besser dran bist. Aber nicht hier und jetzt, sondern erst, wenn du zur Ruhe gekommen bist und dir darüber klar geworden bist, was du wirklich willst. Weil ich glaube, dass es nicht nur mir so geht."

Tom senkte den Blick. Wich mir aus. Ich sah, wie er mit sich kämpfte. Offenbar hatte ich voll ins Schwarze getroffen, doch mein armes Herz wusste nicht, ob es einen Freudensprung machen oder sich schmerzhaft zusammenziehen sollte, weil Tom seine Gefühle für mich nicht zulassen wollte. Nicht zulassen konnte.

„Du machst mich fertig, Rieke", flüsterte er.

Weil ich nicht wusste, was ich darauf erwidern sollte, schwieg ich, woraufhin Tom aufschaute und mit seinen Blicken liebevoll mein Gesicht abtastete. Es fühlte sich an wie ein zärtliches Streicheln. Die Sehnsucht in mir wurde übermächtig, und bevor ich darüber nachdenken konnte, streckte ich mich Tom entgegen und küsste ihn. Ganz behutsam legte ich meine Lippen auf seine. Vorsichtig, wie um Erlaubnis zu fragen. Im ersten Moment zuckte Tom zusammen, dann ließ er es geschehen. Ließ sich in diesen Kuss hineinfallen und erwiderte ihn mit einer so verzweifelten Leidenschaft, als wäre es der letzte. Ich verbot mir den Gedanken daran, dass es wirklich so sein könnte, und konzentrierte mich ganz auf diese irren Gefühle, die Tom in mir auslöste. Es war bloß ein Kuss, doch er war so viel intensiver als alles, was ich bisher erlebt hatte.

Als wir uns voneinander lösten, waren wir beide völlig außer Atem. Tom strich mir behutsam eine Haarsträhne aus dem Gesicht und schien nach Worten zu suchen. Ich legte ihm schnell einen Finger auf die Lippen und sagte: „Ich glaube, das reicht mir als Antwort."

Er verzog die Mundwinkel zu einem winzig kleinen Lächeln nach oben, griff nach meiner Hand, drückte mir einen Kuss auf den Zeigefinger und nuschelte irgendetwas, das klang wie: „Einfach unglaublich."

Dann holte er tief Luft, straffte die Schultern und sagte: „Du musst jetzt gehen, bevor ich es mir anders überlege."

Ich nickte und wusste, dass es sein musste. Dass es nur eine Chance für ihn – und für uns – gab, wenn er sich behandeln ließ. Trotzdem fiel es mir furchtbar schwer, mich von ihm zu trennen. Im Zeitlupentempo richtete ich mich auf, zog ihn ebenfalls auf die Füße und umarmte ihn.

„Ich glaube an dich", flüsterte ich Tom ins Ohr. „Vergiss das nie."

Er sog geräuschvoll die Luft ein und drückte mich wenn möglich noch ein wenig fester an sich. „Und du denk immer daran, dass du das Beste bist, was mir passieren konnte", erwiderte er mit rauer Stimme. „Auch wenn es im Moment vielleicht nicht danach aussieht, aber da hat dieses beschissene Schicksal wohl doch einmal etwas richtig gemacht. Mehr als richtig. Und wenn es so sein soll, werden wir uns wiedersehen."

Ich nickte schwach. Zu mehr war ich nicht in der Lage, weil mir seine Worte die Kehle zuschnürten. Weinend wollte ich mein Gesicht an seiner Schulter vergraben, doch Tom war schneller, hob mit seinem Finger mein Kinn an und schaute mich an. In seinen Augen glitzerten ebenfalls Tränen. Ich war nicht sicher, ob ich jemals zuvor einen Mann hatte weinen sehen, und es berührte mich zutiefst.

Tom strich mir mit dem Daumen liebevoll über die Wange, dann schob er mich von sich und vergrub die Hände in seinen Hosentaschen. Er wirkte so verloren, wie er dastand und darauf wartete, dass ich ging. Es brach mir das Herz, aber ich wusste, dass ich ihm nicht mehr helfen konnte und das jetzt andere übernehmen mussten.

Plötzlich fiel mir etwas ein. Ich zog die Hand von der Tür des Rettungswagens zurück und wühlte in meiner Tasche nach dem Schlüsselbund. Daran war eine kleine LED-Taschenlampe befestigt, weil vor meiner Haustür ständig der Bewegungsmelder kaputt war und ich im Dunkeln Probleme hatte, das Schlüsselloch zu finden. Demnächst würde ich sie wahrscheinlich sowieso nicht mehr brauchen, weil es dann hoffentlich eine andere Haustür für mich gab. Entschlossen friemelte ich das Ding vom Schlüsselanhänger ab und hielt es Tom entgegen.

Er sah mich verständnislos an. „Was ist das? Ich meine, ich sehe, was das ist, aber wozu?“

Ich lächelte ihn liebevoll an. „Sieh es als Glücksbringer. Damit du immer ein kleines Licht bei dir hast und weißt, dass es auch noch etwas anderes als Dunkelheit gibt.“

In einer einzigen blitzschnellen Bewegung war er bei mir, zog mich an sich und küsste mich. Legte all die Gefühle, die für ihn unaussprechlich zu sein schienen, in diesen einen, allerletzten Kuss, nahm mir anschließend die

Taschenlampe ab und schob mich ohne ein weiteres Wort energisch Richtung Tür.

Mit dem guten Gefühl, etwas richtig gemacht zu haben, stieg ich aus dem Rettungswagen. Er drinnen, ich draußen. Vor zehn Wochen war es genau andersrum gewesen. Seitdem war so viel passiert.

Als ich einen letzten Blick zurückwarf, stand Tom reglos da, die Hand mit der Taschenlampe fest auf sein Herz gepresst, und lächelte mich unter Tränen an. Ich sah Dankbarkeit in seinem Blick. Liebe. Und Hoffnung. Und das war alles, was ich brauchte, um die kommende Zeit ohne ihn zu überstehen.

Tom

Ein weiser Mann hat einmal gesagt: „Es gibt zwei Wege aus der Dunkelheit. Entweder du machst Licht, dort wo du bist, oder du gehst in die Sonne.“

Der Kerl hatte keine verdammte Ahnung, wovon er redete. Nicht bei dieser Art von Dunkelheit. Sie streckte ihre Arme nach einem aus, hielt einen gefangen, zog einen immer tiefer hinunter in die Finsternis. Wenn man die Grenze zwischen Licht und Dunkelheit überschritten hatte, schien es ein Ding der Unmöglichkeit zu sein, wieder zurückzukehren. Licht machen? Das ging vielleicht für einen kleinen Moment. Ein kurzes Aufflackern, bevor der Funke sofort wieder erlosch. In die Sonne gehen? Wie, wenn sie unerreichbar weit weg war? Wenn da diese Stimme im Kopf war, die sagte: Für dich wird nie wieder die Sonne scheinen, und du hast es nicht anders verdient, denn Leon wird deinetwegen auch nie wieder die Sonne sehen.

Doch dann war da diese kleine Taschenlampe. Dieser Hoffnungsschimmer, dass am Ende des Tunnels Rieke auf mich wartete – im wahrsten Sinne des Wortes. Ich musste zu ihr, musste ihr erklären, was passiert war, und es dann ihr überlassen, ob sie weiterhin auf mich warten wollte. Doch vorher musste ich es mir erst einmal selbst erklären. Alles, was ich so sorgfältig verdrängt hatte, ans Licht zerren und verarbeiten. Mithilfe dieser winzigen LED-Lampe, an der ich mich festhalten konnte, wenn ich wieder abzustürzen drohte. Dieser lächerlichen Funzel, die mir die Welt bedeutete.

Rieke

„Bin wieder da!“, rief ich meinen Kolleginnen im Vorbeigehen zu und steuerte mein Büro an. Ich hatte die Mittagspause wie so oft im Innenhof des *Café Kunterbunt* verbracht und mich kaum von meinem schattigen Plätzchen unter der alten Kastanie trennen können. Zum Glück war in ein paar Stunden Wochenende.

Seufzend ließ ich mich auf meinen Stuhl fallen und griff nach dem Stapel Post auf meinem Schreibtisch. Der große weiße Umschlag enthielt hoffentlich die Flyer aus der Druckerei, auf die ich so dringend wartete. Einer unserer Autoren rief mittlerweile täglich an, um zu hören, wann er sie endlich bekommen würde. Ich erkannte jedoch auf den ersten Blick, dass der Umschlag nicht von der Druckerei kam, denn das auffällige Logo fehlte. Im Gegenteil. Es schien gar keine Geschäftspost zu sein, sondern war ein per Hand adressierter Brief an den Verlag mit dem Vermerk „an Rieke Ohlendorf – persönlich“. Einen Absender gab es nicht. Stattdessen den Hinweis: „Bitte erst zu Hause öffnen!“

Mein Herz setzte einen Schlag lang aus und polterte anschließend umso heftiger wieder los. Tom! Die Handschrift hätte ich unter Tausenden wiedererkannt, seit ich seinen Abschiedsbrief nach unserer ersten und einzigen gemeinsamen Nacht gelesen hatte. Außerdem kannte ich niemanden sonst, der mir einen privaten Brief in den Verlag schicken würde, weil er meine Adresse nicht kannte. Das erste Lebenszeichen seit acht Wochen, in denen ich nichts von ihm gehört hatte. In denen ich nicht gewusst hatte, wo er war oder wie es ihm ging.

Zum Glück saß ich bereits, sonst hätten mir meine Beine in diesem Moment garantiert den Dienst versagt. Alles in mir schrie danach, jetzt sofort den Umschlag aufzureißen und nachzusehen, was er mir geschickt hatte. Doch mir war bewusst, dass seine Anweisung einen Grund hatte. Ich war ja so schon kurz davor, in Tränen auszubrechen, vor Freude und Erleichterung, dass er sich überhaupt bei mir meldete. Und ich ahnte, dass mir der Inhalt des Briefes noch sehr viel mehr abverlangen würde.

Dreieinhalb Stunden bis zum Feierabend. Schweren Herzens steckte ich den Umschlag in meine Tasche und versuchte, mich auf die Arbeit zu konzentrieren, was beinah ein Ding der Unmöglichkeit war. Aber ich konnte es nicht riskieren, meinen Chef erneut mit meinen Privatgeschichten zu verärgern. Nicht ausgerechnet jetzt, wo er mir einen neuen, spannenden Aufgabenbereich in Aussicht gestellt hatte, obwohl ich vor ein paar Wochen eher den Preis für die schlechteste Mitarbeiterin aller Zeiten verdient gehabt hätte. Also riss ich mich zusammen, widmete mich dem Marketingplan für Weihnachten und linste gefühlt alle zwei Minuten unter den Schreibtisch, um mich zu vergewissern, dass Toms Brief noch da war.

Um Punkt halb fünf meldete ich mich am Computer ab und griff nach meiner Tasche. Ich hatte am Abend ausnahmsweise frei, weil Elfi den Dienst im Franziskushaus mit mir getauscht hatte. Mittlerweile war ich regelmäßig zweimal pro Woche dort, um bei der Essensausgabe zu helfen, und ich hätte nie geglaubt, dass mir dieser ehrenamtliche Job so viel Freude machen würde. Natürlich brachten mich manche Menschen und ihre Schicksale auch an meine Grenzen, und es gab Tage, an denen unter den Bedürftigen so viel Unmut und Aggressivität herrschten, dass ich mich fragte, warum ich mir das eigentlich antat. Doch solange die vielen kleinen positiven Momente überwogen, würde ich weitermachen. Und davon gab es reichlich. Die Leute mochten mich offenbar und schenkten mir immer häufiger ein dankbares Lächeln oder redeten ein paar Worte mit mir. Maria behauptete sogar, ich hätte einen besonders guten Draht zu den sonst so verschlossenen Menschen. Kein Wunder, wo ich doch in Tom meinen Meister gefunden hatte. Ob er wohl immer noch so ein Grummelkopf war?

„Rieke?", riss Ariane mich aus den Gedanken. „Was ist? Kommst du mit, oder willst du das Wochenende durcharbeiten?" Sie stand im Türrahmen und sah mich streng an. Ihrer Meinung nach übertrieb ich es in letzter Zeit mit meinem Engagement für die neue Aufgabe, die der Chef mir gegeben hatte. In Wirklichkeit stürzte ich mich jedoch in die Arbeit, um nicht pausenlos an Tom denken zu müssen.

„Ich hab doch schon Schluss gemacht", versicherte ich ihr unschuldig und drehte zum Beweis den schwarzen Bildschirm in ihre Richtung. „Ich will nur kurz etwas Privates klären, bevor ich gehe", fügte ich zögernd hinzu und fasste im selben Moment den Entschluss, dass ich unmöglich damit warten konnte, Toms Brief zu öffnen, bis ich zu Hause war. Ganz abgesehen davon, dass ich zurzeit kein Zuhause hatte. Ich hatte zwar mittlerweile dank Jasmins Freund eine neue Wohnung gefunden, konnte dort jedoch erst im Juli einziehen, sodass ich übergangsweise für ein paar Wochen bei meinen Eltern untergekommen war. Und die hatten ausgerechnet heute Abend Gäste zum Grillen. Dort würde ich sowieso keine Ruhe haben zum Lesen.

Ariane sah mich neugierig an. „Der Brief, den ich dir heute Mittag auf den Tisch gelegt habe?"

„Hmhmm."

„Ein heimlicher Verehrer?", wollte sie wissen.

Ich lachte und antwortete mit einem geheimnisvollen: „Wer weiß." Die Wahrheit wäre viel zu kompliziert gewesen.

Meine Kollegin gab sich jedoch damit zufrieden, wünschte mir ein schönes Wochenende und wandte sich zum Gehen. „Schließt du dann ab? Du bist die Letzte", rief sie, als sie fast zur Tür raus war.

„Mach ich!"

„Okay. Tschüss dann!"

Ich hörte die Tür hinter ihr ins Schloss fallen und war alleine. Besser hätte es gar nicht laufen können für das, was vor mir lag – Toms Brief.

Das Herz schlug mir bis zum Hals, als ich den Brieföffner unter die Lasche schob und den Umschlag öffnete. Ich hatte keine Ahnung, was mich erwartete. Was in diesen acht Wochen passiert war und ob Tom noch der Mann war, den ich kennengelernt hatte. Wo war er? Wie ging es ihm? Hatte man ihm in der Klinik helfen können? Oder hatte er die Therapie möglicherweise abgebrochen?

Fragen über Fragen purzelten in meinem Kopf herum. Vielleicht würde mir sein Brief die Antworten dazu liefern. Vielleicht auch nicht.

Mit zitternden Fingern zog ich einen Stapel Papier aus dem Umschlag hervor. Eine Seite verhakte sich, und ich sah ein Stück Zeichnung hervorblitzen. Unwillkürlich musste ich lächeln, zwang mich jedoch, meine Neugier im Zaum zu halten und die Blätter zusammenzuschieben, um von vorne anzufangen. Aber allein der Gedanke, dass Toms Leidenschaft nach wie vor dem Zeichnen galt, beruhigte mich. Auch wenn es mir kurz einen schmerzhaften Stich versetzte, dass aus dem Kinderbuchprojekt für ihn jetzt nichts mehr werden würde. Nachdem ich dem Verlagsleiter hatte sagen müssen, dass Tom zunächst zu keinem weiteren Termin kommen könnte, war das Thema für ihn erledigt gewesen, und inzwischen hatte er einen anderen, meiner Meinung nach wesentlich schlechteren Illustrator aufgetrieben.

Ich stieß geräuschvoll die Luft aus, betrachtete das schlichte weiße Blatt, das zuoberst lag und etwa zu drei Vierteln mit einer kantigen Männerhandschrift bedeckt war, und fing an zu lesen.

Liebe Rieke,

es tut mir leid, dass ich dich bei der Arbeit mit diesem Brief überfallen muss, aber ich hatte keine andere Adresse von dir. Selbst wenn ich mir die von deiner Wohnung gemerkt hätte, wäre sie mittlerweile wahrscheinlich hinfällig.

Und ich hoffe sehr, dass du inzwischen ein schönes neues Zuhause gefunden hast, wo du jetzt ganz in Ruhe meinen geistigen Müll lesen kannst. Du hast doch hoffentlich bis zum Feierabend gewartet, bevor du den Brief aufgerissen hast, oder? Würde mich nicht wundern, wenn nicht, du kleiner Sturkopf. Aber spätestens jetzt solltest du ihn dann ganz weit weglegen und erst wieder hervorholen, wenn du alleine bist, denn ich schulde dir eine Erklärung. Und die ist nicht ganz ohne. Nach sechs Wochen Funkstille habe ich zwar keinen blassen Schimmer, ob du wirklich noch an mich denkst und es überhaupt wissen willst, aber das Schöne an Briefen ist ja, dass man sie auch ungelesen in der Mülltonne versenken kann. Also entscheide selbst, ob du dir den Rest antun willst ...

Ich lächelte traurig und wischte mir eine Träne aus dem Augenwinkel.

„Was glaubst du wohl?“, flüsterte ich dem Papier in meiner Hand zu. „Natürlich denke ich noch an dich. Und ich will es wissen. Alles.“

Liebevoll strich ich über diese erste Seite und versuchte mir vorzustellen, wie Tom an einem Schreibtisch saß und schrieb beziehungsweise zeichnete. Ich hatte ihn wochenlang vermisst, doch in diesem Moment steigerte sich die Sehnsucht nach ihm ins Unermessliche. Zwischen den Zeilen spürte ich seine Unsicherheit. Seine Hoffnung, dass ich den Brief nicht ungelesen wegwerfen würde. Und seine Angst vor meiner Reaktion, wenn ich ihn wirklich las und offenbar endlich erfuhr, was vor drei Jahren passiert war.

Reglos betrachtete ich die drei Punkte am Ende der Seite, während mir das Herz bis zum Hals schlug. Es stand außer Frage, dass ich weiterlesen würde. Trotzdem war ich furchtbar aufgeregt. Was, wenn Toms Geschichte wirklich meinen Glauben an ihn erschüttern würde? Wenn ich feststellen musste, dass ich mich in ihm getäuscht und völlig umsonst alles für ihn aufs Spiel gesetzt hatte?

Nein!, rief ich mich selbst zur Ordnung. So sehr kannst du gar nicht danebenliegen, also lies endlich weiter, statt dich hier verrückt zu machen!

Okay. Ich atmete tief durch und blätterte um.

Hey!, stand dort in der ersten Zeile. *Schön, dass du noch da bist. Das heißt, eigentlich bist du immer da, denn ehrlich gesagt hat mich allein der Gedanke an dich in den letzten Wochen durchhalten lassen. Ich hoffe, du denkst jetzt nicht, dass du dadurch irgendwelche Verpflichtungen hast und mich nie wieder loswirst. Nein! Du sollst nur wissen, wie wichtig du für mich bist. Und dass ich dir trotz dieser Hölle, durch die ich gegangen bin, unendlich dankbar dafür bin, dass du mich auf gewisse Weise hierhergebracht hast.*

Ich bin hier in einer psychiatrischen Klinik irgendwo im Nirgendwo. Nach meiner Panikattacke haben mich die Sanis zunächst in die psychiatrische Abteilung unseres Krankenhauses gebracht. Und ich muss anscheinend so einen schlimmen Eindruck gemacht haben, dass sie innerhalb von zwei Tagen einen stationären Therapieplatz für mich aufgetrieben haben. Die Ärzte hier reden von Depressionen und einer posttraumatischen Belastungsstörung aufgrund von

Schuldgefühlen und nicht bewältigter Trauer. Damit gibt es jetzt wohl ein paar offizielle Bezeichnungen für den ganzen Scheiß, der mich in den Abgrund gestürzt hat. Denn wie du weißt, kann bzw. konnte ich nie über das reden, was passiert ist. Es fällt mir nach wie vor furchtbar schwer. Aber es muss sein, um irgendwie dahinterzukommen und wieder halbwegs normal leben zu können. Und dazu gehört auch, dir die Geschichte von Leon zu erzählen.

Ich vertraue dir, Rieke. Mehr als irgendwem sonst auf dieser Welt. Deshalb möchte ich, dass du weißt, was vor drei Jahren passiert ist. Was ich allerdings nicht kann, ist, darüber zu reden, ohne mir selbst – angeblich falsche – Vorwürfe zu machen. Deshalb hat dieser Brief keine Absenderadresse. Weil ich es nicht ertragen könnte, wenn du mir ebenfalls etwas einreden willst, was ich (noch) nicht akzeptieren kann. Und weil ich möchte, dass du erst mal alles sacken lässt und nicht glaubst, darauf reagieren zu müssen, wenn du das vielleicht gar nicht willst. Also lies und verbrenn es danach, denn es ist Vergangenheit, und ich muss lernen, damit abzuschließen.

Ich werde noch ein bisschen brauchen, um weiter mein Trauma zu verarbeiten und wieder einigermaßen stabil in die Welt entlassen zu werden. Ich weiß nicht, ob es zwei Wochen oder zwei Monate sein werden. Aber zum ersten Mal glaube ich selbst daran, dass ich es schaffen kann. Und das habe ich nur dir zu verdanken.

Ich weiß nicht, ob du mich überhaupt wiedersehen willst, nachdem ich dir erzählt habe, was passiert ist. Aber nach allem, was war, hast du es verdient, die ganze Geschichte zu erfahren.

Oh, Tom!

Der Text verschwamm vor meinen Augen, während ich reglos das Blatt Papier anstarrte und einen wahren Gefühlsschock erlebte. Toms Schmerz war so greifbar, dass mir selbst alles wehtat. Und gleichzeitig klang er so hoffnungsvoll, wie ich ihn nie zuvor erlebt hatte. Dazu die kleinen Andeutungen, wie viel ich ihm bedeutete ... Der Kerl machte mich fertig. Ich wollte bei ihm sein und ihn für alle Zeiten fest in den Arm nehmen. Stattdessen gab er mir nicht einmal eine Möglichkeit, ihm zu antworten. Hatte er eigentlich eine Vorstellung davon, wie sehr er mich damit quälte? Wie schlimm konnte die Geschichte von diesem Leon sein, dass ich nicht selbst entscheiden konnte, ob und wann ich darauf reagierte? Und was, wenn ich genau das brauchte, um damit klarzukommen?

Zögernd betrachtete ich den Stapel Papier auf meinem Schoß, blätterte um und schaute mitten hinein in das Gesicht eines Babys mit strahlenden Augen und einem absolut bezaubernden Lächeln. Doch statt im Stillen ein begeistertes „Oh, wie süß“ zu quietschen, erstarrte ich und schnappte nach Luft, weil ich von einer bösen Vorahnung befallen wurde. Schlagartig stürzte eine Flut von Erinnerungen auf mich ein. Toms Aussage, dass er an jenem Abend vor drei Jahren nicht aufgepasst hatte. Seine Frage, ob ich Kinder haben wollte. Mein Verdacht, dass sein Absturz etwas damit zu tun haben könnte.

Hier hatte ich die Antwort. Schwarz auf weiß, mit einer Bildunterschrift, die es ebenfalls bestätigte: *Leon Bartelsmeier. 21.05.2015–18.02.2016*

Obwohl ich es bereits geahnt hatte, schnappte ich entsetzt nach Luft. Tom hatte einen Sohn gehabt. Und er war gestorben, mit nur neun Monaten.

Vollkommen erschüttert betrachtete ich den kleinen Jungen auf dem Bild und suchte in seinem Gesicht nach Spuren von Tom. In jeder einzelnen Linie spürte ich die Liebe von einem Vater zu seinem Sohn. Und ohne dass ich wusste, was passiert war, bildete sich in meiner Kehle ein dicker Kloß.

Mit zitternden Fingern blätterte ich um und las, was Tom geschrieben hatte.

Darf ich vorstellen: Das ist ... das war mein kleiner Sohn, als er neun Monate alt war. Ein echtes Wunschkind und das Beste, was Merle und ich je zustande gebracht hatten. Er war ein aufgewecktes kleines Kerlchen, und wenn er nicht gerade einen Zahn bekam, war er absolut pflegeleicht und ein richtiger Sonnenschein. Bis zu jenem Abend vor drei Jahren, an dem ich alles zerstört habe.

Merle war zum Geburtstag einer Freundin eingeladen. Sie wollte eigentlich nicht hingehen, aber ich habe ihr versichert, dass Leon und ich einen Männerabend machen würden und ohne sie klarkämen. Zuerst lief auch alles gut. Dann fing Leon plötzlich an zu schreien und hörte eine ganze Weile nicht wieder damit auf.

Mir lief ein eisiger Schauer über den Rücken. Tom hatte sein Kind doch wohl nicht geschüttelt, oder? Ich wusste nicht viel über Babys, aber davon hatte selbst ich etwas gehört. Oder hatte er möglicherweise völlig die Nerven verloren und etwas viel Schlimmeres getan? Nach allem, was er angedeutet hatte, hatte er eine wahnsinnige Schuld auf sich geladen. Und ich hatte doch selbst erlebt, wie unberechenbar Tom sein konnte. Andererseits hatte er gesagt, er hätte nicht aufgepasst. Das war etwas anderes.

Zögernd griff ich nach der nächsten Seite. Wollte ich es wirklich wissen? Ich schloss kurz die Augen und wappnete mich vor dem, was ich gleich zu lesen kriegen würde. Doch zunächst gab Tom Entwarnung.

Irgendwann war Leon so erschöpft vom vielen Brüllen, dass er einschlief, schrieb er. *Ich habe ihn so, wie er war, in sein Bett gelegt, um ihn nicht aufzuwecken. Danach bin ich rüber in mein Arbeitszimmer. Ich hatte dir ja erzählt, dass ich eine Kalkulation für meinen Schwiegervater fertig machen musste. Und als Leon endlich schlief, konnte ich mich an die Arbeit machen.*

Zwei Stunden lang war alles still. Bis Mitternacht habe ich hochkonzentriert Pläne nachgemessen, Berechnungen angestellt und dieses verdammte Angebot erstellt, damit ich am nächsten Tag wieder Zeit für meine Familie hatte. Eine Familie, die ich am Ende dieser Nacht nicht mehr haben sollte.

Oh. Mein. Gott.

Ich hielt inne, während mir das Blut donnernd durch die Ohren rauschte.

Plötzlicher Kindstod, schoss es mir durch den Kopf. Das musste es sein. Ich erinnerte mich daran, welche Angst meine Cousine davor gehabt hatte, weil eine Bekannte aus ihrem gemeinsamen Geburtsvorbereitungskurs dieses Schicksal erlitten hatte. Mit fünf Monaten hatte sie ihre Tochter verloren, einfach so, weil die Kleine im Schlaf erstickt war. Meine Cousine war daraufhin fast durchgedreht und hatte ihrer eigenen Tochter eine regelrechte Festung in ihr Bettchen gebaut, damit sie sich ja nicht im Schlaf auf den Bauch drehen konnte.

Ich habe nicht aufgepasst und damit alles zerstört, hatte Tom vor ein paar Wochen im Café gesagt. Und ich musste nicht weiterlesen, um zu wissen, wie es weiterging.

Ich tat es trotzdem, und mein Verdacht wurde leider bestätigt.

Sie sagen, es war der plötzliche Kindstod und dass mich keine Schuld trifft. Dass das einfach passiert. Aber es ist nicht wahr, und dieses ganze Hätte-Wäre-Könnte hat mich in den letzten drei Jahren zerstört. Was, wenn ich Leon seinen Schlafsack angezogen hätte, so wie Merle es immer getan hat, weil das verhindert, dass die Babys sich auf den Bauch drehen? Vielleicht wäre er davon aufgewacht und hätte weitere zwei Stunden durchgeschrien. Aber irgendwann hätte er geschlafen und am nächsten Morgen noch gelebt. Oder was, wenn ich regelmäßig nach ihm geschaut hätte, statt nur auf meine Kalkulation? Dann hätte ich vielleicht bemerkt, dass etwas nicht stimmt, und rechtzeitig den Rettungsdienst rufen können. Aber ich habe nichts davon getan, und als Merle nach Hause kam und feststellte, dass er nicht mehr atmete, war es zu spät. Nie im Leben werde ich diesen Schrei aus dem Kinderzimmer vergessen.

Wie ferngesteuert habe ich den Rettungsdienst gerufen. Und von da an ging es abwärts. Das Kopfschütteln des Notarztes; die Beerdigung; Merles Vorwürfe; meine eigenen Schuldgefühle; die ständigen Streitereien mit meinem

Schwiegervater; der verpasste Termin mit Merle bei der Psychologin und so weiter. Den Rest kennst du.

Verzweifelt ließ ich die Blätter sinken, auf denen ich sowieso nichts mehr erkennen konnte, weil ich mittlerweile heulte wie ein Schlosshund. Das war Leons Geschichte. Toms Geschichte. Und sie brach mir das Herz. Ich wusste, dass das, was Tom erlebt hatte, bereits unzähligen Menschen vor ihm passiert war. Aber ich hatte keine Ahnung, ob man es mit diesen oder jenen Maßnahmen wirklich verhindern konnte oder ob es trotzdem passierte, egal wie gut man aufpasste. Und ich hatte keine Kinder. Ich konnte wahrscheinlich nicht einmal ansatzweise nachvollziehen, welche Schmerzen dieser Verlust verursachte. Was ich jedoch schlagartig begriff, war, warum Tom so vehement erklärt hatte, dass es mit ihm keine Kinder geben würde. Er hatte Angst, dass es ein weiteres Mal passieren könnte.

Oh, Tom!

Es zerriss mich innerlich, dass ich keine Chance hatte, ihn zu erreichen. Mit ihm zu reden und ihn in den Arm zu nehmen, um ihm zu erklären, dass ich ihn verstand und mich deshalb bestimmt nicht von ihm abwenden würde. Im Gegenteil. Auf den ersten Blick war Leons Tod vielleicht kein Grund, so dermaßen die Kontrolle über sein Leben zu verlieren. Aber nach allem, was er mir erzählt hatte, wusste ich, dass es bloß der Anfang vom Ende gewesen war, weil Tom neben seinem Sohn auch sämtlichen Rückhalt in seiner Familie verloren hatte. Dazu kamen die Schuldgefühle, die ihm niemand ausgeredet hatte, bis sie ihn zusammen mit der nicht verarbeiteten Trauer von innen aufgefressen hatten. Kein Wunder, dass er am Ende komplett zusammengebrochen war. Und ich war unendlich froh, dass er jetzt dort war, wo er hingehörte, und ihm geholfen wurde. Auch wenn das bedeutete, dass ich eine Weile länger auf ihn warten musste.

Schniefend wischte ich mir die Tränen von den Wangen und blätterte ein letztes Mal um. Entgegen seiner Aussage, dass er immer noch nicht gut darüber reden konnte, hatte Tom noch zwei weitere Seiten vollgeschrieben.

Ich werde diese Schuldgefühle nie ganz ablegen können. Aber ich lerne allmählich, damit umzugehen. So, wie ich es gleich danach hätte tun sollen. Stattdessen habe ich alles in mich reingefressen, weitergemacht, funktioniert, bis mir alles um die Ohren geflogen ist. Und alles, was danach kam, habe ich als meine gerechte Strafe angesehen. Ich hatte keine Familie mehr, keine Wohnung, keinen Job, nichts. Stattdessen Panikattacken, Migräneanfälle und wäre beinah bei einer Lungenentzündung draufgegangen. Wie oft habe ich anschließend gedacht, dass es besser gewesen wäre, Paul hätte mich verrecken lassen. Und dann warst da plötzlich du und bist mir einfach so vor die Füße gefallen.

Weißt du noch, was ich dir geantwortet habe, als du mich gefragt hast, ob ich an das Schicksal glaube? Falls ja, dann vergiss es, Rieke, denn es ist nicht wahr. Das Schicksal kann gar kein Arschloch sein, weil es dafür gesorgt hat, dass du in mein Leben gestolpert bist und es auf den Kopf gestellt hast.

Ich habe dich oft dafür verflucht, gehasst und zum Teufel gewünscht. Weil ich dich nicht verdient habe. Aber in Wahrheit bist du das Beste, was mir seit jenem Abend vor drei Jahren passiert ist. Ich habe es nie wirklich zugelassen, aber du hast mir Hoffnung gegeben, dass ich doch noch die Kurve kriegen könnte, in so etwas wie ein normales Leben zurückzukehren. Du warst ... Du bist mein Licht am Ende eines langen, dunklen Tunnels. Ich weiß nicht, wie es weitergeht und ob das mit uns überhaupt eine Chance hätte. Aber ich möchte, dass du weißt, wie viel du mir bedeutest. Ich liebe dich, Rieke. Auf meine eigene, völlig verkorkste Weise und obwohl es viel zu viele Gründe gibt, die dagegensprechen und mir eine Heidenangst machen. Aber du hattest recht, man kann das nicht einfach abstellen.

Oh Mann, ich habe das Gefühl, ich rede mich um Kopf und Kragen. Und dann auch noch so ein gefühlsduseliges Zeug. Das müssen die Medikamente machen. Vielleicht sollte ich den Brief zerreißen und eine Weile damit warten, bis ich meine Hirnzellen wieder unter Kontrolle habe ...

Wie hypnotisiert starrte ich die drei Punkte am Ende des Satzes an und wagte es nicht zu zwinkern, aus Angst, dass die letzten Sätze anschließend tatsächlich nicht mehr da sein könnten. Ich hatte mit allem gerechnet, aber nicht damit, dass Tom mir einen so tiefen Blick in seine Seele gewährte und seine Gefühle so konkret und unmissverständlich zum Ausdruck brachte.

Ich liebe dich, Rieke. Dieses Geständnis war wie ein Schock. Ein positiver und absolut überwältigender Schock. Doch ich konnte dieses Gefühl nicht auskosten, denn Tom war nicht hier. Ich hatte keine Möglichkeit, ihn zu erreichen und darauf zu antworten. Ihn zu fragen, warum er den Brief doch nicht zerrissen hatte und mich stattdessen mit diesem Gefühlschaos alleine ließ.

Es geht hier nicht um dich, Rieke, wisperte eine leise Stimme in mir. Hab Geduld mit ihm! Siehst du nicht, dass Tom immer noch völlig neben sich steht?

Doch, natürlich sah ich das. Und es brach mir das Herz, wenn ich las, wie sehr ihn seine Schuldgefühle quälten. Aber gerade deshalb war es unerträglich, nicht für ihn da sein und ihn unterstützen zu können, wenn dort in der Klinik sein Innerstes nach außen gekehrt wurde. Acht Wochen war er jetzt dort. Und es klang nicht so, als wäre ein Ende in Sicht.

Moment! Acht Wochen? Wieso schrieb Tom dann immer von sechs?

Irritiert griff ich nach dem Umschlag, um den Poststempel genauer in Augenschein zu nehmen, doch es gab keinen. Komisch. Ich runzelte nachdenklich die Stirn und drehte auch den Brief in meinen Händen in alle Richtungen. Und tatsächlich, dort auf der Rückseite des letzten Blattes ging es noch weiter, obwohl Tom das Papier bisher ausschließlich einseitig beschrieben hatte.

P.S.: Alles, was du bis hierhin gelesen hast, habe ich bereits vor zwei Wochen geschrieben und mich dann doch nicht getraut, es abzuschicken. Aber ich habe es auch nicht weggeworfen, weil es nichts als die Wahrheit enthält.

Jetzt dagegen bin ich so weit, dir das alles anzuvertrauen. Und eines Tages werden wir uns wiedersehen, und ich werde dir persönlich erzählen, was in der Zwischenzeit alles passiert ist. Wenn du das willst, wirst du mich finden. So wie du es immer getan hast, selbst in der Dunkelheit.

In Liebe

Tom

In Liebe, Tom. In Liebe. Liebe. Aufgewühlt schob ich die Blätter zusammen und presste sie mir an die Brust. Dicke Tränen liefen mir über die Wangen, als meine Gefühle im wahrsten Sinne des Wortes überschwappten. Meine Gedanken schlugen genauso Purzelbäume wie das Herz in meiner Brust. Ich würde ihn finden? Wie denn, wenn er mir nicht einen einzigen Anhaltspunkt gab, wo er steckte?

Ich wischte mir hilflos mit der Hand über die Stirn, als müsste ich nur eine Staubschicht davon entfernen, um wieder klar sehen zu können. Doch es nützte nichts. Das alles war zu viel auf einmal, und sämtliche Grübeleien endeten im Nirgendwo.

Ich hatte längst Zeit und Raum aus den Augen verloren und zuckte erschrocken zusammen, als mein Handy klingelte. Erst jetzt registrierte ich, dass ich nach wie vor im Verlag in meinem Büro saß.

„Hey“, hörte ich Jasmins fröhliche Stimme, als ich das Gespräch annahm. „Wo bist du? Hattest du nicht gesagt, dass du deine Schicht bei der Essensausgabe getauscht hast und vorbeikommen wolltest, weil deine Eltern Besuch haben? Oder habe ich mich da mit den Tagen vertan?“

Meine Antwort war ein herzzerreißendes Schluchzen.

„Rieke?“, fragte sie erschrocken. „Was ist passiert?“

Schniefend und stammelnd erzählte ich ihr von dem Brief, und Jasmin versprach, sofort zu kommen und mich abzuholen.

Meine liebe Freundin war wie immer mein Rettungsanker. Ausgerechnet sie, der ich tausend Einwände zugetraut hatte, was meine Gefühle für diesen „Penner" anging, hatte sich unglaublich verständnisvoll gezeigt und bewunderte mich mittlerweile sogar für meinen Umgang mit den armen Seelen in unserer Stadt.

„Ich könnte das nicht", hatte sie mir gestanden, als sie mich nach meinem dritten oder vierten Einsatz im Franziskushaus abgeholt hatte. „Ich meine, klar kann ich Essen auf einen Teller füllen und den über die Theke reichen. Aber mit denen zu reden und so, wie du es tust ... Ich weiß ja nicht."

Ich hatte unbestimmt mit den Achseln gezuckt und geantwortet: „Das ist völlig okay, Jassi. Ich hätte mir das auch nie vorstellen können. Und es ist halt jeder Mensch verschieden und hat eine andere Hemmschwelle. Selbst ich zucke vor manchen noch zurück, zumindest wenn ich ihnen auf der Straße begegne, und habe dann im ersten Moment ein schlechtes Gewissen, wenn ich nichts gebe. Aber dann muss ich wieder dran denken, dass auch dieser Mensch eine ganz eigene Geschichte hat und vielleicht schon damit zufrieden ist, dass er überhaupt wahrgenommen wird. Dann geht's."

„Wenn es danach geht, bin ich dabei", hatte Jasmin lachend erklärt. „Ich kann an keinem Bettler mehr vorbeigehen, ohne mich zu fragen, wie er oder sie wohl da gelandet ist. Da hast du mich echt angesteckt."

Denn die im Dunkeln sieht man doch, hatte ich in diesem Moment schmunzelnd gedacht. Natürlich verlor man in 99,9 % der Fälle nicht sein Herz an sie. Aber es waren kleine Schritte, die für Menschen wie Tom eine große Bedeutung haben konnten.

Schniefend angelte ich eine Packung Taschentücher aus meiner Schreibtischschublade. Ich befreite mich grob von Rotz und Tränen und ging dann rüber in den kleinen Waschraum, um auch die restlichen Spuren der Heulattacke einigermaßen zu beseitigen.

Tief in Gedanken versunken verließ ich zehn Minuten später das Büro, schloss die Eingangstür zum Verlag ab und stieg die Treppe runter. Jasmin wollte mich direkt hinten am Parkplatz abholen, und ich war froh, dass ich nicht mit dem Bus fahren musste. Bei meinem derzeitigen Geisteszustand hätte ich garantiert die falsche Linie genommen.

Seufzend trat ich aus der Haustür in den schmalen Seitengang zwischen den Häusern und wandte mich nach links Richtung Parkplatz, als ich von rechts ein Geräusch hörte. Ein völlig unscheinbares Rascheln, das alles sein konnte und eigentlich kein Grund war, mich danach umzudrehen. Ich tat es trotzdem und erstarrte mitten in der Bewegung. Ebenso mein Herz und die ganze Welt um mich herum.

„Tom?", flüsterte ich und betrachtete ungläubig den Mann, der dort fünf oder sechs Schritte von mir entfernt an der Ecke zur Fußgängerzone stand und einerseits ungeheure Ähnlichkeit mit Tom hatte. Andererseits auch wieder nicht, denn er wirkte größer und kräftiger, als ich ihn in Erinnerung hatte. Ich kniff die Augen zusammen und glaubte zu träumen. Das konnte doch gar nicht sein, oder?

Der Mann lächelte mich an. Schüchtern, fragend, hoffnungsvoll. „Hey“, sagte er leise, und als seine Stimme an mein Ohr drang, war ich mir sicher, dass es Tom war.

In meinem Magen tanzte ein aufgeregter Schwarm Schmetterlinge herum. Mein Herz raste, und meine Kehle war schlagartig furchtbar trocken. Er war hier. Acht Wochen lang hatte ich nichts von ihm gehört und gesehen, dann kam dieser Brief, und plötzlich stand er vor mir.

„Rieke?“, fragte Tom unsicher und kam zögernd einen Schritt näher.

Ich schüttelte den Kopf, weil ich nicht fassen konnte, was hier passierte. Doch Tom interpretierte die Geste falsch und machte schnell einen halben Schritt rückwärts.

„Tut mir leid“, sagte er zerknirscht. „Ich wollte dich nicht erschrecken. Aber ich konnte dich auch nicht vorwarnen, weil ich Angst hatte, dass mich in der Zwischenzeit wieder der Mut verlässt.“

„Ist schon okay“, beruhigte ich ihn lächelnd. „Das ... Ich muss das erst mal kurz verdauen. Ich meine ... Ich habe zwei Monate nichts von dir gehört. Dann heute Mittag der Brief, und plötzlich stehst du vor mir. Das ist ...“

„... kein Zufall“, ergänzte er, bevor mir die richtigen Worte eingefallen waren. „Hast du gesehen, dass die Briefmarken nicht abgestempelt sind? Ich habe dem Postboten in der Fußgängerzone aufgelauert und ihm den Brief in die Hand gedrückt, damit ich sicher sein konnte, dass er auch wirklich heute ankommt und nicht in irgendeinem Verteilzentrum festhängt."

Ich lachte überrascht auf. „Da hattest du aber Glück, dass ich heute da war. Ich hätte auch auf Honolulu im Urlaub sein können oder so was."

„Dann hättest du wohl kaum im *Café Kunterbunt* Pause gemacht", meinte er, und ich hörte das Lächeln in seiner Stimme. „Es war ganz schön schwer, Lucy davon abzuhalten, mich zu verraten."

Was?! Beim Gedanken daran, dass er bereits den ganzen Tag in meiner Nähe gewesen war und mich beobachtet hatte, zog eine prickelnde Gänsehaut über meinen Nacken.

„Seit wann bist du hier?"

„Seit gestern Nachmittag. Ich hatte ein Gespräch mit meinem Sozialarbeiter und musste ein paar Dinge regeln." Tom fuhr sich mit der Hand durch die ungewohnt kurzen Haare und fügte verlegen hinzu: „Ich war heute morgen sogar am Tunnel. Aber du warst nicht da. Und ich hätte mich sowieso nicht früher zu erkennen gegeben, damit du erst deinen Job in Ruhe erledigen konntest. Mir war allerdings klar, dass du es nicht bis zu Hause aushalten würdest, bevor du den Brief liest."

„Du kannst dir nicht vorstellen, wie schwer es mir gefallen ist, den Umschlag nicht sofort aufzureißen", gab ich lachend zurück.

„Doch, ich weiß", erwiderte er leise. „Für mich war es genauso schlimm, hier auf dich zu warten, während du da drin warst und den Brief gelesen hast, ohne zu wissen, wie du darauf reagieren wirst und ob du überhaupt noch etwas von mir wissen willst. Und ich bin nicht sicher, wovor ich mehr Angst habe – dass du mich jeden Moment zum Teufel jagst oder dass du mein Gesülze bis zum bitteren Ende gelesen hast und ... keine Ahnung was."

„Tom", unterbrach ich ihn hilflos und machte zögernd einen Schritt auf ihn zu.

Die ganze Zeit über hatten wir wie festgewurzelt auf der Stelle gestanden. Hatten es beide nicht gewagt, diese unsichtbare Grenze zu überschreiten, die durch die wochenlange Trennung und Toms Geständnis zwischen uns entstanden war. Ich kannte jetzt Toms Vergangenheit, wusste allerdings nicht, wie seine Zukunft aussehen würde und ob ich darin eine Rolle spielte. Ich hoffte so sehr, dass er mir irgendein Zeichen geben würde, doch Tom schien genauso unsicher zu sein wie ich. Er beobachtete, wie ich einen zweiten Schritt in seine Richtung machte, rührte sich selbst jedoch keinen Zentimeter vom Fleck. Ich musterte ihn von oben bis unten und versuchte, mir jedes kleine Detail einzuprägen. Tom sah inzwischen so viel besser aus. Seine Wangen waren voller, er hatte eine gesunde Gesichtsfarbe, und unter seinem neuen Shirt zeichneten sich ein paar Muskeln ab, die vorher nicht da gewesen waren. Auch seine Augen wirkten wacher, doch wenn man genau hinschaute, lag die altbekannte Melancholie darin.

Als ich etwa eine Armeslänge von ihm entfernt war, blieb ich stehen und sagte leise: „Bei *keine Ahnung was* bin ich dabei."

Er lächelte sein liebevoll-melancholisches Tom-Lächeln, griff nach meiner Hand und strich mir zärtlich mit dem Daumen über die Finger. Es war bloß eine winzig kleine Berührung, doch sie schickte gefühlte zehntausend Volt durch meinen Körper. Alles in mir schrie danach, mich in Toms Arme zu stürzen, aber sein Zögern hielt mich zurück. Schweigend sahen wir uns an, versuchten offenbar beide in den Augen des anderen Antworten auf die Fragen zu finden, die wir uns nicht zu stellen trauten. Bis der Zauber durch das Klingeln meines Handys unterbrochen wurde.

Ich stöhnte innerlich auf, verfluchte den Anrufer oder die Anruferin für die Störung und wollte ihn oder sie ignorieren. Dann fiel mir siedendheiß Jasmin ein.

Hektisch zog ich das Smartphone aus der Tasche, sah, dass es wirklich meine Freundin war, und sagte: „Jassi? Es gibt eine Planänderung. Tut mir leid, dass du umsonst hergekommen bist. Ich erkläre dir später alles, okay?"

Am anderen Ende blieb es kurz still. Ich an Jasmins Stelle hätte wahrscheinlich gefragt, ob ich sie verarschen will, doch meine wundervolle Freundin erklärte: „Ich hoffe, deine Planänderung hat etwas mit diesem Herzensbrecher zu tun, und zwar im positiven Sinne."

Ich schaute zu Tom auf, der mich still beobachtet hatte und lächelte, als sich unsere Blicke trafen. Ob er Jasmins Antwort gehört hatte?

Ich wusste nicht, woher diese Gewissheit kam, doch plötzlich war ich davon überzeugt, dass sich alles zum Guten wenden würde. Dass Tom nicht hier war, um mein Herz zu brechen, sondern um gemeinsam aus unserem Scherbenhaufen etwas schönes Neues zu erschaffen. Es würde Zeit brauchen. Er würde Zeit brauchen. Doch ich war mehr als bereit, sie ihm zu geben.

An meine Freundin gewandt sagte ich: „Ja, das hat es. Also warte lieber nicht auf mich."

„Okay", gab sie skeptisch zurück. „Aber dir ist klar, dass ich mir trotzdem Sorgen mache, oder? Dein Tom soll es ja nicht wagen, dir noch einmal wehzutun."

„Ich werde es ausrichten", versicherte ich meiner Freundin und verabschiedete mich von ihr.

„Was sollst du mir ausrichten?", fragte Tom, nachdem ich das Handy weggesteckt hatte. „Es ging doch um mich, oder?"

„Allerdings", erwiderte ich und hatte plötzlich eine Idee. „Jassi sagt, dass du dich von mir zum Essen einladen lassen und mir währenddessen alles erzählen sollst, was nicht in dem Brief steht."

Er runzelte nachdenklich die Stirn und schien wie erwartet wenig begeistert davon zu sein. Jedoch aus einem anderen Grund, als ich dachte. „Erstens", knurrte er, „lade ich dich ein. Und zweitens ... was weiß deine Freundin über den Brief?"

Ich lächelte ihn beruhigend an. „Gar nichts. Sie weiß, dass es ihn gibt, aber nicht, was drinsteht. Und in Wirklichkeit hat Jassi nur gesagt, dass du lieb zu mir sein sollst."

Tom lachte erleichtert auf. „Okay. Das kriege ich vielleicht hin."

„Vielleicht?", wiederholte ich empört.

Das Lächeln auf seinem Gesicht erlosch. Mit ernster Miene strich er mir eine Haarsträhne von der Wange und sagte: „Hab ein bisschen Geduld mit mir, okay?"

„So viel du brauchst", versprach ich ihm flüsternd.

Tom strich mit dem Daumen zärtlich über meine Wange, und ich wünschte mir so sehr, dass er mich küsste. Stattdessen zog er sich von mir zurück und meinte: „Sollen wir ins *Café Kunterbunt* gehen? In guter, alter Tradition?"

Ich unterdrückte ein sehnsüchtiges Seufzen und warf einen Blick auf meine Armbanduhr. Viertel vor sechs. „Ich fürchte, die machen in einer Viertelstunde zu."

„Oh", machte er enttäuscht. „Hast du einen anderen Vorschlag? Ich würde nur später gerne beim Franziskushaus vorbeigehen und gucken, ob Paul da ist."

Ich erstarrte. Paul? Oh nein! In diesem ganzen Gefühlschaos hatte ich gar nicht daran gedacht, dass es auch Dinge gab, die Tom in den letzten Wochen hier verpasst hatte. Ich wünschte, ich hätte ihm später in Ruhe davon erzählen können. Doch jetzt blieb mir nichts anderes übrig, als ihn sofort damit zu konfrontieren.

„Er wird nicht da sein", sagte ich leise.

Tom riss die Augen auf und sah mich entsetzt an. „Was?!" Offenbar befürchtete er das Schlimmste, doch das konnte ich ihm zum Glück ersparen.

„Paul ist seit zwei Wochen im Krankenhaus", erklärte ich ihm mit ruhiger Stimme. „Sie mussten ihm einen Teil der Leber entfernen, aber das Schlimmste hat er hinter sich. Ich war gestern erst bei ihm, und er schimpft die ganze Zeit über die weichen Betten und den Fraß, den man ihm aufzwängen will."

„Ja, das klingt nach Paul", meinte Tom mit einem erleichterten Lachen, bevor er wieder ernst wurde und hinzufügte: „Was ist mit Filou?"

„Er ist übergangsweise im Tierheim. Aber sie haben Paul versichert, dass er ihn später zurückbekommt."

Er stieß erleichtert die Luft aus. „Das ist gut."

Dann schaute er mich nachdenklich an und fragte beinah ehrfürchtig: „Und du warst bei ihm?"

„Er hat doch niemanden sonst", antwortete ich traurig.

„Du bist echt unglaublich, weißt du das?"

Ich senkte verlegen den Blick und murmelte: „Das ist so ein Helfersyndrom. Und du warst ja nicht da."

Tom zog mich in seine Arme und drückte mich fest an sich.

„Ich bin so froh, dass du nicht gesagt hast, er ist tot", flüsterte er an meinem Ohr.

„Ich weiß", gab ich leise zurück und strich ihm beruhigend über den Rücken. Ich wusste, dass Paul sein bester Freund war und wie viel er ihm bedeutete. Mir war der alte Mann ebenfalls ans Herz gewachsen mit seiner ruppigen Art, seinen Zitaten und seiner ganzen traurigen Geschichte, die er mir ein paar Tage nach Toms Zusammenbruch auf der Bank vor dem Franziskushaus erzählt hatte. Und seit Toms Brief war mir auch klar, was die Männer miteinander verband: die Schuldgefühle, weil sie beide glaubten, für den Tod ihrer Kinder und in Pauls Fall auch seiner Frau verantwortlich zu sein.

Paul hatte mir erzählt, wie er und Tom sich am Anfang beinah an die Gurgel gegangen wären. Jeder von ihnen hatte den anderen davon überzeugen wollen, dass er nichts dafür konnte und ihm bloß das Schicksal übel mitgespielt hatte, während er selbst keinerlei Zweifel an seiner eigenen Schuld zuließ. Ich konnte mir gut vorstellen, wie die beiden Sturköpfe sich gegenseitig hochgeschaukelt hatten. Umso faszinierender war es, dass daraus letztendlich doch diese Freundschaft entstanden war.

„Du solltest ihn morgen unbedingt besuchen", sagte ich. „Das heißt ... wenn du dann noch hier bist", fügte ich zögernd hinzu, als mir all die unausgesprochenen Dinge bewusst wurden, die zwischen uns schwebten. War Tom aus der Klinik entlassen worden oder nur hier, *„um ein paar Dinge zu regeln"*, wie er es genannt hatte? War die Therapie erfolgreich gewesen, sodass er sein Leben wieder in den Griff bekam? Und falls ja, wo würde das sein?

Tom spürte offenbar, was in mir vorging, nahm mein Gesicht in seine Hände und schaute mir fest in die Augen. „Lass uns ein bisschen am Fluss spazieren gehen", schlug er vor. „Und nebenbei reden wir in Ruhe über alles, okay?"

Ich nahm seine ungewohnt weichen Hände wahr, roch das Parfum, das es vorher nie gegeben hatte, und sah in seinem Blick eine Entschlossenheit, die ich nicht von ihm kannte. So vieles war plötzlich anders an diesem Mann. Und trotzdem sorgte er dafür, dass mir das Herz gegen den Brustkorb hämmerte und in meinem Magen ein Schwarm Schmetterlinge herumtanzte. Ganz benommen von all diesen Gefühlen, die er in mir auslöste, nickte ich, griff nach der Hand, die er mir entgegenstreckte, und folgte ihm mehr als bereitwillig Richtung Flussufer.

Tom

Mir war nicht bewusst gewesen, wie sehr ich Rieke vermisst hatte, bis sie plötzlich vor mir stand, die Augen ungläubig aufgerissen und vom Weinen verquollen. Es zerriss mir das Herz, zu wissen, dass ich schuld daran war. Und gleichzeitig fühlte sich genau dieses Herz auf einmal wieder ganz an, allein weil Rieke in meiner Nähe war.

Tagelang hatte ich mir eingeredet, dass ich sie nur treffen wollte, um mit ihr zu reden und ihr den Rest meiner Geschichte zu erzählen. Alles Weitere würde sich finden. Oder eben nicht. Doch ihr Anblick reichte bereits, um mich völlig aus dem Konzept zu bringen. Schlagartig war alles voller Sehnsucht und Hoffnung und ließ kaum Platz für die Vernunft, die weiterhin darauf pochte, dass ich – noch – zu kaputt war, um das sein zu können, was Rieke verdiente. Am liebsten hätte ich sie sofort an mich gerissen, sie geküsst und ihr gesagt, wie sehr sie mir gefehlt hatte. Aber acht Wochen waren eine lange Zeit. Und ich erinnerte mich dunkel daran, dass ich Idiot ihr das Versprechen abgenommen hatte, nicht auf mich zu warten. In dem Moment war es mein voller Ernst gewesen. Jetzt, als sie neben mir herlief, fragte ich mich, welcher Teufel mich geritten hatte, so etwas zu sagen. Was, wenn sie in der Zwischenzeit wirklich jemanden kennengelernt hatte und glücklich liiert war? Wenn ich für sie nur eine Episode gewesen war, die längst zu Ende war? War dann alles umsonst gewesen?

Nein! War es nicht. Denn ohne Rieke hätte ich es nicht geschafft, aus dem Sumpf herauszukommen, in dem ich in den letzten drei Jahren versunken war. Ohne sie wäre es nicht zu diesem totalen Zusammenbruch gekommen. Ohne sie wäre ich nicht in die Klinik gegangen. Ohne sie würde ich immer noch auf der Straße dahinsiechen, vor meinen Erinnerungen weglaufen und mir an schlimmen Tagen den Tod herbeisehnen. Deshalb war ich hier. Um ihr zu sagen, wie dankbar ich ihr war, dass sie mir geholfen und in gewisser Weise das Leben gerettet hatte. Doch Rieke wäre nicht Rieke gewesen, wenn sie es nicht genau wissen wollte. Also erzählte ich es ihr. Alles.

Am Flussuferweg, der zur alten Eisenbahnbrücke führte, war um diese Zeit zum Glück nicht viel los, sodass wir uns vollkommen ungestört unterhalten konnten. Ich begann, Rieke von der Klinik zu erzählen, in der ich sieben der letzten acht Wochen verbracht hatte. Ein großer Betonklotz irgendwo in der Pampa, von der ich nie zuvor gehört hatte. Die erste Woche dort war ich unter strenger Beobachtung, bis die Ärzte erkannten, dass ich weder mich selbst noch andere gefährdete. Ich war auch keiner dieser Patienten, die den ganzen Tag jammerten, schrien oder ihre Aggressivität an irgendwelchen Gegenständen ausließen. Ich war bloß der, der Medikamente wollte, um mit diesem herrlich weichen Wattenebel im Kopf einschlafen und die Qualen des Tages vergessen zu können. Im Großen und Ganzen ließ man mich außerhalb der Therapiesitzungen in Ruhe. Während der Behandlungen ging es dafür ans Eingemachte. Hier gab es keine Fluchtmöglichkeit mehr. Ich musste zurück in diese eine, schreckliche Nacht, in der Leon direkt hinter der nächsten Wand unbemerkt seinen letzten Atemzug gemacht hatte. Leon. Unser Sonnenschein. Dieses kleine Wunder, das nur neun Monate lang bei uns sein durfte. Weil ich nicht aufgepasst hatte. Oder weil es einfach so sein sollte. Ich würde es niemals erfahren.

Während ich redete, hielt Rieke die ganze Zeit meine Hand, hörte zu und warf mir immer wieder verständnisvolle Blicke von der Seite zu. Da war keine Spur von Verurteilung oder Verachtung in ihren Augen, sondern reines Mitgefühl. Sie fragte nach. Sie weinte. Sie drückte so fest meine Hand, dass es schmerzte, doch freiwillig hätte ich mich niemals aus dieser Umklammerung befreit. Im Gegensatz zu vielen anderen versuchte sie erst gar nicht, mir meine Schuldgefühle auszureden. Nicht direkt jedenfalls. Stattdessen erzählte sie mir von einer Bekannten ihrer Cousine, deren Tochter gestorben war, obwohl sie sämtliche Sicherheitsvorkehrungen getroffen hatte.

Für einen Sekundenbruchteil erstarrte etwas in mir, denn das war plötzlich kein allgemeines „Es passiert einfach" mehr, sondern ein ganz konkretes „Es ist genau so passiert". Und beim Gedanken an dieses kleine Mädchen und an Leon drohte mich der Schmerz aufs Neue zu zerreißen. Ich wollte weglaufen und flüchten, mich irgendwo alleine mit dieser Qual vergraben, wie ich es so viele Monate lang getan hatte. Doch da war Rieke, die mich festhielt und mit einem einzigen Wort vom Gegenteil überzeugte: „Bleib."

Deshalb würgte ich den Schmerz, die Trauer und Verzweiflung hinunter und blieb. Rieke schaute mich eindringlich an und sagte: „Ich weiß nicht viel über Babys, Tom. Und wahrscheinlich kann niemand, der es nicht selbst erlebt hat, wirklich nachempfinden, wie es ist, sein Kind auf diese Art zu verlieren. Aber ich glaube, ich verstehe, wie schlimm deine Situation gewesen sein muss, wenn jeder irgendeine Meinung dazu hatte, aber niemand darauf eingegangen ist, wie es dir damit ging. Ich wünschte, da wäre nur ein Mensch gewesen, der richtig auf den Tisch gehauen und gesagt hätte: Tom, du hast ein echtes Problem und musst dir helfen lassen. Wer weiß, wie dann alles gekommen wäre."

Ihre Worte und die Tränen in ihren Augen trafen mich mitten ins Herz. Weil Rieke es damit in wenigen Sätzen auf den Punkt gebracht hatte. Unabhängig davon, ob ich schuld an Leons Tod war oder nicht, hatte es zu viele Leute gegeben, die zu wissen meinten, was ich brauchte oder nicht, obwohl sie keine verdammte Ahnung davon hatten, wie ich mich fühlte. Die aber auch nicht fragten, als wäre es ansteckend, wenn sie dem Problem zu nah kamen. Und so hatte mein soziales Netz immer mehr Löcher bekommen, bis ich hindurchgefallen und abgestürzt war.

Ich starrte auf unsere ineinander verflochtenen Finger und suchte nach einer Antwort, doch ich fand keine. Weil es keinen Ausdruck dafür gab, wie sehr mich diese unglaubliche Frau berührte, bewegte und mit ihren Worten Pflaster auf meine geschundene Seele klebte. Alles, was ich letztendlich herausbrachte, war: „Ja, wer weiß."

Ich musste an Pascal und Jonas denken, zwei Bekannten aus der Klinik, die ebenfalls ihr Päckchen zu tragen hatten. Mit dem Unterschied, dass sie gleich dort gelandet waren, um sich helfen zu lassen, statt wie ich auf der Straße. Weil sie sofort von jemandem dort hingedrängt worden waren, während ich zuerst alle verloren oder von mir gestoßen hatte und dann alleine zusehen musste, wo ich blieb.

„Ist denn wirklich nie jemand auf die Idee gekommen, dass du professionelle Hilfe brauchst?", fragte Rieke in meine Gedanken hinein.

Ich senkte verlegen den Blick. „Doch. Meine Mutter. Aber sie war nicht sehr durchsetzungsfähig, und ich habe alles dafür getan, sie vom Gegenteil zu überzeugen. Ich wollte keine Hilfe, weil ich sie nicht verdient hatte."

„Glaubst du das immer noch?"

„Manchmal." Ich blickte wieder zu ihr auf, mitten hinein in diese wunderschönen Augen, in denen so viel Verständnis und Zuneigung lagen, dass mir ganz schummerig wurde.

„Wenn etwas drei Jahre lang deine Wahrheit war, dann lässt sich das nicht auf Knopfdruck abstellen", erklärte ich zögernd. „Ich weiß jetzt, dass manches davon falsch war. Dass ich meinen Leuten und vor allem mir selbst unrecht getan habe. Das lässt sich nicht rückgängig machen, aber ich versuche mittlerweile, um Verzeihung zu bitten. Ich ..." Ich raufte mir mit der freien Hand die Haare und atmete tief durch. „Ich war letzte Woche bei meinen Eltern. Bei meinem Bruder, meiner Ex-Frau und ihrer Familie."

Mir brach die Stimme weg, denn die Erinnerung daran drohte mich zu überwältigen: die ungläubigen Blicke, als ich plötzlich vor der Tür gestanden hatte; das entsetzte Nach-Luft-Schnappen, als sie hörten, was wirklich aus mir geworden war, seit ich gegangen war; die weit ausgebreiteten Arme meiner Eltern, mit denen sie mich wieder aufgenommen hatten wie einen dummen Teenager, der für ein paar Tage ausgebüxt war; mein Bruder, der mir eine reinhaute, weil ich so ein Vollidiot gewesen war, und mich im nächsten Moment mit Tränen in den Augen an sich zog; mein Schwiegervater, der nach einem Herzinfarkt die Firma verkauft hatte und mittlerweile die Wintermonate über auf den Kanaren lebte. Und Merle. Merle, die glücklich verliebt und hochschwanger war. Was hatte ich mir für Vorwürfe gemacht, dass ich nicht nur Leons, sondern auch ihr Leben zerstört hatte. Ständig hatte ich dieses Bild vor Augen gehabt, wie sie verzweifelt heulte und schrie. Und dann musste ich feststellen, dass sie es im Gegensatz zu mir geschafft hatte, die Kurve zu kriegen und neu anzufangen. Inklusive einem neuen Baby, was für mich undenkbar geworden war. Es war ein Schock. Ein heilsamer Schock, denn nach einem Gespräch mit ihr und ihrem neuen Partner überwog die Erleichterung, dass ich ihre Zukunft nicht auch auf dem Gewissen hatte.

Ich wollte Rieke all das erzählen. Aber ich schaffte es nicht. Nicht jetzt. Und ihr Schweigen sagte mir, dass es okay war. Sie ließ sogar zu, dass ich mich von ihr löste, zwei Schritte über das Gras auf den Fluss zuging und mit im Nacken verschränkten Händen reglos auf das Wasser starrte. Als ich das letzte Mal hier gewesen war, hätte ich mich am liebsten in den Fluten ertränkt. Und jetzt? Jetzt war plötzlich alles anders. Ich hatte weiterhin Momente, in denen ich in die Dunkelheit abzurutschen drohte. Kleine Panikattacken und depressive Phasen. Aber da war auch Hoffnung. Und Rieke.

Als hätte sie gespürt, dass ich an sie dachte, war sie plötzlich da und schlang von hinten die Arme um meine Taille. Sie sagte nichts, sondern hielt mich bloß fest und kuschelte sich an meinen Rücken. Wir hatten noch kein Wort darüber gesprochen, wie es ihr in den acht Wochen ergangen war. Doch mit jedem Blick und jeder Berührung machte sie mir deutlich, dass sich nichts an ihren Gefühlen geändert hatte. Und das machte mir eine Scheißangst.

„Willst du mir davon erzählen?", fragte sie jetzt leise.

Ich legte meine Hände auf ihre und erwiderte zögernd: „Ein anderes Mal."

Rieke schwieg. Mehrere Herzschläge lang sagte sie nichts und rührte sich nicht. Shit! Ich wollte sie nicht verletzen, wollte endlich komplett offen und ehrlich zu ihr sein. Aber ich spürte, dass ich eine Grenze erreicht hatte. Fieberhaft überlegte ich, wie ich Rieke erklären sollte, dass mir für den Moment alles zu viel wurde. Die Erinnerungen, das Wiedersehen mit ihr, ihre Nähe. Ich war emotional völlig überfordert. Und ausgerechnet jetzt bekam ich kein Verständnis, sondern lediglich Schweigen.

Ich spürte, wie der knurrige Tom in mir erwachte und sich beleidigt von ihr zurückziehen wollte. Doch bevor ich den Mund aufmachen konnte, hörte ich eine zaghafte Frage hinter meinem Rücken: „Wird es das denn geben? Ein anderes Mal?"

Die Zweifel, Unsicherheit und unterdrückte Hoffnung in Riekes Stimme trafen mich wie ein Fausthieb in den Magen. Ich Idiot! Es ging gar nicht darum, dass ich nicht mit ihr reden wollte. Nicht jetzt. Sondern um uns. Weil sie sich zu Recht fragte, was ich mit meinem überraschenden Auftauchen nach acht Wochen beabsichtigte und ob es über diesen Abend hinaus überhaupt ein „Uns“ geben würde.

Ich löste mich aus ihrer Umarmung, drehte mich zu ihr um und legte ihr eine Hand an die Wange. „Möchtest du das denn?“, antwortete ich mit einer Gegenfrage.

Rieke lachte. „Du kannst ganz schön blöde Fragen stellen.“

Wir schauten uns an, und ich versank in diesen himmelblauen Augen, die so viel mehr sahen, als die der meisten anderen Menschen.

Dieses Mädchen ist Gold wert, Tom, hatte Paul gesagt. *So eine wird dir garantiert nie wieder begegnen.*

Liebevoll strich ich Rieke eine dieser wunderschönen rotblonden Haarsträhnen hinters Ohr und lehnte meine Stirn an ihre. „Ich bin immer noch kaputt, Rieke“, sagte ich leise. „Die haben mich letzte Woche aus der Klinik entlassen, aber das heißt nicht, dass die Depressionen und Panikattacken geheilt sind. Ich muss weiterhin regelmäßig zur Therapie. Und ich weiß nicht, wie lange es dauert, bis ich wieder ein normales Leben habe mit einer eigenen Wohnung, einem Job und allem.“ Ich hielt kurz inne, um all meinen Mut zusammenzukratzen für das, was ich als Nächstes sagen wollte. Und als spürte sie, dass das nicht alles war, wartete Rieke still ab, bis ich bereit war.

Ich holte tief Luft und erklärte: „Meine Eltern wollen, dass ich nach Hause komme. Sie würden mich im Rahmen ihrer Möglichkeiten finanziell unterstützen, bis ich wieder auf eigenen Beinen stehe. Und ich könnte im Nachbarort einen Therapieplatz bei einem Psychiater bekommen."

Rieke zuckte kaum merklich zusammen. Ich spürte, wie sie sich tapfer zusammenriss, doch mir entging nicht, wie ihre Schultern hoffnungslos ein Stück nach unten rutschten. Und das war alles, was ich wissen musste.

Meine Hände zitterten leicht, als ich damit liebevoll ihr Gesicht umschloss. „Die Alternative ist, dass ich hierher zurückkomme", redete ich schnell weiter. „*Das Haus zur Heimat* hat am Stadtrand ein weiteres Gebäude mit kleinen Sozialwohnungen für Fälle wie mich, die wieder in das normale Leben eingegliedert werden sollen. Das sind winzige Appartements mit eigenem Bad und einer Kochnische, sodass man ganz für sich alleine lebt, aber gleichzeitig voll betreut wird, psychologisch und bei der Suche nach einem Arbeitsplatz. Durch die Therapie erfülle ich alle Voraussetzungen, um dort einen Platz zu bekommen, wenn ich das will."

„Was?", hauchte Rieke ungläubig. „Aber ... das ist ja großartig."

„Hmmm." Ich sah ein hoffnungsvolles Funkeln in ihren Augen, und das Herz hämmerte mir wie wild an den Brustkorb, als ich zum alles entscheidenden Punkt kam: „Ich wollte nur erst sichergehen, ob du mich noch in deiner Nähe haben willst."

Sie stieß einen überraschten Laut aus und drückte mir so stürmisch einen Kuss auf den Mund, dass wir beinah das Gleichgewicht verloren hätten und zu Boden gestürzt wären.

„Kommt immer noch nicht alleine unfallfrei durchs Leben“, grummelte ich liebevoll, nachdem ich sie aufgefangen hatte und wir wieder fest mit beiden Beinen auf dem Boden standen. Rieke boxte mich lachend in die Seite.

„Ist das Antwort genug?“, fragte sie mit Tränen in den Augen. „Wir können gar nicht mehr ohneeinander.“

Ich grinste sie an und wusste nicht, wann ich mich zuletzt so leicht und frei gefühlt hatte. Doch plötzlich wurde Rieke ernst, blieb ganz still vor mir stehen und schaute mir fest in die Augen. Mir rutschte das Herz in die Hose. Kam jetzt ein Aber?

„Ich bin so stolz auf dich, Tom.“

Bitte was?! Ich sah sie an, während ihre Worte ganz allmählich in mein Gehirn sickerten. Bevor ich darauf reagieren konnte, redete sie allerdings schon weiter und setzte noch einen drauf: „Ich habe immer an dich geglaubt, und ich hatte recht damit. Deshalb wirst du auch den Rest schaffen, und ...“ Sie atmete tief durch und straffte entschlossen die Schultern. „Ich hoffe, du verstehst das jetzt nicht falsch und ergreifst gleich schreiend die Flucht, aber es gibt da dieses Ding mit den guten und den schlechten Zeiten. Wenn du mich fragst, muss man dafür nicht verheiratet sein, sondern es reicht auch ... Liebe.“

Das letzte Wort war bloß ein Flüstern, doch es hatte die Macht, etwas in mir zum Explodieren zu bringen. Mit einem ohrenbetäubenden Knall sprengte es die Ketten, die ich so sorgsam um mein Herz gezurrt hatte, bis Rieke wie mit einer Nagelfeile dahergekommen war und sie Millimeter für Millimeter durchtrennt hatte.

Diesmal war ich es, der sie so wild und leidenschaftlich küsste, dass wir auf dem unebenen Boden ins Straucheln gerieten und doch noch fielen. Lachend landeten wir auf dem Rasen, Rieke auf dem Rücken, ich halb auf ihr liegend.

„Und so schließt sich der Kreis", kicherte sie. „Indem ich dir mal wieder vor die Füße falle."

Ich zupfte ihr liebevoll einen Grashalm aus den Haaren. „Wie war das mit den wackeligen Shampoo-Flaschen, die sich gegenseitig stützen?"

Rieke lächelte. „Auch die geraten manchmal aus dem Gleichgewicht und kippen um. Aber Hauptsache, sie helfen sich gegenseitig, wieder aufzustehen."

Sie schaute mir fest in die Augen, und mir war klar, was sie mir damit sagen wollte. Es ließ sich nicht vermeiden, erneut zu stolpern und zu fallen. Die Frage war nur, wie wir damit umgingen. Mit Rieke an meiner Seite musste ich keine Angst mehr haben, von der Dunkelheit verschlungen zu werden, denn da, wo sie war, war auch das Licht. Rieke war mein Licht. Und egal, was noch kam und wie es weiterging – mit ihr zusammen würde ich es schaffen.

Herzlichen Dank

An der Entstehung eines Romans – von der ersten Idee bis zum fertigen Buch – sind viele Menschen beteiligt, und es werden gefühlt immer mehr. Deshalb mache ich es diesmal kurz und bedanke mich ganz herzlich bei allen, die in irgendeiner Form an diesem Prozess beteiligt waren – sei es aktiv als Ideenstifter, Feedbackgeber, Fehlersucher, Recherchehelfer, Teil der Verlags- und Buchhandelswelt, Werbetrommelrührer usw. oder einfach nur als stille Beobachter, die es geduldig ertragen, wenn ich mal wieder geistig abwesend bin und keine Zeit für sie habe. Ohne euch alle wäre mein Autorinnenleben nur halb so schön und dieser Roman nicht das, was er ist.

Genauso geht mein Dank aber auch an Sie, liebe Leserin, lieber Leser. Denn was nützt das schönste Buch, wenn es keine Beachtung findet? Danke, dass Sie sich bei dieser unendlichen Menge an Büchern auf dem Markt für die Geschichte von Rieke und Tom entschieden und den beiden Ihre Zeit geschenkt haben. Ich hoffe, Sie hatten beim Lesen genauso viel Freude wie ich beim Schreiben.

Sie möchten Kontakt zu mir aufnehmen?
Dann besuchen Sie mich bei facebook:
www.facebook.com/petra.bunte.165
oder bei instagram:
www.instagram.com/petra.bunte
Oder schauen Sie mal auf meiner Website vorbei:
www.petra-bunte.de

Im Verlag CW Niemeyer bereits erschienen ...

Umweltschutz statt Leichen! Aus diesem Grund hat Henrietta alias Henry ihren Job bei der Polizei an den Nagel gehängt und Jura studiert. Nun arbeitet sie bei einer Nichtregierungsorganisation (NGO) in ihrer Heimat Schweden. Als ihre Mutter erschossen wird, findet Henry heraus, dass ihr Vater noch lebt. Sie war bisher fest davon überzeugt gewesen, er sei bei einem Bootsunglück verstorben. Henry versucht, selbst im Mordfall ihrer Mutter zu ermitteln. Das bringt sie in gefährliche Situationen, aber sie wähnt sich in Sicherheit, als sie von Schweden nach Tübingen reist. Dort taucht sie tief in ihre Vergangenheit ein und entdeckt ein dunkles Geheimnis, das ihr Leben durcheinanderbringt – auch dem Mörder ihrer Mutter kommt sie dabei immer näher.

Catrine Bauer. WintersSpuren
432 Seiten. Klappenbroschur. ISBN 978-3-8271-9353-7
E-Book 978-3-8271-8444-3 (Epub)

Folgt uns auf

#niemeyerbuch